HEYNE

Das Buch

Robert Thompson will in der Neuen Welt als Schatzsucher sein Glück finden. Der junge Engländer fährt nach Fort George und trifft dort die abenteuerlustigen Halunken Stephen Mortimer und Paul Climpsey, mit denen er sich auf die Suche nach dem legendären Maya-Gold der untergegangenen Stadt Taysal macht. Doch noch bevor die Abenteurer Tayasal erreichen, werden sie von den Maya entführt. Besonders für Robert verändert sich von nun an alles: Die Maya halten ihn für den wiedergekehrten Götterboten, der laut Prophezeiung mit ihnen in den Krieg gegen die weißen Unterdrücker ziehen soll. Als er dann einer Erscheinung der Priesterin Ixkukul begegnet, beginnt er selbst an die Prophezeiung zu glauben. Er beschließt, seine Rolle zu spielen und lässt sich in einer gewaltigen Prozession in die Stadt Kantunmak bringen, von wo aus die große Schlacht beginnen soll. Er ahnt allerdings nicht, in welche Gefahr er sich damit begibt. Nur Mary, die Mestizin, weiß, wie sie Robert helfen kann.

Der Autor

Andreas Gößling, geboren 1958 in Gelnhausen, lebt als Lektor und Autor in Coburg. Seit vielen Jahren ist Gößling Experte für die Kultur der Maya, hat mehrere Sachbücher publiziert und Forschungsreisen zu den Ruinenstädten in Guatemala und Yucatán unternommen.

Im Heyne-Verlag erschien auch: *Die Maya-Priesterin*.

Andreas Gößling

IM TEMPEL DES REGENGOTTES

Roman

WILHELM HEYNE VERLAG
MÜNCHEN

Umwelthinweis:
Dieses Buch wurde auf
chlor- und säurefreiem Papier gedruckt.

Taschenbucherstausgabe 11/2004

Published in Germany 2004
Umschlagillustration: Rainer Kalwitz / Agentur Schlück
Umschlaggestaltung: Nele Schütz Design, München
Druck und Bindung: GGP Media GmbH, Pößneck

ISBN: 3-453-47001-X

EINS

1

Robert lag in seinem Boot, ausgestreckt in der lauen Lache, die Schultern an die Heckwand gelehnt. Langsam glitt das Kanu dahin, auf den trägen Fluten des New River, unter dem flirrend grünen Gewölbe, zu dem sich sieben Fuß über ihm der Regenwald verflocht. Auf Ästen knapp über dem Wasser lagen Leguane auf der Lauer, moosfarben und starr wie Skulpturen aus Stein. Blaureiher standen auf Baumstümpfen inmitten der Strömung, hochbeinig, die Hälse lotrecht erhoben, ihre langen, dünnen Schnäbel wie Gedankenstriche im Dämmerlicht. Roberts Kanu glitt durchs Wasser, das rötlichbraun und warm wie lebendiges Blut war, und die Sonne streute helle Sprengsel auf die Wellen, die wieder und wieder über die Wasserfläche rollten, wie Schauer über nackte Haut.

Auf einmal hörte er ein Klopfen, leise, doch beharrlich. Unmöglich, dachte er, zum Blätterdach empor blinzelnd, hier gab es weit und breit keine Menschen, niemanden, der mit Hämmern oder Klöppeln schlug. In einer Palmkrone am linken Ufer entdeckte er einen Papagei, der mit seinem massiven Schnabel auf eine Kokosnuß einhieb. Ach, du bist das, dachte er. Da ließ der Papagei von der Kokosnuß ab und stieß ein Krächzen aus, mißgelaunt, wie nur Menschen sein können, und noch seltsamer war, daß jenes Klopfen weiter durch den Dschungel hallte, lauter jetzt, dröhnend wie Faustschläge auf Holz. »Mr. Thompson, ist Ihnen nicht wohl? Nehmen Sie heute keinen Tee?« Die krächzende Stimme klang unangenehm vertraut. Und dazu klopfte es wieder und wieder, und das Kanu zerfiel, und der ganze Regenwald verdampfte im Nu, während Robert mit einem Satz aus Traum und Bett fuhr: »N-nein, Mrs. Molton, nicht sehr wohl und keinen Tee, bitte – verzeihen Sie …«

Noch mehrere Augenblicke stand er an der Tür seines Pensionszimmers in Molton House. Ein Ohr an das Türblatt gelegt, lauschte er nach draußen, wo nichts zu hören war, nur das leise Klirren hauchfeinen Geschirrs. In seinem Kopf erklang immer noch jenes Klopfen, aber schmerzhaft jetzt, stoßweise, und als er sich mit der Hand über die Stirn fuhr, war seine Haut mit klammem Schweiß bedeckt. »Um die Wahrheit zu sagen, Mrs. Molton«, murmelte er, »ich habe einen Kater, schon wieder. Zu viel Rum gestern abend, verstehen Sie?«

Nein, das würde Mrs. Molton, ehrbare Offizierswitwe und Mitglied der »Anglikanischen Organisation Ihrer Majestät zur Bekehrung der Urwaldindianer«, sicher nicht verstehen. Robert wandte sich um und zog sich das knöchellange Leinennachthemd über den Kopf. Im Traum war er nackt gewesen oder allenfalls gegürtet mit einem Lendenschurz. Und die schlanke braune Gestalt, die im Kanu vor ihm auf der Ruderbank gesessen und das Boot hin und wieder mit dem Paddel auf Kurs gehalten hatte … Robert schluckte, sein Mund auf einmal wie verdorrt. Nackt und mager tappte er zum Waschtisch, durch das Halbdunkel seines Zimmers, das mit all den echt britischen Zierdeckchen und Paradekissen und blankäugig stierenden Porzellanpüppchen angefüllt war, vor denen er doch hierher hatte fliehen wollen, nach Fort George, Britisch-Honduras, in die grenzenlose Freiheit der karibischen Kolonie.

Das Dumme war nur, daß ihm der Regenwald dort draußen, die dampfende, vielstimmig rufende Wildnis, eine Furcht einflößte, so rätselhaft und unbezwingbar wie seine Sehnsucht nach Dschungel und Abenteuer, die ihn schließlich hierher gelockt hatte, vor Wochen schon. Im Rasierspiegel über seinem Waschtisch erspähte er das Antlitz der Königin, die golden gerahmt über seinem Bett hing und ihn mit vorwurfsvollem Blick verfolgte, seit er hier eingetroffen war. Da sprang Robert, einem Impuls folgend, zum Fenster und zog die schweren, altrosafarbenen Musselinvorhänge auf. Vom karibischen Mittagslicht überflutet, wandte er sich zu Queen Victoria um. »Bei meiner Ehre, Majestät«, sprach er, und mit einem Mal klopfte sein Herz noch heftiger als der Katerschmerz in seinem Kopf, »ich bin hierhergekommen, um im Dschungel mein Glück zu suchen, und ich schwöre, daß ich vor Ablauf dieses Sommers in die Wildnis vordringen werde, und wenn es mich Leib und Leben kostet.«

Unbewegt sah die Königin auf ihn herab, mit so kalter Mißbilligung, daß Robert fröstelnd die Arme vor der Brust verschränkte. Doch unter seiner rechten Hand spürte er sein Herz, das noch immer rasch und heftig klopfte, wie eine Trommel tief im Regenwald.

2

Im cremefarbenen Tropenanzug, über der Schulter seine Tasche mit den nötigsten Zeichenutensilien, schlenderte Robert am Kai von Fort George entlang. Der neue Panamahut, den er noch an Bord der Brigantine *Prince Albert* erstanden hatte, bot enttäuschend wenig Schutz vor der Hitze der Karibik, die selbst hier, an der offenen Seeseite, niederdrückend war. Zu seiner Linken bemerkte er das blendend weiße Dampfschiff, das, weit draußen auf dem Meer noch, kegelförmige Wolken in den Himmel stieß. Die *Trade Winds*, dachte er, von New Orleans kommend, mit Dutzenden neuer Siedler, die in der Wildnis von Orange Walk, im Westen des Landes, ihr Glück versuchen wollten. Der Gedanke gab ihm einen Stich, doch nicht nur deshalb vermied er es, den Kopf zu wenden und hinaus aufs Meer zu sehen. Der steife, viel zu enge Hemdkragen scheuerte an seinem Hals. Miss Milly, das schwarze Hausmädchen in Molton House, pflegte die Wäsche der Pensionsgäste so gewaltsam zu stärken, daß sich frische Hemden mit leisem Krachen entfalteten, ein Geräusch, als zerbreche man Pappmaché.

Mechanisch versuchte er, sich Linderung zu verschaffen, indem er mit einem Finger unter den Kragen fuhr. Zwei Uhr nachmittags mußte vorbeisein, doch bis die Abenddämmerung ein wenig Kühle bringen würde, waren noch Stunden zu überstehen. Und dann? Er stieß einen Seufzer aus. Dann würde er sich unfehlbar wieder in die *Mahogany Bar* begeben und seinen Durst und seine Selbstbezichtigungen so lange mit Krügen voller Rum beschwichtigen, bis er die Hilfe eines Kutschers benötigte, der ihn tief in der Nacht die steile Holztreppe von

Molton House mehr hinauftragen als geleiten würde. Aber nicht mehr lange, dann breche ich auf, dachte Robert und war sich längst nicht mehr so sicher wie vorhin in seinem Zimmer, vor dem Bildnis Ihrer Majestät.

Nun, vorläufig wollte er sich, wie an jedem Nachmittag, in den Park von Government House verfügen, wo Palmen und Bougainvillea-Büsche ein wenig Schatten spendeten. Dort würde er ein weiteres Seestück zeichnen, abermals die malerische weiße Holzvilla des Gouverneurs skizzieren oder die mäßig beeindruckende St. John's Cathedral gegenüber, die im ersten Viertel des Jahrhunderts mit eigens aus Großbritannien herbeigeschafften Ziegeln in gotischem Stil errichtet worden war – bis zum heutigen Tag, dachte er mit unbestimmtem Ingrimm, das einzige steinerne Gebäude in der gesamten Kolonie.

Doch an diesem Samstag, dem 27. Juli 1878, sollte Robert Thompson nicht bis zum Park von Government House gelangen. Zehn Schritte vor ihm, mitten auf der Hafenstraße, bemerkte er auf einmal eine schlanke, hochgewachsene Mayafrau. Die junge India mochte Mitte Zwanzig sein, vielleicht fünf Jahre jünger als er, und so kunstvoll sie ihre Haare zu einer Art Vogelnest geflochten trug, so nachlässig war sie gekleidet, mit einem weißen, nur an den Säumen verzierten Umhang, der ihre kakaobraunen Schultern ebenso wie die kräftigen Unterschenkel unbedeckt ließ.

Ohne es recht zu bemerken, hatte Robert seinen Schritt beschleunigt. Die Straße war ungepflastert und mit Schlaglöchern übersät, die mit dem glitzernden Schweiß aller Einwohner dieses elenden Fleckens gefüllt schienen. Rechter Hand erstreckte sich die von Kreolen, Maya und Schwarzen bewohnte Siedlung, Belize Town, ein Durcheinander dürftiger Holzhütten, die sich auf drei Fuß hohen Pfählen aus dem sumpfigen Untergrund erhoben. Aus dem Wirrwarr der Hütten und mit Unrat bedeckten Gäßchen drangen tausendstimmiges Summen und Schreien, vermengt mit Schwaden würziger und fauliger Gerüche, deren Herkunft ihm so unheimlich wie unbegreiflich schien. Je weiter sie gen Süden gingen, desto belebter wurde die Straße. Immer wieder mußte er streunenden Hunden ausweichen, Horden von Kindern, die nackt durch den Schlamm sprangen, oder sogar Rudeln schwarzer Schweine, die sich mit gebieterischem Grunzen ihren Weg bahnten, Gott allein mochte wissen wohin. Aber die Mayafrau in ihrem schlichten weißen Umhang verlor er nicht einen Moment lang aus dem Blick.

Auf einmal glitt die junge Frau mit einem Fuß in ein Schlagloch, aus dem das Schlammwasser nur so hervorgischtete. Robert war mittlerweile so dicht hinter ihr, daß einige Schlammtropfen auf seine Hosenbeine spritzten. Unvermittelt blieb er stehen, während die India ruhig weiterging. Er glaubte vor Hitze zu platzen, mit zwei Fingern fuhr er sich unter den Kragen, so ungestüm, daß der Kragenknopf abgesprengt wurde und vor seinen Füßen in der Bracke versank.

Eine Kutsche ratterte vorbei, gezogen von einem schmutzverkrusteten Maultier. Ein hünenhafter Schwarzer folgte dem Karren, in bunte Lumpen gehüllt, auf dem Kopf einen fleckig weißen Zylinder, der auf halber Höhe von Kugeln durchlöchert war. Zögernd sah Robert auf das Schlammloch hinunter. Der Knopf war aus goldgefaßtem Perlmutt, ein Familienstück, seit Generationen in der väterlichen Linie vererbt. Er beugte den Oberkörper vor, als wollte er sich bücken und mit einem Arm in den Tümpel fahren. Aber dann richtete er sich wieder auf, mit benommenem Lächeln, und ging weiter.

Die Mayafrau war ihm schon zwanzig Schritte voraus, doch sie ging nun langsam und blickte nach links und rechts, und auf einmal war ihm, als habe sie sich über die Schulter zu ihm umgesehen. Eine betäubende Geruchswoge drang aus der Gasse zu seiner Rechten, schwer und süßlich wie gegorener Kakao. Von kakaobrauner Farbe waren auch ihre kräftigen Waden, auf denen sein Blick wie festgeschmiedet haftete, schokoladenbraun und bis zu den Kniekehlen mit Schlamm bespritzt. Das Meer zu seiner Linken gleißte wie eine zweite, türkisfarbene Sonne, und wieder und wieder, mit hypnotischem Gleichmaß, klatschte die Brandung gegen den Kai. Auf einmal glaubte er zu wissen, was er von ihr wollte, warum er hinter ihr herlief durch Schmutz und Hitze, ja auf einmal schien ihm, als verstehe er nun endlich, warum er überhaupt hierhergekommen war, weshalb er seine Wohnung am Londoner Charles Square, seine glänzende Laufbahn und selbst Mary, seine Verlobte, Hals über Kopf verlassen hatte, um sich mit der Zielstrebigkeit eines Schlafwandlers in die immerwährende Schwüle der Karibik zu begeben. Robert umklammerte seine Schultertasche und lief mit wehendem Kragen hinter der India her. Sein Herz klopfte. Ich werde sie zeichnen, dachte er, in ihrer Hütte oder wo immer sie will.

3

Aufs neue sah sich die Mayafrau nach ihm um, herausfordernd, wie ihm nun schien. Flüchtig wurde Robert bewußt, daß er einen mehr als lächerlichen Anblick bieten mußte: ein hagerer, hochgewachsener Mann mit bespritzten Hosen und aufgesprengtem Kragen, der mit der Linken seinen Hut auf den Kopf drückte, während er in brütender Hitze durch Schlamm und Unrat sprang. Doch die India sah ihn nur einen Moment lang ernst, beinahe finster an, dann wandte sie sich um und verschwand im Halbdunkel eines Gäßchens, das in die Siedlung der Landlosen und freigelassenen Sklaven führte. Ohne sich zu besinnen, lief Robert hinter ihr her.

Das Gäßchen war kaum zwei Schritte breit, dicht an dicht gesäumt von Hütten, ein sumpfiger Erdpfad, hier und dort bedeckt mit Bohlen, die vor Nässe schwärzlich glänzten. Betäubender Gestank nach Kot und Fäulnis quoll aus dem Untergrund, aus allen Ritzen der Behausungen, so daß Robert kaum zu atmen wagte. Ein Alptraum, dachte er und wußte doch, daß es die Wirklichkeit der Elenden und Verdammten war.

Den rechten Unterarm vor Mund und Nase gepreßt, eilte er auf glitschigem Grund dahin. Weit voraus sah er den Umhang der jungen Mayafrau, im Halbdunkel leuchtend, und jetzt erst kam ihm der Gedanke, daß es womöglich eine Falle war. Mehr als einmal war er gewarnt worden. Dutzende Greuelgeschichten hatte er in der *Mahogany Bar* gehört. In jeder von ihnen waren arglose Gentlemen im Gewirr der Elendshütten überwältigt und ausgeraubt worden, von skrupellosen Garífuna, den Nachkommen der afrikanischen Sklaven, oder von verbitterten Maya, die sich noch immer für rechtmäßige Herren über Yucatán, Guatemala und Honduras hielten und infolgedessen jeden Briten oder Spanier als Feind ansahen.

Robert blieb stehen. Auf einmal war ihm, als ob er beobachtet würde, durch Ritzen in den grob gefügten Wänden oder im Dunkel der Türlöcher, die über Stegen und Leitern klafften. Kaum wagte er es, über die Schulter nach hinten zu sehen, doch als er sich endlich umwandte, den Arm noch immer vor Mund und Nase erhoben, da zeigte sich, daß niemand ihm nachgeschlichen war, niemand ihm den Rückweg versperrte, nur ein einzelnes Huhn stand starr und schwarz am Eingang der Gasse, den Kopf emporgereckt.

Langsam ließ Robert seinen Arm sinken. Der Gestank war so betäubend wie zuvor, die Luft kochend und erfüllt von Verwesungssüße, doch plötzlich befürchtete er, die Bewohner dieser Kloake zu erzürnen, wenn er offen zeigte, wie wenig er ihre Ausdünstungen ertrug. Abermals wandte er sich um. Von der Mayafrau war nichts mehr zu sehen, leer lag die Gasse vor ihm, soweit dies im düsteren Licht überhaupt zu erkennen war. Dennoch ging er weiter, argwöhnisch den Boden vor seinen Füßen musternd, da er mehrfach auf weiche Bündel gestoßen war, Lumpen vielleicht nur, vielleicht auch Ärgeres.

Seinen Hut trug er nun in der Hand und fächelte sich mit der Krempe faulige Luft zu. Eine Stimme in seinem Innern beschwor ihn, endlich umzukehren, von diesem wahnwitzigen Abenteuer abzulassen, ehe es zu spät sei. Doch die Stimme klang nur allzusehr nach Mrs. Molton, die ihrerseits nur zu sehr seiner eigenen Mutter ähnelte, und so stolperte Robert weiter und weiter, durch Dunkelheit und Moder, schreckte schläfrige Hunde auf, erschrak seinerseits über Säuglinge, die hinter Hüttenwänden greinend aus dem Schlaf fuhren, und sah während alledem unablässig die kakaofarbenen Unterschenkel der Mayafrau vor sich, ihren nackten Fuß, der in das Schlammloch fuhr, oder ihr junges Gesicht, das ihn über die Schulter ansah, in finsterem Ernst. Ich werde sie zeichnen, wiederholte er bei sich und sah sich zugleich schon, wie er sie umarmte, seinen Mund auf ihre Lippen preßte, wie er ihre Brüste fühlte, kakaobraune Halbkugeln, an seine Brust geschmiegt.

Er keuchte. Nur vage wurde ihm bewußt, daß er stehengeblieben war, mit der Schulter an einer Hüttenwand lehnend, während der

Panama, seiner Hand entglitten, vor ihm im Schmutz lag. Mary, dachte er, seine Verlobte – sie hatte ihn angesehen wie einen Verworfenen, als er ihr seinen Plan gestanden hatte: in die karibische Wildnis ziehen, als Maler und Schatzsucher, auf den Spuren von Frederick Catherwood, dem berühmten Reisenden, der wie er selbst am Charles Square aufgewachsen war und viele Jahre im Dschungel verbracht hatte, bei den alten Mayastätten, um dort Hunderte von Blättern mit seinen vortrefflichen Zeichnungen zu bedecken. Wie einen Verrückten, dachte Robert, wie einen ekelhaften Teufel hatte sie ihn angesehen, Mary, die die Luft anzuhalten pflegte, wenn er sie zu küssen wagte, Mary, vor deren knochigen Hüften er anfangs zurückgeschreckt war und an die er sich niemals gewöhnt hätte, auch durch Abstumpfung nicht, Mary, deren Vater einen florierenden Stoffhandel betrieb, während er selbst die Tuchmanufaktur seiner Familie erben sollte … Aber ich habe ihnen einen Strich durch die Rechnung gemacht, dachte er, ich bin einfach auf und davon, bei Nacht und Nebel, wie ein entflohener Sträfling, sagte sich Robert, der auf einmal bemerkte, daß er am Boden lag, rücklings im Schlamm, während die junge Mayafrau sich über ihn beugte und ihn mit ernster Miene ansah. Wie schön sie ist, dachte er. Tatsächlich kniete sie neben ihm am Boden, und das kunstvolle Vogelnest, zu dem sie ihr funkelnd schwarzes Haar geflochten hatte, schwankte auf ihrem Kopf, der handbreit über ihm schwebte. Robert wollte etwas sagen, sie um ihren Namen bitten, um ein Glas Wasser, denn seine Kehle war wie mit Sand gefüllt, aber er brachte keinen Ton heraus. Das letzte, was er wahrnahm, waren ihre großen, schwarzen Augen, die ihn mit rätselhafter Intensität musterten, und das Klatschen der Brandung an der Hafenmauer, dann fiel etwas Schwarzes auf ihn herab, vielleicht das gelöste Nest ihres Haares, und es wurde finster um ihn.

4

»Zum Donner, Mr. Thompson«, tadelte Stephen Mortimer mit dröhnender Baßstimme, »bei dieser Witterung empfiehlt es sich, nicht vor der Abenddämmerung zu trinken.«

»Und nicht vor dem Morgengrauen damit aufzuhören.« Paul Climpsey zwinkerte Robert zu, seinen fuchsroten Schnurrbart zwirbelnd. Dazu machte er eine verstohlene Grimasse in Richtung seines Freundes, Stephen Mortimer, der an der Kaimauer lehnte, die Arme vor dem massigen Leib verschränkt. »Es sei denn«, fügte Climpsey hinzu, »Sie gedenken, in der gleichen Nacht noch weiteren Lastern zu frönen.«

Robert hockte zwischen den beiden auf der Mauer, mit dem Rücken zum gleißenden Türkis des Meeres. Nie zuvor hatte er sich auch nur annähernd so elend gefühlt wie in diesem Moment, so kraftlos und durcheinander. Er verstand überhaupt nicht, wie er hierhergeraten war, aus der Düsternis des Gäßchens zurück in die blendende Helligkeit des Kais, und noch viel weniger vermochte er zu begreifen, wieso er sich auf einmal in der Gesellschaft dieser beiden Gentlemen befand, flüchtiger Rum-Kumpane aus der *Mahogany Bar*. Er mußte kurzzeitig das Bewußtsein verloren haben, kein Wunder bei dem grauenvollen Gestank, der zwischen den Hütten herrschte, aber was um Himmels willen war dann geschehen? Wohin war die junge Mayafrau davongelaufen? Von der Bildfläche verschwunden war sie zweifellos. Denn so benommen er sich auch fühlte, war er sich doch sicher, daß sie die Nähe von Mr. Climpsey und seinem bulligen Gefährten Stephen Mortimer meiden würde.

Minutenlang hatte sich Paul Climpsey an dem verbeulten und besudelten Panamahut zu schaffen gemacht, nun reichte er ihn Robert mit einer kleinen Verbeugung zurück. »Dort vorne lagen Sie, Mr. Thompson«, sagte er und deutete mitten auf die Straße, wo ein gewaltiges Schlagloch, gefüllt mit braunem Wasser, im Abendlicht funkelte. Eben sprang eine Horde nackter Kinder hinein, so daß die Bracke fünf Fuß hoch spritzte. »Seitlich zu Boden gestreckt«, fuhr Climpsey fort, »und Ihr rechter Arm hing bis zum Ellbogen in jenem Schlammloch, als ob Sie ... Verzeihung ...« Ein Lachanfall schüttelte seine Gestalt, die fleischlos schien, zugleich überbeweglich wie der Körper eines wilden Tieres, gehüllt in schlotternd weiten, sonnengebleichten Tweed. »Bitte um Vergebung, aber es sah in der Tat … nun, es wirkte …« Er machte eine um Nachsicht heischende Grimasse, wandte sich um und starrte aufs Meer hinaus. Seine Schultern bebten.

»Aber wie unhöflich, Paul«, tadelte Mortimer seinen Gefährten. »Betrunken oder nicht – es war eben eine Unpäßlichkeit, zum Donner, wie sie jedem widerfahren kann.«

Robert sah nur kurz in Mortimers rundes Gesicht, über dem sich schüttere fahlgelbe Haarbüschel himmelwärts sträubten, und senkte gleich wieder den Blick. Der harte Ausdruck seiner wasserblauen Augen strafte Mortimers mitfühlende Worte Lügen. Auch den Panamahut hatte Robert nur kurz angesehen, dann angeekelt auf die Mauer neben sich gelegt. Paul Climpsey hatte gar nicht ernsthaft versucht, seinen Hut zu säubern, sondern ihn nur ärger zerdrückt und den Unrat, mit dem er besudelt war, auf widerliche Art bis unter das Schweißband verschmiert. Plötzlich empfand Robert Abscheu vor diesen falschen Freunden, die sich auf seine Kosten belustigten und offenbar die niedrigste Meinung von ihm hegten. Wie sehr er es jetzt bereute, daß er sich jemals mit ihnen eingelassen und, die Wahrheit zu sagen, seit seiner Ankunft jeden einzelnen Abend in der *Mahogany Bar* mit ihnen gezecht hatte – gezecht und von sagenhaften Mayaschätzen phantasiert, die er bald schon im unzugänglichsten Dschungel aufspüren werde. Am liebsten wäre er einfach aufgestanden und davongegangen, die beiden Halunken ihrer Gemeinheit überlassend, aber seine Knie fühlten sich noch immer weich an. Außerdem mußte er in Erfahrung bringen, was ihm überhaupt widerfahren war, in den Minuten seiner Absence, und da er nicht hoffen durfte, daß die beiden ihm geradeheraus die Wahrheit erzählen würden, mußte er eben versuchen, sie ihnen auf andere Weise zu entlocken.

Aber während er sich diesen Plan zurechtlegte, machte er eine Entdeckung, die ihn so sehr entsetzte, daß er die Augen aufriß. Mortimer stand noch immer vor ihm, breitbeinig, die Hände in den Taschen seines karierten Jacketts. Starr blickte Robert auf den glitzernden Punkt, der sich unter Stephen Mortimers Adamsapfel abzeichnete, ein Oval aus Perlmutt, in Gold gefaßt, zweifellos genau der väterliche Knopf, der vorhin von seinem eigenen Kragen gesprungen war. Das kann ja nicht sein, dachte er, erschrocken weniger über die Unehrlichkeit der beiden Trinkkumpane als über den Abgrund, der sich in seinem Innern auftat. Das Gäßchen zwischen den Hütten, dachte er, die Mayafrau, wie sie sich über ihn beugte – sollte er das wirklich alles nur geträumt haben?

Wieder und wieder klatschte die Brandung an die Kaimauer unter ihm, die bei jedem Stoß leise vibrierte. Für einen Moment mußte Robert die Augen schließen, von Schwindelgefühl erfaßt. Als er sie wieder öffnete, nestelte Mortimer eben an seinem Kragen, halb von ihm abgewandt. Nun drehte er sich wieder um, mit einem aufmunternden Lächeln für Robert, und anstelle des perlmutternen Schmuckstücks prangte an seinem Kragen ein einfacher Knopf aus weißem Schildpatt.

»Der Abend dämmert«, sagte Paul Climpsey. Die Enden seines fuchsroten Schnurrbartes zuckten. »Laßt uns in Ehren einen Krug Rum leeren, Gentlemen. Darin steckt mehr Wahrheit als in allen Schlammlöchern von Yucatán.«

5

Die *Mahogany Bar* befand sich in der massiven Außenmauer von Fort George, in einem Gewölbe zehn Fuß unter der Erde. Von Climpsey und Mortimer an den Schultern zugleich geschoben und gehalten, stolperte Robert die schmale Treppe hinab und durch den schmierigen Ledervorhang, der die Türöffnung verschloß. Hier unten herrschte eine ewige, von Petroleumfunzeln nur dürftig aufgehellte Nacht. In langen Reihen standen rohgezimmerte Tische und Bänke aus altersschwarzem Mahagoni, besetzt mit Zechern, die sich in widrigen Gesängen und Prahlereien ergingen. Die Decke war so niedrig, daß Robert im Eintreten wie jedesmal den Kopf einzog. Ein atemabschnürender Geruch nach nassem Stein, vergossenem Rum und

Schweiß, nach Zigarrenrauch und Erbrochenem erfüllte den weitläufigen Raum, in dem nur der Wirt zu jeder Zeit seinen nüchternen Verstand zu wahren schien. Jedenfalls hatte Robert in all den Wochen, die er nun schon hier verkehrte, noch nie beobachtet, daß der hagere Mann hinter dem Tresen auch nur ein Gläschen Rum zu den Lippen geführt hätte oder gar nach Art seiner Gäste durch den Raum getaumelt wäre.

Immer noch lagen die Hände von Climpsey und Mortimer auf Roberts Achseln, und er mußte seine ganze Selbstbeherrschung aufwenden, um die beiden nicht einfach abzuschütteln. Paul Climpsey mochte etwa in seinem Alter sein, Anfang Dreißig, Mortimer wenig darüber, und doch fühlte sich Robert in ihrer Gegenwart meist wie ein halbwüchsiger Junge, der von älteren Burschen drangsaliert wurde. Zielstrebig schoben sie ihn durch den Raum, zwischen Tischen und Bänken hindurch, auf den hufeisenförmigen Tresen zu. Sie behandelten ihn wie ein Besitztum, dachte Robert, aber damit würde noch heute Schluß sein. Er verstand überhaupt nicht mehr, wieso er es so weit hatte kommen lassen, aus Einsamkeit, aus Furcht vor der Fremde, dachte er. Dabei war es doch offensichtlich, daß er selbst den beiden ganz gleich war, allenfalls interessierten sie sich für seine Barschaft, gute hundert Pfund, die er ihnen neulich abends offenbart hatte.

Schnaufend erklomm Mortimer den Hocker zu seiner rechten Seite, behende schwang sich Climpsey zu seiner Linken auf einen Schemel, wobei er dem Wirt ein Zeichen machte. Der nickte ihnen zu und begann, drei Krüge mit Zuckerrohrschnaps zu füllen.

Aus unerfindlichem Grund wurde der Wirt der *Mahagony Bar* »Youngboy« genannt, dabei war er sicher schon weit in den Vierzigern, eine knochige Gestalt, beinahe so hochgewachsen wie Robert und von kränklichem, hohläugigem Aussehen. Robert empfand einen unbestimmten Respekt vor dem stets schwarzgekleideten Regenten dieses unterirdischen Reiches, doch da er es weder wagte, ihn nach seinem bürgerlichen Namen zu fragen, noch den albernen Spottnamen über die Lippen brachte, hatte er bis auf einige Floskeln noch kein Wort mit Youngboy gewechselt.

Als erstes, so hatte er beschlossen, würde er sich durch einen oder zwei Krüge Rum kräftigen und währenddessen versuchen, aus Climpsey und Mortimer herauszuholen, was in den Minuten seiner Ohnmacht geschehen war. (Im Grunde gab es nur zwei Möglichkeiten, dachte er, und das Dumme daran war, daß sie sich gegenseitig ausschlossen.) Anschließend würde er Mortimer auf den Kopf zusagen, daß er ein Dieb sei, und ihn auffordern, den perlmutternen Kragenknopf herauszugeben, den er unrechtmäßig an sich gebracht habe. All diese schönen Worte hatte sich Robert zurechtgelegt, während die beiden Kumpane ihn unter munteren Wortwechseln quer durch die Stadt geschleppt hatten, von Belize Town über die stets belebte Swing Bridge und vorbei an Molton House bis hierher, zu dem riesigen Fort George mit seinen himmelhohen, von Alter und Meersalz geschwärzten Mauern, gegen die Piraten und Spanier in früheren Jahrzehnten immer wieder angerannt waren.

Youngboy stellte die gefüllten Krüge vor ihnen auf den Tresen, wortlos. Robert sah ihn an und wollte ihm eben zunicken, als ihm ein weiterer niederdrückender Gedanke kam: Seine Schultertasche – wo um Himmels willen mochte sie geblieben sein? Er erstarrte in der Bewegung, und der Schweiß brach ihm aus, obwohl hier im Gewölbe eine fast unangenehme Kühle herrschte. Die Tasche enthielt nicht nur seine Zeichenutensilien, Graphitstifte, Feder, Tintenfaß und einige gerollte Papierbögen, sondern ins Futter eingenäht auch die Hälfte seiner Barschaft, vierzig oder fünfundvierzig Pfund. Er knirschte mit den Zähnen. Diese Schurken, dachte er, wenn ich jetzt nicht ruhig und überlegt handle, bekomme ich weder den Knopf noch mein Geld jemals zurück. Aber wie sollte er nur vorgehen? An einem der langen Tische hinter ihnen wurde ein neues Trinklied angestimmt, auf spanisch diesmal – *Tequila*, verstand Robert, *Habana, Chica*, und als Refrain immer wieder: *Paraíso!*

»Als Sie mich … dort fanden, Mr. Mortimer, trug ich da nicht noch etwas bei mir?« Er versuchte seine Worte beiläufig klingen zu lassen, aber seine Stimme zitterte, und er mußte sich zwingen, sich nach rechts zu wenden und Mortimer ins Gesicht zu sehen.

Fahlgelbe Augenbrauen schoben sich auf Stephen Mortimers Stirn in die Höhe, so daß sich seine wasserhellen Augen über den fleischigen Wangen unnatürlich weiteten. Warum war ihm nie zuvor aufgefallen, wie sehr Mortimer einer Katze glich, einem massigen, zusätzlich aufgeplusterten Kater, der Gier und Grausamkeit hinter einer gemütvollen Maske verbarg?

»Was für ein Etwas soll das denn ungefähr gewesen sein, Mr. Thompson?«

Robert wandte sich nach links. Climpsey zwirbelte seinen roten Schnurrbart, unter dem die Mundwinkel schon wieder verräterisch zuckten. Treiben Sie doch bitte nicht ein solches Spiel mit mir, wollte er sagen, aber er sah Climpsey nur an, gebieterisch, wie er hoffte, wobei er keineswegs zum ersten Mal dachte: Mit seiner mageren Gestalt, dem roten Schnurrbart und dem fast dreieckigen Gesichtsschnitt erinnerte Paul Climpsey nur allzu sehr an einen Fuchs. »Ich war auf dem Weg zum Government House«, erklärte er in unschlüssigem Ton, »ich wollte ein Seestück zeichnen, wie an jedem Nachmittag. Sollte ich da nicht meine Tasche mit mir geführt haben – Sie erinnern sich doch, Gentlemen, jenen etwas unförmigen Leinenbeutel, in dem ich Stifte, Papier und ähnliches zu verstauen pflege?« Seine Stimme klang immer noch brüchig, und dieser Klang entsprach nur zu sehr dem Grad seiner Zuversicht, die nahezu in Trümmern lag.

»Wohlsein!« Mortimers Baß dröhnte, die beiden Kumpane hoben die Krüge, und notgedrungen griff auch Robert nach seinem Krug und prostete ihnen zu.

»Ihren Beutel also?« Climpsey knallte seinen leeren Krug auf den Tresen, rückte seinen Schemel näher zu Robert und blies ihm seinen Rumatem ins Gesicht. »Und Ihren Pinsel, Mr. Thompson?« Er klickerte ein schütteres Kichern in Roberts Ohr. »Und diese elementare Bestückung vermissen Sie jetzt, sagten Sie?«

Robert wandte sich ab und sah starr vor sich auf den Tresen. Am besten, dachte er, trennte er sich sofort von den beiden, ohne ein weiteres Wort. Wenn er noch länger bei ihnen blieb, würden sie ihn nur immer weiter quälen und sich an seiner Furcht und Entwürdigung weiden, aber sie würden ihm niemals zurückgeben, was ihm gehörte. Und noch viel weniger würde er je von ihnen erfahren, was heute nachmittag geschehen war, als er bewußtlos am Boden lag.

»Aber vielleicht kann Ihnen diese Fundsache über Ihren Verlust hinweghelfen, Mr. Thompson?« Climpsey hatte sich noch weiter zu ihm herübergebeugt, und jetzt legte er auch noch seinen rechten Arm um Roberts Schultern. Mit der Linken schwenkte er eine Papierrolle, die anscheinend in seinem überweiten Umhang verborgen gewesen war. »Es handelt sich zwar nicht gerade um ein Seestück, Mr. Thompson, aber immerhin …« Und er entrollte mit großer Gebärde den Bogen und legte ihn vor Robert ausgebreitet auf den Tresen.

6

Robert spürte die Blicke der beiden Kumpane, die einander über seinen Kopf hinweg Zeichen machten, doch in diesem Moment kümmerte es ihn nicht. Still sah er auf das Blatt hinab, das er auf den ersten Blick wiedererkannt hatte, selbst im kargen Schein der Petroleumlampe, die entschieden mehr Qualm als Licht von sich gab.

Die Skizze zeigte einen reizvollen Fleck im Park von Government House. Auf einem penibel beschnittenen Grasstück erhob sich eine Zwillingspalme, deren beide Stämme so eng nebeneinander und in solchem Gleichmaß emporgewachsen waren, daß man nicht mit der flachen Hand dazwischenkam und selbst die Strahlen der Sonne sich kaum hindurchzwängen konnten. Auf dem Rasen dahinter bildete die Doppelpalme einen länglichen Schattenfleck, der von der Helligkeit ringsum so scharf abstach, daß er beinahe wie ein Abgrund wirkte, ein klaffender Schacht ins Nirgendwo.

Zögernd hob Robert den Kopf, noch immer vermied er es, Climpsey oder Mortimer anzusehen. Das Herz hämmerte ihm in der Brust. So stand es also fest, dachte er, sie hatten auch seine Tasche gestohlen, denn natürlich stammte diese Zeichnung aus seinem Besitz. Er selbst hatte sie angefertigt, vor einigen Tagen, und kaum erst zur Hälfte vollendet, eine von Mary gern getadelte Gewohnheit. Auch wenn er sich nicht daran erinnerte, genau dieses Blatt in seiner Schultertasche mit sich geführt zu haben, so nahm er doch stets mehrere unfertige Blätter auf seine Exkursionen mit, da er meist an etlichen Zeichnungen gleichzeitig arbeitete. Und wie anders hätte Climpsey diese oder irgendeine seiner Zeichnungen an sich bringen sollen, wenn nicht, indem er sie aus seiner Tasche stahl?

Abermals sah er auf das Blatt hinab, und seine Gedanken schweiften von den ungetreuen Kumpanen zu dem reizvollen Fleck im Park der Gouverneursvilla zurück. Irgend etwas befremdete ihn an dieser Zeichnung, er rückte sogar die fauchende Ölfunzel ein wenig näher, um die Einzelheiten der Skizze besser zu sehen. »Der Besitz dieses Bildes«, hörte er Climpseys spöttische Stimme, »scheint Mr. Thompson so vollkommen zu trösten, daß er weder Beutel noch Pinsel vermißt.« Doch Robert nahm die Hohnworte nur am Rande wahr, wie ihm auch die Gesänge der Betrunkenen in seinem Rücken und die gurgelnden Laute, mit denen Mortimer seinen zweiten oder dritten Rumkrug leerte, nur vage bewußt wurden. Unverwandt starrte er auf das Bild hinab, als wäre es das Werk eines Fremden, und auch nachdem er herausgefunden hatte, was ihn an dieser Zeichnung so sehr erstaunte, blieb er noch längere Zeit in derselben Haltung sitzen, tief über das Blatt gebeugt.

Es kann ja nicht sein, dachte er wieder und wieder, das ungewisse Licht hier im Gewölbe foppt mich, oder ist es mein Verstand, der sich verdunkelt hat? Er nahm einen Schluck aus seinem Krug, den er kaum erst angerührt hatte, und zugleich mit dem Rum, der durch seine Kehle herabrann, spürte er, mit untrüglicher Gewißheit, daß er keinem Irrtum, keiner Verwirrung aufgesessen war.

Der längliche Schattenfleck auf seiner Zeichnung hatte die Umrisse eines liegenden Menschen, genauer gesagt, einer auf der linken Seite liegenden Frau. Das allein war erstaunlich genug, denn als er die Zeichnung angefertigt hatte, war ihm durchaus nicht bewußt gewesen, daß der Schatten irgend etwas anderes darstellen könnte als eben einen länglichen Schatten, wie er sich durch die zufällige Konstellation von Sonnenwinkel und Palmstämmen ergab. Aber noch weit erstaunlicher, ja vollkommen unbegreiflich schien ihm, daß der Schattenriß klar und deutlich das Profil jener jungen Frau zeigte, der er heute gefolgt war, tatsächlich oder im Ohnmachtstraum. Mit dem Nagel seines linken Ringfingers fuhr er die Umrisse behutsam nach: Ihre kräftigen Waden, die sich selbst im Liegen nach außen wölbten, die schlanke, hochgewachsene Gestalt, der üppige Busen, das ein wenig vorgereckte Kinn unter der aufgestülpten Nase – kein Detail ließ sich entdecken, das nicht zu ihr gepaßt hätte, wie umgekehrt keine charakteristische Einzelheit fehlte, nicht einmal die Umrisse des Vogelnestes, zu dem ihr Haar so kunstvoll aufgesteckt war.

Robert lächelte nun vor Verwunderung, während er auf die Skizze hinabsah, auf den rätselhaften Schattenriß, der von seiner Hand war und doch nicht sein eigenes Werk schien. Dann erst wurde ihm eine weitere Analogie bewußt, die weit offenkundiger war als der winzige Umriß einer aufgestülpten Nase oder die komplizierten Konturen nestförmig aufgesteckten Frauenhaars. Die Gestalt auf seiner Skizze, wen immer sie darstellen mochte, ruhte in genau der gleichen Haltung am Boden, in der Mortimer und Climpsey ihn angeblich vorgefunden hatten, ohnmächtig am Rand jenes Schlammlochs liegend.

Was auch immer all diese Vorfälle zu bedeuten hatten, Robert fühlte auf einmal, daß sie ihn kräftigten. Als er nun neuerlich aufsah, war sein Blick so entschieden wie der Ton, mit dem er sich an Climpsey wandte. »Meine Tasche, Mr. Climpsey, wo ist sie?«

Paul Climpsey zog die Schultern hoch. »Sie werden uns doch nicht grollen, Mr. Thompson, wegen unseres kleinen Scherzes?« Er griff unter seinen weiten, unförmigen Umhang, unter dem er jederzeit die absonderlichsten Dinge hervorzuzaubern verstand.

»Zum Donner, einen Moment noch, Paul.« Mortimers Baß grollte gebieterischer, als Roberts Zorn es jemals vermocht hätte. »Selbstverständlich vergreifen wir uns nicht am Eigentum eines Gentleman. Also soll Mr. Thompson seine Tasche zurückerhalten – wenn er gelobt, sich künftig auch wie ein Gentleman zu betragen.«

Robert wandte sich zu ihm um. »Wann hätte ich …«

Doch Mortimer legte nur einen fleischigen Finger auf seine Lippen, eine unerwartet feierliche Gebärde. »Geloben Sie, Mr. Thompson, künftig nicht mehr Ihre Kameraden zu verdächtigen, die Ihnen gewiß nichts Übles wollen und Sie heute aus einer mehr als unangenehmen Lage gerettet haben?«

Robert nickte überrumpelt. Er fing einen Blick von Youngboy auf, der hinter seinem Tresen an der Wand lehnte und ihnen aufmerksam zuzuhören schien. Als Robert ihm ein Zeichen mit den Augen machte, wandte sich der Wirt um und begann drei neue Rumkrüge zu füllen, dabei hatte er ihm nur bedeuten wollen, daß bei ihnen alles in Ordnung sei.

»Hier ist Ihre Tasche, Mr. Thompson.« Climpsey hängte ihm den leinenen Beutel über die Schulter, auch er klang nun ein wenig gekränkt. »Bitte überzeugen Sie sich, daß nichts von Ihrem Besitztum fehlt.«

»Das … wird nicht nötig sein«, preßte Robert hervor. »Ich stehe in Ihrer Schuld und danke Ihnen vielmals, Gentlemen.«

Erst später an diesem Abend wagte er es, verstohlen über das Futter seiner Tasche zu tasten, und noch viel später, nach dem sechsten oder siebten Krug, begann ihm zu dämmern, daß Mortimer ihn der Möglichkeit beraubt hatte, jemals jenen Kragenknopf von ihm zurückzufordern, ohne sein Gelöbnis zu brechen. Und je betrunkener er wurde, desto schmerzlicher schien ihm gerade der Verlust des väterlichen Erbstücks, doch nicht nur dieses Schmerzes wegen verbrachte er den Abend und die halbe Nacht zwar in Gesellschaft der beiden Freunde, am Tresen der *Mahogany Bar*, wechselte aber in all den Stunden mit Mortimer und Climpsey kaum mehr als die nötigsten Worte.

Vor seinem geistigen Auge sah er unablässig die rätselhafte Mayafrau, einmal ihre wirkliche Gestalt, die vor ihm durch die Straßen eilte, dann wieder ihren liegenden Schattenriß im Gras.

7

Als Robert am nächsten Morgen zu sich kam, geweckt durch die dröhnenden Glocken der St. John's Cathedral, glaubte er sich einen qualvollen Moment lang nach London versetzt, in sein Jugendzimmer über dem Charles Square. Dort hatten die Glocken der nahe gelegenen St. Paul's Church ebenso mißtönend die Morgenstille zerklöppelt, und dort war er an jedem Sonntagmorgen von seinen Eltern und seiner Schwester Madge zum Gottesdienst getrieben worden, wo er in der

Chorbank mehr als einmal in Schlaf gesunken war, überwältigt von Weihrauchduft und Müdigkeit.

Aber er befand sich nicht mehr am Charles Square, das alles hatte er hinter sich gelassen, dem Himmel sei Dank. Reglos lag er in seinem Bett, hinter den verhängten Fenstern seines Zimmers in Molton House. Sein Schädel schmerzte, seine Zunge fühlte sich pelzig an, und wie an jedem Morgen verfluchte er den Rum, dem er auch in dieser Nacht unmäßig zugesprochen hatte. Lieber als Trunkenbold in der *Mahogany Bar* enden, dachte er aber, als am Charles Square das Leben eines hölzernen Hampelmannes führen, angekettet an Mary und die Manufaktur, an hundert Clubs und tausend totenfahle Traditionen.

Auf einmal spürte er, wie in seinem Innern etwas aufflackerte, ein Vorgefühl, ein Flämmchen der Angst vielleicht, das gleich wieder zusammensank. Minutenlang lauschte er in sich hinein, erschrocken, mehr noch erwartungsvoll, doch das Gefühl blieb unbestimmt, ein unstetes Glühen am Grund seiner Seele.

Immer lauter schienen die Glocken zu dröhnen, der Schall brauste über den Hafen bis herüber zum Fort George, in dessen mächtigem Schatten Molton House lag. Robert warf seine Decke zurück und setzte sich auf. Natürlich würde Mrs. Molton erwarten, daß er sie wie an jedem Sonntag zum Gottesdienst begleitete, um an ihrer Seite dem Sermon von Hochwürden Christopher Seed zu lauschen. Und zweifellos würde er, wie an jedem Sonntag, ihrem Wunsch entsprechen, der eher einem Befehl glich, einem übernatürlichen Gebot. Das Pochen hinter seiner Stirn schwoll an, zu schmerzvollem Klopfen, und nicht zum ersten Mal fragte er sich, warum er sich ausgerechnet im Haus einer Lady einquartiert hatte, die haargenau so kalt und frömmlerisch wie seine Mutter war.

Draußen im Flur hörte er das Rauschen des Promenadenkleides von Mrs. Molton, deren Schleppe mehrmals wie zufällig gegen seine Tür schlug. Er konnte förmlich spüren, wie ihr Zorn auf ihn von Minute zu Minute wuchs. Seit einer Woche war er der einzige zahlende Gast in der kleinen Pension, die aus vier Zimmern inmitten des geräumigen Haushalts bestand. Die Pensionsgäste frühstückten mit der Lady am selben Tisch und waren eingeladen, auch die Abende mit ihr im Salon zu verbringen, bei dünnem Tee und bizarrer Konversation über den seligen Mr. Molton, der im Krimkrieg sein Leben gelassen hatte, oder vor allem über die »Organisation Ihrer Majestät zur Bekehrung der Urwaldindianer«, der Mrs. Moltons ganze späte Leidenschaft galt. Bleichhäutig und hager saß sie allabendlich in ihrem Chintzsessel, eine modebewußte Matrone mit tailliertem, nachschleppendem Kleid, und schwadronierte von der »teuflischen Wildnis des Heidentums«, die es »zum Lob des Herrn« urbar zu machen gelte. Allerdings hatte Mrs. Molton den Urwald noch nie mit eigenen Augen gesehen, obwohl dieser höllische Bezirk zehn Schritte vor den Toren von Fort George begann, und noch weniger war sie jemals jener »Urwaldindianer« ansichtig geworden, deren Bekehrung ihr so sehr am Herzen lag. Was indessen auch auf ihn selbst zutraf, dachte Robert, und in seinem Fall noch weit beschämender war, schließlich war er eigens von London nach Britisch-Honduras gereist, um auf den Spuren des kühnen Frederick Catherwood versunkene Mayaschätze zu entdecken.

Als der Schmerz in seinem Schädel ein wenig abgeebbt war, erhob er sich und ging zu seinem Waschtisch, wo er sich, mit dem Rücken zu Queen Victoria, in seinen Emaille-Nachttopf erleichterte. Zugleich klopfte Mrs. Molton an seine Tür und rief mit krächzender Stimme: »Bei unserem Herrgott, Mr. Thompson, beeilen Sie sich!«

Die Glocken brausten und dröhnten. Robert trat vor den Rasierspiegel, warf sich einige Hände voll lauen Wassers ins Gesicht und schabte sich die Stoppeln von Kinn und Wangen. Als er sich mit der Klinge über die Kehle fuhr, flackerte erneut jenes unbestimmte Gefühl in ihm auf, Angst oder Erwartung, ein leises Schwanken des Bodens unter ihm. Aus irgendeinem Grund mußte er auf einmal an Enrico Grimaldi denken, die umwerfendste Persönlichkeit, auf die er jemals getroffen war. Wenn es ein Ereignis in seinem Leben gab, dachte er, das ihn seiner Familie, seiner Verlobten, seiner ganzen Londoner Herkunftswelt auf einen Schlag entfremdet hatte, dann war dies seine Begegnung, vor ziemlich genau zwei Jahren, mit dem unerwartet jungen Magnetiseur. Grimaldi hatte ihn aus der bürgerlichen Bahn geworfen, von einem Moment auf den anderen, sagte sich Robert. Nicht lange, nachdem er von Grimaldi hypnotisiert worden war, hatte er zum ersten Mal von jenem Strom geträumt, auf dem er im Boot dahintrieb, unter dem leuchtend grünen Gewölbe des Waldes, in vollkommener Glückseligkeit.

Hastig fuhr er in seinen Anzug, ein feierliches Modell aus schwarzem, viel zu dickem Flanell, in das er sich nur Sonntagmorgens zum Kirchgang zwängte. Währenddessen ließ Mrs. Molton im Flur wieder und wieder ihren Schlüsselbund erklirren, und die Glocken dröhnten, daß selbst die klafterdicken Mauern von Fort George erbebten.

Roberts Kopf schmerzte immer noch teuflisch, als er mit Bürste und Pomade seinen fahlbraunen Schopf bändigte, und seine Hände zitterten sogar ein wenig, als er die Schultertasche vom Haken neben der Verandatür nahm.

»Mr. Thompson, Sie versündigen sich an Ihrem Schöpfer!« verkündete ihm Mrs. Molton durch die Flurtür.

»Ich bin sofort unten, ich nehme den Weg über die Veranda.« Robert antwortete mechanisch. So plötzlich, wie frische Luft in ein Einmachglas strömt, war die Erinnerung in sein Bewußtsein zurückgekehrt, an die Absence, die ihn gestern in der Hafenstraße niedergestreckt hatte, an die junge Mayafrau und an Climpsey und Mortimer, die seine Lage für ihre trüben Zwecke ausgenutzt hatten.

Er zog das Blatt mit der Zeichnung aus seiner Tasche, um sich rasch noch einmal zu vergewissern, daß der Schattenfleck tatsächlich ganz genau die Umrisse der jungen India aufwies. Zumindest das konnte doch keine bloße Einbildung sein, dachte er, während die Glocken schon matter zu läuten schienen und Mrs. Molton immer bitterer ihren Schlüsselbund erklirren ließ. Unten auf der Straße hörte er das Schnauben des Kutschpferdes und die halblaute Stimme des Kutschers, der beruhigend auf seine Mähre einsprach, aber Robert nahm all diese vertrauten Geräusche nur ganz am Rande wahr. Jenes unbestimmte Gefühl in seinem Innern war wieder wach geworden, ein Flackern der Angst oder Erwartung, und es schien stärker zu werden, während er den Bogen mit der Schattenzeichnung aufrollte.

Längere Zeit hielt er das Blatt einfach nur vor sich in den Lichtstrahl, der durch einen Spalt zwischen den Vorhängen fiel. Im ersten Moment hatte er geglaubt, daß er den falschen Bogen ergriffen hätte, daß diese Zeichnung etwas ganz anderes darstellte, keine Zwillingspalme, keinen anmutigen Schattenriß. Aber es war weit ärger. Im Verlauf der Nacht mußten sich etliche Mundvoll Rum, vermengt mit Zigarrenasche, über das Blatt ergossen haben, das lange Zeit, wie er sich nun entsann, vor ihm auf dem Tresen gelegen hatte, zwischen Tabaksbeuteln und Krügen. Irgendwann in der Nacht hatte er es zusammengerollt und wieder in seine Tasche gesteckt, aber offenkundig zu spät: Wo gestern noch der geheimnisvolle Schattenriß zu sehen war, mit den Umrissen der auf der Seite liegenden jungen India, prangte jetzt ein unförmiger Fleck, klobig wie der Abdruck eines Klumpfußes.

8

Während der gesamten, immerhin fast zehnminütigen Kutschfahrt zweifelten weder Robert noch gar Mrs. Molton auch nur einen Augenblick daran, daß er an ihrer Seite in die Kathedrale schreiten würde, wie an jedem Sonntag seit seiner Ankunft in Fort George. In scharfem Trab ratterten sie durch die Cork Street, deren gediegene einstöckige Häuser mit den umlaufenden Veranden über steilen Freitreppen so ungemein britisch wirkten, auch wenn die ganze Herrlichkeit bloß aus Holz errichtet war. Gleich darauf bogen sie in die Fort Street ein, die breiter als die Cork Street, aber ungepflastert war und mit Schlaglöchern übersät. Wie Puppen, die ein launisches Kind durcheinanderwirft, wurden Robert und Mrs. Molton in der Kutsche des seligen Lieutenant Molton auf ihren Sitzen umhergeschleudert, und mehrfach mußte die Lady eine eisgraue Strähne, die sich unter den Stößen der Droschke gelöst hatte, wieder unter ihr gefiedertes Hütchen schieben.

Währenddessen wechselten die beiden kein einziges Wort. Mrs. Molton sah starr an ihm vorbei, wie eine Mutter, die ihren unartigen Sohn strafen will. Es war stickig heiß in der Kabine, und die Polster strömten einen Geruch von Kampfer und fortgeschrittener Fäulnis aus, der Robert den Atem nahm. Die Sonne schien vom locker bewölkten Himmel, und das Wasser des Haulover Creek, dessen Mündung sie überquerten, gleißte in allen möglichen intensiven Schattierungen von Grün und Türkis. Das zum Zerbrechen gestärkte Hemd unter Roberts Flanellanzug war bereits schweißgetränkt, als sie endlich das Nadelöhr der Swing Bridge hinter sich ließen.

Im Glockenturm von St. John waren schon vor Minuten die letzten Schläge verhallt, und je näher sie der Kathedrale kamen, desto deutlicher erschallte der Gesang, den die Gemeinde zum Lob des Herrn anstimmte, von asthmatischem Orgelbrausen untermalt. Der Kutscher preschte bis vor das Kirchtor, wo er ihr Gefährt so unvermittelt zum Stehen brachte, daß Robert und Mrs. Molton einander beinahe in die Arme fielen. Tatsächlich faßte Robert erst in diesem Moment den Entschluß, der in den Augen der Lady nichts anderes als äußerster Frevel sein konnte, Rebellion gegen den Herrscher im Himmel und die britische Majestät. Er sprang auf die Straße hinab, half Mrs. Molton aus der Kutsche und entzog ihr dann mit sanfter Entschiedenheit seinen Arm.

»Ich werde heute nicht am Gottesdienst teilnehmen, Mrs. Molton«, teilte er ihr mit, machte eine kleine Verbeugung und ließ sie vor der Ziegelfassade von St. John's Cathedral stehen. Auch ohne sich noch einmal nach ihr umzublicken, konnte er sich vorstellen, wie sie ihm mit einer Miene eingefrorener Empörung nachsah, als er die Straße überquerte und auf der anderen Seite im Park von Government House verschwand.

Britisch-Honduras war eine winzige Kolonie, vielleicht der ärmlichste und unbedeutendste Fleck im gesamten Empire Ihrer Majestät, und so war auch der Park des Gouverneurs von Britisch-Honduras kaum mehr als ein weitläufiger Garten. Bougainvillea-Hecken säumten den unvermeidlichen britischen Rasen, ein Karree von knapp einem halben Morgen, darauf verstreut zwei Dutzend schlanker Palmen, die sich zur Kathedrale hin zu verbeugen schienen. Rechter Hand erhob sich das White House von Belize, die weiß angestrichene Holzvilla des Gouverneurs, keine zwanzig Schritte dahinter glitzerte und funkelte die karibische See. Ein gesandeter Pfad säumte den Garten, ein breiterer, rot geschotterter Weg führte von der bewachten Straßenpforte schnurgerade zum Gestade, wo die Jacht des Gouverneurs vor Anker lag und zwei rostige Kanonen den leeren Horizont bedrohten.

Robert trat von der Regent Street in den Park und grüßte flüchtig die beiden Uniformierten, die in ihrem Schildhäuschen Schutz vor der

Sonne gesucht hatten. Die Wachsoldaten wie auch die Verwaltungsbeamten des Gouverneurs hatten sich längst an den Anblick des Zeichners gewöhnt, der seit Wochen beinahe jeden Nachmittag in ihrem Park verbrachte.

Wenige Schritte, nachdem er das Wachhäuschen passiert hatte, verließ Robert den Hauptweg und ging linker Hand quer über den Rasen, auf die Zwillingspalme zu. Auf einmal meldete sich wieder jenes unbestimmte Gefühl – Angst, dachte er, oder bange Erwartung. Aber Erwartung wessen oder Angst wovor?

Als er die drei Gestalten sah, die hinter der Doppelpalme auf dem Rasen hockten, umfaßte er den Riemen seiner Schultertasche und verlangsamte seinen Schritt. Es waren drei Männer, wie er nun erkannte, dunkelhäutig, in der einfachen weißen Tracht der Maya.

Erst als er seine Enttäuschung spürte, wurde ihm klar, wie sehr er darauf brannte, sich zu vergewissern, ob seine Einbildung ihn abermals gefoppt hatte. Aber solange die drei Männer dort auf dem Rasen hockten, aufgereiht auf dem länglichen Schattenfleck hinter der Doppelpalme, konnte er unmöglich feststellen, ob der Schattenriß tatsächlich die Umrisse jener India trug. Und noch viel weniger konnte er die Szene aufs neue zeichnen, solange diese stämmigen Mayamänner dort im Gras kauerten, reglos wie Steinskulpturen.

Er machte einige weitere Schritte und nickte ihnen zu, ohne irgendeine Reaktion hervorzurufen. Was suchten sie überhaupt hier, im Garten des britischen Gouverneurs? Wieder spürte Robert jenes leise innere Schwanken, als ob unter seinen Füßen der Boden wankte oder vielleicht eher der Grund seiner Seele. Für einen Moment mußte er abermals an Grimaldi denken, an sein erschütterndes Zusammentreffen mit dem Magnetiseur. Er schloß die Augen und öffnete sie gleich wieder, doch die drei braunen Männer hockten immer noch in genau derselben Haltung auf dem Rasen wie zuvor. Natürlich, dachte er, was auch sonst? Aber worauf auch immer sie dort warten mochten, er würde sie aus dem Schatten verscheuchen, ohne irgendeine Erklärung, ohne viele Worte, die sie sowieso nicht verstehen würden. Schließlich war er ein britischer Bürger, und auf seiner Seite war das Recht.

Unter diesen Gedanken war er stehengeblieben, in einer Entfernung von drei oder vier Schritten, den Blick noch immer auf die drei gerichtet. Wie auf einem imaginären Baumstamm hockten sie nebeneinander, die Beine angezogen, so daß ihre Knie unter den weißen Tuniken hervorsahen, und jetzt erst wurde Robert bewußt, daß der mittlere der drei uralt sein mußte. Sein Gesicht war mit Runzeln bedeckt, sein Körper zusammengesunken, das Haar fast schulterlang, aber schütter und weiß wie Schnee. Robert starrte ihn an und dachte, daß er noch niemals einen so alten Menschen gesehen hatte, der Mann mußte hundert Jahre alt sein, nein, noch weitaus älter. Unbewegt erwiderte der Greis seinen Blick, und schließlich war es Robert, der als erster die Lider senkte. Die beiden anderen Mayamänner waren viel jünger, der eine kaum älter als er selbst, der andere fast noch ein Knabe, höchstens siebzehn, mit glatter Haut. Das schwankende Gefühl in seinem Innern wurde stärker, als gehe er im Traum über einen Boden, der unablässig erbebte.

Er wandte sich ab und ging an dem reglosen Trio vorbei, auf die Schattenrisse der beiden Kanonen zu, die starr auf das Meer hinauswiesen. Wahrscheinlich hatte dem uralten Mann die stechende Sonne zu schaffen gemacht, dachte er, das mochte auch erklären, warum die Wachsoldaten den drei Maya überhaupt Zutritt zum Gouverneursgelände gewährt hatten, aus Mitleid, dachte Robert, aus Respekt vor dem hohen Alter des Greises. Er würde sich also gedulden, beschloß er, worauf immer sie dort im Schatten warten mochten, es konnte nicht ewig dauern, und anschließend könnte er sich in aller Ruhe vergewissern, was es mit dem Schattenfleck auf sich hatte.

Während er diese beruhigenden Vorsätze in seinem Innern memorierte, fühlte Robert im Gegenteil, wie seine Unruhe stieg. Er trat neben die linke Kanone, streifte die Tasche von seiner Schulter und ließ sie zu Boden gleiten, zog seine Jacke aus und warf sie achtlos ins Gras. Der Schweiß rann ihm über Schläfen und Nacken hinab. Wieder flackerte jene unbestimmte Erwartung in ihm auf, eine Flamme auf einmal, in ihm emporlodernd, bis in seine Stirn hinaufschießend, so daß sich die See vor seinen Augen für einen Moment rot verfärbte.

Auf einmal vernahm er eine leise Stimme, keine zwei Schritte hinter ihm. »Wenn Sie erlauben – ?« Es war eine junge Stimme, hell und wohlklingend, mit ehrerbietigem Unterton. »Bitte verzeihen Sie meine Zudringlichkeit, Sir.«

Ein Mädchen, dachte er, eine junge Frau, was mag sie wollen von mir? Sie sprach englisch ohne den kleinsten Akzent, und doch glaubte er herauszuhören, daß sie keine gebürtige Britin war. Er wandte sich um. Nach der gleißenden Helligkeit des Meeres vermochten seine Augen zunächst nur die Umrisse einer schlanken Gestalt auszumachen, die in bunte Gewänder gehüllt schien. »Was wünschen Sie?« Seine Stimme klang in seinen eigenen Ohren brüsk.

Die Gestalt vor ihm fuhr zusammen und wich sogar einen Schritt zurück, wobei sie die Arme wie abwehrend vor der Brust verschränkte. Robert starrte sie an, wortlos, mit zusammengekniffenen Augen, und erst jetzt wurde ihm klar, daß er sich geirrt hatte: Vor ihm stand ein junger Bursche, mit glattem, knabenhaftem Gesicht und hellbrauner Haut. Allem Anschein nach war es ein Mestize, vielleicht siebzehn Jahre alt oder wenig darüber.

»Verzeihen Sie, Sir«, wiederholte der Junge, indem er den Kopf ein wenig senkte und Robert aus großen schwarzen Augen von unten herauf ansah. »Ich hörte, daß Sie ins Landesinnere zu reisen gedenken und einen wegkundigen Diener suchen, der für Ihre Sicherheit und Bequemlichkeit sorgt.«

Voller Erstaunen faßte Robert den schmalen Burschen aufs neue in den Blick. »Das ist ...« Ein Irrtum, hatte er sagen wollen, doch da begann sich abermals jene unruhige Erwartung in seinem Innern zu regen. »... richtig«, fuhr er zu seiner Überraschung fort, »ein landeskundiger Gehilfe käme mir gelegen. Aber sag, Junge, wie heißt du? Und wie hast du von meinen Plänen erfahren?«

Der Mestize ließ die Arme sinken und trat näher an Robert heran. Mit seinem sich bauschenden, rot-schwarz gemusterten Hemd und der anliegenden schwarzen Hose, die knapp unter den Knien endete, bot er einen malerischen, sogar verwegenen Anblick, zumal sein Haarschopf unter einem kühn geschlungenen, gleichfalls rot-schwarzen Tuch verborgen war. »Man nennt mich Henry, Sir«, sagte er in zutraulichem Ton. »Und von Ihrem Schatzsucherplan munkelt ja die halbe Stadt.« Ein Lächeln huschte über sein Gesicht, bis in die Augen hinauf. »Meine Dienste sind nicht teuer, ein halbes Pfund im Monat, mehr verlange ich nicht. Dann ist es also abgemacht, Sir?«

Robert zögerte einen Moment, doch endlich nickte er, fast gegen seinen Willen. Der Mestize verwirrte ihn, mit seinem Lächeln, seiner hellen Stimme, der schimmernden erdnußbraunen Haut. Was ist nur los mit mir? fragte sich Robert, keineswegs zum ersten Mal an diesem Tag. Schwindelgefühl erfaßte ihn, er schloß die Augen und preßte eine Faust gegen seine Stirn.

Jemand rief seinen Namen. »Zum Donner, Mr. Thompson«, hörte er, »ist Ihnen nicht gut?« Über ihm kreischten die Möwen am Himmel, und vier Fuß hinter ihm klatschte die Brandung gegen das Ufer, wieder und wieder, mit singendem Unterton.

Als er die Augen öffnete, standen Stephen Mortimer und Paul Climpsey zehn Schritte vor ihm, auf halber Strecke zwischen ihm und den drei Maya, die auf einmal angespannt wirkten, hellwach und abwehrbereit. Beunruhigt sah Robert sich nach Henry um, doch der junge Mestize war nirgends zu sehen. Plötzlich glaubte er auch den Sinn jenes ängstlichen Vorgefühls zu verstehen, mit dem er heute erwacht war. Etwas Furchtbares würde geschehen, an diesem Sonntagmorgen im Park des Gouverneurs.

9

»Wir sind uns bewußt, daß Ihre Kunst keine Störungen verträgt«, sagte Climpsey. »Aber es dauert wirklich nur einen Moment.«

Er und Mortimer kamen noch einige Schritte näher, zögernd trat auch Robert auf den Rasen zurück. Noch immer hatte er das Gefühl, daß der Boden unter ihm schwankte, und für einen Moment fürchtete er, vor den beiden Kumpanen abermals ohnmächtig umzusinken. Die feuchte Hitze, dachte er, dazu Nacht für Nacht der verfluchte Rum. Und vorhin war er, anstatt auch nur einen Zwieback zu sich zu nehmen, gleich nach dem Erwachen mit Mrs. Molton zum Gottesdienst gehetzt. Kein Wunder, daß ihn bange Vorahnungen plagten, sagte sich Robert, dem in diesem Moment ein Kernspruch seines Vaters in den Sinn kam: »Gegen Flausen hilft am besten ein deftiges Mahl.«

Fünf Fuß vor ihm blieben Mortimer und Climpsey abermals stehen, neben einer windgebeugten Palme, die ihren langfingrigen Schatten auf den Rasen warf. Voller Erstaunen bemerkte Robert, daß die beiden für eine größere Reise gerüstet schienen. Mortimer hatte einen Seesack geschultert, und unter seiner aufklaffenden Jacke blitzte, linker Hand in den Gürtel geschoben, eine silberne Pistole hervor. Dagegen trug Climpsey zu seinem weiten Umhang, den er niemals abzulegen schien, nun eine irische Mütze mit rundem Schild. In der Rechten hielt er einen speckigen schwarzen Koffer, und über seiner linken Schulter hing am Lederriemen ein Repetiergewehr.

»Wir verlassen die Stadt«, sagte Climpsey.

»Das kommt überraschend«, antwortete Robert, der sich mehr denn je fühlte wie im Traum.

»Wir haben einen Hinweis bekommen, auf den wir seit Wochen gewartet hatten.« Climpsey setzte seinen Koffer in die Wiese, faßte den Gewehrriemen fester und machte einen weiteren Schritt auf Robert zu. »Sie erinnern sich doch«, sagte er, wobei er seine Stimme plötzlich senkte, »draußen im Dschungel, irgendwo an der guatemaltekischen Grenze, muß der Schatz von Tayasal vergraben sein. Oft genug haben wir darüber geredet, drüben in der *Mahogany Bar*.«

»Aber das waren Gerüchte, Abenteurerlegenden, nicht?« Robert antwortete mit einer Heftigkeit, die ihn selbst erschreckte. »Niemand konnte bis heute beweisen, daß es diesen Schatz je gegeben hat. Oder gar, daß er tatsächlich vor den Spaniern gerettet wurde.«

»Und was wäre, wenn wir diesen Beweis gefunden hätten?« Mortimers Baß dröhnte, selbst jetzt, da er seine Stimme zu dämpfen versuchte.

Widerwillig wandte sich Robert ihm zu. Der massige Mann trug noch immer seinen Seesack geschultert, nun erst ließ er ihn ins Gras gleiten, neben den schäbigen Koffer von Climpsey.

»Was würden Sie sagen, Mr. Thompson«, fuhr Mortimer fort, »wenn ich diesen Beweis sogar bei mir trüge?« Und er klopfte sich mit der flachen Rechten auf die Brust, in Höhe seines Herzens.

Robert glaubte ein Rascheln zu hören, als wäre Stephen Mortimers Herz aus Pergament. Sein Gefühl traumhafter Unwirklichkeit wuchs und wuchs. Mit versengender Kraft brannte die Sonne vom Himmel, der nahezu wolkenlos war und leuchtend blau. Etwas Furchtbares wird geschehen, dachte er wieder, doch selbst dieser Gedanke schien ihm mit einem Mal fast irreal. Eine Traumkatastrophe, und wenn man zu sich kam, war tatsächlich nichts geschehen, wie damals, als sich Grimaldis Blick in seine Augen bohrte.

»Was für ein Beweis denn, Mr. Mortimer?« In den Augenwinkeln sah er, daß Climpsey weitergegangen war, an ihm vorbei, auf das funkelnde Meer zu. Er wandte sich ein wenig um, beunruhigt, da dort drüben, bei der Kanone, seine Jacke und seine Tasche lagen. Vergeblich versuchte er Mortimer und Climpsey zugleich im Blick zu behalten, der eine stand genau vor ihm, der andere fünf Schritte hinter seinem Rücken. Und die drei Mayamänner im Schatten sahen noch immer zu ihnen herüber, auf den Unterschenkeln kauernd, sprungbereit.

»Sie erwähnten einmal einen gewissen Caterhood«, brummte Mortimer, »einen britischen Zeichner, der durch die hiesige Wildnis zog und Schätze der alten Heiden aufspürte.«

Robert nickte schwach. »Catherwood, um genau zu sein.«

Im nächsten Moment stand Mortimer so dicht vor ihm, daß Robert seinen Atem auf der linken Wange spürte. »Und Sie erwähnten des weiteren«, raunte er, »daß besagter Catherwood die höllisch verschnörkelten Schriftzeichen der alten Teufelspriester zu entziffern vermochte.«

»Nun, mehr oder weniger.« Robert wollte zurückweichen, Mortimers wäßrige Augen zehn Zoll vor seiner Nase waren ihm wenig angenehm. Doch da er fürchtete, ihn aufs neue zu kränken, blieb er stehen, wo er stand, und sah an Mortimer vorbei, zu den Maya neben der Zwillingspalme. »Oder besser gesagt«, fügte er hinzu, »ich selbst habe einige Annahmen entwickelt, aber aufgrund der Zeichnungen von Catherwood, der zahllose Glyphen mit großer Genauigkeit kopiert hat.«

Weit unangenehmer als Stephen Mortimers Nähe war ihm die Erinnerung an seine trunkene Prahlerei, denn um nichts anderes handelte es sich: Eines Nachts, nach dem fünften oder siebten Rumkrug, hatte er behauptet, daß er dank Catherwood imstande sei, die hieroglyphische Schrift der alten Maya zu entschlüsseln. Die Wahrheit war allerdings, daß bis zum heutigen Sonntag, dem 28. Juli 1878, niemand in der Lage war, die Zeichen auf Stelen und Altarsteinen zu entziffern, weder die besten Altertumsforscher noch gar er selbst, der auf diesem Gebiet nur ein paar stümperhafte Kenntnisse aus dritter Hand besaß. Doch vor den beiden Kumpanen hatte er sich an jenem Abend als erstrangiger Kenner aufgespielt.

»Wenn das so ist, können Sie keinen Augenblick länger zögern, Mr. Thompson«, sagte Mortimer in abschließendem Ton. »Zum Donner, Ihr Platz ist an unserer Seite!«

»Wo Ruhm und Reichtum auf Sie warten«, fügte Climpsey hinzu. Unbemerkt war er so dicht hinter ihn getreten, daß seine Lippen beinahe Roberts Ohr berührten. Jetzt legte er ihm von hinten seine Jacke um, so straff, daß Robert kaum mehr die Arme regen konnte. Eingezwängt wie Schinken in einem Sandwich stand er zwischen den beiden Männern, und Mortimer rückte sein Gesicht noch näher an ihn heran, als er in scharfem Tonfall sagte:

»Dann ist es also beschlossen. Wir brechen unverzüglich auf.«

Es klang wie ein Befehl. Angst stieg in Robert empor, eine Fontäne schierer Furcht, die zu einer Kaskade aus Schreckensbildern zerstob: wie er im Dschungel herumirrte, von Giftspinnen gepeinigt, von Raubkatzen verfolgt, von Mayadesperados gejagt wurde und schließlich in einem mückenverseuchten Sumpfloch versank. »Nein, es geht nicht«, sagte er rasch, »ich muß erst noch ...« Er biß sich auf die Unterlippe, sein Blick noch immer auf die Mayamänner im Schatten gerichtet, die sich auf einmal alle drei erhoben.

Mortimer hatte seinen Blick bemerkt, nun wandte er sich gleichfalls um. »Ach, die drei Affen«, sagte er, absichtlich laut, wie Robert dachte. »Was haben Sie mit denen zu schaffen, Mr. Thompson?«

»Es ist nur ...«

»Verstehe«, fiel ihm Climpsey ins Wort, »Ihre Zeichnung, Robert, die letzte Nacht zuschanden ging, als Sie einige Mundvoll Rum darüber versprühten.« Auch er hatte wieder seinen gewöhnlichen Tonfall angenommen, vibrierend vor kaum verborgenem Hohn. »Und jetzt hocken auf dem Fleck, den Sie zeichnen wollen, diese drei Heidentiere.«

Noch einmal zog er Roberts Jacke straff, so heftig, daß eine Naht mit hörbarem Knirschen nachgab, dann trat er an ihm vorbei und machte einige Schritte auf die Indios zu. »*Xen!*« rief Climpsey. »*Tzelik ub'aj!*«

Mit den Armen vollführte er wedelnde Bewegungen, und Robert sah voller Abscheu auf seine schmale Schultern, die unter dem Umhang zuckten.

»Da staunen Sie, Mr. Thompson«, hörte er Mortimer brummen, »unser unschätzbarer Paul beherrscht tatsächlich die Affensprache.«

Die drei Maya verließen nun tatsächlich den Schattenfleck, unter Führung des Uralten gingen sie langsam auf Climpsey zu, in feierlicher Prozession über den Rasen, dessen Grün in der Vormittagssonne zu leuchten schien. Climpsey rief ihnen weitere Befehle in der »Affensprache« zu, doch sie beachteten ihn überhaupt nicht, ihre Augen waren auf Robert gerichtet. Auf einmal schien es ihm, als ob sie ihn voller Erwartung ansähen, zugleich hoffnungsvoll und besorgt, als ob er irgendeine Macht über ihr Schicksal besäße. Was um Himmels willen mochten sie von ihm erwarten? Während Robert noch fieberhaft überlegte, trat Climpsey den Maya mit einem seitlichen Schritt in den Weg. Er verschränkte die Arme vor der mageren Brust, und wieder bellte er einige Worte in ihrer Sprache.

Da verzog sich das Gesicht des Uralten zu einer Grimasse so finsteren Zorns, daß Robert ein Frösteln überlief. Der Greis hob die Arme vor seinen Kopf, als ob er sich schützen wollte, die Fäuste seitlich aneinandergedrückt. Auf einmal ging alles so rasch wie im tiefsten Traum. Seine Hände sprangen auf, als ob sie von innen aufgedrückt würden, und ein Schwarm goldener Insekten stob hervor und stürzte sich auf Climpsey und hüllte seinen Kopf in eine Wolke aus flirrendem Gold.

Climpsey schlug mit den Armen um sich und schrie etwas, das wie »Verfluchte, gottverfluchte Affen« klang. Er drehte sich um sich selbst und schlug mit seiner Schildmütze in die Luft, raufte sich die Haare und versetzte sich Ohrfeigen, um sich von der goldenen Plage zu befreien. Die drei Mayamänner waren wieder einige Schritte zurückgewichen, in den Schatten der Zwillingspalme, und noch ehe Robert begriffen hatte, was das metallische Klacken neben ihm bedeutete, sprang eine Pistole in Mortimers Rechter empor, und ein Schuß detonierte. Einer der Maya stürzte rücklings zu Boden, genau auf den Schattenfleck, mit gurgelndem Schrei.

10

Noch während der Schuß zwischen den Parkmauern widerhallte, erklangen von der Straßenseite her Kommandos, Schritte, ein schriller Pfiff. Robert sah nach Climpsey und erkannte voller Erstaunen, daß die goldenen Insekten verschwunden waren, ein Trugbild, dachte er, der uralte Mann mußte über Zauberkraft verfügen. Auch Climpsey blickte sich nach allen Seiten um, mit verwunderter Miene, anscheinend aber unverletzt, und ehe Robert begriffen hatte, was überhaupt geschehen war, spürte er, wie etwas Kaltes, Metallisches in seine Hand glitt. Mechanisch griff er zu.

Da eilten die beiden Wachsoldaten bereits quer über den Rasen auf sie zu, die Revolver gezückt. Der ältere Uniformierte, ein hohlwangiger, hochgewachsener Mann mit scharfen Nasenfalten, stürzte an Robert und Mortimer vorbei und beugte sich über den Indio, der am Boden lag.

Robert folgte ihm mit dem Blick und sah, daß Mortimers Schuß den Maya niedergestreckt hatte, der etwa in seinem Alter sein mochte, dreißig oder wenig darüber. Und als blicke er auf ein Triptychon, das in traumhafter Verfremdung ihn selbst zeigte, empfand er einen jähen, scharfen Schmerz. Für einen Moment war ihm tatsächlich, als liege er selbst dort am Boden, sein gegenwärtiges Ich, ausgestreckt auf dem Rücken, die Augen weit geöffnet, die Arme seitlich ausgebreitet, als wäre er im Begriff, eine vom Himmel fahrende Gestalt zu umarmen. Ein hellrotes Rinnsal sickerte aus seinem Mund, und ein großer Fleck färbte, vor Nässe leuchtend, die linke Hälfte seiner Tunika von der Schulter bis zur Hüfte rot. Jetzt erst wurde Robert bewußt, daß der Mann tot sein mußte, erschossen von Mortimer, dachte er, und obwohl er das Schreckliche der Tat spürte, erschien ihm das Geschehnis als Ganzes noch immer vollkommen irreal. Die Gefährten des Toten, der Greis und der Knabe, standen zu beiden Seiten des Leichnams, verfinstert vor Zorn und Trauer, und erneut schien es Robert, als ob ihn der Uralte mit Blicken durchbohrte.

Nun richtete sich der Uniformierte wieder auf und schüttelte fast unmerklich den Kopf. Der zweite Soldat, ein schlaksiger, junger Sergeant namens Charles Muller, war unterdessen zwischen Robert und Mortimer getreten. Auch Climpsey war näher herangekommen, eine Hand am Gewehrriemen, stand er gegenüber von Mortimer, dem er verstohlene Zeichen zu machen schien.

»Sie haben auf den Mann geschossen, Sir?« Der ältere Wachsoldat fragte es in einem Tonfall, als ob er die Antwort schon kennte. Seltsamerweise richtete er seine Frage nicht an Mortimer, sondern sah unverwandt Robert an. »Mit dieser Waffe – Mr. Thompson, wenn ich nicht irre?« Und er deutete auf den silberfarbenen Gegenstand, den Robert in seiner rechten Hand hielt und auf den sie nun alle für einen Moment stumm hinabsahen.

»Das ... ist nicht meine Waffe«, stammelte Robert, »und ich war es auch nicht ...«

»Diese Affen da haben uns angegriffen«, fiel ihm Mortimer ins Wort. »Mr. Thompson blieb nichts anderes übrig, als zu feuern. Lassen Sie mich versichern, Officer«, fügte er hinzu, »daß Mr. Climpsey und ich diesem Gentleman sehr zu Dank verpflichtet sind.«

Die Luft zwischen den Bäumen flimmerte vor Hitze, doch selbst der Schweiß, der ihm über Brust und Rücken hinabrann, schien Robert in diesem Moment unwirklich wie ein Spuk.

»Im übrigen«, ergänzte Climpsey, »wen kümmert es, ob ein Affe ins Gras beißt?« Er zwinkerte Robert zu, die Mütze schief auf dem fuchsroten Haar, und sein Schnurrbart zuckte.

»Es sind Abgesandte«, sagte der ältere Wachsoldat, »offizielle Gäste des Gouverneurs.« In seiner Stimme schwang Erstaunen mit, mehr aber noch Besorgnis, und trotz der Sonnenbräune sah sein hageres Gesicht auf einmal grau aus. Er blickte kurz zu Mortimer und Climpsey, dann sah er abermals Robert an. »Ich fürchte, Sir«, sagte er, »dies ist ein sehr ernster Vorfall, der umfassender Untersuchung bedarf.«

»Abgesandte, Untersuchung – was soll das heißen?« Vergeblich versuchte Robert sich auf den Soldaten zu konzentrieren. Wie magnetisiert ging sein Blick immer wieder zu der Zwillingspalme, wo die beiden Maya, der Greis und der Knabe, starr neben ihrem toten Gefährten verharrten. Die Sonne stand mittlerweile fast senkrecht am Himmel, und der längliche Schatten war zu einem mageren Fleck am Fuß des Baumes eingeschrumpft.

»Genug der Worte, Mr. Thompson. Händigen Sie mir Ihre Waffen aus – Sie alle, Gentlemen, wenn ich bitten darf.« Die Stimme des Wachsoldaten klang nun kalt und unpersönlich, als zitiere er militärische Vorschriften. »Außerdem fordere ich Sie auf, mich in das Haus des Gouverneurs zu begleiten.«

Er griff nach der Pistole in Roberts Hand, und im selben Moment krachte abermals ein Schuß. Robert spürte einen heftigen Stoß an seinem rechten Arm, den Rückstoß der losgehenden Pistole, wie er annahm. Der Wachsoldat, der direkt vor ihm gestanden hatte, riß die Augen auf, und die scharfen Falten, die sich von seiner Nase zu den Mundwinkeln zogen, wurden binnen eines Lidschlags weiß wie Schnee. Der Soldat wurde nach hinten geschleudert und fiel rücklings in die Arme seines Kameraden, Sergeant Muller, der unter der unerwarteten Last zu Boden ging. Jetzt schrien alle durcheinander, die beiden Soldaten wälzten sich im Gras, weitere Schüsse wurden abgefeuert, Pulverdampf wallte umher, grau wie Londoner Nebelschwaden. Jemand schlug Robert auf die Hand, so daß die Pistole zu Boden fiel, etwas wurde über seine Schulter geworfen, und Climpsey zischte: »Hier, Ihre Tasche, Thompson – laufen Sie, immer hinter mir her!«

Einen Moment lang stand er wie versteinert, unfähig, die Wendung zu begreifen. In qualvoller Unschlüssigkeit sah er zu den Maya hinüber, und ihm war, als deute der Uralte mit dem Kopf zur Straßenseite, mehrmals hintereinander, gebieterisch. Was nur, was um Himmels willen sollte er nun tun?

Robert wandte sich um, zum Tor hin, an dessen linkem Pfosten eine schmale Gestalt lehnte, Hemd und Kopftuch leuchtend rot. Henry, dachte er und setzte sich im gleichen Moment in Bewegung, beinahe erleichtert, daß seine innere Lähmung, die ihn wochenlang hier in Fort George festgehalten hatte, sich endlich löste. Mit der einen Hand umklammerte er seine Tasche, mit der anderen hielt er seine Jacke fest, die lose über seinen Schultern hing. Er würde in den Dschungel ziehen, auf Catherwoods Spuren, ohne länger zu zweifeln oder zu zögern. Aus Leibeskräften lief er auf den Ausgang des Parks und auf den Mestizen Henry zu, der ihm mit großen Augen, wie zum Sprung geduckt, entgegensah. Drei Schritte vor ihm hastete Climpsey mit wehendem Umhang über den Rasen, und in seinem Rücken rannte Mortimer voran, den Seesack vor die Brust gepreßt und immer wieder von hinten gegen ihn rempelnd.

In der Tiefe des Parks wurde ein weiterer Schuß abgefeuert, ein langgezogener, furchtbar emporschleifender Kampf- oder Klageruf ertönte, dann waren sie aus dem Park hinaus und rannten die Albert Street hinauf, keuchend, mit stampfenden Schritten. Immer noch hallten die Schüsse in Roberts Kopf nach und vermischten sich mit dem schauerlichen Ruf, den zweifellos der Uralte ausgestoßen hatte. Zu seiner Linken eilte der Mestize Henry dahin, mit wallendem Hemd und ein verschnürtes Bündel auf dem Rücken, als hätte er ihren sofortigen Aufbruch vorausgesehen. Vor ihnen tauchte eine sechsspännige schwarze Kutsche auf, und Henry schwang sich, mit einem verstörten Seitenblick zu Robert, vorn auf den Kutschbock, neben den Kutscher, der bereits die Peitsche über den Rössern schwang. Zugleich riß Climpsey den Schlag auf, warf seinen Koffer hinein und war im Nu in das Gehäuse gesprungen, gefolgt von Robert, den Mortimer kurzerhand am Hosenbund packte und wie einen Sack in die Kutsche warf.

Noch ehe Robert sich aufgerappelt hatte, war auch Mortimer samt seinem Seesack im Wagen, der schon wieder Fahrt aufnahm, die Regent Street hinauf, mit schnaubenden Pferden, so daß Passanten und langsamere Vehikel eilends zur Seite wichen.

Mit dröhnenden Rädern und klappernden Türen, in deren Fensterluken sich schwarze Vorhänge wie Geistersegel bauschten, donnerte der Koloß an einer zierlichen einspännigen Kutsche vorbei. Gerade als die beiden Gefährte auf gleicher Höhe waren, wehte der Vorhang im Fenster der größeren Droschke empor, und Robert erkannte Mrs. Molton, die seinen Blick starr erwiderte, mit einer Miene eingefrorenen Zorns.

Dann waren sie vorbei, schlingerten mit tollkühnem Schwung linker Hand in die Orange Street und rasten unter ohrenbetäubendem Rattern und fortwährendem Peitschenknallen immer rascher westwärts, auf den Friedhof von Belize Town zu, hinter dessen schäbigen, schreiend bunt bemalten Grabsteinen schon die Wildnis der Regenwälder begann.

ZWEI

1

Wieder und wieder ließ der Kutscher die Peitsche knallen, und die Rösser jagten dahin, durch Schlamm und Wasserlöcher, daß die Reisenden in dem schwarzen Kasten erbarmungslos durcheinandergeschüttelt wurden. Der Fahrtwind pfiff durch die Fenster und ließ die Vorhänge knattern wie Piratensegel, dennoch war es in der Kutschkabine drückend schwül.

Seit sie vor zwei Stunden aufgebrochen waren, hatten die drei Reisenden kaum ein Wort miteinander gewechselt. Sie alle waren vollauf damit beschäftigt, sich an den zerschlissenen Lederbänken festzuklammern und die ärgsten Achsstöße durch vorausahnende Körperdrehungen zu lindern. Der Fahrweg, auf dem sie dahinschlingerten, verlief durch Sumpf und Dschungel schnurgerade westwärts, von Fort George bis zum Ufer des Labouring Creek. Es war die Straße, auf der Ochsengespanne die kostbaren Tropenhölzer aus den Tiefen des Regenwaldes ostwärts zu ziehen pflegten, ein unbefestigter Schlammweg mit knietiefen Radspuren und Tümpeln voller Bracke, in denen sie wieder und wieder bis über die Achsen versanken.

In unregelmäßigen Abständen öffnete Climpsey, der auf der Bank neben Robert saß, seinen Koffer, zog ein Fernrohr mit abgestoßenem Gehäuse hervor und schob sich bis zum Gürtel aus dem Seitenfenster, um den Fahrweg hinter ihnen nach berittenen Verfolgern abzusuchen. Bisher hatte er, in die Kabine zurücktauchend, nur jedesmal den Kopf in Mortimers Richtung geschüttelt und danach viel Zeit darauf verwandt, seinen zerzausten Rotschopf mit gespreizten Fingern zu striegeln. An Robert hatten die beiden seit ihrer Flucht aus dem Park des Gouverneurs kein einziges Wort gerichtet, ihm allerdings während der Fahrt immer wieder bedeutungsvolle Blicke zugeworfen, in denen er Tadel und Milde, Drohung und leise Ermutigung las.

Vor den Kutschfenstern zog der Dschungel vorbei, dreifach mannshohe Mauern aus Lianen, Astwerk, fleischigen Blättern, die sich hoch über ihnen zum lebendigen Gewölbe verbanden, doch Robert nahm es allenfalls am Rande wahr. Die drückende Witterung, das Rattern der Räder, selbst die gleichförmigen Schreie des Kutschers, dies alles schläferte ihn unbezwinglich ein. Die Kutsche, er selbst, seine beiden Gefährten, alles tanzte und drehte sich vor seinen Augen und bewegte sich wie in traumhaftem Taumel dahin. Benommen schaute er in das runde, stets vorwurfsvoll wirkende Gesicht von Mortimer, der ihm gegenübersaß, die wasserhellen Augen zusammengekniffen, das honiggelbe Haar zu Büscheln verfilzt. Im Halbschlaf sah er sich in seine Kindheit zurückversetzt, heiße, staubige Tage, als er mit den Eltern zur Sommerfrische gereist war, in qualvoll enger Kutsche, und auch damals wollte die Fahrt nicht enden, und die Eltern blickten ihn stumm und vorwurfsvoll an, Stunde um Stunde, bis er glaubte, daß alle seine Sünden offenbar geworden seien und ihm in leuchtenden Lettern auf der Stirn geschrieben stünden, und er am liebsten durch ein Loch im Kutschenboden verschwunden wäre, aber da war kein Loch, kein Entkommen, schon damals nicht. Als wäre er wieder ein Knabe von zehn oder dreizehn Jahren, so sah Mortimer ihn mit väterlicher Strenge an, zornig über die Verfehlung, der er sich schuldig gemacht hatte, und Robert öffnete mehrmals den Mund, um sich zu erklären, die Dinge zurechtzurücken, seine Unschuld zu beteuern, aber dann traf ihn wieder Mortimers tadelnder Blick, oder er spürte, wie Climpsey ihn von der Seite ansah, mißbilligend und stets bereit, ihn für sein Ungeschick oder ein Fehlverhalten zu verspotten. Und so machte er jedesmal den Mund wieder zu, klammerte sich mit schweißnassen Fingern an der Bank fest und beschloß, ihre Aussprache auf später zu verschieben, wenn die Umstände günstiger wären.

Irgendwann mußte er tatsächlich eingeschlafen sein. Als er zu sich kam, sah er voller Schrecken, daß Mortimer ihm nahezu nackt gegenübersaß, ein ungeheurer Fleischberg in Unterhosen, die massige Brust, Arme und Schenkel, selbst der sich vorwölbende Bauch bedeckt mit einem dichten honiggelben Vlies. Rasch sah Robert zur Seite, und sein Blick traf auf Climpsey, der gleichfalls alle Kleidung abgeworfen hatte. So gewaltig der entblätterte Mortimer wirkte, ein riesenhafter, honiggelber Kater, so mager, ja ausgemergelt sah der entblößte Climpsey aus, ein räudiger Fuchs mit rostrotem Brustflaum und mondbleicher Haut, aus der die Rippen hervorstachen.

Mortimer hatte seinen Seesack geöffnet und durchwühlte mit beiden Händen das unförmige Gepäckstück. Auch Climpsey durchsuchte geschäftig seinen Koffer, und während sie durch Schlamm und Schlaglöcher dahinschlingerten, streiften die beiden Kumpane helle, kurzärmlige Leinenhemden über und fuhren in speckige Khakihosen. Robert verfluchte den Zufall, der ihn gezwungen hatte, ausgerechnet in seinem Kirchanzug aus schwarzem Flanell in die Wildnis zu ziehen, einem lachhaft feierlichen Kleidungsstück von erstickender Enge und Schwere. Doch ihm blieb nur wenig Zeit, sein Mißgeschick zu bedauern, denn kaum hatten Mortimer und Climpsey ihre Stiefel wieder geschnürt, die alten Kleidungsstücke versorgt, ihr Gepäck wieder verschlossen, als die Kutsche mit einem Ruck anhielt.

In der plötzlich eingetretenen Stille beugte sich Climpsey nach rechts, schob den Vorhang zur Seite und sah kurz aus dem Fenster. »Wir sind da«, sagte er, sonderbarerweise in gedämpftem Ton, als fürchte er, hier draußen im tiefsten Urwald belauscht zu werden.

Mortimer packte seinen Seesack. »Aussteigen, Mr. Thompson, aber auf dieser Seite, bitte sehr.« Und er deutete zur Tür rechter Hand von Robert, auf die er auch seinen Seesack zuschob, dabei saß er selbst unmittelbar neben der anderen Tür.

»Warum dort«, fragte Robert beunruhigt, »wo sind wir denn eigentlich?« Er beugte sich nach links, zu der Seite, vor der Mortimer ihn gewarnt hatte, und wollte eben die Tür aufstoßen, als sein Blick durch einen Spalt im Vorhang fiel.

Vor Schreck stockte ihm der Atem. Sie befanden sich über einem lotrechten Abgrund, der fünfzig Schritte tief sein mochte, und die Kutsche stand kaum fußbreit neben dem Rand der Schlucht, so nahe, daß er ohne Mortimers Warnung unweigerlich ins Verderben gestürzt wäre. Aber warum sollten sie in so unwegsamer Gegend überhaupt die Kutsche verlassen?

Er wollte es eben fragen, da reichte ihm Climpsey sein Fernrohr.

»Es ist schon scharf gestellt«, sagte er. »Beugen Sie sich aus dem Fenster, Robert, und schauen Sie nach hinten. Was sehen Sie?«

Zögernd nahm Robert das Fernrohr entgegen. Das metallene Gehäuse fühlte sich kühl an, unzählige Beulen und abgesplitterte Stellen im Lack bewiesen, daß es Climpsey schon häufig unter widrigen Umständen gedient hatte. *Robert*, dachte er, Climpsey hatte ihn Robert genannt, und vielleicht zum ersten Mal hatte er ernsthaft mit ihm gesprochen, ohne spöttischen Unterton. »Danke, Paul«, sagte er, wandte sich um, halb aufgerichtet, wie er es von Climpsey gesehen hatte, und schob sich bis zum Gürtel aus dem Kutschfenster.

Schaurig klaffte unter ihm der Abgrund. Robert hatte nie unter Schwindelgefühl gelitten, doch bei dieser Aussicht in finstere Tiefe begann es in seinen Ohren zu brausen. Die Schlucht mußte noch tiefer sein, als er vorhin gedacht hatte, zweihundert Fuß oder mehr, ein lotrechter Felsspalt, an die zwanzig Schritte breit. Riesenhafte Bäume wuchsen aus dem Grund empor, schimmerndes Blauholz und Zapote mit turmdicken Stämmen, grau wie alter Mauerstein. Robert richtete das Fernrohr hinab in den Abgrund, und für einen Moment schienen ihm die ummauerten Bäume ein Sinnbild seiner eigenen Lage – gefangen in der Wildnis, bewacht von Climpsey und Mortimer, seinen Kerkerwärtern.

Unsinn, schalt er sich dann aber, romantische Übertreibung, denn so arg war es noch lange nicht. Der Schlaf hatte ihm gutgetan, er fühlte sich gekräftigt, beinahe tatendurstig, jedenfalls nicht mehr so benommen wie vorhin, zu Anfang der Kutschfahrt, dachte er, indem er das Fernrohr nach hinten richtete, auf den Weg, den sie gekommen waren.

Zunächst sah er nur Schlammspuren und mit Bracke gefüllte Schlaglöcher in bizarrer Vergrößerung, daneben das grüne Durcheinander des Dschungels, eine verworren gefügte, gleichwohl undurchdringliche Wand. Dann hob er das Fernrohr einige Zoll höher, zum Horizont hin, auf den der Fahrweg schnurgerade zulief, wie ein präziser Messerschnitt in einer ungeheuren, vor Hitze dampfenden Spinatpastete. Und da sah er sie, drei, vier, sieben Reiter, winzige Gestalten, noch in weiter Ferne, auf dem Fahrweg dahinjagend, lautlos, in einer Wolke aus Staub und aufspritzender Bracke, und wie er sie so beobachtete, durch Paul Climpseys verbeultes Fernrohr, halsbrecherisch aus dem Kutschfenster hängend, da erst wurde ihm bewußt, mit einem einzigen, ernüchternden Schlag, daß dies alles, die Schüsse und das Blut im Park des Gouverneurs, ihre Flucht, der Dschungel, die heranpreschenden Soldaten, kein Gaukelspiel seiner Phantasie, sondern unentrinnbare Wirklichkeit war.

Er schob sich wieder in die Kutsche und reichte Climpsey das Fernrohr zurück. »Wie lange dauert es, bis sie hier sind?« fragte er, und bei diesen Worten begann sein Herz heftig zu klopfen.

Eine Mücke hatte den Weg in die Kutsche gefunden und sirrte in rasendem Zickzack hin und her. »Eine Stunde, höchstens«, sagte Climpsey. Er klatschte in die Hände, und das Sirren erstarb.

»Sie haben die Wahl, Robert.« Mortimers Blick richtete sich auf ihn, ernst und ein wenig vorwurfsvoll. »Entweder lassen Sie sich hier und heute von den Soldaten verhaften, morgen in Fort George wegen zweifachen Mordes verurteilen und übermorgen auf dem Richtplatz füsilieren. Oder Sie kommen mit uns in die unerforschten Tiefen des Regenwaldes, wo Kameradschaft, Abenteuer und der Schatz des Canek, des letzten Königs der alten Maya, auf uns warten. Also wählen Sie.«

Für einige Augenblicke herrschte Schweigen. Robert wischte sich den Schweiß von der Stirn. Er glaubte vor Hitze zu vergehen, dabei hatte er seine Jacke längst ausgezogen und trug zu der schweren Flanellhose nur noch das elend gestärkte weiße Hemd, das allerdings von Schweiß durchweicht war.

»Aber ich bin unschuldig!« brach es aus ihm hervor. »Ich habe ja niemanden getötet, es war Ihre Waffe, Stephen, aus der Sie gefeuert und die Sie mir anschließend in die Hand gedrückt haben.« Ein Zittern überlief ihn, jetzt war es heraus. Hätte er nicht besser geschwiegen? Was, wenn die beiden seine Offenheit übelnahmen? Schließlich hatte Mortimer eben angedeutet, daß er ihnen auf Gnade oder Ungnade ausgeliefert war.

»Das war nur gerecht«, sagte Mortimer, dessen Blick immer noch brütend auf ihm lag.

»Wie kann es gerecht sein, daß ich unschuldig verdächtigt werde?« Robert hatte es ausgerufen, und seine Wangen glühten wie im Fieber. Nie zuvor hatte er so unerschrocken seine Position verteidigt, und er spürte, wie Begeisterung in ihm emporstieg, wie vor Jahren, wenn er, fast noch ein Knabe, über Catherwoods Zeichnungen von unerhörten Abenteuern geträumt hatte.

»Weil ich nur geschossen habe, um dich zu retten!« rief Mortimer zurück. »Erkennst du das wirklich nicht?« Sein Baß dröhnte in der Kutschkabine.

Robert sah in Mortimers wasserhelle Augen, die ihn vorwurfsvoll fixierten, und erblickte wie in einem Spiegel noch einmal, was heute vormittag im Park des Gouverneurs geschehen war. Die drei braunen Männer in den weißen Gewändern, die sich auf ihn zu bewegten, düster und feierlich. Paul Climpsey, der ihnen in den Weg trat, etwas zurief, in ihrer Sprache. Der Uralte, dessen Gesicht sich vor Zorn verfinsterte und der einen Zauber gegen Climpsey entfesselte, eine Wolke goldener Insekten, die Pauls Kopf flirrend umhüllten. Dann der Schuß, der einen der Maya, den Mann in mittleren Jahren, zu Boden riß.

»Mich zu retten?« wiederholte er Mortimers Worte. »Aber der Zauber, was immer es gewesen sein mag, der goldfarbene Gaukelspuk – er ging gegen Paul, nicht gegen mich!« Er sah von Stephen zu Paul und wieder zu Stephen. Noch immer spürte er jene Begeisterung in seinem Innern, Freude über die Unerschrockenheit, mit der er seine Sache vertrat.

»Du bist ein Narr, Robert«, sagte Paul Climpsey, »wenn nicht etwas Ärgeres. Was hat die ganze Sache mit mir zu tun? *Du* wolltest diesen Schattenfleck auf dem Rasen des Gouverneurs zeichnen, ich habe lediglich versucht, die drei braunen Affen von dort zu verjagen. Darauf sind sie auf dich losgegangen, und als ich ihnen in den Weg getreten bin, hat der Alte mich außer Gefecht gesetzt, damit sie weiter auf dich losgehen konnten.«

Paul sah ihn an, mit offenem Blick, ein wenig gekränkt, wie es schien, aber nicht kalt und höhnisch wie sonst. Robert versuchte fieberhaft nachzudenken, doch die Wendung war zu rasch, zu unerwartet gekommen, die beiden belagerten ihn mit ihren Blicken, und von hinten jagten die Verfolger heran. Während er noch überlegte, ergriff wieder Stephen Mortimer das Wort:

»Zum Donner, du solltest Paul und mir besser glauben, Robert, wir haben schon einiges mit den braunen Affen erlebt.« Die Hände auf die Schenkel gestützt, beugte er sich so weit nach vorn, daß sein Atem über Roberts Wange strich. »Sie kennen einen Haufen solcher Zauberstückchen – Magnetismus, Suggestion oder wie du es nennen magst, und einige von ihnen beherrschen wohl auch echten Teufelsspuk.«

Stephen nickte bedeutungsschwer und verharrte in der Haltung, die er eben eingenommen hatte, sein fleischiges Gesicht so nahe vor Robert, als ob er die Schweißperlen auf dessen Stirn zählen wollte.

»Jedenfalls kannst du sicher sein«, fügte nun wieder Paul hinzu, »daß der alte Hexenmeister dir den Garaus gemacht hätte.«

Robert wandte sich nach rechts, zu Paul, der gleichfalls zu ihm aufgerückt war und ihm soeben eine Hand auf die Schulter legte. »Noch vor dem Mittagsläuten wäre es mit dir aus und vorbei gewesen, wenn Stephen nicht auf den einen Affen gefeuert hätte und wir dir in der folgenden Verwirrung zur Flucht verholfen hätten.«

»Aber was wollten sie denn gerade von mir?« rief Robert aus. »Ich bin erst vor vier Wochen in der Kolonie eingetroffen, und diese Männer habe ich nie zuvor gesehen!«

»Da war der Uralte anderer Ansicht.« Paul nahm die Hand von Roberts Schulter und boxte ihm spielerisch gegen den Oberarm. »Ehe sie auf dich losgingen, hat er seinen Kumpanen in ihrem Kauderwelsch zugeraunt, daß er dich genau erkannt habe – ›den hageren Mann mit dem Wuchs einer Vogelscheuche‹.«

»Erkannt?« echote Robert, der nun gar nichts mehr begriff.

Paul nickte mehrfach, langsam und mit dem ganzen Oberkörper schwingend, und in plötzlicher Ernüchterung sah Robert, wie seine Mundwinkel unter den fuchsroten Schnurrbartspitzen zuckten. »Nach der Überzeugung des alten Zauberaffen«, verkündete er, »ist Robert Thompson nichts Geringeres als ›der wiedergeborene Vernichter des heiligen Königreichs Tayasal‹.«

2

Keine fünf Minuten darauf hatten Stephen und der Kutscher die Pferde ausgeschirrt und an den dschungelseitigen Rand des Fahrwegs geführt, so weit wie möglich von der Schlucht entfernt. Nach der stundenlangen Jagd durch drückende Hitze schienen die Tiere nicht weniger erschöpft als die drei Reisenden, der Kutscher aber wirkte so frisch, als wäre er eben einem kühlen Bad entstiegen. Es war ein junger, kaum zwanzigjähriger Mestize, ein schmaler Bursche, bunt gekleidet, mit verschlossener Miene und einer Haut so braun wie Milchkakao. »Unser Diener Mabo«, wie Climpsey erklärte, »spanischer Halbaffe oder äffischer Halbspanier, je nachdem, wie man es ansieht. Und natürlich ein getaufter Christ.«

Mabo war auf der Baumseite bei den Pferden geblieben, die nervös mit den Augen rollten und die Köpfe hin- und herwarfen. Dennoch schien er Climpseys Worte gehört zu haben, denn Robert sah, wie die schmale braune Hand, die einen Pferdehals tätschelte, für einen Moment erstarrte.

Wie gemein Paul sein konnte, dachte Robert, und was für ein seltsamer Name das war: Mabo. Neben Pauls und Stephens Diener stand sein eigener Bursche, der junge Henry, das kühn geschlungene Tuch wie vorher auf dem Kopf, dennoch drückten seine Haltung und Miene weniger Verwegenheit als Anspannung aus. Gern hätte Robert mit den Gehilfen ein paar Worte gewechselt, doch er wagte es nicht, Paul und Stephen bei der Kutsche stehenzulassen und unter ihren Augen hinüber zu Mabo und Henry zu gehen.

Ohnehin hatten die beiden Gefährten seinen Diener vorhin argwöhnisch gemustert, es schien ihnen wenig zu behagen, daß auch er, Robert, einen Verbündeten gewonnen hatte. »Zum Donner, ein Maul mehr, das wir stopfen müssen!« Doch zu seiner Erleichterung hatten Paul und Stephen nicht verlangt, daß er sich von seinem kleinen Gehilfen trennte, der ihm in buchstäblich letzter Minute auf so wundersame Weise zugeflogen war. Nicht mehr lange, dachte er, dann haben die Gefährten sich auch an die Gegenwart des jungen Henry gewöhnt.

Um sie bis dahin möglichst nicht zu reizen, verharrte Robert im

Schatten des Kutschkastens und begnügte sich damit, die beiden Mestizen aus einiger Entfernung zu beobachten. Mabo war von dunklerer Hautfarbe und einen halben Kopf größer als Henry. Er wirkte männlicher und merklich älter, obwohl auch er fast noch ein Jüngling war. Jede seiner Gesten verriet ruhige Sicherheit, dagegen wirkten Henrys Bewegungen unbeholfen und fahrig. Vielleicht war es ein Fehler, dachte Robert, den Jungen ohne weitere Prüfung anzuheuern: Herr und Diener, mit Pferden und Fährnissen gleichermaßen unvertraut, das mochte ein übles Ende nehmen. Aber nun war es für jeden Wechsel zu spät.

Seine Gedanken schweiften aufs neue zurück zu den drei Maya im Park des Gouverneurs. Vorhin war er über Pauls Worte erschrocken, nun aber schien es ihm ganz abwegig, daß der Uralte erklärt haben sollte, er habe ihn, Robert als »wiedergeborenen Vernichter von Tayasal« erkannt. Paul mußte sich verhört haben, falls seine Behauptung überhaupt ernst gemeint und nicht einmal mehr nur seiner Spottlust zuzuschreiben war. So oder so waren es unbegreifliche Worte, die den Zusammenstoß im Park des Gouverneurs keineswegs erklären konnten, im Gegenteil, sie vermehrten nur den Nebel, der über dem gräßlichen Geschehnis lag.

Auf einmal sah er auch die junge India wieder vor sich, der er, tatsächlich oder im Ohnmachtstraum, durch die Gassen von Belize Town gefolgt war und deren Schattenriß er auf seiner eigenen Zeichnung wiederentdeckt hatte. Auch das war ganz und gar unerklärlich, dachte Robert, so rätselhaft wie das Gebaren des uralten Maya, und für einen Moment war ihm, als schaue er, wie durch einen Riß im Boden, von hoch oben in eine fremde, erregende Welt. Währenddessen blickte er immer wieder zu den beiden jungen Mestizen hinüber. Mabo hatte die Pferde inzwischen vollständig besänftigt, ruhig standen sie im Baumschatten, mit gesenkten Hälsen, an denen Futtersäcke baumelten. Henry hielt sich dicht an der Seite des Älteren und ahmte geflissentlich jede seiner Bewegungen nach.

Wie Stephen und Paul beschlossen hatten, würden sie ihre Flucht zu Pferde fortsetzen, auf einem versteckten Knüppelpfad, der wenige Meilen voraus vom Fahrweg abzweigte. Vorher würden sie die Kutsche hier in der Schlucht versenken, in der Hoffnung, daß die Soldaten sich täuschen ließen und ihre Spur verloren. Ein verzweifelter Plan, wie Robert fand, aber Paul hatte eingewendet, daß die Finte ihnen lediglich einen Vorsprung sichern sollte, damit sie Victoria Camp am Labouring Creek rechtzeitig vor den Soldaten erreichten. In die Wildnis hinter dem Holzfällerlager vorzustoßen, hatte Stephen verkündet, würden die Soldaten Ihrer Majestät nicht einmal in Garnisonsstärke wagen, geschweige denn ein Fähnlein von sieben Mann. Denn jenseits von Victoria Camp regiere nicht mehr die Königin gleichen Namens, »sondern – zum Donner – das Gesetz der Wildnis«.

Paul zog die Kutschentür auf, und er und Stephen holten ihre Habseligkeiten aus der Kabine, den schwarzen Koffer und den unförmigen Seesack. Alles, was er selbst besessen hatte, dachte Robert, war in Molton House zurückgeblieben, außer den unzweckmäßigen Kleidungsstücken, die er am Leib trug, und der korkfarbenen Schultertasche mit den wenigen Dingen, die er heute zufällig mit sich geführt hatte: seinen Zeichenutensilien, der eingenähten Barschaft und einem zerfledderten Exemplar der »Ansichten alter Mayastätten« des verehrten Frederick Catherwood. Er klopfte auf die Tasche an seiner rechten Schulter, um sich zu vergewissern, daß die Pfundnoten tatsächlich noch im Futter raschelten, und beschloß, nun doch auf die andere Wegseite zu gehen, in den Schatten des zwanzig Fuß hohen Dickichts.

Es war unerträglich heiß, und nach den Stunden im Halbdunkel der Kutsche schmerzte die gleißende Helligkeit in seinen Augen. Zum ungezählten Mal wischte er sich mit dem Ärmel über Gesicht und Hals, eine sinnlose Geste, denn unablässig rannen ihm weitere Schweißtropfen aus dem Haar. Während er den Fahrweg überquerte, spürte er schon, wie sich in seiner Stirn ein vertrauter Kopfschmerz vorbereitete, der ihn tagelang peinigen würde.

Die Sonne stand schräg über der Schlucht, in einem Kranz schwarzer Wolken, doch nicht der geringste Windhauch regte sich. Robert ging auf die grüne Wand des Waldes zu, und für einen Moment fürchtete er, daß ihm übel werden, er die Besinnung verlieren würde, vor Erschöpfung oder einfach vor Angst. Die Wildnis, dachte er, und es war mehr ein Rauschen in seinem Kopf, der Dschungel, und es war kein Gedanke, sondern ein Toben und Tosen. Tief in seinem Innern, fern und leise, spürte er zugleich ein jauchzendes Entzücken, unmäßige Freude, da er nun doch einen Stoß erhalten hatte und Hals über Kopf in den Dschungel gestolpert war, die Welt seiner ungeheuerlichsten Träume. Doch viel lauter, viel gewaltiger als das zirpende Entzücken in einem Winkel seiner Seele war die Angst, eine Bestie, die ihn auf einmal ansprang, gedankenschnell.

Im ersten Augenblick glaubte er schreien zu müssen oder sogar, daß es zu spät wäre selbst für diesen Schrei. Die Angst umklammerte seine Kehle, ein gefräßiges, riesenhaftes Tier. Das Gesetz des Dschungels, schrie es in ihm, halbe Nächte hatten Paul und Stephen von arglosen Reisenden erzählt, die von Jaguaren überrascht wurden, nachts im Schlaf oder am hellichten Tag. Dank ihrer gewaltigen Kiefer, so Paul, zermalmten Jaguare mit einem einzigen Biß selbst Schulter- oder Schenkelknochen, und noch ehe das Opfer sein Leben verröchelt habe, werde sein Fleisch von den Reißzähnen der Riesenkatze zermahlen.

Robert wankte in den Schatten und zwang sich, gleichmäßig aus- und einzuatmen. Sein Herz raste, und hinter seiner Stirn begann ein heftiger Schmerz zu klopfen. Im Dickicht, zwei Fuß vor ihm, glaubte er ein Tappen und Knacken zu vernehmen, wie von Tatzen, die über Laub und Reisig schleichen, doch als er nochmals lauschte, mit angehaltenem Atem, war im Unterholz kein Laut zu hören. Mehrfach schloß er die Augen und öffnete sie wieder, dann endlich war es vorbei. Die Bestie hatte sich zurückgezogen, doch er spürte, daß sie jederzeit zurückkehren könnte.

Er sah um sich, und zum ersten Mal nahm er Einzelheiten der Wildnis war. Mücken tanzten in hellen Schwärmen über den Schlammlöchern, mit denen der Fahrweg übersät war. Zwischen Zweigen und modrigem Laub am Boden huschten kleine Tiere umher, schwarze Spinnen mit haarigen Kugelleibern und fingerlange, leuchtend grüne Insekten, deren Fühler unablässig zitterten. Zum ersten Mal fiel ihm auch auf, wie still es hier war, eine unheimliche Ruhe, dachte er, um so beklemmender, als er erwartet hatte, daß der Urwald von vielerlei Lauten erfüllt wäre, vom Gezeter der Spinnaffen, von heiseren Schreien der Brüllaffen und dem Gekreische schillernd bunter Papageien. Doch außer dem Surren der Mücken und dem schmerzhaften Pochen hinter seinen Schläfen waren keine Geräusche zu hören.

Zehn Schritte rechts von ihm kauerte Henry am Boden, mit beiden Händen in seinem Bündel grabend. Neben ihm stand Mabo, mit ausdrucksloser Miene, an den gesenkten Hals eines Wallachs gelehnt, dem er Unhörbares ins zuckende Ohr summte. Als wäre er bisher mit Blindheit geschlagen gewesen, bemerkte Robert nun auch erst, wie zerlumpt Mabos bunte Kleidung war. An den nackten Füßen trug er Riemensandalen, die aus uralten Lederresten gebastelt schienen, auf dem Leib ein ausgeblichenes Hemd, das mehr Löcher als Stoff aufwies, und ebenso fadenscheinige Hosen, die handbreit über den Knien endeten. Wie herzlos von Paul und Stephen, ihren Diener derart zerlumpt herumlaufen zu lassen, dachte er, während Paul, seinen Koffer schwenkend, mit raschen Schritten auf Mabo und die Pferde zuging, gefolgt von Stephen, der den Seesack geschultert trug.

Die beiden befahlen ihrem Diener, die Gepäckstücke aufzuladen, dann wandten sie sich um und kehrten im Laufschritt zur Kutsche zurück. Robert überlegte noch, ob er aus dem Schatten treten, zu ihnen hinübergehen sollte, da hatten sie die Kutsche schon vorn und hinten gepackt, wippten den unförmigen Kasten ein paarmal hin und her und wälzten ihn über die Felskante.

Da erst setzte sich Robert in Bewegung, er eilte über den Fahrweg, trat an den Rand der Schlucht und spähte hinab. Die Kutsche raste in die Tiefe, nahe an der Felswand, wobei sie sich wieder und wieder überschlug. Wenn sie mit der Gabel oder einem Eisenrad an den Felsen schrammte, erklang ein furchtbares Knirschen und Krachen, das von den Schluchtwänden widerhallte, und Funken sprühten auf, in grellen Garben, wie der Schweif eines herniederschießenden Meteors. Endlich prallte der Kasten, schon weit unten, auf einen Baum mit ausgreifendem Astwerk, in das er wie in einen gezähnten Rachen hineinfuhr. Ein letztes Knirschen und Splittern, dann kehrte wieder Stille ein.

Von der Kutsche war nur noch ein schimmernd schwarzes Brett zu sehen, hundert Schritte tief ins Astwerk gebettet, als sollte es das Schicksal aller Urwaldbäume vor Augen führen: ihre Verwandlung in Kutschen- oder Sargholz.

3

Auf dem bloßen Pferderücken zu reiten, ohne Sattel und Zaumzeug, war für Robert eine kaum erträgliche Qual. Er war niemals ein guter Reiter gewesen, im Unterschied zu seiner Schwester Madge, die schon als kleines Mädchen regelrecht in Pferde vernarrt war. Ihn dagegen graute es seit jeher vor diesen großen, allzu feinnervigen Tieren, deren Erhabenheit jederzeit in Hysterie explodieren konnte, einem Inferno aus zermürbendem Wiehern und wirbelnden Hufen, aus Augenrollen und gräßlich gefletschten Zähnen.

Unglücklicherweise spürten die meisten Pferde Roberts Abneigung, so daß selbst phlegmatische Mähren eine ungewohnte Reizbarkeit an den Tag legten, sowie er ihren Rücken erklomm. Auch der Wallach, auf dem er seit einer halben Stunde dahinritt, schien mit seinem Reiter zu hadern. Immer wieder warf er den Kopf empor, schnaubend und tänzelnd, so daß Robert sich nur mit Mühe auf dem glatten, schweißnassen Rücken hielt. Seine Schenkel brannten, so krampfhaft umklammerte er den Pferdeleib, und die Schultern schmerzten ihn, da er weit vorgebeugt saß und sich mit beiden Händen in Hals und Mähne des Wallachs krallte.

Dabei befanden sie sich immer noch auf dem Fahrweg, in knietiefer, glitschiger Spur zwar, doch auf einigermaßen ebenem Grund. Linker Hand zog sich die Schlucht dahin, rechts erhob sich der Dschungel, eine endlose grüne Mauer, undurchdringlich und mehr als siebzig Fuß hoch. Stephen ritt voraus, auf einem behäbigen Rappen, gefolgt von Paul, der auf einer mageren Fuchsstute saß. Dahinter trottete Roberts Wallach, während Mabo und Henry den Schluß des kleinen Zuges bildeten, auf zwei kümmerlichen Schecken reitend und das Packpferd mit Pauls und Stephens Gepäck am Zügel führend.

Seit sie aufgesessen waren, hatte sich der Himmel mehr und mehr verfinstert, doch obwohl die Sonne hinter Wolken verschwunden war, herrschte noch immer drückende Schwüle. Robert wagte kaum, daran zu denken, daß sie den Fahrweg in Kürze verlassen würden, um rechter Hand in einen schmalen Knüppelpfad einzubiegen. Laut Paul führte dieser Pfad durch unwegsames Dickicht, zunächst einige hundert

Schritte steil bergauf, danach Meile um Meile durch Sumpf und Unterholz. *Knüppelpfad*, schon das Wort klang furchterregend. Er würde vom Pferd stürzen, dachte Robert, und sich sämtliche Knochen brechen, unmöglich konnte er auf einem solchen Knüppelweg durch die Wildnis reiten, mit einer Hand die Machete schwingend, mit der anderen die Zügel führend, und doch mußte er es versuchen, es war seine einzige Chance. Wann immer ihm die Soldaten in den Sinn kamen, das lautlos heranpreschende Fähnlein, wie er es vorhin in Pauls Glas erblickt hatte, überlief ihn ein Schauder, als ob sich die Hand des königlichen Offiziers schon fest auf seine Schulter legte. Es schien ihm unbegreiflich, wie die Soldaten derart voranjagen konnten, in Pauls Fernrohr waren sie über den tückisch verschlammten Fahrweg gestoben, so unaufhaltsam, als ob sie auf geflügelten Rössern säßen. Dagegen schleppte sich ihre eigene kleine Schar nur mühevoll dahin, auf matten Pferden, die von der Kutschfahrt schon ermüdet waren, und zusätzlich beschwert durch einen unbeholfenen Reiter, der wie eine Holzpuppe auf seinem Wallach saß.

Robert warf einen Blick über die Schulter: Augen und Lippen zusammengekniffen, starrte Henry vor sich auf den schlammigen Pfad. Der junge Mestize wirkte noch immer angespannt, ja verkrampft, Pferd und Weg schienen Henry kaum weniger Mühe zu bereiten als ihm selbst. Keineswegs zum ersten Mal sagte sich Robert, daß dieser kleine Diener ihm wohl keine große Hilfe sein würde. Dagegen ritt Mabo mit natürlicher Anmut dahin, jede Bewegung im Einklang mit seinem Pferd, als ob Tier und Reiter zentaurisch verbunden wären. Robert wollte ihm zulächeln und spürte, daß er nur eine Grimasse zustande brachte, verzerrt vor Anstrengung und dem dröhnenden Schmerz in seinem Kopf. Mabo antwortete ihm mit den Augen, ein ernster Blick, ein Senken der Lider, und obwohl die Botschaft unbegreiflich blieb, schien es Robert, als beginne sich zwischen ihnen ein Verständnis zu entwickeln. Doch als er sich wieder nach vorne wandte und die Haltung des Mestizen nachzuahmen versuchte, ein wenig vorgebeugt, die Schenkel leicht angedrückt, eine Hand in der Mähne spielend, da scheute sein Wallach und bäumte sich schnaubend auf, so daß er beinahe abgeworfen worden wäre.

Vor ihm lachte Paul leise auf, ungewiß, ob aus Schadenfreude, und fast im gleichen Moment zerbarst die Wolkendecke über ihnen. Die Flut stürzte herab, mit tosender Urgewalt, als ob sie unter einem Wasserfall dahinritten. Donner rollte über den Himmel, der sich vollkommen verfinstert hatte, wie in schwärzester Nacht, und sich gleich darauf mit einem Wirrwarr gleißender Blitze überzog.

Binnen eines Lidschlags war Robert bis auf die Haut durchnäßt. Sein Wallach war einfach stehengeblieben, klugerweise, wie er dachte, denn man sah so gut wie nichts mehr, nur noch herniederstürzendes Wasser, emporspringende Tropfen und Schwaden bleichen Dampfes, der über den Boden waberte und wallend aus Schlucht und Wald aufstieg. Ein plötzlicher Windstoß packte seine Jacke, die vor ihm auf dem Pferderücken lag, und wirbelte sie davon. Robert spürte einen schmerzlichen Stich. Im ersten Impuls wollte er vom Pferd springen und versuchen, die Jacke zu retten, doch dann blieb er einfach sitzen, weit vorgebeugt, während die Tropfen ihm auf Kopf und Rücken trommelten und das Wasser ihm übers Gesicht rann und in hellen Strömen aus Ärmeln und Hosenbeinen lief.

Sein Pferd schnaubte, aber das hatte er sich vielleicht nur eingebildet. Der tosende Regen übertönte jedes andere Geräusch, außer dem Donner, der metallisch klang wie gigantische Gongschläge. Die Gewalt des Unwetters schien immer noch zuzunehmen, mit hellem, gleichmäßigem Singen, als ob straff gespannter Draht zerspringe, rauschte das Wasser hernieder, und über die Schlammtümpel, mit denen der Fahrweg übersät war, wölbten sich kleine Regenbögen. Auf einmal spürte Robert, wie sich der Wallach in Bewegung setzte. Im ersten Erschrecken griff er nach dem Zügel, denn zu sehen war immer noch nichts, und höchstens fünf Schritte linker Hand verlief die Schlucht. Da bemerkte er einen schlanken Schatten, der sich zu ihm herüberbeugte, und spürte warmen Atem an seinem linken Ohr, und eine junge, ein wenig rauhe Stimme sagte:

»Laß mich dein Pferd führen, Herr. Sieh, dort beginnt der Pfad.« Und ein schemenhafter Arm tauchte aus Dunst und Dunkelheit und deutete nach rechts, auf das in Dampf gehüllte Dickicht, in dem Robert eben noch ein mageres, fuchsrotes Pferd verschwinden sah.

4

Am späten Nachmittag des 28. Juli, nach mehr als vierstündigem Ritt durch Sümpfe, Schluchten und Dickicht, erreichten sie den Gipfel eines steilen, schier undurchdringlich bewaldeten Berges, wohl tausend Fuß oberhalb von Victoria Camp. Die Anhöhe war flach wie eine Tafel und mochte in der Länge zweihundert Schritte messen, in der Tiefe aber höchstens hundert Fuß. Eine gewaltige Ceiba, der heilige Baum des alten Volkes, den Catherwood so häufig gezeichnet hatte, erhob sich inmitten der langgestreckten Fläche, die federartigen Blätter flirrend im Gegenlicht. Obwohl Robert sich so erschöpft und zerschunden fühlte, daß ihn seit wenigstens einer Stunde nur noch seine vielfältigen Schmerzen wachzuhalten vermochten, begann beim Anblick dieser Stätte sein Herz schneller zu schlagen. Von hier oben ging der Blick weit über den dampfenden Dschungel, und der Himmel schien auf einmal offen und nahegerückt. Während er von seinem Wallach rutschte und zu Füßen der Ceiba auf einen Steinbrocken sackte, dachte er, daß sie sich möglicherweise auf dem Dach eines gewaltigen Mayapalastes befanden, der seit einem Jahrtausend immer tiefer in der Erde, unter Moos und Dickicht versank.

Stephen und Paul waren von ihren Pferden gestiegen und gleich an den Rand der Anhöhe getreten, wo sie abwechselnd aus der blechernen Wasserflasche tranken. Auch sie sahen zerschunden aus, Gesichter und Arme von Insekten zerbissen, von Dornen und Zweigen zerkratzt. Jedoch wirkten die beiden nicht halb so zerschlagen, wie Robert sich fühlte, der im Verlauf ihres Rittes mehrfach vom Pferd gestürzt und einmal so hart auf einen Stein geschlagen war, daß er ohnmächtig liegenblieb

Nun saß er unter der Ceiba und sah zu, wie Mabo und Henry die Packstücke von ihren Pferden luden und ins Gras gleiten ließen. Auch die beiden jungen Diener wirkten längst nicht mehr so munter wie vor Stunden, Mabos dürftige Kleidung womöglich noch verschlissener und zerlumpter, und doch schienen die Strapazen ihres grauenvollen Rittes durch Morast und Dickicht ihnen nur wenig zugesetzt zu haben. Er würde sich niemals mehr von der Stelle rühren, beschloß Robert, nie mehr auch nur einen Muskel bewegen, zumal es an seinem Körper keine einzige Stelle gab, die nicht brannte, blutete, klopfte oder auf andere Weise schmerzte. Besonders die Innenseiten seiner Schenkel fühlten sich an, als wären sie gehäutet und anschließend gepfeffert worden, und in seinem Kopf erklang ein fortwährendes dumpfes Dröhnen.

Schulter an Schulter standen Paul und Stephen am Rand der Anhöhe und sahen auf das Camp hinunter, wobei sie sich mit gedämpften Stimmen berieten. Offenbar sollte er nicht hören, was sie besprachen, doch in diesem Moment war es Robert gleich, ja er war ihnen dankbar, daß sie ihn mit keinerlei Plänen behelligten. Bisher hatte er noch nicht einmal einen Blick auf das Camp geworfen, das nach Stephens Schilderung weitläufig sein mußte, eine Stadt im Dschungel, die ständig mehrere hundert Holzfäller beherbergte.

Eine Mücke sirrte herbei und zwang ihn, zumindest eine Hand zu bewegen. Sein Hemd und seine Hose waren immer noch klamm vom Sturzregen, der wenigstens eine Stunde angedauert hatte, von Dornen zerfetzt und starrend vor Schmutz und Schweiß. Aber auch diese kleinen Widrigkeiten waren ihm in diesem Moment völlig gleich. Tief in sich spürte er ein Jubeln, das nur vorläufig von Erschöpfung und Schmerzen noch überdeckt wurde, ein stetig anwachsendes Triumphgefühl. Er befand sich mitten im ungeheuerlichsten Abenteuer seines Lebens, wie er sich sagte, und erstaunlicherweise hatte er die erste Etappe tatsächlich überstanden. Und er spürte, daß es letzten Endes eine stärkende Erfahrung sein würde, auch wenn er sich im Augenblick vollkommen entkräftet fühlte.

Sein Blick schweifte zu Mabo, der nun einige Schritte nach links ging, die Futtersäcke über die Schulter geworfen. Mit gespitzten Lippen, aus denen melodisches Summen drang, rief er die Pferde herbei, die alle sechs bereitwillig zu ihm trotteten. Er hängte ihnen die Hafersäcke um und führte sie etliche weitere Schritte abseits, wo ein gutes Dutzend schädelgroßer Steintrümmer einen Kreis im Gras beschrieben, mit einer steinernen Mulde in der Mitte, in der sich Regenwasser gesammelt hatte. Sogleich begannen die Pferde zu fressen und zu saufen, und Robert dachte, daß dieser Steinkreis, wozu immer er einmal gedient haben mochte, gewiß nicht natürlichen Ursprungs war. Und dann sagte er sich, daß er ohne Mabos Hilfe niemals lebend hier angekommen wäre, sondern in einer Schlucht zu Tode gestürzt oder in einem Sumpfloch elend versunken oder einfach kraftlos im Unterholz liegengeblieben wäre, eine sichere Beute für Jaguare. Dagegen war ihm sein eigener Diener, wie befürchtet, bislang kaum eine Hilfe gewesen: Die meiste Zeit war Henry ein halbes Hundert Schritte hinter ihnen geritten, anscheinend zur Genüge damit beschäftigt, sich im Sattel seiner Schecke zu behaupten. Als Robert sich einmal, nach einem Sturz von seinem ungebärdigen Wallach, auf Henrys Schultern gestützt hatte, war der Bursche unter seiner Berührung regelrecht zusammengefahren, schreckhaft wie ein junges Mädchen.

Am furchtbarsten war die erste halbe Meile gewesen, durch eine Röhre aus Laub und Dickicht, bei weiterhin peitschendem Regen, steil bergan auf dem Knüppelpfad, der kaum zwei Fuß breit und mit glitschigem Moos bedeckt war. Robert hatte seinen Wallach hinter Mabo hergetrieben, mit Fußstößen und anfeuernden Rufen, aber das Pferd hatte sich nach wenigen Dutzend Schritten zu sträuben begonnen, zwischen Dornengestrüpp und Bananenstauden, da es auf den modrigen Holzknüppeln keinen Halt fand. Und als er ihm noch verzweifelter seine Absätze in die Seiten hieb, da bäumte sich der Wallach auf, stieß ein furchtbares Wiehern aus und begann sich zu Roberts Entsetzen auf dem engen, rutschigen, beinahe lotrecht ansteigenden Pfad schnaubend im Kreis zu drehen.

Ohne Mabo wäre er bereits auf diesen ersten hundert Fuß des Knüppelpfades zu Tode gestürzt, dachte Robert, und noch immer schien es ihm unbegreiflich, wie der Mestize, der schon ein halbes Dutzend Pferdelängen voraus war, ihm überhaupt zu Hilfe eilen konnte. Als hätte er sein Pferd in dem verzweifelt schmalen Tunnel aus Busch- und Laubwerk gleich zweimal gewendet oder es rückwärts hinabgelenkt, was beides gleich unmöglich schien, befand sich Mabo auf einmal unmittelbar vor ihm, so nahe, daß er, sich auf seiner Schecke zurückbiegend, mit der linken Hand die Nüstern des stampfenden Wallachs berührte. Augenblicklich wurde das Pferd ruhiger. Es schnaubte noch immer, es tänzelte und drohte auszubrechen, aber es drehte sich nicht mehr wie rasend im Kreis, so daß sein unglücklicher Reiter von Bananenblättern gepeitscht, von Dornen zerkratzt, gegen

Baumstämme gequetscht und nach vorn und hinten gerissen wurde wie eine Marionette an den Fäden eines fallsüchtigen Puppenspielers. Aber die Beruhigung hielt nicht lange vor, denn sowie Mabo seine Hand zurückzog, begann der Wallach sich wieder aufzubäumen, stieß sein schauerliches Wiehern aus und machte neuerlich Anstalten, sich im Kreis zu drehen.

Da bog sich der Mestize auf seiner Schecke noch weiter zurück und drehte sich zugleich, als hätte er keine Knochen im Leib, in der Hüfte so weit herum, daß er mit der Brust auf dem hinter ihm aufgepackten Seesack zu liegen kam, während sein Unterleib weiterhin vorn auf der Schecke saß und das Tier mit Schenkeln und Füßen antrieb. So lag er zurückgebogen und verdreht auf seinem Pferd, die Augen vor Anstrengung zusammengekniffen, und streckte die Linke so weit wie möglich nach hinten, den Nüstern von Roberts Wallach entgegen, der wie magnetisiert hinter der kleinen braunen Hand herstolperte, seine Kopfscheu vergessend, den schlüpfrigen Pfad hinauf, durch die rauschende Röhre aus tropfnassen Blättern, peitschenden Zweigen, die sich endlich zu einem breiteren, weniger gewaltsam ansteigenden Pfad öffnete, und dort erst, im selben Moment, als Mabo seine Hand zurückzog, fiel Robert vom Pferd, ohne Zutun des Wallachs, der einfach stehengeblieben war.

»Paul und ich gehen zum Camp hinunter.«

Stephens tiefe Stimme riß Robert aus seinen Gedanken. Als er aufsah, standen die beiden Gefährten einen Schritt vor ihm, zwei Schattenrisse vor dem orangeroten Abendhimmel, einer breit und massig, einer mager und schmal.

»Ein verdammt steiler Weg, zum Donner – besser, wir bringen ihn hinter uns, bevor es dunkel ist.« Stephen beugte sich zu ihm hinab, in der Rechten einen funkelnden Gegenstand. »Nimm das hier, für alle Fälle«, fügte er hinzu und drückte ihm, ohne eine Antwort abzuwarten, seine Pistole in die Hand.

Überrumpelt wendete Robert das fatale Gerät hin und her. Als er wieder aufblickte, wandte sich Paul eben ab, mit zuckenden Mundwinkeln, und eilte Stephen hinterher, der bereits über den Rand der Anhöhe getreten war und über den Steilhang hinablief, zum Victoria Camp.

5

Er lag ausgestreckt in seinem Kanu, das gemächlich dahintrieb, auf den Fluten eines ungeheuren Stroms. Hoch über ihm, im flirrend grünen Gewölbe, tanzten die Sonnenstrahlen, Papageien flatterten umher, Spottworte rufend, die anscheinend dem großen, braunen Affen galten, der auf einem Wurzelstrunk am Ufer saß. Robert richtete sich ein wenig auf, um den Affen genauer anzuschauen, dessen schmales Gesicht mit den durchbohrenden Augen ihm bekannt schien, und im gleichen Moment dämmerte ihm, wo er sich befand: auf dem New River seines Kanutraums. Vor ihm, auf der Ruderbank, saß die schlanke braune Gestalt, die ihn stets im Traum begleitete, immer mit dem Rücken zu ihm, so daß er ihr Gesicht noch nie gesehen hatte. Das Boot schaukelte auf den Wellen, als Robert sich vorbeugte, um ihre Schulter zu berühren. Doch da verlor er das Gleichgewicht und fiel aus dem Kanu, unerwartet tief, und erkannte noch im Fallen, an wen ihn der Affe auf dem Wurzelstrunk erinnerte, während sich ein junges, kakaobraunes Gesicht über ihn beugte und mit der Stimme des Mestizen Mabo fragte: »Nichts passiert, Herr?«

Robert hatte die Augen nur ein wenig geöffnet, jetzt machte er sie rasch wieder zu und schüttelte nur leicht den Kopf, um gleich in den Traum zurückzugleiten. Aber durch seine Lieder sickerte schon das Licht des neuen Tages, und nun fiel ihm auch ein, wo er sich tatsächlich befand: in der notdürftigen Hütte, die Mabo gestern abend noch aus Ästen, Palmzweigen und Bananenblättern errichtet hatte, auf der Anhöhe (oder dem Dach des Palastes) tausend Fuß über Victoria Camp. Von draußen drangen die vielfältigen Laute der Wildnis und des Holzfällerlagers herein, das morgendliche Konzert der Urwaldvögel, Männerstimmen in der Ferne, die wüst durcheinander riefen, untermalt vom Brausen des Labouring Creek.

Für einen Moment überließ er sich noch der Enttäuschung, daß es ihm wieder nicht geglückt war, das Gesicht der jungen Gestalt vor ihm im Kanu zu sehen. Doch als er die Augen dann öffnete, überwog noch immer das Hochgefühl, in das ihn der Traum jedesmal versetzte. Jetzt habe ich es doch gewagt, dachte er wieder, und bin wirklich im Dschungel, auf Schatzsuche wie Catherwood – und unter dem Schutz des Affen Grimaldi! Vor Verwunderung lächelnd, setzte er sich auf.

Er fand sich auf dem grasbewachsenen Boden ihrer Hütte hockend, die Mabo unmittelbar an den Stamm der mächtigen Ceiba gebaut hatte, um zwei ihrer Wurzelfüße als Hüttenwände zu nutzen, massive, dreieckige Strahlen, die den Stamm vom Boden bis in zehn Fuß Höhe umgaben. Über ihm schaukelte die Hängematte, aus der er soeben gestürzt sein mußte, verleitet durch das Gaukelspiel seines Traums. Daneben befanden sich zwei weitere Matten, gleichfalls ausgespannt zwischen den Wurzelflügeln der Ceiba und gleichfalls leer. Das Morgenlicht fiel durch Löcher in der Hüttenwand, die Mabo aus Zweigen geflochten und mit Blättern abgedichtet hatte. Die vierte Hüttenseite, zum Steilhang weisend, unter dem das Holzfällercamp lag, war offen geblieben und diente als Türloch, durch das nun ein breiter Balken Sonnenlicht fiel. Einige Schritte vor der Tür, am Rand der Anhöhe, stand Mabo, mit dem Rücken zur Hütte, und schien aufmerksam zu beobachten, was unten im Camp vor sich ging.

Gestern abend, dachte Robert, hatte Mabo ihnen nach allem auch noch ein kleines Mahl bereitet, Pökelfleisch und einen Kanten hartes Brot, das er, schon in seiner Hängematte liegend, mit blechern schmeckendem Wasser heruntergespült hatte. Soweit er sich erinnern konnte, hatte er dem Mestizen nicht einmal gedankt, da er gleich darauf eingeschlafen war.

Als er sich aufrichtete, protestierten seine Muskeln in Schultern und Beinen mit brennendem Schmerz. Er humpelte zur Tür und musterte widerwillig seine Bekleidung, die einzig aus schmutzstarrendem Unterzeug bestand. Undeutlich erinnerte er sich, daß er sich gestern abend sein durchnäßtes Hemd und die schlammverkrustete Hose noch vom Leib genestelt hatte. Ihn schauderte bei dem Gedanken, daß er diese Kleidungsstücke nachher wieder überziehen mußte. Henry, dachte er, soll die Sachen waschen, aber wie er auch um sich blickte, von dem Jungen war auf der ganzen weiten Anhöhe nichts zu sehen. Verdammter Bursche!

So leise er aus der Tür getreten war, Mabo hatte ihn doch gehört. Er wandte sich um, und Robert wunderte sich über seine angespannte

Miene, der Mestize wirkte bedrückt, ja angsterfüllt. »Was ist los?« fragte er, indem er neben ihn trat.

Mabo streckte wortlos den Arm aus, und Robert schaute in die gewiesene Richtung, zum Camp hinab. Er beschirmte die Augen gegen die Sonne, doch zu erkennen war trotzdem nichts, nur ein weiter freier Platz in tausend Fuß Tiefe, umstanden von Hütten und länglichen Schuppen, und ein Gewimmel winziger Gestalten, die auf dem Platz wild durcheinanderliefen. Auch die Stimmen, die von unten heraufschallten, klangen erregt und zornig, aber zu verstehen war gar nichts, nicht einmal Satzfetzen, aus denen sich irgend etwas zusammenreimen ließe.

»Was mag da unten los sein?« fragte er, und der Mestize ließ die Fäuste umeinander wirbeln, sah Robert düster an und sagte:

»Kampf.«

Kampf – das Wort hallte in ihm nach. Es war nur zu wahrscheinlich, dachte er, daß die Unruhe dort unten von den Soldaten ausging, die im Lager nach ihm suchen mochten. Und er stand hier ruhig am Rand der Anhöhe, mühelos zu entdecken für jeden dort unten, der einen Feldstecher besaß!

Er faßte sich an die Stirn, hinter der immer noch leise der Schmerz pochte. »Das Fernglas«, sagte er, »in Pauls Koffer – hol es, Mabo, schnell!«

Der Mestize eilte in die Hütte und kehrte gleich zurück, in der Hand das zerkratzte Rohr. Robert war unterdessen neben die Ceiba zurückgewichen, in der Hoffnung, daß er aus der Entfernung mit dem riesigen Baum verschmolz. Er hob das Glas an die Augen und stellte es scharf, dann schwenkte er langsam über den weiten Platz, auf dem mehrere hundert Menschen versammelt sein mochten, überwiegend Männer, bärtig, in derber Tracht, aber auch einige Frauen, deren knappe, ja schamlose Kleidung ihn erstaunte. Die meisten liefen hin und her, sie gestikulierten oder rauften sich die Haare. Nur am hinteren Rand des Platzes, im Schatten eines flachen Schuppens, bemerkte er eine Stelle, von der eine auffällige Ruhe ausging. Ein Ort der Stille, dachte er, spürbar selbst auf diese Distanz.

Von plötzlichem Unbehagen erfaßt, hob er das Rohr ein wenig höher, und die Landschaft hinter dem Camp kam ins Blickfeld, der Labouring Creek, der an dieser Stelle eine scharfe Linkskurve beschrieb, und just in diese Kurve des breiten Stroms war das Lager geschmiegt. Ein Wehr mit eisernen Zacken verlief quer durch den Fluß. Vor dem Wehr stauten sich die Hunderte Baumstämme, die von Norden her den Strom hinabgetrieben kamen, und wurden von der Strömung zum Ufer geschoben. Dort waren ein halbes Hundert Männer damit beschäftigt, die Bäume mit Seilen und Flaschenzügen aus dem Wasser zu ziehen und mit Äxten zu zerlegen und die Stämme mit Ochsengespannen die sumpfige Uferlände hinaufzuschleppen.

Robert schwenkte mit dem Glas noch einmal auf den Strom, der zweihundert Fuß breit sein mochte, bis zum jenseitigen Ufer, das von undurchdringlichem Dickicht bedeckt war, und langsam wieder zurück, an dem gezähnten Wehr entlang, vor dessen Eisengatter sich die Baumstämme in der schäumenden Flut stauten. Irgend etwas Unerwartetes war eben dort gewesen, was es war, hätte er nicht sagen können, aber jedenfalls etwas Ungewöhnliches, etwas Erschreckendes, dachte Robert, der im gleichen Moment eine kleine braune Gestalt entdeckte, die scheinbar über das Wasser wandelte: von der Uferlände des Camps auf die Mitte des Stroms zu, behutsam balancierend, die Arme seitlich ausgestreckt, mit einer Anspannung, die noch in tausend Fuß Höhe zu spüren war. Es mußte ein Mayajunge sein, vielleicht elf, zwölf Jahre alt, die schwarzen Haare schulterlang, der schmale Leib nackt bis auf ein weißes Hüfttuch. So balancierte er mit tastenden Schritten über die Baumstämme, die dicht an dicht im Wasser trieben, gegeneinander schlingernd und stoßend. Eine schwimmende Brücke, aber tückisch schwankend und so glitschig, daß jeder Schritt der letzte sein konnte, denn wenn der Junge den Halt verlor und ins Wasser fiel, würde er zwischen den Baumstämmen zermalmt. Mit angehaltenem Atem beobachtete er, wie der Junge sich Schritt um Schritt dem Wehr näherte, und jetzt glaubte er auch zu verstehen, warum sie ihn überhaupt dort hinausgeschickt hatten, in das tödliche Gemenge aus stampfenden Stämmen und schäumender Flut. Inmitten des Stroms hatte sich ein riesiger Baumstamm im Wehr verfangen, anstatt längs des Wehrs zur Uferlände zu gleiten, hatte er sich zwischen zwei Eisenzähnen verkeilt und versperrte wie eine Schranke allen hinter ihm herantreibenden Stämmen den Weg. Der Junge sollte das Hindernis offenbar beseitigen, dachte Robert, aber wie könnte er, ein halbwüchsiger Knabe, beinahe ein Kind noch, mit bloßen Händen diesen riesigen Stamm aus dem Wehr ziehen?

Während er noch überlegte, hatte der Junge das Wehr erreicht und trat auf das Eisengestänge, aus dem zehn Fuß hoch die Zacken in den Himmel ragten. Für einen Moment stand er einfach da, auf dem schmalen Grat inmitten der Flut, stoßweise atmend. Dann bückte er sich zu einer großen Kurbel, packte sie mit beiden Händen und begann sie zu drehen, so angespannt, daß sich die kleine Gestalt in Roberts Glas zusammenkrümmte. Mit jeder Drehung der Kurbel stieg ein eisernes Gattertor im Wehr etwas höher. Endlich gab das Gatter eine Öffnung frei, groß genug für den verfangenen Stamm, der mit Urgewalt hindurchstieß, einen Lidschlag später schon jenseits des Wehrs auftauchte und in der Strömung davonschoß, umhüllt von einem Strudel milchigweißer Gischt.

Gespannt wartete Robert, wie der Junge nun zum Ufer zurückbalancieren würde, über die Dutzende Stämme, die sich aufgestaut hatten und jetzt in Bewegung gerieten, eine ungeheure, im Wasser stampfende und stoßende Masse, die von der Strömung entlang des Wehrs zum Ufer geschoben wurde. Aber er kam nicht dazu, den Jungen länger zu beobachten, auf einmal erklang ein Trompetenstoß aus der Tiefe, so laut und unerwartet, daß er zusammenfuhr. Er schwenkte das Fernrohr auf den weiten Platz im Victoria Camp zurück, wo die Menge immer noch erregt durcheinanderlief, und von dort neuerlich zu jenem Ort am hinteren Rand, einer Stätte der Starre und Kälte, wie er nun dachte. Aus irgendeinem Grund war er sicher gewesen, daß der Trompetenstoß von dort ausgegangen sein mußte, und so war es auch: Sieben Männer standen dort im Karree, drei mit dem Rücken zu ihm, drei ihnen gegenüber. Der siebte stand vor den beiden Dreiergruppen, ein wenig abgerückt nach der Art eines Kommandeurs, das Kinn emporgereckt, die Trompete erhoben, aus der er nun abermals einige Töne hervorstieß, eine dumpf klagende, gleichwohl militärisch strenge Melodie. Erst in diesem Moment wurde Robert, dessen Gedanken immer wieder zu dem Jungen auf dem Wehr zurücksprangen, bewußt, daß die sieben Männer dort unten die britische Kolonialuniform trugen. Kein Zweifel, dachte er, auch die Anzahl stimmte, es mußten die

Soldaten sein, die ihn verfolgten, auf Befehl des britischen Gouverneurs. Jetzt ließ der Kommandeur die Trompete sinken, die Soldaten schwenkten herum, alle sechs auf einmal, mit militärischer Präzision. Sie marschierten nach links ab und gaben den Blick auf jene Stätte der Starre und Kälte frei, und da setzte für einen Moment sein Herz aus.

Seine Hand begann zu zittern, so heftig, daß er längere Zeit nur ein Chaos zerstückter Bilder sah, die sinnlos im Rohr umherwirbelten. Dann endlich ließ das Zittern nach, doch weitere Augenblicke verstrichen, bis er jenen Ort unwirtlicher Stille wiedergefunden und das Glas neuerlich fokussiert hatte.

Dort unten am Rand des Platzes lagen, aufgereiht im Schatten des Schuppens, drei, vier, sechs Männer, alle auf dem Rücken, alle hellhäutig, und wo ihre Gesichter hätten sein sollen, war eine rötlichgraue Masse, aus der die Augäpfel hervorquollen und lotrecht ein leuchtend roter Rüssel ragte.

6

Gegen elf Uhr vormittags waren Paul und Stephen noch immer nicht zurückgekehrt, und bei dem Gedanken, daß die Soldaten sie verhaftet haben könnten, krampfte sich Robert die Kehle zusammen. Ohne die beiden Gefährten war er verloren, und so sehr es zutraf, daß erst ihr unbedachtes Handeln sie der Verfolgung ausgesetzt hatte, war es nun einzig ihrer Kaltblütigkeit und Vertrautheit mit der Wildnis zu verdanken, daß sie alle überhaupt noch am Leben waren.

Er saß auf dem Steinbrocken neben ihrer Hütte, im Schatten der Ceiba, die er vorhin gezeichnet hatte, auf Papier, das sich vor Feuchtigkeit wellte, und mit einem Stift, der sich breiig anfühlte, als wäre er in der Sonne geschmolzen. Neben ihm auf dem Stein lagen Pauls Fernrohr, Stephens Pistole und seine eigene Taschenuhr, die er in seiner Schultertasche entdeckt hatte, ein Erbstück aus der väterlichen Linie, mit massivem Silbergehäuse und unbeirrbar schlagendem Uhrwerk, dem die tropische Witterung bislang nichts auszumachen schien. Obwohl er gehofft hatte, daß von diesen mechanischen Gegenständen, allesamt Beweise abendländischen Ingeniums, eine stärkende Wirkung ausginge, fand er nun, daß sie in dieser Umgebung eher einen kuriosen Eindruck machten.

Vorhin hatte Mabo ein weiteres Steinbecken entdeckt, ein wenig abseits im Wald, gefüllt mit leidlich sauberem Regenwasser, und auf Roberts Befehl hatte Henry seine sämtlichen Kleidungsstücke gewaschen. Auch Mabo hatte die Gelegenheit genutzt und seine Lumpen in der Zisterne gesäubert. Anschließend hatten sie die triefend nassen Sachen wieder angezogen und auf der Haut trocknen lassen, dampfend in der Vormittagssonne, die rasch emporgestiegen war und mittlerweile fast senkrecht über dem Tal stand. Auch wenn ihm nach den gestrigen Strapazen fast jeder einzelne Muskel schmerzte und das Dröhnen hinter seiner Stirn noch immer nicht verebbt war, fühlte sich Robert in den sauberen Sachen doch bedeutend wohler als vorher in seinem schmutzstarrenden Unterzeug. Trotzdem hatte er den Plan gefaßt, bei nächster Gelegenheit seine unpassende Kluft gegen Kleidungsstücke zu vertauschen, die der hiesigen Witterung angemessener wären.

Einige Schritte links von ihm, den Rücken gegen den Baumstamm gelehnt, saß Henry am Boden, gesenkten Kopfes, in sich gekehrt. Einzig der junge Diener hatte sich wieder einmal absonderlich betragen, nicht durch Drohungen noch durch gute Worte war er zu bewegen gewesen, auch sein eigenes Hemd und seine schlammverklebten Beinkleider zu reinigen. Erst viel später, nachdem sie alle drei längst zur Hütte zurückgekehrt waren, war Henry noch einmal zur Zisterne geschlichen, um die vorhin so starrsinnig verweigerte Waschung nachzuholen. Seltsamer Kerl, hatte Robert mit einem Anflug von Ärger gedacht, als der Junge irgendwann wieder aufgetaucht war, vom Kopftuch bis zu den Kniehosen vor Nässe triefend.

Der Wald hinter ihm war erfüllt von kleinen Geräuschen, für die sich sein Ohr zu schärfen begann, einem unablässigen Rascheln und Knistern, Sirren und Brausen, leisen Rufen der Tiere auf den Bäumen oder im Dickicht, auf die andere Tiere ebenso leise Antwort gaben. Immer wieder glaubte er inmitten dieses Gewispers andere, lautere Geräusche zu vernehmen, ein Knacken wie von Schritten auf Reisig.

Aber wenn er dann herumfuhr und in den Wald spähte, war nichts Verdächtiges zu bemerken, und auch Mabo, dessen Sinne ungleich empfindlicher waren, kauerte jedesmal ruhig wie vorher am Boden.

Sein Blick schweifte über die Weite des Dschungels vor ihm, dampfende dunkelgrüne Unendlichkeit. Der Ausblick, der sich von hier oben bot, mit dem breiten Strom, der den Urwald durchschnitt, war so wildromantisch wie eine Theaterkulisse, und doch kehrten seine Gedanken immer wieder zu den Ereignissen zurück, die sich unten im Camp abgespielt haben mochten oder womöglich noch abspielten.

Nur die Ruhe bewahren, mahnte er sich – wären Stephen und Paul wirklich den Soldaten in die Hände gefallen, so hätten sie ohne zu zögern verraten, wo er sich versteckt hielt, um ihre eigenen Hälse zu retten. Es war ein zweifelhafter Trost, und doch verhielt es sich nicht anders: Solange er in Freiheit war, würden die beiden ihn zu schützen versuchen, da sie weiterhin zu glauben schienen, daß sie mit seiner Hilfe den Mayaschatz erlangen könnten. Sobald er sich aber weigerte, ihnen zu Willen zu sein, oder sofern sie selbst wegen der Schüsse im Park des Gouverneurs in Bedrängnis gerieten, würden sie ihn ohne Skrupel ausliefern, entweder der Obrigkeit oder den Gewalten der Wildnis.

Erst vor wenigen Minuten hatte er wieder mit dem Fernrohr in die Tiefe gespäht, aber der Platz zwischen den Hütten war seit längerem verlassen, und auch die starren Gestalten, die in jenem Winkel gelegen hatten, waren schon vor Stunden entfernt worden. Nur hin und wieder eilten noch Männer in kleinen Gruppen über den weiten Lehmplatz, Hämmer oder Sägen in den Händen. Auffällig war allerdings, daß dort unten niemand ohne Gewehr umherzugehen schien.

Seit etwa einer Stunde kreisten am Himmel über dem Camp ein halbes Dutzend großer Vögel, schwarz gefiedert, mit roten, schauerlich plumpen Schnäbeln, Harpyien, wie Robert annahm. Alles sprach dafür, daß es sich bei den reglosen Gestalten, über denen vorhin die Trompetenklänge erschallt waren, um Leichname gehandelt hatte, Opfer eines Massakers, die nicht nur getötet, sondern überdies verstümmelt und auf bizarre Weise geschändet worden waren. Und doch sträubte er sich immer noch gegen diese Vermutung, auch wenn er spürte, daß es längst grausige Gewißheit war. Victoria Camp mußte überfallen worden sein, vergangene Nacht und höchstwahrscheinlich von Mayakriegern, die noch immer zu Tausenden tief im Dschungel lebten – »nackte Affen, blutrünstig und grausam«, wie Paul sich auszudrücken pflegte, »die wie Tiere zwischen den Ruinen ihrer Vorfahren hausen«.

Vor der Macht und Pracht der einstigen Mayakönige, vor allem wohl vor ihrem märchenhaften Reichtum, empfanden Paul und Stephen eine Hochachtung, die Robert kaum weniger maßlos schien als die Verachtung, die sie gegenüber den heutigen Nachfahren des alten Volkes zur Schau trugen. Was aber konnte diese Nachfahren so sehr erzürnt haben, daß sie einen Überfall auf das Holzfällercamp mit seinen mehreren Hundert schwer bewaffneter Bewohner gewagt hatten? Und vor allem, durch welche List mochte es ihnen gelungen sein, die weißen Männer zu überrumpeln und wenigstens sechs von ihnen zu töten? Und zwar auf eine Weise zu töten, dachte Robert, und der Magen zog sich ihm zusammen, die beinahe noch gräßlicher schien als die Morde selbst, wie ein archaisches, unbegreifliches Ritual.

Die Sonne war mittlerweile in den Zenit gestiegen, ebenso seine innere Unruhe. Er erhob sich, schob seine Uhr in die Hosentasche, die Pistole in den Gürtel und begann ziellos auf und ab zu gehen. Noch drei Stunden, beschloß er, würden sie warten, bis drei Uhr nachmittags, wenn die ärgste Hitze vorüber wäre, dann würde er mit Mabo und Henry den Abstieg ins Holzfällercamp wagen. Sie mußten herausfinden, was mit Stephen und Paul geschehen war, ob die Soldaten sich noch im Lager aufhielten und was sie im Schilde führten. Allerdings würden sie sehr auf der Hut sein müssen, damit sie nicht eben diesen Soldaten in die Arme rannten oder von den Bewohnern des Camps verraten würden. Der Mut wollte ihm schon wieder sinken, nie und nimmer könnte er eine solche Aufgabe meistern, dachte er, zaghaft und unbeholfen, wie er nun einmal war. Die Knie wurden ihm schon weich, wenn er nur über den Rand der Anhöhe schaute, auf den mit Buschwerk überwucherten Steilhang, der zum Camp hin abstürzte, tausend Fuß tief und so schroff, daß selbst eine Bergziege den Halt verlieren würde. Und er sollte dort hinab, auf Henrys widerstrebende Schultern gestützt? Und auch noch auf so schlauen, heimlichen Pfaden, daß kein Soldat Ihrer Majestät und kein wilder Indiokrieger ihn erspähte? Es war lächerlich, zum Verzweifeln lachhaft, sagte er sich, indem er vom Rand der Anhöhe zurückwich und einige Schritte nach links ging, wo die schädelgroßen Steintrümmer am Boden lagen, zu ungefährer Kreisform aufgereiht.

Schon gestern abend, trotz seiner Erschöpfung, war ihm aufgefallen, daß diese Anordnung nicht natürlichen Ursprungs sein konnte. Jetzt ging er neben einem der rundlichen Steinbrocken in die Knie und fuhr mit der Hand darüber, um Staub und Schlamm zu entfernen. Der Brocken hatte in der Tat die ungefähre Form und Größe eines menschlichen Schädels, und es schien ihm, als wären Muster in den Stein gemeißelt, ein Strahlenkranz, darin ein Gesicht, düster blickend. Vielleicht die vergöttlichte Sonne, dachte er, aber der Stein war so verwittert, daß nichts Genaues zu erkennen war.

Nun erst bemerkte er, daß im Gras zwischen den Steintrümmern Blumen in vielerlei Farben wuchsen. Ein süßer Duft ging von ihnen aus, und große Schmetterlinge, mit Augenmustern auf den leuchtend blauen Flügeln, gaukelten von Blüte zu Blüte. Vorsichtig, um keine Blumen oder umhertaumelnden Schmetterlinge zu zertreten, ging er einige Schritte weiter und kniete beim nächsten Steinbrocken nieder.

Dieser Stein war deutlich besser erhalten, und diesmal war es gewiß keine Einbildung: Der Brocken war offenkundig von Menschenhand bearbeitet und mit einem komplizierten Muster bedeckt worden, das tief in den Stein eingemeißelt war. Robert wälzte die Kugel im Gras herum und nahm einen belaubten Zweig zur Hand, um Erdkrumen von der Oberfläche zu wischen und allerlei bleiches Gewürm herunterzuwedeln, das auf der Unterseite hauste. Nachdem er die Kugel leidlich gesäubert hatte, hob er sie mit beiden Händen an und setzte sie aufrecht ins Gras, so daß sie, wäre es ein wirklicher Schädel gewesen, nun auf ihrem Halsstumpf aufruhte.

Er trat einen Schritt zurück, ging wiederum in die Knie, und jetzt erkannte er auch, was die Gravuren auf dem Schädelstein darstellten. Ein Gesicht, dachte er, kein Zweifel, ein ungeheuerlich finster dreinblickendes Gesicht, mit wulstigen Lippen und sich vorwölbenden Augen, mit steil zurückweichender Stirn und gekreuzten Pflöcken zur Verzierung der Ohren. Robert starrte in das steinerne Gesicht und dachte, daß er nie zuvor eine so vollkommene Darstellung finstersten

Ingrimms gesehen hatte. Das Gesicht blickte ihn mit vernichtender Feindseligkeit an, mit einer urtümlichen Bosheit, die Regungen wie Mitleid oder Gnade vollkommen auszuschließen schien, und während er den hypnotischen Blick der steinernen Fratze erwiderte, begann sein Herz heftig zu schlagen, und sein Mund wurde trocken, als hätte er Sand geschluckt.

Es war dieser Moment, in dem zweierlei gleichzeitig geschah: Aus einem Busch am Rand des Steilhangs kroch Paul hervor, mit arg zerzaustem Rotschopf, und Robert wurde mit einem Schlag bewußt, woran ihn das steinerne Gesicht mit den hervorquellenden Augäpfeln und der wuchtigen Nase erinnerte, die, im Halbrelief nur angedeutet, rüsselartig emporragte.

7

»Die Hütte zerstören«, sagte Paul, »alle Spuren verwischen, nichts darf darauf hindeuten, daß sich an diesem Ort jemand aufgehalten hat.«

Er wirkte ernster, als Robert ihn jemals erlebt hatte, und was in seinen schmalen hellgrünen Augen flackerte, schien der Angst weit ähnlicher, als er es je für möglich gehalten hätte.

Mabo hatte auf einen Wink hin sogleich begonnen, die Hütte in ihre Einzelteile zu zerlegen, Äste, Palmzweige, vertrocknete Bananenblätter, die er, zu Bündeln gerafft, im Nu zurück in den Wald trug und im Unterholz verstreute.

»Die Soldaten sind noch im Camp«, sagte Paul, ehe Robert danach fragen konnte. »Sie haben Stephen und mich nicht gesehen, sind aber überzeugt, daß du dich im Lager oder in der Nähe versteckt hältst. Ihr Befehl lautet, Robert Thompson ausfindig zu machen und nach Fort George zu bringen, wo er sich vor dem Gericht Ihrer Majestät verantworten soll, unter der Anklage des zweifachen Mordes.«

Das Blut wich ihm aus den Wangen. Zweifacher Mord, dachte er, und in seinen Ohren begann es zu brausen. Also waren beide Männer ihren Schußverletzungen erlegen, der Maya-Abgesandte und der Wachsoldat? Dann war alles noch viel ärger, als er geglaubt hatte, und niemand auf der Welt, geschweige denn die Geschworenen Ihrer Majestät, würden seiner Beteuerung glauben, daß den ersten Schuß nicht er selbst, sondern Stephen abgefeuert hatte und der zweite Schuß, von dem der Wachsoldat niedergestreckt wurde, sich gegen seinen Willen aus der Waffe gelöst hatte, als er diese noch genauso in der Hand hielt, wie Stephen sie ihm zugesteckt hatte.

»Aber genug jetzt«, sagte Paul, »die Soldaten durchsuchen die ganze Umgebung des Camps. Nicht mehr lange, und sie werden auch hier herauffinden. Aufgesessen!« Und er packte Robert am Arm und zog ihn mit sich, in den Wald hinein, wo die Pferde im Schatten angepflockt standen.

Überrumpelt ließ sich Robert mitziehen. Im Laufen sah er noch einmal zurück, auf die tafelflache Anhöhe, das Dach eines uralten Maya-Palastes, wie er neuerlich dachte, und zu den steinernen Köpfen im Gras. Mabo und Henry machten sich bereits bei den Pferden zu schaffen, Seesack und Koffer waren schon wieder auf dem Packtier festgezurrt. Seine Schultertasche lag auf dem Rücken des Wallachs, der ruhig zwischen den Bäumen stand, als wäre nichts ihm fremder, als sich mit seinem Reiter unter zermürbendem Wiehern im Kreis zu drehen.

Sie saßen auf, und tatsächlich begann sein Pferd gleich wieder nervös zu schnauben und mit den Vorderhufen im Laub zu scharren. Da beugte sich Mabo zu dem Wallach hinüber und summte ihm im Reiten eine Melodie ins Ohr, die das Roß schier zu bezaubern schien. Es senkte den Hals, und fortan trottete es brav hinter Pauls Fuchsstute und dem Rappen drein, den Paul neben sich am Zügel führte.

So ritten sie langsam in den Wald zurück, wohl zehn Minuten denselben elenden Pfad hinab, den sie erst gestern unter solchen Mühen erklommen hatten. Immer wieder hielt Paul an, eine Hand erhoben. Dann lauschten und spähten sie alle vier in den Wald hinein, Robert mit heftig schlagendem Herzen, während Paul nun wieder gefaßt und Herr der Lage schien.

Selbst als die Wolken über ihnen abermals zerbarsten, Donner grollte, Wasserfluten herniedertosten und Blitze die Wildnis mit bleichen Netzen zu umspinnen schienen, wahrte Paul Ruhe und Übersicht. Weiterhin voranreitend, deutete er auf einen Hügel von rundlicher Form und vielleicht fünfzehn Fuß Höhe, der sich inmitten von Dunst und Dickicht erhob, einige Dutzend Schritte rechter Hand des Pfades. Dann verließ er den Knüppelweg, eine magere Gestalt auf ebenso ausgemergelter Mähre, und trabte, Stephens massigen Rappen mit sich ziehend, quer durchs Unterholz auf die Erhebung zu.

Robert und die beiden Mestizen folgten ihm, und als sie vor dem vermeintlichen Hügel absaßen, hatte Paul bereits einen abgestorbenen Dornbusch zur Seite gezogen und einen schmalen Einlaß in der Flanke des Bauwerks freigelegt. Zum ersten Mal stand Robert vor einem jener magisch wirkenden Bauten, die er auf Catherwoods Bildern so oft bewundert und in seinen Träumen noch häufiger betreten hatte, einem kunstvoll errichteten Gebäude der alten Maya, das im Lauf der Jahrhunderte drei Fuß tief mit Schlamm und Erde bedeckt worden war und auf dessen Dach und Wänden Buschwerk wucherte, Gras und sogar zwanzig Fuß hohe Bäume wuchsen und das gleichwohl den Zeiten und Gewalten widerstanden hatte.

Bei weiterhin strömendem Regen trat Paul in das finstere Gewölbe. Robert schritt hinterdrein, unwillkürlich die Luft anhaltend, da ihm Modergeruch entgegenschlug. »Hier werden wir bis zur Abenddämmerung in Deckung bleiben«, sagte Paul, und seine Stimme hallte von den Wänden wider. »Bis dahin hat Stephen unten am Fluß alles vorbereitet.«

Er machte einige Schritte im Dunkeln. Robert vernahm ein Rascheln und Reiben, dann flammte ein Schwefelholz auf, und Paul trat vor eine Wandnische, in der eine Fackel stak, und zündete sie an. Robert war neben ihn getreten, während Paul sich nun zum Türloch umwandte und die Diener mehr mit Gesten als mit Worten anwies, die Pferde zu ihnen hereinzuführen. Paul nahm die Fackel aus der Halterung, einem steinernen Ring über einer Mulde, die mit allerlei Zeichen verziert schien, und leuchtete langsam in die Runde, so daß Robert die Ausdehnung des Gewölbes erahnen konnte, das in der Tat kreisrund war, bei einem Durchmesser von ungefähr fünfzig Fuß. Im ungewissen Licht waren kaum Einzelheiten zu erkennen, aber er bemerkte doch, daß die Wände bis hinauf zum Kuppeldach mit Reliefs und Ritzzeichnungen bedeckt waren. Einmal schien es ihm, als wäre das Licht über jenes ingrimmige Gesicht mit der Rüsselnase gestrichen, aber dann schwenkte Paul die Fackel bereits weiter, und das Götzenbild sank zurück in die Nacht.

Mabo und Henry hatten währenddessen die Pferde hereingeführt und den abgestorbenen Dornbusch wieder vor den Einlaß gezogen. Die Pferde schnaubten nervös in der für sie ungewohnten und wohl auch unheimlichen Umgebung. Mabo hatte einige Mühe, die Tiere zu beruhigen, indem er von einem zum anderen sprang und ihnen glucksende, summende Laute in die Ohren sang.

»Wir müssen weiter hinein«, sagte Paul, »damit uns draußen niemand hört.« Und er hob die Fackel, ergriff mit der Linken Roberts Arm und zog ihn tiefer ins Gewölbe, auf eine verschattete Nische zu, die sich als Durchlaß in der Mauer erwies.

Sie traten hindurch und gelangten in einen zweiten Saal, der kreisrund wie der vordere Raum war und wenigstens ebenso groß. Im Schein der Fackel liefen große Spinnen über den Boden und preßten sich eilig in Mauerritzen, und Eidechsen und Leguane huschten über die Wände und verschwanden in steinernen Spalten, gedankenschnell. Robert und Paul ließen sich auf einer gewaltigen Steinbank nieder, im Licht der Fackel, die Paul in einer Wandhalterung befestigte, während die Diener sich mit den Pferden an das entgegengesetzte Ende des Saals zurückzogen, fünfzehn Schritte von ihnen entfernt.

Im vorderen Raum hatte ein dumpfiger Modergeruch geherrscht, doch hier drinnen war ein leichter Windzug zu spüren, und die Luft roch würzig und frisch. Während Robert sich noch fragte, wie das möglich sei, begann Paul in gedämpftem, drängendem Tonfall zu sprechen.

»Der Sage nach war dieser Bau in alter Zeit der Tempel eines Jaguarpriesters«, begann er, »und ich persönlich glaube, daß die Sage wahr ist. Der Jaguarpriester, Chilam Balam, soll einer der Mächtigsten des Königreichs gewesen sein, dessen Hauptstadt sich damals genau hier befunden haben muß, in diesem Tal am Labouring Creek, wo heute alles von Sumpf und Dickicht bedeckt ist. Es muß eine gewaltige Stadt gewesen sein«, fuhr Paul fort, und seine Augen funkelten, »mit prachtvollen Palästen und mit Tempeln für alle zweiundzwanzig Götter der alten Maya.«

»Wie kommt es, Paul, daß du so vieles über das alte Volk weißt?« fragte Robert. Er hatte es als Lob gemeint, aber Paul schien seine Worte anders aufzufassen.

»Du solltest Stephen und mich nicht unterschätzen«, gab er zurück. »Wir sind schon weit herumgekommen, auf Frachtschiffen bis Indien und ein halbes Dutzendmal nach Málaga gefahren. Dort haben wir übrigens unseren Mabo auf einem Sklavenmarkt entführt, obwohl er schon an die Mauren verkauft war, aber das ist eine andere Geschichte.«

Sie beide sahen rasch zu Mabo hinüber, der im Halbdunkel neben seiner Schecke kauerte und sich um nichts zu bekümmern schien. Henry hatte sich bereits wieder von ihm abgesondert, zehn Schritte abseits kauerte er am Boden, und es schien Robert, als ob der Junge ihn aus zusammengekniffenen Augen insgeheim fixierte. Was ist nur los mit ihm? fragte er sich, keineswegs zum ersten Mal, doch da sprach Paul bereits weiter:

»Inzwischen sind wir seit mehr als fünf Jahren hier in der Kolonie. Manchmal in Fort George, meist hier draußen in der Wildnis, immer auf der Suche nach dem Mayaschatz, von dem so viele glauben, daß er nur ein Märchen, eine Legende sei. Wohin sind die Edlen von Tayasal damals geflohen, der Canek und seine Priesterschar? Wohin haben sie den Schatz des letzten Mayareichs gebracht, im Herbst des Jahres 1696, kurz bevor die Spanier die große Stadt am Lago de Petén eroberten? Niemand konnte es uns sagen«, antwortete er sich selbst, »also haben Stephen und ich auf eigene Faust nachgeforscht, jahrelang.«

In der *Mahogany Bar* hatten sie häufig darüber gesprochen, und Robert erinnerte sich an jede Einzelheit der Sagen oder Gerüchte, von denen Paul und Stephen erzählt hatten. Als die spanischen Invasoren damals, vor bald zweihundert Jahren, in das letzte freie Reich der Maya eingefallen waren, hatten sie die Hauptstadt verwaist gefunden und in ihrem heiligen Zentrum, auf einer himmelhohen Pyramide, Zehntausende aufgeschichteter Totenköpfe, offenbar die Überreste eines rituellen Massensuizids. Irgend etwas Furchtbares, jedenfalls ganz und gar Unerwartetes mußte nach dem Einmarsch der Spanier vorgefallen sein, wie es in Legenden und Gerüchten seit damals hieß. Hals über Kopf hatten die Invasoren die Stadt wieder verlassen, nachdem sie alles durchsucht, alles leer gefunden hatten. Hinter ihnen hatte die ganze Stadt schon lichterloh gebrannt, als sie sich über den großen See wieder davonmachten, und es sei mehr eine Flucht gewesen, hieß es, vor Spuk und Geistern, als ein geordneter Rückzug.

»Hunderten von Hinweisen sind wir nachgegangen«, sagte Paul nun, »zwanzig verschüttete Ruinen haben wir eigenhändig aufgegraben, dreißigmal mit Schlangenbissen oder Sumpffieber auf dem Totenbett gelegen und sind doch jedesmal wieder aufgestanden, um weiter nach dem Schatz zu suchen. Mit jedem Jahr, mit jeder neuen Expedition, mit jedem neuen Scheitern sind wir ihm ein kleines Stück nähergekommen, und vorgestern, in Fort George, haben wir endlich den letzten, entscheidenden Hinweis bekommen. Nichts und niemand kann uns jetzt noch hindern, den Schatz an uns zu reißen, Gold und Geschmeide, Idole und Kunstwerke, die viele Millionen Pfund wert sein müssen, in heutigem Geld gerechnet.«

Weiter hinten im Saal erklang ein Rascheln, und als Robert sich umwandte, lief ein drei Fuß großer Leguan, türkisblau gepanzert, unter lautem Fauchen auf sie zu. Paul griff nach seinem Gewehr, das neben ihm auf der Bank lag, aber die Echse huschte an ihnen vorbei, jagte auf den Ausgang zu und verschwand in der Dunkelheit des vorderen Saals.

Gedankenversunken sah Robert zu dem Türloch, durch das eben der Leguan verschwunden war. Millionen Pfund, dachte er, Reichtum und Geschmeide, das alles ließ ihn kalt. Nicht des Goldes wegen hatte er in London alles aufgegeben, eigentlich war es, was ihn betraf, sogar umgekehrt. Aus allem Reichtum hatte er sich herausgerissen, das elterliche Haus am Charles Square verlassen, um eine Welt zu finden, in der das Leben nicht durch Geld und Geschäft erstickt, durch Verstand und Apparate niedergedrückt wurde wie in der alten Heimat. Aber er spürte, daß Paul ihn nicht verstanden hätte, und so schwieg er.

»Stephen und ich«, fuhr Paul fort, »haben allerdings eine Schwäche, die wir aus eigener Kraft nicht ausgleichen können. Wir sind ungehobelte Burschen, rundheraus gesagt, die nur mit Mühe Lesen und Schreiben gelernt haben, und deshalb benötigen wir als Helfershelfer einen wie dich, der die Schrift des alten Volkes entziffern kann. Denn inzwischen kennen wir zwar die ungefähre Lage des Schatzes, der aber ist an jenem unwegsamen Ort so sorgfältig versteckt, daß man ihn nur mit Hilfe eines uralten Lageplans finden kann. Just diesen Plan haben wir vorgestern von unserem Gewährsmann erhalten, aber er ist mit Mayaglyphen beschriftet, die du für uns entschlüsseln sollst, gegen gerechten Lohn.«

Nun war es heraus, dachte Robert und spürte, wie ihm das Blut aus Stirn und Wangen wich. Auf der anderen Seite des Saales begann eines der Pferde zu schnauben, und Mabo erhob sich, um das Tier zu beruhigen. Wenn Paul und Stephen herausfanden, dachte er, daß er tatsächlich außerstande war, die Schrift der Alten zu entziffern, ja daß auf der ganzen Erde niemand dieses Kunststück vollbringen konnte und er sich nur im Rausch vor ihnen aufgespielt hatte, so würden sie ihn vor Wut über seinen Betrug mit bloßen Händen erschlagen. Ein Zittern überlief ihn, und im stillen pries er das matte Licht, das im Gewölbe herrschte und, wie er hoffte, seinen Zustand vor Paul verbarg.

»Mir scheint, daß du noch immer zögerst«, sagte Paul, »und dich fragst, ob Stephen und ich Narren sind, die einer Phantasterei nachjagen, oder erfahrene Männer, die einen wohlüberlegten Plan verfolgen. Darum will ich versuchen, dir noch von einer anderen Seite begreiflich zu machen, um wen es sich bei mir und Stephen handelt.«

Er sagte das in so ernstem Ton, als hätte er die andere, höhnische und verletzende Seite seiner Persönlichkeit für alle Zeiten begraben. Warum nur fühlte sich Paul gedrängt, ihn derart ins Vertrauen zu ziehen, fragte sich Robert, und empfand schon im voraus ein Unbehagen. Er hatte Vertraulichkeiten niemals geschätzt, von Geständnissen, dachte er, ging eine Klebrigkeit aus, die zwar für menschliche Nähe sorgte, in ihm aber vor allem den Wunsch erweckte, sich von diesem Anhaftenden rasch wieder reinzuwaschen. So saß er einfach da, im Schein der Fackelflammen, die im leichten Windzug tanzten, und wartete, daß Paul weitersprach.

8

»Stephen und ich«, begann Paul, »kennen uns seit frühen Kindertagen, wir sind beide in London aufgewachsen, Axeton Street, falls dir der Name etwas sagt, das Asyl der Barmherzigen Muttergottes, ein Heim für Findelkinder und sonstige Waisen, über deren Eltern nichts bekannt ist.«

Er unterbrach sich, zog ein Taschentuch hervor und schneuzte sich so geräuschvoll, daß die Pferde am anderen Ende des Saals mit nervösem Scharren auffuhren.

»Es war das reine Paradies«, fuhr er fort, während er das befleckte Tuch zurück in die Hosentasche schob, »die vollkommene Seligkeit, wie sie allen Christenmenschen verheißen ist, die uns aber, aus Gnade, schon im Alter von fünf bis zehn Jahren geschenkt wurde. Zu fünfzig oder siebzig Würmern hausten wir in einem Saal, der mit Stroh ausgeschüttet und viermal kleiner als dieses Gewölbe war, und bekamen ärgeren Fraß als die magersten Schweine, Kartoffelschalen und schimmliges Brot, und noch diese Krumen durften wir uns auf paradiesische Weise verdienen. An jedem Morgen nämlich ließen uns die barmherzigen Schwestern um die Wette laufen, in dürftigsten Lumpen, treppauf und treppab, Straßen hinauf und hinunter, um irgendwelche angeblich dringenden Briefe, in Wahrheit leere, zusammengefaltete Papierfetzen, an vorbestimmten Adressen abzugeben. Und nun stell dir vor: Die fünf letzten von uns, die nach dieser Hatz wieder im Asyl der Barmherzigen Muttergottes eintrafen, bekamen keinen Brotkanten, nicht einmal Wassersuppe, sondern zehn bis zwanzig Stockhiebe. Und so ging es weiter, tagein, tagaus, bei Nebel, Schnee und Regen. Denn vor jedem Mittagsmahl ließen sie uns Lasten durch Gassen und Hinterhöfe schleppen, Steine oder sonstiges Gerümpel, wieder um die Wette, und wieder mußten die fünf letzten, die nach vollbrachter Plackerei ins Paradies zurückkamen, mit leerem Magen abziehen und mit blutigen Striemen auf dem Rücken.«

Erneut unterbrach sich Paul, er zog seinen Tabaksbeutel hervor und stopfte sich seine Pfeife, die er mit einem Schwefelholz in Brand setzte, ohne aufzusehen, scheinbar ganz auf sein Räucherwerk konzentriert.

Robert hatte seinem Bericht mit wachsendem Entsetzen zugehört, allerdings auch mit einigem Zweifel. Da Pauls Vertraulichkeit ihm immer unbehaglicher wurde, hoffte er nun im stillen, daß er endlich weitersprechen und zum Ende kommen möge, enthielt sich aber jeglichen Kommentars. Natürlich wußte er, daß diese Welt elender Armut existierte, selbst mitten im prunkenden London, dennoch schien es ihm möglich, daß Paul übertrieb. Er selbst war allerdings in Wohlstand aufgewachsen, von Kindermädchen behütet, an einer Privatschule unterwiesen, so daß er eigentlich kaum beurteilen konnte, ob solche märchenhaften Grausamkeiten tatsächlich vorkamen. Vielleicht aber hatte Paul nicht einmal übertrieben, dachte er dann. Sie beide mochten in derselben Stadt groß geworden sein, zur selben Zeit, nur wenige Meilen voneinander entfernt, und doch unterschieden sich die Welten, denen sie entstammten, kaum weniger als Charles Square und Victoria Camp.

Die Fackel neben ihnen in der Wandnische loderte, von draußen klangen, fern und gedämpft, die Geräusche des Unwetters herein. Paul zog an seiner Pfeife, drehte sich noch weiter zu Robert hin, stieß eine Qualmwolke aus und fuhr fort:

»Du fragst gar nicht, aus welchem Grund die christlichen Schwestern sich diesen Spaß, ich meine natürlich, solche Mühe mit uns machten? Nun, vielleicht liegt die Antwort auf der Hand: Die Schwestern der barmherzigen Maria sahen es als ihre Gottespflicht an, uns frühzeitig zu Laufburschen und Lastträgern abzurichten, damit wir möglichst bald unsere Brosamen selbst verdienen könnten.«

Er zog abermals an seiner Pfeife, die jedoch erloschen schien. Einen Moment lauschte er nach draußen, wo die Soldaten durch den Sturzregen traben mochten, oder in sich hinein, zu den fernen Erinnerungen, die für ihn noch immer so lebendig schienen.

»Stephen und ich«, sagte er endlich, »waren fünf oder sechs Jahre alt, als wir in diesem Garten Eden aufeinanderstießen. Wir spürten beide ganz instinktiv, daß wir die tagtägliche Barmherzigkeit nicht überstehen würden, wenn wir uns gegeneinander hetzen ließen, wie es der Plan der frommen Schwestern vorsah. Und so schlossen wir einen Bund, indem wir uns schworen, unsere Stärken füreinander einzusetzen, um unsere Schwächen möglichst auszugleichen oder doch zu verbergen. Daß der Bund bis heute gehalten hat, kannst du mit eigenen Augen sehen, und im Grunde beruht er auf einer einfachen Erkenntnis: Solange Stephen, der stark und zäh wie ein Ochse ist, seine und meine Lasten schleppt, und solange ich, der schnell wie ein Windhund ist, meine und seine Strecken renne, sind wir unschlagbar.«

Nach diesen Worte verstummte Paul und sah ihn durchdringend an, und Robert erwiderte seinen Blick, ebenso starr, bis Paul die Lider senkte. Er wußte wahrhaftig nicht, was sich auf diese Geschichte erwidern ließe, er wünschte nur, daß Paul sie ihm niemals erzählt hätte, anvertraut oder aufgetischt, je nachdem. Einige Momente saßen sie noch nah beisammen, in unbehaglichem Schweigen. Dann endlich rückte Paul von ihm ab, klopfte die erloschene Pfeife an der Steinbank aus und lehnte sich zurück, so daß sein Gesicht aus dem Lichtkreis geriet.

Wahrscheinlich bereute er es schon, dachte Robert, ihm diese Geschichte erzählt zu haben, die, übertrieben oder nicht, doch jedenfalls etwas Beschämendes, ja Entblößendes hatte. Zugleich empfand er ein heftiges Unbehagen, wenn er sich die beiden Kindheitsfreunde vorstellte, den kleinen Stephen, schon damals eine massige, schwerfällige Gestalt, aber stark wie ein junger Stier, und den kleinen Paul, schwächlich, doch von sehniger Flinkheit, und dann ihren Schwur in all dem Schmutz und Elend. Ihre Überlebenskumpanei, dachte Robert, die tatsächlich gehalten hatte, dreißig Jahre lang, und die beiden bis hierher getragen hatte, in den Dschungel von Britisch-Honduras, wo sie noch immer um den Anteil an Glück und Reichtum kämpften, der ihnen nach ihrer Überzeugung zustehen mochte.

»Eine düstere Geschichte«, sagte er endlich und erkannte im gleichen Moment, daß er besser geschwiegen hätte. Doch dafür war es nun zu spät, und so leitete er, die Dinge noch verschlimmernd, einen überstürzten Themenwechsel ein. »Aber das ist lange her«, sagte er, »im Gegensatz zu den Todesfällen, die unten im Lager zu beklagen sind.«

»Was für Todesfälle?« knurrte Paul, indem er von der Steinbank aufsprang.

Durch seine unerwartete Wut eingeschüchtert, berichtete Robert nur mit vorsichtigen Worten von den sechs Leichnamen, die er im

Fernrohr gesehen hatte und zu deren Verabschiedung offenbar der militärische Trompetentusch erklungen war. »Wenn die Indios hier draußen mit den Holzfällern im Krieg liegen«, fragte er, »werden sie sich nicht auch uns gegenüber feindselig zeigen?«

Aber Paul winkte nur ab, und im Schein der Fackel sah Robert, in diesem Moment beinahe erleichtert, daß Pauls Mund sich in bekannter Weise spöttisch zusammenzog. »Keine Bange«, sagte er, »die nackten Krieger sind so ungefährlich wie Brüllaffen. Jedenfalls für Stephen und mich, und damit auch für dich, solange du unter unserem Schutz stehst.«

»Aber sie haben die Männer dort unten nicht nur getötet«, erwiderte Robert, und ein Frösteln überlief ihn, »sondern ihre Leichname verstümmelt, auf eine Weise ...«

»Mummenschanz!« fiel ihm Paul ins Wort. Für einen Moment wirkte er irritiert, offenbar hatte er gehofft, daß Robert zumindest diese schauerlichen Details aus der Ferne entgangen wären. »Sie haben die Gesichter der Leichen wie Masken des alten Regengottes hergerichtet«, sagte er dann. »Als ob diese Affen überhaupt noch wüßten, was es mit den alten Göttern auf sich hat!« Er verschränkte die Arme vor der mageren Brust, und seine Mundwinkel zuckten höhnisch. »Und im übrigen, bei dem Scharmützel dort unten geht es nur um die Affenjungen, das hat mit uns gar nichts zu tun.«

»Affenjungen?« wiederholte Robert.

»Na, die Brut der nackten Wilden«, sagte Paul und spie sogar aus, vor Roberts Füße. »Sie werden unten am Wehr gebraucht, um die verkeilten Baumstämme zu befreien. Eine Arbeit, bei der sie, einer nach dem andern, ruckzuck zuschanden gehen.«

Robert sah ihn nur an, von einer gräßlichen Ahnung ergriffen, die durch Pauls Tonfall noch verstärkt wurde. Pauls Stimme klang auf einmal so brüchig, als ob er eine Verkühlung erlitten hätte.

»Wenn die Männer aus dem Camp Nachschub brauchen«, sagte er, »ziehen sie hinaus in den Wald und fangen ein Dutzend neue Affenjungen ein, das geht so schnell wie Bananenpflücken. Die Männer bringen sie ins Camp, wo sie, wenn sich ein Baumstamm verkeilt hat, sofort aufs Wehr hinausgetrieben werden. Damit sie auf den schwimmenden Stämmen balancieren können, müssen sie klein und leicht sein, am besten nicht älter als zwölf oder fünfzehn Jahre. Aber die meisten stellen sich ungeschickt an und rutschen früher oder später von den Stämmen ins Wasser. Dort drücken die stampfenden Bäume ihnen die Brust zusammen oder quetschen ihnen die Beine ab, was auf das gleiche hinausläuft: Für die Arbeit am Wehr sind sie dann nicht mehr zu gebrauchen.«

Auch Robert hatte sich erhoben. Im Fackellicht stand er Paul gegenüber, vor seinem geistigen Auge wieder die kleine braune Gestalt, die er im Glas gesehen hatte, wie sie über die Baumstämme balancierte, von der Lände bis hinaus zum Wehr. »Die Männer unten im Camp wurden also aus Rache massakriert«, fragte er, »von Mayakriegern, deren Kinder am Wehr umgekommen sind?«

Paul sah an ihm vorbei, anscheinend tief in Gedanken. »Rache, na klar«, sagte er, »aber das ist noch nicht alles: Sie haben außerdem ihre gesamte Brut aus dem Camp befreit.«

Bei diesen Worten trat jedoch ein eigentümlicher Schimmer in seine Augen, als ob irgend etwas in ihm bei der Befreiung der »Affenjungen« eine stille Genugtuung empfände.

9

Gegen halb sechs Uhr nachmittags gab Paul das Kommando zum Aufbruch. Nach ihrem langen Gespräch war er wortkarg geblieben, in sich gekehrt, als ob er seine Vertraulichkeit tatsächlich schon bereute oder als sorge er sich wegen der Gefahren des nahenden Abends. Auf seinen Wink hin hatte Mabo ihnen ein rasches Mahl bereitet, Hühnerschlegel und gestampfte Bohnen, dazu wieder blechern schmeckendes Wasser und knochenhartes Brot. Vergeblich hatte Robert herauszufinden versucht, aus welchem Versteck der Mestize diese Speisen jeweils hervorzauberte, und ebenso ergebnislos hatte er Paul gefragt, was genau Stephen unten am Fluß vorbereite: Auf beide Fragen erhielt er keinerlei Antwort, Paul sah ihn nur reglos an, als hätte er seine Frage nicht verstanden oder überhaupt keine Laute vernommen, und schließlich hatte er es aufgegeben.

Mit einer zweiten Fackel, die er in einer weiteren Wandnische fand und an der ersten entzündete, war Robert nochmals die Wände im vorderen Saal abgeschritten, erfüllt von Ehrfurcht, aber auch von wachsender Sorge, daß Paul sich zu ihm gesellen und eine Probe seiner Entzifferungskünste verlangen könnte, denn die Wände waren nicht nur mit Zeichnungen bedeckt, sondern auch mit Glyphen in langen Reihen. Aber Paul war im hinteren Saal geblieben, zusammengesunken auf der Steinbank, die ihren Ausmaßen nach als fürstliches Ehebett hätte dienen können, während Robert lange im vorderen Saal verharrte und im Licht der emporgereckten Fackel das Bildnis des rüsselnasigen Regengottes studierte.

Aus irgendeinem Grund flößte ihm diese Fratze Grauen ein. Sicherlich auch wegen der geschändeten Leichen, die nach ihrem Vorbild hergerichtet worden waren, aber mehr noch, dachte er, wegen der finsteren, ganz und gar abgründigen Bosheit, die von dem Götzen ausging. Wieder und wieder mußte er auch an die Mayajungen denken, deren Leben unten am Wehr zerquetscht, einfach abgedrückt wurden. Mit einer Geschwindigkeit und Gleichgültigkeit, dachte er, wie in der Manufaktur seines Vaters Tuche geschnitten, Stoffetzen ausgesondert wurden, und er fragte sich, ob diese mechanische Grausamkeit nicht noch ärger sei als die archaische Bosheit des rüsselnasigen Götzen, da sie einzig um des Geldes willen geschah. Letztlich mußten diese Kinder nur deshalb sterben, »ein Dutzend die Woche«, wie Paul gesagt hatte, damit das britische Empire jederzeit genügend Bretter für seine Schränke, Kutschen oder Särge erhielt.

Zu seinem Erstaunen führte Paul sie nicht etwa zum vorderen Einlaß und in den Wald zurück, sondern tiefer in den inneren Saal hinein, wo eine Blendwand in perfekter perspektivischer Täuschung einen dahinterliegenden Durchlaß verbarg. Paul schritt hindurch, in der einen Hand die Fackel, mit der anderen seine Fuchsstute und Stephens Rappen am Zügel ziehend. Hinter ihm gingen Mabo und Henry, die anderen Pferde führend, während Robert nur seine Tasche und die zweite Fackel zu tragen hatte und allein den kleinen Zug beschloß.

Hinter dem Durchlaß begann ein abwärtsführender Gang, mit

großen, flachen Stufen und so breit, daß selbst zwei Pferde nebeneinander Platz fanden. Die Hufschläge hallten im Gewölbe, das exakt behauen war und sich vielleicht zwei Fuß über ihnen verkragte, eine Flucht ebenmäßiger Steinbögen, wie Catherwood sie in Uxmal gezeichnet hatte. Aber dieses Gewölbe hier, dachte Robert, war weit gewaltiger und ausgedehnter.

Mittlerweile war ihm auch klar geworden, woher ihnen vorhin, oben im zweiten Saal, jener Luftzug entgegengeweht war. Der Gewölbegang zog sich offenbar durch den ganzen Berg, bis hinunter zum Fluß, was möglicherweise bedeutete, daß der gesamte Berg, der sich bis tausend Fuß über dem Tal erhob, ein riesiger, verschütteter Gebäudekomplex war. Unter solchen Gedanken wandelte er wie im Traum hinter den anderen her und blieb immer wieder stehen, um eine Inschrift oder eines der Bildnisse anzuleuchten, die in die Gewölbewand eingemeißelt waren.

Stephen würde unten am Fluß alles vorbereiten, hatte Paul gesagt, aber was genau das bedeuten sollte, war im dunkeln geblieben. Doch zweifellos hatte er ihre weitere Flucht geplant, und Robert sagte sich schaudernd, daß er in Kürze wieder aufsitzen und auf seinem widerborstigen Wallach durch Sumpf und Unterholz würde reiten müssen, gepeinigt von Mücken und peitschenden Ästen und von den königlichen Soldaten gejagt. Aber weit entsetzlicher als alle diese Plagen schien ihm der Gedanke, daß sie von jenen Mayakriegern verfolgt werden könnten, die das Massaker im Victoria Camp angerichtet und die Leichname nach dem Bildnis des Regengottes verstümmelt hatten. Bei der bloßen Vorstellung, den Kriegern dieses finsteren Gottes in die Hände zu fallen, begannen ihm die Knie zu schlottern, so daß er sich für einen Moment an der Gewölbemauer abstützen mußte.

Immer wieder huschten vor und hinter ihnen Leguane durch den Gang, türkisgrün funkend, mit bizarr gezackten Schuppenpanzern, wie aus ältesten Menschheitsträumen emporgetaucht. Weiter unten, noch in einiger Ferne, glaubte er das Ende des Tunnels zu erspähen, einen schmalen Auslaß, vom Abendlicht erhellt. Keine halbe Stunde mehr, dachte er, dann würde die Nacht herabfallen, übergangslos. Wieder zermarterte er sich den Kopf mit der Frage, was Stephen dort unten vorbereitet haben konnte, eigentlich war es ausgeschlossen, dachte er, daß sie bei einbrechender Dunkelheit in die Wildnis hinausreiten würden.

Endlich erreichte Paul den Ausgang. Seine beiden Pferde zurückhaltend, blieb er auf der Schwelle stehen und sah prüfend nach links und rechts. Obwohl ihm die Sicht größtenteils verdeckt war, meinte Robert unmittelbar vor dem Türloch einen verstrüppten Pfad zu erkennen, dahinter schon den breiten, braunen Strom und am Ufer, seltsamerweise, ein Feuer, das im Abendwind loderte.

Paul setzte sich wieder in Bewegung. Er schien nichts Verdächtiges bemerkt zu haben, oder vielleicht hatte er sogar schon Stephen gesehen und aus der Gegenwart seines Überlebenskumpans geschlossen, daß alles in bester Ordnung war. Jedenfalls trat er nun rasch über die Schwelle, hinaus auf den Uferpfad, und seine beiden Pferde schoben sich hinter ihm her, erst die Fuchsstute, dann Stephens behäbiger Rappen. Mabo sah sich rasch nach Robert um, der ihm bestätigend zunickte, dann folgte er seinem Herrn nach draußen. Noch während er seine beiden Pferde durch den engen Ausgang lotste, rief draußen eine rohe, mühsam gedämpfte Männerstimme:

»Ah, den kriegen wir, Stephen, als Lohn für unser Schweigen. Können wir gut gebrauchen am Wehr.«

Und Robert sah, für einen Moment starr vor Überraschung, wie eine breite, dunkel behaarte Hand den Mestizen im Nacken packte und nach links davonzog.

Mabo heulte auf, und Robert sprang nach vorn, drängte Henry mitsamt seinen Rössern beiseite und schlug Mabos Pferden, die vor ihm im Ausgang staken, mit der flachen Hand auf die Flanken, damit sie den Weg freigaben. Der Wallach stieß ein empörtes Wiehern aus, trottete aber nach draußen, auf den Spuren der Schecke, während draußen ein wüstes Handgemenge im Gang schien. Robert hörte, wie Stephen fluchte, ein scharfes Ratschen ertönte, wie von zerreißendem Stoff, dann war auch er endlich draußen, auf dem kaum zwei Fuß breiten Pfad, neben dem der Strom dahinschoß.

10

Rechter Hand ragte das Wehr auf, riesenhafte Zacken, die sich schwarz vom Orangerot des Abendhimmels abhoben. Der Strom brauste und toste, und dahinter türmte sich das Dickicht des Dschungels, doch am diesseitigen Ufer lag ein großes Floß, auf dem ein Feuer loderte. Die Sonne stand schon tief über dem Wald, und die Vögel hatten ihr abendliches Konzert angestimmt, ein zehntausendfaches Pfeifen und Zetern und Schreien, lauter selbst als das Brausen der Strömung, als sollte jeder Gedanke für immer in diesem Kreischen der Wildnis untergehen.

Links vor Robert standen zwei Männer, vorgebeugt, bärenhaft, mit versoffenen, bärtigen Gesichtern. Zwischen ihnen hing Mabo buchstäblich in der Luft, mit gestreckten Beinen und Armen, da der eine Hüne die Handgelenke des Mestizen und der zweite seine Fußknöchel umklammert hielt. Wie versteinert stand Robert da und sah einfach zu, wie Mabo zäh und stumm um seine Freiheit rang, sein Hemd lag am Boden, die zerlumpte Hose schien vollends in Fetzen. Er zuckte und wand sich, eine schmale Gestalt, winzig, zerbrechlich, zwischen den Pranken der beiden Hünen.

Dann endlich wich Roberts Versteinerung. Er machte einen Schritt und wollte die Schulter des einen Mannes packen, der Mabos Hände festhielt. Doch da stand auf einmal Paul vor ihnen, mitten auf dem Pfad, mit kalkweißem Gesicht, sein Repetiergewehr im Anschlag. Ein Schuß donnerte los, und in der Stirn des zweiten Mannes, der Mabos Fußknöchel umklammert hatte, riß ein unförmiges Loch auf. Der Hüne fiel nach hinten um, Mabo stürzte zu Boden, und der zweite Mann ließ seine Handgelenke fahren und rannte davon, auf das Wehr zu, wobei er mit sich überschlagender Stimme um Hilfe schrie.

Orangerot schwebte die Sonne über dem Wehr, das mit seinen Eisenzähnen nach dem Himmelsball zu schnappen schien. Das Tosen des Stroms schien noch lauter geworden, ebenso wie das Crescendo der Vögel, das tausendstimmige Kreischen des Dschungels, und auf einmal verspürte Robert den überwältigenden Drang, in dieses Kreischen einzustimmen, im Schrei der Wildnis zu erlöschen, unterzugehen.

Doch auch dieser Moment verging. Paul warf seine Waffe über die Schulter, mit der Rechten zog er Mabo vom Boden hoch, mit der Linken packte er Robert bei der Schulter und stieß ihn auf das riesige Floß zu, auf dem Stephen eben die Pferde anpflockte. Vom Camp her waren jetzt laute Rufe zu hören und ein scharfer Trompetenstoß, und Robert wankte auf das Floß, dicht gefolgt von Paul und von Mabo, der kaum bei Bewußtsein schien und von Paul gestützt wurde. Auf einmal sprang Stephen mit einem Wutschrei zwischen den Pferden hervor und versetzte dem Mestizen eine Ohrfeige, mit solcher Wucht, daß Mabo vor den Pferden zu Boden sank.

»Das büßt du mir«, sagte Stephen mit einem Schnaufen, als ob er keine Luft bekäme, und Robert dachte, ebensogut könnte Stephen ihn zu Boden schlagen, weil er in Fort George wegen ihm geschossen hatte, und in diesem traumhaften Augenblick wünschte er sich sogar beinahe, daß Stephen zuschlagen würde. Und die Vögel kreischten und schrien, und die Sonne schwebte foppend über dem ungeheuren Gebiß des Wehrs, und der Labouring Creek stampfte, daß die zum Floß verknüpften Baumstämme unter ihren Füßen sich schlingernd und knirschend aneinander rieben.

Vom Lager her erklangen nun Hufschläge, Rufe, ein weiterer Trompetenstoß. Im letzten Moment huschte Henry aufs Floß, aschgrau, mit angstgeweiteten Augen. Da hatte Stephen schon das Seil vom Ufer gelöst, und das Floß trieb auf die Mitte des Stroms zu. In der auf einmal starken Strömung sprangen die Baumstämme auf und ab, und Robert ließ sich auf einen unförmigen, mit Sackleinen umwundenen Packen fallen, der mitten auf dem Floß lag. Jetzt erst bemerkte er, daß drei Schritte vor ihm, am lodernden Bugfeuer, eine ihm unbekannte Gestalt saß, mit langem braunem Gewand, den Kopf unter einer Kapuze verborgen. Vom Pfad her wurde ein Schuß abgefeuert, und als Robert herumfuhr, sah er voller Entsetzen, daß drei Soldaten, auf ungesattelten Pferden, in gestrecktem Galopp hinter ihnen herjagten. Aber der Pfad war zu verstrüppt, die Strömung so stark, daß ihr Floß dreimal so rasch vorankam wie die Reiter, die immer weiter zurückfielen und gleich schon hinter Bäumen und Dickicht verschwunden waren.

Die Nacht brach herein. Nur noch einige orangerote Lichtstreifen am Himmel und ihr flackerndes Bugfeuer hellten die Finsternis auf. Wie leichtsinnig, dachte Robert, im Dunkeln den Strom hinabzujagen, zumal bei dieser brausenden Strömung. Aber nun spürte er, wie ihn Erschöpfung überkam, und er sagte sich, daß Stephen und Paul sicherlich jede einzelne Stromschnelle oder Untiefe im Labouring Creek kannten.

Er wandte sich um und sah zu Mabo hinüber, der immer noch am Boden lag, an seine Schecke geschmiegt, nackt bis auf die in Fetzen gerissene Hose. Da stand Robert auf, streifte, ohne sich zu besinnen, sein Hemd ab, ging auf dem schwankenden Grund zu Mabo hin und warf es ihm über Schulter und Rücken.

Das Kreischen der Vögel war verstummt, im selben Moment, da die Sonne hinter den Bäumen versunken war. Eine eigentümliche Stille war eingekehrt, in der man nur das Glucksen des Wassers, das Fauchen des Feuers und das Stampfen des Floßes auf den Wellen hörte. Robert sah hinüber zu Paul Climpsey, der auf dem hintersten Rand des Floßes hockte, noch hinter den Pferden, die im Liegen angepflockt waren, damit sie sich auf dem unsicheren Untergrund nicht verletzen konnten. Paul wandte ihnen den Rücken zu und sah über den Fluß zurück. In die Vergangenheit, dachte Robert, die ihn vielleicht allzusehr im Bann hielt, oder zum Victoria Camp, von dem nur noch ein matter Widerschein am Nachthimmel zu sehen war. Paul hatte soeben einen Mann erschossen, eine Bluttat, die allein für ihn nichts Besonderes darstellen mochte. Aber er hatte den Schuß abgefeuert, dachte Robert, um Mabo vor dem Schicksal der Mayajungen zu bewahren, die am Wehr von den Stämmen zerstampft worden waren. Auf geheimnisvolle Weise schien diese Tat mit Pauls eigener Vergangenheit in Verbindung zu stehen, als er selbst ein Knabe gewesen war und in ständiger Gefahr, von einer boshaften Welt zerquetscht zu werden.

Robert spürte, daß der Schrecken über diesen Schuß, der dem bärtigen Mann die Stirn zerrissen hatte, in ihm lauerte wie ein sprungbereites Raubtier, aber heute fühlte er sich nicht mehr imstande, die Wirklichkeit gleich welchen Schreckens zu ertragen. Mit behutsamen Schritten kehrte er zu seinem Platz zurück, dem unförmigen Packen, der groß genug war, ihm als Lagerstatt zu dienen. Eben wollte er sich darauf ausstrecken, da wandte sich die Gestalt vorn am Feuer zu ihm um, den Kopf noch immer mit der Kapuze verhüllt. Neben ihr stand Stephen, hoch aufgerichtet, eine lange Stange in Händen, mit der er ab und an ihren Kurs korrigierte. Auf einmal warf die sitzende Gestalt ihre Kapuze ab, und im Schein des Feuers sah Robert ein junges Frauengesicht, lächelnd, mit heller Haut und grünen, katzenhaft schrägen Augen unter einer Flut blonden Haars.

»Guten Abend«, sagte er leise, mit einer angedeuteten Verbeugung, die ihm selbst hölzern schien.

Die Frau lachte auf, und im gleichen Moment wandte sich Stephen Mortimer um, ein Riese der Nacht, auf seine klobige Stange gestützt, umtanzt von Rauch und Funken. »Darf ich vorstellen«, rief er mit dröhnender Stimme, »Schwester Miriam – ehrwürdige Nonne vom Orden unserer Barmherzigen Muttergottes!« Er fuhr ihr mit der Hand durch das üppige Haar, eine vertraute Geste, wie es Robert schien, und dann lachte Stephen so schallend, daß das Floß erbebte und der ganze nächtliche Dschungel widerhallte.

Aus Höflichkeit stimmte Robert in das Gelächter ein, dabei war ihm mehr als unbehaglich zumute. Lächelnd sah die Frau zu Stephen auf, und als Robert rasch über seine Schulter blickte, wandte ihnen Paul noch immer den Rücken zu und schaute starr nach rückwärts, auf den schwarzen Strom.

DREI

1

Das Floß stampfte auf den Wellen, und die Flammen des Bugfeuers tanzten im gleichen ungebärdigen Takt. Längst waren die Rufe und Schüsse hinter ihnen verhallt, doch kaum weniger furchterregend klangen das Gurgeln der Strömung und die vielfältigen Laute des nächtlichen Waldes.

Stephen Mortimer, der noch immer hoch aufgerichtet am Bug stand, ein massiger Schatten am Rand der Nacht, stieß einen Ast in die Flammen, daß die Funken stoben. »Das war verteufelt knapp, zum Donner! Noch so ein Patzer, und wir sind geliefert – wenige Schritte vor dem Ziel!«

Die Frau neben ihm am Feuer gab leise Antwort. Ihre Worte waren nicht zu verstehen, aber ihre Stimme klang so herausfordernd wie Mortimers grollender Baß.

Nie zuvor in ihrem Leben hatte Helen sich auch nur annähernd so sehr geängstigt. Und niemals vorher war sie derart stolz auf sich selbst gewesen, ihre Entschlossenheit und ihren Mut.

Aus der Wildnis zu ihrer Linken erschallte ein keckernder Warn- oder Lockruf, der sogleich in einem Klagelaut erstarb. Für einen Moment hielt sie den Atem an und spürte, wie ihr Herzschlag in ihrem ganzen Körper pulsierte. Wenn sie mir auf die Schliche kommen, dachte sie, wenn Mortimer oder diese Miriam auch nur einen Verdacht gegen mich fassen, ist mein Leben keinen Penny mehr wert. Sie schloß die Augen. Wieder sah sie die gräßliche Szene vor sich – wie die beiden Holzfäller Mabo gepackt hatten, wie Climpsey ihnen in den Weg getreten war, das Gewehr im Anschlag, wie der bärtige Hüne zurückgeschleudert worden war, einen Krater in der Stirn, aus dem Blut hervorschoß.

Rasch öffnete sie wieder die Augen und sah über den Rand des Floßes hinaus auf den nachtschwarzen Strom. Und dabei bin ich ihm gefolgt, um ihn zu beschützen, dachte sie, vor äußeren Gefahren und vor sich selbst – zumindest war es einer der beiden Gründe, die sie zu diesem tollkühnen Schritt bewogen hatten. Sie duckte sich tiefer in den Schatten des großen Packens, auf dem Robert Thompson ausgestreckt lag, anscheinend in tiefem Schlaf. Ich und ihn beschützen! Tatsächlich hätte er mehr als einmal Schutz und Hilfe benötigt. Um seine Reitkünste war es miserabel bestellt, und die ehrenwerten Gentlemen Mortimer und Climpsey rührten keinen Finger, um die Lage ihres Gefährten zu erleichtern. Im Gegenteil, sagte sich Helen Harmess, die erst am gestrigen Morgen, einer möglicherweise fatalen Eingebung folgend, den Namen Henry O'Rooney angenommen hatte, um sich Robert Thompson als angeblicher Reitbursche anzudienen: Ganz im Gegenteil ließen Mr. Mortimer und insbesondere Mr. Climpsey keine Gelegenheit aus, ihm das Leben noch ein wenig schwerer zu machen.

Ein Glück nur, daß er ihren Hohn und ihre Tücke meistens zu übersehen schien. Sie selbst nämlich, Helen Harmess alias Henry, hatte ihm bisher nicht ein einziges Mal beistehen können – weder als seine falschen Freunde ihm ausgerechnet das störrischste Pferd zuwiesen, noch als der bedauernswerte Mr. Thompson wieder und wieder von seinem Wallach gefallen war. Schließlich hatte sie sich auf dem gräßlichen Knüppelpfad selbst nur mit Mühe auf ihrem Gaul halten können, dabei war sie, dank Mr. Sutherlands Großmut, eine geübte Reiterin.

Die Kehle wurde ihr eng. James Sutherland, dachte sie, niemals in meinem Leben werde ich Sie Vater nennen, Sie feiger, kaltherziger Schuft. Und doch werde ich Ihnen zeitlebens dankbar sein für die bemessene Großzügigkeit, mit der Sie meine Erziehung ermöglicht haben.

Die schwarze Flut unter dem Floßrumpf gurgelte und brauste, und zwei Fuß über ihr seufzte Mr. Thompson im Schlaf. Bis jetzt, dachte Helen, hatte sie als sein Beschützer kläglich versagt, ja bisher, an ihrem ersten Tag in der Rolle des Dieners Henry, war sie kaum imstande gewesen, auch nur die einfachsten Pflichten eines Pferdeburschen zu erfüllen. Wieder lauschte sie hinaus in die Nacht, die von einschüchternden Geräuschen erfüllt war, Tierrufen, lockend und klagend, dem Knacken von Ästen und dem Tappen und Scharren von tausenderlei Tatzen im Unterholz. Wie lange würde es dauern, bis sie mit dieser ungewohnten Umgebung einigermaßen zurechtkam? Natürlich hatte sie gewußt, daß hier draußen in der Wildnis ganz andere Gesetze herrschten als in Fort George. Aber zu wissen, daß es diese andere Welt gab, hieß noch lange nicht, ihre Wirklichkeit mit eigenen Sinnen zu spüren: den modrigen Geruch des Wassers, die Laute des Waldes, die samtene Wärme der nächtlichen Luft. Nie zuvor in ihrem ganzen, zweiundzwanzigjährigen Leben hatte sie sich so durcheinander und zugleich so lebendig gefühlt wie in dieser Nacht mit Mr. Robert Thompson und all den anderen auf dem stromabwärts stampfenden Floß. Und niemals vorher, nicht vor einem Jahr, nicht einmal vor einer Woche, hatte sie ernsthaft in Betracht gezogen, ohne Abschied das Haus des ehrenwerten Mr. Sutherland zu verlassen, in dem sie zwanzig Jahre lang aufgewachsen war. Zwei Jahrzehnte, in denen Helen Harmess niemals auch nur im Traum geahnt hatte, daß der steife und verschlossene James Sutherland tatsächlich ihr Erzeuger war.

Bei diesem Gedanken erschien vor ihrem geistigen Auge unversehens die hagere Gestalt Mr. Thompsons. Vorhin hatte sich Robert in aller Unschuld seiner Kleidungsstücke vor ihr entledigt und sie – vielmehr den Burschen Henry – aufgefordert, es ihm gleichzutun und ihrer beider Leinenzeug im trüben Zisternenwasser zu waschen. Sie errötete noch bei der Erinnerung an diesen »Zwischenfall«, der so leicht vorauszusehen war und sie doch gänzlich überrumpelt hatte. Wie lange würde es ihr gelingen, sich vor ihren Begleitern zu verstellen? Die drei weißen Männer ließen sich sicherlich am leichtesten täuschen, auch Mr. Thompson, der sie in all den Wochen im Park des Gouverneurs kaum eines Blickes gewürdigt hatte. Aber wie stand es mit der blonden Frau, die Mr. Mortimer so unerwartet mit an Bord genommen hatte (eine unangenehme Überraschung anscheinend auch für den füchsischen Mr. Climpsey, der seit Stunden wie verholzt am hintersten Ende des Floßes saß)? Und hatte nicht Mabo ihr sogar schon nachdenkliche Blicke zugeworfen, als ahnte er zumindest, daß mit dem Burschen Henry irgend etwas nicht in Ordnung war?

Aber ihr blieb gar keine Wahl mehr, dachte Helen, jetzt, da sie sich

Hals über Kopf in das Abenteuer ihres Lebens gestürzt hatte. An der Seite von Robert Thompson und seiner Gefährten würde sie immer tiefer in den Regenwald vordringen – nicht auf der Suche nach einem Schatz der alten Maya, sondern um nach ihren eigenen Wurzeln zu graben, nachdem sie vor sechs Wochen jene schändlichen Zeilen von Mr. Sutherlands Hand gelesen und im gleichen Moment erkannt hatte, daß ihr ganzes bisheriges Leben auf sorgsam verschleierten Lügen begründet war.

Während das Floß mit dem flackernden Bugfeuer weiter stromabwärts durch Nacht und Wildnis schlingerte, lehnte sich Helen Harmess gegen den weichen Packen, auf dem Robert Thompson schlief. In Gedanken kehrte sie einmal mehr in ihre Vergangenheit zurück, in die durch und durch *zwielichtige* Welt, wie sie sich sagte, in der sie aufgewachsen und aus der sie heute Hals über Kopf geflohen war.

2

»Dein Vater, Kindchen? Bei der heiligen Jungfrau, nach dem haste mich bald mal genug gefragt.«

Helen selbst hatte lange Zeit nicht verstanden, warum sie die immer gleiche Geschichte immer aufs neue hören wollte, seit ihrer frühesten Kindheit und noch als junge Frau von sechzehn, achtzehn Jahren. Es kam einfach über sie, aus heiterem Himmel, dieses Lügengefühl, wie sie es für sich zu nennen pflegte, und dann mußte sie die Geschichte von Mickey O'Rooney hören, auf der Stelle, zum tausendundersten Mal. Als ob ohne diese Geschichte, oder wenn sie aufhörte, an deren Wahrheit zu glauben, ihre Welt in sich zusammenstürzen, der Boden unter ihren Füßen sich öffnen und sie augenblicklich verschlingen würde.

Mit einem schiefen Lächeln, in dem sich Gutmütigkeit und Überdruß mischten, ließ sich Mrs. Dorothy Harmess – »Mama Doro«, wie Helen sie bis vor wenigen Wochen genannt hatte – dann meist auf einem Schemel in der Küche nieder, ein Wischtuch in der Hand, die blütenweiße Schürze um den ausladenden Leib gespannt. »Sein Name war Mickey O'Rooney, Kindchen, und du kannst mir glauben: Mickey war ein Bild von einem Mann.«

Die Geschichte begann immer mit diesen Worten, und auch wenn Mrs. Harmess sie im Lauf der Jahre ein wenig aufpoliert und um unerwartete Einzelheiten erweitert hatte, blieb sich ihr Wortlaut über zwei Jahrzehnte hinweg doch im großen und ganzen gleich. Sie war tatsächlich wie ein Bild, nach dessen gemalten Gegenständen man vergeblich zu greifen versuchte, wie eine Maske, die man Tag und Nacht beobachtete, in der stets aufs neue enttäuschten Hoffnung, daß die starren Züge sich eines Tages regen würden. Und wie seine Geschichte blieb sich auch Mickey O'Rooney während all der Jahre und Jahrzehnte immer gleich: ein Heiligenbild, aus dem kargen Lehm der Imagination von Mrs. Harmess geschaffen und mit Helens Sehnsucht und Verehrung schreiend bunt bemalt.

»Das war im Sommer '55, Kindchen, als ich noch 'n junges Ding war, hübsch und heiter wie heute du.« Helen fand keineswegs, daß sie von sonderlich heiterer Natur war, geschweige denn von anziehendem Äußeren, aber sie verkniff sich jeden Widerspruch, der ihre Mutter doch nur von der Geschichte ablenken würde. »Und Mickey O'Rooney war 'n Mann, der sein Mädchen zum Lachen bringen konnte. Mit einer Statur wie 'n Zugochse und dem Herz eines Gassenjungen: Da haste meinen Mickey, Kindchen.«

Von ihrer eigenen Erinnerung angerührt, pflegte sich Dorothy Harmess, oberste Besorgerin und Schlüsselgewaltige im Haus des ehrenwerten James Sutherland, an dieser Stelle über die Augen zu wischen, ehe sie mit den immer gleichen Worten fortfuhr. »Mickey O'Rooney diente als Matrose auf der Fregatte *St. Mary*, die Anfang Juni '55 am Victoria-Kai von Fort George längsseits drehte. Nenn es Fügung oder Schicksal, Kindchen, jedenfalls stand die dumme kleine Doro damals an der Hafenmauer, als die Matrosen Ihrer Majestät einer nach dem anderen an Land stolziert kamen. Aber deine Mama, Kindchen, hatte von Anfang an nur Augen für Papa Mick.« Sie zog Helen an sich und strich ihr gedankenverloren über das störrische schwarze Haar. »Und O'Rooney, der sommersprossige Hüne mit kupferroter Mähne: Stocksteif blieb er auf der Landungsbrücke stehen, Kindchen, und glotzte mich an, mit offenem Maul, wie 'n Tapir bei Vollmond. Dann warf er sich seinen Seesack über die Schulter, stapfte auf mich zu und packte meine kleine braune Tatze mit seiner riesengroßen weißen Hand. Ganz ergriffen hielt Papa Mick mein Händchen fest und sagte mit seiner dröhnenden Stimme, so laut, daß ganz Fort George seine Worte hören konnte: ›Bei allen Heiligen, kleine Misses, du und ich sind für'nander gebaut.‹«

In den ersten Jahren hatte Helen meist vor Begeisterung in die Hände geklatscht, wenn Mama Doro diesen dramatischen Prolog der elterlichen Liebesoper zum besten gab. Und noch heute sah sie das theatralische Bild ganz genau vor sich, das ihrem Geist durch tausendfache Wiederholung eingemeißelt worden war: der rostblonde Hüne O'Rooney, auf der Landungsbrücke erstarrend. Die kakaohäutige, damals schlanke Dorothy Harmess, an die Kaimauer geklammert, während ihre Blicke sich ineinander bohrten. Und dann Mickeys romantisches Bekenntnis, vor aller Augen und Ohren, auf den ersten Blick habe er sich unsterblich in Dorothy verliebt.

Doch irgendwann um ihr dreizehntes oder vierzehntes Lebensjahr herum begann Helen an diesem bühnenreifen Auftritt O'Rooneys zu zweifeln. Sicher geschah es nicht selten in der Kolonie, daß britische Männer sich in dunkelhäutige Frauen verliebten, in Mestizinnen oder reinblütige Indias. Aber diese Liebschaften pflegten sich durchweg im geheimen abzuspielen, da Heiraten zwischen Briten und »getauften Wilden« als gänzlich undenkbar galten und jeder Soldat oder Kolonialbeamte durch einen solchen Schritt seinen Ruf ruiniert, seine Laufbahn zerstört, seine bürgerliche Existenz untergraben hätte. Nahezu alle Mischlinge, die aus solchen Affären hervorgingen, waren folgerichtig Bastarde, verdammt zu einem Leben in vaterloser Armut, in den Holzhütten der Arme-Leute-Gassen von Belize Town, obwohl ihre Erzeuger allesamt respektable Soldaten, Beamte oder sogar Offiziere Ihrer britischen Majestät waren. So war auch Dorothy Harmess in einer jederzeit von Gestank und Geschrei erfüllten Hütte aufgewachsen, unweit der Swing Bridge, als Tochter einer India, die auf die heuchlerischen Liebesschwüre eines königlichen Grenadiers hereingefallen war. Und dieselbe Dorothy Harmess, zu jugendlicher Schönheit herangereift, hätte um ein Haar das ungeheure Glück besessen, diesem Schicksal ihrer eigenen Mutter und Tausender ihrer Leidensgenossinnen zu entgehen? Ein Mädchen aus den Elendsgassen von Belize Town, mittellos, ungebildet, in bunte Lumpen gewickelt – und dann auf einmal die sommersprossige Hand des schmucken Matrosen O'Rooney, der sie mit heiterem Lächeln zu sich emporzog?

Es war alles andere als wahrscheinlich, sagte sich Helen damals, verbot sich aber sogleich, jemals wieder ihren Zweifeln Gehör zu schenken. Sie brauchte diese Geschichte, Wort für Wort und Satz für Satz, und sie brauchte vor allem ihren eigenen Glauben an die Wahrheit dieser Geschichte, um das in ihrem Innern lauernde Lügengefühl zu bannen.

Dieser eine Punkt in der mütterlichen Liebesoper, beschloß Helen daher im Alter von dreizehn oder vierzehn Jahren, mochte sich in Mama Doros Erinnerung ein wenig verklärt haben, aber was machte das für einen Unterschied? Tatsache war jedenfalls, daß Mickey O'Rooney noch im gleichen Jahr 1855 Dorothy Harmess die Ehe versprach, und Tatsache war allerdings auch, daß die königliche Fregatte *St. Mary* schon sieben Wochen später mitsamt einem halben Hundert mondhäutiger Matrosen nahe Hispaniola unterging. Dorothy Harmess' Liebesoper war ausgespielt. Sieben Monate danach brachte sie den Bastard Helen zur Welt, »und nur der christlichen Gnade unseres Herrn, mein Kindchen, des ehrenwerten Mr. Sutherland, Gott schütze und segne ihn, haben wir's zu verdanken, daß wir zwei beiden nich' wie der selige Mickey abgesoffen sind«.

3

Mitternacht mochte längst vorbei sein, über Fluß und Wald glitzerte der Sternenhimmel, viel heller und majestätischer als über der Stadt. Der volle Mond schwebte über den Wipfeln, deutlich waren die Umrisse der sitzenden Mondfrau zu erkennen und des Kaninchens auf ihrem Schoß. Menschen und Tiere auf dem Floß schienen allesamt zu schlafen, nur Stephen Mortimer stand noch immer neben dem zusammengesunkenen Bugfeuer, die Flößerstange umklammernd, und steuerte ihr Schiff durch die Nacht.

Abermals glitten Helens Gedanken in die Vergangenheit zurück, zu Dorothy Harmess und der unveränderlichen Geschichte ihrer Liebe zu Mickey O'Rooney.

»Von Papa Mick haste den Sahneton, Kleines: Milky, so nannte ich ihn immer, und Brownie hieß ich für ihn. Und was kommt dabei raus, wenn du Milch und Schokolade zusammenschüttest: nix Halbes und nix Ganzes, Kindchen, ein Balg wie Milchkakao: zu dunkel für Milchliebhaber, zu milchig für Schokoladenfreunde.«

An dieser Stelle pflegte sie Helen zwar die hellbraune Wange zu tätscheln, was aber die niederschmetternde Wirkung nur noch erhöhte. Nichts Halbes und nichts Ganzes! So, genau so hatte sie sich in der Tat ihr Leben lang gefühlt. In der »Anglikanischen Schule für höhere Töchter Britanniens«, Elizabeth Street im Herzen von Fort George, die sie dank Mr. Sutherlands Großmut besuchen durfte, war Helen Harmess immer nur die braune Gossengöre neben all den wohlgeborenen Mädchen mit der kostbar blassen Alabasterhaut. Wie sehr sie ihren dunklen Balg, ihre schwarzen Murmelaugen, den dicken schwarzen Haarschopf gehaßt hatte, wie sie sich selbst verachtet und mit brennender Sehnsucht gewünscht hatte, so blauäugig und engelshaarig, so hochgewachsen und zartgliedrig wie ihre Mitschülerinnen zu sein!

Irgendwann aber, in ihrem dreizehnten oder vierzehnten Jahr, hatte sie eingesehen, daß alles Wünschen vergeblich war. Sie lebte zwar im Haus des ehrenwerten Mr. Sutherland, hoher Beamter in Diensten des britischen Gouverneurs, umgeben von all der Bequemlichkeit und Kultiviertheit, die ein solches Anwesen bot. Aber sie besaß in diesem Haus keinerlei Rechte, sie war nur geduldet, die uneheliche Tochter von Dorothy Harmess, die James Sutherlands Haushalt besorgte. Sie durfte die »Schule für höhere Töchter Britanniens« besuchen, aber sie selbst war weder eine höhere noch auch nur eine britische Tochter, sie war der Bastard eines irischen Matrosen und einer matronenhaften Mestizin. Sie hatte den falschen Namen, die falsche Hautfarbe, die falsche Herkunft. Einzig der christlichen Gnade von James Sutherland war es zu verdanken, daß sie und ihre Mutter nicht in einer Holzhütte drüben in den stinkenden Gassen von Belize Town vegetierten, sondern zwei Mansarden unter dem Dach von Sutherland House bewohnen durften, wo Helen seit ihrem zehnten Jahr sogar ein eigenes Schreibpult und ein von Mr. Sutherland persönlich bestücktes Bücherregal besaß. Zu jedem neuen Lebensjahr schenkte er ihr ein neues Buch, in graues Leinen gebunden, und genauso verhielt es sich in allem mit seiner Großzügigkeit: Sie war steifleinen, erzieherisch karg und stets ein wenig beschämend.

Seit jeher war Helen daran gewöhnt, allein zu sein, eine Außenseiterin, von ihren Mitschülerinnen ebenso gemieden wie von den dunkelhäutigen Dienstmädchen in Sutherland House. Sie gehörte nicht dazu, nicht in diese Welt und nicht in jene, sie war nicht Milch und nicht Kakao. Im Schulzimmer saß sie allein an einem Pult, in einem Winkel abseits von den weißen Mädchen, denen »der Geruch von Indianerhaut« nicht zuzumuten war. Sie lernte gierig, unermüdlich, wie eine Verdurstende trank sie den Lehrstoff in sich hinein. Die Lehrerinnen behandelten sie mit kalter Korrektheit, aus Respekt vor Mr. James Sutherland, dessen Entscheidung sie insgeheim mißbilligten. Niemals wurde Helen in die Spiele ihrer Mitschülerinnen einbezogen, in ihre Freundschaften, Geheimnisse, ihr fröhliches Getuschel. In den Ferien gingen die Schülerinnen mit ihren Familien und Kindermädchen auf märchenhafte Reisen nach England oder Nordamerika, während Helen bei Mama Doro in der Küche saß. An Weihnachten und Geburtstagen wurden die Mädchen mit kostbaren Geschenken überhäuft, glitzernden Kleidern, Hüten und Lackschuhen, die sie einander in den Unterrichtspausen vorführten. Währenddessen stand Helen in ihrem grauleinenen Quäkerkleid abseits und starrte sich die Augen nach all der Pracht aus.

Anfangs hatte sie noch versucht, das Vertrauen ihrer Mitschülerinnen zu erringen, doch die goldhaarige Bosheit und alabasterblasse Arroganz waren wie Marmormauern, an denen sie wieder und wieder abprallte. Acht endlose Jahre besuchte sie die »Anglikanische Schule für höhere Töchter Britanniens«, und niemals richtete eine Mitschülerin auch nur ein einziges freundliches Wort an sie. Verletzende, höhnische, demütigende Worte, das schon. Und Blicke, kalte, feindselige, abschätzende, verachtungsvolle Blicke, aber niemals, in all den Jahren niemals auch nur ein Lächeln, ein ermutigender oder anerkennender Blick.

In den Büchern, die Mr. Sutherland ihr überreichte, las sie von weißen Helden und bleichhäutigen Edelfrauen. In Sutherland House gingen die wohlgeborenen Freunde des Hausherrn ein und aus, allesamt hochgewachsene, kupferhaarige, fahlwangige Gentlemen von kultiviertestem Gebaren und unerschütterlicher Selbstsicherheit. Zuweilen veranstaltete Mr. Sutherland Feierlichkeiten, zu welchen die edelsten Familien von Fort George geladen waren: britische Ladys von milchiger Grazie, umgeben von feenhaften Töchtern und hochnäsigen Söhnen, die Helen, hinter einem Vorhang verborgen, aus der Ferne bestaunte.

In ihrem fünfzehnten Lebensjahr glaubte sie ihre Einsamkeit nicht länger zu ertragen. Sie spürte immer deutlicher, daß in ihrer Welt irgend etwas ganz und gar falsch war, aber das Lügengefühl blieb ungreifbar, ein Gespenst, das ihr auf Schritt und Tritt nachschlich. Heimlich, da sie wußte, daß Mr. Sutherland diese »Erniedrigung« mißbilligen würde, versuchte Helen damals, sich den indianischen Dienstmädchen enger anzuschließen. Unter dem Kommando von Mama Doro arbeiteten wenigstens ein Dutzend Frauen und Mädchen in Küche, Keller und Kammern von Sutherland House. Die meisten von ihnen kamen frühmorgens zur Arbeit und kehrten abends in ihre Hütten jenseits des Haulover Creek zurück. Sofern sie überhaupt ein wenig Englisch verstanden, befleißigten sie sich eines krausen Kauderwelschs aus aufgeschnappten britischen Floskeln und ihren eigenen Dialekten, die für Helen anfangs wie tierhaftes Grunzen, Schnalzen und Tirilieren klangen.

Diese kleinwüchsigen, dunkelhäutigen Küchen- und Kammermädchen stießen sie zwar nicht zurück, wie Helen es von ihren britischen Geschlechts- und Altersgenossinnen gewohnt war, doch auch mit ihnen wurde sie nie wirklich vertraut. Dem äußeren Anschein nach waren es allesamt getaufte Christinnen, aber ihre schräggeschnittenen Augen schienen unverändert eine ganz und gar unchristliche Welt zu erblicken, eine düster geheimnisvolle Welt, die Helen mehr und mehr faszinierte. In dieser Welt herrschten keine Sutherlands und auch keine milchhäutige Mutter Maria und ihr totenblasser Gottessohn, sondern ein Gewirr mürrischer Göttertyrannen, die das Schicksal jedes einzelnen bis ins kleinste bestimmten, und rätselhafter Zauberrituale, durch die man die Götter gewogen stimmen und sogar Unbill auf mißliebige Mitmenschen herabbeschwören konnte.

In kürzester Zeit lernte Helen, in der Sprache des alten Volkes zu radebrechen, einem melodischen Singsang namens Quiché. Damals wuchs in ihr eine wilde Sehnsucht, zu diesen Frauen und Mädchen zu gehören, in ihre Welt einzutauchen, in der praktisch alle Gespräche, Sorgen oder Hoffnungen um Opfer und Orakelsprüche, Liebes- oder Heilzauber kreisten. Aber zugleich blieb ihr ständig bewußt, selbst in ihren sehnsuchtsvollen Tagträumen, daß sie dieser dunklen Welt der Armut und archaischen Götter ebensowenig angehörte wie der Sphäre goldhaarigen Wohlstands und mondbleicher Arroganz.

So wenig und so sehr. Immer zu viel und niemals genug. Da nicht und dort nicht, nicht Milch und nicht Kakao. Sie kannte die Götter der Briten und der Maya, aber sie selbst glaubte weder an Jesus, den weißen Erlöser, noch an Cha'ac, den roten Regengott, und sie selbst murmelte weder Vaterunser noch Zaubersprüche in melodischem Quiché. Helen war noch keine achtzehn Jahre alt, als ihr klar vor Augen stand, wozu sie verurteilt worden war. Ihr Leben lang würde sie in dem schmalen Grenzland wandeln, in dem nicht Tag und nicht Nacht herrschte, nicht Lachen und nicht Weinen, nicht Reichtum und nicht Armut, nicht Traum und schon gar nicht Wirklichkeit.

Nur eines verstand sie nicht, zweiundzwanzig Jahre lang nicht, so sehr sie sich auch Hirn und Herz zermarterte: warum und von wem sie zu einem solchen Leben im Zwielicht verurteilt worden war.

4

Der Mond war bereits wieder im Ozean des Dschungels versunken, doch noch immer umgab sie dicke Dunkelheit. Das Feuer war mittlerweile gänzlich erloschen, und es schien Helen, daß auch Mr. Mortimer seinen Flößerposten verlassen und sich schlafen gelegt hatte. Zu hören war jedenfalls nichts mehr, kein Staken, keine Schritte oder sonstigen Laute vom Bug her. Trieben sie etwa steuerlos durch Flut und Nacht?

Einen Moment lang lauschte sie in die Finsternis, dann lehnte sie sich wieder zurück, gegen den weichen Baumwollpacken, auf dem Mr. Thompson seit Stunden ruhte. Sicherlich hatte Mr. Mortimer Sorge getragen, beruhigte sie sich, daß dem Floß und den Reisenden nichts Übles widerfahren konnte. Denn so wenig Vertrauen sie in Anstand und Redlichkeit der Gentlemen Climpsey und Mortimer setzte, so hoch schätzte sie andererseits deren Gerissenheit und Erfahrung als Abenteurer ein.

Helen gähnte und rieb sich die Augen. Auch sie spürte jetzt die Müdigkeit, aber zugleich wußte sie, daß sie in dieser Nacht keinen Schlaf mehr finden würde – zu sehr war sie immer noch aufgewühlt von Erinnerungen und den Ereignissen der jüngsten Zeit. Und unmittelbar bei ihr, so nah, daß sie ihn mit der Hand hätte berühren können, seufzte Mr. Thompson im Schlaf.

Robert Thompson war gewiß kein Mann wie Mickey O'Rooney, dachte sie lächelnd, kein irischer Draufgänger mit Kupfermähne, in den eine Frau sich auf den ersten Blick verliebte. Dafür hatte er allerdings den Vorzug, ein wirklicher Mensch aus Fleisch und Blut zu sein und nicht nur ein bunt lackiertes Bild, geschaffen aus der Phantasie von Mama Doro. Und hatte er nicht vorhin erst dem bedauernswerten Mabo, der gedemütigt und entblößt am Boden lag, wie ein heiliger Samariter sein eigenes Hemd geschenkt? Auf den ersten Blick, sagte sich Helen, mochte Mr. Thompson mit seiner Zerstreutheit und seinem hölzernen Gebaren nahezu lachhaft wirken, wie ein weltfremder Narr. Doch wenn eine Frau wie sie, gewohnt, dem trügerischen Schein zu mißtrauen, einen zweiten oder gar dritten Blick wagte, dann konnte es durchaus geschehen, daß sie diesen so unauffälligen jungen Briten auf einmal höchst interessant fand: sein Äußeres anziehend, seinen Blick tiefsinnig, seine Malerhände von bemerkenswerter Feingliedrigkeit.

Nicht anders war es ihr selbst in Fort George ergangen, in den langen Wochen, in denen sie Mr. Thompson Tag für Tag von ihrem Kopistenpult in Government House aus zusah, wie er vor ihrem Fenster im Park umherspazierte, auf der Suche nach einem passenden Platz für seine Staffelei. Sie hatte ihn mit ihren Blicken verfolgt, seine hagere, hochgewachsene Gestalt, seine unbeholfenen Bewegungen, sein selbstvergessenes Mienenspiel, und immer häufiger war es geschehen, daß sie sich bei törichten Träumereien ertappte: wie sie es anstellen würde, daß sie einander zufällig über den Weg liefen; wie sie ins Gespräch kämen, er sie anlächeln und seine Hoffnung ausdrücken würde, sie bald schon wiederzusehen; wie er ihr schließlich erzählen würde, was sie Sergeant Muller, dem Wachsoldaten am Parktor, längst abgelauscht hatte: daß Mr. Thompson nur deshalb von London über alle Meere nach Fort George gereist war, weil er den verwegenen Plan hegte, versunkene Ruinenstädte in der Tiefe des Dschungels zu erforschen und aufs Papier zu bannen mit seiner Zeichenkunst.

In ihren Tagträumen pflegte Robert Thompson nach diesem Geständnis ihre Hand in seine Hände zu nehmen, ihr tief in die Augen zu schauen und sie zu fragen: »Miss Harmess, wollen Sie mein Schutzengel sein und mich auf meiner Expedition begleiten?« Himmel noch mal, wie sehr sie sich gewünscht hatte, daß er ihr diese Frage stellte! Wie leuchtend sie sich ihre Begegnung, ihr Gespräch, den alles entscheidenden Moment ausgemalt hatte!

Die Wirklichkeit war indessen, wie immer, sehr viel weniger romantisch gewesen. Eines Tages faßte sie sich endlich ein Herz und eilte um die Mittagsstunde nach draußen, beunruhigt, weil sie ihn heute noch nicht gesehen hatte, und mehr noch, da sie damit rechnen mußte, ihm im nächsten Augenblick gegenüberzustehen. Von derlei widerstreitenden Gefühlen erfüllt, lief sie durch den regennassen Park, den Kiesweg entlang, der von Government House zu den Kanonen an der Seeseite führte.

Auf einmal sprang Mr. Thompson zwischen zwei dampfenden Büschen hervor, keine zwei Fuß von ihr, so unerwartet, daß sie zusammenfuhr. Auf einer winzigen Lichtung hinter dem Buschwerk erspähte sie seine Staffelei, aber was es dort im tropfnassen Unterholz zu zeichnen gab, schien ihr unerfindlich. »Oh, Mr. Thompson, verzeihen Sie«, stotterte sie und spürte, wie sie bis unter ihren dichten schwarzen Haarschopf errötete.

»Sie kennen meinen Namen?« Aus seiner überlegenen Höhe von fünfeinhalb Fuß sah er geistesabwesend auf sie herab. Sein längliches Gesicht war kalkweiß wie stets, die Lider über den wasserblauen Augen flatterten. Ehe sie eine Antwort stammeln konnte, erklärte er abschließend: »Ich habe um Verzeihung zu bitten, Miss. Ich war in Gedanken …«

»Miss Harmess – Helen Harmess«, antwortete sie und kam sich auf einmal furchtbar töricht vor. Denn Robert Thompson hatte sich bereits wieder abgewandt und war zu seiner Staffelei zurückgekehrt, als wären seine Pläne, die ihn eben in die Welt diesseits der Büsche getrieben hatten, durch ihren Zusammenstoß nichtig geworden.

Es war ihre einzige Begegnung in sechs langen Wochen, in denen Robert Thompson beinahe jeden Nachmittag im Park verbrachte, und es sollte ihr einziges Gespräch bleiben, wenn man seine floskelhafte Zerstreutheit und ihr verworrenes Stammeln überhaupt als Gespräch bezeichnen wollte. Und doch bestärkte dieses Zusammentreffen Helen in ihrem tollkühnen Plan, sich Mr. Thompson bei seiner Expedition in die Tiefen des Urwalds anzuschließen. Denn zu diesem Zeitpunkt hatte Dorothy Harmess ihr bereits unter erstickten Schluchzern gestanden, daß ihre gesamte bisherige Welt auf einem Machwerk aus sorgfältig ausgetüftelten Lügen fußte.

Mama Doro war nicht ihre Mutter. Und Papa Mick war ein Phantom, sie hatte es immer geahnt. Sie war das Kind einer Mayafrau aus der Tiefe des Dschungels, aus einem Hüttendorf nahe der Grenze zu Guatemala. Und Mr. James Sutherland war kein großherziger Gönner, in dessen Haus sie gnadenhalber aufwachsen durfte, sondern ihr leiblicher Vater. Das Lügengefühl hatte recht behalten. Aber selbst in ihren schwärzesten Momenten hätte Helen niemals vermutet, daß die beiden Personen, denen sie am meisten zu verdanken glaubte und denen sie rückhaltloser als jedem anderen vertraut hatte, sich vor zwei Jahrzehnten verschworen hatten, sie in einem Haus aus lauter Lügen aufzuziehen.

»Warum hat Mr. Sutherland mich nicht gleich ertränkt oder erschlagen, nachdem jene India ihm das Bündel mit dem Baby ins Haus geschleppt hatte?« Sie fragte es so beherrscht, so leise, daß Dorothy Harmess zusammenfuhr. »Niemals werde ich Mr. Sutherland Vater nennen. Niemals mehr werde ich Sie Mutter nennen, Mrs. Harmess. Es wäre ehrlicher gewesen, das Baby zu erschlagen.«

5

Nachdem sie die Schule abgeschlossen hatte, ohne mit den »höheren Töchtern« jemals ein tieferes Wort gewechselt zu haben, trat Helen Harmess in ihrem siebzehnten Jahr als Kopistin in die Gouvernementverwaltung von Fort George ein. Mr. Sutherland hatte diese Stelle für sie ausgesucht, und obwohl ihr die Aussicht wenig angenehm war, künftig von früh bis spät staubtrockene Akten abzuschreiben, zögerte sie nicht einen Moment, das großherzige Angebot anzunehmen.

Man schrieb das Jahr 1873. Vor kurzem erst war mit krachenden Böllerschüssen aus den königlichen Kanonen das neue Jahr begrüßt worden, und während Britannien zweifellos von Schneeregen und Atlantikstürmen heimgesucht wurde, herrschte in der karibischen Kolonie hochsommerliche Hitze. Mr. Sutherland hatte Helen eigens in seine Bibliothek rufen lassen, um sie von der »neuen Lebenswendung« zu unterrichten, die er in ihrem wohlverstandenen Interesse verfügt habe. Damals war James Sutherland in seinem fünfundvierzigsten Jahr, ein hochgewachsener Gentleman, dessen Haar bereits grau und spärlich wurde und dessen scharfe Mundfalten von seinem galligen Charakter zeugten. Er empfing sie in seinem Kaminsessel thronend, umgeben von ledergebundenen Gesamtausgaben in deckenhohen Vitrinenschränken. Längere Zeit musterte er sie schweigend, während Helen in unterwürfiger Haltung vor ihm stand, den Kopf gesenkt, die Haare zu einem Zopf geflochten, in mausgrauem, nach strenger Quäkerart geschnittenen Leinenkleid, das er zu ihrer ständigen Kleidung bestimmt hatte.

»Ich wünschte mir wirklich, du würdest ein wenig mehr Dankbarkeit über die Wohltätigkeit zeigen, die du seit so vielen Jahren von meiner Hand empfängst.« Von unten herauf sah er sie finster an, mit dem kalten, durchbohrenden Blick, den sie als Kind so sehr gefürchtet und in späteren Jahren zu hassen gelernt hatte.

»Ich bin Ihnen von Herzen dankbar, Mr. Sutherland, und stehe für immer in Ihrer Schuld. Möge Gott Ihnen Ihre Großherzigkeit vergelten, die ich selbst auf Erden niemals aufwiegen kann.« Während sie die unvermeidlichen Dankesbezeugungen herausleierte, fragte sie sich wie jedesmal bei solchen Anlässen, warum Mr. Sutherland sich derart an ihrer Unterwürfigkeit weidete. Gewiß empfand sie auch echte, tiefe Dankbarkeit für ihren Gönner, die sich aber in seiner Gegenwart stets in Zorn und Empörung verkehrte, Empfindungen, die sie sorgsam vor ihm verbarg.

In all den Jahren, in denen sie vom stammelnden Kleinkind zur jungen Frau herangewachsen war, hatte sie stets seinen Blick auf sich gespürt: kalt, mißbilligend, besorgt. Niemals hatte er sie angelächelt, niemals ein ermutigendes oder gar lobendes Wort zu ihr gesprochen, immer schien seine verkniffene Miene auszudrücken, daß sie seinen Großmut durch Undankbarkeit, unzulängliche Leistungen, unehrerbietiges Betragen übel vergalt.

Sie wünschte sich, endlich von seiner bemessenen Gunst unabhängig zu werden, und auch wenn sie in der Gouvernementverwaltung sogar unter einem Dach mit ihm arbeiten würde, war es doch ein erster Schritt hin zur erträumten Selbständigkeit.

»Deine Arbeit beginnt am Montag, um sieben Uhr früh«, sagte Mr. Sutherland. »Melde dich im Schreibsaal bei Mr. Boresome, er wird dich in deine Pflichten einführen.«

Sie vollführte einen Knicks, murmelte weitere Dankesbezeugungen und wurde endlich huldvoll entlassen.

Als Hilfsbeamtin der königlichen Gouvernementverwaltung erfuhr Helen zum ersten Mal in ihrem Leben, daß es von Vorteil sein konnte, »nicht Milch und nicht Kakao« zu sein. Da sie sowohl Englisch als auch Quiché beherrschte, geschah es immer häufiger, daß man ihre

Dienste als Dolmetscherin beanspruchte. Wenigstens zweimal in der Woche wurden Indios aus den Dörfern und Wäldern der Kolonie in White House vorstellig, um wegen Grundstreitigkeiten zu verhandeln, sich über tyrannische Landlords zu beschweren oder auch, um der »bleichen Königin jenseits des großen Wassers« im Namen eines aufständischen Stammes feierlich den Krieg zu erklären. Die junge Miss Harmess aus dem Schreibsaal der Kopisten, die nicht nur ein elegantes Englisch sprach, sondern auch erstaunlich glatt in Quiché zu zwitschern vermochte, wurde als Mittlerin zwischen Beamten und Indios bald schon unentbehrlich. Da sie früher viele Stunden im Kreis der indianischen Küchenmädchen von Sutherland House verbracht hatte, konnte sie sich nun leicht in die Gedankenwelt der Männer aus den Regenwäldern hineinversetzen, die in verschlungener Rede von der Rache der Götter sprachen oder von ihrem Argwohn, der britische Landlord habe einen Zauber gegen seine indianischen Feldarbeiter gewirkt.

Mit der Zeit lernte Helen auch, daß es selten ratsam war, den Sermon der Beschwerdeführer wortgetreu zu übersetzen. In ihrem Zorn stießen die Indioabgesandten häufig Drohungen gegen die »mondhäutigen Eindringlinge« aus, die ihnen Prügelstrafen oder sogar Karzerhaft eintrugen. Einmal mußte Helen das Begehren eines alten Mayamannes aus dem westlichen Sumpfland von Britisch-Honduras übersetzen, der in endlosem Redestrom über die Willkür des königlichen Distriktverwalters klagte. Dieser, ein gewisser John Butterford, entehre und schwängere die Indiomädchen, die in seinen Diensten arbeiteten, doch entgegen den unverbrüchlichen Gesetzen der Götter weigere er sich, seine Töchter und Söhne in sein Haus aufzunehmen und für sie zu sorgen.

Für seinen Auftritt vor der Gouvernementverwaltung hatte der alte Indio seine feierlichste Tracht angelegt, ein bunt besticktes Hemd und blütenweiße Beinkleider, mit einer maisgelben Schärpe gegürtet. Hochaufgerichtet stand er in der königlich-britischen Amtsstube, umringt von einem halben Dutzend schwitzender Beamter, die allesamt Mühe hatten, ihre Erheiterung zu verbergen. Helen stand ihm gegenüber, mit dem Rücken zur Tür. Es war bereits ihr fünftes Jahr im Dienst des Gouverneurs, und eigentlich hatte sie längst gelernt, im Interesse der Bittsteller und Beschwerdeführer ihre Zunge zu hüten. Doch im Sog des melodischen Klagestroms dieses alten Abgesandten übersetzte sie diesmal Wort für Wort, mit schallender Stimme, ohne an irgendwelche widrigen Folgen zu denken. Ihr Blick haftete auf dem Gesicht des Greises, der ihr in diesem Moment als Verkörperung aller Qualen und Leiden der Indios (und ein wenig auch ihrer eigenen) erschien. Seine dunkelbraune Haut war von tiefen Furchen durchzogen, das dichte graue Haar hing ihm bis auf die Schultern herab, und seinem nahezu zahnlosen Mund entquollen unablässig Verwünschungen und Klagen.

Hinter ihrem Rücken wurde die Tür geöffnet und gleich wieder geschlossen, doch Helen nahm es nur am Rande wahr. Sie spürte den Blick des alten Mannes auf sich, einen Blick voller Zorn und Trauer, aber auch voll Vertrauen, daß sie, die halbblütige Dolmetscherin, seine gerechte Sache vertreten werde. »Daher verlangen wir, die Ältesten des Dorfes Ixt'u'ul-chac, das heißt Rote Häsin«, übersetzte sie eifrig, »daß Mr. John Butterford bestraft, seines Amtes enthoben und dazu verurteilt wird, alle von ihm gezeugten Kinder als seine rechtmäßigen Söhne und Töchter – – «

»Genug.« Die Stimme in ihrem Rücken klang kalt und vollkommen beherrscht. »Das ist Anstachelung zum Aufruhr. Der Mann ist in Fesseln zu legen und dem Ehrenwerten Richter vorzuführen.«

Helen brauchte sich nicht umzudrehen, um zu wissen, wem diese Stimme gehörte. Doch als sie sich dann umwandte, erschrak sie über die Totenblässe in seinem Gesicht. Sein Blick bohrte sich in ihre Augen, aber nicht mißbilligend oder tadelnd, eher verstört und sogar beschwörend, wie ihr schien.

Als es ihr endlich gelang, sich von Mr. Sutherland abzuwenden, lag der alte Indio bereits am Boden, seine Tracht zerrissen, seine Hände hinter dem Rücken verschnürt. Sie brachte es nicht über sich, ihm noch einmal ins Gesicht zu sehen, aber sie spürte seinen Blick, zornig und flehend, auf ihrer Seite, und sie glaubte ihn noch am Abend dieses Tages im April 1878 zu spüren, ein Brennen auf Wange und Schläfe, heiß vor Verwirrung und Scham.

Das Lügengefühl. Sie war zweiundzwanzig, eine erwachsene Frau, und noch immer schlich das Gespenst ihrer Kindheit hinter ihr her.

Der ungreifbare, unwiderlegbare Argwohn, daß irgend etwas in ihrer Welt, ihrem Leben von Grund auf falsch war: gelogen, zwielichtig, gefälscht. Sie ging in ihrer Mansarde auf und ab, zwischen den schrägen Wänden unter dem Dach von Sutherland House. Warum sind Sie derart vehement für jenen Butterford eingetreten, mein Herr? ›Das ist Anstachelung zum Aufruhr.‹ Und woher die Totenblässe in Ihrem Antlitz, Mr. Sutherland? Was war das für ein Geist, den Sie auf einmal zu sehen glaubten? Sie preßte ihre Fäuste gegen die Schläfen. Die beiden Namen – Butterford, Sutherland – echoten in ihrem Kopf. Konnte es wahrhaftig sein – ?

An jenem Abend brachte Helen noch nicht den Mut auf, sich in Gedanken auf diesem furchterregenden Weg voranzutasten. Es würde so vieles erklären. Doch es würde auch alles zerstören, ihre ganze bisherige Welt.

Aber die Lunte des Argwohns, einmal entzündet, brannte fort und fort.

6

Keine zehn Tage darauf, am 14. April 1878, besuchte Helen an der Seite von Dorothy Harmess den sonntäglichen Gottesdienst in St. John's Cathedral. Die Predigt des Geistlichen, die biblischen Verheißungen, der schüttere Gesang der Gemeinde erschienen ihr weniger tröstlich denn je. Auch sie sehnte sich nach Erlösung, vielleicht brennender als jeder andere in dieser Backsteinkathedrale, aber was sie suchte, würde sie niemals im Schoß der Anglikanischen Kirche finden. Weiter vorne im Kirchenschiff, im Bereich der Ehrenbürger von Fort George, saß Robert Thompson, mit himmelwärts gesträubtem Bürstenschopf, alle Gläubigen um Haupteslänge überragend. Seit Tagen, im Grunde seit jenem Zwischenfall mit dem alten Indio, spürte Helen, daß etwas Umwälzendes geschehen würde, bald schon, und sie fieberte dem Ereignis entgegen, ohne im mindesten zu ahnen, worin es bestehen mochte.

Am Nachmittag ging sie in ihrer Mansarde auf und ab, wie es ihr längst zur nervösen Gewohnheit geworden war. Der Himmel vor ihrem Fensterchen war bleifarben, und unter dem Dachstuhl herrschte drückende Schwüle. Endlich überwand sich Helen und stieg die knarrenden Treppen hinab, um im Patio von Sutherland House, zwischen Bäumen und Wasserkaskaden, ein wenig Abkühlung zu suchen. Der Innenhof war weitläufig, ein Park en miniature, mit englisch getrimmtem Rasen, Blumenrabatten und einem gewaltigen Mahagonibaum als Mittelachse, der das Dach von Sutherland House weit überragte.

Im Schatten dieses riesenhaften Baumes ließ sich Helen nieder, auf dem Rasen sitzend, den Rücken an den glatten Stamm gelehnt. Das Wasser des Springbrunnens plätscherte, und hin und wieder trieb der Wind einen Schwall kühler, mit Gischt gesättigter Luft zu ihr her. Lange Zeit saß sie dort reglos, hinter dem Baumstamm verborgen, bald schon eingeschläfert durch die Witterung und die Stimmen der Dienstmädchen, die wie aus traumhafter Ferne zu ihr drangen.

Als sie wieder zu sich kam, war es bereits finster. Die Abende in Fort George brachen früh und rasch herein, gegen halb sechs wurde es dämmrig, um sechs Uhr herrschte schon nächtliche Dunkelheit. Wie lange sie hinter dem Mahagonibaum geschlummert hatte, ob eine Stunde oder drei, hätte sie in diesem Moment nicht zu sagen gewußt. Jedoch verspürte sie Hunger und wollte sich eben aufrappeln, um von Mama Doro einen abendlichen Imbiß zu erbitten, als sie auf einmal zwei Stimmen hörte, eine wohlbekannte Männerstimme und ein helleres, zwitscherndes Organ.

»Was deine Mutter da verlangt, kann ich unmöglich erfüllen«, sagte Mr. Sutherland. Seine Stimme klang zischend, er schien erregt, mehr aber noch besorgt, daß seine Worte an unbefugte Ohren dringen könnten.

Helen wagte kaum zu atmen, weniger aus Angst vor Entdeckung als aus Sorge, daß ihr eine Silbe des geheimnisvollen Wortwechsels entgehen könnte.

»Sie haben die Wahl, Mr. Sutherland.« Die zweite Stimme klang melodisch und jung – eine India, dachte Helen, der zwitschernde Stimmklang war unverkennbar, auch wenn die junge Frau nicht Quiché, sondern ein geschmeidiges Englisch sprach. »Wenn Sie weiterhin davon absehen, sie anzuerkennen, bleibt Ihnen immer noch die Möglichkeit, uns mit den gewünschten Informationen zu versorgen.«

Zu Helens Erstaunen stöhnte Mr. Sutherland daraufhin vernehmlich auf, als ob die Worte der jungen Frau ihm körperliche Pein bereiteten. »Unmäßig und undankbar!« stieß er hervor. »Nach allem, was ich für sie – und für euch – getan habe!«

Einige Augenblicke lang herrschte Schweigen. Helen glaubte das Pochen ihres eigenen Herzens zu hören, bis in ihre Schläfen hinauf. Das Lügengefühl! ›Nach allem, was ich für sie getan habe …‹ – ›Wenn Sie weiterhin davon absehen, sie anzuerkennen …‹ – Was um Himmels willen hieß das? Und wer mochte die junge Frau bloß sein? Eine India, ohne Zweifel, der Stimme nach etwa in ihrem Alter, Anfang Zwanzig oder wenig drüber – was nur hatte James Sutherland mit ihr zu tun?

»Was soll ich Mutter also ausrichten – wie entscheiden Sie sich?« Hinter dem wohlklingenden Zwitschern war ihre Stimme kalt wie Stein.

»Warte.« Sutherland ächzte. Helen vernahm ein Rascheln und Klappern, dann flackerte eine Kerze auf, wenige Schritte hinter ihr, auf der anderen Seite des Mahagonibaums. »Ich bringe rasch ein paar Zeilen zu Papier. Du verdrehst doch wieder nur alles, du Schlange, und wiegelst sie gegen mich auf.« Ein gewaltiger Schatten warf sich über den Rasen, als Mr. Sutherland dicht vor den Baumstamm trat, offenbar, um ihn als Stehpult zu verwenden. Gleich darauf hörte Helen das Kratzen eines Stiftes auf Papier. Doch kaum hatte Sutherland sein Brieflein beendet, da zerriß er es mit einem lauten Ratsch in Fetzen. »Nein, nichts Schriftliches«, hörte sie ihn murmeln. »Sage ihr, daß ich noch eine Nacht Bedenkzeit brauche. Morgen wird sie meine Entscheidung erfahren.«

Behutsam wandte sich Helen im Sitzen um und versuchte um den Stamm herum nach den beiden zu spähen. Eben schob Sutherland mit der Rechten etwas in seine Jackentasche – zweifellos die Fetzen seines Briefes, ein breiter Streifen schaute noch aus der Tasche hervor. Neben ihm stand eine schlanke Frau mit langem, schwarzem Haar, bekleidet mit der weißen Tunika des einfachen Volkes, dabei ungemein großgewachsen für eine India. Sie wandte Helen den Rücken zu, und mehr war ohnehin nicht zu erkennen, da Mr. Sutherland in diesem Moment die Kerze in seiner Linken ausblies. Helen konnte eben noch sehen, wie er seine geheimnisvolle Besucherin zum Hoftor drängte, dann war sie wieder allein, in völliger Dunkelheit.

Minutenlang blieb sie noch hinter dem Mahagonibaum sitzen, den Kopf zur linken Schulter hin verdreht, bis ihr der Nacken schmerzte. Nur ganz langsam sickerte die Bedeutung der Szene in sie ein, deren Zeugin sie soeben geworden war. Sie beschloß, in ihrem Versteck zu verharren, bis Sutherland vom Hoftor zurückgekehrt und ins Haus gegangen wäre, und dann erst in ihre Dachkammer zu schleichen, über die Gesindetreppen, die der Hausherr niemals benutzte.

Nach endlosen Minuten wandelte Mr. Sutherlands Silhouette mondbeschienen durch den Patio, mit hängendem Kopf, über dem Wolken von Zigarrenrauch schwebten. Helens Gönner verschwand im Haus und riegelte eigenhändig ab, als ob sich die »unmäßigen Forderungen« durch Schlosserkunst abwehren ließen.

Im äußersten Winkel ihres Bewußtseins hatte Helen vorhin registriert, daß der Papierstreifen aus Mr. Sutherlands Jacke gefallen und im Schein der erlöschenden Kerze zu Boden gesegelt war. Als sie endlich hinter dem Mahagonibaum hervortrat, hob sie das Fetzchen im Vorübergehen gedankenschnell auf und schob es in den linken Ärmel ihres Quäkerkleides.

Ihren Hunger hatte sie vergessen, ebenso Schwüle oder Schlaf. In ihrer Mansarde angekommen, zündete Helen eine Lampe an und glättete den Fetzen, der von Sutherlands Hand beschriftet war.

> *Madam, verlangen Sie keine unbilligen Schritte. Alles ist zu H.s Wohl eingerichtet. Ihre Forderung ist maßlos! Eher noch Einigung in der anderen Sache möglich. Entscheidung morgen. Übereilen Sie nichts!*

O doch, genau das würde sie tun! Den Fetzen in der Hand, eilte sie stehenden Fußes in die Nachbarmansarde, wo Dorothy Harmess zweifellos seit vielen Stunden schlief. –

Ein spitzer Schrei riß Helen aus ihren Gedanken. Sie fuhr auf und sah um sich. Über der Unendlichkeit des Waldes zog fahl der Morgen herauf. Erst nach einem Moment der Besinnung dämmerte ihr, wo sie sich befand.

7

Das Floß hatte sich nahe dem rechten Ufer auf eine Sandbank geschoben, und die Wellen schaukelten das Heck gemächlich auf und ab. Neben der Asche des erloschenen Bugfeuers lag Mr. Mortimer, in eine Decke gewickelt, ein unförmiges Bündel, aus dem nur zwei Füße in schlammverkrusteten Sandalen hervorsahen und am anderen Ende ein Schopf honiggelben Haars. Auch auf der Heckseite des Floßes schien alles noch in ruhigem Schlaf zu liegen, die Pferde ebenso wie Mabo und Mr. Climpsey. Auf einem Felsbrocken mitten im Strom stand reglos ein Blaureiher. Nebelschleier wallten über Wasser und Bäumen – eine Stimmung, durchfuhr es Helen, wie zum Anbeginn der Welt.

Aber Stimmung hin oder her, sie fröstelte. In den ersten Morgenstunden wurde es offenbar selbst hier im Tropenwald empfindlich kühl. Helen stand auf und streckte sich. Noch immer fühlte sich ihre Burschenkleidung, das weite Hemd, die anliegenden Hosen, fremd auf ihrer Haut an, und wenn sie tief einatmete, drohte ihr das Tuch, das sie straff um ihren Busen gewickelt hatte, die Luft abzuschnüren. In ihrem müdigkeitstrunkenen Geist vermengte sich der Schrei, der sie eben hatte auffahren lassen, mit dem angstvollen Ruf, den Mama Doro in jener Nacht ausgestoßen hatte, als sie wie ein Geist an ihrem Bett erschienen war. Sollte sie sich diesen Schrei nur eingebildet haben?

Sie wandte sich um. Auf dem Baumwollpacken lag Mr. Thompson, der bleiche Oberkörper bis auf das Unterhemd entblößt, die langen Gliedmaßen zu einer Schnecke zusammengerollt, und sein leise pfeifender Atem verriet, daß er noch immer schlief. Sie betrachtete ihn mit einem Lächeln und stellte sich eben vor, wie sie mit ihrer Hand über Robert Thompsons stoppelbärtige Wange streichen würde, als abermals jener Schrei erklang.

Die goldhaarige Frau mit der Nonnenkutte – drei Schritte rechter Hand stand sie auf einem flachen Erdhügel inmitten der Strömung, die fromme Tracht bis über die Knie emporgerafft. Ihre katzengrünen Augen hatte sie weit aufgerissen, wenn auch nicht annähernd so weit wie ihren Mund, aus dem eine Kaskade keckernder Schreie hervorsprang. Im Wasser vor dem Erdhügel, einen halben Schritt unterhalb ihrer bloßen Füße, schwamm ein schuppiges, borkiges Etwas, das man für einen vermodernden Baumstamm hätte halten können, wären da nicht zwei Augen gewesen, die wie Gallertkugeln auf der Oberfläche trieben.

Miriam schrie und schrie, während der Alligator sich damit begnügte, aus seiner schlammbraunen Unterwelt emporzuglotzen. Endlich kamen auch die Männer zu sich, als erstes Mabo, dann Climpsey, Mortimer und zuletzt Mr. Thompson, der sich auf seiner Lagerstatt aufrichtete und verständnislos um sich sah. Während Helen verschiedene Vergleiche zwischen Miriam und dem Blaureiher anstellte, die allesamt zugunsten des Vogels ausfielen, hatte Mr. Mortimer bereits seine Flößerstange ergriffen, mit deren schlammigem Ende er nach der Panzerechse stieß. Nur Augenblicke darauf hatte er Miriam an Bord gehoben und ihr Schiff flott gemacht, das schon wieder stromabwärts schlingerte, während Mr. Thompson, seiner Miene nach zu schließen, noch immer rätselte, wie er in diese haarsträubende Lage geraten war.

Einer nach dem anderen sanken die Reisenden auf ihre Lager und in den Schlummer zurück, abgesehen von Mr. Mortimer, der seinen Posten am Bug wieder eingenommen hatte, und Miss Miriam Goldhaar. Die falsche Nonne (wenn ich für irgend etwas ein Gespür habe, dann für Falschheit, sagte sich Helen) stand seitlich neben Stephen Mortimer, die Arme unter der üppigen Brust verschränkt, und redete auf ihn ein. Was sie sprach, war nicht zu verstehen, aber ihre Miene verriet, daß sie ihren Gefährten mit Vorwürfen überschüttete. Nun, die schöne Miriam war für die Gefahren und Unbequemlichkeiten einer solchen Expedition sicher nicht geschaffen, sagte sich Helen, ohne sich allerdings verhehlen zu können, daß auch ihr selbst die Wildnis voll lauernder Widrigkeiten keineswegs geheuer war.

Aber sie wußte schließlich, wofür sie dies alles auf sich nahm: um endlich die Wahrheit herauszufinden, die Wahrheit über ihre Herkunft, nachdem Dorothy Harmess und Mr. James Sutherland sie zwanzig Jahre lang mit Lügen ummauert hatten.

Unter diesen Gedanken ließ sich Helen wieder auf ihrem Platz zu Füßen von Mr. Thompson nieder. Das Floß schaukelte auf den Wellen, und vor ihr zog die undurchdringliche grüne Wand des Dschungels vorüber, aber Helen nahm dies alles kaum mit Bewußtsein wahr.

8

»Ich hab' immer geahnt, Kindchen, daß eines Tages alles herauskommen würd'. Es stimmt schon, daß Mr. Sutherland damals dich und mich aufgenommen hat, aber nich' uns beide zusammen. Drei Jahre lang hatt' ich dem gnädigen Herrn schon hier in Sutherland House gedient, als eines Abends dies dunkle Weibsstück vor der Tür stand, an der Hand ein vier- oder fünfjähriges Indiogör, im andern Arm ein wimmerndes Bündel, Kindchen: dich.«

Zusammengesunken hockte Dorothy Harmess auf ihrer Bettkante, im dürftigen Schein der Petroleumlampe auf ihrem Nachttisch. Wie eine ungeheure Kokosnuß im Schlafrock sah sie aus, mit der braunen Masse ihres Leibes unter den grauen Haarsträhnen, die ihr wirr bis auf die Schultern hingen. Helen stand drei Schritte links von ihr, am Fenster der schlauchförmigen Kammer, in größtmöglicher Entfernung. Ihr Herz klopfte so schnell und hart, daß es sie in der Brust schmerzte. Ich werde nicht weinen, beschwor sie sich, nicht schreien, nicht die Beherrschung verlieren. Nicht, nicht, nicht!

»Sag doch was«, murmelte Dorothy. »Mr. Sutherland wollt' es so. Was hätt' ich denn machen sollen?«

Helen brachte kein Wort heraus. Der Papierfetzen lag auf dem zerwühlten Bett neben Dorothys Hand und dem durchnäßten Taschentuch, das sie in kurzen Abständen an ihre Augen führte. Dorothy hatte sich den Brief vorlesen lassen und war in Tränen ausgebrochen, noch ehe Helen mit den wenigen Zeilen fertig war.

»Vor seiner Laufbahn in White House«, sagte Dorothy schleppend, »war unser Herr 'n königlicher Offizier. Das war in den wilden Fuffzigern, Kindchen, das kann man sich heut' kaum mehr vorstellen: Alle paar Tage brachen irgendwo in der Kolonie Aufstände aus. Alle Nase lang Rebellionen, Schießereien, Überfälle auf weiße Siedler. Und dein ... dein ... also Mr. Sutherland, Helen-Kindchen, wurde mit 'nem Trupp Soldaten an die Westgrenze geschickt, drei Tagesritte tief in den Urwald, um die Anführer der dortigen Rebellen zu jagen.«

Wieder tastete Dorothy Harmess nach ihrem Taschentuch, bekam den Brieffetzen zu fassen und tupfte sich raschelnd über die Augen. »Die Indiofrau«, fuhr sie fort, »konnte nur 'n paar Brocken Englisch, aber genug, um klarzumachen, warum 'se gekommen war. ›Dein Tochter‹, sagt sie zu unserm Herrn, ›du füttern, kümmern‹, und drückt ihm das Bündel in den Arm. ›In Dorf alles tot‹, sagt sie weiter, ›dein Frau Ixpaloc auch.‹ – Damals warste zwei Jahre alt, Kindchen, aber dürr und schwach wie 'n kleines Gespenst. Ich hatt' der Frau die Tür aufgemacht und sowieso alles mitangehört. Kaum war sie gegangen, das größere Gör wie vorher an der Hand, als unser gnädiger Herr sich an mich wandte. Ich werd's nie vergessen, Helen, niemals im Leben: ›Hier, Dorothy, nimm‹, sagt er zu mir und reicht mir das Bündel mit dem Baby. ›Sorge für sie, als ob es deine eigene Tochter wäre‹, sagt der gnädige Herr. ›Es soll ihr an nichts fehlen – euch beiden nicht. Aber die Wahrheit darf sie niemals erfahren – sie nicht und niemand sonst.‹«

Wieder verfiel sie in Schweigen, und Helen, die mit dem Rücken zum weit geöffneten Fenster stand, sah Dorothy Harmess an, ihren gesenkten Kopf mit dem grauen Scheitel, und spürte auf einmal, wie Übelkeit sie befiel.

»Das Dorf«, sagte sie, »wie hieß es?«

Dorothy schaute auf, mit einem halben Lächeln der Erleichterung, da Helen endlich wieder mit ihr sprach. »Werd' ich nie vergessen, sag' ich doch, Kindchen, kein einziges Wort von allem, was damals geredet worden ist. Den zwitscherigen Indianernamen konnt' ich mir natürlich nicht merken, aber Mr. Sutherland hat mir nachher erklärt, was das Kauderwelsch bedeuten soll.«

Helen zwang sich gleichmäßig ein- und auszuatmen. Ihr Herz klopfte jetzt so rasend, daß ihr das Blut in den Ohren rauschte.

»›Rote Häsin‹ hieß es«, brabbelte Mrs. Harmess weiter, »komischer Name für 'n Buschdorf, wie? Irgendwer hat die ganze Siedlung massakriert, zwei Jahre, nachdem unser gnädiger Herr nach Fort George zurückgekommen ist. 'n wahres Wunder, ham damals alle gesagt, daß es Mr. Sutherland überhaupt noch mal aus 'm Wald rausgeschafft hat, nach seiner schweren Verletzung und nachdem sogar der Gouverneur schon geglaubt hat, daß er tot wär'. Und genauso 'n großes Wunder war's dann, daß alle in diesem Hasen-Dorf umgekommen sind – nur du nich', Helen-Kindchen, und die Frau mit dem Gör, die dich hergebracht hat.«

Helen schaffte es gerade noch rechtzeitig, sich umzudrehen. Ein galliger Schwall schoß aus ihrem Mund und ergoß sich auf die Dachschindeln von Sutherland House, als wäre soeben der Geist des Hausherrn aus ihrem Leib gefahren. –

»Henry! So heißt der Kerl doch, oder?«

Benommen sah Helen um sich. Sie glaubte den scharfen Geschmack der Galle noch auf der Zunge zu spüren, nur mühsam fand sie in die Gegenwart zurück.

»Zum Donner, willst du wohl endlich mit anpacken, du Halbaffe von einem Taugenichts!«

Neben ihr stand Mr. Mortimer, drohend über sie gebeugt, sein rundes Gesicht verfinstert vor Zorn. Dennoch dauerte es einen weiteren Moment, bis sie begriffen hatte, daß die unflätigen Beschimpfungen niemand anderem als ihr galten – *ihm* vielmehr, Henry, ihrem männlichen Ebenbild. Ehe sie etwas antworten oder gar sich aufrappeln konnte, erhielt sie einen schmerzhaften Tritt in die Seite. Sie fuhr herum: Zu ihrer Linken stand Miriam, das Goldhaar in der Morgensonne leuchtend.

»Sag ihm, er soll endlich aufstehen, Stephen«, verlangte Miriam in weinerlichem Tonfall.

Helen sprang auf die Füße, ohne den Befehl abzuwarten. Wo nur befand sich Mr. Thompson? Rasch sah sie sich um und stellte fest, daß ihr Floß bereits am rechten Ufer angelegt hatte. Mr. Thompson, Mabo und Mr. Climpsey waren eben dabei, die Pferde an Land zu führen, wo sich ein schmaler Pfad im Bambusdickicht der schroffen Böschung emporwand.

»Man muß sie rechtzeitig abrichten«, erklärte die falsche Nonne, »sonst nehmen sie sich immer mehr Frechheiten heraus.« Sie schlug Helen mit der flachen Hand ins Gesicht. »Wenn du das nächste Mal eine Lady in Not siehst, mein kleiner Affe, springst du auf der Stelle ins Wasser, verstehst du mich?«

Helen zwang sich, den Kopf vor Miriam und Mortimer zu senken, wie sie sich unzählige Male gezwungen hatte, in unterwürfiger Haltung vor James Sutherland zu verharren. »Wenn ich sie dadurch retten kann, sofort«, gab sie zurück, mit ruhiger Stimme, doch ihre Wange brannte, und ihr Herz klopfte vor Angst und Zorn.

»Auch wenn es dich dein eigenes Leben kostet?« Miriam lächelte.

»Ich stehe in Mr. Thompsons Diensten, barmherzige Schwester«, antwortete der Bursche Henry, »und was mein Herr mir befiehlt, will ich gerne ausführen.«

Helen hatte mit erhobener Stimme gesprochen, in der Hoffnung, daß Robert Thompson endlich aufmerken würde. Tatsächlich verharrte er für einen Moment, schon auf halber Höhe des Böschungspfades, und wandte sich zum Fluß in der Tiefe zurück. Mit einer Hand beschirmte er seine Augen gegen die schräge Morgensonne und sah gedankenverloren zu ihnen hinab. Dann drehte er sich wieder um und plagte sich weiter den schlammigen Pfad hinauf, seinen Wallach am Zügel hinter sich herziehend.

VIER

1

In scharfer Rechtsbiegung führte der Pfad um einen Felsbrocken herum, der mehr als mannshoch und mit Buschwerk überwuchert war, dahinter begann der Weg schroff und unvermittelt anzusteigen. Paul Climpseys Fuchsstute blieb einfach stehen, als ob die Welt hier zu Ende wäre, so daß Robert, der dichtauf gefolgt war, Mühe hatte, sein Pferd rechtzeitig zu zügeln. Erstaunt sah er den Hügel hinauf, an dessen Flanke der Weg emporklomm, von Bäumen gesäumt und mit Geröll übersät.

Als er sich umwandte, schob sich eben Mabos Schecke um den Fels. In behäbigem Trott kamen sie heran, doch der Weg hinter ihnen blieb verwaist, und Robert sah, daß die Miene Pauls, der sich gleichfalls umgewandt hatte, noch grimmiger wurde. Vor drei Tagen hatten sie das Floß am Ufer des Labouring Creek zurückgelassen, um sich zu Fuß und zu Pferde südwärts durch die Wildnis zu schlagen, und seitdem hatten sich Stephen und seine geheimnisvolle Gefährtin mehr und mehr von ihnen abgesondert. Die beiden Diener wechselten sich darin ab, das störrische Lastpferd, das ihr gesamtes Gepäck trug, mit allerlei Listen und Lockmitteln voranzutreiben. Stephen hatte darauf bestanden, daß das Packtier stets in seiner Nähe blieb, und so war auch Henry, seit er am gestrigen Mittag Mabo abgelöst hatte, von seinem Herrn getrennt. Robert vermißte seinen kleinen Diener schon jetzt ein wenig, in den letzten Tagen hatte er Henrys Nähe zu schätzen gelernt, und er befürchtete, daß Stephen und vor allem Miriam den Burschen drangsalieren würden. Aber Henry würde sich schon zu wehren wissen, dachte er dann. Der junge Mestize mochte auf den ersten Blick scheu und unbeholfen wirken, doch in den letzten Tagen hatte Henry ihn mehr als einmal durch seine stille Klugheit in Erstaunen gesetzt.

»Hier geht's entlang.« Paul deutete den Hügel hinauf. »Genauso hat Oldboy den Weg beschrieben.« Er trieb seinen Fuchs den Pfad empor, ohne sich um Roberts fragenden Blick zu bekümmern.

Kleine Geröllbrocken lösten sich unter den Tritten von Pauls Stute und kollerten den Pfad hinab. Hoch oben auf der flachen Kuppe erkannte Robert aufgetürmte Felstrümmer, glänzend im Licht der Sonne, die über dem Hügel in einem Ring aus tintenschwarzen Wolken schwebte. Wer zum Teufel ist Oldboy, dachte er. Bisher hatte er geglaubt, daß sie auf ihrem mühseligen Ritt so tief in die südliche Wildnis vorgedrungen wären wie kein Weißer, ob Europäer oder Amerikaner, vor ihnen. In den urtümlich verstrüppten Wäldern waren sie jedenfalls auf keinerlei Spuren christlicher Zivilisation gestoßen. Die wenigen Indios, denen sie im Dickicht überhaupt begegnet waren, hatten sie angestaunt, als wären sie die fahlhäutigen, wirrbärtigen Götter, die nach uralter Verheißung einst in ihrem Land eintreffen würden, zum Zeichen des Weltuntergangs.

Der Schweiß lief Robert über Stirn und Wangen, dabei hielten sie im Schatten eines gewaltigen Zapotebaums. Auch sein Unterhemd war von Schweiß durchweicht, und im Grunde, dachte er, waren seine Kleider seit ihrer Flucht aus Fort George kein einziges Mal mehr wirklich trocken geworden, da sie ständig entweder von Regengüssen durchnäßt wurden oder vom strömenden Schweiß.

Er warf einen Blick zu Mabo, der neben ihm auf seiner Schecke saß, mit unbewegter Miene. Dem Mestizen schienen Schwüle und Mühsal nach wie vor wenig zuzusetzen. Aufmerksam sah er zu ihm zurück, düster zwar, wie er stets zu blicken pflegte, aber auch mehr und mehr vertrauensvoll. Das feierliche Frackhemd, das Robert ihm auf dem Floß übergeworfen hatte, war an jenem Abend in Mabos Besitz übergegangen, und seitdem trug er das Hemd als knielange Tunika mit aufgekrempelten Ärmeln, offenem Kragen und ebenso offenkundigem Stolz.

Abermals schaute Robert über die Schulter zurück, doch von Stephen, Miriam und Henry war weiterhin nichts zu sehen. Noch am selben Tag, an dem ihm Paul von ihrem Überlebensbund erzählt hatte, dachte er, war die Freundschaft der beiden Kumpane zerbrochen oder doch gewaltig erschüttert worden. Daß Stephen die junge Frau mit auf das Floß genommen hatte, gegen seinen Willen oder ohne ihn vorher auch nur zu fragen, empfand Paul offenbar als Verrat, und Stephen schien nicht weniger erbost, daß Paul auf den Holzfäller geschossen hatte, um Mabos Leben zu retten.

Während er Paul hinterherschaute, der langsam den Hang hinaufritt, sah er vor seinem geistigen Auge noch einmal, wie Paul auf den Mann am Labouring Creek anlegte. Zugleich hob in seiner Erinnerung Stephen die Pistole, so daß er beide vor sich sah, übereinander geblendet wie in einer Camera lucida: den Hünen am Strom, der zurückgeschleudert wurde, seine Stirn zerrissen von Pauls Schuß, und den Maya-Abgesandten im Park des Gouverneurs, seine weiße Tunika, die sich auf einmal rot verfärbte, von der linken Schulter bis zum Gürtel hinab. Robert schloß die Augen und atmete langsam ein und aus. Noch hatte er den Schrecken über diese Bluttaten nicht verwunden, und in diesem Moment schien es ihm, als ob er das in ihm lauernde Entsetzen niemals mehr bändigen würde.

Als er die Augen wieder öffnete, hatte Paul eben die Kuppe des Hügels erreicht. Sein mageres rotbraunes Pferd setzte über einen Geröllbrocken am Ende des Weges, dann schwang sich Paul hinab und verschwand, die Stute hinter sich herziehend, zwischen den Trümmerstücken, die auf der Kuppe in großer Zahl verstreut schienen.

Auch sie machten sich nun an den Aufstieg. Während der letzten drei Tage hatte Robert so haarsträubende Strapazen und Hindernisse bewältigt, daß ihn selbst dieser schroffe Pfad kaum mehr schrecken konnte. Am ersten Tag, nachdem sie das Floß am Labouring Creek zurückgelassen hatten, waren sie durch schier endloses Sumpfland geritten, bis zu den Stiefeln im Morast und von Mücken gepeinigt, die in Wolken auf sie eingestürmt waren. Am zweiten Tag hatte sie sich durch unwegsames Gestrüpp vorangekämpft, so daß sie vom Morgenlicht bis zum Abenddämmer mit Macheten einen Pfad ins Dickicht hauen mußten. Heute vormittag schließlich waren sie in ein wild zerklüftetes Gebirge gelangt und Meile um Meile über schroffe Abhänge, Geröllfelder und Saumpfade geritten, der erbarmungslosen Sonne ausgesetzt und vor Durst beinahe verschmachtend. Erst am Nachmittag hatten sie das Gebirge hinter sich gelassen, allmählich hatte sich das Land wieder abgesenkt, mit Buschwerk und Bäumen bedeckt. Die Luft war wieder feuchter und drückender geworden, und seit einigen Stunden waren sie erneut von wucherndem Regenwald umschlossen, auf schmalen Pfaden, die ein Wirrwarr aus Ästen und Stämmen, Lianen und fleischigem Blattwerk umgab.

Während all dieser Tage hatten sie sich fast nur durch Blicke und Gesten verständigt und kaum ein Dutzend Worte miteinander gewechselt. Paul war meist in sich gekehrt gewesen, in grimmiger Stimmung, und die beiden Diener, Mabo und Henry, legten ohnehin fast immer stoische Schweigsamkeit an den Tag. Zumindest Stephen und Miriam hatten anfangs noch die bedrückende Stille unterbrochen, tuschelnd nach der törichten Art von Verliebten. Aber die beiden hatten sich bald schon weit zurückfallen lassen und waren jeweils erst am späten Nachmittag wieder zu ihnen gestoßen. Auch ihr Nachtlager hatten sie abseits errichtet, wenn auch nah genug, daß Miriams selbstvergessenes Seufzen und Stephens katerhaftes Schnauben durch den nächtlichen Dschungel herüberdrangen. Wenn Paul und Stephen, dachte Robert nun, nicht bald wieder miteinander sprachen, würde sich die aufgestaute Bitterkeit über kurz oder lang in einer Gewalttat entladen.

Unter diesen Gedanken ritt er den Hügel hinauf, fast ohne die stolpernden Schritte seines Wallachs oder das helle Sirren zu bemerken, mit dem immer wieder kleine Steinbrocken unter den Pferdehufen hervorsprangen. Auf der Kuppe angelangt, glitt Mabo von seinem Pferd und machte sich gleich daran, die Tiere mit Futter und Wasser zu versorgen, das sie in Ledersäcken mit sich führten. Auch Robert sprang von seinem Pferd, reichte Mabo die Zügel und schaute um sich, im ersten Moment zu müde und benommen, um zu begreifen, was er vor sich sah.

Die Kuppe des Hügels war flach wie eine Tafel, ein Geviert von vielleicht zehn auf fünfzehn Schritten, mit gewaltigen Trümmern bedeckt. Schlamm, Gras und Buschwerk überzogen die Steinbrocken, die so willkürlich auf der Fläche verstreut und so unförmig schienen, daß vielleicht nicht einmal Catherwood auf den ersten Blick erkannt hätte, worum es sich bei dieser Stätte handelte.

Robert ging einige Schritte weiter, zwischen den Trümmerstücken hindurch, auf die gegenüberliegende Seite des Hügels zu, und da erst begriff er, mit einem Schlag, und erstarrte förmlich in der Bewegung.

Tief unter ihnen, auf einer ovalen Lichtung, von dichtem Wald umgeben, lag ein kleines Dorf, kaum zwei Dutzend Hütten, im Hintergrund ein Langhaus, dahinter eine Schlucht, in der ein gischtender Wildbach zu erahnen war. Der Himmel hatte sich verfinstert, wie an jedem Nachmittag, doch durch eine Lücke in den Wolken fiel ein dicker Sonnenstrahl und hüllte die Lichtung in eine Säule aus Gold. Zwischen den Hütten sprangen winzige Gestalten umher, Kinderstimmen schallten zu ihnen empor, und Robert, der unverwandt auf die Lichtung hinabsah, wurde die Kehle eng, und sein Herz begann zu klopfen, als wäre er in der Fremde verirrt gewesen und kehrte nun endlich heim.

»Gehen wir hinunter«, sagte er, »worauf warten wir?« Und dann ging er los, ohne sich um Paul oder Mabo zu kümmern, ohne auch nur an sein Pferd zu denken, und schritt Stufe um Stufe hinab, auf der gewaltigen Freitreppe, die wohl hundertfünfzig Fuß messen mochte und teilweise verfallen war, die Stufen zerbröckelt, trotzdem war noch gut zu erkennen, wie prachtvoll diese Treppe einst gewesen sein mußte. Edelleute mochten sie hinabgeschritten sein, dachte Robert, und Priester in feierlicher Prozession, und ihm war, als wäre seine Traumwelt nun endlich wahr geworden, während er weiter und weiter hinablief, der Siedlung entgegen, die zu Füßen der gewaltigen Pyramide lag und von Menschen bewohnt wurde, sagte sich Robert, für die die Überlieferung ihrer majestätischen Vorfahren noch lebendige, tagtäglich erlebte Wirklichkeit war.

2

Er trat von der untersten Stufe der Pyramide auf den Hauptweg, der sich schnurgerade durchs Dorf zog, zwanzig Fuß breit und von Hütten gesäumt. Es waren dürftige Holzbauten, wie er nun erkannte, von rundlicher Form, aus dünnen Baumstämmen errichtet, die nebeneinander in den Boden gerammt und mit Stroh oder Bambus gedeckt waren. Doch das Dorf bot ein friedliches Bild, mit den Palmen am Wegrand, die scharf gegliederte Schatten warfen, und den Orangenbäumen und Bananenstauden überall zwischen den Hütten. Der Weg, aus gestampftem Lehm, war reinlich gekehrt, und ein aromatischer Geruch erfüllte die Luft, bittersüß wie frischer Kakao.

Dennoch verspürte er ein Unbehagen, als er langsam weiterging, zwischen den Hütten auf das Langhaus zu, das am Ende des Dorfes quer auf dem Weg stand, wie ein Riegel vor der Schlucht. Seltsam war allerdings, daß sich weit und breit niemand sehen ließ. Vom First der Pyramide aus hatte er vielfältiges Leben wahrgenommen, umherspringende Hunde, spielende Kinder, Frauen, die zwischen den Hütten im Kreis beisammen saßen. Jetzt dagegen wirkte das Dorf wie ausgestorben, um so abweisender, als der Himmel sich noch mehr verfinstert hatte und in der Ferne bereits erstes Donnergrollen erklang.

Zögernd ging Robert weiter. Auf einmal war ihm, als ob er beobachtet würde, von lauernden Augenpaaren, die links und rechts durch Ritzen in den Hüttenwänden spähten. Eben wollte er sich umwenden, zu Paul und Mabo, als rechter Hand aus einer Hütte vier, sechs, sieben Gestalten hervorsprangen, nackt bis auf den traditionellen Schurz der Maya, sehnige Leiber, kakaobraun und die Mienen so finster, daß er zusammenfuhr.

Er blieb stehen. Im Nu waren sie heran und bauten sich vor ihm auf, die Arme vor der Brust verschränkt oder die Fäuste auf den Hüften. Verwundert erkannte Robert, daß es Jünglinge waren, mit glatten, jungen Gesichtern. Der Älteste mochte siebzehn Jahre zählen, der Jüngste schien beinahe noch ein Kind, mit schmalen Schultern und großen Augen, doch als Robert ihn anlächelte, schaute der Junge so drohend zurück, daß er unwillkürlich die Lider senkte.

»Ich grüße euch und komme in Frieden«, sagte er dennoch, eine Formel, die er sich vor Jahren zurechtgelegt hatte für den erhabenen Augenblick, da er, wie einst Catherwood, erstmals den Nachfahren der Maya gegenübertreten würde.

Sie starrten ihn nur an, reglos, die Augen zusammengekniffen, die Lippen vorgewölbt, ein so malerischer Anblick, daß er den Drang verspürte, sie zu zeichnen. Er wandte sich um, zur Pyramide zurück. Was für ein grandioses Bauwerk, dachte er, sie mußte mehr als hundertfünfzig Fuß hoch sein, die Fassade hier und dort beschädigt, die Stufen der gewaltigen Treppe teilweise zerbröckelt, aber das Bauwerk selbst schien unversehrt. Paul war noch damit beschäftigt, die Stufen hinabzusteigen, er mochte auf halber Höhe der Treppe sein oder ein wenig weiter, während Mabo, noch ganz oben auf den allerersten Stufen, sich mit den Tieren abmühte, denen die steile, so unabsehbar tief abfallende Treppe nicht geheuer schien.

Der Himmel hatte sich unterdessen gänzlich verfinstert, ein leichter Luftzug war aufgekommen, und das Donnergrollen war lauter geworden. Verwundert fragte sich Robert, in den Anblick der Pyramide versunken, wieso er nicht gleich erkannt hatte, daß es sich bei dieser mächtigen Erhebung keinesfalls um einen natürlichen Hügel handeln konnte. Die Nordseite der Pyramide, der sie sich zuerst genähert hatten, war zwar mit Schlamm bedeckt, mit Buschwerk und Bäumen bewachsen, aber Catherwood hatte Dutzende solcher Formationen gezeichnet, die sich allesamt als schlammbedeckte Pyramiden oder Paläste erwiesen hatten, viele von ihnen mit Steintrümmern auf den Dächern, ähnlich den Brocken auf dem First dieser Pyramide, Überresten eines uralten Tempels, wie er nun dachte. Er würde mit den jungen Mayakriegern dort hinaufsteigen, beschloß er, gleich nach dem Regenguß, spätestens morgen, um sie dort oben zu zeichnen, zwischen den Tempeltrümmern, da erhielt er einen Schlag auf die Schulter und fuhr herum.

Die Burschen hatten sich noch enger an ihn herangeschoben, jetzt traten einige hinter seinen Rücken, und ehe er sich versah, begannen sie ihn voranzutreiben, mit Tritten und Püffen auf das Langhaus zu.

»Was soll das«, sagte er, »was wollt ihr von mir?«

Ohne ein Wort, nur mit Tritten und Hieben, trieben sie ihn weiter, zwischen den Hütten entlang, aus denen nun zahlreiche Menschen hervorkamen, Greise, Kinder, Frauen. Sie alle starrten ihn an, lauernd, mit reglosen Mienen, ohne ein Lächeln, dachte Robert, dem immer mulmiger wurde, dabei flößten ihm die kriegerischen Jünglinge nur wenig Angst ein. Sehr viel mehr als die Stöße und Püffe, die nicht wirklich schmerzhaft waren, beunruhigte ihn, daß es in diesem Dorf nur Alte, Kinder, Frauen und diese Burschen zu geben schien, überhaupt keine Männer, dachte er, als ob die Väter dieser Jungen allesamt verschleppt worden wären.

Plötzlich blieb er stehen, so unvermittelt, daß die Burschen hinter ihm gegen seinen Rücken prallten. Dicht vor ihm stand der jüngste Krieger, ein Halbwüchsiger noch, mehr als einen Kopf kleiner als er.

»Oldboy«, sagte er versuchsweise zu dem Jungen, der so finster wie möglich zu ihm emporstarrte, »ist Oldboy hier im Dorf?«

Natürlich verstand der Junge die Frage nicht, doch es schien Robert, als hätten sich seine Augen für einen winzigen Moment geweitet, als er den Namen hörte.

»Hat Oldboy etwas mit dem Verschwinden eurer Männer zu tun?« Er sah von einem zum anderen, in die Gesichter der Burschen, die ihn in finsterem Schweigen umringten, und zu den Alten und den Frauen hinüber, die vor den Hütten standen, so starr wie Steinskulpturen. Zweifellos hatten sie auch diese Worte nicht verstanden. Anstelle einer Antwort erhielt er nur einen weiteren Stoß in den Rücken, kräftiger diesmal, so daß er vorantaumelte, keuchend vor Überraschung und Schmerz.

Nun bekam er es doch mit der Angst zu tun. »Mabo!« Er rief es, mit gepreßter Stimme, zu leise, um sich bemerkbar zu machen. Er wollte sich umwenden, zu seinen Gefährten, doch die Burschen hatten ihn so eng umzingelt, daß er in der Drehung stockte und nur über die Schulter einen raschen Blick nach hinten werfen konnte. Zugleich stießen sie ihn abermals in den Rücken, und so wankte er weiter voran, zwischen Hütten und Palmen, in einem Turm aus Leibern auf das Langhaus am Ende des Dorfes zu, dabei seinen Hals krampfhaft nach hinten verdrehend, zur Pyramidentreppe, auf der Paul noch immer hinabstieg, gestikulierend und auf Mabo einredend, der zu ihm aufgeschlossen hatte.

Doch aus der Entfernung war nichts zu verstehen, zumal die Mayaburschen ihn immer rascher, mit Tritten und Püffen, durch die Siedlung stießen und ihr Atem ihm in den Ohren fauchte, und dann erhielt er einen heftigen Schlag auf den Hinterkopf und sah eben noch, wie Paul und Mabo am Fuß der Pyramide sich auf ihre Pferde schwangen und auf die Siedlung zupreschten, während am Himmel ein Donnerschlag erschallte, dann wurde es schwarz um ihn.

3

Als Robert zu sich kam, lag er der Länge nach auf dem Rücken, mitten auf dem Dorfweg, und der Regen prasselte auf ihn herab. Die Tropfen trommelten in sein Gesicht, mit solcher Gewalt, daß es wie Salven kleiner Ohrfeigen schmerzte, und er spürte förmlich, wie er zollweise immer tiefer im Schlamm versank. Er hatte Mühe zu atmen, aber das lag nicht an den Wasserfluten, die auf ihn niederstürzten, und auch nicht an dem hämmernden Schmerz in seinem Schädel.

Ohne seinen Körper oder auch nur seinen Kopf zu bewegen, sah er behutsam um sich, indem er lediglich die Augen verdrehte. Der schmale Bursche, der eben noch vor ihm gestanden hatte, kniete nun neben ihm im Schlamm, knapp oberhalb seines Kopfes, die Linke in seine Haare gekrallt, während er mit der Rechten ein Messer an seine Kehle drückte. Vor Angst oder Anspannung zitterte die Hand des jungen Kriegers, so daß auch die Klinge auf seiner Kehle bebte. Zu seinen Füßen saß Paul, mit verachtungsvoller Miene, das Repetiergewehr im Anschlag. Auch Paul troff vor Nässe, sein Schnauzbart hing herab, das Hemd war so durchgeweicht, daß seine Rippen hervorstachen. Die anderen Mayaburschen waren zum linken Wegrand zurückgewichen, wo sie in erstarrter Haltung standen, ihre Blicke auf den Gewehrlauf gerichtet, der auf sie zielte. Doch immer wieder sahen sie auch zu ihrem Gefährten hinab, der den hingestreckten weißen Mann kaltblütig in Schach hielt.

Robert fühlte sich unerwartet gelassen, dabei war ihm nur allzu bewußt, daß sein Leben auf dem Spiel stand. Zwei Schritte hinter ihm, so weit entfernt, daß er ihn nur mit stark verdrehten Augen sehen konnte, stand Mabo, ein wenig vorgebeugt, in angespannter Haltung, die Augen zusammengekniffen, tropfnaß auch er. Robert war sich nicht sicher, von wem im Moment größere Gefahr ausging, von dem Burschen mit dem Messer oder von Paul und Mabo, die auf einen Befreiungsschlag zu lauern schienen.

»*Puul lomik!*« bellte Paul eben zum dritten oder vierten Mal, wobei er mit der ausgestreckten Linken auf das Messer wies, »*puul lomik!*«, was sicherlich »weg mit dem Messer« oder etwas Ähnliches hieß. Aber der Junge reagierte überhaupt nicht oder allenfalls, indem er die Klinge noch fester, noch zitternder auf Roberts Hals drückte.

Der Regen toste herab, aus tintenschwarzem Himmel, und als wollte er sie beide vor den Fluten schützen, beugte sich der Bursche nun noch tiefer über ihn, so daß ihre Augen sich ineinander bohrten.

»Wer zum Teufel ist Oldboy«, sagte Robert leise, ohne seinen Blick von dem jungen, überaus finsteren Gesicht über ihm zu lösen. »Das wollte ich dich vorhin schon, auf der Pyramide, fragen, Paul.« Der Bursche über ihm runzelte die Brauen, und Robert senkte besänftigend die Lider und wartete einen Moment, ehe er mit betont ruhiger Stimme weitersprach. »Und warum Stephen oder du niemals erwähnt habt, was es mit diesem Dorf hier auf sich hat.«

»Weil wir selbst keine Ahnung hatten, verflucht!« Paul fuchtelte mit seinem Gewehr. »Natürlich wußten wir, daß die *British Mahogany Company* einen Trupp Scouts und Kartographen hier herausgeschickt hat, unter Führung von Oldboy. Sie sollten die Landkarten vervollständigen, die für diese Gegend noch reichlich lückenhaft sind, und vor allem ergiebige Mahagonigründe ausfindig machen.«

»Und weiter?« fragte er, indem er unverwandt den jungen Burschen mit dem Messer ansah. »Was ist mit diesem Oldboy passiert? Und was hat er mit den Männern aus dem Dorf hier angestellt?« Er versuchte beruhigend zu lächeln, aber der Junge schaute so drohend zurück, daß er es vorzog, für einen Moment wieder die Lider zu senken.

»Na, was wird er schon angestellt haben«, fuhr Paul fort, »er wird die nackten Affen in den Wald getrieben haben, zum Holzschlagen, was sonst?« Er unterbrach sich und fuchtelte mit dem Gewehr in Richtung der Burschen am Wegrand. Einige von ihnen hatten sich bewegt, doch nun erstarrten sie wieder und begnügten sich damit, ihre Blicke zwischen Paul und ihrem Gefährten am Boden hin- und herhuschen zu lassen.

»Weiter, Paul«, sagte Robert. Der Regen stürzte auf sie nieder. Er hatte den Eindruck, daß der Weg unter ihm immer weicher wurde und er tiefer und tiefer im Schlamm versank.

Paul striegelte sich mit gespreizten Fingern die Haare aus der Stirn und schnaufte. »Oldboy und sein ganzer Trupp«, fuhr er mit hörbarem Widerstreben fort, »sind seit einem Monat überfällig. Anfang Juli hätten sie zurück sein sollen, im Victoria Camp. Und da bekamen Stephen und ich eben den Auftrag, einmal nachzusehen, was es mit dieser Verspätung auf sich hat, und notfalls auf eigene Faust neue Schlaggründe für die Company zu suchen. Und da dieses Affendorf hier sozusagen auf unserem Weg liegt …« Er malte mit seiner Flinte einen Schnörkel in die Luft und verstummte.

Aus dem Gras am Wegrand sprang auf einmal ein kleiner brauner Frosch und landete mit einem Satz auf Roberts Hand, die im Schlamm lag, die Handfläche nach oben. Robert zuckte zusammen, als er die kalte Berührung spürte, und der Frosch machte einen weiteren Satz und verschwand wieder im Gras. Nur einen Augenblick später hörte es auf zu regnen, und über ihnen riß die Wolkendecke auf.

»Und diesen Auftrag wolltet ihr vor mir geheimhalten?« fragte Robert. »Warum?« Er schluckte behutsam und spürte, wie sich die Klinge stärker gegen seinen Kehlkopf drückte.

»Na, warum wohl – weil du eben eine verfluchte Memme bist!« stieß Paul hervor. »Glaubst du etwa, daß du mit uns gekommen wärest, wenn Stephen oder ich dir verraten hätten, daß die weißen Männer hier draußen dutzendfach von Affen massakriert werden?« Er biß sich auf die Unterlippe und verstummte.

Robert fühlte sich noch immer seltsam ruhig, als betreffe all das hier nicht ihn, sondern einen beliebigen Fremden. Er sah in das kakaofarbene Gesicht hinauf, das zehn Zoll über ihm schwebte und über dem die Sonne wieder vom Himmel brannte, daß Pfützen und Schlamm, ihre triefnassen Kleider und selbst die Haare des Jungen dampften.

»Hör mir zu, Paul«, sagte er langsam. Wieder schluckte er behutsam und spürte, wie sich sein Adamsapfel gegen die Schneide drückte. »Stephen und du braucht meine Hilfe, denn ohne mich kommt ihr niemals an den Schatz. Um mich hier herauszulocken und zu erpressen, habt ihr mich von Anfang an angelogen und absichtlich in Mordverdacht gebracht.«

Sein Herz begann heftig zu klopfen, aber es war ein gleichmäßiges, starkes Pochen, wie ihm schien. Allerdings wurde auch der Schmerz in seinem Schädel immer ärger. Sie mußten ihm mit einem harten Gegenstand, dachte er, mit einem Stein oder dem Messergriff, auf den Kopf geschlagen haben. Um das Gesicht des Jungen herum nahm er auf einmal einen leuchtenden Umriß wahr, drei unregelmäßige Farbschichten, innen rot, dann türkis, außen goldgelb gleißend, deren Ränder sich flackernd miteinander vermischten, wie die Aura von Engeln auf alten Gemälden.

»Ich hatte es längst geahnt«, fuhr er fort, »nur wollte ich es nicht wahrhaben. Aber jetzt ist auf einmal alles klar«, sagte er und sah in das Gesicht über ihm, das auf rätselhafte Weise verwandelt schien. Er hätte nicht sagen können, inwiefern verwandelt, immer benommener wurde ihm, als werde er gleich wieder das Bewußtsein verlieren, oder als ob er schon davongleite, im Kanu, auf dem New River seines Traums.

»Hör mir zu, Paul«, wiederholte er schleppend. »Es sind keine Affen, es sind Maya, was in ihrer Sprache einfach *Mensch* heißt, wie du sicher weißt. Und das ist meine Bedingung, Paul, nenne sie nie wieder Affen«, murmelte er, in das wunderschöne Gesicht starrend, das auf einmal über ihm schwebte, so nah, daß ihre Lippen beinahe seinen Mund berührten.

Es war das Gesicht der jungen India, der er in Belize Town gefolgt war, kein Zweifel, dachte Robert, mit den vollen Lippen, der ein wenig aufgestülpten Nase. Ihre Augen, braun und mandelförmig, sahen unverwandt auf ihn herab, ernst und voll Erwartung, wie ihm schien.

Als sie die Lippen öffnete, roch er zuerst nur ihren Atem, frisch, ein wenig herb. Wie Minze, dachte er und lauschte dann, lächelnd vor Verwunderung, dem hellen Singsang, der aus ihrem Mund drang, melodisch wie Vogelzwitschern.

»Was heißt das?« fragte er und verdrehte die Augen nach hinten, auf der Suche nach Mabo. Doch hinter ihm war niemand mehr, nur der menschenleere, vor Schlamm und Pfützen glitzernde Weg, und als er wieder nach oben schaute, schwebte über ihm aufs neue das Gesicht des jungen Mayakriegers, der vor Anspannung keuchte. Wie kann es nur sein, dachte Robert, und was hat es zu bedeuten, daß mir immer wieder diese Mayafrau erscheint?

Da vernahm er einen erstickten Laut, benommen sah er an dem Burschen vorbei, zu Paul, der noch immer bei seinen Füßen stand, das Gewehr in der Hand, und auf einmal die Arme emporriß und zu taumeln begann, als ob ihn die Fallsucht überkäme. Vor ihm, bäuchlings im Schlamm, lag einer der Mayaburschen und zerrte an seinen Fußknöcheln. Paul feuerte einen Schuß in die Luft ab, dann fiel das Gewehr klatschend zu Boden, er wurde von den Füßen gerissen und fiel mit einem Fluch hintenüber, auf den Rücken, worauf gleich drei der Burschen sich auf ihn warfen und mit Fäusten und Knien seinen Widerstand brachen.

4

Wo war Mabo?

Robert fragte es sich zum wiederholten Mal, mit wachsender Angst, während er in dem Langhaus umhersah. Es bestand aus einem einzigen, gänzlich kahlen Raum, der etwa zehn auf zwanzig Schritte maß. Durch Ritzen in den hölzernen Wänden sickerte Dämmerlicht ein, und er schätzte, daß es fünf Uhr abends war, nicht mehr lange, und die Dunkelheit würde hereinbrechen. Wenn es Mabo gelungen war, aus dem Dorf zu fliehen, dachte er, konnte er Stephen abpassen, und gemeinsam würden sie versuchen, Paul und ihn zu befreien, morgen oder sogar schon im Verlauf der Nacht. Falls die Mayakrieger aber auch den Mestizen überwältigt hatten, mußten sie das Schlimmste befürchten.

Seine Handgelenke schmerzten, und seine Finger fühlten sich so taub an wie seine Zehen. Er saß auf dem blanken Lehmboden, die Hände hinter dem Rücken an einen der massiven Pfähle gefesselt, die das strohgedeckte Dach des Langhauses stützten. Auch seine Fußknöchel waren zusammengebunden, mit speckigen Lederriemen und so eng, daß sich das Blut in den Gelenken staute.

Drei Schritte rechts von ihm saß Paul, in der gleichen Weise an einen Pfahl gefesselt und noch immer ohne Bewußtsein. Paul schien übel zugerichtet, soweit dies im ungewissen Licht zu erkennen war. Sein Kopf war auf die Brust gesunken, die linke Wange blutig verfärbt, das Auge darüber zugeschwollen. Doch er war am Leben, dachte

Robert, denn ab und an stieß er einen Seufzer aus, und einmal hatte er sogar »Stephen« gemurmelt.

Immer wieder bewegte Robert seine Finger und Zehen hin und her, um das taube Gefühl aus seinen Gliedmaßen zu vertreiben. Dagegen versuchte er seinen Kopf möglichst nicht zu rühren, der immer noch schmerzte von dem Schlag, den einer der Burschen ihm auf den Hinterkopf versetzt hatte. Er glaubte zu spüren, daß dort hinten, oberhalb seines rechten Ohrs, eine Wunde klaffte, aus der Blut sickerte, in dünner Spur bis in den Nacken hinab. Aber vielleicht war es auch einfach Schweiß, der ihm dort hinunterlief, obwohl es hier drinnen leidlich kühl war. Jenseits der hinteren Holzwand toste der Wildbach vorüber, den er vorhin vom First der Pyramide aus gesehen hatte, wie er sich schäumend durch die Felsschlucht ergoß.

Je mehr Zeit verstrich, ohne daß auch noch der Mestize, geschunden und gebunden, zu ihnen hereingeschleppt wurde, desto höher stieg seine Hoffnung. Vielleicht aber, dachte er dann, hatten sie auch ihn längst überwältigt und nur in einer anderen Hütte eingesperrt. Auf einmal verspürte er den Wunsch, für das Gelingen von Mabos Flucht zu beten, doch dann zögerte er, unschlüssig, an welche Wesenheit er seine Bitte richten sollte. An den Gott des Abendlandes sicher nicht, dachte er, den hellhäutigen Himmelsherrn, den Mrs. Molton oder seine eigenen Eltern voller Selbstgewißheit anzurufen pflegten. Doch auch die Gottheiten der Maya schienen ihm nicht die rechten Adressaten, zumal er von der Beschaffenheit dieser Geister nur verworrene Vorstellungen hatte.

Er bewegte seine Finger hinter seinem Rücken hin und her und beobachtete dabei den Wächter, der ein Dutzend Schritte links von ihm im Eingang des Langhauses stand, schmalschultrig und reglos neben seinem aufgepflanzten Speer. Es war der junge Krieger, der ihn vorhin mit dem Messer in Schach gehalten hatte und dem vielleicht deshalb auch die Rolle zugefallen war, die Gefangenen zu bewachen. Ab und an tat er einige Schritte in den Raum hinein und musterte ihn drohend, und dann glaubte Robert jedesmal zu sehen, wie seine Augen leuchteten, zweifellos vor Stolz.

Er lauschte auf die abendlichen Geräusche des Dorfes, und sie klangen so friedlich in seinen Ohren, daß ihm die Gefahr, in der sie schwebten, momentweise ganz unwirklich schien. Hühner gackerten, ein Schwein quiekte, und Kinder lachten mit hellen Stimmen auf. Der kräftige Geruch frisch gebackener Tortillas wehte von den Hütten herüber, so daß sich sein Magen zusammenzog. Seit ihrer Mittagsrast hatten sie nichts mehr gegessen, und es hatte nicht den Anschein, als ob die Krieger ihre Gefangenen verköstigen wollten.

Was war mit den Vätern und Onkeln dieser Jünglinge geschehen, fragte er sich wieder, und wohin nur mochten Oldboy und seine Leute verschwunden sein? Für einen Moment sah er abermals die verstümmelten, gräßlich zugerichteten Leichen vor sich, die er in Pauls Glas erblickt hatte, ihre schaumig verquollenen graurosa Maskengesichter, und sein Herz begann hart und holpernd zu schlagen. Es mußte einen Zusammenhang zwischen der Abwesenheit der erwachsenen Krieger und dem Verschwinden von Oldboy und seinen Leuten geben, dachte er. Vielleicht bestand dieser Zusammenhang ja tatsächlich einfach darin, daß sie die Krieger »zum Holzschlagen in den Wald getrieben hatten«, wie Paul sich ausgedrückt hatte. Aber das erklärte nicht, warum allem Anschein nach weder Oldboy mit seinem Trupp erfahrener Scouts und Kartographen noch die Männer des Dorfes jemals aus dem Wald zurückgekehrt waren.

Aufs neue kroch die Angst in ihm empor, und er zwang sich, ruhig ein- und auszuatmen. Die Nacht sank herab, so rasch wie an jedem Abend in den Tropen. Die Lichtschimmer vor den rissigen Holzwänden wurden fahler, der Tortillageruch vermischte sich mit dem Duft gebratenen Hühnerfleischs. Die Vögel ringsum im Urwald begannen ihr abendliches Kreischen und Zetern, das jeden anderen Laut übertönte, selbst das Tosen des Wassers in der Schlucht.

Robert lauschte auf ihr zehntausendstimmiges Crescendo, und wie so oft, wenn er dieses Kreischen der Wildnis hörte, verwirrten sich seine Gedanken, und er verfiel in traumhaftes Dämmern. Mary trat vor sein geistiges Auge, seine verlassene Verlobte, im taillierten Promenadenkleid erschien sie vor ihm, und eine meterlange Schleppe schleifte hinter ihr her. Das Kostüm einer Königin, dachte er, aber wie kalt ihre Augen ihn ansahen, abschätzig, berechnend, und ihr Korsett war so eng geschnürt, daß sie kaum Luft bekam. Genauso hatte sie versucht, auch ihm die Atemluft abzuschnüren, nicht etwa durch Umarmungen, sondern durch das Korsett ihrer Forderungen, Gewohnheiten und Traditionen, das sie ihm umgeworfen hatte. Doch er hatte sie weggestoßen, sich das Korsett vom Leib gerissen, wie er sich nun sagte, buchstäblich im letzten Moment. Während Marys knochige Gestalt mit den kalten, wasserhellen Augen vor ihm verblaßte, schwoll draußen das Kreischen der Vögel immer noch lauter an, als ob hunderttausend Narren mit sich überschlagenden Kopfstimmen gleichzeitig ihren Irrsinn aus sich herauskreischten. Auf einmal war ihm, als ob andere Stimmen, dunkler, zornig, sich dazwischenmischten. Der Mestize, dachte er, und das Herz wollte ihm stehenbleiben, denn in diesem Moment trat der Wächter vor dem Eingang beiseite, und zwei Krieger schleppten Mabo herein, der an Händen und Füßen gefesselt war und sich gleichwohl mit aller Kraft gegen seine Peiniger wehrte.

Sie schleiften ihn zu einem Pfahl drei Schritte links von Robert und stießen ihn zu Boden. Als Mabo sich weiterhin sträubte und lauthals schrie, beugte einer der Krieger sich über ihn und schlug ihm mit der Faust gegen den Kopf. Der Mestize verstummte mit einem Seufzer, und nun lehnten sie seinen schlaffen Oberkörper gegen den Pfahl, banden ihn genauso fest, wie auch Robert und Paul gefesselt worden waren, die Hände hinterrücks an den Pfahl geschnürt, und gingen wieder nach draußen, ohne sich weiter um ihre Gefangenen zu bekümmern.

»Mabo?« Robert flüsterte es und lauschte, doch er erhielt keine Antwort. Er versuchte es noch einmal und ein drittes Mal, nachdem eine halbe Stunde verstrichen sein mochte, aber umsonst. Der Mestize lag, ebenso wie Paul, in tiefem Schlaf.

Längst war das Kreischen der Vögel wieder verstummt, stockfinster war es nun in dem fensterlosen Raum. Zu Roberts Seiten murmelten und seufzten Paul und Mabo, nur er selbst fand keinen Schlaf. Ein Feuer war vor dem Eingang des Langhauses entzündet worden. Er beobachtete die zuckenden Silhouetten ihrer Wärter, und in seinem Kopf zuckten Gedanken und Erinnerungsbilder ebenso unstet im Kreis.

Ob Stephen in der Nacht doch noch kommen würde, sie zu befreien? Oder hatten er und Miriam eine andere Möglichkeit gefunden, sich des Schatzes zu bemächtigen, und daher beschlossen, sie ihrem Schicksal zu überlassen? Unmöglich, dachte er, zumindest Paul, seinen Freund aus frühen Tagen, würde Stephen nicht einfach im Stich lassen. Und wie sonst wollten sie den Schatz aufspüren, wenn nicht mit Hilfe jenes Lageplanes, der in der Glyphenschrift der alten Maya beschriftet war? Nein, sagte er sich, solange sie glauben, daß ich die Schrift entziffern kann, werden sie keine Gefahr scheuen, um uns zu befreien.

Doch je weiter die Nacht voranschritt, desto unruhiger wurde er. Sein Mund war wie vertrocknet, nicht nur, weil er seit Stunden nichts getrunken hatte, mehr noch vor nackter, die Kehle ausdörrender Angst. Es war eine Sache, sich in traumhaften Bildern auszumalen, wie man in der Wildnis willenlos unterging, doch etwas ganz anderes, dem eigenen Sterben entgegenzusehen, der Abschlachtung seines Leibes, womöglich unter grauenvollen Schmerzen, die diese jungen Krieger ihnen zufügen würden, mit urtümlicher Grausamkeit.

Er stellte es sich vor, und das Herz klopfte ihm bis hinauf in die Kehle. Wenn die Bewohner dieses Dorfes, dachte er, Oldboy und seine Männer getötet hatten, würden sie nicht zögern, sich ihrer ebenso zu entledigen. Und wenn Oldboy die erwachsenen Krieger des Dorfes verschleppt und vielleicht sogar ihren Tod verschuldet hatte, würden ihre Söhne an ihnen dreien blutige Rache nehmen. Oldboy, was für ein törichter Name, dachte er dann, er erinnerte ihn an irgend jemanden, aber an wen nur? Einen Moment lang grübelte er darüber, doch es fiel ihm nicht ein. So oder so sah es übel für sie aus, dachte er und lauschte in die Dunkelheit hinaus, mit klopfendem Herzen, Stunde um Stunde, bis er in der Morgendämmerung endlich in unruhigen Schlaf sank.

5

Sie packten ihn unter den Achseln und zerrten ihn in die Höhe, so daß er mit dem Rücken schmerzhaft den Pfahl hinaufschrammte. Ehe er auch nur ahnte, wie ihm geschah, wurde eine Schlinge um seinen Hals geworfen, ein daumendickes Seil. Vor ihm stand der junge Krieger, der ihn gestern überwältigt hatte. Sein Blick bohrte sich in Roberts Augen, und jetzt schwang er das Seil und warf es zum Dach hinauf, über einen querlaufenden Balken. Er ergriff das herabfliegende Ende und zog es mit der gleichen Bewegung so heftig zu sich herunter, daß Roberts Kopf emporgerissen wurde und die Schlinge ihm mit einem Ruck die Luft abschnitt.

Robert vernahm ein Röcheln und begriff dann erst, daß er selbst es ausgestoßen hatte. Lichter tanzten vor seinen Augen, und wie eine Fledermaus stob in ihm die Angst empor. Um den furchtbaren Druck auf seine Kehle und das Ziehen an seinem Nacken zu mindern, hob er sich auf die Zehenspitzen und reckte das Kinn, so hoch es nur ging. Sein Mund hatte sich geöffnet, und er hörte sich gurgelnd ein- und ausatmen. Zu seinen Seiten standen Mabo und Paul, ebenso erbarmungslos emporgerissen, ihre Köpfe in Schlingen, die Hälse so eng umschnürt, daß Mabo keuchend atmete und Paul die Augen aus den Höhlen quollen.

Einige Schritte hinter den jungen Kriegern, an der Schmalseite des Langhauses, bemerkte er jetzt ein Podest, mit Fellen verkleidet, kniehoch und mehrere Schritte breit. Der neue Tag war längst angebrochen, mit strahlendem Sonnenschein, der durch das Türloch drang und den vorderen Teil des Raumes erhellte. Obwohl das Podest selbst im Schatten stand, konnte Robert so die drei Gestalten erkennen, die nebeneinander auf den Fellen saßen, in verzierten Gewändern, die Oberkörper aufgerichtet, die Beine verschränkt. Es waren alte Männer, mit verrunzelten Gesichtern und grauen Haaren, die spinnwebdünn auf ihre Schultern fielen. Zahnlose Münder öffneten und schlossen sich schnappend, zwischen eingefallenen Wangen, als ob auch den Greisen auf ihrem Thron die Atemluft abgeschnürt würde. Sie mußten uralt sein, dachte Robert, besonders der mittlere Greis schien kaum mehr zu den Lebenden zu zählen. Seine Haut war von fahlem Graubraun, zerfurcht und rissig, und seine Augen lagen so tief in ihren Höhlen, daß statt der Augäpfel nur zuckende Schatten zu sehen waren.

Nun hob der Uralte die rechte Hand. »*Luk'sik!*« Seine Stimme klang heiser und bellend.

Die drei jungen Krieger, die vor den Gefangenen standen, hatten sich kurz zu den Greisen umgewendet, jetzt drehten sie sich wieder herum, die Enden der Seile noch in der Hand. Robert balancierte auf den Zehen und atmete gurgelnd ein und aus, und die Angst jagte in ihm umher, flatternd mit tausend Fledermausflügeln. Er suchte den Blick des jungen Burschen vor ihm, doch der Krieger sah finster an ihm vorbei. Was mochte der gebellte Befehl des Alten bedeuten? War es schon die Anweisung, ihre Hälse zu brechen?

Mit zwei Schritten war der Mayabursche hinter ihm, und Robert wartete erstarrt, daß sich die Schlinge mit endgültiger Gewalt straffen würde. Doch dann spürte er, wie der Junge das Seilende um seine Handfesseln schlang, und Erleichterung durchströmte ihn, ja Dankbarkeit, daß sie ihn am Leben ließen, auch wenn es nur gestundetes, erbärmliches Leben war, mit zusammengeschnürter Kehle. Gurgelnd saugte er aufs neue Atemluft ein, und noch während sich seine Brust mit einem Zittern hob, trat der Mayakrieger wieder vor hin, packte mit beiden Händen sein Unterhemd und riß es ihm vom Leib.

Wieder stöhnte Robert auf. Der Ruck hatte seinen ganzen Körper abwärts gerissen, so daß die Schlinge sich noch enger zuzog und sein Kopf noch höher gezerrt wurde. Ein furchtbarer Schmerz fuhr ihm durch Nacken und Rücken hinab, abermals kreisten grelle Lichter vor seinen Augen. Noch während er sich wieder auf die Zehen zu erheben versuchte, hörte er ein scharfes Ratschen, von schwerem Stoff, der entzweigerissen wurde, dann spürte er, wie seine Hosen in Fetzen an ihm herabfielen, so daß er in gänzlicher Nacktheit vor seinen Peinigern stand.

Mühsam verdrehte er die Augen, nach beiden Seiten, auch Paul und dem Mestizen waren die Kleider vom Leib gerissen worden. Auf einmal kam ihm ein Wandgemälde in den Sinn, aus einem Mayapalast in Copán, das Catherwood meisterlich kopiert hatte. Keuchend rang er um Atem, und je mehr ihm die Sinne zu schwinden drohten, desto lebhafter sah er das Gemälde aus alter Zeit vor sich. Es zeigte eine Gruppe gefangener Krieger, offenbar edlen Geblüts, da ihre Ohren mit gekreuzten Stäben verziert waren, ebenso wie die Ohrläppchen des siegreichen Herrschers, in dessen Thronsaal sie sich befanden, nackt bis auf jenen Schmuck. Einige knieten vor dem Herrscher, die Hände emporgereckt und augenscheinlich um Gnade flehend, andere lagen bäuchlings vor ihm, und wieder andere, aber das erkannte man erst auf den zweiten Blick, kauerten auf allen vieren am Boden, mit hängenden Köpfen, und der Herrscher stand breitbeinig auf ihren Rücken, eine stämmige Gestalt in reich verzierter Tunika, die Arme vor der Brust verschränkt.

Die bellende Stimme des Uralten riß ihn aus seinen Phantasien. Der Greis stieß einen langen Redeschwall hervor, doch Robert verstand kein Wort. Nach und nach bemerkte er lediglich, daß in dem Sermon die Wörter *Kimil* und *Kantunmak* mehrfach wiederkehrten.

»Mabo, was sagt er?« Er erschrak über seine eigene Stimme, ein Krächzen zwischen gurgelnden Atemzügen.

»Ins Land der Maya … eingedrungen …« Die Stimme des Mestizen klang ebenso qualvoll verzerrt. »… deshalb … sterben …«

Er schielte zu Mabo hinüber, der Mestize drehte seinen Kopf in der Schlinge hin und her, den Mund weit geöffnet. Sie würden hier sterben, ohne Zweifel, dachte Robert, und es machte ihm nicht einmal so viel aus, wie er noch in der Nacht geglaubt hatte. Im Grunde, dachte er auf einmal, war es doch das, wonach er sich gesehnt hatte, unterzusinken im großen Strom.

Wieder wollten seine Gedanken abschweifen, zu jenem Thronsaalgemälde, das Catherwood abgezeichnet hatte. Er sah schon, wie durch eine Seitentür die Nacomes hereinschritten, schaurige Gestalten, nackt bis auf den blutverkrusteten Schurz, auch Brust und Arme und selbst die schwarzen, schulterlangen Haare mit Blut verklebt. Es waren die Opferpriester, ein Nacom für jeden Gefangenen, die sie sogleich auf den schwarzen Altar strecken würden, um ihnen bei lebendigem Leib das Herz aus der Brust zu schneiden, mit dem Opferdolch aus Obsidian. Schon begann sich das Bild vor Roberts Auge zu verwandeln. Die Gefangenen waren nun im Freien, auf einem großen schwarzen Altar lagen sie nebeneinander. Die Nacomes beugten sich über sie und hoben eben ihre schwarzen Messer, da begann Paul an seiner Seite auf einmal gräßlich zu husten.

Er verdrehte die Augen nach rechts und sah, daß auch Paul Climpsey am Ende seiner Kräfte schien. Sein schmales, füchsisch geformtes Gesicht war violett verfärbt, und nun stieß er einige Worte in der Sprache der Maya hervor, mit heiserem Jaulen, das kaum mehr menschlich klang.

Was heißt das, was sagt er? wollte Robert wieder fragen. Aber noch ehe er die Worte aus seiner Kehle gequetscht hatte, preßte Mabo schon die Antwort hervor, stammelnd und unter furchtbarem Keuchen:

»Habt ihr auch ...Oldboy ... stinkende Affenbrut ...«

Seine Worte schienen die Greise auf dem Podest wie Fausthiebe zu treffen. Ihre Mienen wurden noch drohender, alle drei sprangen auf und kamen auf die Gefangenen zu, mit raschen Schritten und unerwartet behende. Die jungen Krieger wichen zur Seite, und einer der Alten trat nahe vor Paul, der einen grellen Schmerzensschrei ausstieß. Paul bäumte sich in seinen Fesseln auf und sackte im gleichen Moment in sich zusammen. Hoffentlich hatte er nur das Bewußtsein verloren, dachte Robert, ebenso schien es möglich, daß der Alte ihn getötet hatte.

Was genau geschehen war, hatte er nicht erkennen können, und er fand auch keine Gelegenheit, darüber nachzudenken, denn schon hatten sich die beiden anderen Greise vor ihm aufgebaut. Der eine musterte ihn mit offenkundiger Aufregung und murmelte immer wieder die unbegreiflichen Silben *tunich-saantoj*, während der andere so nahe an ihn herantrat, daß Robert seinen Atem roch. Es war der Uralte, der in der Mitte des Thrones gesessen hatte, erst jetzt bemerkte er, wie hochgewachsen dieser Greis war, kaum kleiner als er selbst. Gegen den furchtbaren Zug der Schlinge senkte er ein wenig das Kinn, um den Alten anzusehen, und erstarrte vor Entsetzen, als er in die Augen des Greises blickte, tiefe Höhlen, in denen milchigweiße Augäpfel hin- und herrollten.

Er ist blind, dachte Robert. Es war nichts Ungewöhnliches, daß alte Menschen ihr Augenlicht verloren, dennoch flößte ihm der Anblick dieses Greises Grauen ein. Auf das Ärgste gefaßt, mußte er dulden, daß der Uralte nun seine Hände hob und sein Gesicht zu betasten begann. Er würde ihm die Augen auskratzen, dachte Robert, ihm den Kehlkopf herausdrehen oder sonst etwas Gräßliches machen, wie eben der andere Alte, der Paul mit einer versteckten Bewegung furchtbare Schmerzen zugefügt hatte. Aber die rauhen Hände des Uralten tasteten nur über sein Gesicht, die Stirn entlang, die Nase, die Wangen hinab und über sein Kinn, während die beiden anderen Alten in wachsender Aufregung miteinander murmelten.

Was sagen sie, Mabo? In Gedanken versuchte er den Mestizen zu beschwören. Er wagte nicht nach ihm zu rufen oder sich überhaupt zu rühren, solange dieser Greis so nahe vor ihm stand und ihn betastete. Mit knochigen Fingern fühlte er nun über seine Schultern, noch einmal wanderten die Hände zu seinem Gesicht hinauf und blieben wie erstarrt auf seinen Wangen liegen.

Einen Moment lang geschah überhaupt nichts. Auch die Zeit schien erstarrt. Niemand sprach etwas oder regte sich. Nur das Tosen des Wildbachs war zu hören und ihre keuchenden Atemzüge. Dann stieß der Uralte unversehens einen Wortschwall hervor, mit bellender Stimme, der wiederum mehrfach die Silben *tunich-saantoj* enthielt. Und ehe Robert begriffen hatte, sprang der junge Krieger vor und löste seine Fesseln, so daß er zu Boden sank und mit ungläubigem Entzücken die köstliche Luft atmete, die ihm auf einmal wieder durch die Kehle strömte. Neben ihm waren auch Paul und Mabo niedergesunken, von ihren Fesseln befreit, und der Mestize rieb sich die Kehle und krächzte, immer noch keuchend und mit gepreßter Stimme:

»Sie sagen, Herr, du bist der wiedergekehrte Götterbote … eine alte Stele verherrlicht ihn … *tunich-saantoj,* der heilige Stein … weit draußen im Wald … bei der alten Stadt Kantunmak … du siehst ihm so vollkommen gleich, Herr, sagen sie, daß … kein Irrtum möglich sei …«

Fassungslos schaute Robert ihn an. Als er um sich blickte, lag der Uralte auf den Knien, neben ihm der junge Maya. Wie Fleisch gewordene Stufen lagen sie vor ihm am Boden, die Oberkörper so weit vorgebeugt, als erwarteten sie, daß er sogleich mit beiden Füßen auf ihre Rücken treten werde.

6

»*Ko'ten, olnak uyool, yumil.*« Die Stimme des Uralten hatte überhaupt nichts Bellendes mehr, im Gegenteil, sie klang nun schmeichelnd und so weich, als ob der blinde Greis sie mit Honig beträufelt hätte. So geflissentlich wie sein Tonfall schien auch der Sinn seiner Rede, zumindest in der Übersetzung des Mestizen, der Robert ins Ohr raunte: »Bitte, Herr, begleite mich.«

»Begleiten – wohin?«

Mabo übersetzte auch diese Frage, doch anstelle einer Antwort deutete der Uralte nur stumm zum Türloch. Robert folgte ihm mit den Augen und sah einen schmalen Ausschnitt des Weges, der sich vor dem Langhaus zu einem Platz weitete. In Pfützen glitzerte Sonnenlicht, Palmen warfen ihre krallenförmige Schatten auf den Lehmboden, und eben sprang ein kleines, schwarz geflecktes Schwein ins Bild und wälzte sich grunzend im Schlamm.

Vor wenigen Augenblicken hatte sich ihnen der Uralte förmlich vorgestellt: Il-tzimin, Schamane des Dorfes und auch dessen oberster Herrscher, bis der Kazike mit den erwachsenen Kriegern zurückkehren würde. Das Dorf hieß Chul Ja' Mukal, »Verborgener Wasserstrudel«, und der Name des greisen Schamanen bedeutete »Seher des Tapirs«.

Il-tzimin kauerte vor ihm, Kopf und Oberkörper wieder erhoben. Doch er lag noch immer auf den Knien, sein furchiges Gesicht eine Maske der Unterwürfigkeit, die Robert kaum weniger geheuer schien als sein vorheriger Zorn. Eine Falle, dachte er, der Umschwung war unwirklich rasch gekommen, eben noch in elender Gefangenschaft, im nächsten Moment verherrlicht zum »Götterboten«. Was sollte das überhaupt bedeuten? Und glaubte dieser Uralte tatsächlich, daß er ein auferstandener Gesandter seiner Götter sei – nur weil er einer alten Steinfigur draußen im Wald nach Gesicht und Gestalt angeblich ähnelte?

»Sag ihm, wir verlangen unsere Kleidung, Mabo. Besser gesagt neue Kleider, da sie unsere Sachen zerfetzt haben.« Während er sprach, tastete er sich behutsam über die Kehle. Sein Hals fühlte sich so wund an, als ob er Glasscherben geschluckt hätte, und die Beule an seinem Hinterkopf schmerzte immer noch teuflisch. Dennoch fühlte er, wie seine Lebensgeister zurückkehrten, und nachdem Mabo seine Worte übersetzt und der Alte einen Befehl in Richtung Tür gebellt hatte, begann er zu glauben, daß ihre Lage sich tatsächlich zum Besseren wendete.

Auch Paul hatte das Bewußtsein wiedererlangt und schaute benommen um sich. Sein Gesicht sah übel aus, das linke Auge zu einer blaulila Masse geschwollen. Nackt und zerschunden hockten sie nebeneinander auf dem Boden, vor den Pfählen, an denen sie eben noch geschmachtet hatten, ihre Blöße notdürftig unter Fetzen der Kleider verbergend, die ihnen die Krieger vom Leib gerissen hatten.

Der jüngste Mayabursche lag immer noch neben dem Uralten auf den Knien, sein Oberkörper so weit vorgebeugt, daß Robert jeden einzelnen Wirbel auf dem schmalen Rücken sehen konnte. Warum blieb dieser Junge als einziger wie erschossen vor ihm liegen, während Il-tzimin sich zumindest wieder auf die Knie aufgerichtet hatte? Die beiden anderen Greise und die Mayakrieger, die Paul und Mabo bewacht hatten, waren Il-tzimins Beispiel ohnehin nicht gefolgt, sondern hatten sich mit einer halbherzigen Verbeugung in Richtung des vermeintlichen Götterboten begnügt. Danach hatten sich die beiden Alten wieder auf ihr Podest zurückgezogen, und als Robert sie nun in den Blick faßte, schien es ihm, daß sie die Entwicklung mißbilligten. Scheelen Auges sahen sie zu, wie die von Il-tzimin ausgesandten Krieger zurückkehrten. Der eine trug ein Bündel weißer Kleidungsstücke auf den Armen, der andere ein zusammengerolltes Fellstück, das schon aus zwanzig Fuß Entfernung nach Staub und Moder roch.

Il-tzimin winkte sie heran und ordnete durch gebieterische Gesten an, daß Paul und Mabo jeder eine weiße Tunika erhielten. Dann erhob er sich ächzend und bat Robert, mit Gebärden und Worten und unter unaufhörlichen Verbeugungen, sich gleichfalls aufzurichten. Von neuem Argwohn erfüllt, stand Robert auf, wobei er mit der Linken einen Hemdfetzen vor seine Lenden hielt. Neben ihm warf sich Mabo schon seine Tunika über, während Paul nur benommen auf den weißen Kittel hinabsah, der ihm auf einmal in den Schoß gefallen war. Zehn Schritte hinter Il-tzimin und dem Krieger, der das Fell herbeigeschleppt hatte, hockten die beiden anderen Alten hochaufgerichtet auf dem Thron. Robert sah, wie sich ihre ohnehin schon düsteren Mienen noch mehr verfinsterten, als Il-tzimin nun das Fell mit beiden Händen von der Schulter des Kriegers zog und vor seinen Augen entrollte. Es mußte ein Jaguarfell sein, dachte er erstaunt, die braun-weiß gefleckte Haut eines riesigen, wenigstens mannsgroßen Jaguars. Beine und Tatzen hingen an den Seiten schlaff herab, und der Schweif schleifte am Boden, als Il-tzimin mit einem raschen Schritt neben ihn trat und ihm das stinkende Fell über die Schultern warf.

»*Ajb'isäj-ju'um d'ojis*«, rief der Greis aus und sank abermals vor ihm zu Boden, neben den schmalen Mayaburschen, der immer noch auf den Knien lag, die Stirn in den Staub gepreßt. »*Olnak uyool, Ajb'isäj-ju'um d'ojis* ...«

Mabo übersetzte, ohne die Miene zu verziehen: »Bote der Götter, ich bitte dich, nimm dieses Geschenk an, zum Zeichen, daß du uns vergibst ...«

»Was für ein Geschenk?« fiel ihm Robert ins Wort.

»Der junge Krieger, Herr, zu deinen Füßen«, flüsterte der Mestize, während Il-tzimin schon weitersprach. »Sein Name ist Ajkech-tiim, Springfrosch. Sein Leben ist verwirkt, nach dem Gesetz der alten Götter, da er ihrem Boten, dir, Herr, Schmach und Gewalt angetan hat.«

Entgeistert sah Robert auf die kleine Gestalt hinab, die vor ihm im Staub lag, neben dem knienden Schamanen, der zu ihm aufsah und in beschwörendem Singsang unablässig auf ihn einsprach.

»Il-tzimin schenkt dir Ajkech-tiim, Herr«, sagte Mabo. »Er bittet dich, das Geschenk anzunehmen, zum Zeichen, daß du den Maya von Chul Ja' Mukal nicht zürnst und dich bei den Göttern nicht dafür aussprechen wirst, ihre Ernte zu verderben, Hungersnot oder andere Übel auf sie herabzubeschwören.«

Was der Mestize da mit monotoner, noch immer gepreßt klingender Stimme übersetzte, hörte sich so ganz und gar phantastisch an, daß es in Roberts Kopf zu sausen begann. Es mußte eine Falle sein, dachte er, oder einfach ein Irrtum, eine Verwechslung. Wie konnte ausgerechnet dieser blinde Greis behaupten, daß er einer steinernen Figur draußen im Dschungel ähnlich sah? Doch da fiel ihm ein, daß auch die beiden anderen Alten, die ihre Sehkraft noch besaßen, ihn voller Aufregung angesehen und »*tunich-saantoj*«, heiliger Stein, gemurmelt hatten. Und auf einmal entsann er sich auch der Worte, die der greise Maya-Abgesandte im Park des Gouverneurs ausgerufen hatte, zumindest laut Paul: daß er, Robert, der »wiedergeborene Vernichter des heiligen Königreichs Tayasal« sei.

Verblüfft sah er auf den knienden Schamanen hinab. Zumindest dieses Rätsel war damit gelöst, sagte er sich. Auch der uralte Maya in Fort George schien die Steinfigur draußen im Wald aus eigener Anschauung zu kennen, und sie mußte ihm wohl in der Tat ungemein ähnlich sehen. Wen sie allerdings darstellte, ob einen »Götterboten« oder den »Vernichter von Tayasal«, das schien schon wieder strittig, denn daß beide Versionen sich gegenseitig ausschlossen, stand für Robert fest, der jetzt erst bemerkte, daß Il-tzimin verstummt war und ihn mit einem Ausdruck erstarrten Flehens ansah.

»Er fragt, ob du das Geschenk annimmst, Herr.«

Robert sah von Mabo, der gleichmütig zurückschaute, zu Paul, der immer noch nackt am Boden hockte, eine spindeldürre Gestalt, mit hängendem Kopf, offenbar kaum bei Sinnen, die weiße Tunika im Schoß. Von diesen beiden war kein Rat zu erwarten, und erst recht nicht von Il-tzimin, der seinerseits versteinert schien, so reglos kniete er vor ihm, zu ihm aufsehend, den Kopf weit zurückgelegt. Endlich fiel sein Blick auf Ajkech-tiim, den schmalen Rücken, das verworrene schwarze Haar, mehr war von der kleinen, zusammengekrümmten Gestalt nicht zu sehen. Es war ein grausamer Brauch, dachte er, einen Menschen zu verschenken wie ein Besitztum, aber er hatte ja keine Wahl. Lehnte er ab, so würde Il-tzimin den jungen Krieger töten lassen, also mußte er das Geschenk annehmen, um Ajkech-tiims Leben zu retten. Und im übrigen, dachte er dann, konnte es für sie nur von Vorteil sein, wenn dieser junge Krieger auf ihrem weiteren Weg durch den Dschungel an ihrer Seite war.

»Sage Il-tzimin, daß ich das Geschenk annehme«, wies er Mabo an.

Der Mestize hatte seine Worte kaum übersetzt, da erhoben sich der Schamane und Ajkech-tiim, ergriffen seine Arme und führten ihn zum Türloch, ehrerbietig, doch mit festem Griff, so daß ihm nichts anderes übrigblieb, als das Jaguarfell um seinen Leib zu wickeln und an den thronenden Alten vorbei nach draußen zu treten, in das gleißende Licht des neuen Tages.

7

Sie führten ihn hinter das Langhaus, wo das Wasser durch die Schlucht toste, mit donnerndem Hall. So schmal der Bach schien, so reißend schoß er durch den Spalt, in dreißig Fuß Tiefe. Unablässig klatschte Gischt an die Felswände, die mit triefendem, blaugrünem Moos überzogen waren. Schmale Stufen im Fels führten hinab, bis zu einem Grat auf halber Höhe der Schlucht.

Der blinde Schamane ging voraus, mit raschen Schritten, ohne jemals zu stocken. Robert folgte ihm zaghaft, wobei er mit einer Hand an der schmierigen Felswand Halt suchte und sich mit der anderen das Jaguarfell über der Brust zusammenhielt. Wasserdampf schwebte zwischen den Schluchtwänden, so dicht wie Nebel, und ein ungewisses Licht herrschte hier unten, grünlich düster, wie in einer Grotte, doch die Luft war angenehm frisch.

Er hatte noch immer nicht herausgefunden, wohin sie ihn eigentlich führten, aber je länger sie gingen, desto weniger geheuer schien ihm die Angelegenheit. Mit angehaltenem Atem balancierte er auf dem Felsgrat entlang, fünfzehn Fuß über dem reißenden Wasser. Der Pfad war so schlüpfrig wie Froschhaut und so schmal, daß man kaum zwei Füße nebeneinandersetzen konnte. Hinter ihm schritt Ajkech-tiim dahin, leichtfüßig, mit federndem Gang, als müsse er an sich halten, um nicht tatsächlich wie ein Frosch voranzuspringen. Den Schluß ihres kleinen Zuges bildete Mabo, dem Robert im letzten Moment gewunken hatte, sie als Dolmetscher zu begleiten, aber auch zu handfesterem Beistand, falls es notwendig werden sollte.

So betäubend laut donnerte unter ihnen das Wasser durch die Schlucht, daß es selbst Gedanken übertönte. Fast unmerklich neigte der Grat sich abwärts, dem Lauf des Wassers folgend, und nun erkannte Robert, daß Pfad und Bach in einer Bergwand verschwanden, wenige Dutzend Schritte vor ihnen.

Die Öffnung im Berg war regelmäßig geformt wie ein Tor, mit glatten, senkrechten Seiten. Robert wollte sie prüfend in den Blick fassen, auf einmal schien es ihm möglich, daß auch diese gewaltige Erhebung von Menschenhand errichtet war. Aber da trat Il-tzimin schon hindurch, dicht hinter ihm folgten Ajkech-tiim und Mabo, und so schlüpfte er, ohne zu verharren, hinter dem Schamanen in den Berg.

Drinnen wurde der Felsspalt noch enger, ohrenbetäubend laut donnerte das Wasser dahin, doch sie waren noch keine zehn Schritte tief im Berg, als das Tosen der Flut verebbte. Auf einmal war nur noch leises Gluckern und Tropfen unter ihnen zu hören und gedämpftes Brausen von draußen. Verblüfft blieb Robert stehen und spähte in den Felsspalt zu ihren Füßen. Dort unten, dachte er, wenige Schritte hinter ihnen, mußte ein Loch im Boden klaffen, groß genug, daß der reißende Bach sich zur Gänze hinein ergoß.

Er sah auf, zu Il-tzimin, der wartend vor ihm stand, und mit plötzlichem Unbehagen kam ihm in den Sinn, was der Mestize vorhin berichtet hatte, ehe sie in die Schlucht hinabgestiegen waren. Gestern abend, als Paul überwältigt worden war, hatte Mabo die Verwirrung genutzt, um aus dem Dorf zu fliehen, und sich auf der Pyramide verborgen, zwischen den Tempeltrümmern, in der Gewißheit, daß Stephen, Miriam und Henry diese Stelle passieren mußten. Doch nachdem er einige Stunden im Dunkeln gewartet hatte, hörte er auf einmal ein Fauchen wie von einem Jaguar, dem eine weitere Raubkatze antwortete, scheinbar ganz in seiner Nähe, mit noch lauterem Schnauben. Die Jaguare schienen ihn zu umkreisen, einmal erklang ein Fauchen von links, dann wieder knackten rechts von ihm Zweige am Boden. Von Angst erfaßt, war Mabo endlich aus seinem Versteck hervorgestürzt, auf die freie Fläche zwischen den Trümmerstücken. Da aber waren mehrere dunkle Schatten von den Steinbrocken herabgesprungen, keine Jaguare, wie er nun erkannte, doch zu spät. Die Mayaburschen waren schon auf ihm, rissen ihn zu Boden und schlugen auf ihn ein, bis er die Besinnung verlor. Der Mestize schien noch immer zornig, aber mehr noch erstaunt, daß die jungen Krieger ihn derart übertölpelt hatten. Vorhin, als er Robert von seiner Schmach berichtete, hatte sich der greise Schamane zu ihnen umgewandt, mit so wissender Miene, als ob er genau verstünde, wovon sie sprachen, und auf einmal war Robert der Gedanke gekommen, daß Mabo womöglich durch einen Zauber Il-tzimins überlistet worden war.

Unterdessen war der Greis weitergegangen, und er beeilte sich, zu ihm aufzuschließen. Der Schamane nahm eine Fackel aus einer Wandnische, zündete sie an und hielt sie in die Höhe. Im flackernden Licht sah Robert, daß der Weg vor ihnen nahezu lotrecht abstürzte. Schmale, roh behauene Stufen führten in eine Tiefe, deren Grund von hier oben aus nicht einmal zu ahnen war.

»Wohin führt dieser Weg?« Seine Stimme hallte zwischen den Felswänden. »Frag hin, Mabo, wohin er uns bringt.«

Zu seiner Überraschung bekamen sie diesmal eine Antwort. Der Schamane, der schon einige Stufen hinabgestiegen war, wandte sich um und sagte mehrere rasche Worte. Dabei schwenkte er die Fackel, deren Licht er selbst weder brauchte noch sah. »*Aktun Cha'ac*«, hörte Robert, »*Chul Ja' Mukal*«, und der Mestize beugte sich über Ajkech-tiim hinweg und übersetzte:

»Il-tzimin führt dich in die Höhle des verborgenen Wasserstrudels, Herr. Sie ist Cha'ac geweiht, dem mächtigen Regengott des alten Volkes. Dort unten sollst du Cha'ac begrüßen und dein Geschenk in Empfang nehmen, wie es das Gesetz der Götter befiehlt.«

Erschrocken sah Robert in das Gesicht des alten Schamanen, der ihn aus blinden Augen anzuglotzen schien. Wieder kroch Angst in ihm empor, die nackte, erbärmliche Todesangst der letzten Nacht. Dem Regengott geweiht, dachte er und sah die Fratze dieses Götzen vor sich, wie er sie in dem verschütteten Tempel über Victoria Camp erblickt hatte: die hervorquellenden Augäpfel, die Rüsselnase, die lüstern geschürzten Lippen.

Il-tzimin wandte sich um und stieg weiter hinab. Robert blieb nichts anderes übrig, als ihm zu folgen, der Schamane trug die Fackel, und mit jedem Schritt, den er sich entfernte, wurde es finsterer. Auf schlüpfrigen Stufen kletterte er hinter dem Greis her, vergebens versuchte er die Bilder zu ignorieren, die sein geistiges Auge vor ihm in die Dunkelheit spiegelte: die Leichname, wie er sie in Pauls Fernrohr erblickt hatte, ihre Gesichter eine graurosa Masse, aus der die Augäpfel hervorquollen und eine abscheulich rote Rüsselnase ragte. Wieder blieb er stehen und wandte sich um. Eine Falle!, dachte er, laß uns zurückgehen!, wollte er Mabo zurufen, der zwei Schritte hinter Ajkech-tiim verharrte, da erklang hinter ihm in der Tiefe die Stimme des Schamanen, so laut widerhallend, daß der ganze Berg zu erbeben schien.

»Komm herab, Herr«, übersetzte Mabo, »in die Höhle Cha'acs. Weihe dich dem Gott des Regens, der fließenden und stehenden, reißenden und stürzenden Gewässer, dem mächtigsten Gott dieser Welt.«

Widerstrebend wandte sich Robert um. Zwei Stufen unter ihm, im Felsboden, klaffte ein rundes Loch, aus dem flackerndes Licht drang. Da stieg er auch die letzten Stufen noch hinunter, wie magnetisch angezogen, und beugte sich über die Öffnung. Eine Strickleiter baumelte hinab, und darunter, in schwindelnder Tiefe, dehnte sich eine Höhle, weitläufig wie eine Kathedrale. Fackeln brannten an den Wänden, die über und über mit Bildern, Glyphen, Reliefs bedeckt waren. Das flackernde Licht vervielfachte sich in dem dunkelgrünen Spiegel, der den Boden der Höhle bedeckte, einem weiten, unterirdischen See.

8

Stumm sah Robert in das Heiligtum hinab, gegen seinen Willen beeindruckt. Eine feierlich düstere Stimmung erfüllte den weiten Raum. Vor allem aber, dachte er, schwebte etwas Unheimliches über dieser Stätte, eine Aura urtümlicher Angst und Grausamkeit. Er würde nicht auf dieser Strickleiter hinabhangeln, beschloß er, nicht dreißig Schritte oder mehr auf schwankenden Streben in die Tiefe klettern, um sich dort unten zu Ehren des Regengötzen womöglich schlachten zu lassen, da erhielt er von hinten einen Stoß und rutschte in das Loch hinein, mit den Füßen voran und starr vor Schreck. Über ihm stieß Ajkechtiim einen erstickten Schrei aus. Das Fell glitt von seinen Schultern und fiel hinab, im Flug sich zur Katze entfaltend. Robert stürzte hinter dem Jaguar her, auf den dunkelgrünen Spiegel zu, der sich tief unter ihm im Kreis zu drehen schien. Dann endlich löste er sich aus seiner Erstarrung und packte mit beiden Händen nach der Strickleiter, die neben ihm im Leeren schwankte.

Er bekam die Seile zu fassen und spürte einen schmerzhaften Ruck in den Schultern, doch glücklicherweise hielten die Stricke ebenso wie seine Gelenke stand. Wild schaukelte die Leiter hin und her, und Robert klammerte sich daran und zappelte mit den Beinen, bis er einen der nachgiebigen Stege unter seinen Füßen spürte. Sein Atem ging keuchend, und obwohl er starr auf seine Hände blickte, die mit festem Griff die Seile umfaßten, sah er sich wieder und wieder in die Tiefe stürzen, drei Fuß über dem fliegenden Jaguar. Ajkech-tiim hatte ihn angerempelt, dachte er – aus Ungeschick oder auf Il-tzimins Geheiß?

Immer noch keuchend, sah er nach oben, zu dem Felsloch, durch das Ajkech-tiim und Mabo zu ihm hinabschauten, der Mestize mit erschrockener Miene, der kleine Krieger so entsetzt und offensichtlich schuldbewußt, daß Roberts Argwohn verflog. Es war ein Mißgeschick, dachte er, indem er sich abwandte und nach unten spähte. Da erst wurde ihm bewußt, daß er in gänzlicher Nacktheit inmitten des Gewölbes schwebte, dreißig Fuß über dem See. Wie ein tölpelhafter Zirkuskünstler, dachte er, der zu seiner Schmach auch noch sein Kostüm eingebüßt hat, unter den Augen des Publikums.

Am Ufer des Sees saß der Schamane auf einem Steinblock, aus blinden Augen zu ihm hinaufstarrend. In jäher Verblüffung fragte sich Robert, wie Il-tzimin dort überhaupt hingelangt war, denn die Strickleiter endete geradewegs über der Mitte des Sees, neunzig Fuß vom Ufer entfernt. Doch auch das Jaguarfell lag dort am Rand des Wassers, allem Anschein nach sowenig durchnäßt wie Il-tzimin, als hätte die gewaltige Katze sich tatsächlich mit einem Satz dort hinübergerettet. Nur er selbst, dachte Robert, war zu unbeholfen, um eine Aufgabe zu meistern, die der blinde Greis und sogar das stinkende Tierfell mühelos bewältigt hatten. Holzmensch, Vogelscheuche, beschimpfte er sich im stillen und kletterte nun, so rasch es die Seile erlaubten, weiter hinab, zehn, fünfzehn schwankende Stufen. Dann sah er noch einmal nach unten, ließ die Leiter fahren und sprang mit verzweifelter Kühnheit in den grünen Spiegel hinein.

Das Wasser schlug über ihm zusammen und zog ihn in Düsternis hinab. Überraschend warm war der See und viel tiefer, als er erwartet hatte. Immer weiter trieb er hinunter, die Luft wurde ihm schon knapp, als er endlich Boden unter den Füßen spürte, weichen, schleimigen Grund. Er versuchte sich abzustoßen und sank noch tiefer hinein. Mit krampfhaften Bewegungen ruderte er empor, aus schwarzgrünen Tiefen sich in dunkelgrüne Düsternis kämpfend, die sich endlich mit dem Flackern der Fackeln vermischte, und dann brach er aus dem Wasser hervor, mit brennender Lunge und keuchend, als ob ihm das Henkersseil abermals die Luft abschnürte.

Nur kurz sah er um sich und wartete, bis sein Atem sich ein wenig beruhigt hatte. Er war noch immer in der Mitte des Sees. Linker Hand, dreißig Schritte weit, thronte Il-tzimin auf seinem Stein am Ufer, unter einem gewaltigen, schwarz-rot bemalten Podest, das sich an der Höhlenwand entlangzog, ein Altar, wie Robert dachte. Er drückte die Schultern ins Wasser, das ganz unbewegt schien, wahrhaftig wie ein Spiegel, und schwamm auf den Alten zu. Lange würden seine Kräfte nicht mehr reichen, dachte er, doch er zwang sich, ruhig zu atmen, im gleichen Rhythmus, in dem seine Arme und Beine sich bewegten, und mochte vielleicht zehn Schwimmzüge noch vom Ufer entfernt sein, als ihn eine gewaltige Strömung ergriff, zwei Fuß unter der Wasseroberfläche, und ihn mit sich zog, mit jagender Hast im Kreis.

Die Strömung riß ihn voran, so nah am Ufer, daß er die Fugen im gemauerten Kai erkennen konnte, und doch zu fern, als daß er die Mauer hätte erreichen können. Starr vor Entsetzen überließ er sich der Gewalt des Wassers, das gegen seinen Rücken, seine Beine drückte, mit urtümlicher Kraft und um so erschreckender, als der See von oben gänzlich unbewegt schien. Die ganze riesige Höhle, die ihn bisher so starr umgeben hatte, geriet in wirbelnde Bewegung, die Götzenbilder an den Wänden, glotzend und stierend, mit weiten Augen, wulstigen Lippen, taumelten in einem Wirrwarr riesiger Glyphen, lodernder Fackeln, aufspritzenden Wassers im Kreis.

Zweimal jagte er an Il-tzimin vorüber, der auf seinem Stein hockte, die Füße auf ein großes rundes Holzstück stützend, und aufmerksam zum See hinabzulauschen schien. Wenige Augenblicke, bevor Robert abermals an seinem Uferstein vorbeigerissen wurde, bückte sich der Schamane und stieß das Holzstück mit Händen und Füßen hinab. Erschrocken sah Robert, wie das schwarze Trumm, fünf Fuß lang und vom Umfang eines kräftigen Mannes, über die Böschung hinunterkollerte und wie eine Schranke vor ihm ins Wasser schlug. Da warf er sich mit dem Oberkörper darauf und hielt so das Ungetüm fest, ein massives Baumstück, wie er nun erkannte, mit leuchtend roter Spitze und von solchem Gewicht, daß es zur Hälfte im Wasser versank.

Er umklammerte den Stamm und sah aufatmend um sich. Weiterhin drückte die Strömung mit furchtbarer Kraft gegen seine Beine, doch das Holzstück hemmte die Gewalt des Strudels, so daß sich die Wände der Götzenhöhle nur noch gemächlich um ihn drehten.

9

»Es ist überliefert«, sagte Il-tzimin, »daß der Bote, den die Götter aussandten, um Tayasal zu retten, in einem heiligen See wie diesem badete, einem Cenote.«

Er war von seinem Steinquader aufgestanden, mit ausgebreiteten Armen stand er am Rand des Sees, und seine Stimme hallte von den Felswänden wider. Hoch über ihnen hatte Mabo seinen Kopf durch das Loch in der Kuppel geschoben und übersetzte, was Il-tzimin sprach.

»Das geschah im neunzehnten Tun des dritten Katun, als der fahlhäutige Bote durch das Land der Maya zog, gen Tayasal. Krieger vom Volk der Itzaj entdeckten den Frevel, und die Priester beschlossen, den Fremden mitsamt seinen Begleitern zu töten. Denn der Cenote war Cha'ac und den Göttern von Bolon-ti-ku geweiht, der neunfaltigen Unterwelt. Und so wurde der fahlhäutige Bote überwältigt und auf den Opferaltar gestreckt, am Rand des heiligen Sees, wie es das Gesetz befiehlt.«

Il-tzimin wandte sich um und wies mit ausgestrecktem Arm auf das schwarz-rote Steinpodest, das sich vor der Felswand erhob, drei Fuß hoch und ein halbes Dutzend Schritte breit. Im Wasser treibend, an den Holzpfahl geklammert, lauschte Robert seinen Worten, mit einer Mischung aus Entsetzen und Ungläubigkeit. Sein Leben verwirkt, nur weil er in ein Wasserloch gesprungen war? Der Schmerz in seinem Hinterkopf pochte, aber nur leise, gedämpft wie die Angst in seinem

Innern, wie das Murmeln des Wassers, dessen Wärme ihn benommen machte.

Der Schamane trat vor den Opferaltar und hob die Arme zu einem riesigen, aus der Wand gemeißelten Götterkopf, der auf sie herabglotzte, ein nebelgraues Gesicht mit wulstigen Lippen und der blutroten Rüsselnase Cha'acs. »Der Opferpriester«, fuhr er mit hallender Stimme fort, »hatte den Obsidiandolch schon in der Hand und wollte dem fahlhäutigen Boten eben das Herz aus der Brust schneiden, als etwas Wundersames geschah.«

Robert mußte seinen Kopf zurückwenden, um Il-tzimin im Blick zu behalten. Die Strömung schob ihn im Kreis voran und zerrte an dem Holzstück, das er krampfhaft mit den Armen umklammerte. Um ihn herum gurgelte die Flut. Ein dumpfes, stetiges Brausen drang aus der Tiefe, und in der Luft schwebte feiner Wasserdampf, der die Umrisse traumhaft verwischte, auch die Gesichter des Mestizen und des jungen Kriegers in der Kuppel hoch über ihm.

»Aus den dreizehn Himmeln«, verkündete Il-tzimin, »flog eine silberne Gestalt herab, vor den Augen der Priester und Krieger. Mit heller Stimme rief sie aus: ›Schont das Leben dieses Mannes – er ist von den Göttern gesandt!‹ Nach diesen Worten tauchte sie in den Cenote, und der fahlhäutige Bote wurde sogleich von seinen Fesseln befreit. Denn die silberne Gestalt war niemand anderes als die oberste Priesterin der Mondgöttin Ixquic.«

Eine Priesterin, die vom Himmel herabflog – was hatte das nun wieder zu bedeuten? Robert dachte noch darüber nach, da hob ihn eine Welle empor und wollte ihn über das Holzstück hinwegdrücken. Krampfhaft klammerte er sich an dem klobigen Pfahl fest, und da erst erkannte er, was der vor ihm im Wasser schwankende Trumm darstellte, mit der schwellend roten, wie ein Pilzhut gerundeten Spitze und dem stämmigen Schaft, den er mit Brust und Armen umfangen hielt.

Peinlich berührt wandte er sich ab und blickte zu Il-tzimin hinüber, der sich wieder herumgedreht hatte und zu ihm auf den See hinaussah. Mit der rechten Hand deutete der greise Schamane nach oben, und Robert folgte ihm mit dem Blick, zu einer Nische in der Felswand, wenige Fuß unter der Höhlendecke. Die Nische war so hoch und breit, daß sie drei ausgewachsenen Männern Platz geboten hätte. Eine hochgewachsene Gestalt stand darin, nur undeutlich zu erkennen im Wasserdampf. Robert starrte hinauf, die Strömung schob ihn weiter, jetzt war er genau unter der Nische und riß die Augen auf. Sie ist es, kein Zweifel, dachte er, die junge India, dort oben stand sie, keine Traumerscheinung, sondern eine Frau aus Fleisch und Blut! Ein heißes Gefühl durchströmte ihn. Wie ernst sie mich ansieht, dachte er, drängend, erwartungsvoll. Doch da hatte die Flut ihn schon weitergezogen, fort von der Wandnische, erneut auf Il-tzimin zu, der noch immer mit ausgestrecktem Arm nach oben zeigte. Robert drehte sich gewaltsam herum und sah abermals zu der Nische hinauf, wahrhaftig, dachte er wieder und hätte vor Glück jauchzen mögen. Wie wunderschön sie aussah, ihre hohe Gestalt im silbernen Gewand, ihr glänzend schwarzes, zum Vogelnest aufgestecktes Haar.

Ohne es recht zu bemerken, hatte er begonnen, sich mit paddelnden Beinstößen gegen die Strömung zu stemmen. So versuchte er zu der jungen Mayafrau zurückzurudern, und er spürte schon, daß es gelingen konnte, daß die Kraft der Kreisströmung nachließ, je weiter er, an den gewaltigen Pfahl geklammert, seitwärts ruderte, zum Ufer hin. Da erklang aufs neue die Stimme des Schamanen, von den Wänden widerhallend: »Du bist es, wiedergekehrter Bote der Götter, wie könnte ich zweifeln? Damals wie heute hast du den Frevel begangen, in einem heiligen Cenote zu baden, das ist das erste Zeichen.«

Hochaufgerichtet stand Il-tzimin vor dem schwarz-roten Altar. Voller Erstaunen sah Robert, daß der Alte seine Tunika abgeworfen hatte und nahezu nackt dort stand, eine ausgemergelte Gestalt im grauen Schurz, auf dem das Antlitz seines Götzen prangte.

»Damals wurdest du ausgesandt, Tayasal zu retten, und versagtest furchtbar«, fuhr Il-tzimin fort, und Mabo in der Kuppel verfiel in einen ebenso feierlichen Ton. »Der Canek, seine Priester und Krieger mußten aus der heiligen Stadt fliehen. Das Reich am Haltuná wurde von den weißen Eindringlingen zerstört, die seitdem durch deine Schuld über die Welt der Maya herrschen. Wie könnte ich zweifeln, wiedergekehrter Götterbote«, wiederholte er, »denn dies ist das zweite Zeichen: Nur wer unsägliche Schuld auf sich geladen hat und verurteilt wurde, sie zu tilgen, wird von den Göttern in der gleichen Gestalt ein zweites Mal in die Menschenwelt gesandt.«

Robert lauschte der so rätselhaften wie erschreckenden Rede, zugleich versuchte er noch immer, sich mit mechanischen Beinstößen aus der Strömung zu befreien, aber die Flut hatte ihn schon weit von der India fortgerissen. Seine Bewegungen bewirkten nur noch, daß der Pfahl vor ihm wild im Wasser hin- und hersprang, während er unaufhaltsam auf Il-tzimin und den Altar des Regengottes zutrieb.

»Und so soll dir auch diesmal das Leben geschenkt werden«, rief der Schamane aus, »obwohl du gegen Cha'ac gefrevelt hast!« Er deutete über seine Schulter, zu dem riesigen Götterkopf mit der Rüsselnase, der von der Wand herabglotzte, über einer Doppelreihe kleinerer, seltsam unförmiger Götzengesichter, wie Robert nun sah. »Nimm also dieses Geschenk entgegen – zum Zeichen, daß du auch deinerseits keinen Groll hegst, gegen Cha'ac und die Maya von Chul Ja' Mukal!«

Als er *Cha'ac* rief, riß er beide Arme in die Höhe. Robert schaute zu dem Loch in der Höhlendecke empor und sah in jähem Entsetzen, wie sich dort oben eine kleine, dunkle Gestalt löste und hinabfiel, dreißig Schritte tief, zusammengekrümmt, tatsächlich in der Haltung eines Frosches. Dann schlug Ajkech-tiim auf dem Wasser auf, und Il-tzimin schrie:

»Rette ihn, Götterbote, dann ist er dein! Geht er zuschanden, so gehört er Cha'ac!«

Ajkech-tiim war der Kreisströmung bedrohlich nahe aufgekommen, keine fünfzig Fuß hinter Robert, der auf seinem Holztrumm herumgefahren war. Kaum war der Junge wieder aufgetaucht, da ergriff ihn die Strömung und zog ihn mit solcher Gewalt mit sich, daß er wie ein Ball auf Robert zuschoß. Ohne sich zu besinnen, ließ Robert den Holzpfahl fahren und warf sich der Strömung entgegen, die auch ihn mit furchtbarer Kraft ergriff und mit sich riß. Im letzten Moment bekam er dennoch den wirbelnden kleinen Leib zu fassen und tauchte, Ajkech-tiim an sich pressend, so tief er nur konnte hinab. Keinen Lidschlag zu früh, dachte er, denn schon schossen sie, von der Strömung mitgerissen, unter dem Holztrumm hindurch, einer gewaltigen schwarzen Masse, die zollbreit über ihren Köpfen mit wilden Stößen durch die Fluten pflügte.

10

Er wankte die gemauerte Böschung empor, am Ende seiner Kräfte, auf seinen Armen Ajkech-tiim. Der kleine Krieger war ohne Bewußtsein, aber er lebte, sein Brustkorb hob und senkte sich, sachte wie im Schlaf. Roberts Atem dagegen ging stoßweise, keuchend trat er neben Il-tzimin, das Wasser troff aus seinen Haaren und rann ihm in hellen Bächen über Brust und Rücken hinab. Der Schamane stand vor dem rot-schwarzen Steinpodest. Eben wollte Robert den reglosen Leib darauf legen, da hob Il-tzimin eine Hand, und er verstand, noch ehe Mabo übersetzt hatte:

»Nicht dorthin, Herr. Wer den Stein berührt, gehört Cha'ac.«

Die Stimme des Mestizen tönte verzerrt von der Kuppel herab, hallend wie ein Orakel. Ein Frösteln überlief Robert, er sah um sich, und auf einmal schien keine Stelle ihm sicher genug für seine Last. So trug er Ajkech-tiim zum Ufer zurück und ließ den Bewußtlosen auf das Jaguarfell gleiten, das dort ausgebreitet lag, wie es von der Höhlendecke niedergefallen war. Der junge Krieger öffnete kurz die Augen, rollte sich zusammen und sank gleich wieder in Schlaf.

Als Robert sich aufgerichtet und umgewandt hatte, stand der Schamane vor ihm, so nahe, daß er zusammenfuhr: Er hatte Il-tzimin nicht herantappen hören. Je länger er ihn beobachtete, desto unheimlicher wurden ihm die Kräfte des blinden Alten, der auf geheimnisvolle Weise dennoch zu sehen schien.

»*Ajb'isäj-ju'um d'ojis*, Bote der Götter, nimm diese Tunika«, sagte Il-tzimin, »und trage sie fortan immer, auf daß dir die Macht Cha'acs stets gegenwärtig sei.« Und er überreichte ihm das Gewand, das er selbst vorhin getragen hatte, eine lange, weite Tunika von nebelgrauer Farbe, deren Säume reich verziert waren.

Mit einem Gefühl tiefer Dankbarkeit nahm Robert das Gewand entgegen. In diesem Moment war es ihm ganz gleich, von wem es stammte oder was die Zeichen auf den Säumen bedeuten mochten. Seit er aus dem Wasser gestiegen war, hatte er nicht mehr gewagt, zu jener Nische emporzusehen, die seine Blicke doch wie magnetisch anzog. Er verging beinahe bei dem Gedanken, daß die junge Mayafrau nicht mehr dort oben ausharren, ihn nicht mehr voll drängender Erwartung ansehen könnte, doch seine Nacktheit beschämte ihn so sehr, daß er sich dennoch wünschte, sie möge ihn nicht in so unwürdiger Lage erblicken.

Noch immer war er außer Atem, und seine Beine fühlten sich kraftlos an, nachdem er in der reißenden Strömung minutenlang um sein und Ajkech-tiims Leben gekämpft hatte. Sie aus der verschlingenden Flut zu retten hatte sich dann jedoch als unerwartet leicht erwiesen: Der Schamane war einfach ans Ufer getreten und hatte ihm ein Seil zugeworfen, das an einem Stein in der Böschung befestigt war. Er hatte mit einem Arm den Ohnmächtigen festgehalten, mit der anderen Hand das Seil umklammert, worauf der Uralte sie ohne erkennbare Anstrengung aus der Strömung gezogen hatte, ins ruhige Wasser am Kai.

Rasch warf er nun die Tunika über, die ihm bis zu den Knien reichte. Mit gespreizten Fingern striegelte er sich die triefnassen Haare aus der Stirn, wie er es bei Paul gesehen hatte, und wollte sich eben umwenden, zur Nische hin, die dem Altar gegenüberlag. Da trat der Schamane noch näher vor ihn und preßte die Hände auf sein Gesicht, links und rechts auf die Wangen, als wüßte er genau, was Robert im Sinn hatte, und wollte es unbedingt verhindern.

»Geh nach Kantunmak, Bote der Götter.« Il-tzimins Atem fuhr Robert in die Nase. »Dreizehn Tagesreisen von hier steht der heilige Stein, der deine Gestalt und deine Züge trägt. Seit neun Katun, hundertachtzig Jahren, wartet die ganze Welt der Maya auf deine Wiederkehr. Geh nach Kantunmak«, wiederholte er, »dort harrt deiner die Aufgabe, die du zu lösen hast, zum Wohl der Götter, um Macht und Glanz unseres Volkes zu erneuern und zur Tilgung deiner schrecklichen Schuld.«

Der alte Mann hatte so eindringlich gesprochen und mit derart entrückter Miene durch ihn hindurchgesehen, in eine ferne Vergangenheit oder Zukunft, daß Robert ein Schauder überlief. Ein halbes Dutzend Male hatte ihn der Schamane schon als »Boten der Götter« bezeichnet und mit sonstigen phantastischen Vorstellungen bespiegelt. Doch zum ersten Mal spürte er nun den Ernst und die Kraft, die seinen Beschwörungen innewohnte, eine Kraft, dachte er plötzlich, die bloße Worte in Wirklichkeit verwandeln kann.

»Ich werde hingehen«, sagte er unter diesem Eindruck, und noch während Mabo seine Worte übersetzte, wandte er sich mit einem Ruck um, so daß die Hände des Alten von ihm abglitten.

Der Dampf über dem See hatte sich noch weiter verdichtet, Nebel schwebte über dem Wasser und bis hinauf zur Decke, in so gewaltigen Schwaden, daß die Nische auf der anderen Seite des Gewässers kaum mehr auszumachen war. Angestrengt spähte er hinüber und glaubte endlich zu erkennen, daß die India noch immer dort oben verharrte, reglos wie eine Skulptur und doch, schien ihm, eine Frau aus Fleisch und Blut. Sie trug ein silbernes Gewand, wie die Priesterin in der Legende, von der Il-tzimin erzählt hatte – bedeutete das womöglich, daß auch sie eine Priesterin der Mondgöttin war? Er konnte sich nichts Rechtes darunter vorstellen, betete sie etwa den Mond an? Am liebsten hätte er ihr etwas zugerufen, durch den Nebel, über den See hinweg. Aber was denn, dachte er dann, er verstand ihre Sprache nicht, er kannte nicht einmal ihren Namen.

Er wollte sich eben wieder umwenden, um den Alten zu fragen, da sagte hinter ihm Il-tzimin:

»Geh nun, *Ajb'isäj-ju'um d'ojis*. Nimm nur das Halbblut und Ajkechtiim mit. Deine drei fahlhäutigen Gefährten aber lasse hier. Sie achten die Maya nicht, und ihre Geister sind von Lügen und Gold verblendet.«

Robert stockte in der Drehung, dann wandte er sich um so rascher um. »Drei Gefährten? Woher …?«

Mit unbewegter Miene stand der Schamane vor ihm, der Blick seiner blinden Augen schien selbst Gedanken zu lesen. »Unsere Krieger«, sagte er, »haben den großen, gelb bepelzten Mann und die goldhaarige Frau heute früh unweit der Pyramide überwältigt.« Für einen Moment schien es Robert, als ginge ein listiges Grinsen über sein Gesicht. »Sei unbesorgt«, fügte Il-tzimin hinzu, »von deinen Begleitern ist niemand verletzt worden oder umgekommen, und wenn du darauf beharrst, werden meine Krieger die drei auch mit dir ziehen lassen. Aber es wäre ein Fehler, der deine Aufgabe von vornherein erschwert.«

Was ist mit Henry, ging es Robert durch den Kopf, den kleinen Diener hatte der Alte sonderbarerweise nicht erwähnt. Er sah in das zerfurchte Gesicht mit den eingefallenen Wangen und den milchigweißen

Augäpfeln, und auf einmal meinte er den Anblick Il-tzimins nicht länger zu ertragen. Er wandte sich ab und sah an dem Greis vorbei, auf die kleineren Götzenbilder, die unter dem riesigen, gemeißelten Kopf Cha'acs in die Felswand eingelassen waren. Es waren graurosa Masken, jede ungefähr so groß wie ein Menschengesicht, aber unförmig, wie aufgedunsen, mit hervorquellenden Augen und der roten Rüsselnase Cha'acs. Eines der Gesichter schien ihm bekannt – gräßlich bekannt, nicht wie eine Göttermaske, die er anderwärts schon einmal gesehen hatte, sondern wie das Gesicht eines wirklichen Menschen, den er gekannt hätte und hier furchtbar verwandelt wiederfände. Er starrte auf das Gesicht, es war das mittlere in der oberen Reihe der Fratzen, hypnotisch glotzten die verquollenen Augen zurück. Es kann und kann ja nicht sein, dachte er und wußte doch schon, mit untrüglicher Gewißheit, daß er keinem Irrtum unterlag.

Das Gesicht in der Wand trug, nur furchtbar gedunsen und verstümmelt, die Züge von Youngboy, dem Wirt der *Mahogany Bar*, in dessen Gewölbe er wochenlang beinahe jeden Abend verbracht hatte. Er starrte an dem Schamanen vorbei, und sein Geist machte eine Reihe wilder Sprünge – *nicht Youngboy ... Bruder, vielleicht Zwillinge ... daher die Ähnlichkeit, die seltsamen Namen ... Oldboy* – und während seine Gedanken wirbelten, bemühte er sich verzweifelt, äußerlich ruhig zu bleiben. Wenn Il-tzimin bemerkt, dachte er, daß ich das Gesicht über dem Altar erkannt habe, ist es mit uns allen vorbei.

»Sage ihm, daß ich zustimme«, forderte er Mabo mit erzwungener Ruhe auf. »Wir ziehen auf der Stelle weiter, gen Kantunmak. Erkläre ihm außerdem, daß meine Gefährten mich allesamt begleiten werden. Ich«, fügte Robert hinzu, und ein Schauder überlief ihn, ein Frösteln der Angst, aber mehr noch, ganz unerwartet, ein Schauder wilder, irrwitziger Lust, »ich, *Ajb'isäj-ju'um d'ojis*, Gesandter der Götter, will es so.«

FÜNF

1

Am Morgen, nachdem sie von Mrs. Harmess die Wahrheit erfahren hatte, begab sich Helen noch vor der Frühstückszeit zu den Privatgemächern von Mr. Sutherland. Man schrieb den 15. April 1878, und während sie, ohne anzuklopfen, in die Bibliothek trat, sagte sich Helen, daß sie diesen Montag zeit ihres Lebens nie mehr vergessen würde. Sie war zweiundzwanzig Jahre alt.

Die rostfarbenen Brokatvorhänge waren nur nachlässig zugezogen, und fahles Morgenlicht sickerte von den Hoffenstern her in den Büchersaal mit den deckenhohen Vitrinen, der zu jeder Tageszeit düster wirkte. Wohl deshalb hielt sich Mr. Sutherland zu Hause am liebsten in der Bibliothek auf, in der niemand außer Dorothy Harmess ihn stören durfte.

Als Helen nun ohne weiteres, wenn auch grau vor Übernächtigung, eintrat, fuhr Mr. Sutherland zusammen und faßte sie mit grimmiger Miene in den Blick. Er schien die ganze Nacht hier in der Bibliothek verbracht zu haben, bei reichlich Portwein und Zigarren. Jedenfalls saß er im Hausrock an seinem Lieblingsplatz vor dem offenen Kamin, und auf dem Teetischchen neben seinem Sessel standen zwei Portflaschen, eine bis zur Neige geleert, die zweite auf bestem Weg, ihrer Gefährtin nachzueilen. In Mr. Sutherlands Linker qualmte eine gewaltige Zigarre, sein sonst so streng gescheiteltes Haupthaar war zerrauft, und der Blick des Hausherrn wirkte entschieden glasig, auch wenn er sich weiterhin um eine gebieterische Miene bemühte.

»Mr. Sutherland, lassen Sie mich erklären.« Helen hob eine Hand, mit der anderen die Tür hinter sich schließend. Die Luft war hier drinnen zum Ersticken, aber sie hatte beschlossen, ihren Erzeuger ohne Zeugen zur Rede zu stellen. »Gestern abend hörte ich unfreiwillig mit, was Sie draußen im Patio mit einer jungen Frau besprachen. Dort verloren Sie auch diesen Brief.« Im Sprechen war sie auf ihn zugegangen, nun verharrte sie zwei Schritte vor ihm, das Papierfetzchen langsam vor seinen Augen schwenkend. »Ich bat Mrs. Harmess um Aufklärung und habe auf diesem Weg endlich die Wahrheit erfahren, die mir auf Ihr Geheiß, Sir, so lange vorenthalten worden war.«

Ihre Stimme klang brüchig, aber sie zwang sich, Mr. Sutherland unverwandt anzusehen und ihre kleine Rede, die sie sich in der Nacht zurechtgelegt hatte, zu Ende zu bringen. »Da jedoch auch Mrs. Harmess nur einen Teil dieser Wahrheit kennt, Sir, bin ich gekommen, um von Ihnen den Rest zu erfahren: Ich will wissen, wer meine Mutter ist, wie sie heißt, wie sie war und …« Nun mußte Helen sich doch unterbrechen und ihre Kehle frei räuspern. Aber sie würde vor Mr. Sutherland nicht in Tränen ausbrechen, das hatte sie sich in der Nacht geschworen. »… wie sie war und warum Sie meine Mutter verlassen und mich in Ihr Haus aufgenommen und gleichzeitig als Ihre Tochter verleugnet haben.«

Sie atmete tief durch, und es klang beinahe wie Schluchzen. Erst jetzt bemerkte sie, daß ihre Hände zu Fäusten geballt waren, als ob sie Mr. Sutherland zum Kampf herausfordern wollte. Als sie ihre Finger lockerte, fiel der Brieffetzen zu Boden, ein schweißfeuchtes Klümpchen Papier.

»Sie hat es immer gesagt«, murmelte Sutherland. Er war über ihren Worten bleich geworden, jetzt musterte er sie mit zusammengekniffenen Augen, als argwöhne er, eine Traumerscheinung vor sich zu sehen. »Von Anfang an hat deine Mutter … ich meine Dorothy … gesagt, daß du es eines Tages herausbekommen würdest. Aber ich konnte nicht … ich mußte …« Voller Erbitterung sah er sie an. »Ich mußte so handeln, verstehst du das nicht?«

Helen schüttelte den Kopf. Sie spürte ein Brennen in den Augen und wandte sich ab. »Nein«, sagte sie und versuchte so kalt und beherrscht zu klingen wie gestern abend die junge India, »nein, Sir, das verstehe ich in der Tat nicht. Wenn Sie sich gezwungen sahen, mich als Ihre Tochter zu verleugnen, warum ließen Sie mich in Ihrem Haus aufwachsen? Wäre es nicht viel einfacher gewesen – für Sie, Mr. Sutherland, und für Ihr von Anfang an in Lügen gewickeltes Kind –, wenn

Sie mich in andere Hände gegeben und einen anderen Ort für mich bestimmt hätten, weit weg von Ihrem Haus?«

Mr. Sutherland starrte sie an, und obwohl sie es nicht über sich brachte, seinen Blick zu erwidern, hatte sie den deutlichen Eindruck, daß auch seine Augen glitzerten. Unsinn, sagte sie sich, der Zigarrenrauch wird seine Tränendrüsen gereizt haben, sonst gar nichts.

Mit der Zigarre in seiner Linken, die allerdings erloschen war, beschrieb Mr. Sutherland einen vagen Halbkreis in der Luft. »Ich habe mir nichts vorzuwerfen, hörst du? Was damals passiert ist, dort draußen im Urwald ... Niemand würde jemals zugeben, daß er von einem solchen wilden Weib ...« Mr. Sutherland starrte sie an, aber es schien Helen, daß er durch sie hindurchsah, in waldreiche Vergangenheit. »Immerhin habe ich nachher alles unternommen, was in Anbetracht der Verhältnisse möglich war.« Er tastete nach dem Portweinglas und leerte es in einem Zug, ohne den Blick von Helen zu wenden – oder vielmehr von den Erinnerungsbildern, die ihn mehr und mehr zu bannen schienen. »Ich habe gehandelt, wie meine Christenpflicht es mir befahl. Was also begehrst du von mir?« Er lachte auf, und sein Gesicht verzerrte sich. Jetzt erst wurde Helen bewußt, wie betrunken Mr. Sutherland tatsächlich war. »Du wirst niemals meinen Namen tragen, Tochter der wilden Ixpaloc«, murmelte er. »Aber ich werde dir berichten, und dann wirst du einsehen, daß mein Handeln gerecht und gottesfürchtig war.«

2

In gemächlichem Trab zockelte sie auf ihrer Schecke hinter Mr. Mortimers Rappen her, das Packpferd am Zügel neben sich führend. Ihr Weg wand sich durch dichten, scheinbar gleichförmigen Dschungel, und das ganz und gar Verrückte war, daß mit jeder Meile, die sie hinter sich brachten, die Erinnerung in ihr lebendiger wurde. Sie selbst wußte, daß dies nahezu unmöglich war. Nach den Worten von Mrs.

Harmess und Mr. Sutherland war sie keine zwei Jahre alt gewesen, als sie damals, in ein Tuch gewickelt, von jener India durch Wald und Schlucht bis Fort George getragen worden war. Und doch war es ihr bereits auf dem Floß und sogar tags zuvor während ihrer wilden Kutschfahrt so ergangen: Irgend etwas – oder *jemand* – in ihr reagierte auf den Wirbel von Sinneseindrücken, der auf sie eindrang, seit sie die Stadt hinter sich gelassen hatten.

Nur am Rande registrierte Helen, daß Miriam, die seitlich vor Mr. Mortimer auf dem Rappen saß, gurrende Töne ausstieß, während der Kopf des Mannes wieder und wieder auf ihre Büste hinabstieß. Die beiden gebärdeten sich ungemein töricht, um nicht zu sagen schamlos, aber Helen war so sehr mit ihren Erinnerungen beschäftigt, daß es ihr leichtfiel, Miriams lüsternes Girren und Mr. Mortimers täppische Galanterien zu ignorieren.

Im Reiten legte sie den Kopf weit zurück und schaute zu den Wipfeln empor, zwischen deren verworrenem Astwerk die Sonne hindurchblinzelte. So, ganz genau so mußte sie damals die vibrierenden Zweige und darüber den leuchtend blauen Himmel gesehen haben, als sie im Bauch- oder Rückentuch ihrer Retterin durch den Wald geschaukelt war. Wie uraltes Laub, vom Wind emporgewirbelt, stiegen Erinnerungen in ihr auf, traumhafte Bilder, tanzende Schatten, Gerüche und Klänge, so daß ihr die Kehle eng wurde, wie von einer Hand, die aus fernster Vergangenheit nach ihr griff. Närrin, schalt sie sich, war es denn überhaupt möglich, daß man Erinnerungen an die allerersten Lebensjahre in sich bewahrte – für lange Zeit vergaß – und schließlich wiederfand, wie vergilbte Stiche in einem Schrank, der jahrzehntelang verschlossen war?

Auf ihren Wunsch hatte Mr. Sutherland an jenem Aprilmorgen sogar seine alte Militärkarte herausgesucht und ihr die Route gezeigt, auf der er selbst im Frühling '54 gen Westen geritten war, als Kommandant eines Fähnleins britischer Soldaten, beauftragt, die Rädelsführer der westlichen Rebellionen unschädlich zu machen. Auf demselben Weg war er ein gutes Jahr später nach Fort George zurückgekehrt, als einziger Überlebender seines Stoßtrupps, der zwei Tagesritte südwestlich von San Ignacio in einen Hinterhalt der Mayarebellen geraten war. Ohne Zweifel, dachte Helen, mußte auch ihre Retterin zwei weitere

Jahre darauf eben diesen Weg entlanggewandert sein, zumindest war auf Sutherlands Karte kein anderer Pfad verzeichnet. Das kleine Mädchen am Körper tragend, das größere an der Hand, war die heldenmütige India zuerst viele Tagesmärsche ostwärts durch den Wald gezogen, dann im Kanu stromauf bis zur Biegung gefahren, in der sich heute Victoria Camp befand. Danach war sie auf dem Fahrweg gewandert, hundert Meilen gen Osten, bis endlich am Horizont das Meer geglitzert hatte und die Silhouette von Fort George vor ihnen aufgetaucht war.

»Es war ein verdammter Unfall, verstehst du?« Mr. Sutherland hatte sein Versprechen tatsächlich gehalten, wenn auch vielleicht nur aus Trunkenheit, und ihr an jenem Aprilmorgen alles berichtet – jedenfalls »all das, was ein Mann schicklicherweise vor einer jungen Frau preisgeben kann«.

Es war übergenug gewesen, um Helen mehr als einmal erröten zu lassen, vor Scham, Verwirrung oder Zorn. Im Verlauf seiner Stunden dauernden, von trunkenem Murmeln und stieräugigem Schweigen durchsetzten Beichte hatte Mr. Sutherland sich vor ihr entblößt wie vielleicht niemals vorher vor irgend jemandem in seinem Leben. Kurzzeitig hatte sie einen jüngeren, heißblütigen James Sutherland erblickt, der vor vielen Jahren weit draußen in der Wildnis seiner eigenen Wildheit begegnet sein mochte. Aber dieser jüngere Mann, der möglicherweise sogar etwas wie Liebe für die »braune Frau im Wald« empfunden hatte, verschwand schon bald wieder hinter der Maske des heutigen Sutherland, eines vorzeitig gealterten Gentleman, der offenbar alle Leidenschaften in sich abgetötet hatte, ausgenommen nur sein »christliches Pflichtgefühl«. Und so hatte Helen in den Stunden seiner trunkenen Beichte nicht einen Moment lang das Gefühl, Mr. Sutherland auch nur einen Zoll nähergekommen zu sein als in all den Jahren zuvor, in denen er lediglich ihr unnahbarer Gönner gewesen war.

In einem einzigen Punkt war Mr. Sutherland ihr ausgewichen. Er hatte behauptet, nicht zu wissen, was aus ihrer Retterin und dem größeren Mädchen geworden war, die sie damals nach Sutherland House gebracht hatten. Helen war sicher, daß es gelogen war, aber sie hatte auch sofort gespürt, daß er dieses eine Geheimnis beharrlich verteidigen würde. Vieles sprach dafür, daß die junge India, die sie am

Vorabend im Patio belauscht hatte, niemand anderes als das ältere Mädchen von damals war und die Mutter, die es erwähnt hatte, ihre einstige Retterin. Aber wie hätte sie danach fragen können, ohne Mr. Sutherland auf den Kopf zuzusagen, daß er sie – schon wieder – belog? Nach dem belauschten Gespräch schien es Helen unzweifelhaft, daß die beiden, Mutter und Tochter, James Sutherland erpreßten, womöglich schon seit zwanzig Jahren.

»Hey, Holzkopf? Reitet der verrückte Halbaffe glatt an uns vorbei! Abgesessen, zum Donner, hier bleiben wir über Nacht!«

Wieder dauerte es einen Moment, bis sie begriff, daß Mr. Mortimers laute Schmähungen ihr galten, vielmehr dem Burschen Henry, der mit verständnisloser Miene von der falschen Nonne zu dem Hünen mit dem honiggelben Haarschopf sah.

»Verzeihen Sie, Sir, ich war in Gedanken.« Sie beeilte sich, ihre Schecke zu wenden und auch das eigensinnige Packpferd mit sich zu ziehen, auf die schmale Lichtung am Wegrand, wo Mr. Mortimer seinen Rappen bereits abgeschirrt hatte. Es beunruhigte sie, daß die beiden nun anscheinend gänzlich mit Mr. Thompson und Mr. Climpsey brechen wollten. Für ein Nachtlager war es noch viel zu früh, die Sonne stand hoch am Himmel, gut und gerne hätten sie vor Einbruch der Dunkelheit noch zwei Stunden weiterreiten können. Aber unter Mortimers grimmigem und Miriams hämischem Blick blieb dem Reitburschen Henry nichts anderes übrig, als folgsam von seinem Pferd zu klettern und ihr Nachtlager vorzubereiten.

Während sie die Tiere abschirrte, ihnen Futtersäcke umhängte und sich dann auf die Suche nach einer Wasserstelle machte, war sie in Gedanken längst wieder bei Mr. Sutherland, in seiner von stickiger Hitze, Zigarrenrauch und Portweingeruch erfüllten Bibliothek.

James Sutherland ist mein Erzeuger, dachte sie wieder, aber er wird niemals mein Vater sein. Die gefüllten Wasserschläuche über der Schulter, kehrte sie auf die Lichtung zurück, wo von Mr. Mortimer und der Barmherzigen Schwester Miriam weit und breit nichts zu sehen war. Helen tränkte die Pferde, dann ließ sie sich im Schatten eines Mahagonibaumes nieder. Ein Frösteln überlief sie, als sie daran dachte, wie Mr. Sutherland ihr die Hand gereicht hatte, zum Zeichen, daß er alles gesagt habe, was es aus seiner Sicht zu sagen gab. Es war das erste und das letzte Mal in ihrem Leben gewesen, daß sie einander die Hände geschüttelt hatten, ja das erste Mal überhaupt, daß Mr. Sutherland seine Tochter berührt hatte. Seine Hand hatte sich unerwartet kühl angefühlt, hart und kalt wie ein Stück Treppengeländer, und am folgenden Tag war er ebenso unerwartet zu einer »diplomatischen Mission« nach Britannien aufgebrochen, von der er noch immer nicht zurückgekehrt war, als Helen Ende Juli 1878, verkleidet als Reitbursche Henry, in höchst zweifelhafter Begleitung Hals über Kopf die Stadt verließ.

»Deine Mutter wußte, wie man einen Mann verrückt macht. Sie hat meine Notlage ausgenutzt, verstehst du? Aber kein Mann, der seinen Verstand einigermaßen beisammen hat, läßt sich von einer Frau auf Dauer am ... na, du weißt schon, an seinem verdammten Gürtel herumführen.«

3

Seit Stunden lag Helen in ihrer Hängematte, doch ein ums andere Mal fuhr sie aus unruhigem Halbschlaf hoch. Tausenderlei sorgenvolle Gedanken summten durch ihren übernächtigten Geist: Ein Wolkenbruch könnte sie im Schlaf überraschen (am glitzernden Nachthimmel über ihr war kein Nebelfädchen zu sehen); Mr. Thompson mußte die Nacht ohne ihren Schutz verbringen, fünf Meilen westlich oder mehr (Mabo und Mr. Climpsey würden ihn zuverlässiger beschützen, als der unbeholfene Reitbursche Henry dies je vermöchte); Raubtiere, Schlangen, feindselige Waldbewohner könnten sie im Schutz der Dunkelheit überrumpeln (vorhin hatte Mr. Mortimer geräuschvoll seine Pistole geladen, aber Mortimer und Miriam hatten sich, nachdem sie wieder aufgetaucht waren, auf der anderen Seite der Lichtung eingerichtet, und der unglückselige Henry besaß nicht einmal einen rostigen Dolch); die Barmherzige Schwester Miriam könnte in der Nacht zu ihr herüberschleichen, um mit schamlosen Händen nachzuprüfen, was es mit Henry tatsächlich auf sich hatte (hatte sie ihn vorhin nicht deshalb auf die Probe gestellt: weil sie die Geschlechtsgenossin unter Henrys Burschenkleidern witterte?); Mr. Sutherland würde ihr im Traum erscheinen, sowie sie in tieferen Schlaf fiel (er hatte »schicklicherweise« lediglich angedeutet, wie Ixpaloc es angestellt hatte, ihn »verrückt zu machen«, aber diese Andeutungen, sein trunkenes Lachen und die selbstvergessenen Laute, die von Mortimers und Miriams Schlafplatz zu ihr herüberdrangen, vermengten sich zu Phantasien von erhitzender Unzweideutigkeit).

Ein Nachtvogel stieß einen Klagelaut aus, der Helen aus irgendeinem Grund an die Glocken von St. John's Cathedral erinnerte, ihren schütteren Stundenschlag zur Mitternacht, den sie in den letzten Wochen mehr als einmal mitgezählt hatte, schlaflos in ihrem Bett unter der Dachschräge. Sie dachte an Mama Doro und verspürte einen schmerzhaften Stich. Auch wenn sie mich ebenso schändlich belogen hat wie Mr. Sutherland, sagte sich Helen, es war trotz allem nicht recht von mir, Mrs. Harmess ohne ein erklärendes Wort zu verlassen.

Auch ihre Kolleginnen im Kopistensaal von Government House würden sich fragen, warum Helen Harmess von einem zum anderen Tag spurlos verschwunden war.

Von ihren Sorgen und ihrem Gewissen gepeinigt, wälzte sie sich so heftig hin und her, daß ihre Hängematte bedrohlich zu schwingen begann. Die Palme an ihrer Fußseite knarrte, oder war dies ein Knacken gewesen, von schleichenden Schritten im Unterholz? Mit angehaltenem Atem lauschte sie in die Nacht.

Nein, nichts. Nur Mr. Mortimer und seine selbstlose Nonne schienen noch immer ihrem Liebesspiel hingegeben, oder was sonst sie dort drüben treiben mochten, zwanzig Schritte linker Hand. Helen hörte, wie Miriam leise auflachte und Mr. Mortimer ein katerhaftes Schnauben von sich gab. Dann herrschte wieder Stille. Aufs neue begannen die Gedanken in ihrem Kopf zu summen, von beunruhigenden Halbschlafbildern untermalt:

Miriam, die den Burschen Henry zu sich kommandierte, zu ihrer Hütte aus Ästen und Palmwedeln, die Mortimer am Abend im Handumdrehen errichtet hatte. Da war die Nacht bereits hereingebrochen, und Henry tappte ängstlich über die dunkle Lichtung zu ihnen hinüber. Im Türloch, durch eine Fackel im Innern der Hütte beschienen, stand Miriam, allem Anschein nach zur Nachtruhe bereit. Ihre Kutte hatte sie sich wie ein Laken um den Leib gewickelt, so daß ihre üppigen Brüste, die mächtigen Schenkel nahezu unbedeckt blieben, und die goldene Haarflut strömte ihr bis über die Alabasterschultern hinab. »Was starrst du mich so an?« fauchte sie Henry entgegen, doch in ihren Augen war ein Glitzern, tückisch und lüstern, das ihre Worte Lügen strafte. »Komm herein und mach diese Hängematte fest – geschwind!« kommandierte sie und trat zur Seite, so daß Helen keine Wahl blieb: Widerstrebend schob sie sich an der nahezu nackten Nonne vorbei in den engen Hüttenraum.

Mr. Mortimer machte sich draußen bei den Pferden zu schaffen, die er durch einen Wall aus Dornbüschen vor nächtens umherstreifenden Jaguaren gesichert hatte. Offenbar hatte Miriam mit Bedacht diesen Augenblick gewählt, um Henry herbeizurufen, aber was um Himmels willen hatte sie vor?

Folgsam bückte sich Helen nach der Hängematte, die zusammengerollt am Boden lag, und begann sie zwischen zwei Baumstämmen auszuspannen. Da streckte Miriam, die dicht neben ihr stand, auf einmal eine Hand aus, als wollte sie mithelfen, die Seile um den Stamm zu schlingen, und streifte mit dem Handrücken wie zufällig über die Hemdbrust des Dieners. Mit fliegenden Fingern beendete Helen ihre Arbeit, dann verbeugte sie sich vor Miriam und schlüpfte aus der Hütte, ehe die falsche Nonne sich auch nur räuspern konnte.

Ihr Herz raste. Hatte Miriam etwas bemerkt? Es war unwahrscheinlich, sagte sich Helen, denn das Tuch, das sie unter ihrem weiten Hemd straff um die Brust gewickelt trug, preßte ihren Busen, der ohnehin nicht üppig war, zu den Proportionen einer Knabenbrust zusammen. Dennoch klopfte ihr das Herz noch immer bis zum Hals, als sie bereits in ihrer eigenen Hängematte lag, alle Kleidungsstücke aus ihrem Bündel über sich ausgebreitet, als Schutz gegen die nächtliche Kühle, aber mehr noch gegen Miriam. Wenn die Frau mit den grünen Katzenaugen einen Verdacht gefaßt hatte, würde sie nicht davor zurückschrecken, den schlafenden Pferdeburschen zu betasten, auf der Suche nach Hervorwölbungen, die ihren Argwohn bestätigten und vielleicht auch ihre Verderbtheit kitzelten.

Die Nachtstunden verrannen, und Helen wälzte sich weiter in unerquicklichem Halbschlaf. Wie gut, daß sie zumindest ihren Haarschopf geschnitten hatte, am Sonntag in aller Frühe, ehe sie in der Morgendämmerung aus dem Tor von Sutherland House geschlüpft war. Mit ihren kurzen Haaren und dem zum Turban geschlungenen Kopftuch sah sie tatsächlich wie ein schmächtiger Jüngling aus, bartlos zwar, aber die dunkelhäutigen Indios und die meisten Mestizen verfügten nur über äußerst spärlichen Bartwuchs, im Gegensatz zu Gentlemen wie Mr. Mortimer, die an jedem Zoll sichtbarer Haut fellartig behaart waren. Und ausgerechnet er und Climpsey führten ständig das Schmähwort von den »braunen Affen« im Munde! Wie dumm und ganz und gar ungerecht, dachte Helen. Glücklicherweise schien Mr. Thompson diese Vorurteile seiner Gefährten regelrecht zu verabscheuen. Ob er aber imstande wäre, eine braunhäutige Frau zu lieben?

Abermals stieß ein Nachtvogel, ganz in ihrer Nähe seinen klagenden Ruf aus. Ein Uhr früh, dachte sie benommen und spürte, daß sie nun endlich in den Schlaf finden würde. »Ich lag da wie tot«, sagte Mr. Sutherland in ihrem Kopf, »zwischen den Leichen meiner massakrierten Soldaten, und spürte, wie das Blut aus meiner Beinwunde rann. Ich hatte schon alle Hoffnung aufgegeben, doch als ich wieder zu mir kam, ruhte ich in einer Hängematte, nackt wie einst Adam, zwischen Bananenstauden und Kokospalmen, und dieses junge braune Weib bearbeitete mit allen zehn Fingern mein verdammtes Bein.«

4

Mr. Sutherland ruhte wahrhaftig in einer Hängematte, nackt bis auf einen Verband an seinem linken Schenkel und einen dürftigen Schurz, auf dem die silberne Mondsichel prangte. Selbst im Traum mußte Helen bei diesem Anblick lächeln, dem hageren, bleichhäutigen Leib mit dem gebogenen Mond in seiner Mitte. Doch ihr Lächeln verging, als ihr Blick höher glitt, zu seinem Gesicht, das mit einem weißen Tuch verdeckt war, wie bei einem Leichnam. Sie streckte die Hand nach ihm aus, aber sie wagte nicht, ihn zu berühren.

Es war drückend heiß, die Sonne stach senkrecht vom Himmel herab. Ein würziger Duft erfüllte die Luft, von vielerlei Kräutern, vermengt mit dem Geruch von brennendem Holz. Offenbar befand sich ganz in ihrer Nähe eine Kochstelle, auf der etwas zubereitet wurde, eine Suppe oder ein heilender Trunk. Nahebei stand eine runde Hütte, aus deren Türloch der würzige Geruch zu dringen schien.

Allmählich erst wurde ihr bewußt, daß sie sich in einem weitläufigen Dorf befand, mit Dutzenden solcher Hütten, die geduckt und strohgedeckt zwischen Palmen und Apfelsinenbäumen standen. Weit im Hintergrund, schon am Ende der Siedlung, erhob sich ein gewaltiger Steinbau, rund und ragend wie ein Turm, dabei breit wie ein kleiner Berg. So hoch die Bäume des Regenwaldes auch waren, die das Dorf in alle Richtungen umschlossen, der steinerne Bau ragte über ihre Wipfel hinaus, sein flaches, von einem First umkränztes Dach schien fast an die Wolken zu stoßen.

Aus der nahen Hütte trat eine schlanke, kleingewachsene Frau, ein Bündel und einen Becher in Händen, und ging auf Mr. Sutherland zu. In einem Schlammloch unweit seiner Hängematte suhlte sich ein schwarz geflecktes Schweinchen, und die Frau bedachte das Tier mit einem kleinen Lächeln, ehe sie an das Lager des ruhenden Mannes trat. Sie beugte sich über ihn, entfernte das Tuch von seinem Gesicht und flößte ihm den Trunk ein, den sie anscheinend eigens für ihn bereitet hatte. So sehr Helen sich wünschte, einen Blick in Mr. Sutherlands Antlitz werfen zu können, die Frau verdeckte es mit ihrem Rücken, und als sie sich wieder aufrichtete, lag das Tuch wieder auf seinem Gesicht.

Die Frau war Ixpaloc, ihre Mutter, gekleidet in eine weiße Tunika, deren Säume bunt verziert waren. Ihre Bewegungen wirkten ruhig und sicher, ihr Blick war aufmerksam und warm. Helen sah sie an, voll wilder Sehnsucht, den langen, glänzend schwarzen Haarzopf, der auf ihrem Rücken hin- und herschwang, ihre dunkelbraune, an Armen und Handrücken nahezu schwarze Haut. Und daneben der mondbleiche Mann.

Nun machte sie sich an seinem Verband zu schaffen, breiten, fleischigen Blättern, die sie Schicht um Schicht von seinem Bein entfernte, bis eine tiefe Wunde zum Vorschein kam. Dabei summte sie unverwandt eine Melodie, die nur aus drei, vier sich wiederholenden Tönen bestand. Schon bei ihren ersten Berührungen hatte Mr. Sutherland begonnen, sich in seiner Matte zu winden, und binnen kurzem stimmte er seufzend und stöhnend in ihren Summgesang ein.

Ixpaloc öffnete ihr Bündel und holte Tücher und Tiegel hervor. Sorgsam säuberte sie die Wunde, dann strich sie nacheinander mehrere Salben auf. Unter dem weißen Tuch, das noch immer sein Gesicht verdeckte, seufzte und brummte Mr. Sutherland unterdessen mit einem Behagen, das sich kaum mehr als schicklich bezeichnen ließ. Offenbar war er noch immer nicht bei Sinnen, und obwohl Ixpaloc lediglich seine Verletzung bestrich und mit einem frischen Verband versorgte, ging Mr. Sutherland zu einem rhythmischen Röcheln über, das eindeutig wollüstig klang.

Selbst im Traum war Helen über dieses schamlose Gebaren empört. Zumindest galt dies für Miss Harmess, während die India in ihr schon vor längerem in Ixpalocs kleine Melodie eingefallen war.

Im nächsten Moment saß Ixpaloc rittlings auf der Hängematte, genauer gesagt, auf der silbernen Mondsichel, ein wenig vornüber gebeugt, ihre kleinen, kräftigen Hände auf Mr. Sutherlands Brust gestemmt. Helen schnappte nach Luft, da machte der Traum einen Sprung, und auf einmal waren sie auf einem weiten Platz, im Schatten des wuchtigen Turmes, der das Dorf im Süden beschloß. Jene einförmige Melodie schwang noch immer in der Luft, aber jetzt war es ein heller Gesang aus Dutzenden Kehlen. Ixpaloc stand in der Mitte des Platzes, neben ihr lag Mr. Sutherland ausgestreckt am Boden, immer noch nackt bis auf jenen Schurz und sein Gesicht mit dem weißen Tuch verdeckt, das sich unter seinen Atemstößen senkte und hob. Eine große Anzahl junger Frauen säumte den Platz, in silberfarbenen Gewändern. Sie alle hatten ihre Arme erhoben, und obwohl der Himmel nachtschwarz war, mit vereinzelt blitzenden Sternen, war in der Luft ein silbriger Schein, hell wie hundert Monde.

Während die jungen Priesterinnen unablässig weitersangen, begann sich die liegende Gestalt in der Mitte des Platzes zu regen. Ein Zittern überlief den bleichen, hageren Leib, die Arme zuckten, die Beine streckten sich, und genau in diesem Moment wurde Helen bewußt, daß die Frau dort in der Mitte des mondbeschienenen Platzes nicht Ixpaloc war.

Aber wer sonst? Wie zum Hohn wandte die Frau ihr nun den Rücken zu, vergeblich versuchte sie einen Blick in ihr Gesicht zu erhaschen. Noch im Traum spürte sie, wie Empörung sie befiel: Ihr beide, dachte sie, Mutter und Vater, hab mir niemals euer Gesicht gezeigt!

Der Gesang der Priesterinnen erstarb. Nun erst bemerkte sie, daß der riesenhafte Turm eine Ruine war, die Mauern rauchgeschwärzt, mit klaffenden Löchern. Ihr Blick fiel auf den Mann, der ausgestreckt auf dem Lehmboden lag. Das Tuch war von seinem Gesicht geglitten, und es war Robert Thompson, keine Zweifel: seine Augen weit geöffnet, sein Antlitz wächsern und starr.

»Nein!« Sie schrie es und warf sich über den Leichnam, denn er war tot, tot, tot, und sie, sie selbst war die Frau in ihrem Traum. Sie packte ihn bei den Schultern, schüttelte ihn wieder und wieder, dabei unablässig schreiend: »Nein! Das nicht! Nein!« –

Qualvoll langsam verblaßte der Traum. Wie erstarrt lag Helen zwischen Schlaf und Wachen, nur das Herz klopfte ihr schmerzhaft in der abgeschnürten Brust.

Erst ganz allmählich dämmerte ihr, weshalb sie, dem Traum entronnen, gleichwohl auf ihrem Bauch lag, wie eben, als sie auf den Leichnam niedergesunken war. Sie mußte sich so sehr hin- und hergeworfen haben, daß sie im Schlaf aus dem schaukelnden Bett gefallen war. An ihrer Wange spürte sie das feuchte Gras, naß vom Morgentau und von ihren Tränen.

Was für ein furchtbarer Traum, dachte sie noch Minuten darauf, als sie sich aufgerappelt hatte und im grauen Morgenlicht ihre Habseligkeiten einzusammeln begann. Was hat es nur zu bedeuten, daß ich Mr. Thompson und mich selbst anstelle meiner Eltern erblickte – und Robert tot und ich von Sinnen vor Trauer und Schmerz!

Während sie beklommen darüber nachsann, dabei im Gras umherkrauchend, auf der Suche nach einer Sandale, die sich anscheinend im Schutz der Nacht davongemacht hatte, drang nach und nach ein rhythmisches Stampfen in ihr Bewußtsein, das, anfangs leise und fern noch, mit reißender Raschheit näher kam.

Pferde, im Galopp, konnte Helen eben noch denken, dann sprengten Soldaten auf die Lichtung, und nur Augenblicke später waren sie alle drei entdeckt, überrumpelt, ans Licht gezerrt: Mortimer in Unterhosen, Miriam in barmherziger Blöße und der Pferdebursche Henry, mit verrutschtem Turban und halbtot vor Angst.

Einer der Kavalleristen, die Büsche und Lichtung durchkämmten, auf der Suche nach »dem zweifachen Mörder Robert Thompson«, war Charles Muller, Wachsoldat von Government House.

5

»Thompson ist nicht bei uns«, sagte Mortimer zu dem königlichen Leutnant. »Er ist vorausgeritten und hat meinen Kameraden Climpsey gezwungen, ihn zu begleiten.«

Der Leutnant pflanzte sich vor seinen Gefangenen auf, am Rand der Lichtung, bis zu den Knien im morgenfeuchten Gras. »Ich muß dennoch darauf bestehen, daß Sie mir Ihre Waffe aushändigen, Sir.«

Tatsächlich ragte der Griff der silbernen Pistole aus dem Bund von Mortimers Unterhosen, einem sackartigen, schmutzstarrenden Textil, das ihm vom Nabel bis zu den Knien reichte. »Obwohl ich mit der ganzen Sache nichts zu tun habe«, murrte Mr. Mortimer, »so wenig wie Mr. Climpsey und wie diese heilige Frau, Schwester Miriam.«

Er zeigte auf die Nonne, die zu seiner Linken im Gras stand, das Haupt mit dem verworrenem Goldhaar züchtig gesenkt. Von den Soldaten überrumpelt, war sie offenbar derart überstürzt in ihre Kutte gefahren, daß das sonst so anspruchslose Kleidungsstück dramatisch durcheinandergeraten war. Jedenfalls umschloß der braune Stoff ihren Rumpf straff wie ein Wurstdarm, aus dessen oberem Ende reichlich loses Fleisch hervorquoll.

Der Leutnant warf ihr einen nachdenklichen Blick zu, entschloß sich dann aber offenbar, seine Zweifel für sich zu behalten. »Sie haben

Mr. Thompson zur Flucht verholfen, Sir«, sagte er in mißbilligendem Tonfall zu Mortimer, während er eine Hand nach der Pistole ausstreckte.

Alle sechs Soldaten, die der Leutnant befehligte, hielten mittlerweile ihre Repetiergewehre auf die Gefangenen gerichtet. Klugerweise zögerte Mortimer auch nur einen winzigen Augenblick, dann händigte er dem Leutnant seine Waffe aus. »Er hat uns gezwungen, ihn aus der Stadt zu bringen«, behauptete er.

»Mit dieser Pistole?« Die Brauen zusammengezogen, musterte der Leutnant die silberne Waffe, ehe er sie in seinen eigenen Gürtel schob. »Nun, Sir, wir werden sehen. Verhalten Sie sich vernünftig, dann bringen wir Sie alle wohlbehalten nach Fort George zurück, wo Sie ein faires Gerichtsverfahren erwarten dürfen. – Und wen haben wir übrigens hier?« Jählings wandte er sich Henry zu, der ein wenig abseits gestanden hatte, mit abgewandtem Kopf und noch immer halb ohnmächtig vor Angst.

»He… Henry O'Rooney, Sir. Mr. Thompsons Die… Diener.« So verdächtig sie sich durch ihr Gestammel zweifellos machte, sagte sich Helen, an ihrer Stimme würde Charles Muller sie jedenfalls nicht wiedererkennen. Sie hatte gekrächzt wie ein lungensüchtiger Rabe.

Der Leutnant nickte dem Burschen nur flüchtig zu, an braunhäutigen Domestiken offenbar wenig interessiert. Auch Sergeant Muller hatte, wie seine Kameraden, dem unscheinbaren Henry nur einen kurzen Blick zugeworfen, in dem sich keinerlei Erkennen spiegelte. Helen atmete vorsichtig auf, soweit das vermaledeite Tuch um ihre Brust dies erlaubte.

Der Leutnant, in schmucker, wenngleich schlammbespritzter Tropenuniform, zog seine Kappe vom Kopf und wischte sich über die Stirn. »Wie weit ist Thompson voraus, Sir? Nach meiner Karte sind es keine zehn Meilen mehr bis zur Schlucht, in der eine Indiosiedlung liegen müßte. Haben wir eine Chance, ihn vorher abzufangen?«

Während ihres Wortwechsels war die Sonne hinter den Bäumen höher und höher gestiegen, nun schwebte sie über den Wipfeln und tauchte die kleine Lichtung in goldene Wärme. Ringsum im Wald stimmten zehntausend Vögel ihr Morgenkonzert an, alle zur gleichen Zeit, ein ohrenbetäubendes Spektakel, das jeden Morgen fast zur gleichen Minute einsetzte und doch immer wieder überraschend begann, als flöge ein Tor in eine andere Welt auf.

Der Leutnant schrie etwas, doch was er sagte, war nicht zu verstehen. Helen sah, wie sich seine schmalen Lippen unter dem gleichfalls strichdünnen Schnurrbart bewegten, aber von dem Gekreische der Vögel wurde jeder menschliche Laut übertönt. Die Soldaten schauten sich nach allen Seiten um, in offenkundiger Panik, ihre Waffen abwechselnd auf Weg und Buschwerk richtend, obwohl das Verhängnis von oben kam: Während Hunderttausende Urwaldvögel immer lauter und sinnverwirrender kreischten, stob ein Schauer lautloser Pfeile von den Wipfeln auf die Soldaten hinab.

Schneller als jeder andere erkannte Mr. Mortimer die tödliche Gefahr. Er warf sich zu Boden, die Nonne mit sich ziehend, und rollte sie beide mit der gleichen Bewegung weiter, eine Walze bleichen Fleisches, die krachend ins Unterholz brach. Außer einigen Schrammen und einem gellenden Schrei der Barmherzigen Schwester brachte ihm die Heldentat allerdings wenig ein: Nur einen Moment später flogen vier, fünf, sieben braune Schatten aus den Wipfeln auf sie hernieder und wurden im Sprung zu kompakten Körpern, die mit Fäusten und Steinbrocken Mortimers Widerstand brachen.

Am ganzen Leib zitternd, versuchte Helen zu erlauschen, was droben auf der Lichtung geschah. Sie war nur einen Wimpernschlag später als Mr. Mortimer zu Boden gegangen und, mehr durch Glück als durch Vorbedacht, einen Hang hinabgerutscht, der hinter dem Buschwerk überraschend abwärts führte. Am ganzen Leib zitternd, versuchte sie zu erlauschen, was droben auf der Lichtung geschah. Die zu ihr herabdröhnenden Flüche, lauter selbst als das Geschrei der Vögel, ließen keinen Zweifel daran, daß Mortimer überwältigt worden war. Auch Miriam war den Indios sicher nicht entkommen, dachte Helen, indem sie nach ihrem Bündel tastete, das sie im Flug und Sturz geistesgegenwärtig noch gepackt hatte.

Und die Soldaten? Das Herz pochte ihr bis in die Kehle hinauf. Weiter, fliehen, spornte sie sich an, aber sie war außerstande, auch nur einen Muskel zu rühren. Sie schloß die Augen. Der schmale Leutnant mußte sofort tot gewesen sein. Einen gefiederten Pfeil im Herzen, einen zweiten im linken Auge, war er wie ein abgeknickter Holzpfahl umgestürzt und reglos auf dem Rücken liegengeblieben. Wie es den sechs Soldaten ergangen war, sie wußte es nicht. In Schlamm und Laubhaufen kauernd, die sich am Fuß des kleinen Hangs angesammelt hatten, mußte sie eine Hand auf ihren Mund pressen, um nicht laut aufzuschreien. Vergeblich versuchte sie sich zu entsinnen, ob überhaupt Schüsse abgefeuert worden waren, ob die Kavalleristen noch Gelegenheit hatten, ihre Waffen zu benutzen, oder ob sie alle vom ersten Hagel der Pfeile überwältigt worden waren.

Erst als das Geschrei der Vögel endlich abgeebbt war, Minuten oder Stunden später, kam Helen weit genug zu Sinnen, um zu erkennen, daß sich oben auf der Lichtung nichts Menschliches mehr regte. Und daß wenige Schritte hinter ihr zwei britische Soldaten hockten, fast unkenntlich eingegraben in Laub und Schlamm.

Aber nur fast. Wie versteinert starrte sie über die Schulter zu den beiden Männern zurück.

Der jüngere war Charles Muller, Helen Harmess' alter Bekannter von Government House. Auch den zweiten Soldaten, einen stämmigen Burschen mit vierschrötigen Zügen, erkannte sie nun in jähem Entsetzen: Es war Richard Chillhood, den sie schon mehrfach im White House von Fort George gesehen hatte, ein altgedienter Sergeant, dem der Ruf vorauseilte, diesseits der Karibik der gerissenste Menschenjäger Ihrer Majestät zu sein.

Und die beiden, Sergeant Chillhood und sein Kamerad Muller, krochen nun unter ihren Laubhaufen hervor und kamen in gebückter Haltung, ihre Waffen vor sich im Anschlag, auf den unseligen Pferdeburschen Henry O'Rooney zu.

SECHS

1

Schon von weitem leuchtete ihnen das Zeichen entgegen, groß wie eine Männerfaust, die Kerben fingerbreit und blutrot gefärbt. Es war in den Stamm eines Ramónbaums geschlagen worden, mit der Axt und in Augenhöhe eines Reiters, so daß es ihnen regelrecht entgegensprang: eine stilisierte Krone mitten im Wirrwarr des Waldes, nach links weisend, als hätte ein gekröntes Haupt sich sinnend zur Seite geneigt.

Stephen Mortimer zügelte sein Pferd neben dem Zeichen und wandte sich um. Seit vorgestern früh, als sie Chul Ja' Mukal verlassen hatten, führte er ihren kleinen Zug an, auf seinem gewaltigen Rappen reitend, vor sich Miriam im Damensitz. Stunde um Stunde waren sie auch heute dem Pfad gefolgt, der sich im Zickzack durch den Dschungel wand, von himmelhohem Dickicht umgeben. Es war ein elender Weg, mit Löchern übersät, mit armdicken Wurzeln durchflochten und so schmal, daß ihnen die Äste ins Gesicht schlugen. Und doch war Robert für jede Stunde dankbar gewesen, in der sich der Pfad nicht gegabelt, nicht verzweigt hatte, sondern weiterhin wie ein Tunnel durch undurchdringliches Dickicht führte.

Es war um die Mittagsstunde, die Luft von Insekten und kochender Schwüle erfüllt. Roberts Tunika, das Geschenk des blinden Schamanen, war auf der Brust und unter den Armen vor Schweiß gedunkelt, und er lechzte nach einer Rast. Vor ihm ritt Paul Climpsey wie ein Schlafwandler dahin, halb vornübergesunken, und Robert bog sich auf seinem Wallach zur Seite, um zu sehen, wie Stephen, zwanzig Schritte vor ihnen, Karte und Kompaß aus seinem Brustbeutel zog. Stephen sagte etwas Unverständliches zu Miriam, die leise auflachte. Er entfaltete das zerfledderte Blatt auf ihren Beinen, dann schüttelte er den Kompaß und richtete ihn aus. Von Unruhe ergriffen, wäre Robert am liebsten an Paul vorbei und im Trab auf die blutrote Krone zugeritten, die über Miriams Kopf zu schweben schien. Aber der Pfad war viel zu schmal, und so mußte er weiter hinter Paul hertrotten und mitansehen, wie Stephen auf die Karte deutete und mit der anderen Hand nach links wies, auf die hohe Wand aus Bäumen, Lianen, wucherndem Gestrüpp.

Es war der Moment, vor dem er sich gefürchtet hatte, seit sie aus Chul Ja' Mukal aufgebrochen waren. Der Uralte hatte ihnen erklärt, daß der Pfad geradewegs »in die heilige Stadt Kantunmak« führe und daß sie ihn keinesfalls verlassen dürften, »bei furchtbarer Strafe nach dem Gesetz Cha'acs«. Schon da hatte Robert geahnt, daß dieses Verbot sie über kurz oder lang in neue Schwierigkeiten bringen würde. Denn das Gesetz des »Affengottes« würde Stephen zweifellos nur so lange befolgen, wie es den Weisungen seines Kompasses entsprach.

Endlich hatten sie zu Stephen aufgeschlossen. Pauls Pferd blieb hinter dem Rappen stehen, doch Paul verharrte, wie er seit Stunden dahingeritten war, vornüber gebeugt, mit hängendem Kopf. Sein Zustand war besorgniserregend, der eine Alte in Chul Ja' Mukal, dachte Robert, mußte ihn mit einem Zauber belegt oder ihm eine ernste Verletzung zugefügt haben. Aber noch weit beunruhigender war der Plan, den Stephen offenbar hegte.

Abermals deutete Stephen zu dem Dickicht linker Hand, wo selbst aus der Nähe nur ein dürftiger Spalt im wuchernden Wirrwarr zu erkennen war. »Hier geht's weiter«, sagte er, zu Paul und Robert gewandt. »Wußte ich doch, daß wir über kurz oder lang auf Oldboy und seine Leute stoßen würden.«

Robert nickte ihm vage zu, in diesem Moment war er froh, daß Paul ihn zur Hälfte vor Stephens Blick verdeckte. Er hatte es nicht über sich gebracht, den Gefährten von der gräßlichen Entdeckung zu berichten, die er im unterirdischen Heiligtum Cha'acs gemacht hatte. Wieder und wieder hatte er in den zurückliegenden Tagen darüber nachgedacht, und inzwischen war er sich auch nicht mehr ganz sicher, ob das eine Gesicht im Altar des Regengötzen, die schaurig verquollene graurosa Fratze, tatsächlich die Züge Youngboys getragen hatte. Möglich, dachte er, daß seine Phantasie ihn genarrt hatte, doch zugleich spürte er, daß es eher ein Wunsch als eine Möglichkeit war.

»Aber du hast doch gehört, Stephen«, wandte er nun ein, »was der Alte im Dorf gesagt hat: Wenn wir diesen Weg verlassen ...«

Stephen unterbrach ihn mit einer sägenden Handbewegung. »Sollen die Affen hier draußen dich meinethalben für einen Boten ihrer Götzen halten. Deshalb werden wir aber noch lange nicht tun, was sie von uns erwarten – Donner noch mal!« Seine Stimme grollte, nie zuvor war Robert bewußt geworden, wie sehr sie dem befehlsgewohnten Baß seines Vaters glich. »Dieser Weg führt offenbar immer weiter nach Westen«, fuhr Stephen fort, »und unser Ziel liegt ein Dutzend Tagesreisen südlich von hier. Warum also sollten wir weiter diesem Weg folgen? Außerdem solltest gerade du die Soldaten des Gouverneurs sehr viel mehr fürchten als diese nackten Wilden, die sich selbst vor einer Holzpuppe auf die Knie werfen würden.«

Bei dem Wort »Holzpuppe« spürte Robert einen schmerzlichen Stich. Stephen konnte ja nicht ahnen, dachte er rasch, wie sehr ihn dieser Ausdruck treffen würde, oder etwa doch? Er versuchte seine Gedanken zu ordnen. »Die Soldaten«, wiederholte er, »sagtest du nicht – oder war es Paul? –, daß sie nicht wagen würden, uns über Victoria Camp hinaus zu folgen?«

Stephen sah ihn nur weiterhin an, die honiggelben Brauen zusammengezogen, düster wie ein Mann, der an einem unerquicklichen Geheimnis trägt. »Schlechte Nachrichten«, sagte er endlich, »aber dazu später. Im Moment ist es wichtiger, daß wir von diesem Weg hier verschwinden. Und deshalb werden wir jetzt den Seitenpfad nehmen, zumal auch Oldboy und seine Männer ihm offenbar gefolgt sind.« Er deutete mit dem Kinn nach links, wo der schmale Spalt im Dickicht zu sehen war. »Und du wirst uns begleiten, zum Donner, ob es dir paßt oder nicht!«

Nach diesen Worten tastete er wie zufällig nach seinem Gürtel, in dem die silberfarbene Pistole steckte, und sein Blick bohrte sich in Roberts Augen, vorwurfsvoll wie stets. Auch Miriam sah Robert an, seitlich vor Stephen sitzend, die zerfledderte Karte auf den Schenkeln, die Füße an der linken Flanke des gewaltigen Rappen hinabbaumelnd, der sich auf dem Pfad ein wenig gedreht hatte, als dränge es ihn bereits ins Dickicht hinein. Noch immer trug Miriam ihre knöchellange braune Kutte, die so wenig zu ihrer goldblonden Mähne passen wollte.

Und wie viel weniger erst, dachte er, zu dem Blick ihrer grünen Katzenaugen, die ihn unverwandt fixierten, wie ein Kaninchen, das sie gleich zur Strecke bringen würde, mit einem Tatzenhieb.

Sein Mund war trocken geworden, unbehaglich spürte er, wie ihm der Schweiß über Brust und Rücken tropfte. Schlechte Nachrichten? Nein, er glaubte nicht daran, daß die Soldaten ihnen noch immer auf der Spur waren. Vorhin hatte Stephen lediglich angedeutet, daß er und Miriam unweit der Pyramide in einen Hinterhalt geraten und von den »nackten Affen« überwältigt worden seien. Was im Durcheinander dieses Überfalls mit Henry geschehen war, ob der kleine Diener umgekommen war oder fliehen konnte, war von Stephen und seiner Gefährtin nicht zu erfahren, ihr Lastpferd mit allen Gepäckstücken hatten sie jedenfalls ebenso wie Stephens Rappen gerettet. Und selbst wenn sie tatsächlich auf britische Soldaten gestoßen waren, dachte Robert nun, diese Häscher mußten sie im Moment viel weniger fürchten als die blutdurstigen Priester Cha'acs. Wie nur konnte er Stephen davon überzeugen, daß sie diesen Weg nicht verlassen durften?

»Was sagst du dazu, Paul?« Er schaute zu ihrem Gefährten, doch im Grunde fragte er nur, um Zeit zu gewinnen, und tatsächlich blickte Paul nicht einmal auf. Er schien keine Schmerzen zu haben, Paul wirkte lediglich benommen und teilnahmslos. Als wäre er ständig im Halbschlaf, dachte Robert, dem auf einmal die haarsträubende Geschichte einfiel, die Grimaldi ihm vor Jahren erzählt hatte: Eine junge Frau war aus dem hypnotischen Schlaf, in den ein Magnetiseur (nicht Grimaldi) sie versetzt hatte, rätselhafterweise niemals mehr gänzlich aufgewacht und lebte seither in ständiger Benommenheit, willenlos, nur durch Befehle in Bewegung gesetzt, wie ein Automat, hatte Grimaldi gesagt, seit vielen Jahren schon.

Er spürte Miriams und Stephens Blick auf sich, und wieder fragte er sich verzweifelt, wie er Stephen umstimmen konnte. Seit sie aus Chul Ja' Mukal aufgebrochen waren, hatte er den Eindruck, daß sie ständig beobachtet wurden, daß überall im Dschungel Augen lauerten, die jeden ihrer Schritte überwachten. Wenn wir von diesem Weg abweichen, dachte er, werden die Maya, die zu Tausenden hier draußen hausen mögen, uns abermals ergreifen. Und wenn sie erst erkannt haben, daß ich nicht ihr wiedergekehrter Götterbote bin, nicht gekommen, um Schmach und Schuld aus alter Zeit zu tilgen, werden sie uns an ihre gierigen Götzen verfüttern, bei lebendigem Leib.

Und wenn du es aber doch bist? wisperte eine Stimme in ihm. Wenn Il-tzimin recht hätte, wenn es das alles tatsächlich gäbe: Götter, Schicksal, Wiedergeburt? Ein Schauder überlief ihn, seit Tagen raunte die Stimme in seinem Innern, verführerisch, beharrlich, und ein Teil von ihm hatte schon begonnen, dem Gesäusel sein Ohr zu leihen. Würde es nicht erklären, warum es ihn seit vielen Jahren gerade hierher gezogen hatte, in die Dschungelwelt der Maya? Aber wie könnte er jemals herausfinden, was es mit dieser phantastischen Vorstellung auf sich hatte, wenn er Stephens Befehl befolgte, anstatt auf diesem Weg weiter zur heiligen Stadt Kantunmak zu ziehen?

Götterbote, Wiedergeburt, dachte er dann, was für ein abergläubischer Unsinn. In plötzlicher Ernüchterung wandte er sich um, zu Mabo und Ajkech-tiim, die hintereinander auf der Schecke des Mestizen saßen, Henrys Pferd und das Lasttier hinter sich am Zügel führend. Der junge Mayakrieger schien begriffen zu haben, was Stephen vorhatte. Mit großen Augen sah er von einem zum anderen, und Schrecken malte sich in seinem Gesicht.

»Frage ihn, wohin der Pfad im Dickicht führt«, befahl Robert dem Mestizen, der hinten auf dem Pferd saß, einen Kopf größer als Ajkech-tiim.

Die beiden wechselten einige rasche Worte, wobei sich der Schrecken in Ajkechs Gesicht zu schierem Entsetzen zu steigern schien. »Ein verbotener Weg«, sagte Mabo schließlich, »nur Priester dürfen ihn gehen.«

»Aber wohin führt er?« beharrte Robert. »Und wie werden die bestraft, die das Verbot übertreten?« Er hoffte, daß Ajkech-tiim so grauenvolle Strafen erwähnen würde, daß selbst Stephen beeindruckt wäre, doch unglücklicherweise schien sich nur der erste Teil seiner Hoffnungen zu erfüllen.

»Der Pfad führt zum Tempel des Chilam Balam, des Jaguarpriesters«, sagte der junge Maya und riß die Augen noch weiter auf. »Jaguare bewachen das Heiligtum. Wer sich ihm unberechtigt nähert, wird von den Geisttieren des Jaguargottes zerfleischt.«

»Blödsinn! Das reicht jetzt!« Stephens Baß dröhnte durch den

Wald. »Abgerichtete Wildkatzen, die wie Wachhunde einen Tempel beschützen? Mit solchen Geschichten kann man vielleicht eine Horde Affen einschüchtern, aber nicht mich! Pah!« Er nahm die Karte von Miriams Beinen, faltete sie achtlos zusammen und schob sie mitsamt dem Kompaß in seinen speckigen Brustbeutel zurück. »Auf geht's, zum Donner!« rief er. »Wenn du immer noch Zweifel haben solltest, Robert, wird dich vielleicht das hier überzeugen.« Und er zog seine Pistole und feuerte auf das Zeichen im Blauholzstamm, die blutrote Krone, die in einem Wirbel aus Holzsplittern, Rauch und Pulvergestank zerbarst.

2

Es war eher ein Kriechgang als ein Pfad, von Düsternis erfüllt und so niedrig, daß sie die Köpfe einziehen, die Schultern beugen mußten, unter wulstigen Luftwurzeln, schenkeldicken Lianen. Dabei waren sie längst abgesessen, denn der Gang war so eng wie im Traum. Ein Schlauch aus Muskelästen, fleischigem Blattwerk, das ihnen bei jedem Schritt über Arme und Beine strich, weißlichen Schleim hinterlassend, der widerlich aussah und Pilzgeruch verströmte. Über ihnen, in kaum sechs Fuß Höhe, waren Zweige, Äste, Blattwerk so dicht ineinander verflochten, daß nur hier und dort ein Lichtstrahl in den Tunnel drang, in dem sich Ofenhitze staute, stickig, gänzlich unbewegt. Papageien zeterten in der Ferne, Spinnaffen tuschelten, im Dickicht verborgen, mit greisenhaft dünnen Stimmen, und das Sirren der Stechmücken, die mit Myriaden winziger Speere auf sie einstachen, erklang unwirklich laut, wie ein eintönig greller, niemals mehr endender Schrei.

Taumelnd vor Atemnot und Hitze, mit der freien Hand unablässig Mücken verscheuchend, zog Robert sein Pferd hinter sich her. Drei Schritte vor ihm schob sich Stephens riesiger Rappe durch die Röhre, Äste und Dornenranken mit sich ziehend, die in ungewissen Abständen zurückschnellten. Er warf einen Blick über die Schulter und stellte erleichtert fest, daß Paul noch immer halbwegs sicher auf seinem Pferd saß. Der Kranke war als einziger nicht abgesessen, er lag beinahe auf seiner Fuchsstute, so weit war sein Oberkörper vorgebeugt, doch mit instinktivem Geschick hielt er sich auf dem Pferdrücken, obwohl er kaum mehr bei Bewußtsein schien. Den Schluß ihres Zuges bildeten Mabo, der mit gleichmütiger Miene die beiden Pferde hinter sich herzog, und Ajkech-tiim, der vor Angst fast außer sich schien. Mit weit aufgerissenen Augen sah der kleine Mayakrieger um sich, als erwarte er, daß im nächsten Moment ein leibhaftiger Jaguar aus dem Dickicht brechen würde.

Tatsächlich war dieser Gang eine perfekte Falle, dachte Robert. Eine Handvoll mit Äxten oder Speeren bewaffneter Männer genügten, um ihn von beiden Seiten abzuriegeln, und die Eingeschlossenen könnten sich nicht einmal mit ihren Feuerwaffen verteidigen, ohne in der verzweifelten Enge ihre eigenen Leute über den Haufen zu schießen. Er spürte, wie Anspannung und Angst von Ajkech-tiim auf ihn überspringen wollten, und wandte sich rasch wieder nach vorn, zu Stephen und Miriam, die unbekümmert voranschritten, halb verdeckt von dem breiten Leib des Rappen. Dennoch sah er, wie sie sich immer wieder wie zufällig berührten, mit den Armen aneinander streiften, wie die schlanke Frau an Stephens Schulter Halt suchte oder Stephen ihr mit täppischer Galanterie über eine Wurzel hinweghalf. Ein Lichtstrahl drang durchs Dickicht, ihre Haarflut vergoldend, und auf einmal fiel Robert wieder ein, wie sie ihn angesehen hatte, vorgestern früh, als er aus dem Tempel Cha'acs zurückgekehrt war, im grauen Gewand des Regengottpriesters.

An der Seite des blinden Schamanen war er auf den Platz vor dem Langhaus getreten, wo Stephen und Miriam am Boden lagen, an Händen und Füßen gebunden und von einem Dutzend junger Mayakrieger bewacht. »Bindet sie los«, hatte er befohlen, und die Krieger hatten, nach einem Blick auf den Uralten, tatsächlich gehorcht. Von ihren Fesseln befreit, war Miriam länger als nötig liegengeblieben, zu seinen Füßen, auf dem schlammigen Boden, und ihr Blick war über ihn geglitten, über sein Gesicht, seine Gestalt, anerkennend, aber weit mehr als das: so intensiv, daß ihm heiß geworden war, als ob sie nicht mit Blicken, sondern mit ihren Händen über seine Haut gefahren wäre.

Es war leicht zu erraten, wie Miriam Stephen für sich gewonnen hatte, dachte er jetzt. Sie war eine hübsche Frau, auch wenn ihre bleiche Haut, das goldblonde Haar ihn allzusehr an Mary erinnerten, ganz im Gegensatz zu der jungen India, an die er niemals denken konnte, ohne einen Stich zu spüren, in der Gegend seines Herzens, und ein erhitzendes Ziehen, einige Handbreit tiefer. Keuchend kroch er durch den düsteren Gang, von Ästen gepeitscht, den Wallach hinter sich herziehend. Von beiden Seiten des Pfades drängten sich ihm die leuchtend grünen Blätter entgegen, weich wie Brüste, dachte er, nach Berührung gierend, und strichen ihm ihren Pilzschleim auf Arme und Beine. *Miriam ist Mary*, dachte er auf einmal, an der Flanke des Rappen vorbeispähend, nur mit einem schöneren Körper, gefälligeren Lächeln, leidenschaftlicheren Schenkeln. Für einen Moment war ihm tatsächlich, als ob dort vorne Mary ginge, an der Seite seines Vaters, der wie zufällig mit der Rechten über ihre Hinterbacken streifte, üppige Halbkugeln, unter der Nonnenkutte eher zu erahnen als wirklich zu sehen. Robert schlug nach den Mücken, und der Schweiß lief ihm über Brust und Bauch hinab, bis in den traditionellen Schurz, den Ajkech ihm vorgestern noch verschafft hatte, glücklicherweise. Als er abermals nach vorn spähte, war Miriam wieder Miriam, an Stephens Seite schreitend, und Robert dachte, daß sie nun sehr bald eine Rast einlegen mußten, sonst würde er einfach umfallen, zermürbt von Hitze und Durst.

Er hatte es kaum gedacht, als sich vor ihnen die Röhre auf eine Lichtung öffnete. Miriam und Stephen traten hinaus, er stolperte hinterher und blieb geblendet stehen. Nach der Enge und Düsternis des Pfades kam ihm der weite, sonnenüberflutete Platz ganz unwirklich vor. Die Lichtung war kreisrund, bei einem Durchmesser von hundert Schritten oder mehr, und in ihrer Mitte lag ein kleiner Teich, zur Hälfte mit Seerosen bedeckt. Ein leichter Windzug wehte zwischen den Bäumen und bewegte die Seerosenblätter, die ein flirrendes Muster auf den türkisfarbenen Wasserspiegel warfen.

Der Anblick war unwiderstehlich. Robert ließ den Zügel seines Wallachs fahren, ohne es recht zu bemerken, und ging wie magnetisch angezogen auf den See zu, immer noch taumelnd, im Kopf auf einmal einen sausenden Schwindel, der mit jedem Schritt stärker zu werden schien. Trinken, mich erfrischen, den pilzigen Schleim von der Haut waschen, dachte er. Am Ufer würde er sich einfach zu Boden fallen lassen und seinen Kopf ins Wasser tauchen, das sicher wunderbar kühl war, köstlich, dachte Robert, der in diesem Moment bemerkte, daß er bereits am Boden lag, drei Schritte vom Ufer entfernt. Die Sonne brannte vom Himmel, der ganze weite Platz war mit Licht übergossen, so gleißend, daß er nur noch weißliche Schemen sah. Oder lag das gar nicht an der Sonne? An den Rändern des Platzes bemerkte er auf einmal riesige Stapel gefällter Bäume. Es mußten Hunderte sein, dachte er, geschälte Stämme, dicke, bleiche Stengel, zwischen den hohen Bäumen, am Seeufer, überall lagen sie aufgehäuft. Also waren Oldboy und seine Männer bis hierher vorgedrungen? Und zur Strafe, weil sie diese Bäume geschlagen oder die erwachsenen Mayakrieger von Chul Ja' Mukal gezwungen hatten, sie zu fällen, hatte Il-tzimin sie dem Regengott opfern lassen?

Seine Gedanken verwirrten sich, und die Sinne wollten ihm vollends schwinden. Ich verdurste, dachte er. Wie oft hatte er von Wüstenwanderern gelesen, die zu halluzinieren begannen, wenn die Sonne ihre Körper ausgedörrt hatte. Sein Gaumen, sein Rachen fühlten sich an wie mit heißem Sand bedeckt. Zum Wasser, trinken, dachte er wieder und spürte, wie er kraftlos zuckte, bäuchlings am Boden liegend, wie die verfluchte Schlange der Bibel. Er drehte sich um und sah über die Schulter zurück. Hinter ihm, in ungewisser Entfernung, lagen auch die Gefährten am Boden, von gleißendem Licht übergossen, wie in Krämpfen bebend. Wir schaffen es, dachte Robert, und als er sich wieder nach vorn wandte, sah er auf einmal die junge India, auf der anderen Seeseite, die schöne Mayafrau, die sich in Belize Town über ihn gebeugt und in der Höhle Cha'acs zu ihm hinabgesehen hatte, aus jener Wandnische, ungewiß, ob eine Statue oder eine Frau aus Fleisch und Blut. Dort drüben stand sie, am anderen Ufer, überflutet von gleißendem Licht. Wie ich selbst, dachte er auf einmal, auch ich bin ein lebendiger Mensch und zugleich eine Statue, verloren in der Weite des Waldes.

Unter diesen verworrenen Gedanken war er anscheinend weiter vorangekrochen. Auf einmal roch er Wasser, dicht vor seiner Nase, weniger frisch, als er gehofft hatte, modrig fast. Er tastete vor sich über den Boden, da endlich fühlte er die köstliche Nässe, wölbte seine Hände zur Schale, hob sie vor seinen Mund und schlürfte die Tropfen in sich hinein. Wie eine Katze, dachte er, mit läppernder Zunge, und sah auf einmal eine große, golden gepunktete Kröte vor sich, keine zwei Fuß entfernt im Ufergras. Die Kröte glotzte ihn an, aus hervorquellenden Augen, ihr Leib pumpte. Wie grauenvoll häßlich sie ist, dachte er, da machte sie einen Satz, und etwas Dunkles fiel auf ihn herab, vielleicht der plumpe Krötenleib, und es wurde finster um ihn.

3

Die Jaguare sprangen über ihn hinweg, große, gescheckte Katzen, es mußten Dutzende sein. Wie versteinert lag er da, auf dem Bauch, den Kopf ein wenig zur Seite gewandt, und wagte nicht, sich zu rühren. Wieder und wieder sprangen sie über ihn, von links nach rechts, dabei leise fauchend. Er roch ihren Atem, den Tiergeruch ihres Fells, und er verstand nicht, warum sie ihn nicht packten, seine Knochen zermalmten, sein Fleisch zermahlten. Sowie ich mich bewege, dachte er wieder und wieder, ist es aus mit mir.

Er wußte nicht, wo er sich befand, wie lange er schon hier lag oder wie lange seine Qual noch dauern sollte. Es war, als wäre er aus Zeit und Raum herausgefallen, in eine Schattenwelt, in der es nur ihn und diese Raubkatzen gab, geschmeidige Schemen, die unablässig über ihn hinwegsprangen. Also hatte Ajkech-tiim recht gehabt, dachte er einmal, der junge Mayakrieger hatte sie davor gewarnt, dem verbotenen Pfad zu folgen, da der Tempel des Jaguarpriesters, Chilam Balam, von Jaguaren bewacht werde. Wieder und wieder sprangen die riesigen Katzen über ihn hinweg, immer von links nach rechts. Es war weniger ein Springen, dachte er, als ein Fließen, ein Schaudern, als flögen gescheckte Schatten blitzschnell über ihn.

Vage spürte er, daß sein Bewußtsein noch immer getrübt war, verzweifelt versuchte er sich zu erinnern, wie er in diese Lage geraten war.

Er sah den Röhrengang vor sich: Sie waren hindurchgekrochen, aber was war dann geschehen? Die gescheckten Schatten huschten über ihn. Es sind keine Jaguare, dachte er auf einmal, wagte aber nicht, die Richtigkeit dieses Gedankens zu prüfen, weiterhin starr vor Angst. Die großen, fleischigen Blätter fielen ihm ein, der weißliche Schleim, der bei jeder Berührung auf Haut und Gewand haftenblieb, ihr pilziger Modergeruch. Gift, dachte er, vielleicht waren es Blätter giftiger Pflanzen, deren Sekrete Wahnvorstellungen auslösen?

Sein Verstand begann ein wenig klarer zu werden. Aber womöglich, dachte er dann, bildete er sich das auch nur ein, vielleicht war es nur eine besonders tückische List der Jaguare, die ihn von ihrer Unwirklichkeit zu überzeugen versuchten, damit er sich endlich bewegte. Lange dachte er darüber nach. Närrischer Unfug, schalt er sich endlich und beobachtete wieder die gescheckten Schemen, die unablässig über ihn hinwegsprangen, mit mechanischem Gleichmaß, einer nach dem anderen und immer von links nach rechts. Prüfend sog er ihren Geruch ein. Sie rochen überhaupt nicht nach Fell, dachte er, nicht nach Tier. Sie rochen nach gar nichts, allenfalls strömten sie einen leichten Modergeruch aus, wie das Wasser, das er vorhin getrunken hatte.

Das Wasser. Mit einem Schlag, als wäre in ihm eine Falltür aufgerissen worden, kehrte seine Erinnerung zurück. Die Lichtung, der See, die Kröte, dachte er, natürlich, so mußte es gewesen sein. Weiterhin sprangen die gescheckten Schatten über ihn hinweg, und Robert rief sich einen Artikel in der Gazette der *Western Indian Company* ins Gedächtnis, in dem ein Urwaldforscher beschrieben hatte, wie die Schamanen der Indios, heute wie in alten Zeiten, Kröten von der Gattung *Bufo marina* töteten, um aus ihrem Drüsensekret lähmende und berauschende Gifte zu brauen. So mußte es auch ihm selbst ergangen sein, dachte er, ihm und den Gefährten. Sicher waren die Blätter in jenem Kriechgang mit Krötengift bestrichen worden, um den Tempel des Jaguargottes zu schützen, der sich irgendwo in der Nähe des Sees befinden mußte. Das aber hieß, daß auch keine wirklichen Jaguare über ihn hinwegsprangen, sondern lediglich Schatten vor seinen Augen flimmerten, da er aller Wahrscheinlichkeit nach immer noch am Ufer jenes Sees lag. Doch wie konnte es sein, daß diese Schatten tatsächlich gescheckt schienen, wie das Fell von Jaguaren?

Zum ersten Mal sah er bewußt um sich, oder versuchte es zumindest, denn noch immer wagte er nicht, sich auf den Rücken zu drehen. Wenige Zoll vor sich sah er schlammigen Boden, mit Gras bewachsen, auf dem er bäuchlings lag. Weiterhin sprangen die gescheckten Schemen über ihn hinweg, und Robert verdrehte behutsam die Augen nach links, bis er das Ufer sah, flach, mit Gras bewachsen, und wenige Fuß dahinter den See. Der Wind kräuselte das Wasser und bewegte die Seerosen, deren Blätter auf der einen Seite dunkelgrün, auf der anderen hellgrün waren. Es mußte dieses ständige Flimmern der Seerosenblätter sein, dachte er, das, im Wasser tausendfach gespiegelt, den Eindruck hervorrief, als ob schattenhafte Jaguare unablässig ans Ufer sprängen und die ganze Luft ringsum mit ihrer scheckigen Präsenz erfüllten. Das berauschende Gift der Kröten mußte das seinige getan haben, um diese Täuschung zur Gewißheit zu verstärken, sagte sich Robert, der in diesem Moment ein leises Stöhnen hörte, wenige Schritte neben sich.

Er hob den Kopf und sah nach rechts, vor Entgeisterung die Schattenkatzen vergessend. Keine zehn Fuß von ihm entfernt lagen seine Gefährten nebeneinander im Gras. Stephen und Miriam, Paul und Mabo, auch Ajkech-tiim, keiner fehlte, sie alle auf dem Bauch, die Arme auf dem Rücken, und über jeden von ihnen stand eine dunkelhäutige Gestalt gebeugt, in engem, braun-gelb geflecktem Gewand und damit beschäftigt, sie an Händen und Füßen zu fesseln.

4

Wie im Traum tappte Robert hinter den Gestalten her, über die weite Lichtung, die mit einem Vlies aus leuchtend grünem Gras bedeckt war. Mittlerweile mochten es sieben oder acht sein, und immer noch kamen weitere hinzu. Von verschiedenen Seiten des Platzes liefen sie herbei, mit geschmeidigen Bewegungen, die Oberkörper im Laufen weit vorgebeugt, als ob sie gleich auf allen vieren weiterjagen würden. Der Anblick war so ganz und gar unwirklich, daß er mehrmals die Augen zusammenkniff, doch wenn er die Lider wieder hob, bot sich ihm jedesmal das gleiche Bild. Zuerst hatte er geglaubt, daß sie enge, gefleckte Gewänder trügen, aber die Gestalten vor ihm, ein Dutzend oder mehr, hatten ihre bloße Haut mit braun-gelbem Jaguarmuster bemalt. Im Laufschritt eilten sie über die Lichtung davon, sehnige Gestalten, nackt bis auf ihre phantastische Bemalung, die gefesselten Gefangenen mit sich schleppend.

Die Sonne überflutete den Platz, überall schienen gescheckte Jaguarschatten zu tanzen, in der Luft, am Ufer des Sees und zwischen den mächtigen Bäumen, die sich am Rand der Lichtung erhoben. In einem Abstand von zwanzig Schritten wankte Robert hinter den Jaguarpriestern her, zumindest nahm er an, daß es sich um Priester des Jaguargott-Tempels handelte, der sich laut Ajkech-tiim hier in der Nähe befand. Soweit dies bei ihrer Aufmachung überhaupt zu erkennen war, schienen auch sie allesamt in jungem Alter zu sein, höchstens sechzehn oder achtzehn Jahre, und wieder fragte er sich, was nur mit den erwachsenen Männern aus den Dörfern und Tempeln geschehen sein mochte. Aber es war ein flüchtiger Gedanke, der ihm gleich wieder entglitt, noch immer spürte er die Wirkung des Giftes, das seinen Verstand trübte und seine Sinne benebelte. Der Boden unter seinen Füßen schien ihm unwirklich weich, wie Sumpf, und sein Kopfschmerz war zurückgekehrt, ärger als zuvor.

Von Zeit zu Zeit spähte einer der Jaguarpriester über die Schulter zu ihm zurück, worauf Robert jedesmal zusammenfuhr. Ihre Gesichter sahen so vollkommen wie das Antlitz eines Jaguars aus, mit der fliehenden Stirn, den gedrängten Flecken, dem hypnotisch starren Blick, daß er in diesem Moment tatsächlich in die Fratze einer Raubkatze zu schauen glaubte. Es erstaunte ihn, daß sie nicht auch ihn, wie seine Gefährten, überwältigt und gebunden hatten, doch er war immer noch zu benommen, um darüber nachzudenken. Ohnehin hatte er Mühe, mit ihnen mitzuhalten, so rasch liefen sie über den Platz, indem sie ihre fünf Gefangenen mit sich schleppten, jeweils zu zweien, an Händen und Füßen. Ab und an stieß einer der Gefährten einen traumverlorenen Seufzer aus. Offenbar hatten sie alle das Bewußtsein noch nicht wiedererlangt, oder die Jaguarpriester hatten sie aufs neue betäubt, um ihren Widerstand zu brechen.

Endlich erreichten sie den südlichen Rand des Platzes, der von Mahagonibäumen gesäumt war. Ohne ihre Geschwindigkeit zu vermindern, liefen die Jaguarpriester in den Wald hinein, auf einem schmalen Pfad im Unterholz, und Robert folgte ihnen, benommen und atemlos. Vielleicht haben sie meine Tunika erkannt, dachte er, das nebelgraue Gewand Il-tzimins, deshalb wagen sie nicht, mich gleichfalls zu überwältigen. Die Säume des Gewandes, das der greise Schamane ihm geschenkt hatte, waren mit Glyphen und kleinen Idolen verziert, die hauptsächlich den rüsselnasigen Cha'ac darstellten, aber auch andere Götzen oder Dämonen, darunter eine schaurige Wesenheit, deren Schädel und Brustkorb unter vermoderndem Fleisch teilweise skelettiert waren. Seit er diese Tunika trug, fürchtete er sich vor dem Moment, in dem Stephen ihn auffordern würde, die eingestickten Glyphen zu entziffern, doch bisher hatten die beiden Kumpane seinem neuen Gewand keine Beachtung geschenkt.

Er bog um einen mehr als mannshohen Gesteinsbrocken, immer noch ein Dutzend Schritte hinter den Jaguarpriestern, und erstarrte in der Bewegung. Der Wald vor ihm, so weit er blicken konnte, sah aus, als ob ein Wirbelsturm hindurchgerast wäre: Hunderte gefällter Baumriesen lagen kreuz und quer übereinander, zwischen Gestrüpp und Stümpfen, und unter abgerissener Rinde schimmerte hell, wie gewaltsam entblößte Haut, das nackte Holz hervor. Robert knirschte unwillkürlich mit den Zähnen. Das Wort *Schändung* kam ihm in den Sinn, es sah tatsächlich so aus, als hätten Oldboy und seine Leute genau gewußt, daß dies eine heilige Stätte der Maya war, und die Krieger gerade deshalb gezwungen, sie zu verstümmeln und zu verwüsten.

Widerstrebend ging er weiter, zwischen gefällten Baumriesen, deren Stämme so mächtig waren, daß drei Männer sie mit ausgestreckten Armen kaum umspannen konnten, und riesenhaften Baumkronen, die wie abgehackte Titanenhäupter im Unterholz lagen. Irgendwo in der Tiefe des Waldes stieß ein Brüllaffe seinen gewaltigen Ruf aus, und in noch größerer Entfernung antwortete ein zweiter Affe, mit heiserem, langgezogenem Schrei. Für einen Moment wurde Robert bang zumute. Der Ruf erinnerte ihn an den grellen Schrei, den der Uralte in Fort George ausgestoßen hatte, während er selbst, Paul und Stephen aus dem Park des Gouverneurs geflohen waren. Doch er schüttelte die Erinnerung ab und beeilte sich, den Jaguarpriestern zu folgen, die linker Hand auf einige wüst übereinandergeworfene Baumstämme zueilten. Dahinter bemerkte er einen hohen Hügel, mit Gras und Buschwerk bedeckt. Zwei schlanke Palmen standen davor, wie Pfosten eines schmalen Tors, durch das die Jaguarpriester in diesem Moment mitsamt ihrer menschlichen Beute verschwanden. Die hinterste der bizarr bemalten Gestalten wandte sich, schon zwischen den Palmen, zu ihm um, mit einer halben Drehung ihres Oberkörpers, und Robert sah voller Verblüffung, daß es eine Frau war, mit mädchenhaften Brüsten, die, wie ihr Gesicht, ihr gesamter Leib, mit Jaguarflecken bemalt waren.

Mit der Hand fuhr er sich über die Augen, aber es war kein Traum, keine Erscheinung. Noch immer verharrte sie dort, am Fuß des Hügels, und sah zu ihm hinüber, dann wandte sie sich um und verschwand zwischen den Palmen. Ein Zittern überlief ihn, doch er ging weiter und weiter, auf die beiden Palmen zu, hinter denen er nun ein klaffendes Loch in der Flanke des Hügels bemerkte.

5

Hinter den Palmen öffnete sich ein enger Gang in den Hügel, so niedrig, daß Robert den Kopf einziehen mußte, und so schmal, daß er mit beiden Schultern gegen die Wände stieß. Zögernd schob er sich hinein, doch dann sah er wieder die junge Priesterin vor sich, ihren braun-gelb gescheckten Jaguarleib, und beschleunigte seinen Schritt. Indessen war er kaum einige Dutzend Fuß weit vorgedrungen, als der Gang nach einer scharfen Linkskehre in Finsternis versank.

Mit tastenden Schritten ging Robert weiter. Seine Stiefel hatte er in Chul Ja' Mukal zurückgelassen, unter den nackten Fußsohlen spürte er nachgebenden Schlamm. Auch die Wände, über die seine Finger fuhren, schienen nicht gemauert, sondern aus rohem Felsgestein. Für einen Moment hatte er den Eindruck, nicht in einen versunkenen

Tempel, sondern tatsächlich in eine Jaguarhöhle einzudringen, durch diesen niederen Gang, der für vierfüßig kriechende Bestien gemacht schien.

Tiefer im Hügel vernahm er Flüche, Schreie, ein Rumpeln wie von Holz auf Stein. Ein Schrecken durchfuhr ihn. Stephen, dachte er, Miriam, und er reckte die Arme vor sich ins Dunkel und hastete weiter, so rasch, wie es Enge und Finsternis erlaubten. Endlos schien sich der Gang ins Innere des Bauwerks zu winden, um so qualvoller, als Robert nun eine schnelle Folge dumpfer Laute hörte, ein Klatschen und Plumpsen, als ob zwei, vier, fünf Körper aus einiger Höhe zu Boden stürzten. Dann erklang abermals jenes Schleifen und Rumpeln von Holz auf Stein. Er bog um eine weitere Kehre und sah eben noch, wie mehrere Gestalten, brennende Fackeln in den Händen, durch den Gang davoneilten, tiefer in das Bauwerk hinein.

Ohne es recht zu bemerken, war er stehengeblieben. Nach dem kurzzeitigen Aufflackern der Fackeln schien es noch finsterer als zuvor. Wieder tastete er um sich, seine Hand fuhr über Fels und erfühlte schließlich eine Nische, in der eine mit Wachs bestrichene Fackel lehnte. Er zog sie hervor, tastete weiter in der Nische herum und fand an ihrem Boden eine Mulde, mit eingepaßtem Deckel, dessen Hitze den darunter verborgenen Inhalt verriet.

Da ertönte zu seinen Füßen ein so verzweifeltes Stöhnen, daß ihm das Herz für einen Schlag aussetzte. O mein Gott, dachte er, Paul!, und ein wildes Schuldgefühl stieg in ihm auf. Mit bebenden Fingern entfernte er den Deckel und entzündete die Fackel an der Glut, die in der Mulde kokelte. Die Leuchte entflammte sich, den Gang mit flackerndem Licht erfüllend. Zugleich stieg ein ekelhafter Geruch empor wie von verwesendem Tierfell, der ihn in der Kehle würgte und seinen Kopf neuerlich mit Nebel füllte. Unter ihm erklang ein Seufzer, leiser, mit hellerer Stimme. Mabo, dachte er und senkte die Fackel zu seinen Füßen, wo ein roh gezimmertes Holzgitter in den Boden eingelassen war.

Abermals spürte er eine drückende Schuld. Warum nur hatte er den Gefährten nicht berichtet, was er in Chul Ja' Mukal gesehen hatte, im unterirdischen Tempel Cha'acs? Weshalb hatte er ihnen verschwiegen, daß sich dort, in der Felswand über dem Altar des rüsselnasigen Gottes, ein schaurig hergerichteter Totenschädel befand, der die Züge

Youngboys trug? Bis heute hatte er Stephen oder Paul nicht einmal gefragt, ob jener Youngboy, der hagere Wirt der *Mahogany Bar* in Fort George, tatsächlich der Bruder (oder sogar Zwilling) von Oldboy sei, dabei gab es gar keine andere Erklärung: Die gräßlich aufgedunsene Totenfratze in der Altarwand Cha'acs mußte der sterbliche Überrest von Oldboy sein, der seinem Bruder so verblüffend ähnlich gesehen hatte wie er selbst, Robert, angeblich jener Statue bei der heiligen Stadt Kantunmak. Wenn ich den Gefährten nur von alledem erzählt hätte, dachte er nun, während er neben dem Holzgitter niederkniete, wäre sicher selbst Stephen davor zurückgeschreckt, diesen verbotenen Weg zum Jaguartempel zu nehmen, der offenbar schon Oldboy das Leben gekostet hat.

Mit der Fackel leuchtete er in das Erdloch hinein, und was er sah, schien ihm furchtbar und unwirklich zugleich, wie ein Schreckgesicht im Traum. Vage empfand er, daß sein Gefühl nie mehr gutzumachender Schuld unangemessen, zumindest weit übersteigert war, doch auch diese Ahnung vermochte den Bann nicht zu brechen, der ihn umfing. Er sah auf seine Gefährten hinab, ihre verrenkten Leiber, die dort unten im Schmutz des Erdlochs lagen, wie sie hinabgeworfen worden waren, ihre Gesichter zur Seite oder auf die Brust gesunken, in Schmerz und Entsetzen erstarrt. Sie alle hatten die Augen geschlossen, Stephen und Miriam, Paul und Mabo, auch Ajkech-tiim, und in unregelmäßiger Folge stöhnte oder seufzte einer von ihnen im Ohnmachtsschlaf.

Einen Moment lang sah Robert noch auf sie hinab. Wie gelagertes Fleisch in einer Vorratskammer, dachte er, und diesmal spürte er kaum mehr, wie verworren seine Gedanken waren. Unablässig stieg von der Fackel jener Geruch auf, der seinen Verstand mit wallenden Nebeln umgab. Abermals sah er die Schar der Jaguarpriester vor sich, ihre nackten, braun-gelb gescheckten Leiber, ihre unheimlichen Raubkatzengesichter mit den gedrängten Flecken um die Augen herum und dem hypnotisch starren Blick. In der Ferne hörte er nun ein leises, rasches Wummern, ungewiß, ob von seinem eigenen Pulsschlag oder von Trommeln, die in der Tiefe des Hügels geschlagen wurden. Robert erhob sich und ging mit traumwandlerischen Bewegungen über das Holzgitter hinweg und weiter in den Tempel des Jaguargottes hinein.

6

Der Saal war kreisrund, von Fackeln erhellt, doch seine Mitte lag im Dunkeln, ein Geviert von neun auf neun Fuß, unter Schatten begraben. Mit raschen, schleichenden Schritten, im Takt jener Trommel, tappten die Jaguarpriester im Kreis um die schwarze Mitte, neun, elf, achtzehn geschmeidige Gestalten, die Oberkörper vorgebeugt, als ob sie gleich auf alle viere niedersinken wollten. Ihre nackte Haut, die hell-dunklen Flecken glänzten im Schein der Fackeln, die in Wandnischen brannten, zwischen mehr als mannsgroßen Stelen, die alle die gleiche Wesenheit verherrlichten: einen düster dreinblickenden Götzen mit durchdringendem Blick und raubkatzenhaftem Schnurrbart, dessen untere Gesichtshälfte wie ein Jaguarfell gemustert war.

Zweifellos war es die Gottheit, der die Priester dieses Tempels dienten, dachte Robert, *der Herrscher von Bolon-ti-ku*, durchfuhr es ihn auf einmal, *der neunfaltigen Unterwelt*. Er drückte sich mit dem Rücken gegen die Felswand, handbreit neben dem Gang, aus dem er eben in den Saal getreten war, und lauschte in sich hinein, erstaunt über das Wissen, das unversehens in ihm emporgestiegen war. Zugleich beobachtete er die jungen Jaguarpriester, die mit schleichenden Bewegungen um die schwarze Tempelmitte schritten, keine zwanzig Fuß von ihm entfernt. Vage wurde ihm bewußt, daß von den Fackeln in den Wandnischen der gleiche Qualm und scharfe Geruch aufstieg wie von der Leuchte in seiner Linken, überall in dem weiten Raum waberte bräunlicher Dampf umher. Noch immer erklang auch jenes rasche, dunkle Wummern, doch so sehr Robert sich auch mühte, er konnte nicht herausfinden, ob die Schläge von seinem eigenen Puls oder von einer Trommel kamen, die vielleicht dort drüben geschlagen wurde, in der schwarzen Mitte des Saals.

Während er noch darüber nachdachte, steigerte sich das Tempo der Trommelschläge zu jagendem Stakkato, das von den Felswänden widerhallte, als befänden sie sich in einem riesigen, rasenden Herzen. Sein ganzer Körper begann in diesem Rhythmus zu zucken, selbst die Felswand in seinem Rücken schien im Stakkato der Trommelschläge zu vibrieren, und auch das Licht der Fackeln, in seiner Hand und ringsum an den Wänden, begann in rasender Folge zu pulsieren. Für einen Moment standen die Jaguarpriester wie erstarrt um die Mitte des Tempels, in der Robert nun einen gewaltigen Kubus zu erkennen glaubte, einen schwarzen Steinkoloß, der jeweils für einen Lidschlag im pulsierenden Licht erstrahlte und wieder der Finsternis verfiel. Dann hoben sie alle gleichzeitig ihre Hände, und er sah, daß sie in der Linken beinerne Becher und in der Rechten schwarze, gekrümmte Stachel trugen, die fingerlang und vorn zugespitzt waren, wie der Reißzahn eines riesigen Raubtiers.

Er spürte die Blicke der Jaguarpriester auf sich, zuckend wie die Lichtblitze, die von den Fackeln auszugehen schienen. Die beiden, die ihm am nächsten waren, mit den Rücken zur schwarzen Mitte, sprangen plötzlich auf ihn zu. Ihre Bewegungen schienen aufgelöst im Stakkato der Trommel, im Pulsieren des Lichtes, zu einer raschen Folge einzelner Bilder, wie in einer Camera obscura. Die Fackel entglitt seiner Hand, fast ohne daß er es bemerkte. Gebannt starrte er auf die wie Jaguare gefleckten Leiber, die durch den bräunlichen Qualm auf ihn zuflogen, die gescheckten Brüste, die sich im Flug noch höher wölbten, das im Sprung hochschnellende Jaguarglied. Zugleich glaubte er hinter ihnen, in der dunklen Tempelmitte, nun eine schattenhafte Gestalt zu sehen, die zusammengesunken auf dem Steinquader saß.

Schon standen die beiden vor ihm, so nah, daß er ihren Fellgeruch einzuatmen, den tierhaften Brodem zu riechen meinte. Wie schön sie sind, dachte er auf einmal, mit dem Blick über ihre Leiber jagend, im zuckenden Licht, im Wummern der Trommel, die so rasch, so betäubend pulsierten wie sein eigenes rasendes Herz. Ohne sich zu besinnen, streckte er seine Hände vor. Er wollte sie berühren, ob sie sich nach Menschenhaut anfühlten, dachte er, nach struppigem Fell, oder ob es vielleicht doch nur Schatten waren, keine Gestalten aus Fleisch und Blut. Da spürte er, wie sich etwas Rundes, Festes in seine Linke schmiegte, und zugleich glitt etwas Hartes, Längliches in seine rechte Hand. Ehe er sich versah, hatten sich die beiden Gestalten umgewendet und waren mit einem Sprung in den Kreis der Jaguarpriester zurückgekehrt. Robert beugte sich zur Fackel hinab und sah voller Erstaunen, daß sie auch ihm einen beinernen Becher und einen schwarzen Stachel überreicht hatten, als erwarteten sie, daß er einer der ihren werde oder zumindest teilnehme an ihrem wilden Ritual.

Als er sich wieder aufgerichtet hatte, hoben die Jaguarpriester eben die knöchernen Becher zu ihren Mündern, alle gleichzeitig, wobei sie ihn unverwandt ansahen. Zögernd tat er es ihnen nach, im unverminderten Wummern der Trommel, und ein greulicher Geruch stieg in seine Nase, ein Gestank nach Fäulnis und Moder. Trotz seiner Benommenheit spürte er, daß er diesen Becher lieber nicht leeren und statt dessen die Flucht ergreifen sollte, solange er noch halbwegs Herr seiner Sinne war. Doch unter den hypnotischen Blicken von neun Augenpaaren (und einem zehnten in der schwarzen Mitte) blieb ihm keine Wahl, kein Bedenken: Wie an Fäden gezogen hob sich seine Hand noch höher und führte den Becher an seine Lippen, und im selben Moment wie die Jaguarpriester öffnete auch er den Mund und goß das widerlich riechende Gebräu in sich hinein.

7

Rascher und rascher liefen die Jaguarpriester um den schwarzen Kubus, mit geschmeidiger Anmut, doch es war ein jagender, tierhaft bedrohlicher Tanz. Der Tanz der Jaguare, dachte Robert, indem er seinen Rücken noch fester an die Felswand preßte, denn er spürte, daß sein Leib es den Tänzern gleichtun, daß er wie diese Tiermenschen um die schwarze Mitte tanzen wollte, in kraftvoller Selbstvergessenheit. Es mußten neun Priester und neun Priesterinnen sein, mehrfach hatte er sie zu zählen versucht, ganz sicher war er sich dennoch nicht: Zu benebelt war sein Verstand, zu ungewiß das Licht, zu erregend der Anblick, als daß er die zuckenden Gestalten kaltblütig hätte mustern können. Aber so benommen er auch war, so berauscht durch den Trunk und den Qualm, der von den Fackeln aufstieg, verharrte er doch wie versteinert am Rand, als wäre er selbst eine der Stelen an der Tempelwand, die den Jaguargott verherrlichten. *Den Herrscher von Bo-*

lon-ti-ku, dachte er wieder, woher war ihm dieses Wissen vorhin zugeströmt? Und bewies es nicht, daß er tatsächlich in einem früheren Leben hier gewesen sein mußte? Oder wie sonst war es möglich, daß er sich an den Titel der gescheckten Gottheit erinnerte?

Er versuchte darüber nachzusinnen, doch seine Gedanken verwirrten sich gleich wieder. Das Blut rauschte ihm in den Ohren, und seine Glieder begannen im Takt der Trommel zu zucken. Ihm war, als müsse auch der Name der jaguarköpfigen Gottheit ihm gleich noch einfallen, als lägen ihm die fremdländischen Laute schon auf der Zunge. Aber dann vergaß er auch diesen Gedanken und sah nur zu, mit klopfendem Herzen, wie die Jaguarpriester im Kreis tanzten, die Arme erhoben, mit geschmeidigen Sprüngen, so daß abwechselnd gestreckte oder gekrümmte Leiber, Jaguarbrüste oder gescheckte Lenden, Schenkel, Schultern an ihm vorbeischnellten, im Licht der Fackeln und umwallt von bräunlichem Rauch.

Die Anmut ihrer Bewegungen, die bedrohliche Schönheit ihrer phantastisch maskierten Leiber faszinierten ihn so sehr, daß er noch lange dort gestanden und sie angestaunt hätte, mit aufgerissenen Augen, wären sie nicht plötzlich allesamt in der Bewegung erstarrt. Wie versteinert blieben sie stehen, im Kreis aufgereiht um die Tempelmitte, alle ihm zugewandt, immer abwechselnd eine Priesterin und ein Priester, und sie alle hoben nun die rechte Hand mit dem schwarzen Stachel bis in Höhe ihrer Brust empor. Abrupt verstummte die Trommel, nur um einen Herzschlag später wieder einzusetzen, diesmal in stampfendem, quälend verlangsamtem Takt.

Wie ein unbeholfenes Spiegelbild der Jaguartänzer hob auch Robert seine rechte Hand empor und sah zum ersten Mal den schwarzen, fingerlangen Stachel genauer an. Er ähnelte in der Tat einem überdimensionierten Reißzahn, doch er war aus glatt poliertem Stein, der das Licht der Fackeln zurückwarf, und sein oberes Drittel, bis hinauf zur zugeschliffenen Spitze, war in sich nadelspitz gezähnt. Es war ein Messer, wie er nun erkannte, gefertigt aus Obsidian.

Was mochten die Jaguarpriester mit diesen Klingen beginnen wollen? Er versuchte zu überlegen, plötzlich wieder von Unbehagen ergriffen. *Obsidian, Messerstein der Opferpriester,* dachte er, und diesmal wunderte er sich nicht einmal, woher ihm dies Wissen zugeflogen sein mochte, zu sehr beunruhigte ihn, was aus ihm zu folgern war. Sie wollten ihn schlachten, dachte er, zu Ehren ihres jaguarfleckigen Götzen, oder sie würden sich an seinen Gefährten vergreifen und ihn zwingen, der Zerfleischung Stephens oder Mabos zuzusehen.

Die Trommelschläge beschleunigten sich aufs neue. Wieder schoß ihm der Gedanke durch den Kopf, daß es vielleicht gar keine wirkliche Trommel, sondern der Schlag seines eigenen Herzens war. Doch abermals kam er nicht dazu, darüber nachzusinnen, denn in diesem Moment öffneten alle neun Priesterinnen gleichzeitig ihre Lippen, streckten ihre Zungen heraus und bohrten den Stachel in ihre Zungenspitzen, mit rascher, gleichmäßiger Drehung. Robert stöhnte auf, als aus neun Mündern das Blut hervorquoll, und die jungen Priesterinnen hoben ihre beinernen Becher, die sie in der Linken bereitgehalten hatten, und streckten ihre Zungen über die Becher, dabei den Stachel weiter in der Wunde drehend, so daß das Blut in stetigem Rinnsal in die Becher lief.

Gebannt sah er von einer Priesterin zur nächsten. Auf ein Blutopfer war er gefaßt gewesen, doch niemals hätte er erwartet, daß sie dem Jaguargott ihr eigenes Blut darbringen würden. Er betrachtete die jungen Jaguarfrauen, die mit unbewegten Mienen den Stachel in ihre Zungen schraubten, und auf einmal kam ihm der Gedanke, daß die schöne India, die ihm seit Fort George immer wieder erschienen war, sich unter diesen Priesterinnen befinden könnte, unkenntlich hinter der Jaguarmaskerade. Er faßte ihre Gesichter in den Blick, eine nach der anderen, in der Hoffnung, die ein wenig aufgestülpte Nase, die vollen Lippen, die mandelförmigen Augen der jungen Mayafrau zu entdecken. Aber die Gesichter dieser Priesterinnen waren durch die Umstände des Blutopfers so sehr entstellt, Kinn und Lippen durch den Becher und durch die Hand verdeckt, die mit mechanischem Gleichmaß den Stachel drehte, daß er es gleich wieder aufgab und statt dessen ihre Leiber genauer ansah. Keine dieser Jaguarpriesterinnen war auch nur annähernd so hoch gewachsen, so schlank und zugleich üppig wie jene India, sagte sich Robert, der erst in diesem Moment bemerkte, daß auch die männlichen Priester an dem Blutopfer teilnahmen.

Längst wummerte die Trommel wieder in jagendem Stakkato, und Roberts Herz raste mit der gleichen holpernden Hast. Entgeistert sah er von einem Priester zum anderen und beobachtete, wie sich die jungen Jaguarmänner zu Ehren ihrer Gottheit verstümmelten. Mit dem gezähnten Obsidiandolch schnitten sie vorn in ihr Schamglied, mit der Linken fingen sie das Blut auf, das in rotem Rinnsal in die beinernen Becher strömte.

Auf einmal verstummte die Trommel abermals. Oder war es Roberts Herz, das vor Schrecken aussetzte? Während sie weiter den Stachel drehten oder die gezähnte Klinge hin- und herführten, sahen sie alle ihn an, neun Priesterinnen und neun Priester, auf seine rechte Hand, die den schwarzen Stachel umschloß, und auf seine linke, mit der er krampfhaft den beinernen Becher umfaßte. Was erwarten sie von mir? dachte er, und Angst stob in ihm empor. Glauben sie etwa, daß auch ich mich, nach dem Vorbild dieser Priester, zu Ehren ihres Götzen verstümmeln werde? Voller Abscheu sah er auf die Hände der Priester, die mit rhythmischen Bewegungen die Klingen führten, und auf die Hände der Priesterinnen, die rascher und immer rascher den Stachel drehten, und andere Empfindungen begannen sich in seinen Widerwillen zu mischen. Immer hastiger schlug sein Herz, aber nicht nur vor Angst, nicht nur vor Abscheu, auch eine dunkle Lust mengte sich hinein, ein Ziehen in seinem Innern, eine wühlende Erregung, verboten und aus tiefsten Träumen vertraut.

Robert machte einen Schritt in den Saal hinein, und ihm war, als reiße er sich aus der steinernen Wand heraus. Das Herz schlug ihm bis hinauf in die Schläfen, und Nebelschleier schwebten vor seinen Augen, ungewiß, ob vom Qualm der Fackeln oder in seinem Innern aufgewallt. Stockend ging er weiter, und mit jedem Schritt wuchs in ihm der Drang, es den Jaguarmenschen gleichzutun: sich alle Fetzen vom Leib zu reißen, alle Fesseln aus der Seele herauszureißen, wie sie zu werden, im Taumel des Traums, dachte er, ein tierhafter Tänzer, kraftvoll, selbstvergessen, gelenkt nur von Instinkt und Magie.

Er trat in ihren Kreis, spürte die Wärme ihrer erhitzten Leiber und atmete ihren Tiergeruch. Die Fackeln schleuderten zuckende Blitze, pulsierend im Takt der Trommel und seines eigenen Herzschlags. Benommen und berauscht, wie er war, hätte Robert es den Jaguarpriestern wohl wirklich gleichgetan, mit Hilfe des schwarzen Stachels, wäre in diesem Moment nicht in der Mitte des Kreises eine Fackel aufgeflammt.

Sein Blick fiel auf die Gestalt, die im bisher verfinsterten Zentrum hockte, auf dem schwarzen Steinaltar, und sein Atem stockte. Was um Himmels willen? dachte er. Auch die Gestalt vor ihm war nackt und von Kopf bis Fuß mit Jaguarflecken bemalt. Mit gekreuzten Beinen saß sie auf einem Jaguarfell, über und über zerfurcht und ausgemergelt. Sie mußte uralt sein, dachte Robert, älter noch als Il-tzimin oder, falls das überhaupt möglich war, älter selbst als der greise Abgesandte aus dem Park des Gouverneurs. Uralte Augen sahen ihn aus tiefen, verschatteten Höhlen an, und vor dem Rumpf des ausgezehrten Wesens baumelten verschrumpfte Greisinnenbrüste, bis auf ihre faltigen Schenkel, zwischen denen ein schlaffes Glied hinabhing, wie der ganze, scheinbar fleischlose Leib mit Jaguarflecken bemalt.

Robert starrte ihn an, und er wollte schreien, sein Entsetzen aus sich herausschreien, doch seine Kehle blieb stumm, und in dem Moment, als sein Mund sich wieder schloß, wurde ihm bewußt, daß die Gestalt vor ihm niemand anders als der Chilam Balam sein konnte. Der oberste Priester des Jaguargottes, dachte er, war nicht nur ein ausgezehrter Greis, weit älter als alle Menschen, die er jemals gesehen hatte, sondern überdies ein Zwitter, doppelgeschlechtlich wie die Urmenschen der frühesten Schöpfungsmythen.

8

Nackt bis auf seinen Schurz lag er auf dem Gitter, das aus dünnen Baumstämmen gefertigt war. Unter Schultern und Schenkeln spürte er überall kleine Aststümpfe, Rindenknoten, die sich schmerzhaft in seine Haut drückten. Doch er konnte sich nicht zur Seite wälzen, um eine bequemere Stelle zu suchen, da er mit Händen und Füßen an das Gitter gebunden war. In der Haltung eines Gekreuzigten, dachte er und mußte lächeln, törichterweise, wie er sich sogleich tadelte. Aber trotz seiner mißlichen Lage empfand er bei diesem Gedanken einen leisen Stolz.

Immer wieder gingen ihm die magischen Verse durch den Kopf, die Catherwood überliefert hatte, angeblich eine Inschrift aus der Pyramide des Zauberpriesters von Uxmal:

Zur Stunde des Adlers liegt er im dämmrigen Tempel,
Hingestreckt auf Hirschfell, im bitteren Rauch von Copál.
Hinter hängenden Lidern sieht er das Verhängnis der Götter:
Haß, Hader, Habsucht, keine Gnade, jadegrün.

Er ist Chilam Balam, liegender Jaguar, Prophet des Gefleckten,
Von Kriegern gefürchtet, von Priestern erhoben, dem König zur Qual.
In der verhängten Nacht seines Tempels scheint nur Ukábku:
Schorfiger Opfermond, Omnivore aus Obsidian.

Zur Stunde des Muan kauert der Seher auf seinem Altartisch,
In seinem hängenden Kopf der Furor, das Fauchen des Jaguars.
In seiner Hand zuckt Ukábku, die gezähnte Begierde:
Bade, lade, labe den Balam mit Strömen von Blut.

Er ist Chilam Balam, einleibiger Zwilling, Gefäß des Gefleckten,
Und der schwarze Glanz Ukábkus färbt die Glans des Opferers rot.
Schreiend offenbart er, was selbst dem König verdeckt ist,
Und seine hängenden Brüste färben die Zähne Ukábkus rot.

Robert erschauerte, dabei war es in der Düsternis des Höhlentempels drückend warm. Undeutlich entsann er sich, warum sie ihn an dieses Gitter gefesselt hatten, buchstäblich von Kopf bis Fuß mit Blut verschmiert. Im Moment zog er es vor, diesen Punkt nicht zu berühren, lieber überließ er sich der Erinnerung an die Geschehnisse davor, aufwühlende Ereignisse, bedrängender als alles, was ihm je in seinem Leben widerfahren war. So unbequem seine jetzige Lage auch war, von den Jaguarpriestern hatten sie nichts zu befürchten, dachte er, weder er selbst noch seine Gefährten. Sie würden ihnen nichts antun, allerdings würden sie auch nicht zulassen, daß er die Flucht ergriff.

Mittlerweile mußte es schon früher Abend sein. Nicht mehr lange, und die Nacht würde hereinbrechen, was allerdings hier drinnen keinen Unterschied machte, denn im Tempel des Jaguargottes herrschte ewige Finsternis. *Aj'uch'*, *Zermalmender*, auch dieser Name des jaguarköpfigen Götzen war ihm schließlich noch eingefallen während des Rituals, an dem er vorhin teilgenommen hatte, auf dem Altarquader im Tempelsaal. Ein Wort wie ein letztes Erschauern, *Aj'uch'*.

Vier Schritte unter sich hörte er traumverlorenes Murmeln und leises Stöhnen. Auch wenn er sich nicht umwenden konnte und im Dunkeln ohnehin nichts gesehen hätte, war er sich doch sicher, daß diese Laute aus dem Verlies der Gefährten aufstiegen, die dort unten in ihrem Erdloch schmachteten, offenbar noch immer nicht bei Bewußtsein. Sein Kopf schmerzte zum Zerspringen, zweifellos von den Rausch- und Betäubungsgiften, die ihm eingeflößt worden waren, erst der pilzige Schleim auf den Blättern in jenem Kriechgang, dann der Trunk und der benebelnde Qualm, der drinnen im Tempelsaal aufgestiegen war. Aber nicht einmal die dröhnenden Schmerzen in seinem Schädel vermochten das ekstatische Gefühl zu dämpfen, das noch immer in seinem Innern vibrierte.

Er hatte den schwarzen Steinquader erklommen, auf Geheiß des Chilam Balam und unter fortwährenden jagenden Trommelschlägen. Neben dem greisen obersten Priester hatte er sich auf das Jaguarfell gehockt, vor sich die heiligen Requisiten, die ihm zugeteilt worden waren, der beinerne Becher und der gezähnte Stachel aus Obsidian. Auch die jungen Jaguarpriester hatten sich allesamt auf den gewaltigen Kubus geschwungen, eine gedrängte Menge gescheckter, tierhaft riechender Leiber, die ihn selbst und den Chilam Balam umschlossen wie eine Mauer aus atmendem Fleisch. An seinen Armen, in seinem Rücken, an den gekreuzten Beinen, überall hatte er ihre Leiber gespürt, ihre Brüste und Schultern, die wie zum Sprung gespannten Schenkel, die heiße, vom Tanz noch schweißfeuchte Haut. Alles roch nach Blut, nie hatte er die Süße des Blutes intensiver empfunden als in diesem Kreis der Jaguarpriester, die ihr Blut weiter in die Becher strömen ließen. Wohin er auch blickte, überall sah er Hände, die den Stachel drehten oder die gezähnte Klinge führten, und das Blut plätscherte in die knöchernen Gefäße, während die Jaguarpriester leise stöhnten und sich wanden, wie in ekstatischer Absence.

»*Ich cah Emal Kinich Ahau*«, rief der Chilam Balam mit pfeifender

Stimme, »vor dem Sturz des Sonnengottes, der zwanzig Katuns lang geherrscht hatte, als höchste Gottheit der Maya, sandten die Götter uns einen Boten, *Ajb'isäj-ju'um d'ojis,* dich.«

Noch weniger begreiflich als der Sinn dieser Worte, dachte Robert nun, indem er seine Füße in den Fesseln bewegte, war der Umstand, daß er sie überhaupt verstanden hatte, schließlich hatte der Chilam Balam nicht nur mit pfeifender Stimme gesprochen, sondern überdies in der Sprache der Maya. Zu diesem Zeitpunkt mußte er so sehr berauscht gewesen sein, durch die betäubenden Gifte und mehr noch durch die überwältigende Präsenz der Jaguarmenschen, daß er statt abgegrenzter Einzelheiten nur noch einen Wirrwarr unmäßig erregender Eindrücke wahrnahm. Er lauschte in sich hinein, und auf einmal war ihm, als hätten die Jaguarpriester Mabo herbeigeholt, ehe der Chilam Balam zu sprechen begann, damit der Mestize, an der Tempelwand kauernd, die Worte des obersten Priesters übersetzte. Oder gehörte die heisere, ein wenig atemlose Stimme, die nun in seinem Innern nachhallte, einem der Jaguarpriester, die mit ihnen auf dem schwarzen Altar gekauert hatten? Einen Moment lang dachte er noch darüber nach, doch in seinem Kopf fand er dieses Mal keine Gewißheit, nur den dröhnenden Schmerz.

»Es geschah im neunzehnten Tun des dritten Katun«, fuhr der Chilam Balam fort, »daß die Götter dich nach Tayasal sandten, in die heilige Stadt des letzten Mayareichs. Dort solltest du dem Canek und seinen obersten Priestern helfen, eine neue Stadt zu errichten, mit prachtvollen Pyramiden und Tempeln zu Ehren der Götter, binnen eines Sonnenjahres, wie es das Gesetz befiehlt. Doch du verschmähtest diesen Auftrag, *Ajb'isäj-ju'um d'ojis,* und flüstertest den Obersten von Tayasal ein, daß sie getrost in der alten Stadt verharren sollten. Und so kam es, daß Tayasal, das letzte freie Reich unseres Volkes, von den fahlhäutigen Eindringlingen überrannt und vernichtet wurde. Nur der Canek und seine edelsten Priester und Krieger konnten entkommen, in die Tiefen des Regenwaldes.«

Eine ganze Stadt errichten, binnen eines Jahres? Das alles ergab überhaupt keinen Sinn, dachte er, es war wie verwehte Fetzen eines unergründlichen Traums. »Und der Schatz des Canek?« Die Frage war ihm plötzlich durch den Kopf geschossen, im nächsten Moment biß er sich auf die Lippe, doch es war zu spät. Sein Herz begann angstvoll zu pochen, im gleichen holpernden Takt wie die Trommelschläge, während sich der Blick des Chilam Balam in seine Augen bohrte, vor Zorn noch weiter verfinstert, wie ihm schien.

»Deine Erinnerung scheint zurückzukehren«, sagte der greise Priester endlich, und seine Rechte fuhr über die verschrumpften Brüste, die ihm wie gescheckte Säcke vor dem Rumpf hingen. »Tatsächlich hatten der Canek von Tayasal und die Seinen viele Kostbarkeiten zusammengetragen, zu Ehren der Götter, Opferschalen aus Gold, Götterfiguren aus Jade und manches andere, außerdem eine Tausende Faltbücher umfassende Bibliothek.« Wieder unterbrach er sich und durchbohrte Robert mit seinem Blick. »Wie es heißt, Gesandter der Götter, sollen diese Bücher damals deinen Geist verwirrt haben, so daß es dir gefiel, deinen Auftrag zu vernachlässigen und statt dessen nach der Mathematik der Wiederkehr zu forschen, dem göttlichen Gesetz des Todes und der Wiedergeburt.«

So rätselhaft auch diese Rede war, die der Chilam Balam mit pfeifender Stimme hervorstieß, noch weit verwirrender fand Robert die Geschehnisse, die sich zugleich neben ihm abspielten: das Plätschern des Blutes in die beinernen Becher, den keuchenden Atem der Priesterinnen, die den Stachel in der hervorgestreckten Zunge drehten, das leise Stöhnen der Jaguarpriester, die weiterhin die Klinge über ihre Leibesmitte führten, mit erschreckender Beharrlichkeit.

Unablässig sprach unterdessen der Chilam Balam weiter, von der Hoffnung, die der Canek und die Edelsten von Tayasal in die Ankunft des Götterboten gesetzt hatten, und von dessen schmählichem Versagen. Die unsichtbare Trommel wummerte, und Robert spürte, wie Hitze und Erregung in den zusammengedrängten Jaguarleibern anstiegen, eine Ekstase, die sich aus den berauschenden Giften, dem stetigen Blutverlust und der trancehaften Rede ihres Oberpriesters nährte. Fauchender Atem entrang sich den Jaguarpriestern und immer lauteres Stöhnen, und obwohl im ungewissen Licht nur wenig zu erkennen war, schien es Robert, als ob manche Priesterinnen und Priester immer wieder zusammenfänden, momentweise, zu raschem Austausch von Berührungen, oder auch von rinnendem Blut. Er lauschte dem zwittrigen Uralten, und währenddessen spürte er, wie auch in ihm die Erregung immer steiler anstieg, zu einem harten, jagenden Pochen, schmerzhaft und lustvoll zugleich.

Endlich ließen die Priesterinnen und Priester von ihren Wunden ab, und im selben Moment verstummte der Chilam Balam. Die schwarzen Stacheln wurden zur Seite gelegt, und die Jaguarpriester hoben ihre Becher aufs neue empor, bis in Höhe der Brust. Auch die Trommel schwieg, jedoch nur für einen Moment, dann setzte sie desto lauter, langsam und drängend, wieder ein. Robert sah ein Funkeln in den erhobenen Bechern, und da erst begriff er, daß sie bis zum Rand gefüllt waren, mit lebenswarmem Blut.

9

Was war dann geschehen? Auf dem Holzgitter liegend, die Arme seitlich ausgestreckt und an die schlanken Stämme gefesselt, lauschte Robert abermals in sich hinein. Seine Sinne hatten sich getrübt, je weiter das Ritual fortschritt, so daß er von dieser Etappe fast nur noch Schattenspiele, zerstückte Ausrufe, überwältigende Empfindungen erinnerte: ziehende Lust, aber auch Entsetzen, und immer wieder beides zusammen, in untrennbarer Vermischung, Schauder der Auflösung, Taumel des Traums.

Hatte er nicht plötzlich auf dem Altar gelegen, rücklings, von seiner Tunika entblößt? Unruhe stieg in ihm auf, angstvolle Erregung. Die Jaguarpriester um mich herum, dachte er und sah sie schon vor sich: auf den Unterschenkeln kauernd, zu seinen beiden Seiten, immer abwechselnd eine Jaguarfrau, dann ein katzenleibiger Mann. Ihre Blicke auf mir, dachte er, ihre rechten Arme erhoben, über meiner Brust, meinen Beinen, die Becher in ihren Händen und die Trommel immer lauter, donnernd, immer rascher, tosend, und wie mir das Herz in der Brust schlug, als wollte es zerreißen, aus meinem Mund springen wie ein Frosch!

»Zurückgekehrt, um deine Schuld zu tilgen und die Maya zu neuem Glanz zu führen!« Der Chilam Balam rief es, mit pfeifender Stimme, nun zu Roberts Füßen hockend. »O Götter der neunfaltigen Unterwelten, *Bolon-ti-ku,* wir danken dir!« Als er *Bolon-ti-ku* ausrief, richtete er sich auf den Unterschenkeln auf, so rasch, daß seine verschrumpften Brustsäcke emporschwangen, und die jungen Priesterinnen und Priester drehten ihre erhobenen Hände zur Seite, so daß das Blut aus zweimal neun Bechern auf Roberts Brust und Bauch, auf seine Lenden und Schenkel schwappte.

Und dann, und dann? In qualvoller Anspannung spähte er in sich hinein. Aber wie er sich auch mühte, sein Gedächtnis gab bloß ein Durcheinander aus Gerüchen, Berührungen, aufwühlenden Gefühlen preis. Die Süße des Blutes, dachte er, überwältigend, in der Kehle würgend, seine warme, klebrige Nässe, überall auf meiner Haut. Sie alle tief zu mir herabgebeugt, ihre Jaguargesichter, gescheckten Schultern, und ihre rauhen Hände, die das Blut auf meiner Haut verreiben. Das Schmatzen des Blutes, als sie den Saft mit ihren Händen, mit den Unterarmen, selbst mit ihren Schultern und Wangen auf mir verteilen, und dazu ihr fauchender Atem und ihre heiseren Stimmen, die immer und immer dieselben Laute intonieren: »*Ajk'ub' Maya'ib, nojochk'inb'il,* Retter der Maya, wir preisen dich!«

Hatte sich das alles wirklich so ereignet? Robert knirschte mit den Zähnen. Sein Triumphgefühl war verflogen, statt dessen krümmte er sich nun innerlich vor Scham. Es war ein Traum, versuchte er sich zu beruhigen, zumindest dieser Teil des Rituals hatte sich doch gewiß nicht wirklich, sondern nur in seinem aufgepeitschten Geist so abgespielt.

Aber einen Zwischenfall hatte es schließlich doch noch gegeben, eine erschreckende Wendung, die ihn aus allen Träumen gerissen hatte.

»*Paxi cah Emal Kinich Ahau*«, hatte der Chilam Balam ausgerufen, »nach dem Sturz des Sonnengottes, der zwanzig Katun über die Welt der Maya geherrscht hatte, stieg Cha'ac, der Gott des Regens und der Gewässer, zur mächtigsten Gottheit der Maya auf. In Kantunmak sammelten sich die Versprengten, die edelsten Priester und Krieger, in der Welt unter der Erde, wo auch der Schatz von Tayasal verborgen liegt.« Weiterhin salbten die Jaguarpriester ihn mit ihrem Blut, und der Uralte rief mit pfeifender Stimme: »*Ajb'isäj-ju'um d'ojis,* die Prophezeiung beginnt sich zu erfüllen! Sie lautet, daß du dereinst zurückkehren wirst, im neunten Katun nach dem Untergang Tayasals, das durch deine Schuld zerfiel. Zusammen mit den Priestern Cha'acs wirst du ein Heer von Mayakriegern aufstellen und an ihrer Spitze in die Schlacht ziehen, von Kantunmak aus, gegen die fahlhäutigen Invasoren. Es wird die gewaltigste Schlacht sein, die jemals geschlagen wurde«, rief der greise Priester, während achtzehn Hände, rauh und gescheckt wie Katzenpranken, über Roberts Leib fuhren und das Blut verrieben, »und an ihrem Ende wirst du, Gesandter der Götter, tödlich verwundet werden. Das Heer der Maya aber wird siegreich aus der Schlacht hervorgehen. Die weißen Eindringlinge werden noch am selben Tag über den großen See fliehen, mit ihren schwimmenden Häusern, die sie einst hierhergetragen haben, vor zweiundzwanzig Katun.«

Robert hatte den Kopf im Liegen ein wenig erhoben, so starrte er den Uralten fassungslos an. *Er* sollte eine Armee von Mayakriegern anführen, im Bündnis mit den Priestern des rüsselnasigen Götzen Cha'ac? Nur langsam sickerte der Sinn der schrecklichen Worte in sein Bewußtsein, langsamer als das Blut, das, mit kreisenden Bewegungen verrieben, durch alle Poren in seine Haut drang.

Deshalb also bin ich hierhergekommen, in den Regenwald der Maya: um mein Leben zu opfern für eine aberwitzige Illusion? Verrückt, dachte er, und wann sollte diese unmögliche Schlacht bittesehr stattfinden? Ob die Prophezeiung nicht auch ein Datum enthielt? Schließlich waren die Maya, zumindest die alten Erbauer der Pyramiden, nicht zuletzt für ihre unübertrefflichen Kalender berühmt.

»An Neun Oc Drei Xul wirst du in Kantunmak eintreffen«, sagte der Chilam Balam, »am Tag des Hundegottes, heute in dreizehn Tagen, heilige Dreizehn, Zahl der himmlischen Götterwelten.« Die Jaguarpriester ölten Roberts magere Brust, seine knochigen Schenkel mit ihrem Blut, und der Uralte fuhr fort, seine Prophezeiung aus sich herauszupfeifen. »An Sechs Ahau Dreizehn Xul wirst du sterben, Gesandter der Götter«, rief er, »heute in dreiundzwanzig Tagen, heilige Dreiundzwanzig, Zahl der Gesamtheit aller Welten, von einem Krieger deiner Königin niedergestreckt am dritten Tag der großen Schlacht.«

Robert war aufgesprungen, jetzt sah er es wieder vor sich, qualvoll, doch länger ließ sich die Erinnerung nicht zurückhalten: Im Kreis der kauernden Priester, neunzehn Jaguarfratzen, die zu ihm aufsahen, stand er auf dem Altar, taumelnd, nahezu nackt, am ganzen Leib mit Blut beschmiert. Er würde sich mit einem Sprung retten, dachte er, von dem Kubus hinab und durch den Gang davon, bevor sie zur Besinnung kämen. Aber er war so berauscht und durcheinander, daß schon der Sprung mißlang. Er stieß gegen eine Schulter, fiel zu Boden, und ehe er sich versah, hatten sie ihn ergriffen und hierher geschleppt, zum Gitter über dem Verlies der Gefährten, wo sie ihn anbanden, sachte und achtsam, so daß die Fesseln ihn nicht schmerzten, aber doch so fest, daß er sich nicht befreien, nicht die Flucht vor dem Schicksal ergreifen konnte, das ihre Götter ihm zugedacht hatten: Opferung seiner selbst, um die mondhäutigen Eroberer ihrer Welt zu vertreiben und seine Schuld aus einem früheren Leben zu tilgen, indem er in dreiundzwanzig Tagen starb.

SIEBEN

1

»Wo ist Thompson?« Richard Chillhood kauerte so dicht vor Helen, seine Waffe noch immer im Anschlag, daß die Mündung fast ihre Brust berührte. Seine Augen glitzerten wäßrig im Halbdunkel der Schlucht. »Maul auf, Affe, oder ich laß' dich tanzen.« Sein freudloses Grinsen entblößte kräftige gelbe Zähne.

»Mr. Thompson und Mr. Climpsey sind vorausgeritten, Sir.« Die Gedanken wirbelten in ihrem Kopf. Eine Mücke umschwirrte ihre Stirn, doch sie wagte nicht, nach dem Quälgeist zu schlagen. »Mehr weiß ich nicht, verzeihen Sie – ich bin nur der Pferdebursche.«

»Affenbursche, meinst du.« Sergeant Chillhoods Linke schnellte nach vorn und versetzte ihr eine mäßige Backpfeife. »Also, Henry – so war doch der Name? Laß hören.« Er grinste abermals.

Sie alle drei kauerten im Schlamm, einander belauernd wie wilde Tiere. Das Herz klopfte Helen bis in die Kehle hinauf.

»Ja, Sir, das stimmt. Henry O'Rooney heiß' ich … Es war Mr. Mortimers Idee«, fügte sie hinzu, ohne eine halbwegs klare Vorstellung, wie sie fortfahren sollte. »Mr. Mortimer sagte, daß wir uns aufteilen sollten, um … ohne Aufsehen an dem Indiodorf vorbeizukommen, weiter vorne in der Schlucht.«

Chillhood starrte sie an, sein nahezu viereckiges Gesicht war stark gerötet, und noch immer zitterte die Mündung seiner Waffe vor ihrer Brust. Von der Seite spürte sie Charles Mullers Blick auf sich, nachdenklich, wie sie auf einmal glaubte, gleich würde er sich erinnern, und was dann? Was würden die beiden Männer mit ihr anstellen, wenn sie herausbekämen, um wen es sich bei dem vermeintlichen Pferdeburschen tatsächlich handelte?

»Und hinter dem Dorf wolltet ihr wieder zusammenkommen,

stimmt's?« Sergeant Chillhood schnitt eine Grimasse in Mullers Richtung, die hinlänglich klarmachte, was er von Henry O'Rooneys Geisteskräften hielt.

»Ja, Sir, das stimmt«, wiederholte Henry. »Wo genau dieser Treffpunkt sein sollte, weiß ich allerdings nicht.«

»Aber du kennst den Weg am Dorf vorbei?«

»J-ja, Sir. Dort entlang.« Sie deutete vage den Hang hinab, auf ein Bachbett, das sich schmal und schlammig durchs Dickicht wand.

»Da geht's nach Norden«, mischte sich Charles Muller ein. Beim vertrauten Klang seiner näselnden Stimme fuhr Helen zusammen.

»Wenn du uns an der Nase rumführen willst ...« Chillhood packte ihr Kinn und begann ihren Kopf zu schütteln. »Wäre schade um das niedliche Affenfrätzchen.«

»Nach Norden, Sir ... ganz genau«, ächzte Henry. »Aber nur ... ein paar Meilen ... dann wieder ... nach Westen und ...«

»Na, dann machen wir doch diesen kleinen Spaziergang«, sagte Sergeant Chillhood in munterem Tonfall.

Er stand auf, ohne ihr Kinn loszulassen, und Helen sputete sich, neben ihm auf die Beine zu kommen. Chillhood versetzte ihr einen Stoß, so daß sie vorantappte, den glitschigen Hang hinab, drei Schritte vor den beiden Männern und schwindlig vor Angst.

Was sollte sie nur machen, wenn die Soldaten ihr auf die Schliche kamen? Wie nur konnte sie die beiden von Mr. Thompsons Spur abbringen? Und was um Himmels willen konnte sie unternehmen, um Robert Thompson zu retten, falls auch er in die Hände der Indios gefallen war? Verzweifelt überlegte sie hin und her und kam doch zu keinem Ergebnis. Sie wußte nicht einmal, welchem Ziel Mr. Thompson und seine Gefährten überhaupt entgegenstrebten. Aus ihren Gesprächen hatte sie lediglich entnehmen können, daß dieses Ziel, eine Ruinenstadt aus vorchristlicher Zeit, weit im Westen lag, nahe der Grenze zu Guatemala. Sie rief sich die Karte ins Gedächtnis, die Mr. Sutherland ihr damals in seiner Bibliothek gezeigt hatte, und unterdrückte einen Seufzer. Auf dem Militärplan hatte nur ein einziger Weg westwärts durch den Dschungel geführt, und falls Mr. Thompson und die Seinen nicht in die Hände der Indios gefallen waren, würden auch sie auf diesem Weg weiter gen Westen ziehen. Ebenso wie ihre beiden

Begleiter, sagte sich Helen, die Soldaten in ihrem Rücken, die darauf bestehen würden, so rasch wie möglich auf den befestigten Pfad zurückzukehren.

Keuchend arbeiteten sich die Männer hinter ihr durchs Unterholz, mit stampfenden Schritten. Obwohl nur spärliche Sonnenstrahlen durch die Baumwipfel drangen, herrschte eine stickige Schwüle, und von dem morastigen Boden ging ein Fäulnisgeruch aus, der das Atmen erschwerte. Für einen schwerknochigen Mann wie Richard Chillhood mußte dieser Marsch eine Marter sein, dachte Helen nicht ohne Schadenfreude, und kaum besser erging es offenbar dem schlaksigen Charles Muller, der immer wieder über Steinbrocken oder Wurzelstücke stolperte.

Dagegen huschte sie selbst nahezu lautlos über Laub und Zweige, und auch wenn ihre Lage, nüchtern besehen, nahezu hoffnungslos war, schien etwas – oder jemand – in ihr diesen »kleinen Spaziergang« überaus zu genießen. Die India in mir, dachte Helen, mein zweites Ich, meine innere Doppelgängerin, die mir selbst und aller Welt so lange verborgen war. Wie sonst könnte ich mich so traumhaft sicher durch diese Wildnis bewegen? Wie sonst hätte ich letzte Nacht vom Dorf meiner Mutter träumen können – wenn nicht, weil diese Erinnerungen so viele Jahre lang in mir geschlummert haben? Aber was hat es nur zu bedeuten, dachte sie dann wieder, daß ich in diesem Traum auf einmal mich selbst und Robert Thompson sah, er tot und ich vor Gram vergehend?

»Das reicht jetzt«, sagte hinter ihr Sergeant Chillhood. »Wir sind mindestens drei Meilen nach Norden marschiert. Da vorn öffnet sich ein Pfad im Dickicht, den nehmen wir und schwenken wieder nach Westen.«

»Zuerst eine Pause, Dickie, ich fleh' dich an.« Noch während Sergeant Muller seine Bitte hervornäselte, sank er auf einen der großen Steinbrocken, die zwischen glattstämmigen Zapotebäumen verstreut lagen, mit Moos überzogen. Der Schweiß stand Charles Muller auf der bleichen Stirn, und als er seine Mütze vom Kopf nahm, waren auch seine rötlichen Haare tropfnaß und gedunkelt vor Schweiß.

»Meinetwegen, aber nur 'n paar Minuten.« Auch Chillhood wirkte reichlich mitgenommen, sein feistes Gesicht brennend rot, sein Khakihemd auf dem Rücken und unter den Achseln dunkel verfärbt. Er sackte neben Muller auf einen Felsbrocken. »Wenn ich diesen Thompson am Kragen hab', nehm' ich meinen Abschied. Wird mir einfach zu aufreibend, bei der verfluchten Hitze über Stock und Stein hinter solchen Kerlen herzustolpern.«

»Aufreibend ist gut.« Muller warf hektische Blicke ins umliegende Buschwerk. »Wenn ich geahnt hätte, zu was diese Wilden imstande sind ... Wär' ich nur in Fort George geblieben, verdammt! Wachsoldat vorm White House, immer in sauberer Uniform, und alles läuft korrekt ab – das is' das Richtige für mich. Aber das hier?« Wieder musterte er Büsche und Bäume, diesmal mit verdrießlicher Miene. »Aber ich dachte, ich wär's Thomas schuldig«, sagte er dann. »Er war 'n guter Kamerad, und Tommy ist in meinen Armen verblutet, verstehst du?«

Chillhood gab ein Grunzen von sich, das allerlei bedeuten konnte: Gleichgültigkeit, Zustimmung oder sogar eine vierschrötige Version von Mitgefühl.

»Der verrückte Maler hat ihn vor meinen Augen abgeknallt«, fuhr Muller in nörgelndem Tonfall fort. »Und da dacht' ich mir, wenn der Gouverneur Freiwillige sucht, um den Mörder zu fangen, dann muß ich mich einfach melden.«

Chillhood schien den mißmutigen Betrachtungen seines Kameraden keine Aufmerksamkeit mehr zu schenken. Er nestelte seine Wasserflasche vom Gürtel und schüttelte sich die letzten Tropfen in den Mund.

»Fünf Minuten noch«, sagte Muller. Er erhob sich und trottete auf einen mannshohen Felsbrocken zu, zwanzig Schritte tiefer im Wald.

2

Erst mit einiger Verspätung registrierte Helen, daß sie auf einmal mit Richard Chillhood allein war. Bis vor kurzem noch hatte sie geglaubt, daß sie sich hauptsächlich vor Charles Muller hüten mußte, doch inzwischen war ihr klargeworden, daß Chillhood weit gefährlicher war. Anfangs hatte Muller sie ein paarmal nachdenklich gemustert, als versuchte er sich zu besinnen, wo er diesem Henry O'Rooney schon einmal begegnet war. Aber bald schon schien sein Argwohn verflogen, und mittlerweile war sich Helen sicher, daß er den schmutzstarrenden Pferdeburschen nicht von sich aus mit Miss Harmess aus Fort George in Verbindung bringen würde.

Es empörte sie sogar ein wenig, daß ihr Anblick keinerlei Widerhall in ihm hervorrief. Immerhin hatte sie ihn in Fort George drei Jahre lang jeden Morgen mit einem Lächeln und manchmal auch mit einem Scherzwort gegrüßt. Und in den letzten Wochen war sie sogar zwei- oder dreimal vor seinem Wachhäuschen stehengeblieben, um ihn beiläufig in ein Gespräch über »den exzentrischen britischen Zeichner« zu verwickeln. Von Sergeant Muller hatte sie erfahren, daß Robert Thompson beabsichtigte, auf den Spuren eines gewissen Frederick Catherwood in die Wildnis zu ziehen. Und Charles Muller verdankte sie auch den Hinweis, daß die Gentlemen Mortimer, Climpsey und Thompson sich allabendlich in der *Mahogany Bar* einzufinden pflegten, einem düsteren, nach Tabak und Schnaps stinkenden Gewölbe, in das sie sich tatsächlich einmal hinabgewagt hatte, zur Erprobung ihrer Maskerade und um vom Nachbartisch aus den Wortwechsel der drei Gentlemen zu belauschen. Schon am nächsten Tag hatte sie, durch ihre Erfolge beflügelt, Sergeant Muller in ein weiteres Gespräch über den geheimnisvollen jungen Zeichner und seine Expeditionspläne verstrickt, und damals schien es ihr, als ob ihr hartnäckiges Interesse an dem »weltfremden Engländer« ihn allmählich doch ein wenig befremdete. Aber natürlich war es besser so, weit besser, daß Charles Muller trotz alledem zwischen Miss Harmess und Henry O'Rooney keinerlei Verbindung zu erahnen schien.

Ganz anders verhielt es sich mit Sergeant Chillhood, dachte Helen, während Muller in taumelnder Gangart hinter seinem Felsbrocken verschwand. Richard Chillhood mochte höchstens fünf Jahre älter als Muller sein, Anfang Dreißig oder wenig darüber, und doch umgab ihn die Aura eines altgedienten Kriegers. Bei einer Zeremonie im Park von White House war er im letzten Jahr sogar mit einem Orden ausgezeichnet worden, und der Gouverneur persönlich hatte den blutdurstigen Sergeant als »Helden Britanniens« gepriesen. Bei dieser Zeremonie zu Ehren von Soldaten und Offizieren, die sich bei der Niederschlagung von Indio-Aufständen besonders hervorgetan hatten, war auch Helen zugegen gewesen, allerdings nur als geduldeter Zaungast in einer Gruppe junger Kopistinnen, an die Richard Chillhood sich sicherlich nicht erinnern würde. Und trotzdem hatte sie im Verlauf dieses Vormittags, während sie die beiden Soldaten durch die Wildnis geführt hatte, immer deutlicher empfunden, daß der so großspurige wie grobschlächtige Chillhood eine furchtbare Gefahr für Henry O'Rooney darstellte.

Sie hockte auf ihrem Steinbrocken in der Düsterkeit des Waldes und versuchte sich so wenig wie möglich zu rühren, in der Hoffnung, daß Chillhoods Aufmerksamkeit wieder erlahmen würde. Der Sergeant saß zwei Schritte links von ihr und beobachtete sie unverwandt, nicht verstohlen, sondern mit herausfordernder Offenheit. Ihr Herz begann heftig zu schlagen, als ihr auf einmal klar wurde, daß er die Abwesenheit seines Kameraden ausnutzen und sich diesmal nicht damit begnügen würde, sie auszuhorchen und ein wenig zu demütigen.

Helen zwang sich, ihren Kopf zu heben und seinen Blick zu erwidern. Kommen Sie zurück, Sergeant Muller, dachte sie, um Gottes willen, beeilen Sie sich. In Chillhoods Augen glitzerte eine Verschlagenheit, ja Verrücktheit, die sie mit lähmender Angst erfüllte, einer Angst wie aus den tiefsten Tiefen der Kindheit.

»Komm her, Affenbursche«, sagte Chillhood. Sogar seine Stimme klang verändert: brüchiger und eine Spur schrill. »Na mach schon, hopp!« Dazu klopfte er mit der Hand auf seinen stämmigen Schenkel und nickte ihr mit starrer Miene zu.

Was um alles in der Welt hatte er vor mit ihr? Hatte er etwa bemerkt, wie es sich tatsächlich mit Henry O'Rooney verhielt? »Sie meinen, Sir …?«

Da Chillhood ihr abermals zunickte, blieb Helen nichts anderes übrig, als sich von ihrem Stein zu erheben und auf ihn zuzugehen, so langsam wie irgend möglich. Aber sie hatte kaum ihren zweiten Schritt begonnen, da beugte sich Chillhood vor, packte sie ohne weiteres um die Hüften und zog Henry O'Rooney zwischen seine gespreizten Schenkel.

»Bitte, Sir, nicht...«

Der Schweißgeruch seines Körpers, wenige Zoll vor ihrer Nase, verschlug ihr fast den Atem. Vergeblich versuchte sie sich aus der Umklammerung seines Armes zu befreien, der wie ein eisernes Band ihre Hüften umschloß.

Richard Chillhood legte ihr eine Hand in den Nacken und zog ihren Kopf noch näher zu sich heran. »Rat mal, warum ich Dickie genannt werde.« Er keuchte. Seine Lippen bewegten sich an ihrem rechten Ohr, sein feuchter Atem besprühte ihre Haut. »Na, sag schon«, drängte er. Seine Rechte rutschte tiefer, mit Daumen und Zeigefinger kniff er sie kräftig in ihre verlängerte Rückenpartie. »Ist eigentlich ganz einfach, Affenbursche«, raunte der Sergeant mit heiserer Stimme, und in diesem Moment wurde Helen klar, daß Richard Chillhood sie ganz und gar nicht für eine Frau hielt.

Sie wollte aufschreien, doch ihr Schrei erstickte an Chillhoods schweißnasser Brust. Wie erstarrt stand sie im Schraubstock seiner Schenkel, während Chillhoods Finger wie ein riesiges Insekt über ihren Rücken, ihre Beine liefen und sie ein ums andere Mal kräftig kniffen.

Auf einmal sprang der Schraubstock auf. Im gleichen Augenblick wurde sie nach hinten geschleudert, so kraftvoll und unerwartet, daß sie den Halt verlor und rücklings zu Boden fiel. Ein heftiger Schmerz zuckte durch ihren Kopf, und sie schloß die Augen und beschwor sich, um Himmels willen nicht das Bewußtsein zu verlieren.

»Dieser verdammte kleine Bursche hat versucht auszureißen«, hörte sie Chillhoods Stimme. Als sie die Augen wieder öffnete, standen beide Soldaten über sie gebeugt. »Aber ich hab' den Affen beim Schwanz gepackt«, fuhr Richard Chillhood fort, und das verrückte Glitzern in seinen Augen verhieß, daß er mit Henry O'Rooney noch längst nicht fertig war.

Die Gesichter der beiden Soldaten tanzten über ihr, schwankend wie Lampions im Wind. »Ich bin's, Sergeant«, murmelte Helen, »Miss Harmess ... bitte helfen Sie mir ...«

Charles Muller runzelte die Stirn und sah von dem im Schlamm liegenden Pferdeburschen zu Chillhood. »Was brabbelt der Deckskerl, Dickie?«

Chillhood wendete ihnen bereits den Rücken zu. »Spielt keine Rolle, Charly.« Sein Wasserstrahl gischtete gegen den Felsbrocken, auf dem vorhin Henry O'Rooney gesessen hatte. »Wenn der kleine Affe nicht spurt, wird er ersäuft.« Er nestelte an seiner Hose und wandte sich um. »Und wenn doch, dann auch.«

3

»Entschuldigen Sie, Sir – wenn ich Sie auf einen Irrtum hinweisen dürfte ...«

Verständnislos blinzelte Charles Muller aus seiner Höhe von sechs Fuß zu ihr herab. Der junge Sergeant schien am Ende seiner Kräfte. Er bewegte sich nur noch wankend, in hellen Bächen lief ihm der Schweiß über das Gesicht. »Was ist los? Dickie, was will der Kerl?«

Spätestens in diesem Moment, da sich Richard Chillhood zu ihnen umwandte, wurde Helen bewußt, daß sie besser den Mund gehalten hätte. Seit sie auf den von Chillhood bestimmten Pfad gen Westen abgebogen waren, hatte der stämmige Sergeant die Führung übernommen, und Muller war hintendrein getaumelt, über Steinbrocken stolpernd und ein ums andere Mal mit nasaler Stimme die Wildnis verfluchend. Während dieser Stunden verbissenen Marschierens auf abschüssigem Wurzelpfad, der immer tiefer in eine Schlucht hineinführte, zwischen Felswände, die bald schon die Wipfel der höchsten Baumriesen überragten, hätte Helen wohl in einem günstigen Augenblick das Weite suchen können, zumal keiner der beiden Sergeants auch nur einen Blick auf den nutzlosen Pferdeburschen vergeudete. Allerdings hatte Chillhood, ehe sie nach ihrer Rast wieder aufgebrochen waren, ein Seil aus seinem Rucksack gezogen, dessen eines Ende er an seinen Gürtel knüpfte. »Wo willst du die Schlinge spüren, Affe: um den Hals oder – ?« Angstvoll hatte Helen auf die Fortsetzung gewartet, aber Chillhood hatte nur aufgelacht und ihr die Schlinge über den Kopf geworfen, wie einem übertölpelten Mondkalb.

»Der Affenbursche sagt, dein Leben ist 'n einziger Irrtum, Charly«, erklärte Chillhood nun. »Aber er ist bereit dir zu verraten, wie du's besser machen kannst. Hab' ich recht?« Chillhood war stehengeblieben, drei Schritte vor ihnen, keuchend und schweißüberströmt. Nun packte er das Seilende an seinem Gürtel und zog sie mit einem Ruck zu sich her. »Wie also?«

»N-nein, Sir, das meinte ich nicht«, ächzte Helen. »Bitte verzeihen Sie, ich wollte nur ...«

Eigentlich hatte sie Charles Muller darauf hinweisen wollen, daß nicht Mr. Thompson das Blutbad verschuldet habe, dem Mullers Kamerad im Park von White House erlegen war. Ohne den katergesichtigen Mr. Mortimer und seinen füchsischen Gefährten Mr. Climpsey wäre weder dem Wachsoldaten noch dem Indio auch nur ein Haar gekrümmt worden, hatte sie erklären wollen, immerhin war sie, vielmehr der Pferdebursche Henry, zugegen gewesen und hatte mit eigenen Augen gesehen, wie Mr. Mortimer einen Schuß abgefeuert und seine Pistole sodann Mr. Thompson in die Hand gedrückt hatte.

Unter dem glitzernden Blick Chillhoods, der sie mit dem Seil immer näher zu sich heranzog, sagte sie jedoch nichts von alledem. Wie hatte sie nur glauben können, daß die Sergeants einem »Affenburschen« wie ihr erlauben würden, sie eines Irrtums zu überführen? Verzweifelt überlegte sie, durch welche harmlose Antwort sie sich noch einmal herauswinden könnte.

In der Schlucht war es mittlerweile so düster, daß selbst die Umrisse der Bäume und Büsche ringsum verschwammen. Vom blauen Himmel war nur ein schmaler Streifen zu sehen, zwischen den Felswänden, die lotrecht emporwuchsen und sich in schwindelnder Höhe einander entgegenneigten. Ringsum im Unterholz schienen Schatten zu hausen, geflügelte oder tatzenbewehrte Schemen, doch wenn man genauer hinsah, war nichts Verdächtiges zu bemerken, nur bizarre Felsbrocken oder ein abgestorbener Wurzelstrunk.

»Was für ein Irrtum also, Affenbursche?« Chillhood hatte sie mit dem Seil auf Griffnähe zu sich herangezogen, nun packte er mit seiner linken Hand abermals ihr Kinn und begann ihren Kopf zu schütteln. »Etwa dieser Weg?«

»J-ja, Sir, ganz genau – der Weg.« Ihre Erleichterung dauerte nur einen Moment.

»Und das sagst du jetzt, nachdem wir drei Stunden tief in die verdammte Schlucht marschiert sind?« Chillhood zischte es, zwischen zusammengebissenen Zähnen, und dabei zog er Helen mit der Schlinge noch näher zu sich heran.

»Ich … war nicht sicher, Sir, und … es war Ihre Entscheidung, diesen Weg …«

Weiter kam sie nicht. Abermals legte Chillhood eine Hand in ihren Nacken und preßte ihr Gesicht gegen sein schweißnasses Hemd. Sie hielt den Atem an und spürte erstarrend, wie seine andere Hand nach ihrer Gürtelschärpe griff.

»Meine Entscheidung«, keuchte Dickie Chillhood, »wir werden ja sehen … du dreckiger kleiner …« Sein Gestammel ging in heiseres Hecheln über, während seine Rechte immer roher an Henrys Kleidungsstücken zerrte.

Helens Gesicht wurde in Chillhoods fleischigen Rumpf gedrückt, mit erstickender Gewalt. Irgendwo hinter sich hörte sie Sergeant Muller, der mit ängstlichem Näseln »Dickie, Dickie« rief. Doch der keuchende Chillhood schien nichts mehr wahrzunehmen außer dem »Affenburschen«, an dessen textiler Umhüllung er zerrte.

Auf einmal ging ein Stück Stoff zuschanden, mit scharfem Reißgeräusch. Fast im selben Moment biß Helen, ohne sich zu besinnen, aus voller Kraft in Sergeant Chillhoods fettige Brust.

Der Held Britanniens stieß einen Schrei aus, ein hochtoniges Quieken. Er ließ Helen los und fuchtelte mit den Händen, bekam das Seil zu fassen und zog die Schlinge um ihren Hals so gewaltsam zusammen, daß ihr schwarz vor Augen wurde. Sie versuchte die Schlinge zu packen, ihre Finger darunterzuzwängen, aber vergeblich, zu tief schnitt das Seil in ihr Fleisch. Gleißende Lichter begannen um sie herumzuwirbeln, und zugleich hörte sie ein lautes Fauchen und Knurren, wie von Raubkatzen ganz in ihrer Nähe, auf den Bäumen, im Buschwerk ringsum. Jetzt erst wurde ihr bewußt, daß sie bäuchlings am Boden lag, in Laub und Schlamm gebettet, während um sie herum immer lauter jenes Fauchen erschallte. Jaguare, dachte sie, deshalb also hatte Muller so ängstlich »Dickie, Dickie« gerufen, und deshalb schrien beide Sergeants noch immer, während ihre Stimmen und stampfenden Schritte sich rasch und rascher entfernten, den Wurzelpfad zurück, unter Schreien und Fluchen, verfolgt vom Fauchen der Jaguare, vom Trommeln ihrer Tatzen und sogar von ihrem strengen Tiergeruch, der gleichfalls schwächer und schwächer wurde.

Verwundert richtete sie sich auf und sah um sich. Ihr Hals schmerzte bei jedem Atemzug, doch als sie nach der Schlinge tasten wollte, war das Seil verschwunden. Wie war das alles nur möglich? Der Angriff der Raubkatzen, die Flucht der beiden Soldaten – und wieso hatten die Jaguare sie selbst verschont, obwohl sie nicht einmal versucht hatte zu fliehen?

Ganz ruhig war es nun in der Schlucht, so still und friedlich, als ob sie dies alles nur geträumt hätte: die schreienden Sergeants, die fauchenden Jaguare, ja als ob sie noch immer von einem Traum umfangen wäre, vom Traum der Wildnis, und gleich in ihrer Kammer erwachen würde, unter der Dachschräge von Sutherland House.

Aber es war kein Traum.

Aus dem Dickicht zu ihrer Linken trat eine junge India hervor, schlank, von auffällig großgewachsener Gestalt. In einer Hand hielt sie das Seil, das Sergeant Chillhood um den Hals des Affenburschen Henry geworfen hatte, in der anderen einen funkelnd schwarzen Dolch. So kunstvoll sie ihre Haare zu einer Art Vogelnest geflochten trug, so einfach war sie gekleidet, mit einem weißen, nur an den Säumen verzierten Umhang, der ihre kakaobraunen Schultern ebenso wie die kräftigen Unterschenkel unbedeckt ließ.

»*Saquarik nan, Ixkatik*«, sagte die India in melodischem Quiché, und Helen fragte sich, mit wem diese junge Frau sie verwechseln mochte und, noch weit erstaunter, an wen sie selbst sich durch die klangvolle Stimme erinnert fühlte. »Keine Sorge«, fuhr die India fort, indem sie unversehens in ein geschmeidiges Englisch wechselte, »mein Zauber hat den beiden einen gewaltigen Schrecken eingejagt – freiwillig kommen die nicht zurück.«

Zauber? dachte Helen. Und wie ist es möglich, daß sie genau dieselbe Stimme hat, die ich an jenem Aprilabend im Patio von Sutherland House hörte? Wortlos staunte sie die um wenige Jahre Ältere an, wie eine Spukgestalt aus einem wirren Fiebertraum. Nein, ich muß mich irren, dachte sie, unmöglich können mir auf Schritt und Tritt Personen, die ich aus Fort George kenne, hier draußen im unwegsamen Urwald begegnen – erst Sergeant Muller, nun die geheimnisvolle Besucherin aus Sutherland House.

Mit einem Lächeln wie aus ältesten Erinnerungen kauerte sich die India neben ihr nieder. »Ich nehme an, daß es dir lieber ist, Helen, wenn wir englisch miteinander reden?«

4

»Laß es mich kurz machen, obwohl ich, glaub mir, viel lieber mit dir in Erinnerungen schwelgen würde.« Die India hatte sich neben Helen in die Hocke niedergelassen, auf ihren Unterschenkeln kauernd, und spielte zerstreut mit Chillhoods Schlinge in ihrem Schoß. »Aber dafür ist leider keine Zeit. Ich bin sehr in Eile.«

Ein Schatten ging über ihr Gesicht, mit sichtbarer Mühe schüttelte sie die Verdüsterung ab und sah Helen aufs neue lächelnd an. »Du bist ein kluges Mädchen, Helen. Sutherland hat uns alles berichtet, bevor er Hals über Kopf nach Europa abgedampft ist. Ich dachte mir gleich, daß du versuchen würdest, dich bei erster Gelegenheit nach Westen durchzuschlagen, um das Dorf deiner Herkunft zu besuchen – oder die Trümmer, die von Ixt'u'ul-chac übriggeblieben sind. Und als du nach der Schießerei im Park des Gouverneurs tatsächlich verschwunden warst, lag es auf der Hand, daß du dich Robert Thompson und seinen Schatzsuchern angeschlossen hattest, um unter ihrem Schutz gen Westen zu reisen. Daß du dich als Pferdebursche kostümiert hast, war allerdings eine kleine Überraschung.« Sie bedachte Helens malerische Kleidung mit einem nachsichtigen Lächeln, wie die Maskerade eines kleinen Kindes. »Aber was siehst du mich so an, Schwester? Du hast doch sicher längst erraten, wer ich bin und wie wir zueinander stehen?«

Helen nickte zaghaft. Warum nur ist mir so traurig zumute? dachte sie. »Du bist … warst das Mädchen«, sagte sie leise, »das mich damals mit seiner Mutter nach Fort George gebracht hat.«

Abermals lächelte die India, und wieder war es, wie wenn die Sonne für einen Moment durch dunkle Wolken bricht. »Mein Name ist Ixnaay, und ich bin wahrhaftig das Kind, das damals mitgeholfen hat, dich zu deinem Vater zu bringen. Ixpaloc, deine Mutter, starb wie alle anderen im Dorf: mit durchgeschnittener Kehle. Niemand außer uns dreien hat das Massaker überlebt, mit dem Ixt'u'ul-chac ausgelöscht wurde.«

Helen faßte sich unwillkürlich an den Hals, wo Sergeant Chillhoods Seil blutige Striemen hinterlassen hatte. Noch immer schmerzte sie jeder Atemzug, jede Bewegung ihrer Kehle, die sich unter den Worten Ixnaays krampfhaft zusammenzog.

Schweigend sahen sie einander an, auf dem schlammigen Waldboden kauernd, und Helen spürte die Schwermut und den Zorn, die Ixnaay wie eine Rüstung umgaben. Was war es für ein Geheimnis, an dem die India so schwer zu tragen schien? Warum hatten sie oder ihre Mutter niemals versucht, sie, Helen, aus dem Gespinst der Lügen und Verdrehungen zu befreien, mit dem Mr. Sutherland sie so sorgsam umwoben hatte? Gehörten etwa auch sie der Verschwörung des Täuschens und Verschweigens an? Aber aus welchem Grund? Weil sie als Erpresserinnen ein Interesse daran hatten, daß Mr. Sutherland seinen Lügen und Täuschungen treu blieb?

Dieser ganze Sturmwind von Fragen jagte Helen durch den Kopf, während sie und Ixnaay einander mit Blicken maßen. Einzelne verirrte Sonnenstrahlen fingerten durch das Halbdunkel zwischen den Felswänden. Mücken sirrten über Schlamm und Pfützen, sonst war es ganz still im nachmittäglichen Wald. Gewiß war es klüger, sagte sie sich endlich, erst einmal anzuhören, was die Ältere ihr erzählen würde. Aber dann hielt sie es doch nicht länger aus und platzte mit den Fragen heraus, die ihr am ärgsten auf der Zunge brannten.

»Ich werde dir und deiner Mutter immer dankbar sein«, begann sie, »daß ihr mich vor dem sicheren Tod gerettet und in ein Haus gebracht habt, in dem man, wie ihr voraussetzen durftet, für das hilflose kleine Kind sorgen würde, das ich damals war. Aber sag doch, bitte«, fuhr sie nach kurzem Zögern fort, »weshalb hast du dich an jenem Abend im letzten April mit Mr. Sutherland getroffen? Und wenn ihr mit ihm in Verbindung standet, warum habt du oder deine Mutter mir in all den Jahren niemals ein Lebenszeichen gegeben? Und wie kommt es schließlich, daß du gerade heute im rechten Moment zur Stelle warst, um mich vor dem rasenden Sergeant Chillhood zu retten?«

Dieses Mal wollte die Düsterkeit nicht mehr von Ixnaays Zügen weichen, wie sehr sich die India auch um eine heitere Miene bemühte. »Das sind viele Fragen«, sagte sie, und auch ihre Stimme klang auf einmal müde. »Um sie auch nur annähernd zu beantworten, bräuchten wir den restlichen Tag und die Nacht dazu. Aber ich muß weiter, Helen – warum und wohin, auch darüber darf ich dir nichts sagen. Oder nur soviel: Ich wäre auf diesem Weg ohnehin heute gen Westen geeilt. Daß ich dich unterwegs traf, und zur rechten Zeit, um dich aus einer gefährlichen Lage zu befreien – nenne es Zufall oder das Walten der übernatürlichen Mächte. In unserer Kindheit pflegten die Priesterinnen zu sagen: Wer einen Menschen zweimal aus Todesgefahr gerettet hat, steht unter dem besonderen Schutz der Götter.« Ihre Miene war nun so starr wie aus Stein gehauen. »Und den kann ich brauchen, glaub mir.«

Helens Gedanken wirbelten noch immer durcheinander, ein furchtbarer Verdacht war in ihr aufgestiegen, nicht zum ersten Mal, aber drängender denn je. Konnte es sein, daß Mr. Sutherland selbst das Blutbad von Ixt'u'ul-chac befohlen hatte, um alle Zeugen und Früchte seiner »Verirrung in der Wildnis« auszulöschen? Hast du jemals erfahren, wollte sie fragen, wer die Menschen in eurem – unserem – Dorf umgebracht hat? Aber während sie noch überlegte, wie sie die Frage vorbringen könnte, erhob sich Ixnaay, faßte Helen bei der Hand und zog sie mit sich hoch.

»Kannst du klettern, Helen? Dort vorne, am Ende der Schlucht, führt ein Schacht im Fels hinauf. Wenn wir oben angekommen sind, liegt Chul Ja' Mukal – das Dorf des Regengottes – schon hinter uns. Und bevor der Abend dämmert, ist Henry O'Rooney wieder bei seinem Herrn.«

Abermals nickte Helen zaghaft. Hundert Fragen schwirrten ihr durch den Kopf, auf die ihr Ixnaay nicht eine Antwort geben würde: Also waren Robert Thompson und seine Gefährten den Indios entkommen? Woher wußte Ixnaay, wo er sich jetzt befand? Wohin würde sie selbst anschließend weitereilen? Und vor allem: Welche Verbindung bestand zwischen Ixnaay und Robert Thompson? Kannten sie einander, hatten die Augen der India nicht vorhin aufgeblitzt, als sie seinen Namen erwähnte?

»Fragst du dich gar nicht, wie ich die beiden Sergeants in die Flucht geschlagen habe?« Die Ältere, um einen Kopf Größere hatte sich das Seil über die Schulter geworfen und den Dolch in ihren Gürtel geschoben. Nun hakte sie Helen unter und zog sie mit sich fort, tiefer in die Schlucht hinein.

Ixnaays plötzliche Munterkeit klang entschieden unecht, fand Helen, gleichwohl ließ sie sich bereitwillig von ihr mitziehen, fort von ihren eigenen düsteren Gedanken. »Der Jaguarzauber«, sagte sie, »ja, das habe ich mich auch schon gefragt, wir ihr so etwas anstellt.«

»Ihr?« wiederholte Ixnaay. »Du meinst – ihr Indios aus dem Wald?«

Darauf wußte Helen nichts zu erwidern. Ohnehin hatte sie Mühe, mit Ixnaay mitzuhalten, deren lange, kräftige Beine sie mit federnden Schritten voranbewegten. »Am Sonntag, als im Park von White House die Schüsse fielen«, sagte sie atemlos, »hat der alte Indio auch so einen Zauber veranstaltet – keine Jaguare, aber einen Schwarm goldener Fliegen, die auf einmal zwischen seinen Händen hervorstoben.«

Ixnaay lachte leise auf. »Fliegen – das ist leicht. Ein gewisses Pulver, durch Reiben der Hände erhitzt – und eine Prise Leichtgläubigkeit ...« Sie verfiel abermals in Schweigen und beschleunigte ihre Schritte nun so sehr, daß an keinerlei Gespräche mehr zu denken war.

Nachdem sie einige tausend Fuß beinahe rennend zurückgelegt hatte, blieb die India auf einmal stehen. »Da vorn ist der Einstieg in den Berg. Still jetzt, zwischen den Felsen ist jeder Laut meilenweit zu hören.« Sie legte einen Finger auf den Mund und sah Helen beschwörend an, dann trat sie unter einen vorhängenden Felsen und verschwand im Berg.

Helen folgte ihr zögernd. Wie kühl es hier drinnen war, und so finster wie in schwarzer Nacht. Der Felsschacht führte lotrecht aufwärts, ein roh behauener Tunnel mit schmalen, schlüpfrigen Stufen und so eng, daß sie bei jedem Schritt mit Schultern und Rücken gegen die Wände stieß.

Der Aufstieg dauerte kaum eine halbe Stunde, und er fiel Helen nicht einmal sonderlich schwer. Ihre Gedanken waren bei Ixpaloc und bei Mr. Sutherland. Niemals, nicht einmal an jenem Morgen in seiner Bibliothek, hatte sie sich einsamer, verratener gefühlt als in diesem steinernen Tunnel, auf den Spuren Ixnaays, ihrer unnahbaren Retterin.

Das Leitmotiv meines Lebens, dachte Helen Harmess, verraten und verloren, nicht Milch und nicht Kakao.

5

Flammend rot ging die Sonne unter, und das himmlische Feuer spiegelte sich in dem Seerosenteich, auf den Helen von der kleinen Veranda vor ihrer Hütte aus hinabsah. Sie lag der Länge nach auf einer Holzbank, die zu ihrer Bequemlichkeit mit geflochtenen Matten bedeckt worden war. Seit wenigstens einer halben Stunde kneteten die beiden Jaguarfrauen ihren Körper und verrieben duftende Essenzen auf ihrer Haut. Die eine Jaguarin machte sich an Schultern und Rücken zu schaffen, die zweite arbeitete sich weiter abwärts, Helens schmerzenden Waden entgegen. Dazu summten sie unablässig eine eintönige Melodie, ähnlich dem Summgesang aus ihrem Traum.

Niemals zuvor in ihrem Leben hatte sich Helen auch nur annähernd so müde gefühlt, erschöpft und zugleich angenehm entspannt. Schläfrig blinzelte sie auf die weite Lichtung hinaus, in deren Mitte der Seerosenteich leuchtete. Zwischen ihrer Hütte und der Lichtung stand eine Reihe Weiden mit tiefhängenden Ästen, die sie vor unziemlichen Blicken verbargen. Dennoch hatte sie sich anfangs geweigert, sich vor den Jaguarfrauen ihrer Kleidungsstücke zu entledigen, wie Ixnaay es ihr geraten hatte. Daß auch diese beiden jungen Frauen, die in ihrem Alter sein mochten oder sogar ein wenig jünger, am ganzen Leib nichts weiter als das aufgemalte Jaguarmuster trugen, hatte ihr zunächst einen solchen Schrecken eingeflößt, daß sie am liebsten die Flucht ergriffen hätte.

Aber wohin fliehen? Sie befand sich, laut Ixnaay, beim »Heiligtum des Chilam Balam«, in der Obhut seiner Jaguarpriesterinnen, die für ihre Sicherheit und ihr leibliches Wohl sorgen würden, solange Mr. Thompson sich im Innern des Jaguartempels aufhielt. Die beiden Jaguarfrauen brachten ihnen ein einfaches, schmackhaftes Mahl, schwarze Bohnen, vermengt mit Reis und Kokosraspeln, und nachdem Ixnaay mit ihr gegessen hatte, war sie eilends wieder aufgebrochen, obwohl der Tag sich bereits neigte. »Wir werden uns wiedersehen, Helen.« Eine flüchtige Umarmung, dann war sie verschwunden wie ein Spuk.

Die Jaguarfrauen hatten ihr geholfen, Henry O'Rooneys Hemd und Beinkleider abzustreifen. Eine milchig leuchtende, beinahe bleiche Gestalt zwischen den gescheckten Raubtierleibern, war sie zu einer Quelle hinter der Hütte geleitet worden und bereitwillig in die Mulde lauen Wassers geglitten. Unter fortwährendem Summen und Singen hatten die beiden sie sodann zu dieser Bank geführt, wo sie seither auf ihrem Bauch lag und ihren Körper den Händen und Essenzen der Priesterinnen überließ.

Auch ihre Seele begann sich zu entspannen, und die Verdüsterung, die sie in Ixnaays Nähe ergriffen hatte, löste sich nach und nach wie Abendnebel auf.

Schließlich geleiteten die Jaguarpriesterinnen sie in die Hütte, streiften ihr eine Tunika über und betteten sie in eine Hängematte, doch Helen nahm es kaum mehr mit Bewußtsein wahr. Sie lag bereits in tiefem Schlaf, ehe die beiden ihre Hütte verlassen hatten, mit Henrys Kleidungsstücken, deren Nähten und Knopfleisten der rasende Chillhood übel mitgespielt hatte.

Im Traum trug Helen weder Tunika noch Burschenhosen, sondern ein Abendkleid mit kurzer Schleppe nach allerneuestem Londoner Schick. Zu ihrem Entzücken war sie zur vornehmsten Abendveranstaltung von ganz Fort George eingeladen worden, zum Ball des Gouverneurs, der einmal jährlich, am Geburtstag der Königin, im großen Audienzsaal von White House stattfand.

In ihrem Empiregewand aus schattierender cognacfarbener Seide sah sie wahrhaftig wie ein britisches Edelfräulein aus, und als sie die Treppe von Sutherland House hinabschritt und in den Innenhof trat, durchströmte sie die Gewißheit, daß ihre Schönheit die glanzvollsten Damen von Fort George überstrahlen würde. Nie zuvor hatte sie sich derart mit sich im reinen gefühlt, gelassen, selbstsicher, von innen heraus leuchtend, denn nie zuvor war sie so stark und leidenschaftlich geliebt worden.

Um welchen Gentleman es sich bei diesem herrlichen Liebhaber handelte, das allerdings stand Miss Helen, die sich von dem livrierten Kutscher anmutig in die Kutsche helfen ließ, nicht ganz so deutlich vor Augen, wie sie selbst es sich gewünscht hätte. Auf ihre Bitte hin hatte Mama Doro ihre Haare zu einem glatten, hohen Schopf mit kunstvollem Lockenchignon frisiert, und als sie nun ihr Konterfei im Kutschfenster begutachtete, glänzten ihre Haare in seidigem Blond, das vorzüglich mit ihrem mondbleichen Teint harmonierte.

Die Kutsche fuhr an, und Helen lehnte sich in die Polster zurück und sagte sich, daß es im Grunde außer Zweifel stand, wer der Galan war, der sie vor dem Portal von White House erwarten würde Dennoch blieb der Stachel der Ungewißheit in ihrem Innern bestehen, und er drehte sich immer schneller und bohrte sich immer tiefer in ihre Seele, je rascher die Kutsche durch die abendlichen Straßen von Fort George ratterte, über die Swing Bridge und durch die Albert Street bis hinunter zum Park des Gouverneurs.

Schon von weitem hörte sie die festliche Musik, die aus den offenen Fenstern und Türen von White House schallte, vermischt mit dem hellen Gelächter der Damen, den näselnden Stimmen der Gentlemen und dem köstlichen Klirren kristallener Kelche. Das königliche Kammerorchester von Britisch-Honduras hatte eine romantische Weise angestimmt, und Helen wunderte sich ein wenig, als die perlenden Klänge auf einmal von einem wilden Pfeifen, Schnalzen und Tirilieren übertönt wurden, als ob sich dort drinnen, unter den majestätischen Lüstern, die hunderttausend Vögel des Urwalds versammelt hätten.

Ihre Kutsche hielt vor dem Portal, in einem unabsehbaren Strom von Landauern und herrschaftlichen Gefährten wie dem ihren. Ein hochgewachsener Herr mit silbernen Schläfen hielt ihr den Schlag auf und bot ihr seinen Arm.

Es war der Gouverneur persönlich, in schwarzem Frack, und

während er ihr aus der Kutsche half und sie durch den mit Fackeln beleuchteten Park zum White House führte, erging sich der sonst so hölzerne Herr in leichtzüngigen Komplimenten, die gelegentlich die Grenzen des Schicklichen streiften, wenn auch niemals überschritten.

Helen spürte, daß ihre Wangen gerötet waren, aber sie fühlte sich keineswegs befangen, unter den Blicken der vornehmsten und mächtigsten Persönlichkeiten von Fort George, die ihren Weg säumten und aus allen Fenstern des Audienzsaals zu ihnen hinuntersahen. Im Gegenteil, ganz im Gegenteil: Niemals in ihrem Leben hatte sie sich so wundervoll gefühlt, so ganz und gar in Harmonie mit sich selbst und dieser Welt.

Aus dem Ballsaal drangen längst wieder die angemessenen, zugleich beschwingten und feierlichen Klänge eines österreichischen Walzers, als der Gouverneur sie die breite Treppe hinaufgeleitete, deren ochsenblutroter Teppich unter ihren Schritten federte. Von dem wilden Kreischen, Pfeifen und Tirilieren war nicht das mindeste mehr zu hören, und sicherlich hatte sie sich in ihrer begreiflichen Erregung vorhin nur eingebildet, daß auf einmal die Tiere des Urwalds in den königlich-britischen Prunksaal eingedrungen waren.

Unter ihrer festlichen Stimmung begann allerdings aufs neue jener Stachel zu bohren. Die Seide ihres Empirekleides raschelte bei jedem Schritt, doch immer lauter wisperte in ihrem Innern die Frage: Wo steckt er, wo verbirgt er sich, mein herrlicher Galan? Und kurz darauf, als kaum leiserer Nachhall: Wer mag es nur sein?

Während sie sich mit diesen Fragen nun doch ein wenig quälte, lächelte sie weiterhin hoheitsvoll in die Gesichter der Persönlichkeiten, die sich links und rechts vor ihr verbeugten und einander den Namen der strahlendsten Dame des Abends ins Ohr raunten: »Lady Helen Sutherland ....«

Der Gouverneur half ihr über die letzte Stufe hinweg und geleitete sie über die Schwelle des Ballsaals, den ein Dutzend kristallener Deckenlüster erstrahlen ließ. Helen spürte keinen Boden mehr unter ihren Füßen, sie schwebte förmlich bis in die Mitte des Saals, wo eine Wand aus befrackten Rücken sie zum Innehalten zwang.

Das königliche Kammerorchester ließ nun eine einförmige Melodie erklingen, drei oder vier träge Töne, die sich unablässig wiederholten.

Aber was soll das? wollte sie ausrufen, da wichen die Fräcke zur Seite, und vor ihr stand ihr Geliebter, mit einem Lächeln, Mr. Robert Thompson, mit raubtierhaften Schnurrhaaren und sein hagerer Leib von Kopf bis Fuß mit Jaguarflecken bemalt. Er breitete die Arme aus, ergriff ihre Hand und Schulter und begann sich zum summenden Klang mit ihr im Kreis zu drehen. –

Helen Harmess erwachte im ersten Morgenlicht, geweckt durch ein Wirrwarr lauter Rufe, und fand neben sich auf einem Schemel ihre noch klammen Kleidungsstücke, die sie hastig überwarf, um als Bursche Henry vor die Hütte zu treten, auf die Lichtung, wo Mr. Thompson und seine Gefährten bereits versammelt waren.

ACHT

1

»Rauslassen, zum Donner! Ihr elenden Affen, er stirbt!«

Eine dröhnende Baßstimme riß Robert aus dem Schlaf. Trotz seiner unbequemen Lage mußte er irgendwann eingenickt sein, und nun lauschte er ins Stockfinstere, benommen und im ersten Moment nichts begreifend. Unter sich spürte er das Holzgitter, schmerzhaft in seinen Rücken gedrückt. Er wollte sich erheben, doch die Fesseln hielten ihn zurück. Seine Arme fühlten sich taub an, und seine Haut war am ganzen Körper wie mit getrocknetem Schleim bedeckt. Krötenschleim, dachte er, noch halb in Träumen, das Ritual, er stöhnte auf, jetzt erinnerte er sich – Blut, dachte er in jähem Abscheu, Blut aus so vielen Körpern, verrieben und geronnen auf meiner Haut. Und er erstarrte förmlich auf dem Gatter und sah mit furchtbar ernüchtertem Geist auf die Bilder, die abermals in ihm aufstiegen: wie er sich auf dem Jaguaraltar wand, besudelt, berauscht, wie eine Holzpuppe zuckend.

»Ihr verlausten Brüllaffen, hört ihr nicht? Laßt uns auf der Stelle raus! Er kratzt ab, verdammt!« Es folgte ein Schwall von Flüchen und Verwünschungen, in der Sprache der Maya, unverständlich, aber der Ton war nicht zu mißdeuten.

Das Verlies, die Gefährten, dachte Robert, und nun erst wurde ihm vollends bewußt, wo er sich befand. Es war Stephen, sein donnernder Baß, der vier Schritte unter ihm erschallte, in dem elenden Erdloch, in das die Jaguarpriester sie hinabgestoßen hatten, vor zwölf Stunden oder mehr. Und jetzt erst erfaßte er auch den Sinn der Worte, die Stephen wieder und wieder zu ihm heraufschrie:

»Den Arzneikasten, aus meinem Seesack! Macht schon, ihr stinkenden Affen – Paul stirbt!«

»Paul – o mein Gott, er darf nicht …« Seine eigene Stimme kam ihm fremd vor, fauchend und rauh. »Sie haben mich gefesselt, Stephen, ich kann nicht …«

»Nein, du kannst nicht und wirst niemals können!« donnerte Stephen zurück. »Da rufen dich die Affen zum Gesandten ihrer stinkenden Götter aus, und du bist zu blöd, auch nur für drei Penny Kapital draus zu schlagen! Gefesselt, zum Donner!« brüllte er aus der Tiefe heraus. »Hast wieder alles verpatzt und vermasselt, wie dein ganzes Leben, ja?«

Robert hätte sich am liebsten die Ohren zugehalten, aber seine Arme waren an das Gitter geschnürt. So mußte er ohnmächtig die Beschimpfungen mitanhören, die Stephen zu ihm heraufspie. Er knirschte mit den Zähnen, und fast ohne es zu bemerken, begann er an seinen Fesseln zu zerren, immer heftiger, im Takt der Flüche, die der rasende Kumpan in seinem Erdloch ausstieß.

»Sollen sie uns meinethalben den Jaguaren zum Fraß vorwerfen!« brüllte Stephen. »Aber dann uns alle zusammen und dich, Robert, zuerst! Verfluchter Lump, hast dich immer für was Besseres gehalten, vom ersten Tag an, als Paul und ich dich aufgegabelt haben.« Er holte keuchend Atem, und Robert glaubte zu hören, wie Paul leise stöhnte, so gepreßt, als ob er furchtbare Schmerzen litte. »Dabei bist du feige wie ein altes Weib!« schimpfte Stephen weiter. »Hast ständig von Ruinen und Schätzen schwadroniert, aber hättest dich ohne uns nie getraut, Youngboys Theke gegen die Wildnis zu vertauschen. Und jetzt, wo es einmal, ein einziges Mal, auf dich ankäme, wo es um Japsen oder Verrecken, um das nackte Leben meines Freundes Paul geht – jetzt machst du wieder schlapp und läßt uns im Stich!«

Er heulte es aus sich heraus, und Robert zerrte an seinen Fesseln, fester und fester, doch die Riemen schnitten sich nur immer tiefer in sein Fleisch. Stephen hat ja recht, dachte er, mit einem Mal von Schuldgefühl überflutet, ein Versager bin ich, feige, dünkelhaft, seit jeher schon. Er kniff die Augen zusammen und zerrte an seinen Fesseln, und Stephen schrie und schrie, und für einen schrecklichen Moment war es Robert, als hockte dort unten sein Vater im Erdloch, Verfluchungen seines eigenen Sohnes heulend, der über ihm auf dem Gitter lag, in der Haltung des Gekreuzigten, mit Blut übergossen, aber mit fremdem Blut.

Doch auch dieser Augenblick ging vorüber, und dann spürte Robert, wie seine Besinnung zurückkehrte. Er hörte auf, an den unzerreißbaren Fesseln zu zerren, und zwang sich, nicht länger auf die Verwünschungen zu hören, die Stephen aus sich herausschrie. Statt dessen lauschte er in das Innere des Jaguartempels, doch von dort war kein Laut zu hören. Dabei mußte Stephens Geschrei auch die Priester und den Chilam Balam längst aus dem Schlaf geweckt haben, dachte Robert, den auf einmal eine rätselhafte Ruhe überkam. Alles wird gut, dachte er und war selbst erstaunt über diesen Gedanken, aber zugleich empfand er, daß es weit mehr als ein Gedanke war, es war Gewißheit, die ihn durchströmte.

»Sei still, Stephen«, sagte er unter diesem Eindruck, und obwohl er leise gesprochen hatte, verstummte Stephen augenblicklich.

Für einen Moment kehrt tatsächlich Ruhe ein. Unter ihm holte Stephen keuchend Atem, und wieder vernahm er daneben Pauls furchtbar gepreßtes Stöhnen wie eine dünne zweite Melodie. Von rechts her, den Gang hinaus, meinte er nun auch die Vögel zu hören, die ihr morgendliches Konzert anstimmten, und seltsamerweise bestärkte ihn auch dieses ferne Crescendo in der Gewißheit, daß sich alles zum Guten wenden würde. Zumindest für Paul, dachte er, Paul darf und wird nicht sterben, nicht hier und heute, im Tempel des *Aj'uch'*.

»Was ist mit ihm?« fragte er mit einer Gelassenheit, die ihn selbst erstaunte. »Paul war seit Tagen schwach, aber sein Zustand muß sich verschlimmert haben – wodurch?«

»Verschlimmert, allerdings«, grollte Stephen, doch auch er sprach nun in gedämpftem Ton. »In dem Dorf, wo sie euch übertölpelt und an Pfähle gebunden haben, hat einer der Alten, die dort das Affenkommando hatten, ihm einen Dorn in den Leib gerammt. Der Stachel war offenbar vergiftet, darauf verstehen sich diese verfluchten Zauberaffen. Paul hätte es mir gleich sagen sollen, mit meinen Arzneien hab' ich uns schließlich schon dutzendfach kuriert. Aber in letzter Zeit ...« Er unterbrach sich, und wieder hörte Robert, wie Paul dort unten furchtbar stöhnte. »Na, kurz und gut«, brummte Stephen schließlich, »in letzter Zeit waren wir uns nicht ganz grün, Paul und ich, aber zum Donner, das waren doch nur Kleinigkeiten ...«

Abermals vernahm Robert einen unartikulierten Laut, der sich in

Stephens Rede mischte, doch diesmal war es ein helles, empörtes Schnauben. Miriam, dachte er, aber da redete Stephen schon weiter.

»Jedenfalls«, sagte er, und seine Stimme klang nun schütter vor Besorgtheit, »dort, wo der Zauberaffe ihm den Stachel ins Fleisch getrieben hat, handbreit neben dem Nabel, ist eine Schwellung entstanden, die immer weiter wächst. Du weißt so gut wie ich, Robert, daß Paul für gewöhnlich dürr wie der Knochenmann selber ist. Aber wenn du ihn jetzt sehen würdest, ich schwöre dir, du würdest ihn nicht wiedererkennen. Von der Brust bis runter zum Gürtel ist sein Leib prall wie eine Gewitterwolke, die gleich abregnen wird, und wenn du nur mit der Fingerspitze an seinen Wanst tippst, schreit er vor Schmerzen auf.« Stephen war immer leiser geworden, und Robert glaubte zu hören, daß in seiner Stimme eine Art Grauen mitschwang. »Vorhin«, fuhr er fort, »habe ich Paul mit Schwefelhölzern angeleuchtet. Sein ganzer Rumpf ist unförmig und dunkelgrau, wahrhaftig wie eine Regenwolke, die Haut so gespannt, als ob sie jeden Moment platzen würde. Wenn ich nicht bald zumindest ein Messer in die Pranke kriege, zum Donner noch mal …«

Wieder unterbrach er sich, und diesmal schwieg er so lange, bis Robert einsah, daß er nicht weitersprechen würde. Auch er selbst sagte kein weiteres Wort mehr, sondern lag einfach auf dem Gatter, mit gespreizten Armen, die sich gänzlich taub anfühlten, wie abgestorbene Äste, und lauschte in die Finsternis, in der nur noch Pauls Stöhnen zu hören war.

»Paul wird nicht sterben«, sagte er endlich, »ich spüre es, Stephen. Und mich haben sie hier nur angebunden, damit ich nicht weglaufe, aber sie halten mich immer noch für ihren Götterboten.«

Ein Schauder überlief ihn, noch einmal hörte er, was der Chilam Balam mit pfeifender Stimme ausgerufen hatte: *»Zusammen mit den Priestern Cha'acs wirst du ein gewaltiges Heer von Mayakriegern aufstellen und an ihrer Spitze in die Schlacht ziehen, von Kantunmak aus, gegen die fahlhäutigen Invasoren. Es wird die gewaltigste Schlacht sein, die jemals geschlagen wurde, und an ihrem Ende, heute in dreiundzwanzig Tagen, wirst du tödlich verwundet werden.«* Verrückt, dachte er wieder, und nichts schien ihm abwegiger als diese Vorstellung, daß er, Robert

Thompson, eine Armee von Mayakriegern in die Schlacht führen sollte.

»Götterbote!« wiederholte unter ihm Stephen, indem er die Silben hämisch dehnte. »Dann befiehl doch den Affen, zum Teufel und allen Höllen, uns endlich hier rauszulassen! Ich schwör' dir, wenn Paul nicht wieder gesund wird ...«

»Halte lieber den Mund«, fiel ihm Robert ins Wort, »hörst du nicht, sie kommen ja schon!«

Tatsächlich waren von rechts nun schleichende Schritte zu hören, aus dem dunklen Gang, der von der Lichtung her in den Jaguartempel führte.

»Eines noch, Stephen, zu deiner Warnung«, fügte Robert rasch hinzu. »Beschimpfe sie nicht, nenne sie nicht Affen, sonst kann ich nichts für dich tun. Sage am besten«, schloß er, »überhaupt nichts, laß mich reden, mit Mabos und Ajkechs Hilfe, dann wird alles gut.«

Er hörte, wie Miriam leise auflachte, und wollte eben noch hinzufügen, daß auch sie am besten schweigen solle. Aber in diesem Moment flackerten mehrere Lichter auf, und ein halbes Dutzend grau gekleideter Maya, Fackeln in den Händen, eilten durch den Gang von der Lichtung her auf sie zu.

2

Im Nu hatten sie Robert losgebunden, aufgerichtet und zogen ihn von dem Gatter auf festen Untergrund. Ein stämmiger Alter, mit lodern-dem Blick unter verstrüppten Brauen, führte das Grüppchen an, die anderen fünf waren Jünglinge von grimmigem Aussehen, doch keiner auch nur zwanzig Jahre alt. Sie alle trugen das Gewand der Priester Cha'acs, nebelgrau mit bestickten Säumen, vom gleichen Aussehen wie die Tunika, die Il-tzimin ihm in der Höhle des Regengottes geschenkt hatte. Doch sein Gewand, dachte Robert, mochte irgendwo drinnen im Tempelsaal liegen, neben dem schwarzen Altar des Chilam

Balam, jedenfalls war er noch immer nackt bis auf seinen blutbespritzten Schurz.

»Ajb'isäj-ju'um d'ojis.« Der Alte warf sich vor Robert auf die Knie, und die jungen Priester taten es ihm gleich. Fackeln in den Händen, auf dem schlammigen Boden des Gangs kniend, umringten sie ihn in engem Kreis, wobei sie die rituelle Formel intonierten, die bereits in der Nacht immer wieder erklungen war: *»Ajk'ub' Maya'ib, nojochk'inb'il,* Retter der Maya, wir preisen dich!«

Sie erhoben sich wieder, und ihre Mienen und Gebärden wirkten ehrerbietig, aber ebenso wachsam. Es war unverkennbar, dachte Robert, daß sie ihn wahrhaftig für den Gesandten ihrer Götter hielten. Doch eben deshalb schienen sie darauf gefaßt, daß er sich gegen sein Schicksal sträuben oder seine Pflichten abermals vernachlässigen würde, wie in jenem früheren Leben.

Mit tauben Händen rieb er über seine fühllosen Arme. Er mußte einen furchtbaren Anblick bieten, jeder Zoll seiner Haut war mit geronnenem Blut bedeckt, als hätte er die Schlacht schon geschlagen und die tödlichen Wunden erlitten, die der Chilam Balam ihm prophezeit hatte. Jählings verspürte er wieder den Drang, die Flucht zu ergreifen, zumindest sein nacktes Leben zu retten, solange er noch den Hauch einer Chance besaß. Doch da vernahm er abermals jenes gepreßte Stöhnen aus dem Erdloch unter dem Gatter. Paul, dachte er, unmöglich konnte er die Gefährten einfach ihrem Schicksal überlassen.

Durch Gebärden und einen Schwall von Worten gaben ihm die Priester zu verstehen, daß er sie begleiten solle, zur Lichtung hinaus. Sie waren zweifellos gekommen, um ihn zur heiligen Stadt Kantunmak zu führen, damit er dort seine göttlichen Pflichten erfüllte. Wenn er Paul retten wollte, mußte er ihren Erwartungen fürs erste auch entsprechen, zumindest so lange, bis die Gefährten frei waren und Paul von dem Zaubergift des Alten geheilt. Alles Weitere würde sich weisen, beschloß er, eine Gelegenheit zur Flucht würde sich schon ergeben, irgendwann auf ihrer Wanderung nach Kantunmak, Tage um Tage durch unwegsamen Wald.

Unter diesen Gedanken schüttelte er den Kopf in Richtung des Alten und deutete auf das Gatter. »Dort unten sind meine Gefährten«, sagte er mit erhobener Stimme. »Öffnet das Verlies, holt sie heraus, sie begleiten mich nach Kantunmak.«

Der alte Priester Cha'acs starrte ihn an, mit finsterer Miene, und sein Blick bohrte sich in Roberts Augen.

»Mabo?« rief Robert. »Übersetze, was ich eben gesagt habe. Und frage den Alten nach seinem Namen.«

Dumpf drang kurz darauf Mabos Stimme aus dem Erdloch herauf. Auch der Mestize klang angegriffen nach den Strapazen ihrer Gefangenschaft im Verlies. Robert beobachtete den grauen Priester, um zu sehen, wie er die Forderung auffaßte. Doch die Miene des Alten blieb unbewegt und verfinsterte sich höchstens um weitere Grade, als er schließlich eine rasche Antwort hervorbellte.

Kaum hatte er geendet, da wollte Stephen zu einer Salve donnernder Flüche ansetzen, aber Miriam brachte ihn mit einem Zischen zum Schweigen. Dieses Zischen erstaunte Robert so sehr, daß er zurück an den Rand des Gatters trat und im Schein der Fackeln hinabspähte. Zusammengedrängt kauerten die Gefährten in entsetzlicher Enge, vier Schritte unter der Erdlinie. Anklagend starrte Stephen zu ihm hinauf, während Paul halb auf ihm lag, mit geschlossenen Augen, sein Oberkörper auf Stephens Schoß. In einem Winkel ihnen gegenüber saßen Mabo und der junge Mayakrieger, ihre Glieder aus Platznot ineinander verschlungen. In der Mitte aber thronte Miriam, majestätisch wie eine Göttin, mit flutendem Blondhaar, und warf Robert ein rasches Lächeln zu, das ihn für einen Moment gänzlich verwirrte.

»Sein Name ist Ja'-much, Herr«, berichtete Mabo, »das heißt ›Regenkröte‹. Er sagt, daß er Ajkech-tiim mitnehmen will und ebenso das Halbblut, womit er mich meint. Aber die anderen, sagt er, sollen Aj'uch geopfert werden, dem gescheckten Zermalmer.« Der Mestize rapportierte den grausamen Plan mit gleichförmiger Stimme wie stets, doch seine weit aufgerissenen Augen verrieten, wie sehr ihn diese Aussicht bekümmerte.

Robert sah auf ihn hinab, aber er nahm Mabo und Ajkech-tiim, die wie ineinander verwachsen in ihrem Winkel hockten, nur am Rande wahr. Ein tollkühner Gedanke schoß ihm durch den Kopf, eine Eingebung, dachte er, aber durfte er es wirklich wagen? »Antworte ihm«, wies er endlich Mabo an, »daß auch sie mich begleiten müssen, denn es sind meine Gehilfen, die mir von den Göttern zur Seite gestellt wurden.«

Er hatte immer rascher gesprochen, als müsse er seinen eigenen Zweifeln zuvorkommen. Nun spürte er, wie zwei Augenpaare mit seltsamem Glanz zu ihm emporsahen, Mabos schwarze und Miriams funkelnd grüne Augen, voller Bewunderung, wie ihm schien.

Der Mestize hatte währenddessen schon begonnen, seine Worte zu übersetzen, und Robert, der sich nun wieder zu Ja'-much umwandte, bemerkte die Bestürzung des alten Priesters. Ja'-much glotzte ihn an, mit flackerndem Blick unter verstrüppten Brauen, in seiner Miene malte sich Angst, wie auch in den Gesichtern seiner jungen Begleiter, die ihn im Halbkreis umstanden. Aber sie fürchten sicher nicht mich, dachte Robert, sondern die Rache der übernatürlichen Gewalten, für den Fall, daß die Befehle ihrer Götter mißachtet würden.

Einen langen Moment glotzte Ja'-much ihn noch auf die gleiche Weise an, dann endlich machte er eine schroffe Kopfbewegung zum Verlies hin. Sogleich sprangen zwei seiner jungen Priester vor, hoben das Gatter an und senkten es wie eine Leiter in das Erdloch hinab.

»Kommt heraus«, sagte Robert, »rasch und ohne ein Wort.«

Als erste kam Miriam die schwankende Leiter hoch, mit verschmutztem Gesicht, Spinnweb im Haar, aber mit königlichen Gebärden, als schreite sie die Freitreppe vor einem Palast empor, und mit einem strahlenden Lächeln für Robert. Verwirrt senkte er den Blick und trat zur Seite, damit Stephen aus dem Verlies klettern konnte, in seinen Armen Paul, der ohne Bewußtsein war, die Augen hervorgequollen, sein Leib ein Klumpen, so unförmig aufgetrieben, daß er seine überweite Tunika beinahe sprengte.

3

Paul lag am Rand des Seerosenteichs, von Palmen beschattet, im Ufergras. Sie hatten sein Gewand aufgeschnitten und ihn darauf gebettet, und sein Leib, der aus der Tunika förmlich herausgeborsten war, sah grauenvoll aus. Wie ein durchscheinender Sack, dachte Robert, zum Platzen vollgestopft mit einer grauschwarzen Substanz, die sich in ihm zu vermehren und immer weiter aufzuquellen schien. Paul war ohne Bewußtsein, doch er keuchte, als ob ihm die Luft abgeschnürt würde. Auch sein Gesicht begann sich schon bläulich zu verfärben, und seine Augen waren so weit aus ihren Höhlen getreten, daß er beinahe wie ein Frosch aussah.

An seiner linken Seite kauerte Stephen im Gras, ein silbernes Federmesser in der Hand und unablässig murmelnd. Mabo war, kaum aus dem Verlies befreit, über die halbe Lichtung gerannt, zum Waldrand, wo ihre Pferde Schutz vor der Sonne gesucht hatten. Mit einem hölzernen Kasten war er zurückgekehrt, Stephen hatte den Deckel aufgerissen, das Messer, Verband, einige Tinkturen hervorgeholt, doch jetzt fehlte es ihm offenbar an der nötigen Kraft oder Zuversicht, um den rettenden Schnitt zu führen. Er mußte einen Abfluß schaffen, dachte Robert, auf der Stelle, damit die schwarzgraue Substanz herausströmen konnte, ehe sie Pauls Leib ganz einfach zerrissen oder gänzlich mit ihrem tödlichen Gift überflutet hatte. Aber Stephen fuhr nur mit bebenden Fingern, die kaum das Messer zu halten vermochten, in der Luft über Pauls grotesk aufgetriebenem Leib umher, als betaste er seine magnetische Aura, und wagte anscheinend nicht, die Klinge anzusetzen. Paul röchelte und wand sich, und seine Haut, der formlose graue Rumpf, sah beinahe aus, als ob er bei lebendigem Leib verfaulte.

Die Priester Cha'acs standen unterdessen einige Schritte abseits und schauten zu den weißen Männern hinüber. Robert, der zu Pauls rechter Seite im Gras kniete, mit dem Rücken zum See, konnte ihre unbewegten Mienen sehen und Ja'-muchs wachsamen Blick. Auch Ajkechtiim war zu ihnen getreten, ehrerbietig sah er von einem zum andern. Er war einer der Ihren, sagte sich Robert, wenngleich nur ein kleiner Krieger aus dem unbedeutenden Flecken Chul Ja' Mukal.

»Hier irgendwo«, hörte er Stephen murmeln, »muß der Dorn gewesen sein. Aber wie soll man da was finden ... Paul, Paul ... was soll ich nur machen ... verdammte Schweinerei!«

Mit einem Finger nur berührte er den prallen Leib, und im selben Moment schrie Paul gellend auf, als ob ihm das Messer schon in den Gedärmen steckte. Sein Schreien ging in keuchendes Stöhnen über, so qualvoll, daß es Robert das Herz zusammenkrampfte. Voller Bestürzung sah er, wie das Messer aus Stephens großer, gelb bepelzter Hand fiel und neben Paul im Gras landete. Stephen weinte, lautlos, mit bebenden Schultern, sein Gesicht zerfließend in Ohnmacht und Angst.

»*Ja'-much! Antaj.*« Er selbst war am meisten überrascht, als er sich die fremden Laute sprechen hörte. Noch eine Sekunde zuvor hatte er nicht einmal gewußt, daß er dieses Wort überhaupt kannte: *Antaj. Hilf.*

Der alte Priester sah ihn einen Moment lang aufmerksam an, dann trat er neben Stephen, der noch immer mit bebenden Schultern im Gras kniete. Er machte eine schroffe Geste, und Robert verstand: Stephen sollte seinen Platz räumen.

Zusammen mit Mabo zog er Stephen in die Höhe und führte ihn einige Schritte beiseite. Der Mestize hatte inzwischen die Pferde zusammengetrieben, das Packtier von seinen Lasten befreit und diese am Waldrand aufgestapelt. Die Morgensonne stand hinter den Bäumen und warf ein Gewirr von Lichtstrahlen über den weiten Platz, der so heiter und friedlich wirkte wie der Vorgarten des Paradieses.

Stephen ließ sich auf seinen Seesack fallen, neben Miriam, die auf einem gewaltigen Koffer thronte, mit unbeteiligter Miene, als ob Pauls Todeskampf sie wenig anginge. Robert wandte sich gleich wieder um und eilte zu Paul zurück, doch in den Augenwinkeln fing er noch einen Blick von Miriam auf, der ihn neuerlich in Verwirrung stürzte. Warum verfolgte sie ihn regelrecht mit ihren bewundernden Blicken? dachte er – und das gerade jetzt, da er abstoßender denn je aussehen mußte, eine hagere, wirrbärtige Gestalt, nackt bis auf den rot besprengten Schurz und am ganzen Leib besudelt.

Als er wieder bei Paul war, kauerte Ja'-much schon neben dem Liegenden im Gras, an genau der gleichen Stelle, wo eben Stephen gekniet war, und gleichfalls leise murmelnd. Aber was der alte Priester von sich gab, war kein verzweifeltes Stammeln, sehr viel eher klang es, als raune Ja'-much Beschwörungen, heilkräftige Zaubersprüche nach urtümlichem Brauch. Mabo saß zu Pauls Füßen, die Hände gefaltet und bis vor sein Gesicht erhoben, wie Betende auf alten Gemälden. Aber alles Zaubern und Beten würde vergebens sein, dachte Robert, und der Atem stockte ihm, als er in Pauls Gesicht sah. Das Antlitz eines Sterbenden, durchfuhr es ihn, nein, ärger noch: So aufgedunsen, wie Paul aussah, die Augen hervorgequollen, Stirn und Wangen eine formlose graue Masse, erinnerte er an die gräßlich hergerichteten Gesichter der Leichname im Victoria Camp.

Ja'-much hatte beide Hände flach auf Pauls Leib gelegt. Seltsamerweise schrie Paul unter dieser Berührung nicht auf, sondern erstarrte förmlich, und sein Gesicht nahm einen Ausdruck an, als horche er angstvoll in sich hinein. Der alte Priester winkelte nun seine Hände an und begann, die grauschwarze Masse in Pauls Bauch nach oben zu drücken, mit beiden Handballen, langsam und beharrlich. Tatsächlich sah es aus, als schiebe er eine plumpe Kreatur, die sich in Pauls Leib eingenistet hatte, aufwärts, einen riesigen Frosch, eine ungeheure Kröte, so daß Pauls eben noch ballonartig aufgeblähter Bauch in sich zusammenfiel. Mit streichenden, pressenden Händen drückte der Priester Cha'acs die nachgiebige Masse immer höher, zum Hals hinauf, dabei unablässig murmelnd. »*Much*«, glaubte Robert zu hören, »*t'at'ara'atnak*«, und dann wieder, mit scharfem Fauchen: »*Much, much!*« Aber er mußte sich verhört haben, dachte er, denn weshalb sollte Ja'-much fortwährend seinen eigenen Namen murmeln?

Auf einmal riß Paul den Mund auf, seine Augen quollen noch weiter hervor, und Robert dachte, daß er wieder einen Schrei ausstoßen würde, aber es war kein Schrei. Würgende Übelkeit überfiel Robert, er sprang auf und prallte regelrecht zurück. Ja'-much schob und preßte mit den Handballen über Pauls Rumpf, bis hinauf zu seiner Kehle, und eine Säule schwarzgrauen Schlamms schoß aus Pauls Mund hervor. Der Gestank war widerlicher, der Anblick grauenvoller als alles, was er je wahrgenommen hatte. Entgeistert sah er auf Pauls hervorgequollene Augen, seinen weit aufgerissenen Mund, aus dem eine Fontäne schierer Fäulnis emporstieg, die in steilem Winkel über seinen Kopf hinwegstob und sich hinter ihm ins Ufergras ergoß.

4

Ja'-much hatte darauf bestanden, daß sie sich noch heute auf den Weg machten, nach Kantunmak, dreizehn Tagesreisen gen Süden. Die Zeit dränge, so der alte Priester, längst sei in der heiligen Stadt alles bereit zum Empfang des Götterboten, denn die Prophezeiung seiner Rückkehr bestehe seit mehr als neun Katun, hundertachtzig Jahren. Robert hatte zumindest durchgesetzt, daß sie noch für einige Stunden hier am Waldrand ausruhen konnten, bis die ärgste Mittagshitze gebrochen wäre, doch weitere Zugeständnisse hatte der alte Priester abgelehnt.

Neben Stephen und Miriam saß er im Schatten einiger junger Palmen, am Rand der Lichtung, ermattet, aber für den Augenblick zufrieden. Aus frischen Ästen und Zweigen hatten Mabo und Ajkech eine Bahre geflochten, auf der Paul seither ruhte, einige Schritte abseits von ihnen, in reinlichem neuen Gewand und in tiefem Schlaf. Ein Blick in sein erschöpftes, doch auch entspanntes Gesicht und auf seine nun wieder magere Gestalt genügte, um zu wissen, daß er wahrhaftig gerettet war. Tatsächlich, dachte Robert, hatte der alte Priester vorhin immer wieder »*Much, much*« gemurmelt, während er das Gift aus Pauls Leib herausgepreßt hatte, denn sein Gegenzauber trug, wie er bereitwillig erläutert hatte, den Namen *Much t'at'ara'atnak*, »herausspringende Kröte«. Robert war sich noch immer nicht schlüssig, wie er den rettenden Eingriff einschätzen sollte, ob als nüchterne Heiltechnik oder als magisches Spektakel. Tatsache war jedenfalls auch, daß sie selbst Pauls Leben nicht mehr hätten retten können, weder mit dem Messer noch mit Stephens Tinkturen.

Ein leichter Wind wehte über die Lichtung und bewegte die Seerosenblätter auf dem Teich. Wieder empfand er, was für ein friedlicher Ort diese Stätte des Jaguargottes war, oder zumindest sein konnte. Unweit von ihnen grasten ihre Pferde, und selbst die gescheckten Schatten, die von den Ufern her über den Platz huschten, wirkten heute kaum mehr bedrohlich, sowenig wie die Gruppe phantastisch bemalter Jaguarpriester, die sich am anderen Ende des Platzes zu schaffen machten, unweit einer kleinen Hütte, die dort zwischen Weidengeäst hervorsah. Kurz schaute er über die Schulter zurück. Einige Schritte hinter ihm, kaum sichtbar im Schatten, saß Ja'-much auf einem Stein, umgeben von seinen jungen Priestern, die auf ihren Unterschenkeln hockten, reglos wie Pilze. Wären nicht die furchtbare Prophezeiung, dachte Robert, und seine angebliche Ähnlichkeit mit dem unseligen »Götterboten«, den es vor zweihundert Jahren nach Tayasal verschlagen hatte, er wäre ja fast schon am Ziel seiner Träume, tief in der wundersamen Welt, nach der er sich seit so langer Zeit sehnte.

Einmal mehr schweiften seine Gedanken zu der schönen India. Mein süßes Mysterium, dachte er, das ich gewiß auch bald entschleiern werde. Wie die junge Mayafrau ihm an so verschiedenen Orten wie Fort George und Chul Ja' Mukal erscheinen konnte, war ihm nach wie vor unbegreiflich, und noch immer hoffte er, daß er ihre Züge erblicken würde, wenn er nur eines Tages in das Gesicht der braunen Gestalt sehen könnte, die in jedem seiner Flußträume bei ihm im Kanu saß. Oder war sie ohnehin nur eine Erscheinung aus seinen Träumen, hatte er sie womöglich nie in Wirklichkeit gesehen? In Fort George war er ihr in die Gasse der Elenden gefolgt, und im unterirdischen Tempel Cha'acs hatte er sie in einer Wandnische erspäht. Doch in beiden Fällen war ungewiß geblieben, ob sie wahrhaftig zugegen war oder nur als Wunschbild seiner Phantasie. Selbst auf meiner eignen Skizze, dachte er ernüchtert, glaubte ich ihre Silhouette zu erkennen, in dem langgestreckten Schattenfleck, den die Palmen auf das Grasstück im Park des Gouverneurs warfen. Bewies das nicht, daß er einfach nach der törichten Art von Verliebten in allem und jedem die Spur der Schönen zu erkennen glaubte, die sein Herz verzaubert hatte? Aber wie kann ich mich in sie vergafft haben, dachte er dann wieder, wenn sie doch nur in meiner Einbildung existiert?

Er sann darüber nach und war sich zugleich die ganze Zeit über bewußt, daß Miriam auf einem Steinbrocken zu seiner Rechten saß. Unverwandt sah sie ihn an, oder doch so nahe an ihm vorbei, daß er ihren Blick auf seiner Seite spürte. Neben ihr saß Stephen, mit hängendem Kopf, von dem Erlebten offenbar noch immer erschüttert. Mehrere Male hatte Miriam das Wort an ihn gerichtet, doch Stephen hatte nur flüchtig aufgesehen, mit abwesendem Blick, und sich gleich wieder abgewendet, ohne etwas zu erwidern.

Das Rätsel der jungen India ließ Robert keine Ruhe, und der Gedanke an seine Skizzen, die er Tag um Tag im Park des Gouverneurs angefertigt hatte, weckte in ihm die Lust, zumindest einige Striche aufs Papier zu werfen. Tatsächlich hatten Henry und Mabo seine Schultertasche durch alle Unwetter und sonstigen Katastrophen gerettet, so daß er sich nur ein wenig nach links zu beugen brauchte, um sie zwischen den Packstücken hervorzuziehen. Henry, dachte er, ob sie den kleinen Diener noch einmal wiedersehen würden? In der kurzen Zeit, die sie zusammen durch die Wildnis gezogen waren, hatte er sich an den scheuen Burschen doch schon ein wenig gewöhnt. Der Gedanke, daß Henry bei dem Überfall der Indios ums Leben gekommen sein könnte, versetzte ihm einen Stich. Doch im Grunde glaubte er nicht daran, Henry wird den jungen Mayakriegern entkommen sein, dachte er, oder sie hatten ihn einfach laufenlassen, weil er doch mehr oder minder einer der Ihren war.

Unter diesen Gedanken nahm er die Blechschachtel heraus, in der er seine verbliebenen Habseligkeiten verwahrt hatte. Die Dose hatte zwar an einigen Stellen Rost angesetzt, doch als er sie aufklappte, schien ihr Inhalt unversehrt. Als er dann allerdings ein weißes Blatt herausnahm, rollte es sich vor Feuchtigkeit gleich wieder zusammen, und seine silberne Taschenuhr, die er sogar in eine mißratene Skizze eingewickelt hatte, war der ewigen Nässe schließlich doch erlegen: Wie er die Unruhe auch spannte und das Gehäuse schüttelte, das Uhrwerk blieb stumm, und die Zeiger waren für immer stehengeblieben, bei zehn Uhr zehn.

Er legte die Uhr in die Schachtel zurück und holte einen Graphitstift hervor, dann rollte er das Blatt abermals auf seinen Knien auf und begann zu zeichnen. Gleich nachher würde er Ajkech-tiim die Skizze zeigen, dachte er, auch der kleine Krieger mußte die junge India bemerkt haben, sofern sie tatsächlich in Chul Ja' Mukal gewesen war, in der Höhle Cha'acs oder sogar auf dem Weg zwischen den Hütten, wo er sie für einen höchst verwirrenden Moment gleichfalls gesehen hatte.

Mit raschen Strichen warf er ihre Umrisse aufs Papier, im Halbprofil, so daß ihre schlanke und doch kraftvolle Gestalt gut zur Geltung kam, ebenso ihr Gesicht, die vollen Lippen, die ein wenig aufgestülpte Nase, der Mandelschnitt ihrer Augen und darüber ihr glänzend schwarzes, zum Vogelnest aufgestecktes Haar. Er starrte auf das Papier, und auf einmal war ihm, als sähe er sie wahrhaftig vor sich, als wendete sie sich vollends hin zu ihm, so daß er ihr Gesicht erblickte, handbreit vor sich, ihren schlanken Leib, ihre Brüste, die ihm regelrecht entgegensprangen aus dem nackten Weiß des Papiers. Sein Herz begann rascher zu klopfen, und er spürte ein pulsierendes Ziehen in seiner Leibesmitte, die durch den Schurz nur notdürftig bedeckt war.

Dann erst wurde ihm bewußt, daß Miriam zu seiner Rechten ihn noch immer beobachtete, unverwandt, aus katzenhaft grünen Augen. Peinlich berührt riß er sich aus seinen Phantasien heraus und konzentrierte sich abermals auf seine Zeichnung, doch kaum hatte er begonnen, die Silhouette der schönen India stärker zu schattieren, da schweiften seine Gedanken schon wieder ab. Mary kam ihm in den Sinn, seine Verlobte, *Miriam ist Mary*, dachte er wieder, hübscher, begehrenswerter als Mary, aber doch auch berechnend wie sie, hartherzig und stets auf ihren Vorteil aus. Oder war es möglich, daß er ihr unrecht tat? Was wußte er eigentlich von Miriam, der angeblichen Nonne, der Geliebten Stephens, die in Stephens und Pauls Bündnis eingebrochen war wie eine zerstörerische Macht?

Er sann darüber nach, und auf einmal war ihm, als ob Miriam ihm zulächelte. Ein aufforderndes, ja schamloses Lächeln, dachte er, wagte aber nicht, den Blick von seiner Zeichnung zu heben. Unangenehm wurde er sich aufs neue seiner Nacktheit bewußt. Noch immer war er am ganzen Leib mit Blut besudelt, vorhin hatte er in den Seerosenteich waten wollen, um sich zu reinigen und zu erfrischen, aber zu seinem Schrecken hatten ihn gleich vier Priester Cha'acs gepackt und an Händen und Armen vom Ufer zurückgezogen. »*K'ik saantoj,* heiliges Blut!« hatte Ja'-much ausgerufen, die verstrüppten Brauen gerunzelt, seine Miene finsterer denn je. Bei furchtbarer Strafe sei es verboten, das Opferblut abzuwaschen, kostbarste Gabe der Götter, Zeichen des Todes, den der Götterbote über ihre Feinde bringen und in den zuletzt auch er selbst gehen würde, wenn seine Aufgabe vollbracht, seine Schuld getilgt sein würde.

Wahrhaftig wie ein blutüberströmter Messias, dachte Robert, sollte er gen Kantunmak ziehen, nach dem Willen der Regengottpriester, die plötzlich alle sechs hinter ihm standen, dabei hatte er sie überhaupt nicht herantappen gehört. Sie beugten sich über seine Schultern und starrten auf seine Skizze. Was wollt ihr nur auf einmal von mir, dachte er, seinen Blick von einem zum anderen wendend, weshalb schaut ihr derart ergriffen auf mein Blatt?

Schon hatte der alte Priester Mabo herbeigewunken, der neben Pauls Bahre im Gras kauerte. Nun deutete Ja'-much auf die Zeichnung und sagte: »Deine Erinnerung kehrt wahrhaftig zurück, Gesandter der Götter. Du weißt, wer die Frau auf diesem Blatt ist?«

Robert sah voller Erstaunen von Ja'-much zu Mabo, der die Frage mit stoischer Miene übersetzt hatte, dann schüttelte er den Kopf.

»Wahrlich, du zeichnest so geschmeidig, als ob die Götter selbst dir die Hand führten.« Ja'-much murmelte es, offenbar tief in Gedanken. »Man könnte glauben, du hättest diese Zeichnung nicht mit dem Stift in deiner Rechten ausgeführt, sondern mit dem heiligen Jadepinsel von Tayasal.« Geistesabwesend sah der alte Priester von der Skizze zur Robert und abermals auf das Blatt.

»Was hat es mit diesem Jadepinsel auf sich?« fragte Robert, von einer unbestimmten Erregung ergriffen. Er lauschte in sich hinein, für einen Moment war ihm, als habe er von diesem Pinsel schon einmal gehört oder ihn sogar einst mit eigenen Augen gesehen. Aber wie wäre das möglich?

Er selbst habe den Jadepinsel niemals zu Gesicht bekommen, erklärte der alte Priester, doch der Überlieferung nach handele es sich um einen Stab aus reiner Jade, von der Länge einer Knabenelle, mit Inschriften versehen und mit einem Pinselbusch aus Jaguarhaaren. Es war der Zauberstab des obersten Bilderpriesters, so Ja'-much weiter, der in der Blütezeit von Tayasal die heiligen Gemälde im Innersten der Tempel anfertigte. In ritueller Trance malte der Bilderpriester geheimnisvolle Bilder in leuchtenden Farben, Gemälde, die nicht kunstvolle Illusion, sondern lebendige Wirklichkeit waren. Denn in ihnen offenbarten sich die Götter selbst ihren Geschöpfen, den Maya von Tayasal.

Noch immer standen die Priester in den grauen Gewändern dicht gedrängt hinter Robert, über seine Schultern gebeugt. »Was ist nach dem Fall von Tayasal mit dem Jadepinsel geschehen?« fragte er, indem er abermals zu Ja'-much aufsah.

Der alte Priester erwiderte seinen Blick, so erschrocken, als würde ihm erst in diesem Moment klar, mit wem er sprach. »Nun, dieser

Brauch wird schon lange nicht mehr ausgeübt«, sagte er schließlich. »Viele Kantun, bevor du in Tayasal erschienst, verschwand der Jadepinsel über Nacht, ein rätselhafter Frevel, der den Zorn der Götter erregte. Durch den Mund des Canek befahlen sie, den Bilderpriester zu opfern, seinen Tempel zu vermauern. Seit damals wurde der Jadepinsel von Tayasal niemals mehr gesehen.«

In den Augenwinkeln bemerkte Robert, daß Stephen und Miriam in angespannter Haltung auf ihrem Steinbrocken saßen und den Worten Mabos lauschten, der scheinbar gleichmütig übersetzte. Ein Malerpinsel als göttliches Medium, dachte er. Ein Glaube, der schwindelerregende Perspekti-ven eröffnete: die geschaffene Welt als Kunstwerk eines göttlichen Malers …

Die Stimme des alten Priesters riß ihn aus seinen Gedanken. »Diese Frau«, sagte Ja'-much, auf Roberts Skizze deutend, »sie muß tatsächlich aus den Tiefen deiner Erinnerung aufgetaucht sein. Ihr steinernes Bildnis steht vor dem Tor von Kantunmak, neben deiner Stele, *Ajb'isäj-ju'um d'ojis*, und es sieht aufs Haar so aus wie die Frau auf deinem Blatt!«

Robert blickte in sein grimmiges Gesicht, in dem sich tatsächlich Ergriffenheit zeigte, und ihm war, als taumelte er von einem Traum in den nächsten, noch tieferen Traum. »Und du irrst dich nicht?« fragte er endlich. »Auch sie hat damals wirklich gelebt, ebenso wie … ich?«

Ja'-much nickte. »Sie hieß Ixkukul, ›Frau Welle‹. Du bist damals Hand in Hand mit ihr gestorben, enthauptet von der Axt des Opferpriesters.«

Ein Frösteln überlief Robert. Unwillkürlich griff er sich in den Nacken, und für einen gräßlichen Moment sah er das Opferbeil vor sich, über sich, wie es auf ihn herabschwang, ein dunkler Schatten im Abendlicht.

»Ich bin ihr begegnet«, sagte er, tief in Gedanken, »mehrmals, erst in Fort George, dann zweimal in Chul Ja' Mukal. Es ist, als hätte sie mich hierher geleitet, durch Träume und Zeichen … Aber wie kann es nur sein?«

Wieder schaute er zu Ja'-much auf, fragend und durcheinander. Seine Verwirrung stieg noch, als er sah, daß der alte Priester ihn nun in blankem Entsetzen anstarrte, die Augen weit aufgerissen, die Kinnlade heruntergefallen, so daß seine starken, gelblich schimmernden Zähne zu sehen waren.

»Dann wäre auch sie zurückgekehrt?« rief der Regengottpriester. »Ixkukul, die oberste Priesterin der Mondgöttin Ixquic ... Davon hat keine Prophezeiung jemals ...« Er hielt inne, mit mahlenden Kiefern, und sein Blick bohrte sich in Roberts Augen. »Ein weiteres Versagen, das du nicht wiederholen solltest«, fuhr er fort, mit erzwungener Ruhe und vollkommen rätselhafterweise, wie Robert dachte. »Laß dich warnen, Bote der Götter: Versuche nicht wieder, ein Bündnis gegen die Priester Cha'acs zu knüpfen – diesmal werden wir wachsam sein.«

5

Gedankenverloren sah er Ja'-much nach, der sich umgewandt hatte und mit raschen Schritten in den Wald hineinging, auf den Tempel des Chilam Balam zu. Die sechs jungen Priester Cha'acs waren am Rand der Lichtung zurückgeblieben, mit wachsamen Mienen, Speere oder Äxte in den Händen, und beobachteten Robert, Miriam und Stephen, die noch immer auf den Steinbrocken unter den Palmen saßen. Überall zwischen den Bäumen bemerkte er nun auch Jaguarpriester, halb verdeckt durch Gestrüpp und Blattwerk, ihre sehnigen Leiber wie zum Sprung geduckt. Es mußten Dutzende sein, der ganze Wald ringsum war voller Krieger in phantastischer Maskerade, alle zu unserer Bewachung, sagte sich Robert, dabei war ihm der Gedanke zu fliehen niemals ferner gewesen als in diesem Moment.

Wie kann es nur sein, überlegte er wieder und wieder, ihr steinernes Bildnis neben der Stele mit meinen Zügen und beide fast zweihundert Jahre alt? Sollte es das alles doch wirklich geben: Götter, Schicksal, Wiedergeburt? Ihm selbst hatten Glaubenssätze immer Unbehagen bereitet, allerdings hatte er sich auch mit den Verheißungen der Kirchen niemals näher beschäftigt. Schon als Knabe war ihm der Gott der Christenheit höchst fragwürdig erschienen, die harsche Moral ebenso wie der hoffärtige Jähzorn des obersten Himmelsherrn. Später, als seine Begeisterung für die Welt der Maya erwacht war, hatte er zahlreiche Bücher gelesen, in denen barmherzige Franziskaner und ehrwürdige Bischöfe die Konquista der Spanier verteidigten, ja verherrlichten, das Jahrhunderte währende Abschlachten der Maya, die Plünderung ihrer Städte, die Vernichtung ihrer Kultur. Denn dies alles war zum Wohle des Herrn geschehen, unter der Fahne des Christengottes, dem Gesänge der Liebe und Vergebung von den Lippen troffen, während er Tod und Verderben säte, mit Faust und Feuer, Predigt und Schwert.

So tief in Gedanken versunken saß Robert unter den Palmen, daß er nur am Rande wahrnahm, wie Stephen sich erhob und Mabo zu sich winkte, wie der Mestize gesenkten Kopfes seine Befehle entgegennahm und sich gleich darauf an ihren Packstücken zu schaffen machte. Auch die Priester in den grauen Tuniken hatten längst mit den Vorbereitungen für ihren Abmarsch begonnen. Sie füllten ihre Wasserschläuche, und eben kamen drei junge Jaguarmänner herbei, um den Priestern Cha'acs in Leinen gewickelte Packen zu überreichen, aus denen ein Geruch nach Tortillas und gebratenem Hühnerfleisch aufstieg.

Abermals hatte Robert das Gefühl, von einem Traum umfangen zu sein. So intensiv er alle Sinneseindrücke wahrnahm, den Duft der Speisen, die huschenden Jaguarpriester, die scharrenden Pferde, Miriams Lächeln, das leise Seufzen Pauls, der sich im Schlaf auf seiner Bahre regte, so unwirklich schien ihm das alles, voll unentwirrbarer Bedeutungen, wie Szenen aus einem Traumtheater.

Konnte es nicht sein, dachte er auf einmal, daß es sich mit dem Glauben der Maya anders verhielt als mit den Vorspiegelungen der christlichen Kirche, daß sie wahrhaftig noch in Verbindung mit dem Übernatürlichen standen und in ihren Ritualen sich die verborgenen Gewalten offenbarten? Denn wie anders ließ sich erklären, daß ihre Seher vor vielen hundert Jahren die Wiederkehr eines Götterboten prophezeit hatten, der ihm selbst nach Gesicht und Gestalt vollkommen glich? Und nun zeigte sich auch noch, daß von der jungen India gleichfalls ein steinernes Bildnis existierte, neben dem seinen bei Kantunmak! Flüchtig ging ihm durch den Sinn, daß hier ein abergläubischer Irrtum den zweiten nach sich gezogen haben konnte, die angebliche Gleichheit sich in beiden Fällen auf allgemeine Merkmale beschränken mochte, Ähnlichkeit des Wuchses, vielleicht sogar nur der Haar- oder Barttracht. Doch er verwarf diesen Gedanken gleich wieder, schließlich erklärte es nicht, wie ihm die junge India immer wieder erscheinen konnte, in seinen Träumen, Phantasien, höchstwahrscheinlich sogar in der Wirklichkeit.

In den Augenwinkeln nahm er wahr, daß sich neben ihm nun auch Miriam erhob. In ihrer knöchellangen Nonnenkutte ging sie zu Stephen hinüber, der Mabo und Ajkech beim Aufladen der Packstücke beaufsichtigte. Auf jeden Fall würde er mit den Priestern Cha'acs nach Kantunmak ziehen, beschloß Robert, alles Weitere würde sich dort schon finden. Unbedingt mußte er die beiden Stelen in Augenschein nehmen, um festzustellen, ob sie ihm selbst und der jungen India tatsächlich so sehr gleichsahen. Bei der bloßen Vorstellung, die schöne Mayafrau in Stein gehauen vor sich zu sehen, empfand er ein Kribbeln im Magen. Vor seinem geistigen Auge sah er schon, wie er ihre Skulptur berührte und der steinerne Leib auf einmal zum Leben erwachte, verwandelt in Fleisch und Blut …

»Hör zu, Robert.« Stephens Stimme, gedämpft und doch dröhnend, riß ihn aus seinen Gedanken. Stephen stand vor ihm, die Fäuste auf die Hüften gestemmt, eine massige Gestalt in schmutzstarrenden, über den Knien zerfetzten Khakihosen. »Gleich werden die grauen Affen aufbrechen wollen«, fuhr er fort, »und natürlich mit dir, aber keine Sorge, wir lassen dich nicht im Stich. Bis morgen oder übermorgen ziehen wir alle mit ihnen, um sie in Sicherheit zu wiegen und damit sich Paul einigermaßen erholen kann. Spätestens in drei Tagen aber machen wir uns auf und davon. Denn nach meiner Karte liegt der Schatz des Canek etliche Tagesreisen westlich von hier vergraben, während es die grauen Affen anscheinend geradewegs nach Süden zieht.«

Beim Anblick von Stephens Gesicht, das wie stets vorwurfsvoll und besorgt wirkte, wurde Robert in seinem Mut und seiner Entschlossenheit wieder wankend. Es erbitterte ihn, daß Stephen ihre Begleiter unveränderlich als »Affen« schmähte, doch er schluckte seinen Zorn hinunter. Stärker noch spürte er in diesem Moment, daß er es trotz allem nicht ertragen würde, ohne die Gefährten weiterzuziehen, einzig von den Mayapriestern bewacht und geführt.

Wie nur konnte er Stephen dazu bewegen, mit ihm und den Priestern nach Kantunmak zu gehen? Auf einmal fiel ihm wieder ein, was der Chilam Balam zu ihm gesagt hatte, im Tempel des Jaguargottes vergangene Nacht. »Du irrst dich«, erklärte er Stephen, »der Schatz von Tayasal befindet sich in Kantunmak, an einem Platz unter der Erde, der Chilam Balam selbst hat es mir gesagt.«

Noch ehe er zu Ende gesprochen hatte, spürte er, daß es ein großer, vielleicht nie wiedergutzumachender Fehler war, Stephen in dieses Geheimnis einzuweihen. Aber es war zu spät, Stephens Augen leuchteten auf, schon drängte er sich näher an ihn heran und legte ihm sogar einen Arm um die Schultern, um ihn in vertraulichem Ton nach weiteren Einzelheiten zu fragen.

Nur die Ruhe bewahren, sagte sich Robert rasch, warum sollte es ein Fehler gewesen sein? Und er gab Stephen bereitwillig Auskunft und versuchte die Glaubwürdigkeit seiner Behauptung sogar noch zu steigern, indem er einwarf, daß das geheimnisvolle Kantunmak möglicherweise viel weiter westlich liege, als Stephen anzunehmen scheine, also sehr gut der Ort sein könne, der auf seiner Karte als Versteck des Schatzes eingezeichnet sei. Daraufhin fragte Stephen mit einer Stimme, die vor Begierde vibrierte, ob der Chilam Balam keine Einzelheiten des Schatzes erwähnt habe, bestimmte Kleinodien, Jadestatuetten, goldene Götterköpfe. Während Robert ihm vage, aber doch ermutigend antwortete, sagte er sich voller Erleichterung, daß Stephen und Paul künftig nicht einmal mehr daran denken würden, ihn im Stich zu lassen. Im Gegenteil, dachte er, die Gewichte hatten sich verkehrt, von nun an würden sie von seiner Gunst und Fürsprache abhängig sein.

»Genug jetzt, Stephen, mehr weiß ich auch nicht«, sagte er endlich, dessen unersättliche Fragen nach der Beschaffenheit des Schatzes abschneidend. »Laß dir aber eines noch gesagt sein, zum letzten Mal: Hör endlich auf, unsere Begleiter als Affen zu beschimpfen. Nur wenn du, Miriam und Paul meine Anweisungen ganz genau befolgt, könnt ihr in meinem Gefolge bleiben und unter meinem Schutz.«

»Gefolge«, echote Stephen, mit großen Augen, die gelben Haarbüschel auf seinem Schädel steiler himmelswärts gesträubt denn je.

Robert wand sich unter seinem Arm hervor und wollte Stephen einfach stehenlassen, wo er stand, zwischen Miriam und dem hoch bepackten Lastpferd. Doch da fiel ihm noch eine Frage ein, die ihn seit Tagen immer wieder beschäftigte. »Eines noch«, sagte er zu Stephen, der ihn mit abwesendem Blick ansah und noch immer fassungslos schien. »Gestern hast du von schlechten Nachrichten gesprochen, im Zusammenhang mit den Soldaten, die uns bis Victoria Camp verfolgt haben. Was hast du damit gemeint?«

»Oh, das«, sagte Stephen, und ein rasches Grinsen flog über sein Gesicht. »Als Miriam und ich unweit der Pyramide von … deinen wilden Freunden überrumpelt wurden, da waren wir nicht allein.«

»Nicht allein?«

»Alles andere als allein«, sagte Stephen, dessen Miene schon wieder anmaßend geworden war, seine Stimme dröhnend vor Selbstgewißheit. »Die Soldaten überrumpelten uns im Schlaf, drei Meilen vor dem Affendorf. Im Nu hatten sie uns überwältigt, sieben Mann, alle hoch zu Pferd, aber noch während sie uns verhörten, sprang eine ganze Horde nackter Wilder unter ohrenbetäubendem Gebrüll aus den Bäumen. Es hagelte nur so Pfeile, Speere und Steine, die Soldaten schossen wie verrückt um sich, und Miriam und ich gingen zu Boden, beide von Steinen getroffen. Als wir wieder zu uns kamen, waren wir an Händen und Füßen gefesselt, und neben uns lagen drei Uniformierte Ihrer Majestät im Gras, der Leutnant, der das Fähnlein anführte, und zwei gemeine Soldaten, alle drei mausetot. Den anderen vier Soldaten aber war die Flucht gelungen, soviel konnte ich aus dem Geschrei der Krieger heraushören.«

Noch während Stephen dies sagte, löste sich eine schmale Gestalt aus dem Schatten am Waldrand, wo sie in einer Gruppe von Jaguarkriegern gewartet hatte, und lief auf Robert Thompson zu. »Verzeiht mir, lieber Herr … wie froh bin ich, wieder bei euch zu sein!« Der Bursche warf sich vor ihm auf die Knie. »Als die Soldaten uns überfielen … und dann auch noch die Indios kamen … ich floh in den Wald … aber zwei Soldaten folgten mir … sie verlangten, daß ich sie zu Ihnen bringe, Sir … Doch ich führte sie in die Irre, Stunde um Stunde … bis mir endlich die Flucht gelang … und da bin ich, lieber Herr!«

»Wohl getan, Henry«, sagte Robert, indem er seinem jungen Diener erst ungläubig, dann mit einem sich langsam verbreiternden Lächeln ins Gesicht sah. Eine lebhafte Freude stieg in ihm auf, er war nahe daran, den Burschen an sich zu ziehen und auf die runden Wangen zu küssen. Was ist nur los mit mir, dachte er, niemals zuvor hatte er ähnliche Neigungen in sich verspürt. Verwirrt ließ er seine Hand sinken und wandte seinen Blick von dem Pferdeburschen ab, der unverändert vor ihm im Gras kniete. Jedoch kam er nicht dazu, länger über die Wirrsal seines Herzens nachzusinnen, da Stephen ihn rauh bei der Schulter packte.

»Mord an drei britischen Soldaten, mein Junge, weißt du, was das heißt?« Er sah Robert voll grimmiger Zufriedenheit an, mit gerunzelter Stirn, und für einen Moment fletschte er sogar die Zähne. »Sie werden zurückkehren, zum Donner, und dann nicht mehr nur zu viert oder siebt, du grandioser Götterbote, sondern mit einer ganzen, bis an die Zähne bewaffneten Armee.«

6

Kaum eine halbe Meile südlich der Stätte des Jaguargottes hatte sich ihr Pfad auf einmal verbreitert, und seither zogen sie auf einem drei Schritte weiten Weg dahin, zwischen undurchdringlichem Dickicht, unter einem Dach verflochtener Äste und Lianen. Doch der Weg war beinahe so eben wie die Straßen von England, dachte Robert, der einmal sogar einen zerbröckelnden Steinbelag unter ihren Füßen auszumachen glaubte, eine ehemals glatte grauweiße Fläche, stuckartig und weithin von Laub und Zweigen bedeckt.

Die Gefährten ritten auf den Pferden am Schluß ihrer Kolonne, von ihm aber wurde erwartet, daß er an der Seite von Ja'-much den Zug anführte, »zu Fuß schreitend wie die Götter«. Einen halben Schritt hinter ihm gingen Henry und Mabo, die unablässig übersetzen mußten, von der Sprache der Maya ins Englische und zuweilen auch umgekehrt. Die meiste Zeit aber sprach der alte Priester, während Robert zuhörte und nur ab und an eine Frage einwarf.

Vor wenigen Stunden erst hatten sie das Heiligtum des Jaguargottes verlassen, doch mit jeder Stunde hatte sich seither ihr Zug vergrößert. Unmittelbar hinter Robert, Ja'-much und den beiden Dienern schritten die fünf jungen Regengottpriester, in grauen Gewändern, mit düsteren Mienen und meist ehrerbietig schweigend. Ihnen folgten mit federnden Schritten, in phantastischer Bemalung, neun Jaguarpriester, mitgesandt vom Chilam Balam, um dem Götterboten auf seinem prophezeiten Siegeszug beizustehen. Dahinter wanderte eine große Schar von Dschungelbewohnern ohne priesterliche Würden: kakaobraune Gestalten, nackt bis auf den Schurz des Kriegers oder in schmucklosen weißen Tuniken, Jünglinge oder alte Männer, und sie alle trugen hohe Packen auf dem Rücken, mittels bunter Bänder, die um Schenkel und Stirn geschlungen waren. Es mochten schon mehr als hundert sein, schätzte Robert, und jedesmal, wenn er sich umwandte, schien ihre Zahl noch angewachsen. Auch einige Frauen waren darunter, doch wie er auch um sich spähte, von seiner jungen India war nichts zu sehen.

Als besäße sein Blick magische Kraft, schien ein jeder zu erstarren, den er ansah oder zufällig mit den Augen streifte. Die meisten neigten dann den Kopf, manche hoben auch die aneinandergelegten Hände bis zur Stirn, wozu sie die rituelle Formel murmelten: »*Ajk'ub' Maya'ib, nojochk'inb'il* – Retter der Maya, wir preisen dich!« Aber währenddessen blieben ihre Mienen verschlossen, ihre Blicke düster. Für sie war er gekommen, dachte Robert, um eine jahrhundertealte Schuld zu tilgen, doch weit schwerer wogen Schmerz, Trauer und Schmach, die er damals auf sie und ihre Ahnen geladen hatte, durch seinen epochalen Verrat.

Wie im Traum wandelte er dahin, an der Spitze des Zuges, der sich unterdessen auf mehr als eine Meile erstrecken mochte, eine dicht gedrängte Kolonne schweigsamer Marschierer. Nur selten, wenn der Weg über einen längeren Abschnitt schnurgerade verlief, konnte er weit hinten seine Gefährten zu Pferde sehen, Paul noch immer auf der Bahre liegend, die Mabo und Ajkech-tiim mit Riemen auf dem Rücken der Fuchsstute befestigt hatten. Neben ihm ritten Stephen und Miriam auf dem gewaltigen Rappen, und trotz der großen Entfernung glaubte Robert zu spüren, daß zwischen den beiden eine unbehagliche Stimmung herrschte. Sicher haderte Miriam mit Stephens Entschluß, nach

Kantunmak zu ziehen, nur auf die hingeworfene Behauptung des Chilam Balam hin, daß der Schatz von Tayasal dort verborgen sei.

Es mochte Einbildung sein, doch immer wieder spürte er Miriams Blick auf seinem Rücken. Dann vergaß er, für einen Moment der Verwirrung, jedesmal den grauen Priester an seiner Seite und fuhr herum, um ihre grünen Katzenaugen zu suchen. Ja'-much hatte aus dem Tempel des Chilam Balam zwar die graue Tunika mitgebracht, die ihm der alte Schamane in Chul Ja' Mukal vermacht hatte. Aber er hatte sich geweigert, ihm das Gewand auszuhändigen, und darauf bestanden, daß er nahezu nackt dahinschritt, gehüllt nur in seinen besudelten Schurz und das Opferblut, das ihn vom Gesicht bis zu den Füßen bedeckte. Ein ranziger Geruch ging von dem geronnenen Blut aus, und der Anblick, den er bieten mußte, wäre unter allen anderen Umständen zweifellos grotesk und abstoßend gewesen. Doch für die Priester und Krieger, an deren Spitze er dahinschritt, schien er ein so erhebendes und tröstliches Bild zu bieten, daß er selbst das Seltsame seiner Lage kaum mehr wahrgenommen hätte, wären da nicht immer wieder Miriams und Henrys Blicke gewesen: die falsche Nonne gierig und lauernd, der junge Diener dagegen mit fürsorglichem Kummer, als ob sein Herr an einer schrecklichen Krankheit litte. Für die Priester und Krieger dagegen, dachte Robert, war seine blutüberströmte Nacktheit feierlich überhöht, da sie glaubten, daß er nur gekommen war, um für sie zu siegen, in einem Blutbad, in dem er auch seinerseits wieder untergehen würde.

Jedesmal, wenn er an den Soldaten Ihrer Majestät dachte, der ihn nach der Prophezeiung des Chilam Balam zu Tode bringen würde, zog sich sein Herz zusammen. Vor seinem geistigen Auge sah er, wie die Uniformierten in Pauls Fernglas dahinstoben, auf stampfenden Rössern, durch Schluchten und Flüsse, nicht mehr nur sieben Soldaten, sondern eine ganze dahinjagende Armee. O mein Gott, dachte er, ohne sich an eine spezielle Gottheit zu richten, so soll sich die Prophezeiung tatsächlich auch in diesem ärgsten Punkt erfüllten? Aber wie konnten ihre Seher vor Jahrhunderten ahnen, daß zum vorausgesagten Zeitpunkt ein ganzes britisches Heer durch den Dschungel herbeieilen würde?

Noch war ja nichts entschieden, sagte er sich dann wieder, vielleicht hatte sich Stephen auch geirrt, und der Gouverneur würde darauf verzichten, den Tod seiner Soldaten und das Massaker im Victoria Camp durch einen Feldzug zu sühnen. Durch solche Gedanken versuchte sich Robert zu beruhigen, aber vergebens, zu sehr empfand er, daß es nur Wunschbilder waren, machtlos gegen Prophezeiung und Glauben, die die ausersehenen Widersacher mit unbändiger Gewalt aufeinander zutrieben.

7

Niemals verlasse der oberste Priester Cha'acs sein Heiligtum, so Ja'-much, ein gewaltiges Bauwerk im Zentrum von Kantunmak. Daher habe er ihn und seine jungen Priester ausgesandt, um den Götterboten in die heilige Stadt zu geleiten. Sein Name sei Ajkinsaj-d'aantoj, »Todbringender Tapir«, und er vereinige in sich die Würde des obersten Regengottpriesters und des Herrschers über das ganze verborgene Reich der Maya. Niemand sei mächtiger als Ajkinsaj, »der Todbringende«, wie er oft auch abkürzend genannt werde, so wie auch keine Gottheit über mehr Macht verfüge als Cha'ac, der Gott der stürzenden und reißenden, der fließenden und stehenden Gewässer.

Ajkinsaj also hatte seinem treuen Priester Ja'-much befohlen, den *Ajb'isäj-ju'um d'ojis* nach Kantunmak zu führen und unterwegs, während ihrer langen Wanderung durch den Dschungel, die Erinnerung des *Ajk'ub' Maya'ib*, des Retters der Maya, aufzufrischen, soweit es für dessen Mission erforderlich sei. Wenn ein Wiederverkörperter in die Menschenwelt zurückkehre, so Ja'-much, entsinne er sich zunächst nur weniger Einzelheiten seines oder seiner Vorleben, wie von Nebelschleiern sei sein Gedächtnis anfangs umhüllt. Die Erinnerung an frühere Verkörperungen pflege sich zwar binnen weniger Monate wieder einzustellen, jedoch könne man im Fall des Götterboten so lange nicht warten, da er am dreiundzwanzigsten Tag seiner Wiederkehr bereits wieder dahingehen werde.

Seit Anbeginn dieser Welt, fuhr der alte Priester fort (mit einem argwöhnischen Blick auf Robert und seinen Diener, die beide zusammengezuckt waren), verließen die Maya stets zu Beginn eines neuen Baktun, nach zwanzigmal zwanzig Jahren, die Stadt, in der sie bis dahin gelebt und ihre Götter mit prachtvollen Pyramiden und Tempeln verherrlicht hatten, um in einer neuerrichteten Stadt zu leben, denn nach dem Willen der Götter sollten sie niemals länger als ein Baktun in ein und derselben Stadt verweilen. Es war eine gewaltige Aufgabe, die jedesmal alle Kräfte erforderte: Die neue Stadt mußte binnen weniger Jahre errichtet werden, meist an einem weit entfernten Ort, stets in unwegsamem Dschungel, mit Pyramiden und Tempeln für alle Gottheiten, mit Palästen und Häusern für die Edlen und Priester, die Krieger, Handwerker und Händler, und jede Pyramide, jeder Tempel, jeder Palast mußte größer und prachtvoller geraten als die Bauwerke in der alten Stadt. Zugleich aber durften die Götterdienste in der alten Stadt nicht vernachlässigt werden, an jedem Tag galt es Opferfeiern für zahlreiche Wesenheiten zu veranstalten, Rituale und Anrufungen, wie es der göttliche Kalender befahl. Doch in den Jahren vor dem Ende zeigte sich, daß es den Maya von Tayasal an der nötigen Kraft fehlte, um all diese Pflichten zu erfüllen und rechtzeitig eine neue Stadt zu errichten, ein Verstoß gegen kosmisches Gesetz, den die Götter furchtbar bestrafen würden, mit der Vernichtung ihrer ungetreuen Kreaturen.

Also war die Zeit der Maya von Tayasal, wollte Robert einwerfen, damals schon abgelaufen, auch nach ihrer eigenen Anschauung? Zumindest schien ihre Kultur schon im Niedergang begriffen, ein Gedanke, der ihn eigentümlich erleichterte, als hätte tatsächlich er selbst jene Schuld auf sich geladen, vor mehr als neun Katuns. Aber ehe er Henry oder Mabo auffordern konnte, seine Worte zu übersetzen, sprach der alte Regengottpriester schon weiter.

Zu jener Zeit herrschte in Tayasal die neunte Wiederverkörperung des Canek, eines Sohnes von Kukulkán, der großen gefiederten Himmelsschlange. Es war der Baktun von Kinich Ahau, dem Sonnengott, der als mächtigste Gottheit von Tayasal verehrt wurde, mit einem gewaltigen Heer von Sonnengottpriestern, an deren Spitze der greise Lahkin stand, der Hohepriester von Tayasal. Allerdings genoß auch Cha'ac, der Regengott, damals schon großes Ansehen. Die Schar der grauen Priester war kaum geringer und B'ok-d'aantoj, ihr oberster Priester, kaum weniger mächtig als die golden gewandete Priesterschaft Ahaus.

Als sich nun zeigte, fuhr Ja'-much fort, daß die Maya von Tayasal trotz aller Anstrengungen nicht imstande sein würden, das göttliche Gebot zu erfüllen und eine neue Stadt zu errichten, rechtzeitig zu Beginn des neuen Baktun, da breiteten sich Angst und Kleinmut im Reich des Canek aus. Dann aber ereilte den Canek eine Vision: Die Götter würden einen Abgesandten schicken, der den Maya von Tayasal helfen sollte, ihren Pflichten nachzukommen und binnen eines Tun, eines einzigen Sonnenjahrs, eine neue Stadt zu erbauen, mit prachtvollen Tempeln und Pyramiden.

Der Priester Cha'acs unterbrach sich, mit einem Blick zum Himmel, der sich, über dem grünen Gewirr weniger zu sehen als zu erahnen, mit finsteren Wolken überzog. Er wandte sich zu den jungen Priestern um, mit gebieterischer Geste. Sofort liefen vier von ihnen nach hinten und kehrten gleich mit einer gewaltigen Matte zurück, an deren Ecken mannshohe Stangen befestigt waren. Jeder von ihnen reckte eine der Stangen in die Höhe, und als die ersten Güsse herniederrauschten, war der geflochtene Baldachin bereits über Ja'-much und Robert ausgespannt, die nahezu trocken durch den tosenden Regen schritten. Robert hätte es allerdings vorgezogen, durchnäßt zu werden. Ohnehin trug er nichts am Leib als den Fetzen um seine Lenden, und es wäre eine willkommene Gelegenheit gewesen, das Opferblut von seiner Haut zu spülen. Doch zugleich erfüllte es ihn mit seltsamer Befriedigung, daß Ja'-much so sorgfältige Vorkehrungen getroffen hatte.

»Nicht lange nach dieser Prophezeiung«, fuhr der alte Priester fort, während vor ihnen die Tropfen wie Gewehrsalven in den Pfützen explodierten, »erschienst du in Tayasal, Abgesandter der Götter, und der Rat der obersten Priester nahm dich ehrenvoll auf, entzückt und erleichtert, daß die Götter den prophezeiten Beistand rechtzeitig ausgesandt hatten.«

Wie im Traum schritt Robert neben ihm dahin. Der Regen rauschte hinab, mit metallischem Singen, und Wasserdampf stieg ringsum aus dem Dickicht auf, so dicht und wallend, daß alle Konturen und Grenzen zu verschwimmen schienen. »Und ich«, fragte er, »sollte ihnen helfen, die neue Stadt zu errichten – aber wie denn?«

Wieder warf Ja'-much ihm, unter verstrüppten Brauen, einen argwöhnischen Blick zu. Schließlich hätten die Götter ihn ausgesandt, sagte er dann mit erhobener Stimme, denn die Tropfen trommelten auf die Matte über ihren Köpfen. Für ein Wesen, das an der göttlichen Kraft teilhabe, sei nichts unmöglich. So habe ein zauberischer Zwerg die gewaltige Stadt Uxmal binnen einer Nacht mit magischer Kraft errichtet, an einem Ort, der noch am Abend vollkommen unwegsam, vom Dschungel klafterhoch überwuchert gewesen sei. »Du aber verstießest gegen deinen göttlichen Auftrag«, fuhr der alte Priester fort, »verleitet von jener Ixkukul, oberste Priesterin der Mondgöttin Ixquics, die dir einflüsterte, daß deine Mission in Wahrheit eine ganz andere sei: die Maya von Tayasal in das göttliche Geheimnis einzuweihen, das sie schon einmal gekannt hatten und das ihnen strafweise wieder verborgen worden war, da sie Mißbrauch damit getrieben hatten.«

»Was für ein Geheimnis war das?« fragte Robert, der Mühe hatte, sich auf Ja'-muchs Ausführungen zu konzentrieren, so bedrängend sah er auf einmal wieder die schöne India vor sich, als schwebte sie dort über dem Buschwerk, in den Nebeln, zum Greifen nah.

»Ihr nanntet es die Formel der Wiederkehr, du und Ixkukul, oder auch die Mathematik der Götter.« Ja'-muchs Stimme nahm einen grollenden, nahezu bellenden Beiklang an. »In uralten, vergessenen Büchern, die einen halben Baktun lang unter der Bücherpyramide von Tayasal vergraben waren, fandet ihr tatsächlich jene Botschaft der Götter wieder. Eine Formel, die es den Sterblichen erlaubt, den Tag ihrer Wiederkehr in die Menschenwelt zu errechnen und sogar die Gestalt zu bestimmen, in der sie sich wiederverkörpern werden.«

»Und diese Formel«, fragte Robert in tiefem Erstaunen, »sie hat sich tatsächlich bewährt?«

Unverändert rauschte der Regen hernieder. Inzwischen war es so neblig geworden, daß man kaum zwei Schritte weit sehen konnte und selbst die Gestalt des alten Priesters, der neben ihm durch Pfützen und Schlamm dahinschritt, von einem wallenden Schleier umgeben war.

Ja'-much schien mit seiner Antwort einen Moment zu zögern. »Es sah sehr danach aus«, sagte er dann. »Ixkukul hatte einen Zwillingsbruder namens Chac-balam, der den Göttern geopfert worden war. Damals gelang es dir, *Ajb'isäj-ju'um d'ojis*, mit Hilfe der göttlichen Formel Chac-balams Seele zum vorbestimmten Datum wiederzuverkörpern, im Leib eines Fischers namens Äjsat.«

So ganz und gar phantastisch diese Eröffnungen auch klangen, die der alte Priester in bellendem Tonfall hervorstieß, in diesem Moment schienen sie Robert zwar wundersam, aber durchaus nicht unglaubwürdig. Was Ja'-much ihm da erzählte, klang für ihn wie Nachrichten aus einer Welt, in der andere als die sattsam bekannten Gesetze herrschten, einer Welt allerdings, von der er immer schon geahnt und gehofft hatte, daß es auch sie in Wirklichkeit gab, ja daß es die wahrere, tiefere Wirklichkeit wäre, verborgen unter der trügerischen Hülle von Konventionen und trockener Rationalität.

»Schon indem du diese Mathematik der Götter aus dem Verborgenen hervorzerrtest«, fuhr der alte Priester fort, »gingst du über deine Mission als *Ajb'isäj-ju'um d'ojis* zumindest hinaus. Zum Frevler aber wurdest du und unsägliche Schuld ludest du auf dich, indem du den Canek und die obersten Priester von Tayasal glauben machtest, daß die Götter ihnen nicht länger geboten, eine neue Stadt zu errichten, daß sie also ruhig in der alten Stadt bleiben könnten, obwohl ein neues Zeitalter begann. Durch diesen Frevel, Götterbote, durch diese lügnerische Verdrehung deines Auftrags, die jene Ixkukul dir eingeflüstert hatte, wurde der Zorn der Götter entfesselt, und die alte Prophezeiung erfüllte sich: Da die Maya von Tayasal beschlossen, das kosmische Gesetz zu mißachten und keine neue Stadt zu errichten, wurde unsere gesamte Welt ins Verderben gerissen. Die fahlhäutigen Invasoren überrannten unser Reich, schleiften unsere Tempel und Paläste, verbrannten unsere Bücher und raubten unsere Schätze, erschlugen unsere Krieger, folterten unsere Priester und schändeten unsere Frauen und Kinder, alles durch deine Schuld.«

Während dieser langen Rede Ja'-muchs hatte der Regen allmählich nachgelassen, gleichwohl steigerte der alte Priester seine Stimme immer noch weiter, zu einem heiseren Brüllen, mit dem er schließlich ausrief:

»Seit damals, *Ajb'isäj-ju'um d'ojis*, seit mehr als hundertachtzig Jahren, seit deinem furchtbaren Versagen leben wir in Schmach und Trauer, verhöhnt und geknechtet, im Wald wie die wilden Tiere, in den Ruinen unserer Ahnen oder unter der Erde verborgen, wie in Kantunmak. Aber wir haben niemals die Prophezeiung vergessen, daß du wiederkehren würdest, um deine Schuld zu tilgen, und seit langem ist alles sorgsam vorbereitet für diesen Tag. Du wirst das gewaltigste Heer anführen, mit dem wir jemals in eine Schlacht gezogen sind, und dieses Heer wird die bleichen Eindringlinge vernichten, und die wenigen Überlebenden werden mit ihren schwimmenden Häusern über den großen See fliehen, auf dem sie einst gekommen sind, vor mehr als einem Baktun.«

Robert war stehengeblieben, überwältigt von der belfernden Rede des Priesters, von der ungeheuerlichen Schuld und noch furchtbareren Verantwortung, die er auf seinen Schultern spürte. Notgedrungen mußten auch die vier Baldachinträger innehalten, ebenso Ja'-much und die beiden Diener. Mit ihnen kam die ganze Kolonne zum Stehen, eine Prozession von mehreren Meilen Länge, an die tausend Maya, die hinter ihnen schweigsam durch Schlamm und Regen gewandert waren. In seinem Rücken vernahm er einen Schluchzer, von Henry oder Mabo, aber in diesem Moment nahm Robert das alles nur am Rande wahr.

»Was hat sie damit zu tun?« fragte er, mit so leiser Stimme, daß Henry den Kopf zu ihm herüberreckte. »Ixkukul, warum hätte sie mich verleiten sollen, den Zorn der Götter auf euch herabzubeschwören?«

Während er sprach, sah er unverwandt den alten Priester an, oder vielmehr durch ihn hindurch, und anstelle der stämmigen Gestalt und der finsteren Miene Ja'-muchs erblickte er wieder die junge India, die ihn drängend, ja flehentlich anzuschauen schien.

»Ixkukul wollte ihren Bruder retten, das ist das eine«, sagte Ja'-much. »Aber vor allem wollte sie Rache üben, für die Herabsetzung ihrer Gottheit Ixquic, der jungen Mondgöttin, die in Tayasal nur als Göttin minderen Ranges galt. Diese Gier nach Rache hatte wohl schon lange in ihr gebrannt, als du in die alte Stadt kamst. Ixkukul brachte dich dazu, die Formel der Wiederkehr zu suchen und den Canek und die obersten Priester davon zu überzeugen, daß sie Tayasal nicht zu verlassen brauchten. Von allen Priesterschaften wandten sich nur die Priester Cha'acs gegen diesen frevlerischen Plan. Doch sie fanden kein Gehör, im Gegenteil, sie wurden in ihrem eigenen Tempel gefangengehalten, als das gesamte Volk von Tayasal, seine edelsten Priester und Krieger, seine Bauern und Fischer, Handwerker und Händler, am vorbestimmten Tag zu Zehntausenden in den Tod gingen.«

»In den Tod?« wiederholte Robert. »Hieß es denn nicht, die Stadt sei verwaist gewesen, als die Spanier nach Tayasal kamen?«

Finster sah Ja'-much zu ihm auf, und so lange verharrte er schweigend, daß Robert schon nicht mehr mit einer Antwort rechnete. »Ixkukul und du«, sagte der alte Priester endlich, mit schleppender Stimme, »ihr hattet die Mächtigen von Tayasal gänzlich verblendet, den Canek und den Lahkin, den Hohepriester. Und so beugten an jenem Tag Zehntausende Maya ihren Nacken unter der Axt der Opferpriester, in der Erwartung, sich nach der vorbestimmten Frist wiederzuverkörpern, wie es die Formel der Wiederkehr verhieß. Als die fahlhäutigen Invasoren Tayasal erreichten, war in der ganzen Stadt niemand mehr am Leben. Zehntausende Totenschädel standen auf den viermal neunzig Stufen der Pyramide Kukulkáns aufgereiht. Die überlebenden Priester und Krieger aber hatten zu diesem Zeitpunkt die Stadt längst verlassen.«

8

Nach diesen wundersamen Eröffnungen, die Robert immer rätselhafter schienen, je länger er darüber nachsann, wich Ja'-much jedem weiteren Gespräch mit ihm aus. Offenbar hatte er alles mitgeteilt, was zu enthüllen sein oberster Priester Ajkinsaj-d'aantoj ihn geheißen hatte. Wann immer Robert ihn in den folgenden Tagen zu befragen versuchte, gab sich der alte Priester wortkarg.

Hatte auch Ixkukul ihren Nacken unter der Axt des Opferpriesters gebeugt? War auch der Canek in den Opfertod gegangen, und wer hatte dann den sagenhaften Schatz von Tayasal aus der Stadt gebracht? Was war mit den Zehntausenden Maya geschehen, die an jenem Tag alle den Opfertod gestorben waren – gab es Hinweise, daß sie sich tatsächlich wiederverkörpert hatten, wie es die Formel verheißen hatte, allesamt oder zumindest einige von ihnen?

Je länger er darüber nachdachte, desto ungeheuerlicher schien ihm dieser Glaube: Wiederverkörperung zu einem Zeitpunkt und in einer Gestalt der eigenen Wahl. Also hatte Ixkukul, überlegte er, die uralte Verheißung einer »Mathematik der Götter« damals nur betrügerisch ausgenutzt für ihre Intrige, für einen tödlichen Racheplan, dem am Ende das ganze Reich des Canek zum Opfer gefallen war? Wenn er mit seinen Überlegungen an dieser Stelle angelangt war, überlief ihn jedesmal ein Frösteln, und beinahe erleichtert sprang er dann zu dem Gedanken über, daß diese Hypothese sehr viel mehr Fragen offenließ, als sie beantworten konnte.

Die Strapazen ihres Marsches durch den Dschungel erlaubten ihm auch nur selten, über diesen Rätseln zu brüten, glücklicherweise, wie er sich immer wieder sagte. Tag um Tag zogen sie dahin, auf durchweichten Wegen, in drückend feuchter Hitze, vom Morgengrauen bis zum Mittag und vom frühen Nachmittag bis zum Abend, in wachsender Erschöpfung, die den Verstand benebelte und traumhafte Gaukelbilder aus Dampf und Schluchten aufsteigen ließ.

Die Nächte verbrachten sie meist in Palmhütten, die die in stetig wachsender Menge mitwandernden Maya verblüffend rasch mit Äxten und bloßen Händen errichteten und deren geflochtene Dächer selbst den ärgsten Unwettern standhielten. Zwei- oder dreimal geschah es auch, daß Ja'-much und seine jungen Priester sie zu einer verborgenen, halb in Wald und Schlamm versunkenen Ruinenstadt ihrer Ahnen führten. Dort spannten sie ihre Hängematten in modrigen Palästen aus, durch deren geborstene Dächer Zapote- oder Ceibabäume wuchsen und in deren bemoosten Sälen und Kammern Pumas und Leguane hausten.

Zur Mittagsrast des elften Tages lagerten sie an einem kleinen See, im Schatten von Mahagonibäumen, deren Anblick Robert abermals an Oldboy denken ließ. Soeben hatten sie ihr karges Mahl verspeist, Dörrfleisch, Tortillas und einen Brei aus schwarzen Bohnen. Nun ruhte er auf einem flachen Steinbrocken, umgeben von den Priestern Cha'acs, die ihn kaum jemals mehr aus den Augen ließen. Noch immer hatte er den Gefährten nicht von seiner Entdeckung in Chul Ja' Mukal berichtet, in der unterirdischen Höhle des Regengottes, wo er jene in die Felswand eingelassene Fratze gesehen hatte, die er für das so kunstvoll wie abscheulich präparierte Antlitz jenes Oldboy hielt. Inzwischen war er sogar froh, daß er seine Entdeckung aus Chul Ja' Mukal verschwiegen hatte, die Stephen nur zu neuen Wutausbrüchen und womöglich zu unheilvollen Handlungen veranlaßt hätte. So oder so hätte sich ihm kaum mehr eine Gelegenheit geboten, einige vertrauliche Worte mit Stephen oder Paul zu wechseln, denn seit sie die Stätte des Jaguargottes verlassen hatten, schirmten Ja'-much und seine jungen Priester ihn mehr und mehr von seinen Gefährten ab.

Er überwölbte seine Augen mit einer Hand und schaute über den schmalen See, an dessen Ufer überall kakaobraune Gestalten lagerten, eine schweigsame Menge, die inzwischen weit über tausend Köpfe zählte, Jünglinge, Frauen und Greise. An der gegenüberliegenden Seeseite entdeckte er seine Gefährten, zwischen übermannshohen Schilfstauden, in beengter Lage neben ihren Pferden und dem Packtier, dem Henry soeben den Futtersack umhängte.

Der Anblick seines jungen Dieners versetzte Robert einen Stich. In den zurückliegenden Tagen hatte er ständig den kummervollen Blick des kleinen Burschen auf sich gespürt, bis er es endlich nicht länger ertragen und Henry befohlen hatte, sich während ihres Marsches um die Pferde zu kümmern. Das war vorgestern in der Frühe gewesen – mit hängendem Kopf und trauervoller Miene war Henry nach hinten zu den Gefährten geschlichen, und obwohl sein Anblick Robert fast das Herz zerrissen hätte, sagte er sich auch nun wieder: Es ging nicht anders.

Schließlich war Henry nur ein Diener, außerstande, die Bedeutung der Ereignisse zu begreifen, die offenbar weit über seinen Verstand gingen. Das war auch gewiß nicht verwunderlich, wie Robert sich sagte, denn auch er selbst vermochte nur in seltenen Momenten zu erfassen, welchem Schicksal er entgegenwankte und aus welchen geheimnisvollen Gründen. Meistens jedoch überließ er sich einer trägen Ergebenheit, auf dem Meer der allgemeinen Verehrung dahingleitend und mitgezogen vom Sog der tief in ihm waltenden Sehnsucht, alle Beschwernisse des Lebens und Leibes von sich zu werfen und wie ein Tropfen im Ozean unterzugehen.

Von Henry dagegen ging eine Verwirrung aus, die ihn, Robert, wieder und wieder wankend zu machen drohte und die Stimmen des Zweifels nährte. Sie flüsterten in seinem Inneren, daß dies alles womöglich nur ein Irrtum sei, ein unheilvolles Mißverständnis und er selbst jedenfalls kein Götterbote, nicht ausersehen, die Maya zu befreien, eine uralte Schuld zu tilgen, so wenig wie jene India eine wiedergeborene Priesterin sei. So dass er, wie jene Stimmen ihm einzuflüstern versuchten, mit fremdem Blut beschmiert worden und in ein fremdes Leben gedrängt worden wäre oder sich selbst gedrängt hätte, so oder so sein eigenes Leben und selbst seinen eigenen Tod verfehlend, in der Wildnis einer ihm ganz und gar fremden Geschichte umhertaumelnd, in der alles von fremder Hand vorbestimmt sei: sein Auftreten als Bote, seine Aufgabe als Retter, seine Auslöschung als Sühneopfer in nicht einmal vierzehn Tagen.

Nein, er wollte nicht mehr darüber nachdenken, nicht länger an diesem Weg zweifeln, der sein ureigener Weg war, wie Robert sich sagte, ihm vorherbestimmt und mit seinen innigsten Sehnsüchten harmonierend. Doch als er *innigste Sehnsüchte* dachte, kam ihm abermals Henry in den Sinn, diesmal indes nicht der zweifelnde, kummervolle Blick des jungen Dieners, sondern sein Lächeln, seine anmutige Schlankheit, seine runden Wangen und roten Lippen, die zum Herzen und Küssen nur so verlockten. Schluß jetzt! mahnte sich Robert, was ist nur mit mir? dachte er wieder und riß seinen Blick nun endgültig von Henry los, der sich auf der anderen Seite des Sees hingekauert hatte, neben Ajkech-tiim.

Mit einem zerfransenden Bananenblatt fächelte er sich feuchtheiße Luft zu. Es war ein wundersames Spiel der Ähnlichkeiten, dachte er, zu seinem früheren Gedankengang zurückkehrend, ein Spiel der Ur- und Spiegelbilder, zu wirklich und mannigfaltig, um bloß Irrtum oder Zufall entsprungen zu sein: die Stele bei Kantunmak und er selbst, die Mayafrau und ihr steinernes Bildnis, Youngboy und Oldboy, von denen er allerdings nach wie vor nur annahm, keineswegs wußte, daß es

Brüder seien, die einander völlig gleichsähen, wie Zwillinge oder eben wie Ur- und Spiegelbild.

Er ließ das Bananenblatt fallen und erhob sich. Sogleich sahen zwei der jungen Priester zu ihm auf, mit wachsamen Mienen. Doch er senkte nur beschwichtigend die Lider und deutete mit dem Kopf nach rechts, zu einer Stelle am Waldrand, wo das Unterholz weniger undurchdringlich schien. Die Priester nickten ihm zu, aber er spürte ihre aufmerksamen Blicke auf seinem Rücken, als er tiefer in den Wald hineinging. Nachdem er ein Dutzend Schritte getan hatte, trat er hinter einen wuchtigen Zapotebaum und blieb reglos stehen. Die Priester, die Ja'-much mit seiner Bewachung beauftragt hatte, mußten annehmen, daß er sich erleichtern wollte, was auch zutraf, allerdings suchte er eher seelische Erleichterung, einen Moment der Ruhe, in dem einmal nicht fünfhundert Augenpaare mit finsteren und fordernden Blicken auf ihm hafteten.

Bis vor einer halben Stunde hatte es wieder heftig geregnet wie an jedem frühen Nachmittag, begleitet von Donnerschlägen und gewaltigen Blitzen, die den Himmel mit gleißendem Geäder überzogen. Der Wald um ihn herum dampfte noch immer vor Nässe, und ein intensiver Geruch nach modernden Pilzen und gärenden Früchten erfüllte die Luft. Nebelschleier schwebten zwischen Buschwerk und Bäumen und wallten über den Boden, der mit fauligem Laub und verwesenden Papayas bedeckt war. Als Robert den Kopf hob, stand auf einmal die junge India vor ihm.

Ihr Anblick traf ihn wie ein Schlag, ein spielerischer, erregender Hieb. Sie stand zwischen zwei schlanken Palmen, keine fünf Schritte vor ihm, umwallt von Nebelschwaden, aber ihm war, als schaute sie ihn unverwandt an, mit ernstem, drängendem Blick. Dann wandte sie sich um und verschwand im Dickicht, und Robert eilte, ohne sich zu besinnen, hinter ihr her.

9

Er trat zwischen den Palmen hindurch und fand sich auf einem schmalen Pfad, kaum zwei Fuß breit, von hohem Dickicht gesäumt. Der Pfad schlängelte sich durchs Unterholz, in dampfigem Zwielicht, so daß man keine zwei Schritte weit sehen konnte. Doch weiter vorn glaubte er nun einen weißlichen Schemen auszumachen, ihre Gestalt in der Tunika des einfachen Volkes, auch ihr Kopf mit weißem Tuch verhüllt. Robert beschleunigte seine Schritte und stolperte, ohne länger auf Schlangen oder Skorpione zu achten, weiter den Pfad entlang.

Immer dicker wurde der Nebel, immer dichter das Zweigwerk, so daß Düsternis ihn umfing wie kurz vor Einbruch der Nacht. Er überlegte schon, ob er umkehren sollte, aber er war ihr noch nie so nahe gewesen, seine Chance, sie wirklich zu treffen, mit seinen Händen zu berühren, niemals größer als in diesem Moment. So taumelte er weiter voran und gelangte schließlich auf einen kleinen, runden Platz, der ringsum, wie eine lebendige Kammer, von Wänden aus fleischigem Blattwerk umschlossen war. Und inmitten der Kammer stand sie, in weißem Gewand, das auch ihr Haar bedeckte, umhüllt von Düsternis und Nebel, so daß ihr Gesicht verborgen war. Doch sie streckte ihm die Arme entgegen, ihre Hände lockend geöffnet, und er ergriff sie, mit einem Schauder, und ließ sich zu ihr heranziehen und umfing ihre hohe Gestalt, die sich an ihn herandrängte, ein schlanker Leib von heißer, unzweifelhafter Wirklichkeit.

Sein Mund berührte ihre Lippen, die sich feucht und weich anfühlten. Er hörte seinen heftigen Atem und den trommelnden Herzschlag in seiner Brust. Flüchtig wunderte er sich, wie schmiegsam ihre Hände über seinen Leib glitten, wie kundig sie ihre Wege suchten. Doch er vergaß sein Erstaunen und überließ sich dem Taumel, dem hitzigen Spiel der Lippen und Hände, der Arme und Schenkel, als sie ihn auf den Boden hinabzog, in ein Bett aus Moder und Moos. Ihr Gewand war emporgeglitten, ihren Leib bis zu den Brüsten entblößend. Er konnte sie nicht sehen, nur fühlen, denn Düsterkeit und Nebel schienen immer weiter zuzunehmen, und zudem drückte sie sein Gesicht in ihre Halsbeuge, mit festem Griff um sein Genick. Aber er fühlte ihre

Brüste unter seinem Brustkorb und ihre Hüften und Schenkel, die sich unter ihm bewegten, und ihm war, als ob in ihm ein Schrei anwüchse, der gleich explodieren würde, während sie den Schurz um seine Lenden öffnete und mit kundigen Fingern nach ihm griff.

»Robert«, sagte sie, mit harter, atemloser Stimme, und für einen Moment glaubte er wahrhaftig, in Marys Armen zu liegen. Da hob er seinen Kopf, gegen den Druck ihrer Hand, die ihn nicht lassen wollte. Aus drei Zoll Entfernung sah er in ihr Gesicht, die grünen, katzenhaft schrägen Augen, und spürte, wie sie unter ihm erstarrte, tatsächlich wie Mary, wie ein Holzstück, dachte er.

Er wand sich aus ihrer Umarmung und stand auf. Der um sie herum wallende Nebel schien bis in seinen Kopf vorgedrungen, jedenfalls gelang es ihm nicht, einen klaren Gedanken zu fassen. Gern wäre er wütend auf sie gewesen, aber er spürte keinen Zorn, nur schmerzliche Enttäuschung und ein wenig Verlegenheit. Von ihr abgewandt, band er sich das Tuch wieder um. Als er sich ihr erneut zukehrte, saß sie aufrecht im Moos, in das weiße Gewand gehüllt. Zweifellos hatte sie diese Tunika nur übergestreift, um ihn zu täuschen, dachte er, schließlich hatte sie am Tempel des Chilam Balam neben ihm gesessen, als er die junge India gezeichnet und Ja'-much von ihr erzählt hatte.

In einiger Entfernung kauert er sich neben ihr auf den Boden. Sie ist schön und gefährlich und kalt, dachte er und sagte: »Von mir wird Stephen nichts erfahren, keine Angst.«

»Du verachtest mich«, gab sie zurück, in bitterem Tonfall, »nicht anders als Paul.« Ihre Augen schimmerten wie von Tränen, doch er sah sie weiterhin nur an, wortlos und ein wenig abwesend, da er in seinem Kopf noch immer keinen klaren Gedanken fand. »Niemals wäre ich mit Stephen mitgegangen, hier heraus in den dreckigen Urwald«, fuhr sie fort, und ihre Stimme klang nun gepreßt vor Verachtung, »wenn ich geahnt hätte, was für ein erbärmlicher Versager er ist. Seit Jahren hat er mir in den Ohren gelegen mit seinem Schatz, den er ausbuddeln und mit dem er der ganzen Welt beweisen wollte, was für ein toller Kerl er ist. Und was macht er statt dessen? Trottet wie ein Schaf dem Schlachthof entgegen und reißt mich mit in sein Verderben!«

Sie sah ihn an, mit großen Augen. Offenbar wartete sie auf eine Antwort, einen tröstlichen Einwand, doch Robert schwieg noch immer.

»Ich hätte es mir von Anfang an denken können«, sagte sie, »ich weiß ja seit langem, daß Stephen und Paul unverbesserliche Kindsköpfe sind. In ihren Gedanken und Träumen haben sie das Waisenhaus der Barmherzigen Nonnen niemals verlassen, und natürlich war es auch Stephens Idee, daß ich in der Maskerade der Barmherzigen Schwester mit ihm kommen sollte. Er selbst hat mir ja diese Nonnenkluft besorgt, schon vor Jahren, und wann immer er mich im Victoria Camp besucht hat, mußte ich den gräßlichen Kittel für ihn anziehen.«

»Du hast im Holzfällercamp gelebt?« Zum ersten Mal sah er sie aufmerksam an, voller Erstaunen. »Was um Himmels willen hast du dort gemacht?«

»Na was wohl, du Unschuldsknabe«, gab Miriam zurück, mit rauher Stimme und unzweideutigem Blick.

Robert spürte ihre Augen, die über seine Gestalt glitten, bis hinab zu seinem Schurz, ein bedrängender Blick, als ob sie mit der Hand über ihn striche. Er sah in ihr hübsches, schon ein wenig verlebtes Gesicht, auf ihre feuchtglänzenden Lippen, dann senkte er rasch den Kopf, da ihm auf einmal das Blut in die Wangen stieg.

»Wegen mir brauchst du dich nicht zu schämen oder zu verstellen«, sagte sie leise, mit heiserem Girren. »Ich bin daran gewöhnt, daß ihr an andere Frauen denkt, wenn ihr bei mir seid. Falls ich dir also nicht ganz zuwider bin …«

Sie ließ den Satz unvollendet, ihr Gesicht zu einer lächelnden Maske erstarrt. Robert brauchte einen Moment, bis er begriff, daß sie ihm ihren Körper angeboten hatte, ihre Lippen, Arme, Schenkel, und daß sie bereit war, Stephen zu verlassen, wenn es ihm, Robert, Bote der Götter, so gefiel. Er hatte Mühe, sich auf ihre Gegenwart zu konzentrieren, vor seinem geistigen Auge sah er wieder die junge India, und ein Schmerz schlich in ihm umher, da seine Sehnsucht sich abermals nicht erfüllt hatte. Lächelnd sah Miriam ihn an, lockend und voller Selbstgewißheit wartend, doch er kauerte nur reglos neben ihr, außerstande, etwas zu erwidern oder auch nur den Kopf zu heben und ihr in die Augen zu sehen.

»Wir werden alle hier draußen umkommen«, hörte er sie irgendwann wispern.

Da zog er sie doch noch an sich, mit einer hölzernen Gebärde. Doch als sie sich an ihn drückte, leise seufzend, da war ihm mit einem Mal wieder, als halte er Mary in den Armen, und er mußte sich bezwingen, damit er sie nicht gleich wieder von sich stieß. Verzweiflung und Abscheu stiegen in ihm auf, bei dem Gedanken, daß alles umsonst gewesen sein könnte, seine Flucht nur ein krampfhaftes Zucken im Traum.

Lieber hier draußen verrecken, dachte Robert, selbst unter Angst und Qualen, als jemals zurückzugehen.

NEUN

1

Schon von weitem sah er das Tor, eine schmale Öffnung in der hohen, dunklen Wand, auf die ihr Weg schnurgerade zulief. Zu seiner Linken schritt der alte Priester Cha'acs, kraftvoll und bedächtig wie am ersten Tag ihres Marsches. Robert dagegen taumelte nur noch voran, mit schwankenden Schritten, am Ende seiner Kräfte. Seine Haut war am ganzen Leib mit Wunden übersät, und jeder Muskel, jede einzelne Sehne in seinen Beinen und Füßen schmerzte. Längst hätte er sich einfach zu Boden fallen lassen, wären nicht hinter ihm die jungen Priester Cha'acs geschritten, die ihn energisch anrempelten, mit Schultern und Knien, sowie sein Schritt auch nur ein wenig erlahmte.

Das Tor, dachte er, noch zweihundertfünfzig, vielleicht dreihundert Schritte, dann sind wir am Ziel. Unruhe flackerte in ihm auf, doch er war viel zu erschöpft, um sie mehr als flüchtig wahrzunehmen. Kantunmak, die heilige Stadt, seit hundertachtzig Jahren wartet sie auf meine Wiederkehr. Er taumelte weiter, zu müde sogar, auch nur eine Hand zu heben und sich die Haare aus der Stirn zu striegeln, aus denen ihm fortwährend Schweiß in die Augen und in den wirren Bart rann.

Qualvoll langsam schleppte er sich dem Tor entgegen, Schritt um Schritt in der dampfenden Hitze. Es war der dreizehnte Tag ihrer Wanderung, und um Kantunmak noch vor der Abenddämmerung zu erreichen, hatten sie heute selbst auf die kurze Mittagsrast verzichtet. Ihre Kolonne mochte mittlerweile mehrere tausend Pilger umfassen, und doch zogen sie fast lautlos dahin, nur das Trappeln ihrer Schritte war zu hören und ab und an ein Schnauben von den Pferden am Ende des Zugs. Ohnehin waren alle Maya, auf die Robert bisher getroffen war, von ernstem, wortkargem Wesen, aber diese vollkommene Stille hatte sich erst in der letzten Stunde über ihre Prozession gelegt. Kantunmak. Die heilige Stadt war nahe. Und die heilige Schlacht, von der Zehntausende Maya in den Wäldern von Britisch-Honduras und Guatemala seit fast zwei Jahrhunderten träumten. Ein Schauder überlief ihn, doch selbst für ein tieferes Erschrecken fehlte ihm die Kraft. Schlacht, Sterben, Todesangst, das alles schien ihm in diesem Moment weit entfernt und gänzlich irreal. Wirklich war allein der nächste Schritt, den er seinem todmüden Körper abtrotzen mußte.

Einhundertundelf ... hundertzwölf ... dreizehn. Mechanisch, wie ein Uhrwerk, zählte eine Flüsterstimme in ihm jeden seiner schlurfenden Schritte mit. Weit vorgebeugt trottete er voran, den Blick auf den Weg vor sich geheftet, um nicht zum Überfluß über ein Hindernis zu stolpern. Dabei war dieser Weg ebener als eine Londoner Chaussee und wenigstens genauso breit. Überall lagen Laub und Zweige verstreut, doch darunter schimmerte eine glatte Fläche, gleichmäßig und grau wie Asphalt. Hundertdreiunddreißig ... vierunddreißig ... Oder hatte er die Hundert schon einmal durchgezählt? Verflucht, er konnte sich nicht erinnern. Die zählende Flüsterstimme in seinem Innern stockte, und für einen Moment stockte auch sein taumelnder Schritt. Doch ehe die jungen Priester ihn mit ihren Schultern und Knien anstoßen konnten, hatte Robert sich wieder in Bewegung gesetzt und wankte weiter voran. Zweihundertsiebenunddreißig ...

Die himmelhohe Wand, endlich ragte sie vor ihm auf. Er hob den Kopf, zwinkerte sich den Schweiß aus den Augen. Die Wand bildete eine steile Schräge, hundertfünfzig Fuß hoch oder mehr. Wie weit sie sich seitlich erstrecken mochte, war nicht zu erkennen, da sie sich beiderseits des Weges nach wenigen Dutzend Schritten in Dickicht und Nebel verlor. So weit er sehen konnte, war sie überall mit Erde und Buschwerk bedeckt, und ein weniger geübter Betrachter hätte zweifellos geglaubt, vor einer natürlichen Bergwand zu stehen. Doch als er genauer hinsah, entdeckte er bröckelndes Mauerwerk zwischen Wurzelstrünken und sogar schmale Fensterscharten weiter oben, hinter denen sich Späher verbergen mochten.

Robert faßte das Tor in den Blick, sein Atem ging keuchend, und kleine Lichter flackerten vor seinen Augen. Es war eher ein Durchlaß, zehn Schritte voraus in der Mauer klaffend, ein hoher, schmaler Gewölbegang, aus dem Finsternis und Modergeruch quollen. Stämmige Wächter standen davor, je drei auf beiden Seiten des Weges, nackt bis auf einen nebelgrauen Schurz, auf dem das Bildnis des Regengottes prangte. Trotz seiner Erschöpfung staunte Robert sie an wie Wundergestalten. Es waren Männer seines Alters, vielleicht dreißig Jahre oder wenig darüber, die ersten Mayamänner, weder Jünglinge noch Greise, die er zu Gesicht bekam, seit in Fort George jener Abgesandte vor seinen Augen zusammengebrochen war.

Schritt um Schritt trottete er weiter auf das Tor zu, fügsam wie ein Delinquent auf seinem letzten Gang. Schon wollte er hindurchwanken, da hob Ja'-much neben ihm einen Arm, und die Wächter links des Weges traten zur Seite und gaben den Blick auf eine Steinsäule frei. Eine Hand legte sich auf Roberts rechte Schulter, er blieb stehen und blinzelte mit brennenden Augen zu der verwitterten Säule hinüber, noch immer ohne zu begreifen.

Die Säule mochte zehn Fuß hoch sein und vom Umfang eines wohlgenährten Mannes. Glyphen und winzige Bildnisse waren in den hellen Stein geritzt, und trotz seiner Müdigkeit kroch in ihm wieder die Angst hoch, daß man ihn auffordern könnte, die Schriftzeichen zu entziffern. Diesmal schaffte er es, seine Linke zu heben und sich die triefendnassen Haare aus der Stirn zu streichen. Eine zweite Hand legte sich auf seine linke Schulter, aber er war zu müde, um auch nur nach hinten zu sehen.

Ja'-much bellte einen Befehl. Sogleich wandte sich einer der Wächter um und schob einige Blätter und Ranken beiseite, die in Roberts ungefährer Kopfhöhe die Säule verdeckten. Eine hohe, hagere Gestalt im Halbrelief, von Glyphenmustern umschlungen, darüber schwebend, seltsamerweise, ein geflügeltes Pferd. Ein Gitter feiner grünlicher Streifen, Moos oder Moder, lief kreuz und quer über die Säule, was beinahe den Eindruck erweckte, als stünde sie am Grund eines Gewässers, mit Tang bedeckt. Da erst begriff er, mit einem Schlag, so daß sich sein Magen zusammenzog. Die Hände auf seinen Schultern versetzten ihm einen Stoß, und er wankte auf die Säule zu, so rasch, daß er beinahe das Gleichgewicht verlor.

Oft und oft erträumt, dachte er, und doch ganz unmöglich. Oder etwa nicht? Er starrte auf die Säule. Das hohlwangige Gesicht, wirrbärtig, mit verhangenem Blick. Die ganze knochige Gestalt, sie glich ihm so unverkennbar, daß er trotz seiner Mattigkeit eine tiefe Bestürzung fühlte. Es war kein eigentliches Erschrecken, eher so, als ob etwas in ihm nachgäbe, das schon lange vorher erschüttert worden war. Mein steinernes Spiegelbild, dachte er: ich, ich, von Kopf bis Fuß ich, ohne jeden Zweifel.

Er fühlte einen sausenden Schwindel und tastete mit seiner Rechten zu der Säule hin, um sich festzuhalten, aber der Wächter, der eben die Ranken beiseite geschoben hatte, hob warnend die Hand. Da taumelte Robert zur Seite, erschrocken und noch immer schwindlig vor Bestürzung und Mattigkeit. Für einen Moment schloß er die Augen. Als er sie wieder öffnete, fiel sein Blick auf die Stele, die linker Hand neben der Säule des Götterboten stand, ein wenig kleiner und vom Zweigwerk halb verdeckt.

Ixkukul. Verzaubert sah er sie an. Als wollte sie gleich aus der Säule hervortreten, so plastisch stand sie vor ihm, ihre hohe, schlanke Gestalt im Halbrelief. Sie ist es, kein Zweifel, dachte Robert wieder und mußte lächeln vor glückseliger Überraschung, trotz seiner Mattigkeit. Wie schön sie ist, wie wunderschön. In einem langen, enganliegenden Gewand stand sie da, die vollen Lippen ein wenig geöffnet, und ihr Blick lag auf ihm, ernst und drängend, wie sie ihn in Fort George angesehen hatte und in Chul Ja' Mukal. Über ihrem Kopf schwebte ein stilisierter Halbmond, eine linker Hand geöffnete Sichel, in der, wie auf einer Schaukel, ein Kaninchen oder kleiner Hase saß.

Wieder und wieder sah Robert von einem Bildnis zum anderen, von Ixkukul zum steinernen Spiegel seiner selbst, und ihm war, als ob wahrhaftig die Erinnerung in ihm lebendig würde, wie der alte Priester Cha'acs es vorausgesagt hatte: an Ixkukul und ihn selbst, ihre Liebe, ihr Sterben, vor hundertachtzig Jahren in Tayasal.

2

Der Durchlaß war schmal und so finster, als ob er unter der Erde verliefe. Robert taumelte hinein, geschoben von Ja'-much, der ihm weiterhin dichtauf folgte. Schritt um Schritt wankte er durch die Dunkelheit, auf den matten Lichtfleck am anderen Ende des Ganges zu. Mit den Fingern tatstete er nach links und rechts und erfühlte uralte Mauern, verwittert und von Nässe zerfressen. Ein überwältigender Schimmelgeruch ging von den Steinen aus, und unter seinen Füßen fühlte er warmen, schleimigen Schlamm. Noch immer lag Ja'-muchs Hand auf seiner Schulter, schwer und hart wie ein Stein. Der Gang hinter ihm war erfüllt von den trappelnden Schritten der Priester, Krieger und Jäger, die so zahlreich mit ihnen hierher gezogen waren, doch weiterhin sprach niemand auch nur ein Wort. Es war so still, wie wenn man im Traum den Atem anhält und alles ringsum erstarrt.

Endlich erreichte er das jenseitige Ende des Gewölbeganges. Fahles Licht erhellte einen weiten, kreisrunden Platz, und Robert blieb auf der Schwelle stehen, verwundert über die Düsterkeit, die auf dieser Seite des Tunnels herrschte. Aber ehe er sich auch nur umsehen konnte, drängte ihn Ja'-muchs Hand schon weiter. So taumelte er voran, auf den weiten Platz, der mit einer grauen, steinartigen Schicht überzogen war, glatt und ebenmäßig wie Stuck. Gewaltige Bauwerke säumten den Platz, Säulenhallen, langgestreckte Paläste, himmelhohe Pyramiden. Doch nicht anders als in den alten Mayastädten, die Frederick Catherwood gezeichnet hatte, waren auch diese Bauten offenbar allesamt Ruinen aus heroischer Vergangenheit.

Erstaunt sah Robert um sich, während er über den weiten Platz ging, von Ja'-much vorangeschoben und von Tausenden stiller Pilger gefolgt. Alle diese Bauten, ihre Fassaden und Außentreppen, waren mit Erde und dichtem Gras bedeckt. Nirgendwo zeigte sich das kleinste Anzeichen, daß Menschen in ihnen lebten, ja daß sie auch nur in den letzten tausend Jahren von Menschen betreten worden wären. Büsche wuchsen zwischen den Stufen, und aus Firsten und Dächern ragten Palmen und Zapotebäume. Robert hob eine Hand und rieb sich die Augen, so verblüfft, daß er für den Moment sogar seine Erschöpfung vergaß. Das hier sollte Kantunmak sein, die heilige Stadt der heutigen Maya?

Wieder und wieder sah er um sich, während Ja'-much ihn auf einen breiten Weg am anderen Ende des Platzes zuschob. Nun bemerkte er auch die zahlreichen Risse im Mauerwerk, überall dort, wo eine Wand nicht gänzlich von Gras und Erde bedeckt war. Aus Fensterscharten, hinter denen man schlammgefüllte Kammern erahnen konnte, neigten sich holzige Büsche oder magere Bäume ins Freie, trübselig wie greise Bewohner. Urwaldriesen hatten ihre Wurzeln, schenkeldicke, bleiche Pfähle, durch Treppen und Mauern getrieben. Eine kleinere Pyramide, aus deren First ein Ramónbaum wuchs, war von den Wurzeln des Baumes regelrecht zertrümmert worden. Lianen und Luftwurzeln bildeten bizarre Brücken zwischen Treppen, Fenstern, Firsten, und Horden von Spinnaffen kletterten auf den schwankenden Stegen umher.

»Der verrückteste Zufall der Weltgeschichte!« Stephens Stimme, die auf einmal die Stille zerriß.

»Du sagst es, Stephen«, bestätigte Paul, eine halbe Oktave höher und mit hämischem Unterton. »Dieser Säulenheilige da draußen sieht wahrhaftig wie unser Robert aus!«

Robert sah über die Schulter nach hinten, ohne innezuhalten, denn Ja'-muchs Hand drängte ihn unerbittlich voran. Zehn Schritte hinter ihm, halb verdeckt durch einige Dutzend Marschierer, erkannte er seine Gefährten, Stephen, Paul und Miriam, dahinter Mabo, Henry und Ajkech. Ihnen allen waren die Hände gefesselt worden, und sie trugen Schlingen um die Hälse, wie Hundeleinen, an denen sechs junge Priester Cha'acs sie vorwärtszogen. Doch ungeachtet ihrer mißlichen Lage ergingen sich Stephen und Paul in dreisten Schmähreden.

»Um die nackten Affen zu foppen«, gab Stephen zurück, »reicht die Ähnlichkeit allemal.«

»Kommet und schauet«, rief Paul in psalmodierendem Tonfall, »die Statue wandelt durch die Stadt, ganz wie ein Mensch aus Fleisch und Blut!«

»Zum Donner, der Stein atmet«, sekundierte sein Kumpan, »seht nur, ein Wunder ist geschehen!« Und er stöhnte regelrecht auf vor hämischem Behagen, sein Gesicht noch aufgedunsener als gewöhnlich und feuerrot wie die Haare Pauls.

Paul dagegen sah noch immer bleich und abgezehrt aus. »Sagte ich Stadt?« rief er, und seine Schnurrbartspitzen zuckten. »Ein Schlamm- und Trümmerhaufen ist's, aber immer noch viel zu komfortabel für Roberts Affenfreunde!«

Die Maya in ihrer Umgebung warfen den beiden finstere Blicke zu. Glücklicherweise verstanden sie kein Wort, dachte Robert, aber natürlich spürten sie, daß die weißen Männer absichtlich die feierliche Stille zerstörten.

Die Priester, die sie an den Schlingen führten, wußten anscheinend nicht, wie sie Stephen und Paul zum Schweigen bringen sollten. Ihre Blicke suchten Ja'-much, der sich gleichfalls umgewandt hatte und sogar stehengeblieben war. Dankbar nutzte Robert die Gelegenheit und hielt ebenfalls inne, ziemlich genau in der Mitte des Platzes. Aus dem Durchlaß, dreißig Schritte zurück, strömten immer noch weitere Maya heraus, dabei war der Platz bereits zur Hälfte mit Menschen gefüllt.

Ja'-much fauchte einen Befehl zu seinen jungen Priestern hin. Was hatte das zu bedeuten? Beunruhigt suchte Robert den Blick seines Dieners, und Henry signalisierte ihm lautlos, mit überdeutlichen Lippenbewegungen: *»Kne – beln.«*

Es war keine bedachte Entscheidung gewesen, eher ein traumhaftes Hinübergleiten, doch Robert selbst spürte, daß er die Rolle, die Schicksal oder Zufall ihm zugeschoben hatte, in diesem Moment endgültig annahm. Er hob eine Hand, und Ja'-much, der bereits den Mund geöffnet hatte, um weitere Befehle zu erteilen, sah stumm, mit einem Ausdruck der Ergebung, zu ihm auf.

»Im Namen der Götter, die mich zu euch gesandt haben«, rief Robert, »ich befehle euch, laßt meine Gehilfen frei!« Er hatte mit erhobener Stimme gesprochen, in einem selbstbewußten, ja befehlsgewohnten Tonfall, der ihm vor wenigen Momenten noch fremd gewesen war. »Henry, übersetze das«, wandte er sich leiser an den Mestizen. »Aber warte, erst noch ein Wort zu euch beiden.« Er drehte sich ganz zu ihnen um, und sein Blick bohrte sich abwechselnd in Stephens und Pauls Augen. »Meine allerletzte Warnung: Verstoßt ihr noch einmal gegen meine Gebote, so werde ich keinen Finger mehr rühren, um euer Leben zu retten.«

Stephen hob die Augenbrauen, ungewiß, ob als hämische Grimasse oder in echtem Erstaunen. Henry hatte bereits begonnen, Roberts Rede zu übersetzen, und noch in seine letzten Worte hinein spuckte Ja'-much einen Befehl. Die sechs jungen Priester zogen die Köpfe ein, als hätten sie Prügel bezogen, und banden mit hastigen Handgriffen ihre Gefangenen los.

Abermals sah der alte Priester Cha'acs zu ihm auf. Seine Miene wirkte unterwürfig, und zugleich entzifferte Robert ein Erstaunen in seinen Augen, als hätte Ja'-much soeben ein Zeichen empfangen, daß er wahrhaftig der Wiedergekehrte sei. *»Ajk'ub' Maya'ib, nojochk'inb'il!«* rief er lauthals mit heiserer Stimme, und nach einem Moment angespannten Schweigens fiel die Menge tausendstimmig in die Huldigung ein:

»Ajk'ub' Maya'ib, nojochk'inb'il – Retter der Maya, wir preisen dich!« Unablässig wiederholten sie diese Worte, und dazu sank die lobpreisende Menge auf die Knie, in kreisförmigen Wellen, die von Robert, ihrem Zentrum, bis zu den entferntesten Rändern liefen. *»Ajk'ub' Maya'ib, nojochk'inb'il! Ajk'ub' Maya'ib, nojochk'inb'il!«*

Tatsächlich waren auch Stephen und Paul in die Knie gegangen, niedergezogen von Miriam, die zwischen ihnen kauerte und Robert mit einem Ausdruck maßloser Bewunderung ansah. Doch er mied ihren Blick ebenso wie den Blick des jungen Henry und ließ seine Augen über die Tausende gebeugter Köpfe und Rücken schweifen, die den weiten Platz zwischen den schlammbedeckten Ruinen füllten.

»Ajk'ub' Maya'ib, nojochk'inb'il!« rief und raunte die Menge, und Robert sah an einer Pyramide mit zertrümmerter Fassade empor, die am rechten Rand des Platzes bis fast in den Himmel ragte. Weit oben in dem wuchtigen Bauwerk, hundert Fuß oder mehr über dem Erdboden, bemerkte er eine schmale Luke, und dahinter stand sie.

Ixkukul. Oder wie immer sie in diesem Leben hieß.

Sie sah auf ihn herab, mit angespannter Miene. Sein Herz begann zu rasen, aber äußerlich blieb er gefaßt. Er hatte sie gefunden, endlich, die India seiner Träume, doch sie schwebte in großer Gefahr. Warum hatte er das nicht viel früher erkannt? Sie versteckte sich dort oben in der Ruine, und es war leicht zu erraten, vor wem sie sich verbarg.

3

Inmitten der Menge auf dem schlammigen Platz kniend, spähte der Pferdebursche Henry verstohlen zu Mr. Thompson, der als einziger aufrecht in einem Meer gesenkter Köpfe, gebeugter Rücken stand. Mit dem zottigen Bart, der ihm bis auf die sonnengebräunte Brust hing, bot Robert Thompson einen verwegenen, ja wildromantischen Anblick, gleich einem Seefahrer, der auf unentdeckten Meeren segelt, oder einem jener tollkühnen Urwaldforscher, die nach Jahren der Verschollenheit wieder auftauchten, um von unerhörten Abenteuern unter Kannibalen oder Kopfjägern zu erzählen.

»*Ajk'ub' Maya'ib, nojochk'inb'il*«, riefen die Priester und Krieger, und ohne es recht zu bemerken, stimmte Helen lauthals in die Lobpreisung ein. Nie zuvor hatte sie sich so sehr von Robert Thompson angezogen gefühlt wie gerade in diesem Moment. Von seiner entrückten Miene, der hochgewachsenen Gestalt, die durch die Strapazen des Dschungelmarsches noch magerer geworden schien, zugleich aber gekräftigt wirkte, sehnig und selbstgewiß. »Erlöser der Maya, wir rühmen dich«, rief die tausendkehlige Menge, und Helen stellte sich vor, wie sie inmitten der Rufenden aufsprang und auf ihn zueilte, wie Robert seine Arme um sie schloß und sie ihre Wange an seine Brust schmiegte, wie er auf sie herablächelte mit seinen wasserblauen Augen, deren Blick allerdings gerade jetzt weit über sie hinwegging.

Im Schutz ihres nach vorn gerutschten Turbans folgte sie seinem Blick, indem sie ihre Augen stark verdrehte, ohne den Kopf zu bewegen. Mr. Thompson sah zu einem Ruinengemäuer empor, einer halb zusammengestürzten, riesenhaften Pyramide zu seiner Rechten, die weit oben, knapp unterhalb des von Buschwerk überwucherten Firstes, eine schmale Luke aufwies. Ihre Augen schmerzten, so angestrengt schielte Helen an der löchrigen Fassade empor, und nur für einen winzigen Moment erblickte sie die Gestalt dort droben in der Luke, doch lange genug: Ixnaay, kein Zweifel, sie war es, ihre hohe Gestalt in der weißen Tunika. Beschwörend sah sie Robert Thompson an, und inständig erwiderte er ihren Blick, dann wich sie zurück in die Dunkelheit der Ruine.

Helens Blick haftete noch einen Moment lang an der leeren Luke, dann sah sie aufs neue zu Robert Thompson, dessen Gesicht von innen heraus zu leuchten schien. Eine Woge stob in ihr empor, ein Schmerz, als ob etwas aus ihr herausgerissen würde, und auf einmal glaubte sie zu verstehen oder zumindest zu erahnen, warum Robert Thompson so bereitwillig in die Rolle des Götterboten geschlüpft war, in die ihn die Mayapriester gedrängt hatten:

Er liebt Ixnaay, sinnlos es zu bezweifeln, dachte sie, und das Herz wollte sich ihr zusammenkrampfen: Er hatte zu Ixnaay aufgeblickt, inständig und vertrauensvoll, wie nur ein Liebender die Geliebte ansah.

Sie mußte sich bezwingen, um ruhig, mit gebeugtem Rücken, in der Menge zu verharren, anstatt aufzuspringen, wie es ihrer inneren Bewegung entsprochen hätte. Aber warum nur, überlegte sie weiter, war Ixnaay nicht mit ihnen zusammen, in der Prozession der Priester und Krieger, hierher gewandert, und vor wem verbarg sie sich noch hier in Kantunmak? Schon während ihres langen Marsches durch den Dschungel hatte Helen immer wieder über der Frage gegrübelt, welche geheimen Ziele Ixnaay verfolgen mochte. Sie schien in den Plan der Indios eingeweiht, einen letzten, verzweifelten Aufstand gegen ihre Unterdrücker zu wagen. Aber Ixnaay kannte sich auch in der Welt dieser britischen Herren aus, sie sprach ein makelloses Englisch, und sie stand in (möglicherweise erpresserischer) Verbindung mit dem hochrangigen Kolonialbeamten James Sutherland.

Die Sonne brannte vom Himmel herab, die Ruinen und Trümmer längst vergangener Macht vergoldend, und Helen dachte: Zweifellos wußte Ixnaay, daß selbst hunderttausend Mayakrieger, bewaffnet mit Speeren und Blasrohren, von den königlichen Kanonieren im Handumdrehen niedergemetzelt würden und daß auch hunderttausendfacher Glaube, die alte Prophezeiung sei eingetroffen, der Götterbote zurückgekehrt, das Blatt nicht wenden könnte. Und folglich war sie wohl deshalb im geheimen hierher geeilt, weil sie die Kriegspläne ihres Volkes zu durchkreuzen, das Blutbad im letzten Moment noch abzuwenden hoffte – und hierfür benötigte sie Robert Thompsons Hilfe.

Aber wie konnte er ihr hierbei nützlich sein? Aufs neue spähte Helen zu ihm empor, in sein hohlwangiges, wirrbärtiges Gesicht, das einen ganz und gar entrückten Ausdruck trug. Hoffte Ixnaay womöglich, daß Mr. Thompson die ihm zugefallene Autorität eines Götterboten nutzen würde, um namens der himmlischen Mächte zum Frieden aufzurufen statt zu einem Krieg, der den Untergang ihres Volkes besiegeln würde?

Helen spürte, daß es sich so und nicht anders verhielt, daß Ixnaay hoffte, Robert Thompson in ihrem Sinn lenken zu können, und daß sie gewiß auch aus Liebe handelte, aber aus Liebe zu ihrem unterjochten Volk. Möglich, daß sie auch für Robert Thompson gewisse Gefühle hegte, möglich sogar, daß auch Ixnaay dem Reiz der alten Prophezeiung ein klein wenig erlegen war. Aber ihr ganzes Wesen wirkte so schwermütig, so sehr auf düstere, rächerhafte Weise zielgerichtet, daß der Gedanke abwegig schien, sie könnte sich von romantischen Gefühlen, und gar für einen weißhäutigen Liebhaber, leiten lassen.

Ach, Ixnaay, Schwester, dachte Helen, der das Herz immer schwerer wurde, wenn deine Hoffnungen tatsächlich auf Robert Thompson beruhen, ist dein Scheitern schon gewiß. Seit Robert in die Rolle des Götterboten geschlüpft war, wandelte er dahin wie in Trance, wie jemand, der endlich gefunden hatte, was er zeitlebens suchte: seinen Untergang. Sie selbst hatte es lange Zeit nicht wahrhaben wollen – einen halben Schritt hinter ihm durch den Wald wandernd, hatte sie Ja'muchs Reden übersetzt und nur darauf gewartet, daß sich Mr. Thompson durch einen Ausruf, eine Geste aus dem Gespinst der Prophezeiungen, Irrtümer und Verdrehungen befreien würde, mit dem der Regengottpriester ihn umwob. Erkannte Robert denn nicht, daß die allgemeinsten Ähnlichkeiten genügt hatten, um ihn als vermeintlichen Götterboten zu identifizieren? Nein, er bemerkte es offensichtlich nicht, kein Lügengefühl schien ihn zu warnen, im Gegenteil: So bereitwillig hatte er sich in die ihm aufgedrängte Rolle geworfen, als hätte er gerade in ihr eine langgesuchte Wahrheit und Wirklichkeit entdeckt.

Und wenn es genau so wäre?, überlegte sie dann. Wenn in der alten Lehre von Wiederverkörperung und vielfältigen Himmelsmächten eine höhere Wahrheit läge, in deren Angesicht er sein ganzes bisheriges Leben als Wirrwarr aus Lügen und Täuschungen durchschaut hätte? Helens Gedanken gerieten ins Stocken, sie spürte, daß sie an diesem Punkt nicht weiterkommen würde, wie schon so oft in ihrem Leben zuvor.

Wie häufig hatte sie früher die dunkelhäutigen Küchenmädchen in Sutherland House von ihren Göttern sprechen hören, von Erweckungszauber, umhergeisternden Ahnen und dem heiligsten Geheimnis ihres Glaubens: dem Wunder der Wiederverkörperung. Doch für sie war es immer nur Aberglaube gewesen, törichte Verdrehungen, wie sie allerdings auch den himmlischen Verheißungen der Anglikanischen Kirche schon als junges Mädchen mißtraut hatte. Wo andere sich gläubig hingaben, entzifferte sie stets nur Lügen und Verdrehungen, und so hellsichtig sie in irdischen Dingen zwischen Täuschung und Wahrheit zu unterscheiden vermochte, so blind fühlte sie selbst sich fast immer, wenn es um übernatürliche Belange ging.

»*Ajk'ub' Maya'ib, nojochk'inb'il* – Retter der Maya, wir preisen dich!« Die Menge schrie nun die lobpreisende Formel, wieder und wieder, laut und kreischend, wie die hunderttausend Urwaldvögel den allmorgendlichen Sonnenaufgang beschrien. Robert Thompson würde seine Rolle als wiedergekehrter Götterbote bis zum prophezeiten Ende weiterspielen, sagte sich Helen, dessen zumindest war sie sicher, und auch seine Liebe zu Ixnaay würde ihn nicht davon abbringen, mit der Unbeirrbarkeit eines Schlafwandlers in den Tod zu gehen.

Mabo stieß sie von der Seite an und schreckte sie aus ihren Grübeleien auf. Eben beugte sich Robert zu Ja'-much herab, der gleichfalls auf die Knie gefallen war, und sagte einige Worte zu dem alten Priester, sicherlich in dem bruchstückhaften Quiché, das er sich während ihrer Wanderung angeeignet hatte. »Ajkinsaj«, las Helen von seinen Lippen, »Todbringender.« Sie rückte ihren Turban zurecht, der ihr halb in die Stirn gerutscht war, und erhob sich ebenso wie alle anderen, um zwischen Mabo und Ajkech weiterzuschreiten, auf einen breiten, mit Buschwerk und Bäumen bewachsenen Tafelberg im Hintergrund der riesigen Ruinenstadt zu.

Ich liebe und begehre Sie, Mr. Thompson, dachte Helen, warum es mir nicht eingestehen: Sie wissen kaum, daß es mich gibt, Sir, aber ich liebe Sie. Du verwechselst mich mit einem Pferdeburschen, Robert, mit einem gewissen Henry O'Rooney, den du manchmal anlächelst mit einer Zärtlichkeit, die uns beide verwirrt. Ich will versuchen, dich zu retten und für mich zu gewinnen, auch wenn ich gleich zwei romantische Rivalen besiegen muß, nach deren Umarmung du dich sehnst, Geliebter: Ixnaay und den Tod.

4

»Die Ka'ana, der Palast des Himmels.« Ja'-much deutete auf den gewaltigen Hügel, der sich vor ihnen erhob, dreihundert Fuß hoch und wenigstens dreimal so breit. In steiler Schräge ragte er vor ihnen auf, dicht an dicht mit Büschen und Bäumen bewachsen, zu seinem Gipfel hin von Nebelschleiern umgeben, eher ein kleiner Berg als ein Hügel.

»Palast des Himmels?« wiederholte Robert, wobei er erst Ja'-much, dann Henry zweifelnd ansah. Vielleicht hatte der Mestize die Worte des Priesters ja falsch übersetzt? Dieser Berg war von so gewaltiger Höhe und Breite, daß es sich unmöglich um ein verschüttetes Bauwerk handeln konnte.

Mehr als eine halbe Stunde lang waren sie durch die Straßen von Kantunmak gezogen, an der Spitze der schweigenden Prozession. Die heilige Stadt war von riesenhafter Ausdehnung, weitaus größer, als er es sich jemals ausgemalt hatte. In feierlicher Stille waren sie durch breite Alleen geschritten, auf ebenmäßigen Wegen, zwischen Palästen und Pyramiden, schmucklosen Bauten und reich verzierten Tempeln von so gewaltiger Zahl und Größe, daß es ihm schier die Sprache verschlug. Selbst Stephen und Paul, die zwei Schritte hinter ihm liefen, schienen beeindruckt und steckten nur ab und an die Köpfe zusammen, um sich flüsternd zu besprechen.

Zehntausende Menschen mußten hier einmal gelebt haben, dachte Robert auch jetzt wieder, Krieger und Priester, Edelleute und einfache Handwerker, aber vor wie langer Zeit? Einst mußte Kantunmak eine Metropole im Dschungel gewesen sein, vor tausend Jahren oder mehr, als London höchstens ein öder Flecken an der Themse war. Heute aber schien nicht ein einziges dieser Tausende prachtvoller Bauerwerke mehr bewohnbar, es waren allesamt Ruinen, zerbröckelt, überwuchert, mit Wald und Schlamm bedeckt. Tatsächlich, sagte sich Robert, ähnelte Kantunmak am ehesten jenen urweltlichen Städten seiner Hypnoseträume, in die Grimaldi ihn mehrfach versetzt hatte: Städten auf dem Grund der Meere, mit modrigen Chausseen, schlammgefüllten Häusern, in denen allenfalls noch fahle Fischwesen hausten, muränenhafte Monstren von glotzäugiger Melancholie.

Mit einer schroffen Gebärde deutete Ja'-much abermals auf die Flanke des Berges. Erneut stieß er einen Wortschwall aus, und seine Miene wirkte noch finsterer als gewöhnlich, angespannt und drohend. Mit dem Blick folgte Robert seinem ausgestreckten Arm, doch er sah weiterhin nichts als eine erdige Schräge, von Wurzeln durchflochten, mit Schlamm bedeckt.

»Er sagt, es sei kein Berg«, flüsterte Henry, »sondern die Ka'ana, der Palast des Himmels, in dem Ajkinsaj residiere, der oberste Priester Cha'acs und Herrscher von Kantunmak.«

Der alte Priester hob seine Hand, als wollte er Robert packen und den Berg hinaufziehen. Doch dann ließ er den Arm wieder sinken, offenbar hielt er es nicht mehr für ratsam, den Götterboten mit barschen Griffen zu dirigieren, wie während ihrer dreizehntägigen Wanderung durch den Wald. Etwas hatte sich verändert, dachte Robert, seit die Menge auf dem runden Platz vor ihm auf die Knie gefallen war.

Er warf einen raschen Blick über die Schulter zurück, die Allee entlang, die, soweit man sehen konnte, mit schweigenden Menschen gefüllt war. Ihre Anzahl schien sich immer noch zu vermehren, und das bedeutete wohl, daß diese Ruinenstadt, entgegen dem Anschein, doch bewohnt sein mußte. »Also gehen wir hinauf«, sagte er zu Ja'-much.

Noch ehe Henry seine Worte übersetzt hatte, nickte der alte Priester und machte sich an den Aufstieg, ohne sich noch einmal nach ihnen umzusehen. Robert und die Gefährten folgten ihm, ebenso die sechs jungen Priester Cha'acs, die Schlingen noch in den Händen, während die Menge am Fuß des Berges zurückblieb.

Wenige Schritte auf der schlüpfrigen Schräge genügten, um Robert in Erinnerung zu rufen, wie ausgelaugt sein Körper nach den Strapazen ihres Dschungelmarsches war. Sein Herz begann schnell und holprig zu schlagen, und bei jedem Schritt protestierten seine Beine mit brennendem Muskelschmerz. Auch der Schweiß troff ihm sogleich wieder aus allen Poren, obwohl die Sonne hinter schwarzen Wolken verschwunden war und nur fahles Licht auf sie herabfiel. Haltsuchend legte er einen Arm um Hernys schmale Schultern und wunderte sich flüchtig darüber, daß der Bursche unter seiner Berührung zu erstarren schien.

Die Flanke des Bergs war mit Erde, Buschwerk und rauhen Gräsern bedeckt. Hier und dort glaubte er unter Schlamm und Gewucher die Umrisse einer Stufe zu erkennen oder einige Reihen regelmäßig gemauerter Steine. Aber das mußte Täuschung sein, sagte er sich wieder, dieser Berg war von so gewaltigem Umfang, daß es sich unmöglich um ein verschüttetes Bauwerk handeln konnte. Allenfalls mochte es sein, daß sich der Palast auf dem Berggipfel befand, umhüllt von Nebelschleiern. Er hatte es kaum gedacht, als Ja'-much, der ihnen um fünf Schritte voraus war, so plötzlich verschwand, als ob ihn der Berg verschlungen hätte.

Vorsichtig ging Robert weiter, Henry mit sich ziehend, bis zu der Stelle, wo der Priester unsichtbar geworden war. Ein gemauerter Einlaß, hinter Büschen versteckt, führte in das Innere des Berges. Er warf einen Blick zurück, die Gefährten waren schon alle dicht heran, ebenso die jungen Priester in den grauen Gewändern. Fünfzehn Schritte unter ihnen verharrte die Menge, auf dem Boden kauernd, und starrte aus Tausenden Augenpaaren still zu ihnen empor.

Paul schob sich zwischen Stephen und Miriam nach vorn. »Na los, weiter«, flüsterte er heiser, und Robert sah voller Schrecken den gierigen Glanz, der Pauls Augen wie im Fieber schimmern ließ.

5

Hinter dem schmalen Einlaß begann eine Treppe, die im Innern des Berges (oder Palastes) steil aufwärts führte. Zwei Wächter standen auf den unteren Stufen, Fackeln in den Händen, gewandet in die graue Tunika der Priester Cha'acs. Von Ja'-much dagegen war nichts mehr zu sehen, und als Robert mit Henrys Hilfe nach dem Verbleib des alten Priesters fragte, starrten die Wächter ihn nur wortlos an, mit so finsteren Mienen, daß er es vorzog, nicht auf einer Antwort zu bestehen.

Ein überwältigender Geruch drang aus dem Treppenschacht zu ihnen herab, ein Gestank nach Moder und Fäulnis, vermischt mit einem ekelhaften Brandgeruch, als ob in der Nähe Kadaver eingeäschert würden. Ungewiß, ob es an diesem Geruch lag oder am plötzlichen Verschwinden Ja'-muchs, jedenfalls spürte Robert, wie eine angstvolle Anspannung ihn erfaßte, trotz oder gerade wegen seiner übergroßen Müdigkeit.

Hinter den beiden Wächtern stieg er die Treppe empor, auf die Schultern seines Dieners gestützt. Trotz der Fackeln, die vor ihnen die Wächter in die Höhe hielten, war es so düster, daß sich die Stufen zu ihren Füßen nur schattenhaft abzeichneten. Roberts Atem ging keuchend, seine Beine brannten wie Feuer, und in jeder Zelle seines Körpers summte die Müdigkeit. Dagegen schienen Stephen und Paul bei guten Kräften, dicht hinter ihm stiegen sie die Stufen empor, dabei unablässig miteinander wispernd. Robert wollte ihnen aufs neue einschärfen, daß sie stillschweigen, einzig ihn mit Ajkinsaj sprechen lassen sollten, aber er konnte sich nicht überwinden, sich auch nur zu ihnen umzudrehen. Sie werden schon nichts Unbedachtes tun, versuchte er sich zu beruhigen, wurde aber nur noch unruhiger, als ihm der gierige Blick wieder einfiel, mit dem Paul eben vorangedrängt hatte.

Endlich mündete die Treppe auf einen ebenen Gang, der acht Fuß breit sein mochte und seltsamerweise nach oben hin offen war. Hinter den Wächtern schritten sie den Gang entlang, in fahlem Zwielicht, da noch immer schwarze Wolken den Himmel bedeckten. Der Gang verlief schnurgerade, zwischen gemauerten Wänden, deren linke kaum zehn Fuß hoch war, die rechte aber zwanzig Fuß oder mehr. Und Robert begann zu begreifen, daß es sich bei dem vermeintlichen Berg tatsächlich um einen riesigen Palast handelte, in dessen Innerem sie sich befanden, vielleicht hundert Fuß über der Erde.

Zu seiner Linken bemerkte er nun schmale Scharten, die in regelmäßigen Abständen in die Mauer eingelassen waren. Früher einmal mochten Wächter durch diese Luken nach draußen gespäht oder Krieger ihre Pfeile und Speere auf Angreifer geschleudert haben. Heute jedoch waren die Scharten mit Schlamm und mit wuchernden Wurzeln gefüllt, der Unterseite von Gras und Buschwerk, die den Palast von außen umhüllten. In der hohen Wand zu ihrer Rechten waren Türlöcher ausgespart, in einem Abstand von zwanzig Fuß oder mehr. Die meisten dieser Einlässe waren durch ausgespannte Tücher oder Lederstücke verschlossen, einige wenige aber waren unversperrt. Im Vorübereilen spähte Robert in modrige Säle, deren Wände mit blaugrünem Schimmel bedeckt waren und die Böden kniehoch mit Schlamm. Hier und dort gewahrte er Überreste einer Einrichtung, die erlesen und prachtvoll gewesen sein mochte, geschnitzte Throne, weitläufige Wandgemälde, doch dies alles war unrettbar verfallen, von Nässe zerfressen, unter Schlamm erstickt. Immer stärker wurde der Geruch, der anscheinend den ganzen Palast erfüllte, ein Gestank nach Fäulnis, aber noch ärger nach brennenden Kadavern, schmorendem Fell oder Haar. Die Ka'ana, Palast des Himmels, dachte Robert, von Erde und Schlamm umschlossen, ihrem Namen und ihrer Höhe zum Hohn.

Keuchend wankte er hinter den Wächtern her, auf Henry gestützt, der unter seiner Last zu erschauern schien. In seinem Rücken hörte er Stephen und Paul, die immer noch miteinander wisperten, und die Schritte von Miriam und Mabo, Ajkech und den jungen Priestern Cha'acs. Endlich hielten die Wächter inne, vor einem breiten Türloch in der rechten Wand. Die Fackeln erhoben, nahmen sie zu beiden Seiten Aufstellung, mit so grimmigen Mienen, daß Robert, seinen Arm von Henrys Schultern lösend, vor der Schwelle stehenblieb. Undeutlich erkannte er die Umrisse eines riesigen Saals, der von fahlem Licht erfüllt war. In der vorderen Hälfte schienen sich zahlreiche Menschen aufzuhalten, Schemen im Halbdunkel, am Boden kauernd oder liegend, allesamt unnatürlich starr. Weit hinten aber, an der Stirnwand, erhob sich ein funkelnd schwarzes Podest, acht Fuß hoch und von der Breite des gesamten Saals. Drei Throne standen darauf, die kleineren links und rechts beide verwaist. In der Mitte jedoch ragte ein Sockel empor, nebelgrau und sonderbar formlos. Eine wuchtige Gestalt hockte darauf, in grauer Tunika, in der Hand einen glänzend roten Stab, lang und dick wie ein Kinderarm.

Robert starrte zu der thronenden Gestalt hinüber. Aus dieser Entfernung, dreißig Schritte oder mehr, und in dem düsteren Licht waren keinerlei Einzelheiten zu erkennen, doch für einen Moment hatte er tatsächlich geglaubt, daß dort auf dem nebelgrauen Thron niemand anderes als Enrico Grimaldi säße. Verwirrt sann er darüber nach, benommen vor Müdigkeit und vielleicht mehr noch durch den abscheulichen Schmorgeruch, der aus diesem Saal zu kommen schien.

Auf einmal spürte Robert, wie heißer Atem über seine Wange strich. »Na, mach schon, du Götterbote!« flüsterte Stephen und versetzte ihm einen Stoß in den Rücken, daß er zwischen den beiden Wächtern hindurch in den Thronsaal von Ajkinsaj, dem Todbringenden, taumelte.

6

Mit tastenden Schritten ging Robert durch den weiten Saal, auf die Throne im Hintergrund zu. Es war so düster, daß er fürchtete, gegen eine der Gestalten zu treten, die unweit der Tür auf dem Boden lagerten, zu Dutzenden und alle wie Wachspuppen so starr. Während er sich im ungewissen Licht einen Weg suchte, spürte er den Blick des wuchtigen Mannes auf sich, der dort vorn auf dem Thron saß, ein ungemein finsterer Blick, wie ihm schien. Wenn Ajkinsaj ihn für den Boten seiner Götter hielt, zurückgekehrt, um die Maya von Schmach und Ohnmacht zu erlösen, warum fixierte ihn der Herrscher nur derart drohend?

Mit dem linken Fuß streifte er gegen etwas Weiches und zuckte zurück, ein Bein, dachte er, nachgiebiges Fleisch. Ihm war, als hätte dort am Boden jemand leise aufgeseufzt, nicht vor Schmerzen, eher wie in schwerem Schlaf. Vielleicht hatten die Priester auch hier eine betäubende Substanz in die Becher gemischt, wie im Tempel des Chilam Balam? Behutsam tappte er weiter, in seinem Rücken die trappelnden Schritte seiner Gefährten und fünfzig Fuß voraus der hohe Thron, auf dem Ajkinsaj saß, ein wenig vorgebeugt, die kräftigen Arme auf die Schenkel stützend.

Wie Robert nun erkannte, ging das fahle Licht, das den Raum dürftig erhellte, von einer Feuerstelle linker Hand der Throne aus, die auch der Quell des ekelhaften Brandgeruchs schien. Es war eher ein Kamin oder Ofen, rund und wuchtig wie ein Turm, aus grauem Stein gemauert, der sich bis zur Decke hinaufzog und in drei oder vier Fuß Höhe zum Saal hin öffnete. Zwei Priester in grauen Gewändern machten sich dort zu schaffen, einer rührte in einem riesigen roten Bottich, der auf dem Feuer stand, der andere öffnete eine Amphore und leerte sie in den gewaltigen, steinernen Trog.

Abermals fühlte Robert an seinem Fuß eine widrige Berührung, beinahe so, als hätte dort unten im Dunkel eine Hand nach seinem Knöchel gepackt. Er taumelte zur Seite, machte einen letzten Schritt nach vorn und trat vor das übermannshohe Podest. Der ganze mächtige Sockel, auf dem sich die Throne erhoben, bestand aus schwarzem Stein, dem gleichen funkelnden Schwarz, dachte er, wie der Altar des Regengottes in der Grotte von Chul Ja' Mukal. Ein Gewirr von Intarsien war in den schwarzen Monolithen eingelassen, goldene Glyphen, verschlungene Linien aus getriebenem Silber, glotzäugige Götterköpfe aus Jade und einem funkelnd roten Stein. Der Geruch von siedendem Fett und schmorendem Fell oder Haar aber war hier vorn noch weit ärger als nahe der Tür. Was mochte es nur sein, das die Priester dort in der Esse kochten oder sotten, und warum ausgerechnet hier im Thronsaal?

Robert legte den Kopf zurück und faßte Ajkinsaj in den Blick. Der oberste Priester Cha'acs und Herrscher von Kantunmak hatte sich noch weiter vorgebeugt und sah finster zu ihm herab. Ajkinsaj-d'aantoj. Todbringender Tapir. Er war von bulliger Gestalt, in eine graue Tunika gewandet, auf der ein riesiges Abbild seines Gottes prangte, das runde Gesicht Cha'acs mit der emporragenden Rüsselnase und dem grausam lüsternen Mund. Ajkinsajs Haar war bereits ergraut, obwohl sein Gesicht noch nicht alt aussah, mit sinnlichen Lippen und fleischigen Wangen unter großen, ein wenig hervorquellenden Augen, die ihn mit niederdrückender Feindseligkeit fixierten. Tatsächlich war Ajkinsajs Miene verzerrt vor Haß, dachte Robert, seine ganze Haltung wirkte so angespannt, als könnte nur äußerste Selbstbeherrschung ihn hindern, sich mit geballten Fäusten von seinem Thron herab auf ihn zu stürzen.

Ajkinsaj hob den roten Stab und schwenkte ihn in Roberts Richtung. »*Ajpoch' Maya'ib, xon-piix!*« Seine Stimme grollte wie Donner, und seine schwarzen Augen schienen sich noch weiter zu verdunkeln vor Zorn.

»Vernichter der Maya, auf die Knie.« Henry, der sich hinter Roberts Rücken versteckte, wisperte so leise, daß kaum etwas zu verstehen war.

»Beuge dein Haupt, zweimal zehntausendfacher Mörder! Du und deine Gehilfen – auf die Knie mit euch!«

Zweimal zehntausendfacher Mörder? Die unerwartete Schmähung erschreckte ihn, doch beinahe mehr noch beunruhigte ihn der Befehl, vor Ajkinsaj niederzuknien. Benommen erwiderte er den Blick des obersten Priesters, der ihn unverwandt fixierte. Wieder war ihm für einen Moment, als ob er Grimaldi gegenüberstünde, als hätte der Magnetiseur nun endlich die Maske fallen gelassen und zeigte sich in seiner wirklichen Gestalt. Er wird uns alle zu Tode bringen, dachte Robert und spürte einen heftigen Schauder, wie von einer eiskalten Hand, die Wirbelsäule hinab.

»Auf die Knie mit euch!« Die jungen Priester hinter ihnen hielten plötzlich Knüppel in den Händen. »*Xon-piix!*« Die hölzernen Prügel sausten auf Stephens, Miriams und Pauls Schultern nieder, so daß die Gefährten stöhnend zu Boden sanken. Ajkech, Mabo und Henry dagegen waren gleich auf die Knie gefallen, links und rechts von Robert, der erschrocken um sich sah. Mehrere weitere Priester in grauen Gewändern eilten aus dem Halbdunkel herbei und umringten ihn drohend, doch anscheinend wagten sie nicht, den Gesandten ihrer Götter auch nur anzurühren. So blieb er als einziger im Kreis der knienden Gefährten aufrecht stehen.

Abermals sah er zum obersten Regengottpriester hinauf. »Der Bote der Götter«, sagte er, viel leiser, als er beabsichtigt hatte, »kniet vor niemandem nieder, außer vor den Mächten, die ihn berufen haben.« Er machte eine Armbewegung zu seinem Diener hin, ohne Ajkinsaj aus dem Blick zu lassen.

Henry übersetzte, neben Robert kniend und mit zitternder Stimme. Ajkinsaj glotzte ihn an, und es schien Robert, als ob ein düsteres Grinsen über sein Gesicht ginge, unheilvoller noch als vorher sein donnernder Groll. Aber das mochte Täuschung gewesen sein, nur einen

Lidschlag später war seine Miene wieder finster und so reglos wie Stein.

»Du bist also wahrhaftig zurückgekehrt, *Ajpoch' Maya'ib*. Wie es seit neun Katuns prophezeit worden ist.« Ajkinsaj sank auf seinen Thron zurück, und seine Stimme klang auf einmal müde. Wieder hob er den roten Stab und deutete auf Robert, der mit schmerzhaft verkrampftem Nacken zu ihm aufsah. »Zurückgekehrt, um deine Schuld zu tilgen?«

Was sollte er darauf antworten? Seine Schuld eingestehen, die seines Vor- und Doppelgängers, genauer gesagt? Es schien ihm wenig ratsam, zumal nach der rätselhaften Schmähung, »zweimal zehntausendfacher Mörder der Maya«, mit der Ajkinsaj ihn empfangen hatte. »Du weißt es, Herrscher von Kantunmak«, antwortete er deshalb nur, »die Götter haben mich gesandt, euch in die Schlacht zu führen.«

Henry übersetzte mit zitternder Stimme, doch Ajkinsaj schien seine Worte kaum zu beachten. Die Miene des obersten Priesters hatte sich noch weiter verdüstert, soweit das überhaupt möglich war, und Robert fragte sich mit wachsender Unruhe, weshalb Ajkinsaj einen so maßlosen Haß gegen ihn zu hegen schien.

»Zurückgekehrt, *Ajpoch' Maya'ib*, um unsere Toten zu rächen, den sechsmal zwanzigtausendfältigen Schmerz unseres Volkes?« Und Ajkinsaj starrte ihn an, mit Augen voller Haß und Ingrimm, bis Robert es nicht länger ertrug und ihm zunickte, mehrfach, wie im Krampf.

»Zurückgekehrt, *Ajpoch' Maya'ib*, um die Folterung unserer Priester und die Vernichtung unserer heiligen Bücher zu rächen, die zu zweimal zwanzigtausend von den bleichen Invasoren verbrannt worden sind?«

Die Stimme grollte auf ihn herab, zornig und zugleich eigentümlich müde, und wieder nickte Robert, aber er brachte es nicht mehr über sich, Ajkinsaj in die Augen zu sehen. Statt dessen schaute er unverwandt auf den roten Stab, den der oberste Priester anklagend schwenkte, ein Knochen, dachte er wieder, ein Kinderarm.

»Zurückgekehrt, *Ajpoch' Maya'ib*, um die Plünderung unserer Städte zu rächen, den Raub unserer kostbarsten Götterbilder, die bleiche Habgier, der nur die Schätze Tayasals nicht zum Opfer fielen?« Der rote Stab zuckte in Ajkinsajs Hand. »Zurückgekehrt, *Ajpoch' Maya'ib*, um zwanzigmal zwanzigtausend unserer Frauen und Mädchen zu rächen, die von den fahlhäutigen Eindringlingen entehrt und geschändet worden sind?«

Frage um Frage schleuderte Ajkinsaj auf ihn herab, und Robert nickte jedesmal, kaum daß Henry die Anklage übersetzt hatte. Noch immer spürte er den schmerzhaften Krampf in seinem Nacken, der auf seine Schultern ausstrahlte, obwohl er seinen Kopf längst wieder gesenkt hatte. Wie ein Verworfener, der furchtbarsten Greuel schuldig, stand er vor dem schwarzen Podest, mit dem Blut der Maya besudelt, erfüllt von Grauen und seine Schultern gebeugt unter einer Last, die mit jeder Anklage noch schwerer wurde.

7

»Damals glaubten wir dir, Bote der Götter.«

Erstaunt blickte Robert auf. Die Stimme drang vom Thronpodest herab, doch es war nicht der kraftvolle Bariton Ajkinsajs, sondern eine viel jüngere Stimme, die dünn und eintönig klang. Reglos saß Ajkinsaj dort oben auf seinem Thron, einem gewaltigen grauen Felsblock, der nach Form und Farbe tatsächlich einer Regenwolke ähnelte. Der kleinere Thron zu seiner Linken war noch immer leer, doch auf dem Sessel zu seiner Rechten saß nun ein schmaler Jüngling, fast ein Knabe noch, schmalschultrig, in goldgelber Tunika.

»Die Priesterschaft Ahaus, des mächtigen Sonnengottes, schenkte dir ihr Vertrauen.« Der junge Priester sprach mit leiernder Stimme, und sein Blick ging durch Robert hindurch.

Mittlerweile fühlte er sich so erschöpft und benommen, daß sein Verstand kaum mehr zu erfassen vermochte, was seine Sinne ihm zutrugen. Wie hatte der Sonnengottpriester das Thronpodest überhaupt erklommen? Es erstreckte sich über die gesamte Breite der Stirnwand, von der rechten Mauer bis zu dem Kamin oder Ofen linker Hand. Anscheinend konnte man nur vom Saal her hinaufgelangen, doch eine Treppe war nirgends zu sehen. Demnach mußte es im Boden des Podestes, überlegte er mühsam, einen von hier unten aus unsichtbaren Einlaß geben, durch den die Würdenträger das Podest betraten und wieder verließen.

»Doch der Lahkin von Tayasal, der oberste Sonnengottpriester, wurde schrecklich getäuscht«, fuhr der junge Priester fort, mit eintöniger Stimme, als sage er eingelernte Sätze auf. »Der Zorn der Götter über die Mißachtung des kosmischen Gesetzes hat das letzte Reich der Maya zermalmt und die wenigen Überlebenden in den Wäldern zerstreut.«

Henry übersetzte, und Robert sah, dumpf vor Müdigkeit, in sein braunes, fast mädchenhaft anmutiges Gesicht hinab, die dunklen Augen, die sich immer mehr zu weiten schienen. Während er noch überlegte, ob und was er antworten sollte, erklang eine weitere Stimme vom Thronpodest herab, noch dünner und leiernder als die Stimme des jungen Sonnenpriesters.

»Damals setzten wir alle Hoffnung auf dich, Bote der Götter.«

Es war eine weibliche Stimme, und für einen winzigen Moment flackerte in ihm die Hoffnung auf, daß sie es sein könnte, sie, Ixkukul, die von dort oben herab mit ihm sprach. Um so gräßlicher erschrak er, als er dann aufsah und die Frau erblickte, die zur Linken Ajkinsajs auf dem niedrigen Thronsessel saß. Sie trug eine silberfarbene Tunika, das Gewand der Mondpriesterinnen, wie er vermutete. Doch das schimmernde Tuch vermochte ihre unförmige Gestalt nicht zu verbergen, den plumpen Leib einer Matrone. Aufgedunsen war auch ihr Gesicht, das in der Tat einem Vollmond ähnelte, rund und ausdruckslos, eine fahle Scheibe, darin die stieren, wie mit Nebel verhängten Augen, die gleichgültig auf ihn herabsahen. Eine Idiotin, dachte Robert, jedenfalls eine willenlose Marionette des einzig wahren Herrschers, ebenso wie der kindliche Sonnenpriester, der mit einem leeren Ausdruck in den Saal hinabsah, als wäre ihm kaum bewußt, welche Rolle ihm zugefallen war.

»Die Priesterschaft Ixquics, unserer Mondgöttin«, leierte die Idiotin, »schenkte dir ihr Vertrauen. Aber sie wurde schrecklich getäuscht. Der Zorn der Götter über die Mißachtung des kosmischen Gesetzes hat das letzte Reich der Maya zertrümmert und die wenigen Überlebenden in den Wäldern zerstreut.«

Es waren nahezu dieselben Worte, die auch der junge Sonnengottpriester heruntergeleiert hatte, dachte Robert, eingelernte Sätze, die nur einem Zweck zu dienen schienen: der Unterwerfung beider Priesterschaften, der Sonnen- und der Mondgottpriester, unter die Macht des obersten Regengottpriesters Ajkinsaj.

»Aber nun bist du zurückgekehrt, *Ajpoch' Maya'ib*, um wiedergutzumachen, was die Maya durch deine Schuld erlitten haben.« Das war erneut Ajkinsajs Stimme, kraftvoll, nun jedoch mit lauerndem Unterton. Er beugte sich auf seinem Thron weit nach vorn und deutete mit dem roten Knochenstab auf ihn. »Womit wirst du diesmal dein wundersames Werk beginnen, Bote der Götter? Wirst du als erstes unsere Söhne rächen, die von den fahlhäutigen Eindringlingen zu Tausenden verstümmelt und getötet werden Jahr um Jahr? Unsere herrlichen Söhne, die in den Wäldern zerquetschte, an den Flüssen zerdrückte Hoffnung unsres Volkes – wirst du sie rächen?« Ajkinsaj schrie jetzt, und als er zum zweiten Mal *Söhne* ausrief, *Taatim*, riß er beide Arme empor, und im gleichen Moment flammten Hunderte Fackeln auf, ringsum an den Wänden des riesigen Saals.

Robert fuhr herum, von dem flackernden Licht geblendet und im ersten Moment zu erschrocken, um zu begreifen, was er vor sich sah. Er blinzelte und rieb sich die Augen, und dann knirschte er mit den Zähnen und stöhnte vor Entsetzen auf. Der Boden des ganzen weiten Saales, dreißig Schritte in der Breite und noch einmal so viele bis zur Tür, war mit braunen Körpern übersät. Unnatürlich starr hockten oder lagen sie da, auf dem verwitterten, abgetretenen Mosaikboden, Dutzende, Hunderte regloser Mayajungen, nackt bis auf den Schurz des Kriegers oder Jägers. Starr waren auch ihre schwarzen Augen, die allesamt auf ihn gerichtet waren, und sie alle, alle waren so gräßlich verstümmelt, daß es Robert das Herz zusammenzog. Sein Blick hastete durch den Saal, doch wohin er auch schaute, überall sah er nur abgequetschte Schenkelstümpfe, zerdrückte Arme, blutverkrustete Wunden wie in den abscheulichsten Höllenvisionen nazarenischer Kirchenmaler.

Voller Entsetzen sah er um sich, stumm wie die Gefährten, die zu seinen Seiten und hinter ihm knieten. Qualm stieg von den Fackeln und aus der Feuerstelle auf und zog in grauen Schwaden durch den Saal, über die Hunderte junger, für immer versehrter und zerstörter

Leiber hinweg, die überall reglos am Boden kauerten oder lagen. Es mußten die geraubten Mayajungen sein, dachte er, aus Victoria Camp und anderen Holzfällerlagern, die von Ajkinsajs Kriegern befreit und nach Kantunmak gebracht worden waren.

Aber weshalb hatte Ajkinsaj all die verstümmelten Jungen in seinem Thronsaal versammeln lassen? Was um Himmels willen, dachte Robert, erwarteten sie nun von ihm?

Während er noch darüber nachsann, richtete Ajkinsaj abermals das Wort an ihn. »Womit wirst du dein Werk beginnen, *Ajb'isäj-ju'um d'ojis*«, fragte er aufs neue, »wirst du unsere herrlichen Söhne heilen? Unsere verstümmelten, niedergetrampelte Zukunft – wirst du sie wieder aufrichten?«

Langsam wie im Traum wandte sich Robert um und legte aufs neue den Kopf in den Nacken, um zu Ajkinsaj aufzusehen. Totenstill war es in dem riesigen Saal, und alle Augen waren auf ihn gerichtet, die starren Augen der verstümmelten Jungen und die ebenso reglosen Blicke der Hunderte erwachsener Priester Cha'acs, die entlang der Wände aufgereiht standen.

»Nein«, sagte Robert leise, »diese Macht wurde mir nicht verliehen. Ich bin nicht gekommen, um zu heilen ...« Er verstummte und sah um sich, in Henrys Gesicht hinab und zu den Gefährten, die hinter ihm knieten, und für einen Augenblick war ihm, als erwache er nun wahrhaftig aus einem langen, ausweglosen Traum. Doch der Moment ging vorüber, und so sprach Robert weiter: »... sondern um euch in den Kampf zu führen.«

Und mich selbst in den Tod.

8

Es war mehr ein Kerker als eine Schlafkammer, unwürdig eines Götterboten und seiner Begleiter, aber sie alle waren viel zu entkräftet, um sich gegen die Befehle der grauen Priester aufzulehnen. Der Raum mochte acht auf acht Schritte messen, so würden sie zumindest nicht zu beengt sein, selbst wenn sie etliche Tage hier drinnen ausharren müßten. Allerdings gab es keinerlei Fenster, nicht durch die kleinste Ritze drang natürliches Licht ein, und den bemoosten Bodenfliesen entströmte ein Geruch nach Schimmel und Moder. An den Wänden prangten wolkenförmige Rußflecken, in einem Abstand von wenigen Schritten, verursacht von den Fackeln, die in steinernen Ringen steckten und ein fahles Licht verbreiteten, vermischt mit nebelgrauem Qualm.

Der Raum war nahezu quadratisch, mit einem einzigen Türloch zu dem modrigen Gang hin, der bereits unter der Erdlinie liegen mochte. Jedenfalls waren sie vorhin, von ihren Wächtern mit stummen Gebärden angetrieben, eine steile Treppe im Innern des Palastes hinabgestolpert, wohl hundert Stufen oder mehr. Mit pompöser Geste hatte Ajkinsaj vorher noch verkündet, daß er am morgigen Tag, »an Zehn Chuen, die Verstümmelten heilen« werde, in einer großen Zeremonie zu Ehren Cha'acs. Mit der Hilfe des Regengottes vermöge er selbst die Toten zu erwecken, so Ajkinsaj, seinen Knochenstab schwenkend, dann war ihre Audienz abrupt beendet gewesen. Ein Dutzend niederer Priester hatte sie ohne Umschweife aus dem Thronsaal und in dieses Gewölbe hinabgescheucht, und einige ihrer Wächter lungerten wohl noch immer vor ihrer Tür herum. Ab und an konnte Robert hören, wie sie leise miteinander sprachen oder sich mit tappenden Schritten draußen im Gang bewegten. Zwecklos, unsere Lage zu beschönigen, dachte er, wir sind Gefangene Ajkinsajs. Vor allem aber waren sie alle sieben so erschöpft, daß im Moment nur noch eines wichtig schien: schlafen, ruhen, wieder zu Kräften kommen.

In zwei Ecken ihres Raumes waren Hängematten ausgespannt, zwischen nackten Mauern, deren Kalkfirnis längst zerbröckelt und in großen Placken herabgefallen war. Nur hier und dort waren noch Überreste prachtvoller Wandgemälde zu erkennen: die Umrisse eines Herrschers in majestätischer Pose, daneben anrührende Bruchstücke von Besiegten, flehentlich gereckte Hände, aufgerissene Augen, ein einzelner Mund, geöffnet zu einem stummen Schrei.

Unweit der Tür standen noch die ausgekratzten Schalen und bis auf den letzten Tropfen geleerten Amphoren, die ihnen die Wächter vorhin gebracht hatten. In den Schalen ein zäher Brei aus Reis, schwarzen Bohnen und Mais, den sie mit den Fingern gelöffelt und sogar mit den Zungen herausgeleckt hatten. Das laue Wasser aus den Amphoren hatte ihren Durst gelindert, und die Gefährten hatten sich auch einige Hände voll über Kopf und Körper gegossen, um sich zumindest notdürftig zu reinigen. Auch Robert selbst hatte eine Amphore angehoben und sich den Inhalt über den Kopf gegossen, und obwohl mehrere Wächter sie von der Tür aus beobachteten, war dieses Mal niemand herbeigesprungen, um ihn zu hindern, das »heilige Blut« von seiner Haut zu waschen.

Aus dem Burschen Henry, dachte er nun, wurde er immer weniger schlau, aber im Moment war er viel zu erschöpft und durcheinander, um sich auch noch über seinen wunderlichen Diener den Kopf zu zerbrechen. Vorhin hatte er Henry herbeigewunken und ihm befohlen, seinen Rücken mit Wasser zu übergießen und, so gut es ging, von dem getrockneten Opferblut zu reinigen. Doch der seltsame Pferdebursche hatte sich ungemein zimperlich angestellt und aus irgendeinem Grund kaum gewagt, den Rücken seines Herrn zu berühren. Und wenn er sich doch einmal dazu überwand, war es mehr ein Streicheln und Tändeln als das befohlene Schrubben gewesen. Schließlich hatte Robert angeordnet, daß Ajkech diesen Dienst übernahm, und der kleine Krieger hatte allerdings so kräftig zugelangt, als wollte er mit der Kruste aus Schmutz und Opferblut gleich auch die Haut seines Herrn herunterstriegeln.

Ohne daß es besonderer Verabredung bedurft hätte, hatte sich Robert mit Henry und Ajkech in der rechten hinteren Ecke des Saales eingerichtet, Stephen und Miriam, Mabo und Paul ihnen gegenüber, in maximaler Entfernung. Dabei waren ihre beiden Gruppen, dachte Robert, durchaus nicht miteinander verfeindet, es schien einfach die natürlichste Aufteilung zu sein. Nach wie vor verhielten sich Stephen, Miriam und Paul wie Fremdlinge in der Welt der Maya, und obwohl Paul sogar ihre Sprache beherrschte, wahrten sie alle drei eine teils furchtsame, teils verachtungsvolle Distanz. Dagegen gehörte Ajkech dieser Mayawelt ganz selbstverständlich an, und die beiden Mestizen, Mabo und Henry, schienen sich ohnehin mit beneidenswerter Sicherheit in beiden Sphären zu bewegen.

Und ich, dachte Robert, gehöre ich nun nicht auch der Mayawelt an? Er ließ sich in die freie Hängematte fallen, zwischen Henry und Ajkech. O doch, er war einer der ihren, wie seit so langer Zeit erträumt. »Retter der Maya«. Nur ganz kurz noch empfand er das Falsche dieser Rolle, in die er teils gewaltsam gedrängt worden war, teils sich selbst gedrängt hatte, dann schloß er die Augen und fiel in tiefen, ohnmachtsähnlichen Schlaf.

Wieder fuhr er mit seinem Kanu den breiten Strom hinab. Lang ausgestreckt lag er in der lauen Lache am Boden des Bootes, und vor ihm auf der Ruderbank saß die junge India, zum Greifen nah. Sie trug lediglich einen Schurz um die Hüften, ihr schwarzes Haar und die braune Haut schimmerten in den Sonnenstrahlen, die durch das grüne Gewölbe über ihnen drangen, und das Wasser des New River war beinahe so warm und so rot wie Blut.

Behutsam richtete er sich auf, bemüht, sie nicht zu erschrecken oder gar das Kanu wieder zum Kentern zu bringen, wie es schon so oft geschehen war. Sein Herz klopfte in heißer Erregung, gleich würde er sie berühren und ihren schlanken, festen Leib zu sich heranziehen. Sie würde sich zu ihm umwenden, endlich würde er ihr Gesicht sehen, und er war ganz sicher, daß sie es sein würde, sie, Ixkukul, oder wie immer sie sich nun nannte, die junge India, die ihn hierher geleitet hatte, von Fort George nach Kantunmak.

Tatsächlich gelang es ihm, sich in dem schwankenden Boot so weit aufzurichten, daß er nun hinter ihr kniete. Er hob eine Hand, doch dann hielt er inne, da er sah, daß sie sich einer Stromschnelle näherten. Eben noch waren sie träge dahingetrieben, schon schoß ihr Boot rasend schnell voran, das Wasser um sie herum schäumte und gurgelte, und Felsbrocken ragten tückisch aus der Flut. Die braune Gestalt vor ihm steuerte, mit beiden Händen geschickt und kraftvoll paddelnd, ihr Kanu an den Rand des Flusses, wo das Wasser ruhiger dahinfloß. Das Boot schob sich unter die dichtbelaubten Äste eines riesenhaften Baumes, die ein Gewölbe über dem Wasser bildeten. In dieser natürlichen Laube ließ sie das Kanu einige Fuß weit aufs Ufer gleiten, bis es in Schlamm und Wurzeln festsaß und sich nur noch leicht in der Strömung wiegte.

Dann wandte sie sich zu ihm um, und Robert schrie auf, so laut, daß ihm sein eigener Schrei in den Ohren gellte. O mein Gott, laß es nicht wahr sein! Sie lächelte ihn an, schmerzlich und vorwurfsvoll, wie ihm schien. »*Xantal*«, sagte sie, »zu spät«, und er starrte sie an: Sie war es, kein Zweifel, die India seiner Träume, so nahe vor ihm, ihre Lippen, ihr Lächeln, ihre Mandelaugen, alles leibhaftig vor ihm, ihr schlanker, kakaobrauner Körper, ihm auf der Ruderbank zugewandt, und ihr linkes Bein war ein blutiger Stumpf, abgequetscht zwei Handbreit über dem Knie.

9

Mit offenen Augen lag er in der Dunkelheit. Das Gewölbe war erfüllt von Modergeruch, die Fackeln erloschen, es war so finster wie in einem Grab. Sein eigener Schrei mußte ihn aufgeweckt haben, noch immer ging sein Atem keuchend, und er war über und über mit Schweiß bedeckt. Sowie er die Augen schloß, sah er sie wieder vor sich, ihr schmerzliches Lächeln, die schlanke Anmut ihres Leibes und darunter, in der Öffnung ihres Schurzes zuckend, den abgequetschten Stumpf.

Zu seinen Seiten und in einiger Entfernung seufzten und murmelten die Gefährten im Schlaf. Er hatte keine Vorstellung, wie spät es sein mochte, ob Mitternacht oder schon gegen Morgen. Doch er spürte, daß er erst wenige Stunden geschlafen haben konnte, sein ganzer Körper summte noch immer vor Erschöpfung, und hinter seiner Stirn pochte der allzu vertraute Schmerz. Dennoch wagte er lange Zeit nicht, die Augen noch einmal zu schließen, wie in der Kindheit, wenn er schlecht geträumt hatte und die ganze Welt ringsum grauenvoll verwandelt schien. Solange ich wach bleibe, dachte er, wie damals als kleiner Knabe, ist es nicht wahr.

Auch was er mit offenen Augen vor sich sah, war indessen wenig geeignet, seine aufgepeitschten Nerven zu beruhigen. Wieder und wieder erblickte er die verstümmelten Mayajungen, die im Thronsaal Ajkinsajs plötzlich aus der Dunkelheit getaucht waren, von hundert auflodernden Fackeln angeleuchtet, wie auf einer Opernbühne, dachte er, in einer schwarzromantischen Oper namens Wirklichkeit. Im grauen Grenzland trieb er dahin, zwischen Schlaf und Wachen, und auf einmal stieg ein überwältigendes Schuldgefühl in ihm auf, so daß er sich in seiner Hängematte krümmte. Ich habe versagt, damals, in jenem Leben, dachte er, durch meine Schuld haben sie alle ihre Freiheit verloren, wurden unterjocht und getötet oder so grauenvoll verstümmelt wie die Mayajungen am Wehr von Victoria Camp. Es war nicht einfach ein Gedanke, es war unmittelbare, niederdrückende Gewißheit, die jeden verstandesmäßigen Einwand mit sich riß und in ihren Fluten ertränkte. Hätte ich damals nicht versagt, so wären sie alle, alle frei geblieben, glücklich, unversklavt. Wie in einem Ozean von Schuldgefühl trieb er dahin, ohnmächtig umhergeworfen, und nur ab und an schimmerte ihm von ferne die Ahnung entgegen, daß seine Empfindungen gänzlich unangemessen, zumindest weit übertrieben waren. Doch es gelang ihm nicht, sich dieser Ahnung zu bemächtigen, so wenig wie einem Schiffbrüchigen, der im Meer trieb und von den Wellen umhergeworfen wurde, der rettenden Boje mal scheinbar nahe, dann wieder unerreichbar fern.

Endlich fiel er doch wieder in Schlaf. Aber es war ein wenig erquicklicher Schlummer, durchzogen von wirren, qualvollen Träumen. Im Schlaf wurde er wieder zum Knaben von zehn oder zwölf Jahren, im Salon seines Elternhauses am Charles Square. Geduckt stand er vor seinem Vater, der hoch und massig vor ihm aufragte, und der Vater hob und senkte seinen Arm und schlug unablässig, mit mechanischem Gleichmaß, auf ihn ein. Robert krümmte sich und versuchte seinen Kopf unter Händen und Armen zu schützen, und die Schläge prasselten auf seine Schultern, seinen Rücken, während der Vater schrie, mit dröhnender Stimme, immer wieder dieselben Worte: »Es ist unschicklich, in Gegenwart einer Dame das Jackett abzulegen – wann wirst du das endlich verstehen!« – –

Als ihn die Stimmen der Gefährten irgendwann weckten, Stunden oder Augenblicke später, war Robert dankbar, daß er diese Nacht überstanden hatte, auch wenn er sich gänzlich zerschlagen fühlte und sein Kopf vor Schmerzen dröhnte. Weiterhin herrschte in ihrem Kerker schwarze Finsternis. Starr lag er in seiner Hängematte und lauschte Pauls morgendlicher Häme und Miriams Lachen, Stephens tiefer Stimme, die vor Tatendrang vibrierte, und nahe bei ihm dem Gemurmel von Henry und Ajkech.

Was für ein traumhafter Unsinn, dachte er und spürte doch, daß selbst dieser Traum, der ihn in eine schaurig verfremdete Kindheit zurückgeworfen hatte, eine eigentümliche Wahrheit barg. Und mit einem Mal schien es Robert, daß er nicht allein schuldig wäre an der Verstümmelung all jener jungen Maya, sondern in seinem Innern zugleich zu ihnen gehörte, unterjocht wie sie, versehrt wie sie, erfüllt von Schmerzen und Zorn, alles wie sie.

Wie er so dalag, im Dunkeln in seiner Hängematte, schien es ihm vollkommen klar, daß gerade diese geheimnisvolle Doppelrolle ihn hierhergeführt hatte, nach Kantunmak. Auch die junge India sah er wieder vor sich, wie sie ihm im Traum erschienen war, ihr schmerzliches Lächeln, ihren zuckenden Schenkelstumpf auf der Ruderbank ihres Kanus, und er spürte, wie sich seine Kehle zusammenzog. Es ging nur noch darum zu rächen, dachte er, für Heilung, gar für Rettung war es längst zu spät.

10

»Jetzt zur Sache«, sagte Stephen. »In den letzten Wochen sah es ja manchmal so aus, als ob wir vom Glück verlassen wären.« Er rieb sich die Hände und sah mit aufreizend heiterer Miene von einem zum anderen. »Aber wie im Märchen ist auch für uns gerade dann, wenn alles verloren scheint, das Ziel auf einmal zum Greifen nah.«

Robert spürte, daß Stephen seinen Blick suchte, doch er brachte es nicht über sich, zu ihm hinzusehen. Inmitten ihres modrigen Kerkers hockten sie alle sieben auf dem Boden, im Schein einiger Fackeln, die Mabo und Henry entzündet hatten. Vor einer halben Stunde hatten ihre Wächter ihnen wieder gefüllte Wasserkrüge und Schalen voll zähem Brei gebracht, und die Gefährten hatten es sich alle schmecken lassen, auch Miriam, die ihre Schale mit rosiger Zunge ausgeleckt hatte wie eine goldgelbe Katze, dabei mit großen, lockenden Augen über den tönernen Rand hinweg nach ihm spähend. Er selbst aber hatte nur einen Mundvoll zerdrückter Bohnen zu sich genommen und dazu eine halbe Amphore schalen Wassers geleert. Sein Kopf schmerzte zum Zerspringen, doch weit ärger war die trübselige Stimmung, die ihm von der letzten Nacht zurückgeblieben war.

»Schätze, in spätestens einer Woche wimmelt die ganze Affenstadt von Soldaten Ihrer Majestät«, fuhr Stephen in munterem Ton fort. »Bis dahin sind wir entweder über alle Berge, den Schatz natürlich im Gepäck, oder wir machen uns das Kampfgetümmel zunutze: Während unsere Soldaten die nackten Affen abschlachten, packen wir seelenruhig den Schatz ein, und dann nichts wie zurück in Youngboys Bar. Oder wolltest du etwa abwarten«, wandte er sich mit breitem Grinsen an Robert, »ob die Prophezeiung der Affengötter eintrifft und du heute in neun Tagen niedergeschossen wirst?«

Noch immer konnte sich Robert nicht überwinden, ihm direkt ins Gesicht zu sehen, weniger aus Trotz oder Widerwillen als aus schierer Mattigkeit. Flüchtig spürte er die Verlockung, die von Stephens Worten ausging. Die Aussicht auf den Schatz, auf unermeßlichen Reichtum, ließ ihn gänzlich kalt, und bei der Erwähnung von Youngboy fuhr er innerlich zusammen. Aber von dem Gedanken, einfach in die alte Welt zurückzukehren, wie man aus einem bösen Traum erwacht, ging für einen Moment ein so übermächtiger Zauber aus, daß Robert erschauerte. Doch der Zauber verflog gleich wieder, zu fremd und abstoßend war ihm sein früheres Leben längst geworden. Und wie könnte er Kantunmak gerade jetzt verlassen, da er die Frau seines Schicksals endlich gefunden hatte?

»Dann sind wir uns also einig«, trompetete Stephen, »wir gehen jetzt alle vier nach draußen und sehen uns in der Affenstadt um. Ihrem Götterboten werden sie ja wohl nicht verbieten wollen, ihre heiligen Ruinen zu besichtigen.« Er fuchtelte mit den Händen, und seine Stimme dröhnte vor Zuversicht. »Wäre doch gelacht, wenn wir nicht herausfinden, wie wir an den Schatz herankommen!«

»Langsam, Stephen.« Roberts Stimme klang so matt, daß es ihn selbst erschreckte. »Was heißt hier einig – außer dir hat ja noch niemand was zu deinem Plan gesagt.« Mühsam hob er den Kopf und sah Stephen ins Gesicht, das schon wieder den gewohnten Ausdruck vorwurfsvollen Ingrimms anzunehmen begann. »Wieso bist du überhaupt auf einmal so sicher, daß sich der Schatz von Tayasal gerade hier befindet, in Kantunmak? Bisher glaubtest du doch, daß er viel weiter westlich im Dschungel vergraben wäre, wie es auf deiner Karte eingezeichnet ist?«

Stephen sah ihn einen Moment lang sinnend an, offenbar focht er einen inneren Kampf aus. »Also meinethalben«, sagte er schließlich, indem er sich mit der flachen Hand auf die Brust schlug. »Diese Karte ist das Kostbarste, was ich auf der Welt besitze. Da kann es mir niemand verübeln, daß ich sie so lange geheimgehalten habe. Aber nun ist der Augenblick gekommen, den Schleier zu lüften.«

Mit feierlicher Gebärde zog er seinen speckigen Brustbeutel unter dem zerfetzten Hemd hervor und nestelte ihn auf. Robert wollte einwenden, daß Stephen seine Schatzkarte ja einzig vor ihm versteckt gehalten hatte, während Paul und Miriam längst jeden Strich und Punkt darauf kennen mochten. Aber sosehr Stephens Mißtrauen ihn in den zurückliegenden Wochen gekränkt hatte und sosehr er die Heuchelei verabscheute, mit der Stephen nun vorgab, ein allgemein bestehendes Geheimnis zu lüften, in diesem Augenblick schien es Robert nicht ratsam, ihn deshalb zur Rede zu stellen. Angespannt sah er zu, wie Stephen die zerfledderte Karte entfaltete, die sich vor Feuchtigkeit gleich wieder zusammenrollte, bis er sie flach auf den Boden legte und ihre Ränder mit zwei leeren Reisschalen fixierte. Mabo war aufgesprungen und hatte eine Fackel aus ihrer Wandhalterung gezogen, die er nun neben Stephen in eine Ritze zwischen zwei schadhaften Bodenkacheln steckte.

»Ich bin zu dem Schluß gekommen«, sagte Stephen, »daß unser Gewährsmann, von dem wir diese Karte in Fort George erstanden haben, in einem Punkt gelogen, in einem zweiten aber wahrheitsgetreu gehandelt hat.« Er sprach mit gesenkter Stimme und sah erst Miriam, dann Paul und schließlich Robert mit verschwörerischer Miene an. Von der geheimnisvollen Schatzkarte war weiterhin wenig zu sehen, da seine bärenhaft großen Hände darüber lagen. »Gelogen«, fuhr er fort, »weil der Ort, den diese Skizze abbildet, achtzig Meilen weiter südlich liegt, als unser Mann behauptet hat. Aber auch wahrheitsgetreu gehandelt, da der Lageplan völlig präzise ist, in jedem einzelnen Detail, wenn man erst einmal herausgefunden hat, auf welchen Ort er sich bezieht.«

Wieder machte Stephen eine Pause und sah von einem zum anderen. »Und dieser Ort ist kein anderer als die hiesige Affenstadt, seht nur her.« Er nahm seine Hände von dem Plan, und sie alle vier beugten ihre Köpfe darüber. »Alles ist auf der Skizze eingezeichnet, wie wir es vorgefunden haben, das Tor, durch das wir gestern hereingekommen sind, dann der runde Platz ...« Mit senfgelb behaartem Zeigefinger tippte er jeweils auf die gemeinten Punkte. »... die breite Allee und schließlich dieser Berg hier, der verschüttete Riesenpalast, in dessen Katakomben wir uns gerade befinden.« Sein Zeigefinger stieß auf einen langgezogenen Fleck im Zentrum der Skizze nieder.

Angestrengt sah Robert auf die Karte hinab, ein Gewirr von Strichen, Kreisen und Glyphen, das für ihn keinerlei Ähnlichkeit mit den tatsächlichen Gegebenheiten von Kantunmak aufwies. Allerdings besaß er im Entziffern von Landkarten wenig Übung, und der Schmerz in seinem Kopf ließ kaum einen klaren Gedanken zu. So zerschlagen fühlte er sich, so benommen und trübsinnig, daß ihn in diesem Moment nicht einmal die Frage schrecken konnte, die Stephen unweigerlich gleich stellen würde und vor der er sich seit drei Wochen ängstigte.

»Also, Freunde, wir sind am Ziel.« Stephen hatte Mühe, seine Stimme noch länger zu dämpfen. »Nicht mehr lange, und wir alle werden in Gold und Silber baden.«

Stephen und Paul grinsten sich an. Den ein halbes Leben lang gesuchten Schatz so nahe vor Augen, schienen die beiden Kindheitskumpane auch ihr Zerwürfnis vergessen oder wenigstens zurückgestellt zu haben. Beunruhigt sah Robert, daß in Pauls Augen wieder jener fiebrige Glanz schimmerte, den er gestern schon an ihm bemerkt hatte. An Miriam dachten in diesem Moment offenbar weder Stephen noch Paul. Doch die vermeintliche Nonne schien Stephens Zuversicht keineswegs zu teilen, jedenfalls wirkte ihre Miene so düster und angespannt, wie Robert selbst sich fühlte.

Vor ihrem Türloch hörten sie auf einmal tappende Schritte und die leisen Stimmen ihrer Wächter draußen im Gang. Stephen warf einen mahnenden Blick in die Runde, und für einen Moment blieben sie alle stumm.

11

»Eines fehlt allerdings noch«, sagte Paul kurz darauf leise. Er sah Robert durchdringend an. »Laut unserer Karte befindet sich der Schatz eine halbe Meile südlich von hier, unterhalb eines steilen Hügels – einer verschütteten Pyramide, wie wir mittlerweile vermuten. Und zwar, genauer gesagt, fast *eine Meile* unterhalb dieser Ruine. Um diese Angaben zu entziffern, reichen meine Kenntnisse der alten Schrift gerade noch aus.«

Paul machte ihm ein Zeichen, und Robert beugte sich fügsam noch tiefer über die zerfledderte Karte. Pauls knochendürrer Finger deutete auf eine lotrechte Reihe von Zeichen unterhalb des Flecks, der die Ka'ana darstellen sollte: eine wuchtige Pyramide, darunter etliche Punkte und waagrechte Striche, vertikal aufgereiht, darunter ein abwärts weisender Pfeil, der genau auf eine annähernd kreisrunde Glyphe zeigte. Neben dieser war ein schmales, langgezogenes Rechteck, gedrängt mit winzigen Zeichen gefüllt.

Mit einem mehr als unbehaglichen Gefühl vermied es Robert fürs erste, diese unleserlichen Chiffren genauer anzusehen. Statt dessen musterte er die rundliche Glyphe unterhalb des Pfeils, und ohne sich dessen gleich bewußt zu werden, spürte er, daß dieses Zeichen eine ungemein edle Anmutung besaß, wie etwas sehr Kostbares und Auserlesenes. Er runzelte die Stirn und faßte die Karte schärfer in den Blick. Seine Kopfschmerzen waren noch ärger geworden, alles, was er ansah, schien von einer gleißenden Aura umgeben. Wie er nun erst bemerkte, stand neben der Glyphe in ungelenken Druckbuchstaben tatsächlich »Schatz von Tayasal«. Oder hatte er diesen Schriftzug vorher schon unbewußt mitgelesen? Das würde natürlich erklären, dachte Robert, woher ihm die Bedeutung der Glyphe eben zugeflogen war, und doch schien es ihm noch immer, als hätte er das Zeichen spontan entschlüsselt, ohne zuvor die englischen Worte zu lesen.

Verwirrt musterte er abermals die Glyphe. Für den flüchtigen Betrachter ähnelte sie der Skizze einer handgemachten Brosche oder eines Kettenanhängers, in die Linien und Punkte eingeritzt waren. Doch unabhängig von diesen konkreten Anhaltspunkten, die tatsächlich auf die Bedeutung »Schatz« verweisen mochten, empfand er nun auch wieder auf einer rein intuitiven Ebene, daß die Glyphe eine starke Anmutung von Kostbarkeit ausstrahlte.

Die Fackel neben ihnen flackerte und fauchte. Noch immer hielten sie alle vier, Stephen und Miriam, Paul und er selbst, ihre Köpfe über die Karte gebeugt, bei der es sich laut Stephen um die Kopie eines Feigenbastblattes handelte, das ein Mayaschreiber noch zu spanischen Kolonialzeiten angefertigt hatte.

»Die Punkte und Striche über dem Pfeil sind Zahlzeichen, das zumindest ist ziemlich klar«, sagte Paul. Er deutete auf die vertikale Zeichenkolonne unterhalb der stilisierten Pyramide. »Schließlich sind es die einzigen Zeichen der alten Schrift, die die Nachfahren der großen Mayakönige noch heute verwenden, obwohl sie längst auf die Stufe nackter Affen abgesunken sind.«

Paul machte eine Pause und sah ihn aufmerksam an, zweifellos in der Erwartung, daß Robert ihn einmal mehr für seine Schmähworte tadeln würde. Aber Robert blickte nur geistesabwesend auf und schaute dann gleich wieder auf die Zahlzeichen, neben denen Pauls fuchsrot behaarter Zeigefinger über das Papier tänzelte.

»Bekanntlich besaßen die alten Maya eine ausgefuchste Mathematik«, fuhr Paul fort, »wenngleich sie nach dem Zwanzigersystem rechneten und nicht nach dem heute üblichen Dezimalsystem. Waagrechte Striche bedeuten eine Fünf, Punkte jeweils eine Eins, wobei die einzelnen Zahlenstellen übereinander angeordnet wurden, nicht horizontal, wie wir das zu tun pflegen. Der Strich in der unteren Reihe steht also für fünf Einer, Balken und Punkt in der Mitte bedeuten sechs Zwanziger, die beiden Punkte darüber zwei Vierhunderter, macht 925 – und zwar Schritte, Fuß oder eine ähnliche Maßeinheit, wie wir vermuten. Was also bedeuten würde, daß unser Schatz tausend bis dreitausend Fuß tief unter dieser Pyramide liegt.«

Sie alle hoben nun wieder die Köpfe und sahen einander für einen Moment schweigend an. Irrsinnig, dachte Robert, vollkommen verrückt. Entweder diese Angabe war falsch, oder Paul und Stephen konnten über dem Schatz gleich auch ihren Traum begraben.

»Eine Dreiviertelmeile in Richtung Hölle, ja?« Miriam stieß ein Schnauben aus, das gereizt und verachtungsvoll klang. »Und das nennst du kurz vor dem Ziel, Stephen? Wie zum Teufel wollt ihr euch jemals in eine solche gottverdammte Tiefe hinuntergraben?«

Stephen und Paul wechselten einverständige Blicke. Offenbar hatte Stephen auch vor Miriam bis heute die heiklen Einzelheiten ihrer Schatzsuche verschwiegen, dachte Robert, während er seine flachen Hände links und rechts gegen die Schläfen preßte. Wieder spürte er Miriams Katzenaugen, die groß und lockend auf ihn gerichtet waren, die heiße Intensität ihres Blickes, der über sein Gesicht und seinen Oberkörper fuhr.

»Zum Donner, Robert, hörst du nicht?« Das war Stephen, der mittlerweile so erregt schien, daß er seine Stimme zu dämpfen vergaß. »Jetzt kommt dein Auftritt! Dafür haben wir dich schließlich mit hierher genommen: damit du uns diese Zeichen übersetzt. Laut unserem Gewährsmann erklären sie, wie man durch verborgene Türen und Gänge zum Schatz hinabgelangt.« Er setzte seine rechte Hand auf das Blatt, die Finger gespreizt, der Handrücken emporgebuckelt, und drehte die Karte zu Robert, der ihm gegenüber am Boden hockte. Sein Zeigefinger deutete genau auf das längliche Rechteck, das mit winzigen Glyphen in waagrechten Reihen angefüllt war wie ein Bienenstock mit Waben. »Also laß hören, Bote der Götter: Wo ist der Einstieg, wo verläuft der geheime Weg?«

Wieder sah Robert auf das Gewirr der Schriftzeichen hinab. Inzwischen schmerzte sein Kopf so heftig, daß er fürchtete, gleich das Bewußtsein zu verlieren. Winzige Flammen schienen aus den Glyphen zu schlagen, und Lichtzungen tänzelten um jedes einzelne Zeichen herum, in allen erdenklichen Rot- und Grüntönen. Er starrte die Glyphen an und hoffte nur, in dumpfer Ergebung, daß ihre Bedeutung ihm wiederum zufliegen möge, wie es ihm vorhin bei der »Schatz«-Glyphe geschehen war. Aber diesmal stellte sich, wie angestrengt er auch die Zeichen fixierte, nicht die schwächste Ahnung ein.

Schließlich sah er wieder auf und schüttelte nur schwach den Kopf. Jetzt kommt es also heraus, dachte er, jetzt erfahren sie, daß ich sie von Anfang an getäuscht habe und sowenig wie irgendwer sonst auf der Welt imstande bin, diesen Wirrwarr von Linien, Punkten, Kreisen zu entschlüsseln.

Stephen starrte ihn an, mit geweiteten Augen und einer Miene, die finstere Überraschung verriet. »Du weigerst dich?« rief er aus. »So vergiltst du unser Vertrauen? Glaubst wohl immer noch, daß du was Besseres wärst – und jetzt erst recht, wo die Affen dich für ihren gottgesandten Kriegsherrn halten!«

»Warte, Stephen, bitte.« Wieder preßte Robert die flachen Hände an seine Schläfen, aber der Schmerz wollte einfach nicht nachlassen. »Im Augenblick kann ich wirklich nicht ...«

»Wie weise von ihm«, warf Miriam ein, mit einem spöttischen Lächeln, das Robert ebenso gelten konnte wie Stephen.

»Du *kannst* nicht?« Stephen atmete schnaubend aus, durch seine gefletschten Zähne, daß der Schaum nur so sprühte. »Du meinst wohl, du *willst* uns nicht verraten, was auf diesem dreimal verfluchten Schatzplan steht? Und willst dich statt dessen allein aus dem Staub machen, zum Donner, unsere Gold- und Silberklumpen im Sack?«

Stephen kam nicht einmal auf die Idee, daß er sich aus Unvermögen weigern könnte, dachte Robert, der in diesem Moment zwei Hände spürte, die seine Kehle umklammerten, und einen massigen, nach Schweiß und Habgier stinkenden Körper, der sich auf ihn warf und ihn rücklings zu Boden drückte. Japsend versuchte er um Hilfe zu rufen, doch nur ein Röcheln drang aus seinem Mund, übertönt von Stephens unablässigem Brüllen. Stephen hockte auf seiner Brust, ein monströser, gelb bepelzter Alp, eisern hielt er seine Kehle umklammert und schüttelte ihn hin und her.

Vor Roberts Augen begannen blutrote Lichter zu kreisen. Die Sinne wollten ihm schon schwinden, als ein halbes Dutzend grau gewandeter Wächter in ihr Gewölbe stürzten. Sie rissen Stephen zurück, so gewaltsam, daß er fast bis zum Türloch geschleudert wurde. Eine Hand streckte sich Robert entgegen, er ergriff sie und ließ sich keuchend auf die Beine ziehen.

»Bitte folge mir, *Ajb'isäj-ju'um d'ojis.*« Ja'-much deutete eine Verbeugung an, die Hände vor seiner Stirn zusammengelegt.

Während Robert sich noch die schmerzende Kehle rieb, wies der alte Priester Henry und Ajkech an, den Boten der Götter zu stützen. Dann führte er sie mit ehrerbietigen Gebärden hinaus auf den Gang und die steile Treppe empor, dem Sonnenlicht entgegen, während die Gefährten zeternd und wehklagend im Kerker zurückblieben.

ZEHN

1

Vielleicht bin ich ja krank, dachte Robert, indem er sich die letzten Stufen der schier endlosen Treppe hinaufschleppte – ernsthaft krank? Er ließ die Schultern seiner Helfer los und trat aus dem Treppenschacht hinaus, auf eine weite, gemauerte Terrasse. Undeutlich erkannte er, daß sie sich in gewaltiger Höhe befanden, die Terrasse mußte hundert Fuß oder mehr über der Stadt liegen, und doch war es noch immer nicht der First des riesigen Palastes, denn zu ihrer Rechten stieg die schlammbedeckte Fassade unabsehbar weiter an. Nach der Düsternis im Innern der Ka'ana stach ihm das Sonnenlicht schmerzhaft in die Augen, und die feuchte Hitze des späten Vormittags wickelte sich wie ein Pressverband um seinen Kopf. Ohne sich um Ja'-much zu bekümmern, ging Robert, die Hände vor sein Gesicht erhoben und zwischen den Fingern hindurchspähend, einige Schritte nach rechts, wo er auf einer Steinbank im Schatten niedersank.

Sumpffieber, dachte er vage, oder eines der vielen anderen Schrecknisse, von denen Stephens und Catherwood auf ihren Reisen befallen worden waren. In Uxmal war der Maler einmal so furchtbar von Moskitos zerstochen worden, daß er vor den Augen seiner Begleiter ohnmächtig umgefallen war, seine Palette mit sich reißend. Ein anderes Mal war sein Gefährte John Lloyd von bräunlichen, nach Kloake stinkenden Käfern auserwählt worden, die ihre Eier in seine offene Fußwunde legten, was eine brandige, wimmelnde Entzündung hervorrief, bei deren Anblick selbst Catherwood flau zumute wurde. Aber zu keinem dieser Übel, dachte Robert dann, paßten die Anzeichen, die ihn selbst mehr und mehr plagten, der furchtbare Kopfschmerz, seine Mattigkeit oder auch die trübselige Stimmung, die ihn seit der letzten Nacht umfing.

Noch immer hielt er die Hände vors Gesicht gedrückt und spähte nur zwischen den gespreizten Fingern umher. Der Schmerz unter seiner Schädeldecke war kaum mehr zu ertragen, ein krampfartiges Pulsieren, als würde sein Gehirn in kurzen Abständen wie ein Schwamm zusammengedrückt. Was immer er in den Blick faßte, schien von einer Aura aus tänzelnden Lichtzungen umgeben, das schädelgroße Loch im Steinboden vor ihm, seine eigenen Füße und sogar die Umrisse Ja'muchs, der einige Schritte rechts von ihm stand und aufmerksam auf die Stadt hinabzublicken schien.

Auf einmal fiel Robert sein Vetter Arthur ein, ein Cousin dritten Grades, der vor Jahren aus heiterem Himmel an der Fallsucht erkrankt war. Auch in den Generationen davor hatte es in ihrer Familie hier und dort Fälle von »schäumendem Idiotismus« gegeben, wie die Krankheit in einer alten Chronik der Thompsons hieß. In diesem Stammbuch, das er vor vielen Jahren einmal durchgesehen hatte, wurde auch berichtet, daß die Fallsucht seit ältester Zeit als heilige Krankheit galt.

Es könnte vieles erklären, sagte er sich, schob diese Erklärung aber gleich wieder von sich, erschrocken über die Folgerung, die sich ihm aufdrängte. Hieße das nicht, daß ich tatsächlich auserwählt wäre, von jenen Mächten, die bei den Maya als Götter verehrt werden, und daß meine verworrenen Träume von Dschungel und Ruinen immer schon Zeichen waren, bedachtsam ausgesandt, um mich hierherzulenken? Und hieße es nicht vor allem anderen, daß der pulsierende Schmerz in meinem Schädel jeweils die Öffnung und Ausrichtung meines Geistes anzeigte, auf jene übernatürliche Sphäre hin, die sodann auf magisch-magnetischen Wegen mit mir kommunizierte?

Er schüttelte den Kopf, behutsam, über seine eigenen Gedanken erstaunt. Nur ganz am Rande nahm er wahr, daß tief unter ihnen, am Fuß des bergartigen Palastes, zahlreiche Menschen versammelt sein mußten. Ein unablässiges Murmeln und Scharren drang herauf, wie von einer gewaltigen Menge, die gedrängt und geduldig auf irgendein großes Ereignis wartete. Zu seinen Füßen hatten sich Henry und Ajkech niedergelassen, auf den Unterschenkeln kauernd, während Ja'much noch immer nahe dem Rand der Terrasse stand, im gleißenden Sonnenlicht, und auf den Platz vor der Ka'ana hinuntersah.

Tief in Gedanken saß Robert da und lauschte in sich hinein. Wie seltsam schien es ihm auf einmal, daß er sich überhaupt hier befand, nackt und wirrbärtig auf einer Palastruine im Dschungel der Maya, und nicht im kalt-nebligen London, im »Fabrikantenclub« seines Vaters, steif befrackt und ausweglos verlobt. Sosehr er sich in den zurückliegenden Tagen und Wochen auch in seine Rolle als »Bote der Götter« eingelebt hatte, er hatte sie nie als gänzlich real empfunden, stets eher als Schattenidentität oder traumhafte Nachtseite, wenn auch in einem immerwährenden, Tage und Nächte überdauernden Traum.

Die Menschenmenge am Fuße des Palastes brach in melodische Rufe aus, und Robert sagte sich, daß er nie zuvor ernstlich in Betracht gezogen hatte, daß zwischen diesen beiden Sphären eine Verbindung bestehen könnte. Vor Jahren hatte auch er mehrfach an Séancen teilgenommen, die sich in London so hartnäckiger Beliebtheit erfreuten. In verdunkelten Salons hatten Geister mittels rotierender Blumenvasen zu den Anwesenden gesprochen, Tische und Teewagen waren wie hölzerne Kreaturen umhergesprungen, und wenn man den Meistern dieser spiritistischen Clubs glaubte, so offenbarten sich die Botschaften der Geisterwelt selbst im Rauschen der Bäume oder in der Anordnung eines vorbeiziehenden Vogelschwarms.

Ja'-much wandte sich zu ihm um und sagte etwas, und Henry sah zu ihm auf und übersetzte die Worte des alten Priesters. Doch Robert vernahm keine Laute, er sah nur ihre Gebärden und die Bewegungen ihrer Lippen, ihre Gesichter und Hände, von vibrierenden Lichtlinien umrahmt. Sosehr ihn die andere, traumhafte Seite der Welt immer fasziniert hatte, dachte er nun, er hatte niemals versucht, sich über den Grad ihrer Wirklichkeit klarzuwerden, aus einem instinktiven Mißtrauen gegen alles Begriffliche, den zergliedernden Verstand, die verwüstende Ratio. Mit Grimaldis Hilfe war er immer tiefer in diese Sphäre vorgedrungen, eine hypnotische Welt verstrüppter Wildnis, im Meeresgrund versunkener Ruinen, in denen mondbleiche Kreaturen hausten. Aber er hatte sich niemals Rechenschaft darüber abgelegt, daß diese Traumwälder und Traumstädte, die er, auf Grimaldis Couch liegend, immer wieder bereist und durchwandert hatte, Abbilder tatsächlich bestehender Orte sein könnten, von übernatürlicher Hand ihm übermittelt, womöglich sogar Erinnerungsbilder, aufsteigend aus dem dunklen Grund seiner Seele. Am ehesten hatte ihm immer die

Vorstellung eingeleuchtet, daß all diese düsteren Bilder Vorboten der Auflösung waren, Todessymbole, seine Begierde nach der waldversunkenen Ruinenwelt nichts anderes als Sehnsucht nach Verlöschen und Untergang.

Behutsam ließ er die Hände sinken und sah um sich. Der pulsierende Schmerz in seinem Kopf hatte endlich etwas nachgelassen, und die Lichtlinien, die jedes Ding, jede Gestalt zitternd zu umrahmen schienen, waren zumindest abgeblaßt. Noch immer sah Ja'-much ihn erwartungsvoll an, ebenso wie Henry, der nun mit leiser Stimme erklärte:

»Der Priester bittet Sie, zu ihm zu kommen und sich der Menge zu zeigen, Sir.«

Die Rufe erschallten jetzt im Rhythmus anbrandender Wellen, erst immer lauter und drängender, dann wieder abebbend, soghaft zurückweichend, um gleich darauf desto brausender wiederzukehren. Robert erhob sich und trat aus dem schmal gewordenen Schatten der Palastfassade in die Mittagssonne hinaus. Die Terrasse hatte eine Tiefe von wenigstens zehn Schritten, ein bröckliger Steinboden, stellenweise zertrümmert, von Wurzeln gesprengt, der sich wie eine riesige Balustrade die ganze Breite des Berges entlangzuziehen schien.

Langsam ging Robert auf den Rand der Terrasse zu, verwundert darüber, wie leicht und frisch er sich auf einmal fühlte. In seinem Kopf pulsierte immer noch der Schmerz, aber so leise nun wie ein Pochen im Traum. Er trat neben Ja'-much, der wieder in angespannter Haltung auf den Platz hinabsah, und für einen Moment verschlug es ihm den Atem. Der Platz mochte achtzig auf achtzig Schritte messen, gesäumt von Urwaldbäumen und schlammbedeckten Gebäuden, und er war gedrängt voll mit Menschen, Hunderten, Tausenden, im Schurz des Kriegers oder in einfachen weißen Tuniken. Reglos standen oder kauerten sie jeder auf seinem Fleck, die einzigen Figuren, die sich dort unten bewegten, waren Priester Cha'acs, kenntlich an ihren nebelgrauen Gewändern. Mit schroffen Bewegungen schoben sie sich durch die Menge, Befehle erteilend, Neuankömmlinge einweisend, denn noch immer strömten weitere Maya von verschiedenen Straßen und Pfaden auf den Platz.

Seit Robert neben Ja'-much getreten war, sichtbar für die Menschen dort unten, waren ihre Rufe noch lauter geworden, von einem drängenden Rhythmus vorangepeitscht. Abwechselnd riefen sie zwei verschiedene Wortfolgen aus, eine davon kannte Robert schon, die rituelle Preisung des »Retters der Maya«: *»Ajk'ub' Maya'ib, nojochk'inb'il.«*

Er verbeugte sich mehrmals, die Hände vor der Stirn zusammenlegend, wie es bei den Maya üblich war. Sie standen hart am Rand der Terrasse, und unter ihnen fiel die Palastfassade, mit Gras und Gestrüpp bewachsen, so steil ab, daß er einen ziehenden Schwindel verspürte. Lauter und lauter wurden die Rufe der Menge, die jetzt nicht mehr abwechselnd beide Wortfolgen skandierte, sondern nur noch den zweiten, längeren Ausruf, den er nie zuvor gehört hatte.

»Was rufen sie?« fragte er Henry, mit erhobener Stimme und ohne sich umzuwenden. Es war ein Ausruf von überaus melodischem Wortklang, beinahe wie zwitschernder Vogelgesang, und so war Robert überhaupt nicht auf die Antwort vorbereitet, die Henry mit zitternder Stimme gab:

»Geschenk der Götter, dein giftiges Fleisch im Rachen des Feindes beschert uns den Sieg.«

Erschrocken fuhr er herum und blickte in das über und über zerfurchte Gesicht des uralten Maya-Abgesandten, der ihn, auf der Steinbank im Schatten hockend, so starr und finster ansah wie damals im Park des Gouverneurs.

2

»Die Krieger der Völker Cha'acs sind bereits vollständig versammelt, vierzigmal vierhundert an der Zahl: Ebenso die Krieger Iks, des unbezwinglichen Windgottes, und die Jaguarkrieger des obersten Chilam Balam, der neunmal zwanzig heilige Kämpfer aus seinen Tempeln entsandt hat.«

Eintönig floß die Rede des Alten. Er hatte Robert gewunken, sich zu ihm zu setzen, und Robert war auf die Steinbank im Schatten zurückgekehrt, noch immer erschrocken über die rituellen Rufe der Menge und tief verwundert, den Uralten plötzlich vor sich zu sehen. Der greise Mayagesandte, in einfachem weißem Gewand wie damals in Fort George, war wieder in Begleitung des Mayaknaben, dessen Züge von Schmerz und Trauer versteinert schienen. Robert hatte nicht gewagt, sich nach dem dritten Abgesandten zu erkundigen, den Stephen damals niedergeschossen hatte. Der Alte hatte ihn beim Handgelenk gepackt und auf die Bank niedergezogen, zu seiner Linken, so daß er nun zwischen den beiden saß, dem Greis und dem Knaben, als sollte er die Stelle des Erschossenen einnehmen, eines Mannes in jüngeren Jahren wie er selbst. Die Menge sang und skandierte, der Schatten schmolz in der nahezu lotrechten Mittagssonne, und der Uralte redete und redete mit grollender Stimme auf ihn ein. Zu ihren Füßen kauerten Henry und Ajkech, die sich nicht von der Stelle bewegt hatten, und während der Mestize den gleichförmigen Redefluß ebenso monoton übersetzte, sah Ajkech mit weitgeöffneten Augen von einem zum anderen.

»Bis morgen zur Stunde der Eule«, fuhr der Uralte fort, »werden auch die Kämpfer der meisten anderen Völker eingetroffen sein. Die Krieger von Mam, der Urgöttin, und Tzotzil, dem großen Würger, auch sie jeweils vierzigmal vierhundert an der Zahl. Die goldenen Krieger von Ahau Kinich, der Völker des Sonnengottes, und die silbernen Krieger Ixquics, der Völker der jungen Mondgöttin ...«

»Warte.« Robert hob eine Hand. Die Zahlen, die der Uralte erwähnt hatte, erschreckten ihn, und bei der Erwähnung von Ixquic, der jungen Mondgöttin, begann sein Herz noch rascher zu schlagen. Suchend sah er sich nach Ja'-much um, aber von dem grauen Priester war auf der ganzen weiten Terrasse nichts mehr zu sehen. »In den letzten Wochen hörte ich immer wieder«, sagte er, »daß die Maya den Regengott Cha'ac als ihre mächtigste Gottheit verehren. Trifft das aber nur für die Völker zu, die im Umkreis von Kantunmak leben? Gibt es also, wie ihre Namen vermuten lassen, etliche weitere Mayavölker, die nicht Cha'ac, sondern andere Götter verehren – darunter sogar die Mondgöttin Ixquic?«

Er hatte versucht, in ruhigem Ton zu sprechen, doch es schien ihm, als ob seine Stimme verräterisch bebte. Prüfend sah er den Uralten an, aber aus dessen Runzelmiene war nicht abzulesen, ob er einen Argwohn hegte. Wußte der Alte womöglich gar, daß die junge India in der Stadt war? Auf einmal schien es Robert, als könnte er es keine Minute mehr ohne sie ertragen, als müßte er jetzt augenblicklich loslaufen, Gänge entlang und Treppen hinab und durch Türen und Tore hinaus, dann unten auf dem Platz sich durch die Menge drängen, Straßen um Straße durcheilen, bis er endlich bei ihr wäre, sie in den Armen hielte, ihre Lippen auf seinem Mund, ihren Busen an seiner Brust spürte. Aber natürlich konnte er jetzt nicht einfach auf- und davongehen, sagte er sich, während Henry mit schleppender Stimme übersetzte, er war ein Gefangener Ajkinsajs, des allmächtigen Herrschers von Kantunmak, dessen Wächter gewiß verhindern würden, daß er auch nur den Palast verließ. Außerdem war er körperlich geschwächt, auch wenn er sich gerade im Moment rätselhaft gekräftigt fühlte. Und schließlich würde er ihr Leben aufs Spiel setzen, wenn er in törichtem Liebeswahn durch die Straßen stolperte und die Schergen Ajkinsajs geradewegs zu ihr führte.

Nachdem Henry fertiggesprochen hatte, sah der Uralte noch längere Zeit in finsterem Schweigen an Robert vorbei, auf die lichtüberflutete Terrasse. »Du verhöhnst unseren Schmerz«, sagte er endlich, »wenn auch aus Unwissenheit. Die Namen unserer Völker stammen aus den alten Zeiten, als noch alle zweiundzwanzig Götter mit uns waren. Seit damals, als du versagt und die Maya von Tayasal verraten hast, Götterbote, stehen wir einzig unter dem Schutz des zornigen Cha'ac. Die Völker Ixquics und Ahaus ebenso wie die Tzotziles oder die Krieger Mams.«

Er unterbrach sich und wechselte einen Blick mit dem Knaben, der still zur Rechten von Robert saß und aufmerksam zuzuhören schien. Das eingefallene, mit Runzeln übersäte Gesicht des Uralten hatte sich noch weiter verdüstert, und sein Blick ging abermals ins Leere, als stiegen widrige Erinnerungen in ihm auf.

»Seit damals«, fuhr er schließlich fort, »leben wir alle unter dem Joch der Eroberer, in Höhlen wie die wilden Tiere oder in den lichtlosen Gewölben unter den Ruinen unserer Ahnen. Haß ist unser Brot, Trauer unser Trunk, Zorn unser nächtliches Lager, Rache die einzige Heilung für unseren Schmerz. Ich selbst habe das Ende der herrlichen

Stadt Tayasal noch erlebt«, murmelte der Greis, und Robert starrte ihn an, entgeistert, doch zugleich durch einen Gedanken abgelenkt, der plötzlich, unbezwingbar, in ihm aufgestiegen war. »Ich war dabei«, raunte der Uralte, »als die edelsten Priester und Krieger von Tayasal ihr Haupt unter der Axt der Nacomes beugten, und ich war auch zugegen, als der Chilam Balam zwanzig Tun später prophezeite, daß Cha'ac seine Macht über die Welt der Maya dereinst wieder mit den anderen Göttern teilen werde.«

Neuerlich unterbrach sich der Greis und sah ihn durchdringend an. Immer lauter sang und rief unter ihnen die Menge, es klang nun wahrhaftig wie das Brausen eines gewaltigen, sturmgepeitschten Meeres.

»Das wird geschehen an dem Tag, den der Chilam Balam prophezeit hat«, sagte der Uralte, »heute in neun Tagen, an Sechs Ahau Dreizehn Tzul. Es ist der Tag, an dem du, Götterbote, die Krieger der Maya zum Sieg gegen die weißen Eindringlinge führen wirst, um schließlich im Meer vergossenen Blutes wieder hinzugehen. An diesem Tag wird die Alleinherrschaft Cha'acs und seines obersten Priesters enden, denn fortan werden Ahau Kin und alle anderen Götter des dreizehnfaltigen Himmels und der neunfaltigen Unterwelt wieder gemeinsam unsere Welt regieren.«

Sinnend sah Robert in das Gesicht des greisen Maya, der abrupt verstummt war und auf einmal müde wirkte, so hinfällig und ausgezehrt, als würden seine Kräfte kaum mehr reichen bis zu dem seit so langer Zeit ersehnten Tag. Das Ende von Tayasal selbst erlebt? dachte er. Für einen kurzen Moment hatte diese Behauptung des Alten ihn in Verwirrung gestürzt, aber es war ganz gewiß nur leere Prahlerei. Wie alt auch immer der Greis sein mochte, hundert Jahre oder darüber, er konnte das Ende des letzten Mayareichs nicht miterlebt haben, ganz und gar unmöglich, da Tayasal vor genau hunderzweiundachtzig Jahren in die Hände der Spanier gefallen war.

Oder hatte der Alte sagen wollen, daß auch er in einem früheren Leben dort gewesen sei? Eben wollte Robert danach fragen, da fiel ihm wieder ein, was ihm vorhin, während der langen Rede des Greises, in den Sinn gekommen war. Seltsam, daß ich vorher nie daran gedacht habe, sagte er sich wieder, und für einen Moment war ihm, als hätten sich die brausenden Rufe unter ihnen wahrhaftig in Wellen verwandelt, anbrandende Wogen, die gleich den Berg emporrasen und sie alle mit sich reißen würden, die beiden Gesandten, ihn selbst, Henry und Ajkech.

»Frag ihn, weshalb er überhaupt in Fort George war«, wies er seinen Diener an, mit erhobener Stimme, um die Rufe der Tausende oder Zehntausende Krieger zu übertönen, »in welcher Mission waren er und die beiden anderen beim Gouverneur?«

Der Mestize übersetzte, und der Uralte schloß die Augen, als müsse er über diese Frage länger nachsinnen. »Geschenk der Götter«, sang die Armee der Mayakrieger, »dein giftiges Fleisch im Rachen des Feindes beschert uns den Sieg«, und endlich öffnete der Alte wieder die Augen und sagte:

»Auf Befehl Ajkinsajs erklärten wir dem Statthalter der bleichen Königin, daß wir entschlossen sind, die Herrschaft über unser Land wieder zu übernehmen. Wir forderten ihn auf, unser Land unverzüglich zu verlassen, anderenfalls wir ihn, seine Siedler und Soldaten mit einer Streitmacht von viermal dreizehntausend Kriegern in den großen Salzsee zurücktreiben würden, über den sie einst mit ihren schwimmenden Häusern gekommen waren.«

Verwirrt sah Robert ihn an. Ajkinsaj hatte eigens Boten zum britischen Gouverneur geschickt, um den Aufstand seiner Krieger anzukündigen? Aber warum nur? Weil er des prophezeiten Sieges gänzlicher sicher war? Oder weil er an diesen Sieg zwar glaubte, ihn jedoch zu vereiteln suchte, indem er dem Gegner eine Warnung zukommen ließ? Eher wohl aus diesem letzteren Grund, dachte Robert, der auf einmal bemerkte, daß Ja'-much vor ihnen stand, ein Schattenriß im gleißenden Mittagslicht.

»Folge mir, Bote der Götter«, sagte er in ehrerbietigem Tonfall, »in den Tempel des Jaguargottes, wo alles für die Zeremonie vorbereitet ist.«

Robert verspürte ein leises Bedauern, daß er die beiden Gesandten schon wieder verlassen mußte, und heftigen Widerwillen, als er an das Ritual dachte, das ihm zweifellos wieder bevorstand, das Ausgießen des Blutes über seinem Körper und ekstatische Verreiben überall auf seiner Haut. So vieles hätte er den Alten noch fragen wollen, und an den zweiten, den jugendlichen Mayagesandten hatte er noch kein einziges Wort gerichtet.

Aber Ja'-much ließ ihm keine Wahl, und so erhob er sich von der Bank und nickte den beiden Abgesandten zum Abschied zu. Zusammen mit Henry und Ajkech folgte er dem Priester Cha'acs linker Hand den First entlang, bis sich zu ihrer Rechten ein schmaler Säulengang öffnete. Noch immer fühlte er sich so frisch und kräftig, als hätte er niemals an Kopfschmerz und völliger Erschöpfung gelitten. Henry trottete mit hängendem Kopf neben ihm her, graugesichtig, als wäre er soeben seinem eigenen Geist begegnet. Was verstand der Bursche von diesen Dingen? Manchmal schien es Robert, daß Henry sich vor ihm verstellte, aber aus welchem Grund? Konnte es wirklich sein, überlegte er dann, daß Ajkinsaj versucht hatte, durch seine Gesandten den prophezeiten Kampf zu beeinflussen – und zwar zum Nachteil seines eigenen Volkes? Es würde jedenfalls erklären, weshalb der oberste Priester Cha'acs ihn mit so maßlosem, kaum verhohlenem Haß empfangen hatte: weil der Sieg, den die Seher dem Götterboten prophezeiten, ihn, Ajkinsaj, der Alleinherrschaft über Kantunmak berauben würde.

3

Die Galerie, durch die Ja'-much sie führte, schien die Ka'ana mit den Gebäuden auf der anderen Seite des weiten Platzes zu verbinden. Es war ein schmaler, mit Trümmern übersäter Gang, der rechter Hand zwischen zerbröckelnden Säulen immer wieder Ausblicke auf die gewaltige Ruinenstadt und auf den Platz unter ihnen bot, wo inzwischen Zehntausende Krieger versammelt waren. Ja'-much schritt voran, und Mr. Thompson folgte ihm dichtauf, seine Mattigkeit, die Helen vorhin so erschreckt hatte, schien vollständig gewichen, ja regelrecht umgeschlagen. Mit raschen, mühelosen Schritten eilte er hinter dem alten Priester her, offenbar in beschwingter Stimmung, vibrierend vor Energie.

Neben ihr lief Ajkech, unablässig murmelnd und flüsternd. Es schien Helen, als ob der kleine Krieger sich über irgend etwas ängstigte, aber sein Gewisper war nicht zu verstehen. Den Schluß ihres kleinen Zuges bildeten vier jüngere Priester Cha'acs, die mit Dolchen und Äxten bewaffnet waren. Doch in ihren Gedanken war Helen weit weg von den Priestern und deren Traum, buchstäblich aus Schutt und Trümmern zu alter Pracht wiederaufzuerstehen. Unverwandt blickte sie auf Mr. Thompsons Rücken, der wie eine noch leere Leinwand vor ihr dahinschaukelte, und auf einmal sah sie sich selbst, wie sie bei strahlendem Sonnenschein in einem englischen Hafen von Bord eines Überseedampfers ging. Erfreulicherweise trug sie abermals das cognacfarbene Empirekleid, und während sie den Landungssteg hinunterschritt, lächelte sie bereits zu Robert Thompson hinüber, der am Kai stand, in schwarzem Frack, und ihr erwartungsvoll entgegensah. Helen schwebte förmlich auf den Robert ihres Tagtraums zu, und im gleichen Moment blieb der wirkliche Mr. Thompson vor ihr stehen, so unerwartet, daß sie beinahe gegen seinen Rücken geprallt wäre. Ernüchtert sah sie um sich. Offenbar hatten sie das Ende der Galerie erreicht, jedenfalls befanden sie sich vor einer massiven Mauer, die keinerlei Türloch oder auch nur Durchschlupf aufzuweisen schien. Abermals brach die Menge unter ihnen in melodische Anrufungen aus, und zugleich wurde sich Helen unangenehm bewußt, daß sie in ihrem Tagtraum drauf und dran gewesen war, die erlogene Liebesoper von Mickey O'Rooney und Dorothy Harmess weiterzuspinnen.

Währenddessen hatte Ja'-much bereits einen Befehl erteilt, worauf zwei seiner Priester sich an Mr. Thompson vorbeidrängten und an einer ungefügen Mauerstelle zu schaffen machten. Was genau sie dort taten, war nicht zu erkennen, aber Helen hörte, wie Stein auf Stein knirschte, dann traten sie wieder zur Seite und gaben den Blick auf eine Öffnung in der Mauer frei, kniehoch und eben breit genug, daß sich ein erwachsener Mensch hindurchzwängen konnte.

Ja'-much sah Robert Thompson an, mit düsterem Blick unter den buschigen Augenbrauen. »Der Tempel des Chilam Balam«, sagte er. »Wir hielten es für ratsam, dich fürs erste noch nicht der Menge auszusetzen, Herr.« Er wartete einen Moment, und es schien Helen, als ob in diesen Worten eine Drohung mitschwänge, aber auch das mochte Täuschung sein. »Wie du sicher bemerkt hast«, fuhr der alte Priester fort, »zieht sich der Säulengang über die ganze Breite des heiligen Platzes. Wir befinden uns nun auf dem First der Pyramide gegenüber der Ka'ana. Bitte tritt ein, Herr.«

Er machte eine einladende Handbewegung zu der Maueröffnung hin. »Wir alle werden hier auf dich warten. Auch deine Diener«, setzte er hinzu, mit einem Blick auf Helen, die sich dicht neben Robert hielt. »Der Tempel darf von niemandem betreten werden, außer von den Jaguarpriestern und ihren Opfern.«

Helen übersetzte, und ihr entging nicht, daß Robert bei dem Wort »Opfern« zusammenzuckte. Argwöhnisch sah er Ja'-much an, doch der war bereits neben das Wandloch getreten, und seine jungen Priester schoben sich nun hinter den Götterboten und drängten ihn, fast ohne ihn zu berühren, auf die steinerne Luke zu. Robert Thompson beugte sich vor und versuchte offenbar hindurchzuspähen, doch aus dem Mauerloch drangen nichts als lichtlose Finsternis und ein leiser, übel vertrauter Geruch nach geronnenem Blut.

»Tritt nur ein, Götterbote«, sagte Ja'-much, »bald werden auch die Jaguarpriester eintreffen und dich auf den Altar strecken. Alles wird genau so geschehen, wie es vor neun Katun prophezeit worden ist.«

Helen glaubte einen drohenden Unterton in seiner Stimme wahrzunehmen. Ihr Herz klopfte nun rasch, bis in die Kehle hinauf, aber für Mr. Thompson gab es längst kein Zurück mehr. Ergeben beugte er sich noch tiefer hinab und kroch durch die Maueröffnung in die Finsternis des Jaguartempels hinüber.

4

Schwarze Nacht umschloß ihn, wahrhaftig wie in einem Grab. Langsam richtete er sich auf, dabei mit den Händen über sich fühlend, um nicht mit dem Kopf anzustoßen. Doch über ihm war nur leerer Raum, und so streckte er die Arme nach vorn und tappte in der Stockfinsternis behutsam voran.

Ebensogut hätte er auf dem bemoosten Boden liegen oder hocken bleiben können, unmittelbar hinter der Luke, die sich mit einem Knirschen wieder geschlossen hatte, kaum daß er hindurchgekrochen war. Robert selbst hätte nicht sagen können, was er dort in der Schwärze des Jaguartempels suchte, warum er nicht an einer beliebigen Stelle ruhig wartete, bis die Jaguarpriester mit ihren beinernen Bechern und schwarzen Messern herbeikämen, und vor allem mit Fackeln, um die Tintenschwärze ein wenig aufzuhellen. Irgend etwas trieb ihn voran, eine unbestimmte Ahnung. Seine Füße erfühlten schrundigen Steinboden, mit der linken Hand tastete er sich die Mauer entlang, Schritt um Schritt, bis er irgendwann ins Leere griff. Ein Türloch, er tappte hindurch, über eine hohe Schwelle, doppelt blind durch die Finsternis und seine gänzliche Unkenntnis des Raums, in den er nun einen zögernden Schritt tat.

Da flammte ein Licht auf, eine kleine Fackel, zehn Schritte fern oder mehr. Die Hände vorgestreckt, tappte er dem Licht entgegen, und auf einmal hämmerte ihm das Herz bis hinauf in die Kehle. Plötzlich spürte er auch die drückend schwüle Luft in diesem Raum, die ihm wie mit heißen, schweißfeuchten Händen über Brust und Wangen strich. Und dann war es keine Luft, sondern wahrhaftig eine Hand auf seinem Arm, und vor ihm im Dunkel, angeleuchtet von der Fackel, schwebte das Gesicht der jungen India. Er hielt den Atem an. Ihre vollen Lippen, furchtsam zusammengepreßt, ihre Mandelaugen unter dem Vogelnest ihrer schwarzen Haare und ihre Hand, vogelleicht und warm, auf seinem Unterarm.

Auch er hob nun eine Hand, fast ohne es zu bemerken. Er wollte sich vergewissern, auf der Stelle, daß sie es wirklich war, keine Traumerscheinung, kein Spuk. Ihre Schulter berühren, aber seine Hand zitterte, oder das tanzende Licht täuschte ihn, jedenfalls strich er ihr mit der Rechten über die Wange, so leicht und bebend wie mit einer Feder.

»Ixkukul.« Er flüsterte es, und doch mußte sie ihn gehört haben, denn zu seinem Erstaunen, ja Erschrecken versteifte sie sich und gab zurück:

»Mein Name ist Ixnaay. Ich bin aus Fort George hierhergekommen, genau wie du.«

Er starrte sie an, nichts begreifend. Wie jung sie war, wie unglaublich schön. Seine Hand noch immer an ihrer Wange, streichelnd, tastend, über ihre Haut, ihr dichtes, schmiegsames Haar. Er beugte sich hinab, nur ein wenig, sie war beinahe so hochgewachsen wie er. Noch immer lächelte sie, im Licht der Fackel, und Robert sagte in tiefem Erstaunen:

»Du sprichst Englisch, wie kann das sein?«

In der völligen Finsterns hinter Ixnaays Rücken hörten sie nun ein leises Trappeln wie von fernen Schritten, und er spürte, wie sie unter seiner Hand erstarrte.

»Sie suchen mich«, flüsterte sie. »Wir sehen uns wieder, bald.« Flehentlich sah sie ihn an und wollte sich schon abwenden, aber Robert packte sie bei der Schulter und hielt sie fest.

»Warte.« Er spürte, daß er es nicht ertragen würde, sie wieder zu verlieren, jetzt, da er sie endlich gefunden hatte und ihre warme Haut unter seinen Fingern fühlte. »Warum bist du hierhergekommen – wenn du nicht jene Ixkukul bist?«

»Laß mich!« flüsterte Ixnaay. »Nachher reden wir über alles.« Sie löschte die Fackel zwischen ihren Fingern. »Zu spät – laß dir nichts anmerken – ich bleibe bei dir – kein Wort mehr!«

Bei ihm bleiben? Sechs, sieben, neun Fackeln flackerten hinter ihrem Rücken auf, in ungewisser Entfernung. Ixnaay (falls sie wahrhaftig so hieß) entwand sich seinem Griff und huschte tiefer in den schwarzen Raum hinein, linker Hand von ihm. Immer näher kamen die trappelnden Schritte, die tanzenden Flammen der Fackeln, die ein fahles Grau in die Dunkelheit mischten. Zu seiner Linken, in drei Fuß Entfernung, erkannte er nun die Umrisse eines großen, kompakten Quaders, sicher der Altar des Jaguargottes, auf dem die Priester gleich wieder ihren Opferritus vollziehen würden. Mit einem Schritt war er dort und tastete über die steinerne Fläche.

Und da lag sie, Ixkukul, Ixnaay oder wie immer sie sich nennen mochte, gebettet in eine tiefe, längliche Mulde inmitten des Altars. Seine Hand fühlte einen Fuß, das schlanke und doch kräftige Bein. Aber wie kalt? Er erschauerte, für einen kurzen Moment stand er wie erstarrt, doch die Fackelträger kamen näher und näher, er durfte keinen Lidschlag länger zögern. Das Herz klopfte ihm bis in die Schläfen hinauf, eine wilde Erregung, Furcht und Begierde, pulsierte in seinem ganzen Leib. Schon konnte er die Umrisse der neun Jaguarpriester unterscheiden, den flirrenden Wechsel heller und dunklerer Flecken auf ihrer Haut. Da schob er ein Knie auf das schwarze Podest, stemmte sich hinauf, mit hölzerner Hast, und streckte sich mitten auf dem Altarblock aus, Ixnaay in der Mulde unter seinem Rücken verbergend.

5

Wieder hörte er das Wummern jener Trommel, kraftvoll und stetig wie der Herzschlag eines Riesen. Die Flammen der Fackeln ringsum an den Wänden schienen im gleichen Takt zu flackern, und die neun Jaguarpriester umringten ihn, auf ihren Unterschenkeln kauernd, und sangen beschwörende Formeln, mit heiseren Stimmen im Chor. Noch immer schlug ihm das Herz in wilder Erregung, im Takt der unsichtbaren Trommel, in seinem Rücken spürte er Ixnaay, und ihm war, als ob ihre Brüste sich im selben raschen Rhythmus hoben und senkten. Und Robert biß die Zähne zusammen, um nicht lauthals zu schreien oder zumindest aufzustöhnen, vor Angst, daß die Jaguarpriester ihren Frevel entdecken könnten, und vor unbändiger Lust, die überall in seinem Leib vibrierte.

Die Jaguarpriester umringten ihn, in ekstatischer Trance singend, und auch Robert wurde immer benommener zumute, doch Angst und Erregung hielten seinen Geist in angespannter Bewußtheit fest. Vage empfand er sich selbst als Frevler, der die heilige Ekstase der Jaguarpriester durch seine Wollust verhöhnte, zugleich aber hatte er Mühe, sich auf den sakralen Zweck ihres Rituals zu konzentrieren. Die unsichtbare Trommel wummerte, und die Lichter zuckten, und unter seinem Rücken schien sich Ixnaay träge zu regen, wie eine Relieffigur, der eine Gottheit warmes Leben einhaucht. Robert knirschte mit den Zähnen, hitzige, feuerfarbene Bilder wirbelten vor seinen Augen, und er dachte, wenn das Ritual nicht bald zu Ende war, würde er inmitten dieser Priester, wie ein hölzerner Deckel auf Ixnaay liegend, in einem dunklen Schrei furchtsamer Lust zerbersten.

Doch das Ritual war noch lange nicht zu Ende, es begann erst. Immer rascher donnerte die Trommel, betäubende Dämpfe stiegen von den Lichtern auf, die im Takt der Trommel zuckten, und im gleichen jagenden Rhythmus pulsierte Roberts Blut. Wenn es doch zumindest Priesterinnen wären, dachte er, wie die Hälfte der Opfernden im Tempel des Jaguargottes, aber der Chilam Balam hatte nur männliche Priester mit ihm nach Kantunmak entsandt. Benommen, doch mit wachsendem Unbehagen spähte er in ihre Gesichter empor, glatte junge Jaguarfratzen, helldunkel gescheckt und mit langen Schnurrbarthaaren maskiert. Sein Blick ging über ihre sehnigen Körper, es waren allesamt junge Burschen, und er krümmte sich innerlich bei dem Gedanken, daß sie ihn gleich berühren würden, mit zweimal neun Händen, mit ihren Schultern und sogar mit den Wangen, um in ekstatischer Trance das Opferblut auf seiner Haut zu verreiben.

Mit einem Mal verstummte die Trommel. Die Jaguarpriester richteten sich auf ihren Unterschenkeln auf und hoben die knöchernen Becher bis in Höhe ihrer Herzen. Sonderbar, dachte Robert, er hatte überhaupt nicht mitbekommen, daß sie sich, wie letztes Mal, mit der steinernen Klinge geritzt und Opferblut abgezapft hatten. Für einen langen Moment herrschte Stille, dann setzte die Trommel mit einem Schlag wieder ein, und die Jaguarpriester kippten ihre Becher, so daß der Inhalt auf Roberts Leib herniederspritzte. Er schloß die Augen vor dem widrigen Schauspiel, und eine überraschend kühle Flüssigkeit rann ihm über Brust und Bauch. Das ist kein Blut, dachte er erstaunt, während die rauhen Hände der Jaguarpriester die zähe Substanz auf seiner Haut verteilten.

Die Trommel dröhnte in einem langsamen, kraftvollen Rhythmus, und Robert erblickte vor seinem inneren Auge die ausgemergelte Gestalt des Chilam Balam, den nackten Zwitterleib mit den hängenden Brustsäcken und dem welken Glied zwischen den Schenkeln. »Du bist, was du siehst«, rief der oberste Jaguarpriester ihm mit pfeifender Stimme zu, und noch während Robert über dem Rätselwort sann, verblaßte die Erscheinung wieder.

Die Jaguarpriester sangen nun eine langsame, rhythmische Folge fauchender Laute, und es schien Robert, als liege er nicht länger auf einem steinernen Altarblock, sondern treibe auf sanften Wellen, in die er wieder und wieder einsank, ohne jemals unterzugehen. Seine angstvolle Anspannung begann zu schwinden, als ob die Erscheinung des Chilam Balam einen Ausgleich geschaffen hätte zwischen den rauhen Berührungen der Priester und der India unter ihm, deren Beine sich an die Unterseite seiner Schenkel schmiegten.

Mit Gebärden und Berührungen drängten ihn die Jaguarpriester, sich bäuchlings umzuwenden, und erst als Robert sich herumgewälzt hatte und die kühle Flüssigkeit schon auf seinen Rücken strömte, wurde ihm bewußt, daß er nun Wange an Wange auf Ixnaay lag, seine Brust auf ihre Brüste pressend und ihre Hüften an seinen Lenden.

6

»Ich bin im tiefsten Wald zur Welt gekommen«, sagte sie, »in einem kleinen Dorf in Guatemala, zwei Tagesreisen südlich von Tayasal. Unsere Siedlung hieß Ixt'u'ul-chac, Rote Häsin, und ich war noch nicht sieben Jahre alt, als sie von Plünderern gänzlich verwüstet wurde. In der Nacht fielen sie über uns her, stahlen unsere Vorräte und zündeten unsere Hütten an. Viel furchtbarer aber war, was mit den Menschen geschah: Unsere Mädchen und jungen Frauen, Jungen und Männer wurden allesamt massakriert. Als die Mörder endlich weiterzogen, war unser Dorf nur noch ein qualmender Aschehaufen, in dem einige wehklagende Greise scharrten.«

Sie unterbrach sich und blickte ihn von der Seite her an, und Robert sah, daß ihre großen schwarzen Augen schimmerten. Er wollte ihr zulächeln, aber sein Gesicht war eine hölzerne Maske, in der sich kein Muskel regen ließ. Als sie weitersprach, hatte er nach wie vor Mühe, sich auf ihre Worte zu konzentrieren. Noch immer bestürzte es ihn, so nahe neben ihr zu sitzen, Schulter an Schulter im hellen Tageslicht. Noch immer konnte er sie nicht ansehen, ohne daß ihm siedend heiß wurde, vor Scham und Verwirrung, längst nicht mehr vor Lust. Noch immer schien ihm unbegreiflich, daß er wahrhaftig geglaubt hatte, sie unter sich zu fühlen, ihren warmen, lebendigen Körper, sogar ihren Atem in seinem Genick. Dabei war es nur ein steinernes Relief gewesen, angewärmt von seinem eigenen Körper, erhitzt nur durch seine eigenen lüsternen Gedanken, die lebensgroße Figur einer Priesterin, in den Altarblock gemeißelt, der in alter Zeit in einem Tempel Ixquics gestanden haben mochte.

Forschend sah sie ihn an, ihre Tunika mit Moder und Unrat befleckt, aus der engen Mauernische, in der sie sich während der Zeremonie verborgen hatte. Während er noch benommen auf dem Altarblock lag, hatte sie, kaum daß die Jaguarpriester wieder davongetappt waren, eine geheime Luke in der Außenwand geöffnet und war hier herausgetreten, auf den First der Pyramide. Zögernd hatte er sich erhoben, zu seiner Bestürzung am ganzen Körper mit einem kalkigen Weiß bestrichen, der Farbe seiner Rasse, aber mehr noch dem fahlen Ton des Todes. Im Schatten des flachen Tempels, der sich auf dem gewaltigen Bauwerk erhob, hatte sie längere Zeit wortlos gesessen, auf der dem Platz abgewandten Seite, und er war um sie herumgeschlichen, von Schuldgefühl niedergedrückt. Irgendwann hatte sie ihn neben sich auf die steinerne Bank gezogen und leise zu sprechen begonnen, in melodisch verfremdetem Englisch, das wie eine zauberhafte Traumvariante seiner Muttersprache klang. Seither glaubte er in jedem ihrer Worte einen geheimen Doppelsinn zu hören, als ob sich Schmach und Angst, die sie heute durch ihn erlitten hatte, in den Schrecknissen ihrer Kindheit widerspiegelten.

»In meiner Erinnerung«, fuhr sie leise fort, »drängen sich diese frühen Jahre zu wenigen Bildern zusammen. Wir spielen auf dem Dorfplatz, eine Horde nackter Kinder, ich könnte gar nicht sagen, welches dieser Kinder ich selbst bin und welche die anderen sind. Kleine Hunde tollen mit uns herum, schwarz getupfte Schweinchen und andere zahme Tiere. Die Äste über uns sind schwer von Früchten und bunt von Vögeln, die den lieben langen Tag singen und girren. Der Gesang der Vögel und die dünnen Rufe der Spinnäffchen, die Gerüche der Früchte und Pflanzen, des Waldes und seiner Bewohner sind für uns wie ein Konzert von Stimmen und Düften, in dem sich alles vereint, unsere Seelen, der Geist des Dorfes und des Waldes, so daß nichts und niemand sich jemals einzeln und abgetrennt fühlt.«

Wieder unterbrach sich Ixnaay und sah ihn von der Seite an. Hinter ihnen, gedämpft durch die Entfernung und den Tempelbau, an dessen massiver Steinwand sie mit den Rücken lehnten, erklangen noch immer die Rufe der Menge unten auf dem Platz. Robert erwiderte ihren Blick, und diesmal brachte er auch ein hölzernes Lächeln zustande, betört durch das Leuchten in ihren Augen, das allerdings wohl nicht ihm galt, sondern der Widerschein ihrer Erinnerung war.

»Ein anderes Bild«, sagte Ixnaay, »ich nenne sie immer Bilder, obwohl zu jedem von ihnen auch Laute und Düfte gehören. Die Frauen von Ixt'u'ul-chac: In einem großen Kreis sitzen sie zwischen den Hütten, zwanzig Frauen oder mehr, junge und alte, darunter auch meine Mutter und ihre vier Schwestern, meine Großmutter und selbst die hundertjährige Urgroßmama. Sie alle lachen und schwatzen, während sie ihre Arbeit verrichten, Tortillas zubereiten, Hühner rupfen oder Gewänder weben. Wir Kinder, die in einiger Entfernung spielen, brauchen nicht einmal zu ihnen hinüberzusehen, um uns vollkommen sorglos zu fühlen. Die Stimmen der Frauen und die Geräusche ihrer Arbeit, ihr Lachen und der Geruch frischgebackener Maisfladen weben ein Netz von Lauten und Gerüchen in die Luft, das uns so fest und schützend umfängt, als ob wir in den Armen unserer Mütter geborgen wären. Bis heute«, sagte Ixnaay, »sehe ich, wenn ich mir Glück und Frieden vorzustellen versuche, unwillkürlich dieses Bild vor mir und höre diese Laute und glaube diese Düfte aus der Kindheit wieder zu riechen: die Frauen, wir Kinder, Arbeit, Spiel und Lachen im Dorf.«

Während dieser letzten Worte hatte sich eine so tiefe Traurigkeit in ihre Stimme geschlichen, daß Robert ein Brennen in der Kehle spürte. Er wollte ihren Arm berühren, zumindest ihre Hand drücken zum Zeichen des Trostes, aber nach dem, was im Tempel geschehen war (wenn auch nur in seiner Einbildung), wagte er nicht mehr, sie auch nur flüchtig anzufassen. Starr und fahl wie eine Kalksteinfigur saß er neben ihr, im Schatten des Tempels, auf dem First der Pyramide, wo zumindest hin und wieder ein matter Windzug die schwüle Luft bewegte. Vom Platz vor dem Palast her waren keine rituellen Gesänge mehr zu hören, nur noch die schroffen Kommandorufe der grauen Priester, und Ixnaay sagte:

»Viele unserer alten Geschichten erzählen von den Zeiten, ehe die weißen Männer unsere Welt unterwarfen. Damals herrschten auch noch nicht der zornige Cha'ac und seine grauen Priester allein über die Städte und Dörfer der Maya, so wie heute Ajkinsaj als oberster Priester Cha'acs und zugleich als Herrscher von Kantunmak. In alter Zeit kümmerte sich vielmehr die Gesamtheit der Götter von Oxlahun-ti-ku und Bolon-ti-ku, des dreizehnfaltigen Himmels und der neunfaltigen Unterwelt, um die Geschicke der Menschen und ihrer Welt. Zu ihnen gehörte auch die junge Mondgöttin Ixquic, und obwohl diese goldene Zeit während meiner Kindheit schon fast zehn Katun zurücklag, wehte damals in unserem Dorf noch immer ein wenig der Geist Ixquics. Sie ist die Göttin der Frauen, der Heilkunst und der Liebe, und ihr Geisttier ist die Häsin, die unserem Dorf ihren Namen gab. Natürlich lebten auch in Ixt'u'ul-chac zahlreiche Männer, und nach außen hin verehrten auch wir einzig den grimmigen Wetter- und Flußgott, der nach alter Prophezeiung über die Welt der Maya herrschen wird, bis die fahlhäutigen Invasoren wieder verjagt sein werden. Aber diese Prophezeiung kennst du ja sicher schon«, sagte Ixnaay und berührte flüchtig seinen Arm, so daß Robert zusammenzuckte.

Tatsächlich sei Ixt'u'ul-chac aber noch in ihrer Kindheit, fuhr sie fort, ein Dorf der Frauen gewesen, in dem Ixquic sehr viel inniger verehrt wurde als Cha'ac und das insgeheim von einer weisen Frau regiert wurde, Ixtz'iib', der obersten Priesterin Ixquics. »Gewiß gab es bei uns im Dorf auch eine Priesterschaft Cha'acs«, sagte Ixnaay, »aber Cha'ac ist eine Gottheit für die Männer. Ein zeugender und zürnender Gott, jähzornig seit jeher, aber grimmig verfinstert, manche meinen sogar, von Schmerz und Haß verblendet, seit die weißen Invasoren auch noch Tayasal erobert haben, unser letztes freies Königreich.«

Unverwandt sah Robert sie von der Seite her an, ihr zauberhaft schönes Profil, das Willenskraft, aber auch Zerbrechlichkeit verriet. Die Sonne sandte bereits schräge Nachmittagsstrahlen auf den Tempel herab, und vage wurde ihm bewußt, daß Ja'-much und die anderen am Ende der Treppe auf ihn warteten. Bald schon würden sie nach ihm suchen und ihn in die Ka'ana zurückbringen. Auf einmal verspürte er den wilden Impuls, mit Ixnaay auf- und davonzugehen, und fast im gleichen Moment die niederdrückende Ahnung, daß es für sie keine gemeinsame Zukunft gab.

»Das nächste Bild«, sagte sie, »ist schon das Bild der Zerstörung. Meine Mutter und ich hatten die Nacht draußen im Wald verbracht, auf Geheiß der obersten Mondgottpriesterin, da Ixtz'iib' für ihre Heilsalben und -pflaster einige Kräuter benötigte, die bei Vollmond gepflückt werden müssen. Als wir im Morgengrauen ins Dorf zurückkehrten, waren alle Hütten niedergebrannt, und überall auf den Wegen lagen Ermordete, unsere Priesterinnen und Familienangehörigen, Nachbarn und Freunde – alle mit durchgeschnittenen Kehlen. Meine Mutter und ich«, sagte sie und sah Robert so schmerzerfüllt an, als wäre all das erst gestern geschehen, »hatten noch unsere Bündel voll frischgeschnittener Kräuter auf dem Rücken und Sträuße von Heilpflanzen in den Händen, die wir Ixtz'iib' und ihren Priesterinnen übergeben wollten. Aber es war niemand mehr am Leben, außer einem ganz kleinen Mädchen, das Ixpaloc, die Mutter, in einem Hohlraum versteckt hatte. Und im Tempel Ixquics fanden wir schließlich auch Ixtz'iib', unsere oberste Priesterin, einen schwarzen Dolch in der Brust.«

Nach diesen Worten zog Ixnaay im Sitzen ihre Beine an, wie um sich zu schützen, und ließ den Kopf sinken, bis sie mit der Stirn ihre Knie berührte. Robert wartete eine Weile, fast ohne zu atmen, bis er begriff, daß sie von sich aus nicht weitersprechen würde.

7

»Wer war es?« Seine Stimme klang rauh, es waren seine ersten Worte seit langer Zeit. Wieder sah er sie von der Seite an, ihre schlanke Gestalt in der weißen Tunika, das schwarze Vogelnest ihrer Haare, bebend auf ihrem Kopf, den sie noch immer auf die Knie gesenkt hielt. »Wer hat damals euer Dorf überfallen?«

Noch während er fragte, sagte er sich, daß er die Antwort so gut wie Ixnaay kannte, die nun unendlich langsam den Kopf hob, ohne ihn anzusehen.

»Der Krieg ist der Wahnsinn der Männer.« Sie schaute ins Leere, auf den grünen Ozean des Dschungels, der sich von hier oben aus bis zu allen Horizonten zu wellen schien. »Es waren die Priester Ajkinsajs, der damals die Macht über Kantunmak an sich riß. Er führte einen blutigen Kampf gegen alle Mayadörfer in den Wäldern, die sich ihm und seiner Gottheit nicht unterwarfen, und rechtfertigte die hundertfachen Morde mit der Prophezeiung, nach der einzig Cha'ac und seine Priester bis zur Vertreibung der weißen Invasoren über die Maya herrschen würden.«

So leise Ixnaay auch gesprochen, ja geflüstert hatte, der Satz hallte in Robert nach: *Der Krieg ist der Wahnsinn der Männer*. Zugleich wurde ein anderer Satz in ihm lebendig: *»Du bist, was du siehst«*, rief der Chilam Balam mit pfeifender Stimme in seinem Kopf, und unten auf dem Platz begannen wieder die rituellen Rufe der Tausende Mayakrieger, während Ixnaay sagte:

»Nun muß ich gehen, Robert, aber wir sehen uns wieder, morgen schon. Wenn Ajkinsajs Männer mich finden, wird er mich töten lassen, unter einzigartigen Qualen, auf die er sich sehr viel besser als auf seine angebliche Heilkunst versteht.« Sie lächelte ihn flüchtig an und erhob sich. »Vorhin sagte ich zu dir, ich sei nicht Ixkukul, die wiedergekehrte Priesterin Ixquics, sondern einfach Ixnaay, eine junge Frau aus Fort George. Das war allerdings schon vorhin mehr Wunsch als Wahrheit, und mittlerweile bin ich nicht einmal mehr sicher, ob ich es mir wünschen soll.«

Auch Robert war aufgestanden, erwartungsvoll pochte sein Herz. Für einen Moment standen sie sich wortlos gegenüber, so nahe, daß ihr Atem sich vermischte. »Seit wann weißt du davon?« Er machte eine vage Geste über die Stadt hinweg. »Von den beiden Stelen dort drüben, die dir und mir so rätselhaft ähnlich sehen?«

Sie sah ihn an, immer noch wortlos, und nun glaubte er Überraschung in ihrem Gesicht zu lesen. »Von den Stelen weiß ich seit langem«, sagte sie. »Wie sehr jene Ixkukul mir gleichsehen soll, erfuhr ich aber erst vor drei Wochen, durch die Abgesandten Ajkinsajs.« Sie sprach nun hastig, sehr leise, den Kopf emporgereckt, ihr Mund nahe an seinem rechten Ohr. »Du kennst sie«, flüsterte Ixnaay, »einen von ihnen haben deine Gefährten erschossen. Meine Mutter und ich betreiben in Belize Town eine kleine Pension, eine Bretterhütte für die Ärmsten aus dem Dschungel, die aus irgendwelchen Gründen einmal in der Hauptstadt übernachten müssen.« Mit einem kleinen Schritt rückte sie ihm noch näher, so daß ihre Leiber sich sacht berührten. »So haben auch die Abgesandten bei uns genächtigt«, flüsterte sie, »und am Tag ihrer Ankunft hörte ich, wie Aj'eetz-ich, der Uralte, zu den beiden anderen sagte, daß ich die wiederverkörperte Ixkukul sein müsse, die oberste Priesterin der Mondgöttin Ixquic, deren steinernes Bildnis vor dem Tor von Kantunmak steht.«

Robert stand wie erstarrt, wahrhaftig wie eine Stele vor ihr und wagte kaum zu atmen, geschweige denn, seinen Mund auf ihre Lippen zu pressen, die fünf Zoll vor ihm verlockend schwebten. Einen langen Moment stand sie so da, an ihn gelehnt, als ob sie auf etwas wartete, dann wich sie wieder ein wenig zurück und sagte:

»Wochenlang bin ich unter großen Gefahren und Entbehrungen hierher gewandert, als ich dann aber vor dem Bildnis stand, fand ich die Übereinstimmung dürftig. Gewiß, die steinernen Figuren sehen dir und mir recht ähnlich, aber es sind eher Ähnlichkeiten des Typs als der Person. Das allein hätte mich wohl nicht überzeugen können, und viel seltsamer scheint mir noch immer, daß ich dich in Fort George am Kai sah und augenblicklich wußte, daß du und ich zusammengehören.« Wie zufällig fuhr sie ihm mit einer Hand über den kalkweiß gefärbten Arm. »Kannst du dir vorstellen, Robert, was ich in diesem Moment empfand?«

Er verneinte stumm, aber nur, damit sie bei ihm blieb und weiter so unsäglich süße Worte zu ihm sprach. Noch immer wagte er nicht, sie zu berühren, dabei mußte er sich mit aller Gewalt beherrschen, um nicht seine Arme um sie zu schlingen und sie wieder und wieder zu küssen, mit der Gier eines Verdurstenden.

»Das war Wochen, bevor die Abgesandten Ajkinsajs sich bei uns einquartierten«, sagte Ixnaay. »Du gingst am Kai von Fort George entlang, entrückt wie ein Priester in Trance. Ich sah dich an, völlig verwirrt, und hatte das Gefühl, daß sich mit einem Mal alles von Grund auf verwandelt hätte, daß die Welt strahlender, bedeutungsvoller geworden wäre, von einem Moment zum anderen. In der Nacht darauf träumte mir, daß wir zusammen in einem Boot säßen, einem traditionellen Kanu meines Volkes, und einen Fluß hinabtrieben, nur du und ich.«

Er öffnete den Mund und schloß ihn wieder, ohne ein Wort zu sagen. Wie kann das alles sein? dachte er. Wieso spricht sie Englisch wie ein britisches Mädchen? Wie schön ihre Augen sind und wie zauberhaft sie duftet, ihr Haar, ihr Atem, ihre Haut. Und sie träumt wahrhaftig meinen – unseren – Traum?

»Eines Abends dann«, fuhr Ixnaay fort, »belauschte ich wieder die drei Abgesandten, deren Gespräche mir interessant geworden waren, seit sie einmal über mich gesprochen hatten. In offenkundiger Aufregung berichtete der Uralte diesmal seinen beiden Gefährten, daß er im Park des Gouverneurs den Götterboten gesehen habe, dessen Wiederkehr die Propheten seit vielen Katun vorhersagten. Er beschrieb dich so, daß ich dich sofort erkannte: der bleiche Zeichner mit der knochigen Gestalt und dem Blick eines Sehers. Es war der Abend, an dem du mir in die Gasse folgtest, wo meine Mutter und ich unsere armselige Pension betreiben. Du bist mir bis zu unserer Tür hinterhergegangen, dort aber bewußtlos zu Boden gesunken.«

Er sah ihr in die Augen, und ihm war, als tauche er tief hinein in einen dunklen See. »So bin ich also wirklich dort gewesen?« Er fragte es mehr sich selbst als Ixnaay, die ihm immer noch forschend ins Gesicht sah, so aufmerksam, als versuchte sie seine verborgensten, ihm selber unbekannten Gedanken von seiner Stirn abzulesen. Hinter ihnen erklangen wieder die rituellen Gesänge der Menge, gedämpft und stetig wie der Wellenschlag einer fernen See. »Aber wie kann es dann sein«, fragte er, »daß ich nicht bei dir, sondern auf der Straße am Kai wieder zu mir kam?«

Sie lächelte ihn an, liebevoll, doch auch ein wenig spöttisch, wie ihm schien. »Nun, dazu war keine Zauberei nötig, Bote der Götter: Es genügten ein wenig wacher Verstand und vier starke Arme. Die beiden jüngeren Abgesandten trugen dich zum Kai zurück, damit kein Schatten, von was auch immer, auf sie oder dich fallen konnte. Als sie sahen, daß deine beiden Gefährten, der dicke Mann und der magere

Rotfuchs, das Meer entlangkamen, ließen sie dich auf der Straße liegen, so daß die beiden dich finden mußten.«

Sie hob ihre Arme und legte sie um Roberts Nacken. Für einen Moment erstarrte er wieder, dann schlang auch er seine Arme um sie, durch ihren Blick ermutigt, und sein Herz begann aufs neue heftig zu schlagen.

»Nun weißt du alles, was für den Moment wichtig ist.« Sie drängte ihren schlanken, warmen Leib so eng an ihn, daß er ihre Brüste an seiner Brust spürte. Das schwarze Vogelnest tanzte auf ihrem Kopf, als sie sich in seinen Armen zurückbog und ihre Lippen sich für ihn öffneten.

8

»Konntest du dich draußen frei bewegen? Warst du bei der Pyramide, die auf der Karte eingezeichnet ist?« Seit Robert in das Gewölbe zu ihnen zurückgekehrt war, bestürmten ihn die Gefährten mit Fragen. »Und hast du dort Wächter gesehen, vor dem Bauwerk oder in der Nähe?«

Robert hatte sich gleich in seine Hängematte fallen lassen, im linken hinteren Winkel ihres Gewölbes. Von der Tatkraft und Zuversicht, die ihn vorhin noch beflügelt hatten, war nichts zurückgeblieben, im Gegenteil: Mit jedem Schritt, den er sich, hinter Ja'-much hertrottend, vom Jaguartempel entfernte, hatte er sich wieder matter und trübsinniger gefühlt, wie ein Bergsteiger, der vom hellen Gipfel ins nebelerfüllte Tal hinuntersteigt.

»Nicht, daß uns eine Handvoll Wachaffen erschrecken könnten, aber es ist immer besser, wenn man vorher Bescheid weiß.« Das war natürlich Paul, der ohne Umschweife aus seiner Ecke herübergekommen war. Mit der linken Hand zwirbelte er seinen Schnauzbart, seine rechte vollführte wegwerfende Gebärden im fahlen Licht der Fackeln, die ringsum an den Wänden loderten.

Rasch spähte Robert zu Henry und Ajkech hinab. Die beiden hockten am Boden unter den Hängematten, zwischen ihren Gepäckstücken, die zwischenzeitlich hierhergeschafft worden waren. Der Mestize und der kleine Krieger sahen aufmerksam zu ihm und Paul empor, und ihre Mienen verrieten, daß sie auf neuerliche Zwischenfälle gefaßt waren.

»Tut mir leid, Paul«, sagte Robert, indem er Ajkech und Henry beschwichtigend zunickte, »ich bin überhaupt nicht nach draußen gekommen. Die ganze Stadt wimmelt vor Kriegern, aber auch das habe ich nur aus der Ferne gesehen, von einer Terrasse auf halber Höhe des Palastes. Die grauen Priester haben mich keine Minute aus den Augen gelassen.«

Pauls Augen blitzten auf, mit einem zornigen Ruck drehte er sich zu Stephen um, der am anderen Ende des Gewölbes stand, die Arme vor der Brust verschränkt. Gleich würden sich die beiden wieder ereifern und ihn als Verräter beschimpfen, dachte Robert, aber als Paul sich erneut zu ihm umwandte, trug er eine unerwartet friedfertige Miene zur Schau. »Laß uns noch mal in Ruhe über alles reden, Robert«, sagte er.

Grauer Qualm waberte durch den Raum und verbreitete einen drückenden Geruch nach Pilzen und feuchtem Holz. Einen Moment lang lauschte Robert in sich hinein, auf das dumpfe Pochen, das sich hinter seiner Stirn erneut zu regen begann. Sogleich sah er wieder Ixnaay vor sich, ihre zauberhaft schönen Züge, und vernahm aufs neue ihre melodische Stimme, die ihn vorhin so sehr betört hatte. Doch seit sie auf der Pyramide des Jaguargottes entschwunden war, buchstäblich wie ein Schatten, von einem Moment zum anderen unsichtbar geworden, wuchsen in ihm Zweifel und Unbehagen.

»Natürlich sind wir enttäuscht über deine Raffgier, die dich jede Kameradschaftlichkeit vergessen läßt«, sagte Paul, »und der Verlust ist für Stephen und mich mehr als schmerzlich. Aber das braucht dich ja nicht zu bekümmern.« Er unterbrach sich und sah Robert, der sich in seiner Hängematte wiegte, beschwörend an. »Also kurz und gut, ein Drittel des gesamten Schatzes soll dir gehören, wenn du uns hilfst, ihn ausfindig zu machen.«

So matt und trübe Robert sich auch fühlte, beinahe hätte er Paul ins Gesicht gelacht. Enttäuscht über meine Raffgier? Vor seinem geistigen Auge ließ er die Schätze vorüberziehen, die Stephen und Paul sich immer wieder mit ausmalten, unersättlicher Begierde: goldene Götterköpfe und Opferschalen, Silberschmuck und Jadefiguren in berauschenden Mengen, ganze funkelnde Kammern und blitzende Säle voll. Aber es ließ ihn kalt, gänzlich kalt, ja mehr noch: Wenn er sich all den schalen Glanz auch nur vorstellte, verspürte er Widerwillen, einen beinahe körperlichen Ekel. Wir bewegen uns in entgegengesetzte Richtungen, wollte er sagen, mein einziger Wunsch ist, alles abzuwerfen, abzuschütteln, hinter mir zu lassen, was mir von meinen Eltern, meiner Herkunft, meinem Land, meiner kalten Nebelwelt aufgebürdet und umgehängt und in die Haut geschnitten worden ist. Aber das hätte Paul nicht verstanden oder ihm, schlimmer noch, nicht geglaubt. Am ehesten würden die beiden sich beruhigen, dachte Robert, wenn er zum Schein auf ihr Angebot einging. Auf keinen Fall durfte er sich anmerken lassen, daß er an ihren Reichtümern nicht interessiert war oder gar, daß er die Zeichen auf der Schatzkarte sowenig wie sie selbst zu entziffern vermochte.

»Ich will nicht mehr haben, als recht und billig ist«, sagte er zu Paul, um einen gelassenen Tonfall bemüht. »Da wir zu viert sind, Miriam eingeschlossen, soll jeder ein Viertel des Schatzes bekommen, nicht mehr und nicht weniger. Wie lange sie uns hier noch festhalten werden, weiß ich auch nicht, aber ich denke doch, daß sich mir in den nächsten Tagen einmal die Gelegenheit bieten wird, in der Stadt umherzuschweifen. Dann will ich …«

»Morgen ist unsere letzte Chance«, fiel ihm Paul ins Wort. »Vorhin hörte ich, wie zwei der Wachaffen sich draußen im Gang unterhielten: Die britische Armee steht zwei Tagesmärsche vor Kantunmak. Spätestens übermorgen ist hier die Hölle los!«

Bestürzt sah Robert zu ihm auf. So bald schon sollte der Kampf beginnen? Nach der Prophezeiung würde er selbst heute in acht Tagen »im Strom vergossenen Blutes hingehen« – sollte das etwa heißen, daß die Soldaten Ihrer Majestät und die Krieger der Maya fast eine Woche lang gegeneinander kämpfen würden? Langsam, dachte er dann, glaubte er selbst denn etwa, daß sich die Prophezeiung in allen Punkten erfüllen würde? Angst stieg in ihm auf, bisher hatte er es vermieden, sich auch nur von ferne vorzustellen, wie die »große Schlacht« verlaufen würde, da er nur allzu deutlich ahnte, daß die Mayakrieger mit ihren Äxten und Speeren gegen die königliche Infanterie keinerlei Chance besaßen. Doch jetzt sah er sich auf einmal, in wirren, blutroten Bildern, wie er eine klobige Steinaxt schwang, uniformierte Arme abschlug, bleiche Hände, dürre Infanteristenschenkel, Tag um Tag, unermüdlich, aufgepeitscht vom Wahnsinn der Männer, bis sich die blutigen Gliedmaßen um ihn herum zu hohen Wällen türmten.

Er sah in Pauls Gesicht, seine Augen, die vor Erwartung oder Ungeduld zusammengekniffen waren, und so rasch, wie sie über ihn gekommen war, verblaßte die Vision. Unsinn, versuchte er sich zu beruhigen, der ungleiche Kampf würde sicher schon nach kürzester Frist beendet sein. Doch etwas in ihm sträubte sich gegen diese Vermutung, denn sie bedeutete, daß die ganze Prophezeiung abergläubischer Unfug sei.

»Keine Sorge«, sagte er endlich zu Paul, in beiläufigem Tonfall, wie er hoffte, »wenn es sich so verhält, werde ich eben dafür sorgen, daß morgen alles Erforderliche geschieht.«

Paul schien vorauszusetzen, daß seine Worte sich auf den Schatz bezogen, jedenfalls nickte er ihm zu, mit zufriedener Miene, und kehrte in seine Nische zurück. Gleich darauf hörte Robert, wie sich die drei am anderen Ende des Gewölbes tuschelnd berieten, und es dauerte nicht lange, bis Stephens und Pauls aufgekratztes Lachen erschallte, in das Miriam indessen nur halbherzig einzustimmen schien.

9

Wie weit der Tag fortgeschritten sein mochte, in ihrem Gewölbe hätte es niemand zu sagen gewußt, aber Robert nahm an, daß draußen bereits der Abend dämmerte. Vorhin hatten ihre Wächter ihnen wieder Schalen mit zähem Brei aus Reis und Bohnen gebracht sowie Wasser in bauchigen Amphoren. Robert hatte nur ein wenig von dem lauen Wasser getrunken und eine Handvoll Brei aus dem Trog gekratzt, ohne sich aus seiner Hängematte zu erheben. Niedergeschlagenheit hatte sich seiner bemächtigt, immer tiefer versank er im Trübsinn, einer widrigen Mischung aus Angst und Apathie, Argwohn und flackernder Hoffnung.

Ixnaay verbarg etwas vor ihm, und dieser Verdacht, die Ahnung, daß sie vor ihm gleichsam eine Maske getragen hatte, quälte ihn mehr als alles andere. Wie nur war es zu erklären, daß sie ein so vorzügliches Englisch sprach? In Fort George hatte er öfter gehört, wie Schwarze und Maya mehr schlecht als recht die britische Sprache radebrechten, und niemand von ihnen hatte auch nur annähernd so nuancenreich und geschmeidig gesprochen wie Ixnaay, nicht einmal Miss Milly, das schwarze Hausmädchen in Molton House. Hatte Ixnaay ihm nicht erzählt, daß sie und ihre Mutter in Belize Town ihr Leben fristeten, indem sie in einer ärmlichen Holzhütte Schlafquartiere vermieteten? Mit ihren Übernachtungsgästen, einfachen Maya, die für einige Tage aus den Wäldern in die Hauptstadt kamen, verständigten sie sich doch sicherlich nicht in der Sprache der »fahlhäutigen Invasoren«? Er sann darüber nach, von einer vagen, qualvollen Eifersucht gemartert, aber es gelang ihm nicht, das Rätsel zu lösen.

Die Mehrzahl der Lichter ringsum an den Wänden war heruntergebrannt, doch niemand von ihnen machte sich die Mühe, sie gegen neue Fackeln auszutauschen, die gebündelt vor den Wandnischen lagen. Paul, Miriam und Stephen unterhielten sich mit gedämpften Stimmen in ihrem Winkel, und Henry, Mabo und Ajkech hockten nahe der Stirnwand am Boden, auf den Unterschenkeln kauernd, in der reglosen Haltung, in der die meisten Indios ihr halbes Leben zu verbringen schienen.

Noch mysteriöser als Ixnaays Sprachkenntnisse, dachte Robert, war ihre Vertrautheit mit den hiesigen Verhältnissen. Wenn sie, wie er selbst, gestern erst in Kantunmak eingetroffen war, wie war es dann möglich, daß sie sich mit schlafwandlerischer Sicherheit durch das Labyrinth der Ruinen, mit seinen Geheimgängen, verborgenen Luken und Einlässen, bewegte? Sie mußte sich schon öfter hier aufgehalten haben, oder ortskundige Helfer mußten ihr gezeigt haben, wie man ungesehen in den Tempel des Jaguargottes gelangen und von dort wieder verschwinden konnte, ohne die Aufmerksamkeit der grauen Priester auf sich zu ziehen. Und selbst von der Nische im Jaguartempel hatte sie gewußt, dachte er, als ob sie es gewohnt wäre, in den Heiligtümern der alten Stadt ein- und auszugehen!

Noch sträubte sich alles in ihm gegen den Gedanken, daß sie ihn belogen haben könnte. In weiter Ferne glaubte er immer noch die melodischen Rufe der zahllosen Krieger draußen auf dem Platz zu hören, wie ein stetiges, leises Brausen unabsehbar anbrandender Wellen. Wo Ixnaay sich jetzt versteckt halten mochte? Vielleicht hatten die Priesterinnen der Mondgöttin sie aufgenommen, die sie doch als wiedergekehrte Ixkukul verehren mußten, die oberste Priesterin ihres Kultes in Tayasal. Aber die Priesterinnen in den silbernen Gewändern, sagte er sich dann, würden es nicht wagen, irgend etwas gegen Ajkinsajs Willen zu unternehmen. Voller Unbehagen dachte er an die beiden Marionetten, die auf den Thronen neben Ajkinsaj gesessen hatten, den kindlichen Sonnengottpriester und die lallende Idiotin im Gewand der obersten Priesterin Ixquics. Nein, Ixnaay mußte mächtige Verbündete haben, weitaus stärker als die Anhänger der unterworfenen Götterkulte hier in Kantunmak. Und indem er aufs neue über ihr Geheimnis nachsann, versankt er noch tiefer in Trübsinn und Melancholie.

Aber sie hat mich geküßt, dachte er dann wieder, wir haben einander umarmt und geküßt wie ein Liebespaar. Ich habe die India meiner Träume endlich in den Armen gehalten, wie kann es da sein, daß ich trotzdem so mutlos bin? Daß ich auf meinem Mund noch ihre weichen Lippen, an meiner Brust noch ihren Busen spüre und mich dennoch wie zerschlagen fühle, niedergeknüppelt wie ein Hund? Hat sie mir nicht gestanden, was sie empfand, als sie mich zum ersten Mal erblickte – daß wir zusammengehörten, daß die Welt für sie zu strahlen begann?

Wieder und wieder rief er sich ihre Erscheinung vor Augen, ihren Blick, ihr liebevolles Lächeln, ihre Berührungen, jedes einzelne ihrer köstlichen Worte. Aber es half nichts, oder kaum mehr als nichts, gegen die lähmende Trübsal, die ihn umfangen hielt, gegen die immer dichteren Nebel der Hoffnungslosigkeit.

Ungewiß, wie lange er so gelegen hatte. Erst als einer der Wächter vor dem Türloch dröhnend nieste, fuhr er auf und bemerkte, daß es stockdunkel war und seine Gefährten längst allesamt schliefen. Seine Kopfschmerzen waren wieder ärger geworden, und er war froh, daß auch die letzten Fackeln verloschen waren. Reglos lag er in seiner Hängematte und lauschte auf Ajkechs und Henrys gleichmäßige Atemzüge und auf das leise Pochen in seinem Kopf.

Vorhin hatte Henry ihm seinen Zeichenblock und seine Graphitstifte hingehalten, die im Durcheinander ihrer Gepäckstücke auf einmal aufgetaucht waren. Er hatte einen unerwartet starken Drang gespürt, wieder wie früher den Stift über das Papier zu bewegen, zufrieden mit der Illusion, die ein paar Kohlestriche schufen, und frei von der Sehnsucht, in die Wirklichkeit des Bildes, die Welt hinter dem Spiegel vorzudringen. Ohne sich zu besinnen, hatte er nach Papier und Stiften gegriffen, doch fast im gleichen Moment war er von Widerwillen erfaßt worden, so daß er den Block zu Boden warf, wie von einem Krampf gepackt.

Es gab kein Zurück mehr, dachte er auch jetzt wieder, schon lange nicht mehr. Die gleiche Prophezeiung, die sie beide hierhergeführt hatte, ihn und Ixnaay, besagte auch, daß er in acht Tagen sterben werde, hingestreckt von der Waffe eines britischen Soldaten. Und sowenig er sich verhehlen konnte, daß die Prophezeiung in dem für die Maya wichtigsten Punkt, dem ersehnten Sieg über die weißen Invasoren, ganz unerfüllbar war, so deutlich spürte er zugleich, daß sie sich, soweit es ihn betraf, gänzlich bewahrheiten würde. Für Ixnaay und ihn würde es keine gemeinsame Zukunft geben, dachte Robert, kein Boot, in dem nur sie beiden den Strom ihrer Liebe und ihres Lebens hinabtrieben. Denn am Ende der sinnlosen Schlacht, des vielleicht letzten großen Kampfes der Maya, würde er sterben, »hingehen im Strom vergossenen Blutes«, wie die Prophezeiung besagte.

Tief in seinem Innern spürte er die Hoffnung, ein flackerndes Flämmchen, daß sie doch noch eine Ausflucht finden würden. Aber er ahnte zugleich, daß seine Sehnsucht nach dem Erlöschen viel stärker war, weitaus älter, eine mächtige Woge, die in ihm emporrasen und alles Flackernde ertränken würde, Hoffnung, Liebe, verstümmelte Lebensgier. Die Wahrheit der Prophezeiung, dachte er in jähem Erschrecken, liegt unerreichbar in mir selbst.

10

Im Dämmerlicht, das durch die Zweige sickerte, war der Boden hellbraun wie Milchkakao und federnd weich unter seinen Füßen. Es war ein lustvolles Gefühl, über diesen Boden zu laufen, als ob seine Sohlen gestreichelt würden. Die Zweige hingen weit hinunter, so tief, daß er vorgebeugt gehen mußte. Bald schon ließ er sich auf alle viere hinab. So war es besser, viel besser. Er begann zu kriechen und spürte unter seinen Zehen, Knien und Händen den federnd weichen Boden, der bei jeder Berührung zu erbeben schien. Oder war das er selbst, den wieder und wieder Schauer überliefen?

Er hätte es nicht sagen können, es war ihm auch gleich. Im flirrenden Dämmerlicht kroch er voran, und auf einmal spürte er, daß er in den Boden einsank, ganz langsam, zollweise, mit jeder kriechenden Bewegung ein wenig tiefer. Als wäre der Boden nicht nur hell wie Milchschokolade, als wäre es wahrhaftig Kakao, zerstoßen und geschmolzen zu sämigem Brei. Immer tiefer sank er ein, seine Hände schon bis über die Gelenke in köstlichen Kakao getaucht. Unwillkürlich drängte er sich noch enger an diesen Boden heran, mit seinem ganzen Körper, über die nachgiebige Schokoladenfläche kriechend wie eine Schlange, und es war schiere Lust, sich derart zu bewegen, weniger voran als in die federnde Erde hinein.

Er war schon zur Hälfte versunken, als ihm auf einmal dämmerte, daß es Fleisch war, kakaofarbenes Menschenfleisch, in der Hitze gedunsen zu zähem Schleim. Von Ekel erfaßt, wollte er aufspringen, davonlaufen und wühlte sich doch nur tiefer hinein. Augen glotzten ihn an, wie Blasen auf der weichen Fläche treibend, rundliche Wölbungen sah er, wie von Schultern, Brüsten, Knien unter dem fleischigen Schleim. Er packte nach einer Schulter, um sich zu stützen, aus dem Brei herauszudrücken, der ihn schon bis zum Nabel umfing. Aber es war nur eine leere Wölbung, von Gasen aufgeblähte Haut, die unter seiner Hand mit dunklem Glucksen zerplatzte.

Er sank tiefer, immer tiefer, gleich, ob er mit den Beinen stampfte oder reglos blieb. Er spürte, wie der Brei an ihm emporfuhr, dicht und eng wie ein Strumpf, wie eine zweite Haut. Vage war ihm bewußt, daß er all das schon einmal erlebt hatte, auf Grimaldis Liege, in seinem allerersten, alles verwandelnden magnetischen Traum. Aber diesmal, dachte er voll Entsetzen, geschieht es in Wirklichkeit. Er wollte schreien, und ein Schwall warmen Breis quoll in seinen Mund. Keuchend und würgend sank er immer tiefer, mit den Beinen stampfend, als liefe er eine steile Treppe hinab.

Als er schon glaubte, vor Atemnot ersticken zu müssen, fühlte er unter seinen Füßen mit einem Mal etwas Festes, Kaltes, wie Stöcke und Platten und hölzerne Kugeln, zu einem schütteren Hügel aufgehäuft. Er sank hinein, unter tausendfachem Knacken und Krachen. Je tiefer er kam, desto heller wurde es. Er sah um sich, und da erst erkannte er, wo er sich befand, in einem Berg aus bleichen Gebeinen, einem Turm aus Schenkelknochen, Brustbeinen, Beckentrögen, aus Knie- und Schulterkugeln, einem Wirrwarr schimmernder Rippen, feixender Schädel, die unter seinen Tritten mit trockenem Knirschen zerknackten.

Es gab nur wenig Luft zwischen den Totenknochen, und sie war staubig und roch nach Verdammnis, aber es war ihm gleich. Seine Brust hob und senkte sich, sein lebendiger Brustkorb drückte morsche Gebeine beiseite, als er seine Lunge mit der Totenluft füllte, wieder und wieder, die ihm köstlicher schien als der erlesenste Trunk. Und er sank tiefer. Die Knochen schrammten über seine Haut und zerbarsten unter seinen Tritten, die Totenköpfe drehten sich träge in den beinernen Wänden, zwischen denen er hinabglitt, dann endlich war er hindurch. Seine Füße tauchten in Wasser, weiches Wasser, warm wie Blut.

Wieder wunderte er sich, wie damals unter Grimaldis magnetischen Händen, wie es möglich sein sollte, daß der Fluß im Innern toste, unter Haut, Fleisch und Knochen, durch die er hindurchgesunken war. Aber da lag er schon im Wasser, das ihn mit starker Strömung packte, und er schlug mit den Armen um sich und stampfte mit den Beinen, um sich aus der Flut herauszureißen.

Wie dunkel es hier ist, dachte er dann, als er endlich am trockenen Ufer lag. Er war tropfnaß von Kopf bis Fuß, seine Brust hob und senkte sich stoßweise, und er lauschte dem Strom, der in seinen Ohren toste. Zugleich spürte er immer noch die weiche, schleimige Berührung, das gedunsene Kakaofleisch, wie es sich über ihn gezogen hatte, und dann das Scharren, Kollern und Kratzen der Knochenhaufen, durch die er hindurchgepoltert war. Ixnaay, dachte er, ich habe es geschafft, hier bin ich, am Strom unserer Liebe. Das Herz begann ihm bis zum Hals zu schlagen, er blinzelte in die Nacht, lauschte dem Brausen und ahnte, daß sie ganz in seiner Nähe war.

Halb war er schon wieder in Schlaf und Traum versunken, als er fühlte, wie sie neben ihn glitt. Ihre Arme, die ihn umschlangen, ihre Lippen auf seinem Mund. Er erschauerte. In seiner Haut, seinem Mund noch die Erinnerung an den kakaohellen Schleim, und sie vermischte sich mit den Berührungen ihrer Hände, ihrer drängenden Zunge, ihres Beines, das sich zwischen seine Schenkel schob. Ganz flüchtig wurde ihm bewußt, daß irgend etwas nicht stimmte, ihre Bewegungen, ihr Geruch, doch er sann nicht weiter darüber nach. Ihre Berührungen waren wie das Streicheln des nachgiebigen Bodens, sein ganzer Körper wurde wieder zur Schlange, zum Bersten gespannt zwischen ihren Händen und zuckend vor Lust.

»Der Schatz, wo ist er?« Unmöglich, daß sie diese Frage gestellt hatte. »Sag, wie ist der Weg?« Ihre raunende, wispernde Stimme dicht an seinem Ohr. »Das Loch, im Thronpodest.« Er murmelte es, eine Eingebung, vielleicht nur ein Irrtum, und vergaß es gleich wieder, zumal sie nicht noch einmal fragte. Wieder wurde er zur Schlange, von Kopf bis Fuß Schlange, die im weichen, dunklen Untergrund versank, kopfüber hinabstoßend, wilder und wilder.

Auf einmal spürte er, daß der ganze Kakaoberg um ihn herum erschauerte und sich wie in rhythmischen Krämpfen zusammenzog. Tief unter sich sah er den dahintosenden Strom, der im gleichen Moment emporschoß, in steiler Springflut, wie von der Mondkraft gepackt. Da schrie Robert auf, dunkel, tierhaft, heiser vor Angst und Begierde, und während er noch schrie und sich aufbäumte, ging neben ihm ein Licht an, und Henry sagte: »Sir, Sie haben geträum...«, und verstummte, wie auch Robert stumm geworden war und starr in das bleiche Gesicht hinabsah, keine zehn Zoll unter ihm.

O Gott, es ist Mary, dachte er, *es war alles nur ein Traum!*

»Mein lieber Mann«, sagte sie außer Atem. »Hat dir das deine Mondgöttin beigebracht?«

Robert öffnete den Mund und schloß ihn wieder. Stumm sah er in ihre grünen Katzenaugen hinab, die hinter der Flut ihres gelösten Blondhaars lauerten, auf ihren weißen, üppigen Leib und das Durcheinander der Packstücke, die unter Miriam und ringsherum auf dem Boden lagen. In seinem Kopf hallte noch sein eigener Schrei, tierhaft dunkel, vibrierend vor Angst und Begierde, und auf seiner Zunge spürte er noch immer den warmen Schwall, der in seinen Mund gequollen war, kakaofarbenes Fleisch.

ELF

1

»Das mächtige Mayareich von Chichen Itzá liegt in Trümmern, aber durch dich, Bote der Götter, wird es wiederauferstehen.« Die Trommeln donnerten, fünf Dutzend oder mehr, in trägem Rhythmus, wie ein kolossales, kraftvoll schlagendes Herz. »Das mächtige Mayareich von Uxmal liegt in Trümmern, aber durch dich, Bote der Götter, wird es wiederauferstehen.« Im gleichen Takt wie die Trommler sprachen die Priester Cha'acs die rituellen Worte, in eintönigem Tonfall, daß es wie das Brausen eines gewaltigen Meeres klang. »Das mächtige Mayareich von Copán liegt in Trümmern, aber durch dich, Bote der Götter, wird es wiederauferstehen.« Es mußten Hunderte grauer Priester sein, in sechs weiten Halbkreisen hintereinander gestaffelt. Über ihren Köpfen hockten die Trommler, auf einem schmalen, langgezogenen Vorsprung in der Mauer, die mit Gras und Buschwerk bedeckt war und mehr denn je einer Bergwand glich.

»Das mächtige Mayareich von Palenque liegt in Trümmern, aber durch dich, Bote der Götter, wird es wiederauferstehen.« Sie befanden sich vor dem Stadttor von Kantunmak. Die Sonne brannte herab, in tausend Pfützen glitzernd. Schweiß rann aus Roberts Haaren, lief ihm über Stirn und Wangen, tropfte aus seinem wirren Bart und strömte über seine fahle Brust, seine kalkweißen Beine hinab. Zu seiner Rechten erstreckte sich der Weg, gesäumt von Dickicht und Urwaldbäumen, den sie vor zwei Tagen entlanggetaumelt waren, am Ende ihrer Kräfte.

»Das mächtige Mayareich von Mayapán liegt in Trümmern, aber durch dich, Bote der Götter, wird es wiederauferstehen.« Die Trommeln donnerten, wieder und wieder brachen die grauen Priester in rituelle Anrufungen aus, unaufhaltsam wie das anbrandende Meer. Unmittelbar bevor sie ihn hier herausgeleitet hatten, war ein gewaltiger Regen niedergegangen, begleitet von metallischen Donnerschlägen. Nebel wallten aus Gestrüpp und Wipfeln empor, und der Himmel war noch immer mit Wolken bedeckt, so grau wie die Gewänder der Priester Cha'acs.

»Das mächtige Mayareich von Xunantunich liegt in Trümmern, aber durch dich, Bote der Götter, wird es wiederauferstehen.« Überall zwischen Bäumen und Mauern waren weiße Tücher ausgespannt, die den halbkreisförmig gestaffelten Priestern Schatten spendeten, ebenso wie den Tausenden von Mayakriegern, die sich auf dem engen Platz vor der Stadtmauer versammelt hatten. So war einzig Robert der erbarmungslosen Sonne preisgegeben, die in einem kreisrunden Wolkenloch über ihm schwebte und wie mit tausend Flammenschwertern auf ihn herniederstach.

»Das mächtige Mayareich von Cobá liegt in Trümmern, aber durch dich, Bote der Götter, wird es wiederauferstehen.« Sie hatten ihn an sein eigenes steinernes Bildnis gefesselt, und nach einem kurzen Moment des Erschreckens hatte er sich gefügt, da er einsah, daß es so notwendig und richtig war. Das Ritual der Wiederkehr, dachte er, gewiß banden sie ihn nur deshalb an die Säule, um ihn nachher, auf dem Höhepunkt der Zeremonie, desto feierlicher zu entbinden, zum Zeichen, daß der Stein wahrhaftig zu Fleisch geworden war. Wieder und wieder blinzelte er sich beißende Schweißtropfen aus den Augen. Seine Füße und Hände begannen zu kribbeln, so straff hatten Ja'-muchs niedere Priester die Lederriemen um seine Fußknöchel und seine Handgelenke gezogen, die hinter der Steinsäule gefesselt waren.

»Das mächtige Mayareich von Tikal liegt in Trümmern, aber durch dich, Bote der Götter, wird es wiederauferstehen.« Hinter seinem Rücken, im Schatten der Stele, übersetzte Henry, mit sanfter, einschläfernder Stimme, die zugleich der Beruhigung des Wallachs diente. Zu Roberts Erstaunen hatten die Priester auch sein Pferd hierhergeführt und in seinem Rücken an das Bildnis gefesselt, als sollte auch die Fleischwerdung des geflügelten Pferdes beschworen werden, das über dem Haupt seines gemeißelten Doppelgängers schwebte. Durch die monotonen Anrufungen, die zehntausendäugige Menge, die allgemeine Anspannung in Unruhe versetzt, schnaubte der Wallach wieder und wieder, warf den Kopf empor und scharrte mit den Hufen im Schlamm, als ob der Schatz gerade dort, zu Roberts Füßen, vergraben läge.

»Das mächtige Mayareich von Tayasal liegt in Trümmern, aber durch dich, Bote der Götter, wird es wiederauferstehen.« Abrupt verstummten die Trommeln, doch nur für einen Herzschlag, dann setzten sie wieder ein, leiser jetzt, holpernd und hastig wie ein aufgeregtes Herz. In den drängenden Rhythmus mischten sich langgezogene Klänge, hochtonig, schrill wie von geborstenen Flöten. Robert wandte den Kopf nach links, zu den Trommlern über ihm auf dem Mauersims, und erkannte in jäher Bestürzung, daß die Hälfte von ihnen nun leuchtend rote Stäbe in Händen hielt, von der Länge und Dicke eines Kinderarms, wie jener Stab, den Ajkinsaj im Thronsaal geschwenkt hatte. Offenbar waren es beinerne Flöten, und indem die Priester in die schmaleren Enden der Knochenstäbe bliesen, erzeugten sie jene schrillen, langgezogenen Töne, die schwankend die Oktaven empor- und wieder hinabschleiften, wie die widrigen Schreie wilder Hunde, die zuweilen in mondhellen Dschungelnächten erklangen.

»Die geheimen Weisheitsworte der Bücherpriester sind in alle Winde verstreut, aber durch dich, Bote der Götter, werden sie wieder in heiligen Büchertempeln versammelt werden.« So holpernd und jagend wie die Trommeln, so verwaschen wie das Winseln der Knochenflöten klangen nun auch die rituellen Ausrufe der Priester. Aber Robert nahm es nur am Rande wahr, gebannt vom Anblick der Trommler und Flötenspieler hoch über ihm auf dem Mauersims. Es waren allesamt noch junge Männer, nackt bis auf den grauen Schurz, mit glatten Gesichtern, großen Augen, deren Blick leuchtend und leer über ihn hinwegging. Die Leiber der Trommler glänzten vor Schweiß, die Flötisten wiegten sich im Bann ihrer fatalen Melodien, und mit jedem Trommelschlag, jedem winselnden Knochenton sanken sie anscheinend noch tiefer in Trance. Auch die Trommeln, dachte Robert, waren offenbar aus Knochen gefertigt, beinerne Gefäße, rund wie menschliche Beckenknochen und mit gegerbten Häuten bespannt.

»Die göttlichen Formeln der Sternenpriester sind unter allen Himmeln verstreut, aber durch dich, Bote der Götter, werden sie wieder in heiligen Observatorien versammelt werden.« Hinter Roberts Rücken schnaubte und scharrte der Wallach, und Henry übersetzte in besänftigendem Singsang, als wären seine Worte, die rituellen Rufe der Priester, nicht für ihn, sondern einzig für das scheuende Pferd bestimmt. Gewaltsam riß sich Robert vom Anblick der schwingenden, schlagenden, sich wiegenden Musiker und ihrer grausigen Instrumente los. Blinzelnd sah er wieder nach vorn, zu den Reihen der grauen Priester, und zwinkerte mehrmals heftig mit den Augen, gegen den Schweiß, das grelle Licht, aber mehr noch in ungläubigem Erstaunen.

»Das geheime Wissen der Pyramidenerbauer ist in allen Steinbrüchen verstreut, aber durch dich, Bote der Götter, wird es in heiligen Feigenbastbüchern aufs neue versammelt werden.« Noch immer standen die Priester in halbkreisförmigen Staffeln vor ihm, und nach wie vor brachen sie ein ums andere Mal in rituelle Anrufungen aus. Aus ihren Mündern aber hingen, vollkommen rätselhafterweise, strahlend weiße Papierbänder heraus, die mit schwarzen Glyphen beschriftet waren. Die Bänder waren mehr als daumenbreit und mochten drei Fuß in der Länge messen, sie flatterten im leichten Wind, und Robert versuchte sie in den Blick zu fassen, blinzelnd und überhaupt nichts mehr begreifend. Der Schweiß lief ihm über Gesicht und Brust, die Priester riefen, die zehntausendäugige Menge starrte ihn an, wie er an die Stele gebunden stand, wirrbärtig, nackt und kalkweiß am ganzen Leib, wie alle seiner Rasse, aber mehr noch wie der Tod.

»Die geheimen Berechnungen der Kalenderpriester sind in allen Sümpfen versunken, aber durch dich, Bote der Götter, werden sie in heiligen Kalendarien aufs neue versammelt werden.« Die Flöten winselten, die Trommeln wummerten, die Sonne brannte hernieder, und in seiner Verwirrung dachte Robert, daß die Bänder in den Mündern der Priester zumindest erklärten, weshalb ihre Ausrufe auf einmal so verquollen klangen. Dann dachte er, daß sie ihn an barocke Gemälde erinnerten, auf denen die dargestellten Figuren häufig Spruchbänder mit Aufschriften wie »Memento mori« oder »Das Leben ein Traum« oder »Du bist, was du siehst« trugen. Danach erst wurde ihm bewußt, daß sich die Papierbänder von den Mündern der Priester her abwärts verfärbten, leuchtend rot und so rasch, als wären es Lunten, die sich im Rachen der Priester entzündet hätten.

2

»Cha'ac, erhöre unser Flehen! *K'ik!* Du Donnerer des Himmels, sieh doch, wir bringen dir ein Opfer dar. *K'ik!*« Wie Wellen, eine nach der anderen, brandeten die Halbkreise der grauen Priester auf ihn zu. »Cha'ac, erhöre unser Flehen! *K'ik!* Du Herrscher aller Fluten, sieh doch, wir bringen dir ein Opfer dar. *K'ik!*« Bei jedem »Cha'ac« erklang ein donnernder Trommelschlag, gefolgt von schrillen Flötenpfiffen, die jeweils den tausendstimmigen Schrei untermalten: »*K'ik* – Blut!«

»Cha'ac, erhöre unser Flehen! *K'ik!*« Du mächtigster aller Götter, sieh doch, wir bringen dir ein Opfer dar. *K'ik!*« Immer wenn eine neue Woge gegen Robert anbrandete, rissen sich die voranstürmenden Priester die blutig verfärbten Papierbänder aus den Mündern, schwenkten sie über ihren Köpfen und klatschten sie im Anrennen gegen seine Arme oder Brust, Schenkel oder Schultern. Andere wiederum wanden die blutigen Bänder wie Ketten um seinen Hals und um die Stele dazu, oder sie wickelten die leuchtenden Streifen um seine Fußknöchel oder Handgelenke, wie um die ledernen Fesseln auf magische Weise zu verstärken. Doch die Mehrzahl der anbrandenden Priester fixierte die roten Bänder durch kräftige Schläge auf seiner Haut, die bald schon vor Schmerzen brannte, aber mehr noch vor Scham über die entehrende Behandlung, der sie ihn unterwarfen.

»Cha'ac, erhöre unser Flehen! *K'ik!* Du Beschützer der gerechten Krieger, sieh doch, wir bringen dir ein Opfer dar. *K'ik!*« Jedesmal, wenn eine Woge grauer Priester ihre bluttriefenden Bänder um den Götterboten gewunden hatte, wichen sie blitzschnell nach links und rechts zur Seite, wahrhaftig wie wenn eine Welle zu Gischtkaskaden zerstiebt. Kaum einen Lidschlag später brandete schon die nächste Woge gegen ihn an, Dutzende grauer Priester, die sich die leuchtenden Streifen aus den Rachen rissen und sie im Anrennen über ihren Köpfen schwenkten, dabei unaufhörlich Anrufungen heulend. Und Robert sah blinzelnd in ihre Gesichter, die durch Ekstase entstellt waren und durch das Opferblut, das noch immer aus ihren Mündern tropfte, ihre gefletschten Zähne färbte und ihnen über Kinn und Kehle troff.

»Cha'ac, erhöre unser Flehen! *K'ik!* Du Lenker der tödlichen Speere, sieh doch, wir bringen dir ein Opfer dar. *K'ik!*« Die Rufe der Priester, der Geruch ihres Blutes, ihr unaufhörliches Anbranden, die Trommelschläge und winselnden Flöten, die dampfende Hitze, dies alles vermischte sich für Robert zu einem eintönigen Brausen, in dem er kaum mehr Einzelheiten unterschied. Seine Beine fühlten sich kraftlos an, zusammengesunken hing er an seinem steinernen Ebenbild, nur durch die Lederfesseln noch halbwegs aufrechtgehalten. Benommen sah er um sich, in die gleißende Helligkeit, die blutverschmierten, von Haß und Trance entstellten Gesichter, und da erst begann ihm zu dämmern, wen sie in ihm, dem wiedergekehrten Götterboten, dem mit unsäglicher Schuld Beladenen, sahen und besangen.

»Cha'ac, erhöre unser Flehen! *K'ik!* Du Verblender der fahlhäutigen Feinde, sieh doch, wir bringen dir ein Opfer dar. *K'ik!*« Nur das unaufhörliche Klatschen der Hände überall auf seinem Körper, das Brennen der Scham und der Schmerzen hielten ihn noch halbwegs wach. Selbst die steinerne Säule schien unter den Hieben zu erbeben. Benommen schaute er an sich herunter und sah, daß sein Leib schon über und über mit blutigen Papierfetzen beklebt war, ein fahler Ast voll Laub in welkem Rot. Die Streifen flatterten im Wind, der keinerlei Kühlung brachte, übersät mit einem labyrinthischen Glyphenmuster, dessen Bedeutung er nicht mehr enträtseln würde. Natürlich nicht.

»Cha'ac, erhöre unser Flehen! *K'ik!* Du Zermalmer der Verzagten und Schwachen, sieh doch, wir bringen dir ein Opfer dar. *K'ik!*« Die Trommeln donnerten, die beinernen Flöten winselten, längst war die tausendköpfige Menge in die Anrufungen ihrer Priester eingefallen. Sie feierten seine Wiederkehr, gewiß, doch er selbst war nur als Zeichen bedeutsam, er war die Botschaft, nicht der Bote, und schon gar nicht dazu ausersehen, sie als Kriegsherr zu führen, zum glanzvollen Sieg oder in den endgültigen Untergang. Ich bin nur ihre Totemfigur, dachte er, ihr fleischernes Schlachtenbanner, das sie in ihrem heiligen Krieg vor sich hertragen werden, als Unterpfand des prophezeiten Sieges. Ajkinsajs grauen Priester würden ihn in der Schlacht umherzerren und gleichsam wie einen Flaggenstock schwenken, damit die Krieger der Maya ihm arglos folgten. Aber was auch immer der oberste Priester Cha'acs vorhaben mochte, ob er auf Sieg oder Niederlage setzte, er würde dafür sorgen, daß der Götterbote nicht den kleinsten Einfluß auf das Kampfesgeschehen bekam. Und am Ende, wenn Ajkinsajs Pläne aufgegangen oder gescheitert wären, wenn die Wege und Plätze und Treppen von Kantunmak jedenfalls mit Hunderten und Tausenden toter Körper bedeckt wären, dachte Robert, würde sich die Prophezeiung zumindest in diesem letzten Punkt erfüllen: indem der Götterbote »wieder dahinging, in Strömen vergossenes Blutes«.

Die Flöten winselten, die Trommeln donnerten, unaufhörlich wurden blutige Bänder auf seine Brust, seine Schultern geklatscht. Warum wird mir das alles jetzt erst klar? fragte sich Robert. Und wieso schmerzt mich diese Einsicht ärger als alle Peinigungen, die Ajkinsaj noch für mich ersinnen mag? Er hatte sich die Frage kaum gestellt, als ihn die Antwort förmlich ansprang: weil ich wieder nur eine Marionette sein werde, Holzmensch, Fadenpuppe, gelenkt vom Willen anderer, den Listen, Begierden anderer, den Visionen und Geschicken anderer, wie seit jeher, mein Leben lang. Von den Eltern, ihren tausend toten Regeln, von Mary, der Korsettstange ihrer Forderungen und Vorstellungen, von Ökonomie und Profit, von der Maschinerie der Manufaktur, von zehntausend totenfahlen Traditionen. Und jetzt? fragte er sich, und es war weniger ein Gedanke als eine rasche Folge zerstückelter Bilder: Was wäre ich anderes als die Marionetten auf den beiden Thronen neben Ajkinsaj, der kindliche Sonnengottpriester, die lallende Idiotin im silbernen Gewand? Was sind die Hiebe, die Ajkinsajs Priester mir unaufhörlich versetzen, anderes als die Schläge, mit denen Vater und Lehrer mir ihre knöchernen Regeln einzudrillen versuchten? Was die blutigen Streifen, die sie mir auf die Haut hauen, anderes als unbegreifliche Gebote, widersinnig und menschenfeindlich, einzig erdacht, um die Herrschaft sturer Tyrannen zu befestigen? Um die Menschen in Untertanen zu verwandeln, Küsse in Flüche, Gesänge in Gesetze, Liebende in Soldaten, die Friedlichen in Totschläger, die schmerzende, sehnsuchtsvolle, ungeküßte Haut in den unempfindlichen Panzer eines mordgierigen Krokodils?

Die Fäuste flogen, die Schläge klatschten auf seinen Bauch, seine Schenkel, auf Wangen und Stirn. So ungestüm schlugen die Priester mittlerweile zu, daß Robert bei jedem Hieb ein dumpfes Malmen zu spüren glaubte, als gäbe selbst die steinerne Säule unter der Gewalt der Schläge mehr und mehr nach. Er spähte nach den blutigen Bändern, die an seiner bleichen Brust oder seinen knochenfahlen Schenkeln hafteten, seinen Hals umwanden, ihn über und über bedeckten, wie einen Leichnam, der urplötzlich zu bluten begann. Die Streifen flatterten im Wind, und Robert bermerkte verschiedene Glyphen, deren Botschaft ihm auf einmal nicht mehr rätselhaft schien, sondern auf niederdrückende Weise klar. Die Menge heulte Anrufungen, und er sah glotzäugige Götterköpfe, die prallen Lippen zu einem grausamen Lächeln verzogen. Die Flötenspieler wiegten sich in ekstatischer Trance, und Robert sah stilisierte Priester, am Boden kauernd, mit vasenförmigen Schädeln, die oben geöffnet waren, um die Botschaften der übernatürlichen Mächte zu empfangen. Die blutigen Bänder flatterten, und er erkannte Schriftzeichen, die grimmig blickende Krieger darstellten, mit gezückten Dolchen und aufgerichtetem Schamglied, von dem ebenso Blut tropfte wie von der Klinge aus Obsidian. »Cha'ac, erhöre unser Flehen! *K'ik!* Du Gottheit der Männer, Ungestümer, ewig Wandelbarer, sieh doch, wir bringen dir ein Opfer dar. *K'ik!*«

Die Sinne wollten ihm schwinden. Hinter seinem Rücken hörte er die Stimme Henrys, ein traumhaftes Gemurmel, das längst nicht mehr ihm, sondern nur noch dem Wallach galt. Die Sonne brannte, die Schmerzen brannten, doch ärger als alles andere brannte die Scham. Er stöhnte und knirschte mit den Zähnen, schon kaum mehr bei Bewußtsein, im Rhythmus der Trommeln, der winselnden Knochenflöten. Unaufhörlich stießen die grauen Priester ihre Anrufungen aus, brandeten gegen ihn an, schlugen ihn, besudelten ihn, schrieben und hieben ihre Gebote und Glaubenssätze mit Blut und Fäusten in seine Haut.

»Krieger der Maya, hört mich an!«

Er konnte nur für wenige Augenblicke das Bewußtsein verloren haben. Als er wieder zu sich kam, stand die Sonne noch fast lotrecht am Himmel, und die Priester vollführten noch immer ihre Zeremonie zu Ehren Cha'acs. Hatte er ihren Ruf nur geträumt? Blinzelnd sah er um sich, zu den Trommlern und Flötenspielern hinauf, die auf dem Mauersims links über ihm in gedrängter Reihe saßen. Unverändert schlugen sie auf die beinernen Trommeln ein, die mit fahler Haut bespannt waren, und bliesen in die roten Knochenflöten, wobei ihr Blick leer und leuchtend über die Menge hinwegging.

Eines aber hatte sich verändert. In einer schmalen Luke hoch oben in der Stadtmauer, dreißig Fuß über dem Mauersims der Musiker, vierzig Fuß über dem Boden stand sie: Ixnaay, hochaufgerichtet, mit düsterer Miene, im schimmernden Gewand der Priesterin Ixquics, und eine silberne Mondsichel schwebte im schwarzen Himmel ihres Haars.

3

»Krieger der Maya, hört mich an!« Ihre Stimme übertönte das Winseln der Flöten und selbst das Donnern der Trommeln. »Ihr alle kennt meinen Namen und meine äußere Gestalt: In unserem heiligen Reich Tayasal versah ich den Dienst der obersten Priesterin Ixquics.«

Die Flöten und Trommeln erstarben, eine nach der anderen, unter widrigen Mißtönen. Auch die Priester Cha'acs waren verstummt, allesamt, auf ein Zeichen Ajkinsajs, der auf einmal in der Menge seiner Priester stand, die Fäuste auf die Hüften gestemmt. Sein graues Haar bauschte sich im Wind, als er den Kopf hob und zu Ixnaay hinaufsah, mit einer Miene grimmiger Zufriedenheit, die Robert mehr erschreckte als der Haß, den er gestern in Ajkinsajs Gesicht gelesen hatte.

»Krieger der Maya!« rief Ixnaay. »Ich bin zusammen mit dem Götterboten zu euch zurückgekehrt, um euch den Willen der zweiundzwanzig Gottheiten zu verkünden: Kehrt heim in eure Dörfer und Siedlungen, legt die Waffen nieder, kämpft nicht gegen die weißen Soldaten. Haß und Rachegier sind wie eine immerwährende Nacht des Wahnsinns, ein Traum der Verblendung, und die Göttinnen und Götter wünschen, daß ihr nun endlich aus diesem unheilvollen Schlaf erwacht.«

Augen und Lippen zusammengekniffen, starrte die auf dem Platz zusammengedrängte Menge mit finsteren Mienen, in völligem Schweigen zu ihr hinauf. Erst jetzt fiel Robert auf, daß es allesamt Männer waren, zerfurchte Greise, stämmige Krieger, Priester jeden Alters, aber, wohin er auch schaute, keine einzige Frau. Bis auf sie: Ixnaay, India meiner Träume, dachte er, zu ihr emporspähend, die hoch droben in der Mauerluke stand, von dampfendem Buschwerk umgeben, wie eine Statue, wie damals in der Grotte des Regengottes in Chul Ja' Mukal. Er starrte zu ihr hinauf, Schweißtropfen zerblinzelnd, seinen Kopf gewaltsam nach links und aufwärts wendend. Jede Faser seines Körpers pochte und summte vor Erschöpfung und Peinigung und Hitze, und in seinem Kopf klopfte wieder der übel vertraute Schmerz.

Vielleicht hätte er sie für immer so angestarrt, an sein steinernes Bildnis gebunden, den Kopf krampfhaft zu ihr emporgedreht. Aber die immer wütenderen Schmerzen hinter seiner Stirn zwangen ihn, sich doch wieder abzuwenden, wenn auch nur für einen Moment. Sein Blick fiel auf die grauen Priester vor ihm, in ihrer Mitte immer noch Ajkinsaj, der einem seiner Getreuen soeben ein Zeichen mit den Augen gab. Der Getreue war ein junger Priester von beinahe weibischem Aussehen, mit glattem, weichem Gesicht und glänzenden, langen Haaren. Er nickte und griff unter seine Tunika, eine obszöne Geste, wie es Robert schien. Als seine Hand aus dem Schurz wieder hervorkam, hielt er einen schwarzen Dolch, und unter den Blicken des obersten Regengottpriesters wiegte er die Waffe in der Rechten, dabei mit zusammengekniffenen Augen nach Ixnaay spähend.

Hüte dich, Vorsicht! wollte Robert schreien, *sie wollen dich töten!* Aber es war wie in qualvollen Alpträumen: Er machte den Mund auf und zu, er atmete mühsam ein und aus, doch kein Laut kam hervor.

Der junge Priester hob den Dolch über seinen Kopf und schleuderte ihn Ixnaay entgegen. Die Sonne schwebte in dem Wolkenloch über ihnen, und Robert spürte, daß ihm die Sinne schwinden wollten. Er spannte seine Muskeln an und riß die Augen auf, und die Waffe wirbelte durch die Luft, ein gezähnter Dolch, funkelnd und gleißend schwarz. Gebannt verfolgte er ihren Flug, wieder wollte er aufschreien, doch da war Ixnaay in ihrer Luke schon zur Seite geglitten, so daß das Messer sie lediglich an der Hüfte streifte und dann neben ihr klirrend zu Boden fiel.

»Du beschwörst den Zorn der Götter herauf, Ajkinsaj!« Sie war erneut in die Mitte der Mauernische getreten. Die Fäuste auf die Hüften gestemmt, in der gleichen Haltung wie Ajkinsaj, stand sie in ihrer überlegenen Höhe und schaute kalt und drohend auf ihn hinab. »Die

Götter haben ihren Boten und mich ausgesandt, um euch den Ratschluß der kosmischen Mächte zu offenbaren. Wie kannst du es wagen, den Boten zu fesseln und von deinen Priestern prügeln zu lassen? Wie kannst du dich unterstehen, mir nach dem Leben zu trachten – mir, Ixkukul, oberste Priesterin der Mondgöttin Ixquic? Befiehl deinen Häschern, die Dolche zurückzustecken, und befiehl ihnen vor allem, den Götterboten loszubinden – spute dich, ehe der Zorn der Götter euch alle zermalmt!«

Wie verzaubert spähte Robert zu ihr empor. Sein Kopf schmerzte zum Zerspringen, doch ihm war, als ob gerade dieser Schmerz eine magnetische Verbindung zwischen ihm und Ixnaay stiftete. Ihre ganze Gestalt schien aus funkelndem Silber zu bestehen, und selbst aus ihren Augen sah er Silberfunken sprühen, als sie nun innehielt und Ajkinsaj abermals fixierte.

Der Herrscher von Kantunmak sah mit finsterer Miene zu Boden. Sein Gesicht war gerötet, er fletschte die Zähne, und sein gewaltiger Brustkorb hob und senkte sich vor mühsam unterdrückter Wut. Die Menge der Priester und Krieger wahrte noch immer völliges Schweigen, doch es war zu spüren, daß sie alle voller Spannung auf Ajkinsajs Antwort warteten.

Endlich sah der oberste Regengottpriester wieder auf zu Ixnaay. »Die Seher sagen seit acht Katun die Wiederkehr des Götterboten voraus. Eine Wiederkehr Ixkukuls hat kein Prophet jemals erwähnt.« Er verschränkte die Arme vor der Brust und schürzte die Lippen. »Beweise mir durch ein Zeichen, daß du wirklich die Priesterin Ixquics bist!«

Unbeirrt erwiderte Ixnaay seinen Blick. »Du sollst das Zeichen bekommen, Ajkinsaj.« Ihre Stimme hatte einen Nachhall angenommen, zumindest in Roberts Wahrnehmung, als dränge sie aus himmlischer Ferne oder aus den Tiefen eines Abgrunds zu ihnen her. »Ixquic, liebste Silberhäsin der Nacht.« Sie breitete die Arme aus. »Ahau Kin, goldener Adler des Tages. Kukulkán, gefiederte Himmelsschlange, und du, liebste Mam, Göttin alles Göttlichen, Herrin der Urflut, aus der alles kommt.« Für einen Moment hielt sie inne, mit einem wehmütigen Lächeln, wie es Robert schien. »Ihr Göttinnen und Götter, ich bitte euch, hört mich an. Wenn ihr wünscht, daß sich die hier in Kantunmak versammelten Maya, eure Geschöpfe, gegen die fahlhäutigen Eroberer ihres Landes erheben, wenn ihr wünscht, daß sie ihr Blut vergießen, ihre Körper zerstören, ihre Seelen versteinern, ihr Leben verröcheln in einem Krieg gegen tausendfach mächtigere Waffen, dann *schweigt* bitte, bleibt stumm und fern zum Zeichen, daß euch der Untergang eurer Kreaturen nicht rührt.« Wieder hielt sie inne, jedoch nur für einen kurzen Moment. »Wenn ihr aber wünscht, ihr Göttinnen und Götter, daß sich die hier versammelten Krieger und Priester der Maya *nicht* gegen die fahlhäutigen Invasoren erheben, daß sie die Flamme des Hasses in ihren Seelen ausblasen und in ihre Dörfer zurückkehren sollen, zu ihren Frauen und Kindern, um dort in Frieden zu leben, dann gebt uns ein Zeichen, damit euer Wille geschieht.«

Sie ließ die Arme sinken, und es schien Robert, als ob sie mit der Rechten zugleich eine Bewegung gegen ihn vollführt hätte, ein rasches Öffnen ihrer Hand und Spreizen der Finger, als wollte sie eine Kraft, einen magnetischen Strom in seine Richtung lenken. Noch während er sich fragte, was es mit dieser Gebärde auf sich haben mochte, ob er sie sich vielleicht nur eingebildet hatte, vernahm er hinter sich ein furchtbares Schnauben und Scharren. Und ehe Robert sich versah, ehe irgend jemand auf dem ganzen Platz, mit Ausnahme vielleicht von Ixnaay, begriff, was sich hier ereignete, hatte sich der Wallach aufgebäumt und zerrte so gewaltsam an dem Zaumzeug, mit dem er an der Stele festgezurrt war, daß das steinerne Bildnis umgerissen wurde und mitsamt seinem fleischgewordenen Wiedergänger auf den Rücken des Wallachs prallte, der mit einem elenden, schon sterbenswehen Wiehern zusammenbrach.

Das letzte, was Robert im Niederstürzen sah, war sie, Ixnaay, hoch über ihm, von einer silbrigen Aura tänzelnder Lichtzungen umgeben. Das letzte, was er spürte, durch den jähen Schmerz des Aufpralls und die baumdicke Steinsäule hindurch, war die federnde Weichheit des Pferdekörpers, den das Idol zu einem blutigen Ragout zerschlug.

4

»Henry, bist du das? Wo sind wir?«

»Still, Sir, Sie müssen sich schonen. Ihr Sturz – es war furchtbar, aber Sie haben noch Glück gehabt. Wären Sie unter die Stele geraten, sie hätte Sie zerquetscht wie ...«

Das Pferd, o mein Gott. Robert knirschte mit den Zähnen. Anscheinend lag er flach auf dem Boden, auf einer Strohmatte, von Dunkelheit umgeben. Zu seiner Linken kauerte Henry, eine schmale schwarze Silhouette, halb über ihn gebeugt.

»Der Wallach ist tot.« Er murmelte es, mehr in Gedanken als zu Henry, der mit einem Seufzen antwortete, halb Bestätigung, halb Klage. »Es tut mir so schrecklich leid.« Tatsächlich spürte er ein Brennen in den Augen und einen so wilden, wütenden Schmerz in seinem Innern, als hätte er einen Freund verloren, einen lange vertrauten Gefährten. Und war es nicht auch so, trotz aller Mißhelligkeiten zwischen ihm und dem Wallach, oder gerade deshalb? Auf einmal fühlte er Henrys Hand auf seiner Linken, ergriff sie und spürte den Gegendruck der kleinen Finger, was ihn noch stärker rührte. Rasch machte er sich los. »Wo sind wir hier?«

»In der Ka'ana, Sir.« Henrys Stimme bebte, vor Erschöpfung oder Schmerz. »Sie haben uns lange Treppen emporgetragen, noch viel mehr Stufen als unlängst zum Thronsaal Ajkinsajs. Diese Kammer hier muß sich auf dem Dach des Palastes befinden, oder wenig darunter.«

Uns getragen? Flüchtig wunderte sich Robert über diese Worte, schon schweiften seine Gedanken wieder ab. »Ich muß längere Zeit ohne Bewußtsein gewesen sein. Sag doch, was ist währenddessen geschehen?«

Aus einer rätselhaften Scheu heraus vermied er es, Ixnaays Namen zu nennen, sie auch nur zu erwähnen. Aber Henry würde ohnehin wissen, daß alle seine Fragen nur ihr galten, ihrem Befinden und Verbleib. In den Wochen gemeinsam bestandener Gefahren hatte sich zwischen ihm und seinem jungen Diener eine Vertrautheit eingestellt, die meist nicht einmal mehr der Worte bedurfte. Den Wallach zu verlieren war schmerzlich, dachte Robert, zumal er noch immer nicht verstand, weshalb sie das Pferd überhaupt zusammen mit ihm an der Stele festgebunden hatten. Aber wenn Henry etwas zustoßen würde, er würde es nicht ertragen, es wäre, wie wenn ein Stück seiner selbst aus ihm herausgerissen würde.

»Als die Stele mit Ihnen umstürzte, Sir, und das Pferd erschlug, entstand unter den Priestern und Kriegern eine große Verwirrung. Die Priesterin rief aus, es sei das Zeichen der Götter, daß die Maya nicht in den Kampf ziehen sollten.« Henry schwieg einen Moment, und trotz der Düsternis glaubte Robert zu sehen, wie die Miene des Mestizen sich verdüsterte. Dann aber, fuhr Henry fort, habe Ajkinsaj die Menge durch eine gebieterische Handbewegung zum Schweigen gebracht. Der Sturz der Säule und der Tod des Pferdes, so der oberste Regengottpriester, seien allerdings Zeichen der Götter. Aber ihre Botschaft laute im Gegenteil: Zieht in die Schlacht, Krieger der Maya, und brecht mit Hilfe eurer mächtigen Ahnen die Herrschaft der fahlhäutigen Reiter. »Als seine Worte verklungen waren«, schloß Henry, »und alle Blicke sich wieder auf jene Mauerluke richteten, war die Priesterin verschwunden.«

Erleichterung durchströmte Robert. Sie war nicht in die Hände der Schergen Ajkinsajs gefallen, Ixnaay war frei und unversehrt, das allein zählte. Er versuchte sich auf der Strohmatte aufzurichten, doch aus irgend einem Grund wollten seine Muskeln ihm nicht gehorchen. Wie eine steinerne Säule so starr lag er am Boden. Dabei verspürte er seltsamerweise keinerlei Schmerzen, weder in seinem Körper, obwohl die Priester ihn erbarmungslos geschlagen hatten, noch in seinem Kopf, als hätte sich eine negative Kraft aus all seinen Fasern entladen. Statt dessen war er von quecksilbriger Leichtigkeit erfüllt, deren trügerische Qualität ihm nur vage bewußt war, einer fiebrigen Überbeweglichkeit der Phantasie, nicht unbedingt des Verstandes oder Körpers.

Seine Augen hatten sich schon ein wenig an die Dunkelheit gewöhnt, und so erkannte er nun, daß sie sich in einer engen, länglichen Kammer befanden, an deren linker Schmalseite mehrere Stufen emporführten. Das Türloch darüber war mit Brettern verschlossen, die nur wenig fahles Licht durch schmale Ritzen sickern ließen.

Henry schien seinem Blick gefolgt zu sein. »Dort draußen stehen Wachen.« Er senkte seine Stimme zu einem Flüstern. »Trotzdem ist sie bei Ihnen, Sir, die Frau, die Sie über alles in der Welt liebt.«

Hatte Henry diesen letzten Satz tatsächlich gesagt? Robert war sich nicht sicher, zu leise hatte der Mestize gesprochen, zu verwirrt fühlte er sich, um überhaupt noch deutlich unterscheiden zu können, was Wirklichkeit war, was Täuschung oder Phantasie. Argwöhnisch spähte er um sich, in der Düsternis war kaum etwas zu erkennen. Jedoch war er nur allzu bereit zu glauben, daß sie wahrhaftig hier in der Kammer war, heimlich in den Palast eingedrungen, Ajkinsaj und seinen überall lauernden Schergen zum Trotz.

Still lag er da, seinem eigenen Atem lauschend. Vor dem Eingang hörte er ihre Wächter miteinander murmeln, vergeblich versuchte er herauszufinden, wie viele verschiedene Stimmen es waren. Im Grunde war es ihm auch gleich. Er dämmerte dahin, ungewiß, wie lange Zeit, im Strom des Halbschlafs treibend. Auf einmal war ihm, als ob sie wahrhaftig bei ihm wäre. Deutlich glaubte er ihre Silhouette zu sehen, ihren Kopf, der sich von der Seite her über ihn neigte, das herabfallende Haar und darin schimmernd den silbernen Mond. Dann fühlte er schon ihren Atem, der über seine Wange strich, als sie mit leiser, melodischer Stimme zu sprechen begann.

5

»Du mußt dich schonen, bleib ruhig liegen und höre mir einfach nur zu. Was ich dir über das Dorf meiner Kindheit und unsere elende Pension in Belize Town erzählt habe, ist alles nur allzu wahr. Und doch ist es noch nicht die ganze Wahrheit, wie ja selbst zwei Liebende ein halbes Leben benötigen, um einander wahrhaftig zu kennen und zu verstehen. Und was wären wir beide anderes als Geliebte, *Winik-uj*, mein Mondgeliebter, von den Göttern, dem Schicksal, den Gewalten füreinander bestimmt?«

Hatte sie wahrhaftig diese süßen Worte in sein Ohr gesungen, oder waren es doch nur Gaukelspiele seiner überreizten, sehnsuchtsvollen Phantasie?

»Ich bin eine Wanderin zwischen den Welten, Robert, in mehrerlei Welten erfahren und in keiner wirklich zu Hause. Klingt das nicht ein wenig auch wie du?« Ihr Atem, stockend, dann pustend, als sie leise auflachte, direkt neben seinem Ohr. »Vor einem Katun, einem Jahrzwanzig, wie man es nennen müßte, lange nachdem Tayasal in die Hände der Spanier gefallen war, schworen sich einige Frauen unseres Volkes, das unaufhörliche Blutvergießen endlich zu unterbinden. Nach dem Untergang von Tayasal hatte das Töten und Schlachten erst richtig begonnen, mit grausamen Kriegszügen der Spanier und später der Briten gegen unsere Krieger und ebenso blutigen Aufständen der Maya gegen ihre verhaßten neuen Herren. Jahr um Jahr wurden Tausende unserer jungen Männer von den weißen Soldaten niedergeschossen oder in den Silberminen und Holzfällerlagern auf gräßliche Weise zu Tode gebracht. Jahr um Jahr übten unsere Krieger, aufgepeitscht von den Priestern Ajkinsajs, blutige Rache. Sie zettelten Aufstände an, überfielen Militärposten, töteten jeden Kaziken, der es gewagt hatte, sich den weißen Eindringlingen zu unterwerfen. Ihr Kampf war gerecht, o gewiß, denn dies alles hier war unser heiliges Land, die Wälder unserer Ahnen, die Berge und Gewässer unserer Götter, ehe die Konquistadoren kamen. Und doch war es ein aussichtsloser Kampf, denn die Ankunft der fahlhäutigen Eroberer hat unsere Welt, wie sie einmal war, *Mayab*, die dreiundzwanzigste Welt unserer Schöpfung, unwiederbringlich zerstört. Verstehst du das, mein *Winik-uj*?«

Er bejahte, leichtfertigerweise, zumindest schien es ihm so. Dabei verstand er überhaupt nicht, worauf sie hinauswollte, warum sie ihm das alles mit eindringlicher Flüsterstimme erzählte. Er verstand nur, daß sie bei ihm war, so nah, daß er ihre Haut roch, ihren Atem auf seinem Gesicht spürte, die Wärme ihres Körpers fühlte.

»Viele Katun, bevor die Konquistadoren unser Land eroberten, hatten unsere Seher vorausgesagt, daß und wann einige hundert bärtiger, bleichhäutiger Männer in schwimmenden Häusern unsere Gestade erreichen würden. Die Propheten bezeichneten sie als Götter, und sie sollten in gewisser Weise recht behalten: Wie die Unterweltgötter von Xibalbá schritten die totenäugigen, leichenfahlen Eroberer durch unser Land und säten Krankheit, pflügten Verderben und ernteten Gier, Heuchelei und Verrat. Vor allem aber, und das war ärger, göttlicher, unwiderruflicher als all ihre anderen Taten, zerschlugen sie den Kreislauf der Schöpfung, der uns in alter Zeit immer wieder zu unseren Ursprüngen zurückgeführt hatte, wie eine Sippe von Wanderern, die nach langer, kreisförmiger Reise stets aufs neue ihren Ausgangspunkt erreichen.«

Er lauschte ihren Worten, und abermals mußte er lächeln: Die Grotte von Chul Ja' Mukal kam ihm in den Sinn, der unterirdische See, der ihn mit sich gerissen hatte, wieder und wieder im Kreis. Auch dort hatte sie hoch oben in einer Nische gestanden und auf ihn herabgesehen, sie selbst oder ein Bildnis ihrer silbernen Göttin, aber nun war sie zu ihm herabgestiegen, eine wunderschöne Frau aus Fleisch und Blut.

»Mit der Ankunft der fahlhäutigen Invasoren hat eine andere Zeit begonnen, im wahrsten Sinn des Wortes. Wie eines ihrer schwimmenden Häuser haben sie damals unsere ganze Welt in den geradlinigen, einsinnigen Fluß ihrer Zeit gestoßen, der uns seither mit sich reißt, Jahr um Jahr, Katun um Katun, uns immer weiter von unserer Herkunft entfernend. Früher einmal lag unsere Welt an den Ufern eines runden Sees mit kreisförmiger Strömung, die uns stets wieder von der Zukunft in die Vergangenheit und von dort aufs neue im Kreis führte. Heute aber können kein Ajkinsaj und keine sechsmal zwanzigtausend seiner Krieger uns jemals in die alte Welt unserer Götter und Ahnen zurückbringen: Die heilige alte Welt der Maya liegt fünfhundert Jahre stromaufwärts am reißenden Fluß der Zeit.«

Draußen das Gemurmel der Wächter. Und wenn sie auf einmal hereinstürmten, sie hier drinnen fanden, was dann? Er wollte auffahren, sie bedrängen, diesen gefährlichen Ort zu verlassen, aber es gelang ihm nicht, wie eine steinerne Säule, wie ein gefällter Baum lag er neben ihr in der Düsternis. Ihre Lippen vibrierend nah an seinem Ohr, ihre Hände, die wie in Gedanken über seinen Arm, seine Schulter fuhren, ein leises Rascheln erzeugend. Und er erschauerte unter den Hunderten Papierstreifen voller Blut und Glyphen, die jeden Zoll seiner Haut bedeckten.

»Anfangs waren es kaum ein Dutzend Mayafrauen, die sich gegen die Welt der Männer, des Kampfes und des Tötens verschworen. Zu ihnen gehörte auch meine Mutter, die niemals vergessen konnte, was damals in unserem Dorf geschehen ist. Sie trafen sich heimlich in ihren elenden Behausungen in Belize Town, Heilerinnen und einstige Priesterinnen der Mondgöttin Ixquic, die seit ältester Zeit auch als Göttin der Liebeskunst gilt.«

Ihre Finger auf seiner raschelnden Brust, so daß ihm der Atem stockte. Liebeskunst?

»Ihr Plan war so einfach wie tollkühn: Sie beschlossen, die Machthaber unseres eigenen Volkes, die oberen Priester und Krieger aus dem innersten Kreis um Ajkinsaj, ebenso wie die höchsten Beamten und Offiziere der Briten fortwährend zu belauschen und so zu beeinflussen, daß sie auf Kriege, Aufstände, blutige Maßnahmen möglichst verzichteten. Hierfür griffen wir auf die Liebeskünste und Trancetechniken zurück, die im Kultus der Göttin Ixquic seit ältester Zeit überliefert sind.«

Ihre Hand noch immer auf seiner raschelnden Brust, tastend, streichelnd, als ob sie mit den Fingern im Finstern die blutigen Glyphen entzifferte. *Wir?* dachte er. Ihr leises Lachen, als hätte sie seine Gedanken gelesen. Oder ereignete sich all das, ihr Wispern im Düstern, ihre Finger, leicht wie Vogelfedern auf seinem Körper, doch nur in seiner Phantasie?

6

»Ich war noch keine fünfzehn Jahre, als meine Mutter mich eines Abends aufforderte, mit ihr zu kommen. Sie trug eine festliche Tunika, silberfarben, geschmückt mit Bildern des Mondes und einer schimmernden Häsin, die ich noch nie an ihr gesehen hatte. Eine geschlossene Kutsche erwartete uns am Kai und brachte uns nach Fort George, in ein geräumiges Holzhaus in der Cork Street. *Lom-xitil*, offene Messerwunde, so nennt sich der Geheimbund der Mayafrauen, und dort, in dem Haus mit der typisch britischen Veranda, pflegten meine Mutter und die anderen Mayafrauen, gekleidet wie Priesterinnen Ixquics, die hohen Beamten und Offiziere des britischen Gouverneurs zu empfangen.«

Ein lautes Stöhnen, fast schon ein Aufschrei, von der anderen Seite seines Lagers: Henry? Was bekümmerten den Burschen Ixnaays Worte, die ihm doch kaum begreiflich sein konnten? Oder war Henry verletzt, hatte er etwa vor Schmerzen aufgestöhnt?

Ixnaays Hände, beide nun, auf seinem Bauch, seinen Beinen, tupfend, tastend, streichend. Doch er empfand keine Begierde, spürte nur einen süßen Schauder und hörte leises Rascheln, überall dort, wo ihre Finger ihn vogelleicht streiften.

»An jenem Abend wurde ich eine der Frauen von *Lom-xitil*. Eine Priesterin der Liebe, und ich lernte viel in den fast zehn Jahren, die seither vergangen sind. Ich lernte deine Sprache und die Gebräuche deiner Landsleute. Vor allem aber wurde ich in die überlieferten Liebeskünste und Trancetechniken der Mondpriesterinnen eingeweiht. Ich lernte gierig und begriff schnell. Ich war jung, wohlgestalt und in jenem Haus in der Cork Street bald schon sehr begehrt. Vor allem aber war ich furchtlos und skrupellos, und so plauderten die höchsten Offiziere und Beamten des Gouverneurs unter meiner Obhut bald schon ihre heikelsten Geheimnisse aus.«

Wut und Eifersucht, die mit einem Mal in ihm emporrasten, tosenden Wogen gleich. Cork Street, dachte er, womöglich eine der hölzernen Villen in direkter Nachbarschaft von Molton House? Wo Mrs. Molton ihr puritanisches Regime geführt hatte, während die Offiziere Ihrer Majestät nebenan sich unter den Händen, zwischen den Schenkeln der Mayapriesterinnen wanden? Er erbebte unter dem Sturm seines Jähzorns, daß sein papierener Leib raschelte und rauschte wie ein Baum im Wind. Liebespriesterin, furchtlos und begehrt. Bilder, die vor seinem geistigen Auge vorüberwirbelten, wie fieberfarbenes Laub im Sturm. Ixnaay, kniend, nackt, vor einem stiernackigen, kniehoch gestiefelten Offizier. Ixnaay, wie begraben unter dem feisten, mehlbleichen Leib eines britischen Provinzialbeamten, der wieder und wieder in sie hineinstieß. Offene Dolchwunde! Und Robert knirschte mit den Zähnen und preßte sich die Fäuste an die Schläfen, während Ixnaay schon weitersprach, melodisch und flüsternd wie im Traum.

»Immer wenn Abgesandte Ajkinsajs in die Stadt kamen, nächtigten sie bei uns, in unserer Bretterhütte in den Elendsgassen. So erfuhren wir auch von ihnen, ob Ajkinsaj neue Aufstände plante oder ob sie dort draußen in den Wäldern und Ruinenstädten noch an die alte Prophezeiung glaubten: an deine Wiederkehr und den grandiosen Sieg, zu dem du sie führen würdest.« Ihr rasches, leises Lachen, wie kleine Perlen in seinem Ohr. »Denn natürlich konnten auch Ajkinsajs Abgesandte unseren Künsten nicht widerstehen, selbst Aj-eetz-ich nicht, der Uralte, der in den Armen meiner Mutter von Ajkinsajs Schlichen zu raunen begann.«

Und wer hat in deinen Armen gelegen, wer? Jener jüngere Abgesandte, den Stephen niedergeschossen hat, oder war es gar der Jüngste ihres Trios, der glatthäutige Knabe? Er glaubte es nicht länger zu ertragen, die Süße ihrer Berührungen, das Rascheln der Papierstreifen, ihren kitzelnden Atem, die verworfenen Bilder, die sie in ihm heraufbeschwor.

»Aber es war alles vergebens, wir waren gescheitert von Anfang an.« Wehmut und Trauer auf einmal in ihrer Stimme, auch Müdigkeit. »Sie verrieten uns alle ihre Pläne, die Männer mit der hellen und die Männer mit der braunen Haut, bereitwillig und ohne sich nachher auch nur zu erinnern, was sie in unseren Armen ausgeplaudert hatten. Berühre ihre Klinge auf die richtige Weise, zeige ihnen die süßeste Wunde für ihren Dolch, und sie vergessen jede Vorsicht. Wir versetzten sie in Trance, wie es die Priesterinnen Ixquics seit ältester Zeit zu tun pflegen, und flüsterten ihnen ein, daß sie nicht in diesen Krieg ziehen sollten, in dem zu siegen sie sich nicht einmal wünschen konnten. Falls Ajkinsaj siegte, würde er nach der alten Prophezeiung seine Macht über die Maya wieder mit den obersten Priestern der anderen Götterkulte teilen müssen. Und falls die Armee des britischen Gouverneurs siegte, würden sich die überlebenden Maya nur noch tiefer gedemütigt fühlen, noch verzweifeltere Aufstände anzetteln, eine weitere Welle blutiger Gewalt im ganzen Land entfesseln. Zieht nicht in diesen Krieg, suggerierten wir Frauen von *Lom-xitil* den Offizieren des Gouverneurs und den mächtigen Abgesandten Ajkinsajs.«

Ihre Stirn an seiner Schläfe, flüchtig, leicht, nur für einen Moment. Als sammelte sie Kraft, wofür auch immer, weitere Eingeständnisse vielleicht. Abermals ein unterdrücktes Stöhnen, schmerzlich: Henry? Robert wollte nach ihm schauen, ihn leise rufen, aber da sprach sie schon weiter.

»Unsere Einflüsterungen waren vollkommen wirkungslos. Es dauerte lange, viel zu lange, bis wir begriffen, warum wir in diesem entscheidenden Punkt versagt hatten. Und als wir es dann verstanden hatten, wußten wir allerdings auch, daß wir gänzlich gescheitert waren: Die Männer beider Seiten wollten den Kampf. Nur deshalb besaß die Vergangenheit solche Macht über sie. Ahnen, Götter, Traditionen hier wie dort. Alles, was tot und abgestorben war, riefen sie an, da es sie bestärkte und bestätigte in ihrem Drang, die Macht des Todes über die Lebenden noch weiter zu mehren. Das ist die Wahrheit, die wir endlich begriffen, das ist euer Wahnsinn, *Winik-uj*, der Wahnsinn der Männer: daß ihr nach Krieg und Blutvergießen giert, nach der offenen Wunde, die ihr selbst euresgleichen zufügen wollt, Auge in Auge, mit eigener Hand. Und so ist die törichte List Ajkinsajs aufgegangen, der seine Abgesandten nach Fort George geschickt hat, um die Soldaten des Gouverneurs hier heraus in den Dschungel zu locken. In eine Schlacht, die Tausende Tote fordern wird, die er nicht gewinnen kann und noch viel weniger gewinnen will und in der auch die Briten nichts zu gewinnen haben, weder Ruhm noch gar Frieden im Land.«

Diesmal schwieg sie lange, auch ihre Hände auf seinem Körper blieben starr. Er glaubte schon, daß sie nicht mehr weitersprechen würde, als er wieder ihren kitzelnden Atem spürte und das wispernde Singen ihrer Stimme in seinem Ohr.

»Wir sind gescheitert, meine Mutter und die anderen Frauen gestanden es sich ein, noch ehe die Schüsse im Park des Gouverneurs fielen. Ich allein wollte nicht an unsere Niederlage glauben, auch deshalb bin ich hierher gekommen, nach Kantunmak. Aber was heute geschehen ist, hat mir die letzte Hoffnung geraubt. Ich weiß jetzt, daß auch ich nichts daran ändern kann: Morgen werden die Männer meines Volkes zu Tausenden in den Tod gehen, unbeirrbar und unbelehrbar. Sie werden unter den Schußsalven der britischen Soldaten zusammenbrechen, im Grunde aber werden sie unter den kolossalen Trümmern unserer eigenen Vergangenheit zermalmt werden, nicht anders, als das uralte steinerne Bildnis heute dein Pferd zu Tode gedrückt hat.«

Der Wallach, sein elendes Ende – aufs neue spürte Robert einen wütenden Schmerz. Auch ihm erschien der Tod des unglückseligen Pferdes auf einmal wie ein rätselhaftes Symbol des Zusammenpralls ihrer beider Völker, der tödlichen Verständnislosigkeit, die von Anfang an zwischen ihnen herrschte. Warum, überlegte er wieder, hatten die Priester Ajkinsajs das Pferd überhaupt mit ihm an die Stele geknüpft? Und weshalb war auf der Säule ein geflügeltes Pferd abgebildet, schwebend über seinem Ebenbild? Er sann noch darüber nach, in fiebrigen, haltlosen Gedankenbildern, als unweit des Eingangs ihrer Kammer laute Stimmen erschallten.

»Bald werden sie dich abholen, zu Ajkinsajs grausiger Heilungszeremonie. Paß nur gut auf, was für einen Zauber er dort anrichtet!« Ihr Gesicht schwebte über seinem im Düstern, darüber die silberne Sichel des Mondes. »Um mich mach dir keine Sorgen, Ajkinsajs Priester fürchten mich, seit ich euch allen dort draußen erschienen bin, als wiedergekehrte Hohepriesterin Ixkukul.«

Er wagte es kaum zu glauben, doch noch weniger wagte er sich vorzustellen, welche Peinigungen Ixnaay erwarteten, falls sie tatsächlich in Ajkinsajs Hände fiel. Angstvoll lauschte er nach draußen, aber die Stimmen waren wieder leiser geworden, als ob sich die Wächter aufs neue von ihrem Türloch entfernt hätten.

»Daß du mit der Stele umgestürzt bist, gar noch das Pferd getötet wurde, hat die Priester Cha'acs und die versammelten Krieger tief beeindruckt. Schließlich ist jener Mann, für dessen Wiedergänger sie dich ansehen, damals in Tayasal als Priester eines göttlichen Pferdes aufgetreten. Und doch werden sie, wie von Ajkinsaj befohlen, in die Schlacht ziehen, ja sie werden nicht einmal auf die Idee kommen, daß Männer irgend etwas anderes tun könnten, als ihresgleichen das Messer ins Fleisch zu stoßen.«

»Priester eines göttlichen Pferdes?« Er wiederholte ihre Worte, murmelnd in tiefem Erstaunen. Es kam ihm ganz und gar phantastisch vor, daß die Maya von Tayasal ein Pferd zu ihrer Gottheit erhoben hatten. Zugleich aber schien es ihm nur allzu passend, daß sie gerade ihn für den wiedergekehrten Pferdegottpriester hielten, ihn, der mit dem Wallach ärger gehadert hatte als mancher Christ mit seinem Schöpfergott.

Ihre Augen funkelten über ihm. »Noch heute machen sich viele britische Offiziere in Fort George über diese alte Geschichte lustig, die in gewisser Weise den Untergang von Tayasal eingeleitet hat: Als sich der

Eroberer Hernán Cortes Anfang des 16. Jahrhunderts für wenige Tage in Tayasal aufhielt, ließ er dort ein lahmendes Pferd zurück. Die Maya erhoben es zum Gott und brachten ihm Opfer aus Weihrauch, Gold und Kakao dar, das Pferd aber verschmähte die Gaben und starb. Wie oft habe ich deinen Landsleuten zu erklären versucht, daß sie diese Geschichte mißverstehen, daß sie in Wahrheit keinerlei Anlaß zu Hohn oder Hochmut bietet. Denn die Maya von Tayasal vergöttlichten das Pferd nicht etwa deshalb, weil sie Tiere dieser Art nicht kannten.« Ihre Hände, nun wieder in Bewegung auf seinem Körper, nervös jetzt, wahrhaftig wie kleine Pferde, seine raschelnde Brust hinauf. »Auf Wandzeichnungen in unseren ältesten Tempelruinen sind Darstellungen von Pferden überliefert, von wilden Pferden in großen Herden ebenso wie von gezähmten Pferden, auf denen Reiter sitzen. Nur sind die Pferde der Maya irgendwann ausgestorben, und so mag es uns allen, ob braun oder bleich, wohl öfter ergehen: Das Abgestorbene wird uns zum rätselhaften Fluchtpunkt von Furcht und Sehnsucht und damit, früher oder später, zum Gott.«

Ihr Gesicht schwebte noch tiefer auf ihn hernieder, so sanft und leicht wie eine Vogelschwinge, und für einen winzigen Moment berührten ihre Lippen seinen Mund »Auf bald, *Winik-uj.*« Plötzlich zitterte ihre Stimme, und er glaubte zu erkennen, daß ihre Augen über ihm im Halbdunkel verräterisch glänzten. »Wir sehen uns wieder – in diesem Leben!«

Dann stampfende Schritte, ein hölzernes Knirschen und Sonnenlicht, durch das Türloch in ihre Kammer flutend. Auf den Stufen vier Wächter in grauen Gewändern, und Robert sah blinzelnd um sich, nach links und rechts und hinter sich, soweit er es vermochte, doch von Ixnaay fand er keine Spur. Nur Henry hockte neben ihm auf dem Boden, und der rechte Fuß des kleinen Dieners war mit einem silberfarbenen Verband umwunden, auf dem nasse Blutflecken prangten.

»O mein Gott!« Robert murmelte es, auf Henrys Fuß starrend, vor seinem geistigen Auge die gräßlichen Bilder der Mayajungen, ihre Beinstümpfe, abgequetschten Arme vorgestern in Ajkinsajs Thronsaal.

»Die Stele, Sir, als Sie stürzten – ich versuchte sie festzuhalten …«

Gewaltsam riß er seinen Blick von Henrys Verband los. In seinem

Kopf die Frage, die er nicht auszusprechen, kaum zu denken wagte: Wie sieht es darunter aus, wie?

»Ixnaay heilt uns, Mr. Thompson, mit ihren Händen.« Henrys Finger flatterten über seinem Verband. »Ihren Rücken und auch meinen Fuß. Sie sagt, es wird alles wieder gut.«

Meinen Rücken? Abermals versuchte er sich aufzurichten, und da durchfuhr ihn noch einmal der jähe Schmerz, vom Nacken bis hinab zu den Lenden, wie vorhin, als er mitsamt der Steinsäule umgerissen worden war.

»*Ko-tene-ex* – mitkommen.« Die grauen Priester stellten sich zu ihren Füßen und hinter ihnen auf.

Erst als er selbst und neben ihm Henry emporgehoben und schaukelnd davongeschleppt wurden, wurde Robert bewußt, daß er auf einer hölzernen Trage lag, unbeweglich wie ein steinernes Bildnis, und Henry auf einer ebensolchen Bahre hockte, seinen rechten Unterschenkel mit dem blutigen, unförmig verbundenen Fuß wie etwas Fremdes, schon Abgestorbenes weggespreizt.

ZWÖLF

1

Glimmende Kienspäne schwenkend, Tragen voll praller Zigarren auf dem Rücken schleppend, so bewegten sich die Mayajungen durch die Menge, die auf dem First der Ka'ana versammelt war. Es waren überwiegend Priester Cha'acs, zu Hunderten eng gestaffelt, in nebelfarbene Tuniken gewandet, deren Grau sich mit den Wolken über ihnen zu vermischen schien. Unbehaglich beobachtete Robert, wie einer der Jungen auf ihn zukam, durch die gedrängten Reihen der Priester springend, das Gesicht vor Anstrengung verzerrt. Der Schweiß lief ihm über die Wangen und tränkte seinen leuchtend roten Stirngurt, seine magere Brust hob und senkte sich, und unter dem Schenkelgurt zuckte der Stumpf seines linken Beins, abgequetscht zwei Handbreit über dem Knie.

»*Puuroj, puuroj!*« Die helle Stimme des kleinen Maya übertönte das Brausen und Raunen, das von dem Platz unter der Ka'ana heraufdrang. Zehntausende Krieger mochten dort unten mittlerweile versammelt sein, in den silbernen oder goldfarbenen, fledermausschwarzen oder maisgelben Gewändern der Mayavölker, von denen sie ausgesandt worden waren, um dem Boten der Götter in die große Schlacht zu folgen. »Zigarren, Zigarren!«

Robert beeilte sich, das dargebotene Räucherwerk anzunehmen. Er versuchte sogar sich zu dem Jungen hinabzubeugen, der ihm den glimmenden Kienspan entgegenreckte, aber das ging nicht, da er mit Lederriemen unter den Achseln und um die Hüften an seine Trage gebunden war. Vorhin hatten die Priester ihn hier heraufgeschleppt, aus der düsteren Kammer in die dampfende Schwüle des späten Nachmittags, und mitsamt seiner Bahre kurzerhand an die linke der drei Pyramiden gelehnt, die auf dem Dach der Ka'ana U-förmig angeordnet waren. Seit wenigstens einer Stunde stand er hier im Kreis seiner Gefährten, unbeweglich wie eine Holzstatue, in Erwartung der geheimnisvollen Heilungszeremonie, die Ajkinsaj zu Ehren Cha'acs veranstalten würde.

Zu seiner Rechten, an der offenen Seite des Pyramidenhofs, erhob sich ein doppelt mannshohes Gebilde von der ungefähren Form einer Kugel, verhüllt mit grauen Tüchern, die sich im leichten Wind ab und an bauschten. Wann immer Roberts Blick dieses Gebilde streifte, steigerte sich seine Unruhe zu leiser Panik, dabei hatte er keinerlei Vorstellung, was sich unter den wallenden Tüchern verbergen mochte. Mehrfach war ihm, als ob von dort ein Stöhnen erklungen wäre, aber das mußte Einbildung sein, denn das verhüllte Gebilde war wenigstens dreißig Schritte von ihnen entfernt.

Der würzige Geruch des gerollten Tabaks verursachte ihm Übelkeit. Zigarren galten bei den Maya seit ältester Zeit als Labsal der Götter, wie schon Catherwood erfahren hatte, aber Robert argwöhnte, daß die Priester berauschende Substanzen unter den Tabak mischten, und so hatte er es bisher vermieden, von dem Götterkraut zu rauchen. Dennoch zog er nun an seiner Zigarre, um sie nur rasch anzubrennen, denn der kleine Maya stand schwankend vor ihm, den Kienspan emporgereckt, den Tragkorb auf seinem Rücken mühsam mit seinem verbliebenen Bein ausbalancierend.

»*D'yos-b'o'tik.*« Er stieß eine Qualmwolke aus. »Danke.« Dabei mußte er sich zwingen, nicht immer wieder auf den zuckenden Beinstumpf zu starren, in den sich der Schenkelgurt so tief einschnitt, daß das roh vernarbte Ende des Stumpfes zum Platzen aufgequollen schien.

Der kleine Maya sah ihn nur forschend an, ohne etwas zu antworten. Er mochte elf, höchstens dreizehn Jahre alt sein, und seine Miene schien versteinert vor Trauer und Schmerz. Einen Moment lang erwiderte Robert seinen Blick, dann ertrug er es nicht mehr und wandte sich ab.

»*Puuroj!* Zigarren!« Zu Dutzenden humpelten und sprangen die verstümmelten Jungen auf dem First des Himmelspalastes umher, zwischen den reglosen Reihen der Priester Cha'acs, unter ihre Tragen geduckt, mit den Armen rudernd. Ohne es recht zu bemerken, zog

Robert aufs neue an seiner Zigarre. Dann fiel ihm auf, daß er schon wieder den Jungen mit dem leuchtend roten Schenkelgurt beobachtete, wie er sich weiter durch die Menge der grauen Priester kämpfte, und er riß seinen Blick gewaltsam von ihm los. Für einen Moment schloß er die Augen, aber es half nichts. Unruhe erfüllte ihn, etwas Furchtbares würde heute geschehen, er spürte es genau.

Vorhin mußte der übliche Nachmittagsregen niedergegangen sein, hier und dort glitzerten Pfützen auf den verwitterten Mosaiken und rissigen Stuckflächen, die den First bedeckten. Aber der Regen hatte keinerlei Abkühlung gebracht, noch immer war es unerträglich heiß, obwohl der Tag schon weit fortgeschritten war. Robert wandte den Blick nach links, zu Stephen und Paul, die neben ihm an der Pyramide lehnten. Auch sie hatten Zigarren erhalten, die sie mit offensichtlichem Behagen pafften. Zwischen ihnen saß Miriam auf der untersten Stufe der Pyramide, in ihrer groben Nonnentracht, das goldblonde Haar in der Sonne glänzend. Mit drängendem Blick sah sie zu Stephen und Paul empor, als erwartete sie, daß die beiden einen zuvor gefaßten Plan endlich in die Tat umsetzten. Aber sie lehnten nur müßig an der verwitterten Fassade, pafften ihre Zigarren und blinzelten in die Nachmittagssonne. Es war offensichtlich, daß sie etwas im Schilde führten. Einen Moment lang war er versucht, sie zur Rede zu stellen, aber sie würden ihn doch nur verspotten oder aufs neue beschimpfen, da es ihm nicht einmal gelungen war, den auf der Karte vermerkten Schatzort in Augenschein zu nehmen. Außerdem hatte er jedes noch so flüchtige Gespräch mit Miriam vermieden, seit er zu seiner Bestürzung vorgestern nacht in ihren Armen erwacht war. Und solange er an die hölzerne Trage gebunden war, sagte er sich nun, unbeweglich aufgrund der Riemen und vor allem infolge der Rückenverletzung, die er sich laut Ixnaay zugezogen hatte, konnte er die Gefährten ohnehin nicht an neuerlichen Narrheiten hindern.

Zu seiner Rechten, auf einer Stufe zu seinen Füßen, hockten Ajkech und Mabo, eng aneinander gedrängt. Mit bedrückten Mienen sahen sie den verstümmelten Mayajungen zu, die sich noch immer kreuz und quer durch die Menge kämpften. Als die beiden ihre Köpfe zusammensteckten, hörte Robert, wie sie flüsternd den Namen ihres Gefährten nannten: Henry.

Der Magen zog sich ihm zusammen. Durch irgendeinen unbegreiflichen Umstand hatten sie den kleinen Mestizen verloren, auf dem kurzen Weg von der Kammer, wo sie beide gelegen hatten, bis hierher auf den First der Ka'ana. Robert hatte mehrfach bei den grauen Priestern nachgefragt, die ihn und Henry hintereinander die Treppe heraufgetragen hatten, aber vergeblich: Die Priester Cha'acs hatten lediglich die Köpfe geschüttelt, mit starren Mienen. Entweder war Henry in einem günstigen Augenblick von seiner Trage geglitten und hatte die Flucht ergriffen, was jedoch äußerst unwahrscheinlich war, da er sich mit seiner Fußverletzung nur mühsam bewegen konnte. Oder aber er war von seinen Trägern buchstäblich verschleppt worden, auf Geheiß Ajkinsajs oder wessen auch immer – eine Möglichkeit, an die Robert nicht einmal denken konnte, ohne daß ihm übel wurde vor Sorge und Angst.

Voller Unbehagen sah er auf dem weiten First umher, doch weder von Ixnaay noch von Henry war das mindeste zu sehen. In seinem Rücken spürte er keine Schmerzen mehr, nur eine Art Taubheit entlang der Wirbelsäule, dennoch beunruhigte diese unklare Verletzung ihn weit mehr, als er sich eingestehen mochte. Neuerlich zog er an der Zigarre, der Rauch schmeckte aromatisch und roch nach der Feuchtigkeit des Waldes, nach Pilzen in dampfendem Unterholz. Unruhig spähte er auf der weiten Fläche umher. Immer noch strömten weitere Maya auf das Dach der Ka'ana, doch es waren allesamt männliche Priester, in den grauen Gewändern Cha'acs. Enttäuschung überkam ihn, da er Ixnaay nirgends entdecken konnte, doch zugleich war er erleichtert, daß sie vorsichtig genug schien, dieses Versammlung ihrer erbittertsten Feinde zu meiden.

Silberne Priesterin, Spionin der Liebe, Wanderin zwischen den Welten, dachte er. Wann immer Ixnaay vor sein geistiges Auge trat, verwirrten sich seine Gedanken und Gefühle, und er versank in einem Wirbel aus Sehnsucht und Sorge, süßer Hoffnung und bitterem Verdacht. Hatte sie nicht von ihrer Mauerluke aus den Wallach so beeinflußt – verschreckt, verzaubert –, daß er ausbrach und die Stele umriß? Trug also nicht sie die Schuld daran, daß er nun seinerseits wie zur Säule versteinert war, außerstande, sein Rückgrat zu bewegen? Aber sie würde ihn gesund machen, dachte er dann, und war es nicht just das, was er immer schon insgeheim ersehnt hatte: daß sie ihn heilte, die India seiner Träume, an Körper, Seele und Geist? Aber glaubte er denn an solche wundersame Heilung, hatte er nicht seit jeher empfunden, daß es nur eine wahrhafte Erlösung von Ängsten, Sorgen und Schmerzen gab – den eigenen Tod?

»*Puuroj! Puuroj!*« Noch immer bewegten sich die kleinen Zigarrenträger durch die Menge, mit hellen, heiseren Stimmen ihr Räucherwerk anpreisend. Mittlerweile mochten es mehr als tausend graue Priester sein, die sich hier oben auf dem Dach der Ka'ana drängten. Es war eine gewaltige Fläche, wohl hundert auf fünfzig Schritte messend, turmhoch über Wald und Stadt. Vorhin, als er hier heraufgebracht worden war, über die breite Treppe im vorderen Teil des Palastes, hatte sich ihm ein überwältigender Blick auf die riesige Ruinenstadt geboten, die sich zwischen Bäumen, Buschwerk und Nebelschleiern bis zu allen Horizonten zu erstrecken schien. Jetzt allerdings war ihm der Ausblick auf Kantunmak und den grünen Ozean des Dschungels durch die Pyramiden und die Hunderte grauer Priester versperrt.

Baumriesen mit malerisch verrenktem Astwerk krönten die drei Pyramiden, die vierzig Fuß in der Höhe messen mochten und sich inmitten des Firstes erhoben, ein wenig nach hinten versetzt. Die Baumwurzeln hatten die Tempel auf den Pyramidendächern umklammert und das Gemäuer stellenweise zermalmt. Früher einmal mochten Außentreppen und Fassaden mit feinem Stuck überzogen und mit leuchtenden Farben bemalt gewesen sein, doch die Farben waren längst verblaßt und der Verputz zu Boden gerieselt. Dennoch hatten auf den Stufen der Pyramiden, zwischen Steinbrocken und vermoderndem Laubwerk, die Priester höheren Ranges mit so feierlichen Mienen Platz genommen, als ob sie in einer wohlgepflegten Tempelanlage säßen, in der Blütezeit ihrer einst so glanzvollen Kultur. Ihr Ohrschmuck aus Silber und Jade und die aufwendige Verzierung ihrer grauen Gewänder wiesen sie als ranghohe Priester aus, auch ihre hochmütigen Blicke zeigten an, daß sie sich über die Menge der gemeinen Priester, gar über die einfachen Krieger unten auf dem Platz weit erhaben fühlten. Robert ließ seinen Blick durch ihre Reihen schweifen, bis er die stämmige Gestalt mit den buschigen Augenbrauen fand, nach der er gesucht hatte. Reglos saß Ja'-much auf der Treppe der mittleren Pyramide, unmittelbar unter dem First, auf dem sich eine Ceiba zwischen ungefügen Steintrümmern erhob, wie ein großer grüner Vogel mit gespreizten Flügeln.

Von Ajkinsaj war noch immer nichts zu sehen, aber die spürbare Spannung, die über der Menge lag, ließ erwarten, daß die Zeremonie in Kürze beginnen würde. Ja'-muchs Miene allerdings, dachte Robert, drückte eher Zorn und Verdruß aus, als mißbilligte er Ajkinsajs Entschluß, vor der großen Schlacht seine magischen Heilkünste vorzuführen. Robert faßte den alten Priester schärfer in den Blick. Ja'-much mochte dreißig Schritte von ihm entfernt sein, doch er sah deutlich, daß der Priester mit finsterer Miene, Augen und Lippen zusammengekniffen, auf das verhüllte Kugelgebilde starrte, das sich ihm gegenüber, an der offenen Seite des Pyramidenhofs, erhob. Etwas Furchtbares würde geschehen, bald schon, er spürte es wie eine Hand an seinem Hals.

Robert hatte es kaum gedacht, als plötzlich Ajkinsaj auf dem First der mittleren Pyramide erschien, in der Rechten wieder seinen roten Knochenstab, den er mit einer gebieterischen Gebärde hoch über seinen Kopf erhob. Die zehntausendköpfige Menge auf dem Dach des Palastes und unten auf dem Platz verstummte. Für einen langen Moment herrschte vollkommene Stille, dann setzten, dröhnend wie Donner, langsam und kraftvoll, Schläge unsichtbarer Trommeln ein.

2

Eine Treppe, ein abschüssiger Seitengang, dann wiederum Stufen, die sich Windung um Windung in die Tiefe schraubten. Ab und an flackernde Wandfackeln, und abermals Düsternis. Die grauen Priester hatten sie bäuchlings auf ihre Trage gebunden, mit Lederriemen um Beine und Leib. Dennoch klammerte sich Helen mit beiden Händen fest, denn das Tragbrett schaukelte wie ein Kanu in der Dünung. Die Priester rannten, so rasch, wie Zwielicht und Enge es erlaubten, ihr gefesseltes Opfer mit sich reißend, und ihre Schritte hallten in dem niederen Gewölbe.

Offenbar befanden sie sich tief unter der Erde, jedenfalls war es empfindlich kühl. Moos und Flechten überzogen den Steinboden, die Luft roch nach Moder, und an den roh behauenen Wänden glitzerte Schimmel im Fackellicht.

In Helens rechtem Fuß klopfte leise und beharrlich der Schmerz. Ixnaay hatte die Wunde mit einer Salbe bestrichen und mit dem silberfarbenen Tuch verbunden, und sie hatte behauptet, daß die Quetschung schon bald geheilt sein werde. Aber ohne Ixnaay wäre ich gar nicht erst verwundet worden, sagte sich Helen, sowenig wie der bedauernswerte Mr. Thompson, dessen Rückenverletzung sicher weit gefährlicher und schmerzhafter ist als mein weher Fuß. Doch Ixnaay hatte erklärt, daß auch diese Verletzung in wenigen Wochen vollständig ausheilen werde, wenn Mr. Thompson nur ihren Ratschlag befolgte und acht Tage lang unbeweglich an sein Rückenbrett gebunden blieb.

»Nun redet doch endlich: Wohin bringt ihr mich?«

Sie hatte es schon ein halbes Dutzend Mal gefragt, wütend, bittend, flehend, aber die Priester zeigten keinerlei Reaktion. Vor ihrem Gesicht schaukelte der breite Rücken des älteren der beiden, eines stämmigen, schon grauhaarigen Mannes, der sie vorhin drohend angesehen und ihr den Mund zugehalten hatte, ehe sie mit ihr im Seitengang verschwunden waren. Um den zweiten Priester in den Blick zu fassen, der die Traggriffe hinter ihr umklammert hielt, mußte sie ihren Kopf so weit verdrehen, wie es ihre Fesseln erlaubten. Es war ein schmaler Jüngling, in grauem Gewand wie alle Regengottpriester, doch sein rundliches Gesicht trug einen sanften Ausdruck.

Möglicherweise hatte Ajkinsaj sie verschleppen lassen, dachte Helen, um Mr. Thompson einen Schlag zu versetzen, da er den »Götterboten« maßlos zu hassen schien. In diesem Fall hatte sie gewiß keine Gnade zu erwarten, dennoch empfand sie seltsamerweise nur wenig Angst. Sehr viel stärker war ihre Sorge um Mr. Thompson, den die beiden anderen Priester weiter die breite Treppe emporgetragen hatten, zum First der Ka'ana hinauf.

Die Schritte ihrer Träger platschten jetzt durch Pfützen, Ratten fiepten, und vom morastigen Boden stieg Fäulnisgestank auf. Immer wieder wandte sich Helen zu dem jungen Priester um und versuchte von seinen Augen, Stirn und Lippen abzulesen, was sie mit ihr vorhaben mochten. Doch der Ausdruck unbestimmter Sanftheit in seinem Gesicht wechselte niemals, als wäre er lediglich auf eine Holzscheibe aufgemalt.

Hinter einer Biegung ging der Gewölbegang unversehens in eine Treppe über, die so steil aufwärts führte, daß Helen mit ihrer Trage fast senkrecht zwischen den Priestern schwebte.

»Warum antwortet ihr nicht?« Abermals wandte sie sich zu dem jungen Priester um, so heftig, daß ihre Nackenmuskeln schmerzten. »Wie lautet euer Befehl? Wohin sollt ihr mich bringen?«

Zu ihrem Erstaunen erhielt sie diesmal eine Antwort. Mit unveränderlich sanfter Miene, zu der nur die heisere Stimme nicht passen wollte, erwiderte der Priester: »Nur ruhig. Wir sind schon da.«

Tatsächlich hatten sie soeben das Ende der steilen Treppe erreicht und traten in einen weiten, kreisrunden Saal. Obwohl es in den Wänden oder der Decke keinerlei Fenster gab, war der Raum taghell erleuchtet, durch Dutzende mächtiger Fackeln, die in Mauernischen brannten und von denen silbriger Dampf aufstieg. Früher einmal mußte es ein prachtvoller Saal gewesen sein, in dem feierliche Rituale veranstaltet wurden, heute jedoch war der Glanz auch hier längst verblichen: der Mosaikboden zersprungen und mit Steinbrocken übersät, der Stuck von Decken und Wänden abgeblättert, die riesigen Wandgemälde stockfleckig und verblaßt.

In der Mitte des Raumes ragten zwanzig oder mehr mächtige Säulen mit Reliefmustern auf, einen silbergrauen, glänzenden Steinblock säumend, auf den die Priester sich mit ihrer Trage zu bewegten. Der Block mochte drei Fuß hoch und wenigstens zehnmal so breit sein, und wie Helen im Näherkommen erkannte, wies er die Umrisse einer liegenden Mondsichel auf.

Die Priester setzten ihre Trage auf dem steinernen Halbmond ab und lösten ihre Lederriemen. Noch während Helen sich aufrichtete, ihre Kniekehlen reibend, trat hinter einer Säule Ixnaay hervor, im silbernen Gewand der Mondgottpriesterin und mit einem wehmütigen Lächeln, das Helen unecht und unangemessen schien.

»Verzeih mir, daß ich dich so ohne weiteres hierherbringen ließ«, sagte Ixnaay, »ich sehe ein, daß du zornig auf mich sein mußt. Aber bitte« – sie hob die Hand zu einer beschwichtigenden Geste – »laß mich erklären, Schwester, dann wirst du verstehen, daß mir keine Wahl blieb.«

»Schwester!« wiederholte Helen. »Was gibt es da zu verstehen? Und wieso bittet die große Puppenspielerin ihre Marionette um Verzeihung? Obwohl du doch, wenn du an den Fäden ziehst, um mich oder Mr. Thompson oder wen sonst noch zu lenken, immer nur das große, gerechte Ziel im Auge hast?«

Helen glitt vom Altar der Mondgöttin und hinkte auf Ixnaay zu. Weit heftiger als die Schmerzen in ihrem Fuß brodelte in ihrem Innern der Zorn. »Ist es nicht so, Ixnaay? Sind Lüge, Erpressung, Vertrauenserschleichung nicht dein tägliches Brot? Handelt du und deine Mitverschworenen nicht seit jeher nach dieser Maxime: Erlaubt ist, was den edlen Zwecken dient? Und da entschuldigst du dich bei mir, weil du mich durch Gänge und Tunnel hierher verschleppen ließest? Bin ich denn nicht mein Leben lang in einem Labyrinth aus Lügen und Täuschungen herumgeirrt, weil es euch für eure gute Sache dienlich schien?«

Mit brennenden Augen stand sie vor Ixnaay, die Hände zu Fäusten geballt. Sie selbst hatte bis zu diesem Moment nicht einmal geahnt, wieviel Wut, wieviel Bitterkeit in ihrem Innern angestaut waren, doch nun spürte sie, wie gut es tat, ihre Seele zu erleichtern.

Ixnaay ließ nicht erkennen, ob der heftige Angriff sie getroffen hatte. »Ich sehe ein, daß du wütend auf mich sein mußt«, wiederholte sie mit leiser Stimme. »Aber glaub mir, Helen: Wenn du mich anhörst, wirst du verstehen, daß wir nicht anders handeln konnten.«

»Daß ihr Mr. Sutherland erpressen mußtet?« gab Helen zurück. »Daß ihr gar nicht daran interessiert sein konntet, daß er mich jemals als seine Tochter anerkannte? Daß du Mr. Thompsons Gesundheit zerstören mußtest, indem du die Stele umstürzen ließest – all das werde ich dann verstehen, Schwester? Weil es ja immer um die gute Sache ging, um die Vermeidung von Blutvergießen? Weil Krieg und Gewalt, wie du es nanntest, immer nur der ›Wahnsinn der Männer‹ ist – und ihr Verschwörerinnen ja allesamt weise Frauen seid? Und weil es bei so großen Zielen auf eine Lüge, einen Menschen, den ihr ins Unglück stoßt, sowieso nicht ankommen kann?«

Ixnaays Miene war noch starrer geworden, ihr Lächeln hatte sie längst verloren. Anstatt endlich auf Helens Vorwürfe zu antworten, wandte sie sich zur Seite, den beiden Priestern zu, die schon nahe der Treppe standen, aber offenbar nicht wagten, sich auf eigene Faust zurückzuziehen. »Ich danke euch«, sagte Ixnaay zu ihnen, »ihr könnt gehen. Wenn ihr noch einmal gebraucht werdet, lasse ich euch rufen.«

Aufs neue erschien jenes wehmütige Lächeln in ihrem Gesicht, das jedoch so starr wie zuvor blieb. »Es sind zwei meiner Vertrauten«, sagte sie zu Helen, während die Schritte der Priester sich rasch entfernten. »Wir Frauen von *Lom-xitil*, der ›offenen Messerwunde‹, sind durchaus keine Männerfeinde, wie du anzunehmen scheinst. Im Gegenteil – wir alle träumen von einer Wiederkehr jener idealen Zeiten, in denen die weibliche und männliche Hälfte der Welt noch harmonisch zusammenspielten. – Aber du redest ja schon«, sagte sie dann, in einen munteren Tonfall wechselnd, »als hättest du fast vergessen, daß unter diesem Burschenhemd ein weibliches Herz schlägt?«

Und wenn ich es vergessen hätte, dachte Helen, dann wiederum durch deine Schuld, Schwester: weil du mir nicht nur Vater und Mutter vorenthalten, sondern auch noch Robert Thompsons Herz gestohlen hast. Aber dieser Vorwurf erschien ihr selbst mit einem Mal ungerecht und maßlos, auch begann sich ihr Gemüt bereits wieder abzukühlen, und so erwiderte sie, für den Moment versöhnlich, Ixnaays Lächeln und duldete sogar, daß die Ältere sie beim Arm nahm und mit sich zog.

»Komm und laß dir zeigen«, sagte Ixnaay und führte sie um den steinernen Halbmond herum, auf ein verblaßtes Wandgemälde im hinteren Teil des Saales zu.

3

Breitbeinig stand Ajkinsaj auf dem First der mittleren Pyramide. Sein Blick schweifte über die versammelten Priester, minutenlang, dann endlich senkte er seine Knochenflöte, führte sie an die Lippen und stieß einen schleifenden Pfiff aus. Im selben Moment verstummten die Trommeln, und die grauen Tücher flogen mit einem Rauschen empor, das kugelförmige Gebilde darunter entblößend. Robert fuhr herum und starrte es an, erfüllt von Grauen, aber mehr noch von dem völlig unerwarteten Eindruck eines Déjà vu.

Wo nur hatte er diese Szene schon einmal gesehen, wo? In einem Theater, früheren Leben, hypnotischen Traum? Genau diesen monströsen steinernen Kopf, eine riesige nebelgraue Kugel, mit den leeren Augenhöhlen, den wulstigen Lippen, aufgerissen zu einem mitleidlosen Maul? Darüber die Rüsselnase Cha'acs, sechs Fuß lang, obszön emporgereckt und leuchtend rot? Wo nur, wo, wo? Und an diesem abscheulichen Stengel die ausersehenen Opfer des Regengottes hängend, eines unter dem anderen, in steiler Reihe, an Händen und Füßen aufgeknüpft?

Benommen starrte er sie an, ihre herabhängenden Gesichter, die aufgerissenen Augen, darüber die gedrängte Masse ihrer nackten Leiber, fahle Haut, schwarz oder blond behaart. Im Moment war er viel zu durcheinander, um die Wirklichkeit dieses Anblicks zu erfassen, gar zu begreifen, wer diese drei, vier, sechs Männer sein mochten, die dort an der Rüsselnase des riesigen steinernen Götterkopfes hingen wie Schlachttiere auf dem Wochenmarkt von Soho.

Wieder zog er an seiner Zigarre, fast ohne es zu bemerken. Er hörte, wie Stephen neben ihm »Valentine« und »Manson« und »Richard« murmelte und Paul, ebenso entgeistert, mit anderen Namen antwortete: »Laughton … Joe Highfoot … Stattman.« Aber diese Namen waren ihm gänzlich unbekannt, er verband nichts mit ihnen, keinerlei Wirklichkeit. Eher schien es Robert so, als ob die ganze grausige Szenerie aus traumhafter Tiefe emporgetaucht wäre, mit den an allen vieren aufgeknüpften Männern, ihren herabhängenden Köpfen über dem wulstigen Maul des Regengottes, und mit den Hunderten grauer Priester, die sich jetzt allesamt erhoben und eine Gasse bildeten, vom First der mittleren Pyramide hinab und durch den Hof hindurch, bis zu dem glotzäugigen Riesenkopf Cha'acs.

Leise setzten die unsichtbaren Trommeln wieder ein, als Ajkinsaj die Stufen der mittleren Pyramide hinabschritt, an Ja'-much vorbei, der den Blick von seinem höchsten Priester abwandte, und zwischen den Dutzenden oberer Priester hindurch, die sich allesamt vor ihm verneigten, glühende Zigarren in den Mündern, die Augen nach oben verdrehend, die Hände vor der Stirn flach zusammengelegt. Seinen rote Knochenstab wie ein Zepter schwenkend, stieg der Canek von Kantunmak Stufe um Stufe hinab, bis er den zertretenen Mosaikboden erreichte. Roberts Blicke flogen zwischen ihm und dem Götterkopf hin und her, zwischen dem hünenhaften Herrscher und seinen wie Schlachtfleisch zusammengeschnürten Opfern, zwischen dem Antlitz Ajkinsajs, das zu einer Maske wollüstiger Grausamkeit gebläht schien, und den angstverzerrten Gesichtern, die falsch herum vor dem Maul des steinernen Gottes herabhingen.

Abermals hatte er den Eindruck, all das schon einmal erlebt zu haben, zumindest Fetzen der hiesigen Geschehnisse, in bunter Willkür zum Traumteppich gewebt. Ob es womöglich doch Erinnerungen aus seinem früheren Leben waren, als Götterbote in Tayasal? Ixnaays wegwerfende Worte fielen ihm ein: »Erst was wir verloren haben und nicht mehr verstehen, verehren wir als Gott.« Sein Blick haftete an Ajkinsaj, die Trommeln vibrierten in einem leisen, drängenden Stakkato, und wieder schien es Robert, daß der oberste Priester Enrico Grimaldi unglaublich ähnlich sah, sein noch junges, wulstiges Gesicht, die hypnotischen Augen unter dem nebelgrauen Haar. So muß es gewesen sein, dachte er: All das hier habe ich wirklich schon einmal gesehen, auf der Liege in Grimaldis verdunkeltem Zimmer ruhend, in einen magnetischen Traum versetzt durch seine Zauberkraft. Aber das war gewiß auch keine Erklärung, die den nüchternen Verstand befriedigen würde, dachte er dann, an der Zigarre ziehend. Oder verhielt es sich etwa so, daß er tatsächlich in London auf Grimaldis Couch lag, daß er Mary, seinen Vater, die Manufaktur nie verlassen hatte und sich in magnetischer Trance lediglich einbildete, in dieser Ruinenstadt tief im Dschungel zu sein? Robert starrte Ajkinsaj an, wie er durch die Gasse seiner Priester schritt, und es schien ihm unfaßbar, wie sehr der oberste Priester Cha'acs dem Magnetiseur Grimaldi glich, sehr viel mehr, dachte er, als ich selbst dem steinernen Bildnis dort draußen oder als Ixnaay der Stele der Mondgottpriesterin.

»Zum Donner, es ist wirklich Valentine«, hörte er Stephen aufs neue murmeln, während sich der Qualm von tausend Zigarren mit dem

Wasserdampf mischte, der von den Pfützen aufstieg, und die Trommeln unverwandt erklangen, langsam und kraftvoll, in drängendem Takt.

Robert blickte zu den Gefährten an seiner Seite und sah voller Erstaunen, daß an Stephens Hemdkragen ein Perlmuttknopf prangte, in Gold gefaßt. Er blinzelte benommen und stieß eine weitere Qualmwolke aus, ohne die Zigarre aus dem Mund zu nehmen. Vaters Kragenknopf, dachte er, das Erbstück der Thompsons, also hat Stephen ihn mir tatsächlich gestohlen, damals in Fort George? Doch auch dieser Gedanke schien ihm in diesem Moment ganz unwirklich, der Knopf auf Stephens zerfetztem Kragen wie ein väterliches Auge, das ihn starr und drohend fixierte. Robert wandte sich ab und sah wieder zu Ajkinsaj, der durch den Hof zwischen den Pyramiden schritt, auf den riesenhaften Kopf zu, im Takt der Trommeln, gefolgt von sechs niederen Priestern und ebenso vielen Mayajungen, die einbeinig hinter den Priestern hersprangen oder ihnen mit rudernden Armstümpfen folgten. Auch der Junge, der ihm vorhin die Zigarre gereicht hatte, war unter ihnen, zumindest schien es ihm so, auch wenn er nicht hätte sagen können, an welchen Einzelheiten er ihn wiedererkannte, an seinem traurigen Blick oder am Zucken seines Schenkelstumpfs, während er durch die Gasse der Priester sprang, auf den nebelgrauen Riesenschädel zu.

Zwei Schritte vor seiner Gottheit blieb Ajkinsaj stehen. Die sechs niederen Priester traten an ihm vorbei, Äxte in den Händen, mit geschwungenen schwarzen Klingen und Griffen so lang wie ein Männerbein. Die Trommeln verstummten. Aus dem torgroßen Maul des Idols drang ein gutturaler Laut, ein Gurgeln wie aus tiefster Kehle. Die Priester traten unter die Rüsselnase ihres Gottes, die Äxte geschultert, je zur Hälfte einander gegenüber, so daß drei von ihnen vor den herabhängenden Köpfen, die anderen drei vor der Hinterseite ihrer Opfer standen. Die wirrbärtigen Gesichter über ihnen rollten mit den Augen und schnappten qualvoll mit den Mündern, aber kein Laut drang hervor. Hinter dem Rücken Ajkinsajs drängten sich die verstümmelten Mayajungen zusammen, offenbar starr vor Anspannung und Angst. Der oberste Priester hob die Knochenflöte und stieß abermals einen Pfiff aus, und da schwangen die sechs Priester die Äxte hoch über ihre

Köpfe, und die Klingen flogen hernieder und bissen sich in die Leiber der Opfer, mit furchtbar schmatzendem Klang.

Und Robert sah, wie die sechs Männer aufschrien, doch wieder drang kein Laut aus ihren Kehlen, nicht einmal ein Stöhnen. Blut schoß aus den Arm- und Schenkelstümpfen, in fingerdicken Strahlen, und die abgehauenen Gliedmaßen schwangen, an Händen oder Füßen angebunden, unter der Nase Cha'acs und zwischen den lautlos schreienden Opfern hin und her. Robert starrte in ihre Gesichter, und in seinem Entsetzen schien es ihm das Gräßlichste überhaupt, daß die Männer dort droben nicht zu schreien, ihre Qualen nicht aus sich herauszuheulen vermochten, da ihre Kehlen wie durch einen Zauber gelähmt schienen.

Die Opferpriester hatten unterdessen ihre Äxte in das Maul des steinernen Gottes geschoben, die Klingen voran und die Schäfte so tief wie möglich in den Rachen stoßend. Aus dem Schlund des Idols drang abermals ein Gurgeln und Zischen, und Robert begann zu begreifen, was es mit dieser göttlichen Apparatur auf sich hatte. Unter uns ist der Thronsaal, dachte er, an seiner Zigarre ziehend, und der steinerne Götterkopf befindet sich genau über dem hohen Kamin oder Ofen in der linken Ecke des Saals. Er war wie erstarrt vor Entsetzen, zugleich empfand er eine seltsame Fremdheit, selbst seinen eigenen Gefühlen gegenüber, als wäre er gespalten in einen, der sich entsetzte und das Grauen nicht länger zu ertragen meinte, und einen zweiten, der das Geschehen aufmerksam beobachtete, wie ein Theaterstück oder eine Serie von Daguerreotypien.

Als die Opferpriester sich wieder aufrichteten und die Äxte aus dem Schlund Cha'acs hervorzogen, waren ihre Klingen glühend rot. Gedankenschnell schwangen sie die Äxte empor und ließen sie aufs neue herniederfahren, diesmal mit der flachen Seite, der glühenden Klingenwange, und wiederum schrien die Opfer auf, lautlos, qualvoll, und ein widerlicher Gestank stieg auf, von brennendem Menschenfleisch, während die glühenden Klingen die Schulter- und Schenkelstümpfe verödeten.

»Ihr gottverfluchten Schinderaffen!« Robert fuhr herum, so weit es die Riemen unter seinen Achseln erlaubten. Paul hatte die Schmähung geschrien, mit überkippender Stimme, jedes einzelne fuchsrote

Schnauzbarthaar gesträubt. »Laßt unsere Leute ... Valentine ... Manson ... vermale...« Er hatte sich schon nach vorn geworfen, offenbar im Begriff, sich blindlings auf Ajkinsaj und die Opferpriester zu stürzen. Doch da fuhr von hinten ein Knüppel auf seinen Schädel nieder, und Paul sackte mit einem Seufzer in sich zusammen, zwischen Miriam, die beide Hände vor ihr Gesicht geschlagen hatte, und Mabo, der neben Ajkech kauerte und mit weit aufgerissenen Augen auf die Opferszene starrte.

»Was redest du da, Paul.« Die glimmende Zigarre in der Hand, sah Stephen auf ihn hinab. »Das sind Oldboys Leute, zum Donner, mit uns hat das alles nichts zu tun.« Seine Stimme klang verwaschen, seine Augen waren glasig. »Hörst du nicht, Paul, he!«

Doch Paul konnte seinem Kindheitskumpan nicht antworten, der Knüppelschlag hatte ihm das Bewußtsein geraubt. Benommen schaute Robert auf ihn hinab, eben wollte er Mabo auffordern, sich um Paul zu kümmern, da erklang von der Altarstätte her abermals ein durchdringender Flötenpfiff.

Rasch schaute er wieder zu Ajkinsaj und den Opferpriestern hinüber und sah eben noch, wie die abgehackten Gliedmaßen, jedes an einem eigenen Seil tanzend und schwankend, wie beim Puppentheater langsam im Maul des steinernen Gottes verschwanden, drei fahlhäutige, schütter behaarte Männerbeine, denen ebenso viele Arme folgten, willenlos winkend, muskulös und sonnengebräunt.

4

»Wir sind hier im ältesten Teil von Kantunmak, in einem Viertel, das seit langem nur noch Vergessene Welt heißt, *yok'ol-ka' tub'säb'äl*.« Ixnaay ließ Helens Arm los, ging einige Schritte auf das unkenntliche Wandgemälde zu und wandte sich dann zu ihr zurück. »Dieser Tempelsaal liegt dreißig Fuß unter der Erde. Schon vor etlichen tausend Jahren wurden hier Zeremonien zu Ehren Ixquics abgehalten, und noch heutzutage versammeln sich die Priesterinnen der Mondgöttin um diesen Altar, wenn auch nur noch selten und in geringer Zahl. Die Treppe dort hinten«, fügte sie hinzu, auf eine Wandöffnung deutend, die sich hinter einer Säule nur undeutlich abzeichnete, »führt übrigens geradewegs ins Freie, zu einem verborgenen Ausgang am Ufer des alten Flusses.«

Während Helen sich noch fragte, warum Ixnaay ihr all das erzählte, winkte die India sie näher zu sich heran und sprach bereits weiter. »Vier Tagesreisen flußabwärts mit dem Kanu«, sagte sie, »liegt das Dorf unserer Kindheit, Ixt'u'ul-chac. Es ist ein Weg, den heute kaum noch jemand kennt, auf immer schmaleren Flußarmen, durch immer engere Windungen und Verzweigungen, geleitet von geheimen Zeichen in Sumpf und Dickicht: Kerben in Baumstämmen, fratzenhaften Wurzelstöcken, die nur finden kann, wer im voraus weiß, wonach er sucht.

Es ist eine andere Welt«, fuhr Ixnaay nach einer kurzen Pause fort, indem sie wie entrückt über Helen hinwegsah, »nie werde ich sie vergessen, niemals verwinden, daß wir von dort weggehen mußten. Unser Dorf lag auf einem Hügel, gesäumt von einem Wall aus Buschwerk, Zapote- und Blauholzbäumen, erinnerst du dich?« Wieder nahm sie Helens Arm, und zum ersten Mal fiel Helen auf, wie erschöpft Ixnaay wirkte, wie grau ihr Gesicht, wie schwer sie sich auf ihren Arm stützte.

»Dahinter, zehn Schritte unter dem Hügel, begann schon die Wäßrige Erde«, sagte Ixnaay, ohne auf Helens beunruhigten Blick einzugehen, »dreißig Fuß tiefes Moor, in dem alles versank, was nicht fliegen oder schwimmen konnte oder gewichtlos wie Libellen war. Siehst du es wieder vor dir, Schwester: das endlose Tal um unseren Hügel herum, gefüllt mit glucksendem, murmelndem Moor, ein warmer, süßlich riechender Schoß, aus dem unablässig Leben quoll: Fische in Millionenscharen, Frösche, Kröten, Quappenschwärme, Wolken von Moskitos? Mächtigere Baumriesen, als aus der Wäßrigen Erde emporwuchsen, habe ich an keinem anderen Ort je gesehen. Die gefiederten Freunde in ihren Wipfeln: Quetzal und Arakanga, Tukan und Kolibri. Und dann die Spinnäffchen, die wir alle beim Namen riefen und die uns aus Schabernack mit Nüssen bewarfen – weißt du noch, Ixkatik? Die Schreie der Brüllaffen im Morgengrauen, und da erwachten alle Vögel im ganzen unendlichen Wald und begannen zu singen, alle, alle auf einmal, während groß und golden die Sonne aus der Wäßrigen Erde aufstieg?«

Sie hielt inne und fuhr sich mit der Hand über die Augen, als erwache sie aus einem Traum. »Eine andere Welt, wie gesagt«, erklärte sie und versuchte sichtlich, in den früheren munteren Ton zurückzufinden. »Aber ich wollte dir die heiligen Bilder zeigen, aus der hohen Zeit des Mondgöttinnenkultes von Kantunmak. Schau nur.«

Sie traten vor das Wandgemälde, eine Darstellung des Nachthimmels, wie Helen nun erkannte. Der Hintergrund war zu einem matten Grau verblaßt, in dem nur hier und dort noch tintenschwarze Flecken schwammen. Sterne und Planeten in allen Größen übersäten diesen Himmel, und obwohl auch die meisten Gestirne stark verblichen waren, ging von ihnen ein goldenes Leuchten aus, wie Helen es nie zuvor bei einer Himmelsdarstellung gesehen hatte.

Sie faßte einzelne Sterne schärfer in den Blick, verwundert über ihr warmes Strahlen. Tatsächlich waren alle diese Sterne so gemalt, als ob es Lebewesen wären, sinnliche Körper, dachte sie, empfindsame Geschöpfe, die es in der Weite des Alls zueinander drängte, die ihre Strahlenarme reckten, ihre fleischigen Sternenleiber einander entgegenschoben, um sich im nächtlichen Himmel zu vereinigen. Es war ein wollüstiger Kosmos, dachte Helen, die mit steigendem Interesse einen größeren Himmelskörper in Augenschein nahm und auf einmal bis unter die Haarwurzeln errötete.

»Nun, das ist wohl recht drastisch«, sagte Ixnaay, die ihrem Blick gefolgt war. »Ein sonderbarer Stern, mit höchst eigenartigen Strahlen. Aber es ist nichts Verderbtes oder unzart Berechnendes dabei«, fügte sie hinzu. »Und wenn du noch einmal hinsiehst, wirst du feststellen, daß dieser sonderbare Stern in der Himmelskarte unserer Ahnen genau dort steht, wo sich die Erde befindet.«

Eine Erde, deren Leib eine gewaltige Vulva war, umkränzt von aufgerichteten männlichen Gliedern. Helen brachte es nicht über sich, den in triumphaler Fleischlichkeit schwellenden Stern nochmals in den Blick zu fassen, doch ebensowenig gelang es ihr, sich gänzlich davon loszureißen. So stand sie nur starr vor der fatalen Himmelskarte, halb gesenkten Kopfes und nahezu schielend.

»Ajkinsaj berauscht sich an Leichnamen«, sagte neben ihr Ixnaay, »an Blutvergießen, Verstümmelung und Tod. Hier dagegen siehst du, auf welch wundersamen Barken die Priesterinnen Ixquics damals durch den Himmel segelten.«

Sie deutete auf ein Gebilde, das Helen auf den ersten Blick wahrhaftig wie ein Boot oder schmales Floß erschien, auf dessen Mitte rittlings eine menschliche Gestalt saß. Durch den harmlosen Augenschein ermutigt, sah sie genauer hin und fuhr abermals zusammen: Das Boot war ein kräftig gebauter, gänzlich nackter Mann, der rücklings durch den Kosmos trieb, auf seiner Mitte reitend eine Frau mit üppiger Büste und aufgelöstem Haar.

»Sieh nur hin«, sagte Ixnaay, »der Glaube unserer Ahnen war einfach und weise. Was wir Himmel nennen, ist nur so zu erreichen: indem Frau und Mann, die weibliche und männliche Hälfte, sich voller Liebe und Leidenschaft vereinigen. In alter Zeit galten Männer und Frauen daher gleich viel, und im Zweifel gab die sanftere Weisheit der Weiber den Ausschlag. Und zum Äußersten, dem kriegerischen Schlachten, kam es so gut wie nie.«

Wie zum Beweis tippte sie auf einen weiteren Himmelskörper. Widerwillig sah Helen den kakaobraunen Planeten näher an, der sich als Knäuel aus zwei menschlichen Figuren entpuppte, Mann und Frau, einander so innig umschlingend, als kauerten sie in einer engen, umschließenden Höhle.

»Eindrucksvoll, in der Tat.« Helen mußte sich räuspern, ihre Stimme klang brüchig. Gewaltsam riß sie sich von der eigentümlichen Himmelskarte los und wandte ihr sicherheitshalber den Rücken zu. Noch immer fühlte sie sich erhitzt, das Blut pulste ihr rascher als gewöhnlich durch die Adern. Aber sie würde sich von Ixnaay nicht noch einmal wie eine Fadenpuppe lenken lassen, beschloß sie, was auch immer die Ältere mit der verwirrenden Vorführung in diesem Tempelsaal bezwecken mochte. »Natürlich stimme ich dir zu«, fuhr sie fort, da Ixnaay sie nur schweigend ansah, »daß manches in unserer Welt besser wäre, in Fort George ebenso wie hier in der Wildnis, wenn die Männer nicht immer allein regieren wollten: Das läuft bei ihnen wohl allzu schnell auf Kanonen und Kriegsgeschrei hinaus. Aber deine Predigt hat trotzdem einen schwachen Punkt, liebe Ixnaay. Und dieser schwache Punkt bist du selbst.«

Wieder hielt sie einen Augenblick inne, abgelenkt durch den pochenden Schmerz in ihrem Fuß. Ixnaay sah sie unverwandt an, doch es schien Helen, daß sie ihr kaum mehr zuhörte. Ihr Gesicht war fahl, die Augen hatte sie zusammengekniffen, als ob nicht sie, Helen, sondern Ixnaay an einer schmerzhaften Verletzung litte. »Wenn der Krieg der Wahnsinn der Männer ist«, fügte sie dennoch hinzu, »worin liegt dann wohl der Irrsinn – oder zumindest der Irrtum – von Frauen wie dir? Was du und deine Mitverschwörerinnen an offener Gewalt und Blutvergießen vermeidet, das wiegt ihr, will mir scheinen, durch Falschheit und Lüge, Verwirrung und Erpressung zu einem guten Teil wieder auf.«

Unter diesen Worten war Helen zurück zum Altar gehumpelt und hatte sich eben auf dem Mondstein niedergelassen, ihren schmerzenden Fuß vorsichtig mit einer Hand reibend, als Ixnaay vor ihren Augen mit einem erstickten Seufzer zusammenbrach.

5

Was für ein abgeschmacktes Schmierentheater, dachte Robert, aber es waren nur Worte, ungreifbar. Er warf seinen Zigarrenstummel zu Boden, neben Paul, aus dessen Hinterkopf Blut sickerte, in dünnem Rinnsal durch sein kupferrotes Haar. Doch es war zu spät, das zumindest ahnte er, die Zigarren schienen tatsächlich berauschende Substanzen zu enthalten, so daß er nicht länger entscheiden konnte, welche der Gestalten und Geschehnisse, Gerüche und Geräusche, die er um sich herum wahrzunehmen glaubte, dem Traum angehörten und welche der Realität. Wieder und wieder sah er um sich, und es schien ihm, als ob beide Welten sich immer rascher, immer sinnverwirrender vermengten, wie Schlieren unverträglicher Farben, ineinander verwirbelt in einem Wasserglas.

Aufs neue erklangen die unsichtbaren Trommeln, und Robert sah einen Moment lang angespannt zu dem Götterkopf und den verstümmelten Opfern hinüber. Aber der Anblick war zu grauenvoll, und so wandte er sich wieder ab und schaute an sich herab, seiner äußeren Gestalt, die ihm gänzlich fremd schien und zugleich auf traumhafte Weise vertraut. Vom Hals bis zu den Fußknöcheln hinab war sein Leib noch immer kalkweiß bemalt und mit Papierstreifen umwunden und beklebt, auf denen Blutflecken und Glyphen in buntem Wirrwarr prangten, Dolchzeichen, Vasenschädel, glotzäugige Idole, das Gewölbe eines Mutterbauchs, in dem ein winziger Krieger hockte, mit aufgerichtetem, bluttriefendem Glied.

Versunken sah er auf die Zeichen hinab, die seine Brust, seine Schenkel bedeckten, und auf einmal war ihm, als könnte er sie mühelos lesen. Aber es war ein ganz anderes als das gewohnte Lesen, kein verstandesmäßiges Entziffern, es war, als wäre sein Geist ein Windhauch, raschelnd im Laubwerk der Glyphen, die sich einzig in diesem Rascheln und Wispern offenbarten, auf keine andere Art. Benommen tatstete er über die Riemen, die ihn unter den Achseln und um seine Hüften an die Bahre banden. Er wußte genau, daß er mit dieser hölzernen Trage an der Pyramide lehnte, aufrecht, ein wenig schräg, unter seinen Füßen fünf Zoll dampfend heiße Luft. Aber es gelang ihm nicht, die Riemen über seiner Brust oder das Brett in seinem Rücken als wirklich wahrzunehmen. So angestrengt er sich gegen diese Vorstellung wehrte, gewann er doch mehr und mehr den Eindruck, daß er tatsächlich versteinert war, ein Bildnis am Fuß der Pyramide, eine verwitterte Säule, in deren Oberfläche bloß die Umrisse eines Mannes, ein Gesicht mit entrückt blickenden Augen gekratzt worden waren. Schmerzliche Trauer ergriff ihn bei diesem Gedanken, und zugleich dachte er, daß er nun endlich die Wahrheit gefunden hatte: Wahrhaftig, so ist es, sagte er sich, ich bin das steinerne Bildnis, und alles andere war nur ein Traum.

Ein schriller Flötenton riß ihn aus seinen Phantasien. Ungewiß, wieviel Zeit vergangen sein mochte, seit die abgehackten Gliedmaßen im Maul des Gottes verschwunden waren, wahrscheinlich nur wenige Augenblicke, denn die Priester standen noch in der gleichen Haltung da wie eben, unter ihren verstümmelten Opfern, mit beiden Händen auf ihre Äxte gestützt. Der Gestank nach brennendem Fleisch war noch ärger geworden, es war der gleiche Brodem, der vorgestern den Thronsaal verpestet hatte, ein Gestank nach schmorendem Haar und siedendem Fleisch.

Robert starrte zu den aufgeknüpften Männern hinüber. Jetzt erst bemerkte er, daß die Opferpriester über und über mit Blut begossen waren, ihre Haare, die Gesichter, das graue Gewand. Die Leichname aus Victoria Camp fielen ihm ein, die er in Pauls Glas gesehen hatte, ihre graurosa verquollenen Gesichter, noch gräßlicher entstellt durch die daraufgepflanzte Rüsselnase Cha'acs. Die Aufgeknüpften schienen noch immer bei Bewußtsein. Sicher hatte Ajkinsaj befohlen, ihnen einen Zaubertrunk einzuflößen, der nicht nur ihre Stimmbänder lähmte, sondern ihnen auch die allerletzte Gnade der Ohnmacht verwehrte. An drei Gliedmaßen aufgeknüpft, das vierte abgehackt bis auf den brandroten Stumpf, hingen sie in steiler Reihe von Cha'acs Rüsselnase herab, sechs blutige Leiber, darunter die vom Wahnsinn verzerrten Gesichter, die Münder klaffende Höhlen im Dschungel ihrer Bärte, die Augen so verdreht, daß nur das Weiße zu sehen war.

Da vernahm er ein Stöhnen zu seinen Füßen. Paul, dachte er, aber es gelang ihm nicht, seinen Kopf zu senken und zu Paul hinabzusehen. Unverwandt starrte er zu dem riesenhaften Götterkopf und zu Ajkinsaj, der eben vor den wulstigen Mund seiner Gottheit trat. Die Trommeln hatten aufs neue eingesetzt, und die grauen Priester murmelten Beschwörungen, zu Hunderten im Chor. Robert erkannte nun mehrere Seile, die zwischen Cha'acs weit geöffneten Steinlippen schwankten, wie vorhin, als die abgehackten Gliedmaßen im Maul des Regengottes verschwunden waren. Die Trommelklänge wurden lauter, drängender, desgleichen die Beschwörungsrufe der Hunderte Priester, während an sechs Seilen ebenso viele Gliedmaßen aus dem Rachen des Idols aufstiegen.

Was zum Teufel –? dachte Robert und rieb sich sogar die Augen, aber es half nichts. Neuerlich starrte er zu dem riesigen Götterkopf, den wulstigen Lippen, zwischen denen die Gliedmaßen emportanzten, schaukelnd und gaukelnd wie im schauerlichsten Puppentheater. Es waren noch immer drei Arme und drei Beine, aber wie furchtbar verwandelt, mumienhaft eingeschrumpft, zu unförmigen graurosa Säulen, von denen Dampf aufstieg, als wären sie eingekocht oder gesotten worden. Der widerliche Geruch nach Fett und schmorendem Haar war noch stärker geworden, in der Kehle würgend, so daß Robert eine Hand vor Mund und Nase preßte. In ungläubigem Entsetzen sah er zu, wie Ajkinsaj eines der Beine losknüpfte, das in seiner Hand wie Gallert zu erbeben schien.

6

»Es ist nichts, nur eine kleine Schwäche.« Ixnaay war so rasch wieder auf ihren Beinen, daß es beinahe wie eine Augentäuschung wirkte: Sie war zu Boden gesunken und hatte sich fast im selben Moment mit einer fließenden Bewegung wieder erhoben.

Ehe Helen auch nur vom Altar hinabgleiten konnte, ließ sich die India bereits neben ihr auf dem Rand des Mondsteins nieder. »Es ist gar nichts«, wiederholte sie, dabei jedoch sichtlich erschauernd, wie unter einem frostigen Hauch. »Laß mich nach deinem Fuß sehen, Schwester, ob die Heilung gut vorangeht.« Sie hob Helens linkes Bein auf ihren Schoß, und da fuhr Helen neuerlich zusammen: Ixnaays Hände waren, selbst durch den Stoff ihrer Burschenhose, kalt wie Gliedmaßen aus Stein.

Mit geübten Bewegungen prüfte Ixnaay die Wunde und wickelte den Verband sorgsam wieder um Helens Fuß. »Du hast Glück gehabt«, sagte sie, »der Stein hat den Knöchel nur gestreift. Wärst du unter die Stele geraten …«

»Danke für dein Mitgefühl«, fiel ihr Helen ins Wort. »Du brauchst es mir nicht zu erklären: Ich wäre zu einem Brei zerquetscht worden, wie das unschuldige Pferd.« Mit einer heftigen Bewegung entzog sie Ixnaay ihren Fuß und rückte ein Stück von der anderen ab. Für einen Moment sah sie noch einmal vor sich, wie die Stele mit Mr. Thompson auf den Rücken des Wallachs herabgedonnert war, den Pferdeleib zu einem grausigen Ragout zermalmend, einer Fontäne aus Blut und

Fleischbrocken, aus Fellfetzen und todeswehen Schreien, von der sie über und über bespritzt worden war. Neuerlich begann in ihr der Zorn zu brodeln, eine jahrezehntelang zurückgehaltene Bitterkeit. »Aber um dein Ziel zu erreichen«, setzte sie hinzu, »hättest du auch Mr. Thompsons Tod – meinen sowieso – in Kauf genommen, oder? Was bedeuten schließlich eine Handvoll Tote, ein paar gebrochene Rücken oder Herzen, wenn man durch diesen Einsatz einen ganzen Krieg verhindern kann – so denkst du doch, Ixnaay?«

Sie sah die Ältere von der Seite an, doch der Blick Ixnaays, die ihre Arme wie fröstelnd vor der Brust verschränkt hatte, ging an Helen vorbei.

»Und Mr. Sutherland – ihr habt ihn erpreßt, seit damals, als ihr mich zu ihm brachtet?« Ihre Stimme wurde brüchig, mit Gewalt drängte sie in den Klumpen in ihrer Kehle zurück. »Ihr habt ihm gedroht, seine ›Verirrung in der Wildnis‹ auszuplaudern, und nur deshalb war er bereit, mich in seinem Haus aufzunehmen – so war es doch?«

Nun konnte sie die Tränen nicht länger zurückhalten, aus nassen Augen sah sie Ixnaay an. Doch die India schwieg noch immer, mit geistesabwesender Miene sah sie zu der entfernten Säule, hinter der sich die Treppe hinauf zum Flußufer befand.

»Natürlich war es so«, beantwortete Helen ihre eigene Frage. »Warum sonst hätte Mr. Sutherland mich bei sich aufnehmen sollen – das schmutzige kleine Mischlingsmädchen aus dem Wald, die ungewollte Frucht seiner schändlichen Verirrung? Und warum sonst hättet ihr, die Frauen von *Lom-xitil*, es bei dieser halbherzigen, lügenhaften Barmherzigkeit belassen, anstatt Mr. Sutherland zu zwingen, mich als seine rechtmäßige Tochter anzuerkennen?« Sie wischte sich mit dem Handrücken über die Augen und zog schniefend die Nase hoch, wie es die Küchenmädchen in Sutherland House zu tun pflegten, wenn Mama Doro nicht in der Nähe war. »Natürlich hättet ihr ihn dazu zwingen können«, fuhr sie fort, »aber für euch war es wichtiger, Mr. Sutherland zu erpressen, damit er euch geheime Informationen aus dem White House verschaffte: alles für die gerechte Sache, zur Verhinderung von Blutvergießen und Krieg! Denn einen Mr. Sutherland, der sich zu seiner Verirrung bekannt hätte, der mit sich selbst und mit mir ins reine gekommen wäre, den hättet ihr ja nicht mehr erpressen können: Er hätte über euch gelacht!« Helen schrie es Ixnaay ins Gesicht, unter Tränen, die ihr nun unaufhaltsam über die Wangen liefen. »So antworte mir endlich: War es so?«

Unter Helens Schreien und Schluchzern schien Ixnaay zumindest kurzzeitig aus der Starre zu erwachen, die sie mehr und mehr umfangen hielt. »An deiner Stelle«, sagte sie mit tonloser Stimme, »würde ich es wohl ähnlich sehen. Und doch konnten wir nicht anders handeln.« Sie erhob sich vom Altarstein, und abermals schien sie ein Schauer zu überlaufen. »Uns bleibt nur wenig Zeit, Helen«, sagte sie, »darum höre mich nun bitte an, ohne mir noch einmal ins Wort zu fallen.«

Die Arme noch immer vor der Brust verschränkt, mit den Händen über ihre Unterarme reibend, begann sie zwischen den Säulen auf und ab zu gehen. Wie schön sie ist, dachte Helen, wie hochgewachsen ihre Gestalt, wie anmutig ihre Bewegungen – kein Wunder, daß Mr. Thompson nur an sie denkt und kaum ein Auge für mich hat.

»Wie mir heute früh zugetragen wurde«, sagte Ixnaay, »ist Sutherland vor zwei Wochen aus England zurückgekehrt. Er war sehr bestürzt über dein plötzliches Verschwinden und hat vor acht Tagen eine notarielle Urkunde unterzeichnet, mit der er dich zu seiner rechtmäßigen Tochter und zur Alleinerbin von Sutherland House erklärt. Wenn du sein Angebot annimmst, Helen, werden sich dein und Sutherlands Leben von Grund auf verändern – wenn auch in anderer Weise, als du wahrscheinlich glaubst.«

Helen starrte sie an, aus weit geöffneten Augen, in denen noch immer Tränen brannten, aber auf einmal schienen es ihr Tränen des Glücks. Aufs neue sah sie sich selbst, wie sie in ihrem Traum ausgesehen hatte: eine strahlende junge Dame, im cognacfarbenen Empirekleid nach allerneuestem Londoner Schick. Der Gouverneur persönlich hatte sie von ihrer Kutsche bis in den Ballsaal hinaufgeleitet, und die vornehmsten Ladys und edelblütigsten Gentlemen von Fort George hatten sich ehrerbietig vor ihr verbeugt. Und dieser Traum sollte nun wahr werden? Wie im Märchen vom armen Dienstmädchen, das sie vor Jahren einmal gelesen hatte: die verachtete Küchenmagd, die am Ende den Prinzen heiratet? Aber wer war in ihrem Fall der Prinz, überlegte sie dann, schon ein wenig ernüchtert: Robert Thompson? Auch den Galan aus ihrem Traum sah sie nun abermals vor sich, wie er hinter dem Wall aus Fräcken hervorgekommen war, am ganzen Leib mit Jaguarflecken bemalt. Sie mußte lächeln, noch immer unter Tränen, und da erst wurde ihr bewußt, daß Ixnaay längst weitersprach.

»Ich gebe zu, daß mir Sutherlands überstürzter Schritt nicht behagen will, Helen, allerdings aus einem anderen Grund, als du anzunehmen scheinst. Noch hat er sich nicht öffentlich kompromittiert, da er wünscht, daß du als erste von seiner Absicht erfährst. Sutherlands Schicksal liegt also in deiner Hand, aber ich bezweifle sehr, daß du imstande bist, die Konsequenzen zu überschauen. Wenn er sich öffentlich zu seiner Liebschaft mit einer India aus den Wäldern bekennen und wenn er das Kind dieser Affäre als seine Tochter und Erbin anerkennen würde – was wäre damit wohl erreicht?«

Sie blieb vor Helen stehen, abermals erschauernd, dabei ging von den Fackeln eine erstickende Hitze aus. »Anstatt dich auf seine Höhe emporzuheben«, fuhr Ixnaay fort, »würde sich Sutherland eigenhändig in die Tiefe stoßen und alles zum Einsturz bringen, was ihn und Sutherland House bisher ausgemacht hat: seinen Namen und seinen Ruf, seinen einflußreichen Posten in der Gouvernementverwaltung, seine Macht und bald auch sein Vermögen. Denn Sutherland ist nicht annähernd so reich, wie du vorauszusetzen scheinst: Von den Handelsgeschäften abgeschnitten, die er aufgrund seiner bisherigen Stellung regelmäßig mit gewissen Gentlemen abwickelt, wäre er schon in wenigen Monaten ruiniert und könnte sich mit seiner neugewonnenen Tochter allenfalls nach Wales zurückziehen, wo er ein kleines Landgut in den Bergen besitzt. Ob ihr beiden dort aber glücklich würdet, scheint mir mehr als zweifelhaft.«

Sie sah Helen eindringlich an und beugte sich sogar ein wenig zu ihr hinab, um sie schärfer in den Blick zu fassen. Aber diesmal war es Helen, die zerstreut an der anderen vorbeisah, in eine imaginäre Ferne, in der soeben eine Traumgestalt namens Lady Helen Sutherland in tausend cognacfarbene Fetzen zerstob.

»Im übrigen«, hörte sie Ixnaay sagen, »irrst du dich auch in einem anderen Punkt, Schwester. Gewiß hätten Mutter und ich niemals zugelassen, daß Sutherland väterliche Rechte über dich erhielt. Aber auch hier waren unsere Gründe nicht annähernd so niedrig und kaltherzig, wie du uns unterstellst. Denn es trifft zwar zu, daß Ixt'u'ul-chac und seine Bewohner damals von Ajkinsajs Kriegern niedergebrannt und niedergemetzelt wurden. Aber James Sutherland verfolgte den gleichen Plan, wenn auch aus ganz anderen Gründen, Schwester: Er hatte einige Offiziere, mit denen er seit seiner Militärzeit in engem Kontakt stand, bereits dazu verpflichtet, unser Dorf zu überfallen, alle Bewohner zu massakrieren und selbst die kleinen Kinder nicht zu schon, da Ixt'u'ul-chac ›die Brutstätte einer mörderischen Seuche‹ sei. Glaub mir nur, Helen«, fügte sie hinzu, indem sie abermals begann, vor dem Altar auf und ab zu gehen, »wenn Sutherlands königliche Schlächter den Kriegern Ajkinsajs zuvorgekommen wären, so wärest du die erste gewesen, deren Kehle die Häscher durchtrennt oder deren Herz sie durchlöchert hätten. So eigentümlich es auch klingen mag, Schwester: Du solltest Ajkinsaj dankbar sein.«

7

Ajkinsaj kniete vor dem steinernen Haupt Cha'acs, in der Linken das dampfende Mumienbein, mit seiner Rechten den Schenkelstumpf eines Mayajungen umklammernd. Leise erklangen die unsichtbaren Trommeln, jagend wie panischer Pulsschlag, und Ajkinsaj preßte das nebelfarbene Bein gegen den Stumpf. Ein Zittern überlief den Jungen, während der oberste Regengottpriester das Gallert des Beines wie einen graurosa Strumpf zollweise über den Schenkelstumpf zog und zugleich mit beiden Händen andrückte.

Robert starrte auf die kräftigen Hände, und jede Bewegung schien ihm traumhaft verlangsamt und zugleich unwirklich hervorgehoben, als ob er sie durch Pauls Glas wahrnähme: die pressenden Hände, das Zucken des Schenkelstumpfs, über den die Hände unablässig strichen, bis der narbige Stumpf gänzlich vom grauen Gallert umschlossen schien.

Indem Ajkinsaj mit einer Hand weiterhin den Stumpf des Jungen umklammerte, beugte er sich nach links und packte die Knochenflöte, die vor dem Riesenmaul des Regengottes am Boden lag. Er hob sie an seine Lippen und begann eine mißtönende Melodie zu pfeifen, wobei er die Flöte wieder und wieder über das graurosa Bein führte. Rasch schaute Robert zu den Opfern empor, die noch immer bei Bewußtsein schienen, mit lautlosen Fischmündern schnappend, und senkte gleich wieder seinen Blick, auf das nebelfarbene Bein, das im Takt der Flötenklänge zu zucken begann, als hätte Ajkinsaj ihm wahrhaftig Leben eingehaucht. Es kann und kann ja nicht sein, dachte er, auf die Flöte, die Hand, das bebende Nebelbein starrend, und dann plötzlich: Bin ich nicht gerade darum zu Grimaldi gegangen – damit er mich heilt, wie es diesem Jungen dort geschieht – mich gesund macht und mir hilft, es denen heimzuzahlen, die mich versehrt haben an Leib und Seele?

Benommen dachte er darüber nach und beobachtete zugleich Ajkinsaj, der die Flöte sinken ließ und sich mit einer kraftvollen Bewegung erhob. Die Trommeln verstummten, im selben Moment wie der Klang seiner Knochenflöte, die er nun wie ein magisches Zepter in der erhobenen Rechten hielt.

»Wandle auf und ab, denn du warst zerstückt und bist wieder heil.« Ajkinsajs Stimme hallte über den weiten First. »Danke Cha'ac, der mächtiger ist als Krankheit und Tod.«

Mit großen Augen sah der Junge zu Ajkinsaj auf. Neuerlich setzten die Trommeln ein, mit gewaltigen, langsamen Schlägen, wie der Herzschlag eines weltengroßen Riesen. Ajkinsaj versetzte ihm einen Stoß, und der wundersam Geheilte taumelte durch die Gasse der grauen Priester, das angezauberte Bein unbeholfen voranwerfend, genau auf Robert und seine Gefährten zu.

»Mummenschanz«, hörte er Stephen murmeln, »fauler Affenzauber, sonst gar nichts.« Aber Stephen schien seinen Worten selbst nicht zu trauen, seine Stimme klang schütter vor Entgeisterung und Angst.

Robert warf den Gefährten einen raschen Blick zu, dann sah er wieder auf den Jungen, der weiter auf ihn zutaumelte, mit aufgerissenen Augen, das Gesicht vor Anstrengung und wohl auch vor Entsetzen verzerrt. Stephen schien gänzlich außer sich, dachte er, wie ein Spieler, der fast alles verloren hat und im Begriff ist, einen allerletzten, verzweifelten Einsatz zu wagen. Die Trommeln wummerten, und Robert versuchte sich auf das nebelfarbene Bein zu konzentrieren, aus dem noch immer Dampf auszutreten schien, aber es gelang ihm nicht festzustellen, ob der Junge tatsächlich auf beiden Beinen ging. Eher sah es so aus, als schnellte er einzig auf seinem gesunden Bein vorwärts, die gräuliche Zaubersäule mit einem Zucken seines Schenkelstumpfs voranwerfend, ohne sie mit seinem Körpergewicht zu belasten. Doch das mochte Täuschung sein, ebenso schien es ihm möglich, daß der Junge sein neues Bein bloß nach jedem Schritt so rasch wie möglich wieder entlastete.

Der Gestank nach schmorendem Haar und siedendem Fleisch war noch beißender geworden, Dampf quoll zwischen Cha'acs Lippen hervor und waberte in fettigen Schwaden über den First. Nur am Rande nahm Robert wahr, daß Ajkinsaj weitere Gliedmaßen aus dem Maul seiner Gottheit angelte, dürftige Nebelbeine, unförmig verschrumpfte Arme, und die Mumienglieder unter rituellem Gemurmel gegen die Schenkel- und Schulterstümpfe weiterer Mayajungen preßte. Auch Miriam wirkte gänzlich entgeistert, dachte er, nicht anders als Mabo und Ajkech, die wie versteinert zu seinen Füßen hockten, neben Paul, der immer noch ohne Besinnung schien. Robert versuchte dem Jungen ermutigend zuzulächeln, doch er selbst spürte, daß er nur eine Grimasse zustandebrachte, mit gefletschten Zähnen, so daß der kleine Maya die Augen noch weiter aufriß und im Herantaumeln regelrecht zusammenfuhr.

»Wandelt auf und ab, denn ihr wart zerstückt und seid wieder heil.« Abermals erschallte Ajkinsajs Stimme, laut und grollend wie Donnerrollen. »Dankt Cha'ac, der mächtiger ist als Krankheit und Tod.« Er legte die Arme um die Schultern der fünf Mayajungen, die um ihn herumstanden, mit angehexten grauen Armen und Beinen. »Und unendlich mächtiger als alle lügnerischen Listen, die der *Ajb'isäj-ju'um d'ojis* jemals zu ersinnen vermag!«

Sein Blick bohrte sich in Roberts Augen, über eine Distanz von mehr als dreißig Schritten, während er durch die Gasse seiner Priester auf ihn zuging. Nach wenigen Schritten hatte er den Jungen eingeholt, der noch immer mit den hölzernen Bewegungen einer Gliederpuppe vorantaumelte. Es war der kleine Maya, der ihm vorhin die Zigarre gereicht und mit seinem Kienspan angezündet hatte, zumindest schien es Robert so, während der Junge, das graue Mumienbein voranwerfend, durch die Gasse der Priester wankte. Ajkinsaj packte ihn bei den Schultern und schob ihn vor sich her, und die anderen zauberisch geheilten Jungen taumelten hinterdrein, während sich die sechs Opferpriester zu Roberts Entsetzen neuerlich unter den aufgeknüpften Holzfällern aufstellten, ihre Äxte probeweise in den Händen wiegend.

Ajkinsaj blieb einen Schritt vor Robert stehen, seine Hände auf den schmalen Schultern des Jungen, dessen Gesicht schimmerte vor Schweiß. »Oder wagst du zu behaupten, Vernichter der Maya, daß du ein Wunder wie dieses zu wirken vermagst?« Er beugte sich vor, über die Schulter des Jungen, umfaßte das graurosa Bein über dem Knie und zog es empor, dabei mit prahlerischer Miene zu Robert aufschauend.

Roberts Blick haftete auf dem abscheulichen Bein, das wie ein Leichenglied aussah, mit der verschrumpften Haut, die sich über formlosem, scheinbar fauligem Fleisch wellte. Der Junge stand in völlig verkrampfter Haltung vor ihm, unter Ajkinsaj massigen Rumpf geduckt, das graurosa Knie bis zur Brust gezogen.

»Dasselbe hast du mich schon einmal gefragt, großer Herrscher.« Seine Gedanken rasten. Gleich würde Ajkinsaj befehlen, den unglücklichen Opfern weitere Gliedmaßen abzuschlagen, wie um Himmels willen konnte er ihn nur daran hindern? »Damals antwortete ich dir, daß die Götter mich nicht zu euch gesandt hätten, um euch Heilung zu bringen, sondern um euch in den Kampf zu führen. Diesmal füge ich hinzu: Schon als sie mich nach Tayasal sandten, habe ich euch die Formel der Wiederkehr offenbart, das Geheimnis der Überwindung des Todes.« Er sah Ajkinsaj so finster wie möglich an, dabei fühlte er sich mehr als unbehaglich, von der wuchtigen Präsenz des anderen schier zerdrückt. »Ist dieses Geheimnis nicht tausendmal kostbarer, Ajkinsaj, als der Körperzauber deines Gottes Cha'ac?«

Noch während Robert sprach, hatte Ajkinsaj das Bein des Jungen losgelassen und sich wieder aufgerichtet. Robert sagte »Körperzauber«, und das Bein sackte schlaff hinab, am Schenkelstumpf schlenkernd wie ein mit Kautschuk gefüllter Strumpf. Seine Hände auf die Schultern des Jungen gestützt, starrte Ajkinsaj ihn an, aus so bedrängender Nähe, daß Robert seinen heißen Atem auf der Wange spürte. Die schwarzen Augen durchbohrten ihn, er mußte sich zwingen, den Blick nicht zu senken, nicht zu schreien, nicht davonzulaufen wie ein verstörtes Kind. Seit jeher, dachte er, hatte er diesen Drang verspürt, Hals über Kopf zu fliehen, sowie Grimaldis hypnotische Augen sich auf ihn richteten. Aber der Blick des Magnetiseurs hatte ihn immer gleich schon gefügig gemacht, benommen und willenlos, so daß er nicht einmal mehr wünschen konnte, sich dem Einfluß Grimaldis zu entziehen. Er ist niemals auf meiner Seite gewesen, durchfuhr es Robert, er hat sich nur in mein Vertrauen geschlichen, im Auftrag meines Vaters, auf Weisung von Mary, weil sie witterten, daß ich im Begriff war, mich ihrer Puppenspielerwillkür zu entziehen. Obszön, dachte er, wie seine Hand den Schenkelstumpf gepreßt hat, wie sie unter den Schurz gefahren ist, um das graue Gallert, die Mumienhaut, das brandige Leichenfleisch bis hinauf zu den Lenden des Jungen zu ziehen. Er krümmte sich innerlich, da ihm auf einmal schien, als wäre er selbst dieser Junge gewesen, in dunkelster Vergangenheit, als hätte die kräftige Hand nach ihm gepackt, ihn verstümmelt unter dem Vorwand der Heilung, seinen Leib verhext in lebendiges Leichenfleisch. Vage empfand er, daß sich ihm Traum und Wirklichkeit immer inniger ineinander verwirbelten, untrennbar wie im Wahnsinn oder unter dem Bann eines Zauberfluchs. Die Zigarre, ich bin berauscht, das ist alles, dachte er, aber es waren Wörter ohne Realität für ihn, Satzfetzen, leer und närrisch wie Kinderverse.

»Überwindung des Todes?« wiederholte Ajkinsaj, und Robert riß seinen Blick gewaltsam von ihm los und sah zu den Mayajungen, die sich hinter seinem Rücken drängten, mit grauen Schrumpfschenkeln, abscheulichen Mumienarmen. »Du wagst es, unseren Schmerz zu verhöhnen, zwanzigtausendfacher Mörder der Maya?« Ajkinsajs Stimme grollte, so gewaltig und hallend, als wäre er selbst die Gottheit des Donners, ein himmelhoher Wolkenleib. »Habt du und Ixkukul die Maya von Tayasal nicht durch betrügerische Listen dazu gebracht, ihre Nacken unter der Axt der Opferpriester zu beugen? Verspracht ihr nicht, sie alle sollten binnen siebenmal sieben Tagen in einer Gestalt ihrer Wahl wiederkehren, gekräftigt und geheilt, verjüngt und strahlend schön?« Ajkinsaj zwang ihn, durch die schiere Macht seines Willens, ihm abermals ins Gesicht zu sehen. »Willst du leugnen, daß eure Formel der Wiederkehr blutiger Betrug war?« Robert sah ihn an, und in den Pupillen Ajkinsajs erblickte er auf einmal, wie in zwei winzigen magischen Spiegeln, das wunderschöne Antlitz von Ixnaay. »Mörder!« rief Ajkinsaj aus. »Heil und Heilung hast du versprochen, aber Tod und Untergang gebracht! Von den zwanzigtausend Maya, die an jenem Tag durch eure Lüge starben, ist kein einziger je zurückgekehrt!«

Robert schlug die Hände vors Gesicht und knirschte mit den Zähnen. Grauen befiel ihn, ärger als tiefste Kinderangst. So wäre ich selbst der, vor dem ich immer fliehen wollte? Wieder huschte ihm ein Bild aus ältester Zeit durch den Kopf: ein Gewölbe, die kräftige Hand, Düsternis und wie er im Moment der Berührung erstarrte, für immer versehrt, zur Puppe verholzt. Und Ixkukul, dachte er, die India meiner Träume, Ixnaay, die Frau, von der ich mir Heilung erhoffte: Auch deine Lippen, deine Hände bringen nur Lüge und Tod?

Er spürte ein Brennen in der Kehle, Tränen vernebelten seinen Blick. Gerahmt von einer flackernden, regenbogenbunten Aura sah er, wie Ajkinsaj den Jungen mit dem grauen Bein zur Seite stieß und sich vorbeugte. Seine kräftige Rechte packte Ajkech unter der linken Achsel und zerrte ihn hoch.

»Mir aber hat Cha'ac, die mächtigste Gottheit«, rief Ajkinsaj, »Macht auch über den Tod verliehen!« Mit einer Hand, scheinbar mühelos, reckte er den kleinen Krieger so hoch, daß Ajkechs rechte Schulter vor Roberts Augen schwebte. »Sieh nur, Vernichter der Maya, mit der Hilfe meines Gottes heile ich nicht nur die Verstümmelten, sondern erwecke auch die Toten wieder zum Leben!« Seine linke Hand fuhr unter seine Tunika und zog die rote Knochenflöte hervor. Mit dem Mundstück strich er über Ajkechs linke Brustseite und krakelte ein blutrotes Zeichen darauf, von der ungefähren Form einer Kröte. »Der Mensch ist eine Wolke, und das Herz ist ein Frosch: Wußtest du das nicht, fahler Götterbote?«

Er schob die Flöte wieder unter sein Gewand, und als seine Hand abermals zum Vorschein kam, umfaßte sie einen schwarzen Dolch, mit gezähnter Klinge, die in der Abendsonne funkelte. »Schau nur genau zu, Vernichter der Maya! Wie ich den Frosch aus dieser Brust schneide und auf meiner offenen Hand zucken lasse, bis alles Leben aus ihm gewichen ist.« Er schwenkte Ajkech wie eine Fahne aus Fleisch. »Wie ich endlich den starren Frosch in seine Höhle zurückschieben und wieder zum Leben erwecken werde – mit der Hilfe des großen Cha'ac!«

Kaum hatte Ajkinsaj »Cha'ac« ausgerufen, da ertönte ein Knall, furchtbarer als der lauteste Donnerschlag. Hinter seinem Rücken explodierte der Riesenkopf seiner Gottheit, in einer Kaskade aus Trümmern und Staub. Schreie erschallten, während eine gewaltige Druckwelle über den First des Palastes raste, Äste, Leiber, Steinbrocken umherwirbelnd. Weitere Kanonenschläge, unter denen die Ka'ana erzitterte. Schreie aus Zehntausenden von Kehlen. Vor Roberts Augen wurde Ajkinsaj von den Füßen gerissen, ebenso wie Stephen und Miriam. Nur er selbst blieb noch einen traumhaft verlangsamten Moment stehen, mitsamt seiner hölzernen Trage an der Pyramidenwand lehnend. Dann kippte er seitlich um und schlug so hart auf dem Boden auf, zwischen Stephen und dem obersten Regengottpriester, daß er vollends die Besinnung verlor.

8

»Hörst du, Helen? Sie sind schon da.« Ixnaay sah sie aus weit geöffneten Augen an, ihr Gesicht war grau geworden, fahler, als Helen es bei einer so dunkelhäutigen Frau je für möglich gehalten hätte. »Die Soldaten«, murmelte sie. »Das große Schlachten – jetzt ist alles zu spät!«

Wie die schöne India zwischen den Säulen stand, unweit der Treppe zum Fluß hinauf, mit aufgelösten Haaren, die weiße Tunika mit Staub befleckt, erschien sie Helen mit einem Mal wie eine tragische Gestalt aus einem romantischen Drama – eine edeldenkende Herrscherin, schuldig geworden aus Schwermut und Bitterkeit.

Abermals krachte ein Kanonenschlag. Die Wucht der Detonation ließ selbst das Mauerwerk ihres unterirdischen Tempelsaals erbeben. Steinbrocken lösten sich von der Decke und prasselten auf Altar und Boden, und die Fackeln flackerten, als wären Dämonen in die Flammen gefahren.

»Wir müssen raus hier, bevor alles zusammenstürzt!« Helen glitt, so rasch ihr verletzter Fuß es erlaubte, vom Mondstein hinab. Sie zitterte am ganzen Leib, zweifach verstört durch Ixnaays Enthüllungen und durch die infernalischen Kanonenschläge, die nun schon in ununterbrochener Folge dröhnten. Schreie drangen zu ihnen herab, Gewehrschüsse, Kampfgebrüll, gedämpft durch das Mauerwerk, aber zugleich ins Unheimliche verfremdet, wie innerirdische Urgewalten.

»Wie kommen wir am schnellsten ins Freie – über diese Treppe?« Sie humpelte auf Ixnaay zu, mit der Linken auf den Treppenschacht hinter ihr deutend. Mit der anderen Hand wollte sie die India am Arm nehmen und mit sich ziehen, aber Ixnaay wich ihr aus und ging mit schleppenden Schritten zurück zum Altar. Steinbrocken lösten sich von der Decke und fielen um sie herum zu Boden, krachend wie Geschosse, doch Ixnaay schien sie kaum wahrzunehmen.

»Die Heilzauber Ixquics«, sagte sie, so matt und tonlos, daß Helen sie nur mit Mühe verstand. »Ihr werdet sie brauchen, dringender als alles andere. So war es immer schon: Nach dem Schlachten kommen sie angekrochen, und wir ...« Ixnaay verstummte mitten im Satz und brach in die Knie, einen halben Schritt vor dem Altar. Weitere Steinbrocken lösten sich von Wänden und Decke und stürzten polternd auf den Boden um sie herum oder zerplatzten auf der Oberfläche des Altars.

»Komm zurück, Ixnaay!« Helen stand wie erstarrt zwischen den Säulen, die in diesem Teil des Saals die Decke noch halbwegs sicher trugen. Sie wagte nicht, der India zu Hilfe zu eilen, die in einer Wolke aus Staub am Boden kniete, mit beiden Händen auf den Altar gestützt. »Du bringst dich um!«

In der Decke über dem Mondstein hatte sich ein Krater geöffnet, der in unabsehbarer Folge Geröllbrocken, Erdklumpen, zersplittertes Gebälk in die Tiefe spie. Ohne auf den niedergehenden Hagel oder auf Helens verzweifelte Rufe zu achten, kletterte Ixnaay mit offensichtlicher Mühe auf den Altar und begann auf Händen und Knien über die sichelförmige Fläche zu kriechen.

Weitere Kanonenschläge, unter denen das zweitausendjährige Mauerwerk wie in Krämpfen erzitterte. Unbeirrt kroch Ixnaay über den Altarstein, bis zur ungefähren Mitte des steinernen Mondes. Mit einer Hand schob sie Geröll und Erdbrocken zur Seite, mit der anderen hob sie eine kleine Steinplatte aus der Oberfläche des Altars heraus. Der Krater über ihr spie einen weiteren Schwall Trümmer und Erde hinab, ein kindskopfgroßer Brocken fiel auf ihre Schultern, doch glücklicherweise war es nur ein Erdklumpen, der unter dem Anprall zu Staub und Krumen zerstob. Ixnaay griff in die freigelegte Höhlung und holte zwei Händevoll winziger Amphoren und Tiegel hervor. Sie hob den Saum ihrer Tunika, ließ den leise klirrenden Schatz hineingleiten und kroch eilends über den Altar zurück, indem sie den Saum ihres Gewandes mit den Zähnen hielt.

»Mach schnell«, drängte Helen, »wir müssen hier raus!«

Weitere qualvolle Sekunden vergingen, unablässig prasselten Steinbrocken herab, dann hatte Ixnaay den Rand des Altars erreicht. Sie schwang ihre Füße zurück auf den Boden, raffte die Tunika voller Tiegel vor dem Unterleib zusammen und taumelte auf Helen zu, die ihr eine Hand entgegenstreckte, sie endlich am Arm zu fassen bekam und zwischen die Säulen zog – keinen Lidschlag zu früh: Im nächsten Augenblick stürzte die Decke über dem Altar ein und begrub den heiligen Mondstein Ixquics unter einem Schwall aus Trümmern, Erde und zweitausendjährigem Staub.

»Die Treppe hoch, schnell ...« Ixnaay atmete stoßweise, gänzlich entkräftet, wie es Helen schien. »Am Ufer ... Kanus ... wir müssen fliehen ... den Fluß hinunter ... aber nur ... mit ihm ...«

Sie taumelten die Treppe hinauf, einen schmalen Schacht voll Düsterkeit. So schwer stützte sich die India auf ihren Arm, daß Helens Fuß heftig zu schmerzen begann.

»Was ist mit dir, Ixnaay? Dein Arm ist kalt wie Stein.«

»Stelenzauber.« Die India blieb stehen und lehnte sich gegen die Treppenwand, gehüllt in eine Säule aus Sonnenlicht, das von weit oben in den Schacht fiel. Langsam beruhigte sich ihr Atem, so daß auch ihre Rede wieder flüssiger wurde. »Anfangs fiel mir gar nichts auf, nur ein taubes Gefühl in Fingern und Zehen ... Ganz langsam kroch es in mir empor – in Hände und Füße, dann zollweise Arme und Beine hinauf.« Sie erschauerte so stark, daß die Tiegel und Amphoren in ihrer Tunika klirrten. »Ich schrieb es meiner Übermüdung zu, ich Närrin, und dachte mir weiter nichts dabei. Aber inzwischen weiß ich es besser: Das Messer, das Ajkinsaj gestern nach mir werfen ließ, war vergiftet.« Sie raffte ihre Tunika bis zum Nabel empor, einen mädchenhaft flachen Bauch und den schwarzen Busch auf ihrer Scham entblößend. »Hier, Schwester, sieh es dir an!«

Widerstrebend sah Helen auf die Stelle, die Ixnaay mit dem Finger anzeigte. Auf ihrer rechten Hüfte verlief eine unscheinbare Wunde, fünf Zoll lang und schmal wie ein Bleistiftstrich.

»Das Gift verteilt sich langsam im Körper«, sagte Ixnaay so tonlos, als ob sie bereits gänzlich versteinert wäre. »In unseren alten Schriften hieß es ›Stelenzauber‹. Aber es ist ein Gift, aus Pflanzen und Tierdrüsen gewonnen, das unsere Priester seit Jahrtausenden nach geheimen Rezepten mischen. Es wandert von außen nach innen und läßt nach und nach jede Faser ertauben und absterben. Für die Verzauberten«, fuhr sie fort, »fühlt es sich an, als ob sich ihre Körper Zoll um Zoll in kalten, leblosen Stein verwandelten.« Sie schwieg einen Moment, in dem nur das Kampfgetümmel über ihnen auf der Erde zu hören war. »Aber sag, Helen«, fragte sie endlich unter Tränen, »ist das nicht ein geistreicher Schachzug von Ajkinsaj: mich in die Steinfigur dort draußen vor dem Stadttor zurückzuverwandeln, nachdem ich ihm als fleischgewordene Ixkukul erschienen war?« Die Tränen liefen ihr nun über die Wangen, und wieder erschauerte sie so heftig, als krampfte sich schon die Hand des Todes um ihr Herz.

»Aber du kannst doch die Macht des Giftes brechen?« fragte Helen. »Weshalb sonst hättest du die Amphoren aus dem Altar geholt?«

Ixnaay verneinte mit den Augen. »Ich habe in den alten Schriften nachgelesen«, sagte sie leise, »die halbe Nacht, in den ältesten Feigenbastbüchern unserer Vorfahren. Gegen den Stelenzauber läßt sich nichts ausrichten, darin stimmen alle Priester und Heilerinnen überein. Wer von ihm befallen wird, stirbt spätestens am zehnten Tag.« Sie legte eine eiskalte Hand auf Helens Arm. »Jetzt aber geschwind, Schwester: Bring mich zum Flußufer, ich warte auf euch bei den Kanus. Und dann sieh zu, daß du Robert findest!« Sie zwang sich ein Lächeln ab. »Ihr braucht einander, Ixkatik – jetzt und ein Leben lang.«

9

Niemand von ihnen hatte auch nur ein Wort gesprochen, seit sie im Wirrwarr des britischen Angriffs buchstäblich untergetaucht waren. Nicht Miriam, die ihnen voraneilte, eine Fackel in der einen Hand, mit der anderen ihre Nonnenkluft raffend. Nicht Stephen, der in geringem Abstand folgte, seinen massigen Leib gegen den Rücken ihrer Geisel pressend, die Rechte mit dem schwarzen Dolch an Ajkinsajs Kehle. Nicht Mabo und Ajkech, die Robert mitsamt seiner Trage hinterdrein schleppten. Auch Robert hatte bisher kein Wort des Protestes gewagt, verstört durch den jähen Umschwung, die Schrecknisse zuvor, die Explosion des riesigen Götterkopfes, eingeschüchtert auch durch Paul, der neben ihm die Treppe hinabstieg, den gezähnten Dolch in seiner Faust, dessen Schatten, riesenhaft vergrößert, neben ihnen über die Mauern gaukelte.

Endlos schraubte sich die Treppe vor ihnen in die Tiefe. Düsternis und Modergeruch. Fackellicht, das ihre Schatten an den stockfleckigen Wänden tanzen ließ. Unaufhörlich detonierten Schüsse, erklangen Schreie, durch die klafterdicken Mauern der Ka'ana gedämpft.

Stephen, Paul und Miriam mußten ihren Coup sorgfältig vorbereitet haben. Im Chaos der Kanonenschläge, Schreie, wirbelnden Trümmerstücke hatten einzig sie kühlen Kopf bewahrt, als ob weder britische Kanonenkugeln noch göttliche Steinbrocken ihnen etwas anhaben könnten. Sogar den furchtbaren Hieb auf seinen Schädel, der ihn vorhin niedergestreckt hatte, schien Paul gänzlich verwunden zu haben. Als Robert wieder zu sich gekommen war, hatte Paul eben Dolch und Knüppel aus dem Hüftgurt eines toten Priesters gezogen, ohne sich um die zerfetzten Leichname und verwundeten Priester zu bekümmern, die überall auf dem First der Ka'ana lagen, in Lachen leuchtend frischen Bluts. Zur gleichen Zeit hatte Stephen, ein gezähntes Messer in der Linken, Ajkinsaj gerüttelt, bis der oberste Regengottpriester zu sich gekommen war. Während unten in der Stadt weitere Kanonenkugeln abgefeuert wurden, Gewehrschüsse donnerten, Zornesrufe, Schmerzensschreie erschallten, hatte Stephen den Herrscher von Kantunmak hinter die mittlere Pyramide getrieben, wo ein schmaler Treppenschacht in die Tiefe führte. Offenbar waren auch die Kumpane, wie Robert selbst, zu dem Schluß gekommen, daß es dort einen verborgenen Durchgang geben mußte, eine nur für die höchsten Würdenträger bestimmte Treppe, auf der man vom Thronsaal ungesehen zum Dach des Palastes gelangte, aber auch tiefer hinunter, durch alle Stockwerke bis hinab in die Gewölbe unter der Ka'ana.

Nach einigen Dutzend Stufen stockte ihr kleiner Zug, und seine Träger setzten die Bahre auf einer schmalen Plattform ab. Robert hob den Kopf an, so weit die Riemen unter seinen Achseln es erlaubten, und spähte nach rechts. Ein Gang, der aufwärts zu einem Türloch führte, nur wenige Schritte weit. Dahinter ein Saal, aus dessen Tiefe mattes Licht drang. Einen Moment lang betrachtete er die unförmigen Umrisse, die sich im Vordergrund des Saals abzeichneten: ein grauer Koloß, unregelmäßig geformt wie eine Wolke, von zwei deutlich flacheren Erhebungen flankiert. Dann wurde ihm klar, daß sie sich hinter dem Thronsaal befanden, in dem Ajkinsaj sie vor drei Tagen empfangen hatte. Der Gang verband das Thronpodest mit dieser geheimen Treppe, so daß der Herrscher sich jederzeit unbemerkt von Stockwerk zu Stockwerk bewegen konnte.

Stephen und Paul berieten sich flüsternd, und Paul richtete sogar eine Frage an Ajkinsaj, in der Sprache der Maya, ohne jedoch eine Antwort zu erhalten. Im ungewissen Schein der Fackel sah Robert, daß Stephen noch immer dicht hinter Ajkinsaj stand, einen Arm um den Hals des Herrschers gelegt und den Dolch an seine Kehle drückend. Paul wiederholte seine Frage, in dringlicherem Tonfall, und Ajkinsaj schüttelte behutsam den Kopf. Da versetzte Stephen ihm einen Stoß, und die Kolonne setzte sich neuerlich in Bewegung, die Treppe hinab, die sich unter der Plattform weiter ins Dunkel hinunterdrehte. Abermals wurde Roberts Trage angehoben, wieder sah er Mabos schaukelnden Rücken vor sich und hörte hinter seinem Kopf den keuchenden Atem Ajkechs, der den gekrakelten Frosch noch auf der Brust trug. Henry, dachte Robert, erfüllt von jähem Kummer – ob der kleine Mestize noch am Leben war?

Wieder huschten ihre Schatten, bizarr verformt und ins Riesenhafte vergrößert, über die Ruinenwände: Miriam mit strömendem Schattenhaar, dahinter die Umrisse von Stephen und Ajkinsaj, ihre massigen Leiber zu einem doppelköpfigen Monstrum verschmolzen. Weiterhin donnerten draußen Schüsse aus Gewehren und Mörsern, und mehrfach schien es Robert, daß die Mauern ringsum erzitterten. Wenn sie den Schatz erst an sich gerissen haben, dachte er, machen sie uns beiden den Garaus, Ajkinsaj ebenso wie mir. Bei diesem Gedanken empfand er überhaupt nichts, weder Angst noch Empörung, als ob jenes taube Gefühl sich von seinem Rückgrat ausgebreitet und ihn zur Gänze erfaßt hätte, an Leib, Geist und Seele. Auf der Bahre liegend, in schwankender Schräge zwischen Mabo und Ajkech, die ihn Stufe um Stufe hinabtrugen, wünschte er sich nur noch, daß es rasch zu Ende gehen möge, ohne weitere Greuel und Qualen. Alles, alles ist verloren, dachte er, bis auf mein nacktes Leben. Und er war Stephen und Paul beinahe dankbar, daß sie ihn auch von dieser Last befreien würden, mit der er so wenig hatte beginnen können, seinem müde pochenden Herzen, seinem hölzernen Leib.

Düsterkeit und der Geruch von uraltem Stein. Mit jeder Plattform, die sie passierten, wurden die Luft dumpfer und kühler, die Schreie und Schüsse von der Stadt her matter. Bis schließlich nur noch ihre eigenen Schritte zu hören waren und ihr keuchender Atem. Ein einziges Mal waren sie auf Palastwächter gestoßen, die ihnen auf der Treppe entgegenstiegen und in der Bewegung erstarrten, die Blicke auf Ajkinsaj geheftet und auf den Dolch an seinem Hals. Kaum hatte Paul in ihrer Sprache einen Befehl gebellt, als sie auch schon davonstoben, die Treppe wieder hinab und durch einen Gang, der von der nächsten Plattform abzweigte. Danach hatte es keine Zusammenstöße mehr gegeben, Treppe um Treppe waren sie weiter hinabgestiegen, gänzlich unbehelligt, ohne irgend jemandem zu begegnen oder auch nur ein Räuspern in der Ferne zu hören.

Möglich, daß dort draußen schon niemand mehr am Leben oder in Freiheit war, dachte Robert, jedenfalls kein Maya, daß sie alle von den Soldaten Ihrer fahlhäutigen Majestät zu blutigen Klumpen zerschossen oder in Fesseln gelegt worden waren, sechsmal zehntausend kakaohäutige Krieger, die allesamt an die Prophezeiung geglaubt hatten: daß er, Robert Thompson, Bote ihrer Götter, gekommen war, um sie zum glanzvollen Sieg und ihr Volk zu alter Macht und Pracht zu führen.

Aber der vorgebliche Retter der Maya war nur eine ohnmächtige Geisel gewesen, von Anfang an, den Gefährten ausgeliefert, die sich seiner bedient hatten, schlau und skrupellos wie die Märchenkumpane, denen sie so sehr ähnelten, Kater und Fuchs.

Endlich erreichten sie den Fuß der Treppe, tief unter der Erdlinie, dreihundert Fuß oder mehr. Roh behauene Gänge führten in alle vier Himmelsrichtungen, und nachdem Miriam die Schatzkarte entfaltet und sich mit Stephen durch rasche Blicke verständigt hatte, deutete sie mit der Fackel auf den nordwärts führenden Gang. Aufs neue setzten sie sich in Bewegung. Doch schon nach wenigen Dutzend Schritten endete der Gang vor einer massiven Steinplatte, die keinerlei Griffe oder Aussparungen aufwies und sich weder durch Pauls Tritte noch durch Stephens Fäuste bewegen ließ. Die Platte war exakt in den Felsgang eingepaßt und in ihrer ganzen Höhe und Breite mit der stilisierten Darstellung eines weit aufgerissenen, furchterregend gezähnten Mauls bemalt. Ein Gewirr von Glyphen und kleineren Bildnissen zog sich um das Monstermaul herum, jaguarköpfige Wesenheiten, tanzende Skelette, Greifvögel mit geschecktem Gefieder und über allem schwebend eine grauenvolle Gottheit, die mit Halsketten aus Totenschädeln geschmückt war und unter deren zerfetzter Haut und verwesendem Fleisch die blanken Rippen hervorsahen.

»Xibalbá.« Mabo flüsterte es, seine Lippen nah an Roberts Ohr. Er und Ajkech hatten die Bahre schräg gegen die Wand gelehnt, drei Schritte hinter den Kumpanen und ihrer Geisel, die dicht vor der steinernen Tür standen. »Die neunfaltige Unterwelt des alten Volkes, Herr. Neun Gottheiten sollen dort unten residieren, in ihren Schrekkenspalästen, von denen die alten Geschichten erzählen. Tzotz, der Fledermausgott, der furchtbare Todessauger – dort in halber Höhe. Und dieser da ist der Jaguargott der Unterwelt, der die Seelen der Furchtsamen zerreißt.« Während Mabo flüsterte, zeigte er in die ungefähre Richtung der Bildnisse, die er jeweils erläuterte, und Robert sah, daß der Arm des Mestizen zitterte. »Und dort oben, über dem Maul von Xibalbá schwebend, das ist Ahpuch, der oberste Totengott und Regent der Unterwelt.«

Abermals deutete Mabo auf das blutrote Monstermaul, doch er kam nicht dazu, Robert weitere Gottheiten zu erläutern. Paul war neben

Ajkinsaj getreten, ein mageres Männchen neben der wuchtigen Gestalt des Regengottpriesters.

»*Jeb-bej!*« Paul machte sich nicht mehr die Mühe, seine Stimme zu dämpfen. »Aufmachen!« Er kreischte es Ajkinsaj ins Gesicht. Doch der oberste Priester, Stephens Dolch an der Kehle, schüttelte nur abermals den Kopf, behutsam, um sich nicht mit der Klinge zu verletzen.

»Er soll das Ding da aufmachen, sonst reiß' ich ihm was ganz anderes auf.« Miriam deutete mit dem Kinn auf die Steinplatte. »Sag ihm das.« Sie hob die lodernde Fackel und stieß sie waagrecht auf Ajkinsaj zu, wie einen Degen. Doch der Priester zuckte mit keiner Wimper, sondern sah starr an Miriam vorbei.

Einen Moment lang herrschte Schweigen. Dann machte Stephen einen weiteren Schritt nach vorn, Ajkinsaj noch enger gegen die Steinplatte drängend. »Was also?« sagte er in einem Ton, der Ungeduld und unbedingte Entschlossenheit verriet.

Was Miriam antwortete, war nicht genau zu verstehen, für Robert klang es wie »Kochen«. Ajkinsaj stand an die steinerne Tür gepreßt, mit dem Rücken zu Paul, Miriam und Stephen, so daß Robert nicht sehen konnte, wie sie den Widerstand des Priesters zu brechen versuchten. Jedoch hörte er, wie ein Tuch mit scharfem Reißgeräusch zuschanden ging, dann sah er, daß Miriam abermals mit der brennenden Fackel nach vorn stieß, in Höhe ihrer Hüften oder ein wenig darüber. Darauf erklang ein Zischen und Schmurgeln, gefolgt von einem langgezogenen gutturalen Laut aus Ajkinsajs Kehle. Ein abscheulicher Gestank stieg auf, der gleiche Brodem, der vorhin über das Dach der Ka'ana geweht war, ein Gestank nach schmorendem Haar und brennendem Fleisch.

»*Jeb-bej*«, wiederholte Paul, »aufmachen.«

Ajkinsaj stand vorgebeugt vor der Steintür, die Arme seitlich ausgebreitet, die Stirn gegen die Platte gepreßt. Stephen versetzte ihm einen Tritt, und Ajkinsaj rutschte langsam zu Boden. Sein Gesicht schleifte die Steinplatte entlang, eine blutige Schliere hinterlassend. Als Miriam und Paul zur Seite sprangen, um nicht von dem massigen Leib mitgerissen zu werden, sah Robert, daß Ajkinsajs Tunika auf dem Rücken aufgeschlitzt war, bis zu den Schultern hinauf. Was von seinem Schurz übrig war, hing ihm in Fetzen um die Hüften, und seine Hinterseite war blutüberströmt. In der Haltung eines Embryos blieb er am Boden liegen, die Knie bis an die Brust emporgezogen, mit einer Hand über die Steinplatte tastend und kaum bei Sinnen, wie Robert annahm.

Doch Paul schien seine ziellosen Bewegungen anders zu verstehen. Neben Ajkinsaj ging er in die Knie und tastete seinerseits über die steinerne Fläche. »Na also, du stinkender Zauberaffe«, sagte er, »warum nicht gleich so.«

Was genau er dort unten machte, war nicht zu erkennen, doch Robert hörte ein Knirschen, wie wenn Stein über Stein reibt, dann glitt die Steinplatte mit dumpfem Grollen zur Seite und gab ein schmales, steil abwärts führendes Kraggewölbe frei.

DREIZEHN

1

Es war mehr ein Stollen als ein Gang, so eng, daß sie nicht zu zweien nebeneinander gehen konnten, und so steil, daß Robert sich unwillkürlich an seiner Bahre festklammerte. Auch Stephen und Paul trugen nun Fackeln, die sie hinter der Steinplatte in einer Mauernische gefunden und sogleich entzündet hatten. Nebelfarbener Rauch stieg von diesen Lichtern auf, begleitet von einem drückenden Geruch nach Pilzen und nassem Unterholz.

Ajkinsaj stolperte voran, mit unsicheren Schritten und eingezogenem Kopf. Das Gewand hing ihm lose über den Schultern, auf der Rückseite gänzlich zerrissen, doch er schien diese Blöße kaum wahrzunehmen. Er wirkte noch immer betäubt, kaum bei Bewußtsein, aber vielleicht verstellte er sich auch, indem er seine Benommenheit zumindest übertrieb. Oder war es möglich, daß diese Umgebung ihm tatsächlich Furcht einflößte, weit mehr, als die Drohungen der Kumpane es jemals vermochten?

Robert dachte darüber nach, die Ränder seiner Trage umklammernd. Schreckenerregende Bildnisse bedeckten die Wände: ungeschlachte Hunde, Gedärme aus menschlichen Leichnamen zerrend, totenköpfige Wesenheiten, die hochbrüstige Jungfrauen schändeten, Fledermausgötter, deren Blick das Blut des Betrachters gefrieren ließ. Dabei herrschte hier in der Unterwelt stickige Schwüle, Wasser rann über den Boden, der mit Moosflechten überzogen war.

Er betrachtete die Bilder, die zu beiden Seiten an ihm vorbeizogen, schwankend im Takt der Schritte von Mabo und Ajkech. Auf einem Gemälde blieb sein Blick haften, einem deckenhohen Bild in Schwarz und Grau. Ein Mann, am Boden kniend, noch jung an Jahren. Fledermäuse in hellen Scharen, die ihn umkreisten, mit pfeifendem Kreischen wie sonst nur in Träumen: »Kilitz, kilitz!« Er hörte es genau, ihr gellendes Zirpen, als sie auf den Knienden niederstießen. »Kilitz, kilitz!« Aber es ist ja nur ein Bild, dachte Robert, der in diesem Moment bemerkte, daß ihr Zug neuerlich ins Stocken geraten war. Oder bildete er sich das nur ein? Daß er mit seiner Bahre mitten in dem steilen Felsgang stand, vierhundert Fuß unter der Erde? Daß das Bildnis linker Hand zum Leben erwacht war, die Fledermäuse in der hohen Halle, ihr flehendes Opfer am Boden? Sicherlich nicht, dachte er, es war kein Gemälde, es mußte ein Loch in der Mauer sein, dahinter ein Raum, in dem sich wirkliche Wesen befanden. Wie anders ließe sich erklären, daß er die Schreie der Fledermäuse hörte, ihr pfeifendes »Kilitz«?

Der kniende Mann hob die Hände empor und stieß einen Redeschwall aus. »Tzotz!« glaubte Robert zu verstehen, und da fiel ihm ein, was Mabo vorhin gewispert hatte, von Xibalbá, der neunfaltigen Unterwelt der Mayagötter, die in Schreckenspalästen residierten. Dort drinnen, das mußte der Palast von Tzotz sein, dem großen Fledermausgott, dem furchtbaren Todessauger, dachte er, einen Aufschrei unerdrückend: Ein riesiger schwarzer Schatten war auf den Mann herabgestoßen, funkelnde Augen, dunkel schimmernde Krallen, schneller als ein Gedanke, ein Wunsch, eine Täuschung, schon wieder emporgestoben, in seinen Fängen der abgerissene Kopf des Knienden, dessen enthaupteter Leichnam nach hinten umgefallen war.

Lange dachte Robert darüber nach, ein dunkler Schrecken war von dem Fledermausgott ausgegangen, aber auch eine Verheißung, so als ob er seine Opfer nicht einfach in den Tod hinüberrisse, sondern durch alle Unterwelten der Nacht hindurch trüge, bis in die Morgendämmerung eines neuen Tages. Es waren nicht eigentlich Gedanken, die ihm durch den Kopf gingen, eher ein Huschen schattenhafter Bilder, begleitet von machtvollen Gefühlen, Angst, Schauder und Hoffnung in einer Reinheit und Stärke, wie er sie nie zuvor empfunden hatte. Vage war ihm bewußt, daß all diese Täuschungen, die Bewegung der Bilder, der übermäßige Eindruck, den sie in ihm hervorriefen, durch die Dämpfe ausgelöst sein mochten, die von den Fackeln aufstiegen. Aber es schien ihm, daß diesen Bildern gleichwohl eine tiefe Wahrheit innewohnte, wie es ihm nun auch vorkam, als ob er mit seiner Trage reglos am Boden läge und zugleich weiter durch den Gang getragen würde, von Ajkech und Mabo, der wie vorhin voranging.

Weitere Bilder zogen vorbei, schwarze Geier von unfaßbarer Plumpheit, die die Eingeweide aus dem offenen Bauch einer toten Frau zogen, dann ein rücklings daliegender Mann, golden schillernd und wie in Fieberschauern vibrierend, und als sie näher herankamen, war sein Gesicht, sein Kopf, jeder Zoll seines Leibes mit wimmelnden, goldfarbenen Aaskäfern bedeckt. Robert starrte ihn an, erfüllt von Grauen: Der Goldene lag in einer Höhle, es war das gleiche flirrende Gold wie damals, im Park des Gouverneurs. Indem er das bauchige Gewölbe genauer betrachtete, wurde ihm klar, daß es sich um einen Mutterleib handelte. Der goldene Mann schlief, dachte er, es war ein ausgewachsener Mann, von kräftiger Statur, und doch träumte er seiner Geburt entgegen, ein fauliger Leichnam, von Tausenden Käfern zerfressen, und doch würde er zu neuem Leben erwachen. Auf einmal war ihm, als hätte sich das tiefste Geheimnis des Lebens vor seinen Augen entschleiert. Er sah auf den wimmelnden, schimmernden Leichnam, aber die Aaskäfer flößten ihm kein Grauen mehr ein. Ihr goldener Glanz, dachte er, ist schon der Abglanz der wirklichen Sonne, die er bald wieder sehen, auf seiner Haut fühlen wird. Aber zugleich war ihm, als könnte er niemals mehr lebendige, in der Sonne schimmernde Haut erblicken, ohne an diese goldenen Aaskäfer zu denken, den Träumer im Grabgewölbe des Mutterleibs.

2

»He, laß das! Tollwütig geworden, wie?« Die Stimme, hell und kreischend, kam ihm bekannt vor, übel vertraut sogar. »Laßt eure Pfoten von mir, sag' ich!«

Rücklings auf seiner Trage liegend, hob er den Kopf an und sah eine schmale Silhouette, hin- und hergeworfen wie in wüstem Kampf. Gedrungene Schatten tanzten um sie herum, mit plumpen Gebärden. Mary, dachte er, Miriam, und indem er den Kopf zurücksinken ließ, fiel sein Blick auf das monumentale Gemälde, das die Decke über ihm bedeckte und sich zu beiden Seiten über die Wände hinunterzog. Er wandte den Kopf, nach links und rechts, wieder zur Decke hinauf und hinab zum Boden. Der gesamte Gang, jeder Zoll der rohbehauenen Felsen, war mit schattenhaften Szenen bedeckt. Warum nur hatte er diese Bilder nicht früher bemerkt? Robert starrte sie an, Ekel stieg in ihm auf, Abscheu, der sich bald schon mit heißem Zorn vermengte.

Auf der Wand zu seiner Linken war ein düsterer Thronsaal dargestellt, prangend in dunklem Rot und Braun. Eine hundsgestaltige Gottheit hockte auf dem Thron, mit plumper Schnauze und spitzen Ohren, an ihrer Seite die Mondgöttin. Kein Zweifel, dachte Robert, das mußte Ixquic sein, eine junge Frau von überwältigender Schönheit, die silberne Mondsichel in der schwarzen Flut ihres Haars. Die Göttin war nur mit einem silbernen Schurz bekleidet, ihre vollen Brüste entblößt. Sie saß der Hundegottheit zugewandt, lächelnd, mit strahlenden Augen, ihre Lippen ein wenig geöffnet, als ob sie im Begriff wäre, die plumpe Schnauze zu küssen.

Robert wandte sich von dem widrigen Anblick ab, aber es half nichts. Der Thron stand in einem weiten Saal, und überall auf dem Boden hockten Hunde oder streiften schnüffelnd umher. Es mußten Dutzende sein, schwarze und braune, mit struppigem oder glattem Fell. Unterhalb des Throns aber saß eine Schar junger Priesterinnen, in silberfarbenen Gewändern, die Mondsichel Ixquics im hochgesteckten Haar. »Laß das!« kreischte aufs neue die helle Stimme, Mary oder Miriam, und da erwachten die Hunde zu spukhaftem Leben, auf die Priesterinnen zuschnürend, den Thron mit heiserem Hecheln umkreisend. Und als Robert eine der Priesterinnen schärfer in den Blick faßte, war es Ixnaay, kein Zweifel: *meine Ixnaay,* und dann schrie er auf, vor Entsetzen und Empörung, als sich die Meute der Hunde auf die jungen Priesterinnen stürzte.

Robert knirschte mit den Zähnen, es konnte, es durfte nicht sein! Daß die Priesterinnen sich auf alle viere niederließen, von rempelnden Schnauzen und gefletschten Zähnen genötigt. Daß die Hunde ihnen aufhockten, mit breiten Zungen über ihre Rücken leckten, hechelnd in sie hineinstießen. Robert starrte auf die abscheuliche Szenerie, nur Ixnaay sträubte sich noch gegen den Hund, der ihr wieder und wieder seine Schnauze in die Seite stieß. Jetzt erst bemerkte er, daß er schrie, ein unartikuliertes Brüllen, und an den Riemen zerrte, die ihn an seine Trage banden. Endlich gelang es ihm, Ixnaays Namen zu rufen, und sie sah ihn an, mit einem krampfhaften Lächeln, als wollte sie ihn beruhigen oder trösten. Das brachte ihn noch mehr auf, außer sich riß er an den Riemen, und als er aufs neue zu ihr hinsah, war die Gestalt über ihr kein großer brauner Hund mehr, sondern ein stiernackiger Offizier, dem die königlichen Uniformhosen in den Kniekehlen hingen. *Das also, das also!* dachte Robert, *die »offene Dolchwunde«!*

Wieder wurde ihm flüchtig bewußt, daß die berauschenden Dämpfe diese Bilder vor seinen Augen entstehen ließen, zumindest verzerrten, aber es half nichts, im Gegenteil: Seine Blicke jagten durch den spukhaft belebten Raum, und der Hundsgott auf dem Thron trug nun die Züge des Gouverneurs von Fort George. Abermals sah er zu Ixnaay hin, und da war sie nackt, und der Offizier lag auf ihr, und sie schlang die Beine um seine Mitte und jauchzte im Takt seiner zuckenden Hüften. Und Robert schrie und schrie und schlug um sich und bekam endlich jemanden zu fassen, den britischen Offizier, dachte er, seinen feisten Hals, und drückte zu, mit beiden Händen, so fest er konnte.

»Herr, bitte, Herr, hör auf!« Mabos Stimme, heiser vor Angst.

Nebel wallten vor ihm empor, seine Hände sanken herab. Eine schmale Gestalt taumelte zurück, die Augen weit aufgerissen, keuchend und hustend.

»Du hast geträumt, Herr. Ajkech hat sich im Laufen über dich gebeugt, um dich zu wecken, und da hast du ihn am Hals gepackt. Bist du verletzt, Herr?«

»Ich, wieso ich?« Robert fragte es, ohne Ajkech aus den Augen zu lassen, der seinen Blick angstvoll erwiderte.

»Du hast Ajkech auf dich heruntergerissen, Herr. Da mußten wir beide die Bahre loslassen, und ihr seid zusammen zu Boden gekracht. Du hast ihn gewürgt und geschrien: ›Hund, Hund!‹«

Versuchsweise bewegte Robert Arme und Beine. Offenbar hatte er sich keine Verletzung zugezogen, seine Bahre allerdings war durch den

Sturz beschädigt worden. Das ganze Fußende schien abgebrochen, er spürte die zersplitterte Bruchkante in den Kniekehlen und unter seinen Fersen den nassen Steinboden.

Ajkech lehnte an der Mauer, inmitten des Gemäldes, neben dem Thron des Hundsgottes. Rasch ließ Robert seinen Blick über das Bild schweifen, den Saal voll hockender Hunde, die gedrängte Gruppe der Priesterinnen zu Füßen der Göttin Ixquic. Aber von Ixnaay war weit und breit nichts zu sehen.

»Tzul«, sagte Mabo. »Die Gottheit der geilen Fäulnis. Es heißt, daß Ixquic in den Neumondnächten das Lager des Hundsgottes teile.« Der Mestize versuchte zu lächeln, über Robert gebeugt, doch er wirkte kaum weniger verängstigt als Ajkech. »Wir sind am Ziel, Herr.« Er richtete sich auf, und Robert sah, daß der Gang zwei Schritte weiter vor einer Steintür endete.

Die Tür stand spaltbreit offen. Ajkinsaj kauerte davor, die Stirn und eine flache Hand gegen die Platte pressend, als ob er versuchte, die Tür noch weiter aufzudrücken. Seine entblößte Hinterseite sah grauenvoll aus, wie mit Messern zerfleischt, selbst im matten Schein der einzigen Fackel, die noch ein wenig Licht spendete. Es war Miriams Fackel, die beiden kleineren Leuchten dagegen, denen die berauschenden Dämpfe entströmt sein mußten, lagen ausgebrannt am Boden. Robert nahm all diese Einzelheiten mechanisch in sich auf, wie er auch ohne jede Regung registrierte, daß Miriam gleichfalls übel zugerichtet war, ihre Kutte von der Brust bis zum Saum hinab zerfetzt, das rechte Auge verfärbt und halb zugeschwollen. Nur Stephen und Paul schienen noch einigermaßen bei Kräften, auch wenn ihre Gesichter mit blutigen Kratzern übersät waren, wie von Katzenkrallen.

Paul wirkte sogar ausgesprochen munter, als er einen Fuß auf Ajkinsajs linke Schulter setzte und den Priester Cha'acs zur Seite stieß. »Ausgezaubert, Affenvogt«, sagte er und schlüpfte durch den Spalt in der steinernen Tür, die mit einem einzigen Zeichen geschmückt war: einem überlebensgroßen Frosch, aus dessen Maul ein gleichschenkliges Kreuz ragte, in steiler Schräge und leuchtend rot wie die Rüsselnase Cha'acs.

3

Der Raum hinter der Steintür war viel kleiner, als er erwartet hatte, ein schmales, langgezogenes Gewölbe, aus dessen Tiefe fahles Licht drang, eigentlich nur eine Verlängerung des Ganges, durch den sie gekommen waren. Behutsam trat er über die Schwelle, auf Ajkechs Schultern gestützt und bemüht, die Aufmerksamkeit der Gefährten nicht auf sich zu lenken. Er hörte sie murmeln und rumoren, aber zu sehen war gar nichts, nur flackerndes Licht und ab und an ein Schatten an der Wand.

Mit der fest auf seinen Rücken gebundenen Bahre konnte er sich nur mühsam bewegen, steifleibig wie eine zu spukhaftem Leben erweckte Skulptur. Bei jedem Schritt drückte sich die zersplitterte Holzkante in seine Kniekehlen, und die Papierstreifen an seinen Beinen und auf seiner Brust raschelten. Einen Moment lang hatte er erwogen, die Riemen zu zerreißen und sich der hölzernen Bürde auf seinem Buckel kurzerhand zu entledigen. Aber er hatte es nicht gewagt, aus Angst, seine Rückenverletzung zu verschlimmern, wenn er gegen Ixnaays Anweisungen verstieß.

Ixnaay. Sobald er an sie dachte, begann sein Herz schneller zu schlagen. Am liebsten wäre er sofort losgelaufen, um nach ihr zu suchen, sich zu vergewissern, daß sie am Leben war, ihr endlich zu gestehen, wie sehr er sie liebte. Die India seiner Träume. Mit einem Mal schien es ihm unbegreiflich, daß er nicht längst mit ihr auf und davon gegangen war, in Fort George oder in Chul Ja' Mukal. Warum nur hatte er so lange Zeit wie gebannt gewartet, auf den Beginn der Katastrophe, den Ausbruch der Schlacht und des schatzfiebrigen Wahnsinns von Stephen, Miriam und Paul? Seit er sich mit Ajkechs Hilfe auf seine Füße aufgerichtet hatte, dachte er darüber nach. Wieder sah er den goldenen Träumer vor sich, und es schien ihm, daß sein ganzes bisheriges Leben ein Traum gewesen wäre und er nun, nach ihrer Reise durch Xibalbá, dem Erwachen näher denn je.

Schluß mit der Grübelei, mahnte er sich, viel zu lange hatte er gegrübelt und geträumt. Seit er vorhin zu sich gekommen war, fühlte er in sich eine wilde Lebensgier, doch zugleich war ihm nur zu sehr bewußt, daß er kaum mehr eine Chance hatte, seine Haut zu retten. Sicher hatten die Gefährten längst beschlossen, ihm den Garaus zu machen, damit er seinen Anteil des Schatzes nicht einfordern konnte. Und selbst wenn er ihnen versichern würde, daß er kein goldenes Idol, keine Jademaske, nicht einen Silberfaden von ihrer Beute beanspruchte, würden sie ihn dennoch zu Tode bringen, aus Sorgfalt oder einfach aus Freude an seinen Qualen.

Aus der Tiefe des Gewölbes erklang leises Klirren, wie von Geschmeide und Ringen, und Robert sagte sich, daß ihm zumindest eine Hoffnung noch geblieben war. Höchstwahrscheinlich würden sie ihm nicht sofort das Messer an die Kehle setzen, nicht hier unten in den Gewölben der Ka'ana. Sie brauchten ein Unterpfand, um den Palast und die Stadt verlassen zu können, unbehelligt von überlebenden Kriegern der Maya. Da Ajkinsaj, der reglos neben der Türschwelle lag, offenbar kaum mehr am Leben war, würden sie statt dessen ihn mit sich schleppen, den »Retter der Maya«, auf seine letzte verzweifelte Reise, die bald schon draußen im Dschungel enden würde, mit einem Dolchstich in seine Brust, wenn er Glück hatte, oder auch mit peinvollem Verdämmern.

Mit seinem ganzen Gewicht auf Ajkechs Schulter gestützt, schritt Robert durch das düstere Gewölbe auf die Gefährten zu. Er hörte ihre Stimmen, heiser vor Gier. Nicht zum ersten Mal fragte er sich, was vorhin zwischen Miriam und den beiden Kumpanen vorgefallen sein mochte, unter dem Einfluß der berauschenden Dämpfe und der gemalten Szenen aus dem Palast des Hundegottes. Niemals, nicht in seinen ärgsten Träumen, hätte er vermutet, daß die drei Gefährten imstande wären, einen Menschen zu foltern, mit der lodernden Fackel und mit ihren Messern, nur damit er preisgab, wo das Ziel ihrer Begierden verborgen war. Seit er vorhin gesehen hatte, wie sie Ajkinsajs Rücken zugerichtet hatten, regelrecht zerfleischt mit ihren Messern, wußte er jedenfalls, daß auch er selbst von ihnen keine Gnade erhoffen durfte, Schonung seines Lebens oder auch nur einen barmherzig raschen Tod. Ohne seine Verletzung, das Brett auf dem Rücken, hätte er vielleicht zu fliehen versucht, durch die stockfinsteren Gänge, einzig mit der Hilfe Ajkechs. Immer wieder huschte ihm der Gedanke durch den Kopf, die Gefährten einfach hier unten einzusperren, indem er die Steintür zurück in den Rahmen drückte und auf irgendeine Weise verrammelte. Aber bisher hatte er es nicht über sich gebracht, diesen furchtbaren Plan auch nur einen Schritt weiter zu durchdenken. Ohnehin konnte er nichts dergleichen unternehmen, sagte er sich nun, solange Mabo hier drinnen bei den Kumpanen war. Stephen und Paul hatten dem Mestizen kurzerhand befohlen, ihnen beim Einsammeln der Schätze zu helfen, und nach einem raschen Blickwechsel mit Robert war Mabo seinen eigentlichen Herren gefolgt.

Die Gefährten hockten vor der hinteren Wand im Halbkreis, mit dem Rücken zu ihm, über den unförmigen Haufen gebeugt, der im Licht ihrer Fackeln funkelte und glänzte. Drei Schritte hinter ihnen blieb Robert stehen, aber sie sahen nicht einmal auf, nur Mabo hob kurz den Kopf und blickte ihn und Ajkech an. Die Augen des Mestizen glänzten fiebrig, auch ihn schien die Schatzgier gepackt zu haben, wie die anderen wühlte er mit beiden Händen in den toten Kostbarkeiten, ließ Edelsteine, Goldstücke, Jadebrocken durch seine Finger gleiten.

Voller Grauen sah Robert auf den funkelnden Hügel, die fiebrigen Gefährten hinab. Im ersten Moment hatte er geglaubt, einen Haufen Menschenknochen vor sich zu sehen, glotzende Totenschädel, Bruchstücke von Arm- und Beckenknochen. Aber was dort wüst übereinandergeworfen lag, waren keine menschlichen Gebeine, es war weitaus ärger, wie ihm schien: Köpfe goldener Götter, an die niemand mehr glaubte, der Sterblichkeit preisgegeben, Vergessen und Verfall. Kunstvoll verzierte Opfergefäße, aus denen niemals mehr geweihter Rauch aufsteigen würde, zu keiner übernatürlichen Macht. Lebensgroße Jademasken, melancholisch dreinblickend, aufeinander gestapelt wie Maisfladen. Ganze Wolken getriebenen Silbers, flirrende Fäden so fein wie Frauenhaare, die den Wirrwarr der Götter und Masken, Schnitzwerke und magischen Flöten, Opferschalen, glotzenden Idole wie ein Gespinst aus Schimmel und Spinnweb umspannen.

Furchtbar ernüchtert blickte er in die leeren Augen der Götter hinab, die ihm sterblicher schienen als der hinfälligste Mensch. Von all der alten Macht und Pracht war nichts geblieben als dieser Haufen funkelnden Plunders, und doch war es zwanzigmal mehr, als die Gefährten selbst unter günstigeren Umständen davonschleppen könnten.

4

»Alles einpacken«, sagte Stephen, »und dann nichts wie weg.«

Die Kumpane erhoben sich und begannen alle vier, auch Mabo, Säcke und Seile hervorzunesteln, die sie unter ihren Gewändern verborgen hatten. Es waren die großen Säcke, die sie von Victoria Camp bis Kantunmak mit sich geführt hatten, in jenem hohen, weichen Packen, auf dem Robert bei ihrer Flucht auf dem Floß gelagert hatte. Noch immer stand er hinter ihnen, auf Ajkech gestützt und erfüllt von eigentümlich nüchternen Gedanken. Wenn Mabo nur seinen Blick bemerken würde! Aber der Mestize schien nun gänzlich im Bann des Schatzes gefangen zu sein. Wie Miriam, Stephen und Paul schüttelte er seinen Leinensack auf und begann, mit raschen Bewegungen Kleinodien hineinzuschaufeln, Gold und Silber, Jade und Edelsteine, Bruchstücke oder ganze Idole, mit raschen, mechanischen Bewegungen, als ob es Kohlestücke wären.

Schnell waren die Säcke gefüllt und zugebunden, doch der Haufen war kaum kleiner geworden. »Was jetzt?« Mit gespreizten Fingern striegelte sich Paul die schweißnassen Haare aus der Stirn. »Das können wir doch unmöglich alles hier lassen!« Er deutete auf die funkelnde Pracht zu ihren Füßen und spähte zugleich im Gewölbe umher, offenbar auf der Suche nach weiteren Behältnissen. »Dein Hemd.« Er sah Mabo an. »Runter damit. Auf einen nackten Affen mehr kommt's auch nicht mehr an.«

Mit angehaltenem Atem wartete Robert, wie der Mestize reagieren würde. Nun schau endlich zu mir her! dachte er, aber Mabo wandte ihm den Rücken zu und schien weder ihn noch Ajkech zu beachten. Er sah von Paul zu Stephen, dann senkte er den Kopf und knöpfte das Hemd auf, das Robert ihm an jenem Abend beim Victoria Camp übergeworfen hatte. Darunter trug er nur noch den traditionellen Schurz der Maya, und Paul warf ihm einen höhnischen Blick zu, verkniff sich aber weitere Bemerkungen. Wortlos riß er Mabo das Hemd aus den Händen, knotete die Enden zusammen und schaufelte weitere Gold- und Jadestücke hinein.

Währenddessen hatte Stephen begonnen, goldene Götterköpfe, Silber- und Jademasken aufzufädeln, auf einem daumendicken Seil, das er jeweils durch den Mund oder die Augenhöhlen der Idole führte. Nachdem er Mabos Hemd gefüllt hatte, tat Paul es ihm gleich, mit einem weiteren Seil und in fliegender Hast, so daß ihm immer wieder einzelne Kleinodien aus den Händen fielen.

Die Fackel flackerte, draußen vor der Türschwelle röchelte Ajkinsaj, und Roberts Gedanken wirbelten ebenso rasch wie die Hände der Schatzräuber. Er sah sich schon gemeinsam mit Ajkech und Mabo fliehen, in wilder Hast durch den Dschungel, Mayakrieger und britische Soldaten gleichermaßen foppend. Sieh doch endlich her zu mir! versuchte er Mabo zu beschwören. Aber der Mestize hatte auch seinerseits begonnen, Idole und Masken auf einem Seil aufzufädeln, mit dem Rücken zu Robert, der verzweifelt überlegte, unter welchem Vorwand er Mabo aus der Schatzkammer locken könnte. Noch immer graute ihm bei dem Gedanken, die Kumpane und Miriam hier unten einzusperren, was nichts anderes bedeuten würde, als sie bei lebendigem Leib zu begraben, dem Hungertod preisgegeben wie einst das Pferd von Cortes, das die Maya von Tayasal mit Gold und Weihrauch gemästet hatten. Aber es ist meine einzige Chance, dachte er und hob sogar einen Fuß, um Mabo von hinten anzustupsen, doch der Mestize reagierte nicht einmal auf dieses Zeichen, sondern fädelte weiter, inmitten der Schätze kauernd, glotzäugige Idole auf sein Seil.

Während er seinen Fuß zurückzog, spürte er Miriams Blick auf sich und sah widerstrebend zu ihr hin. »Der Affenkönig«, sagte sie, »lauf schon, Robert, und bring seinen Kittel her.« Ihre Stimme klang fremd und heiser, und in ihren Augen war ein Glanz, der ihn erschauern ließ.

Sogleich wandte er sich um und schritt, weiterhin auf Ajkech gestützt, zur Tür zurück. »Ich beeile mich«, sagte er, »aber allein werden Ajkech und ich es nicht schaffen.« Sein Herz begann heftig zu klopfen. »Mabo soll mir helfen.«

»Zum Donner, Mabo bleibt hier.« Das war Stephen, seine dunkle Stimme vibrierend vor Argwohn. »Aber keine Sorge, ich helfe dir.« Er schlang sich das mit Idolen behangene Seil um Schulter und Hüften und stapfte scheppernd und klirrend auf Robert zu. »Sowieso brauchen wir nicht nur seinen Kittel, sondern den Affen dazu.«

Robert sah ihm entgegen, und für einen verstörenden Moment

glaubte er wieder seinen Vater vor sich zu sehen, seine massige Gestalt, die stets vorwurfsvolle Miene, seine Rechte halb erhoben wie zum Hieb. Aber der Moment ging vorbei, es ist nur Stephen, sagte sich Robert und faßte ihn schärfer in den Blick, wie er auf ihn zustapfte: wirrbärtig, zerlumpt, mit Idolen behangen wie ein Totempfahl. »Wenn du meinst«, sagte er in beiläufigem Ton.

Stephen fletschte nur die Zähne zu einem Grinsen und stampfte scheppernd an ihm vorbei. Vor der Türschwelle bückte er sich, packte Ajkinsajs reglosen Körper und schleppte ihn ohne erkennbare Mühe in die Mitte der Schatzkammer, wo er ihn achtlos zu Boden fallen ließ.

Der oberste Priester Cha'acs kam auf dem Rücken zu liegen, und Robert sah, daß er noch am Leben war, wenn auch kaum bei Besinnung. Seine Brust hob und senkte sich, seine Lider waren ein wenig geöffnet. Doch die Augen darunter waren so stark verdreht, daß nur das Weiße zu sehen war, von einem Wirrwarr geplatzter Äderchen durchzogen.

»Los, zieh ihm den Kittel aus«, sagte Stephen zu Robert und wandte sich schon wieder dem Schatzhaufen zu.

Mühsam beugte sich Robert über Ajkinsaj, soweit das knarrende Brett auf seinem Rücken es erlaubte. Selbst aus dieser Nähe und trotz seiner üblen Stirnwunde sah der oberste Priester Grimaldi unglaublich ähnlich. Dennoch spürte Robert, daß der Bann gebrochen war. Der Magier hat sich selbst verzaubert, dachte er, der Magnetiseur selbst liegt in tiefem Schlaf. Er wünschte Ajkinsaj, daß seine Qualen bald beendet sein würden, aber er empfand nur wenig Mitleid mit ihm. Zu viel Gram und Grauen hast du über andere gebracht, Grimaldi, zu lange die Träume der Menschen manipuliert, Ajkinsaj, nur um deiner eigenen Macht willen. Mit Ajkechs Hilfe zerrte er ihm das Gewand vom Leib, und da erst bemerkte er den Jadestab, der neben Ajkinsaj am Boden lag, als wäre er der rechten Hand des Sterbenden entglitten. Es war ein schlanker Stab von der Länge einer Knabenelle, mit Inschriften bedeckt und von einem Busch aus Jaguarhaaren gekrönt. Ohne sich zu besinnen, schob Robert das Kleinod in seinen Schurz, dann wandte er sich um und warf Paul das zerfetzte Gewand Ajkinsajs zu.

»Stopf hinein, was irgend reinpassen mag«, sagte Stephen, »während ich den Affen fessele.«

»Fesseln?« wiederholte Paul in offensichtlichem Erstaunen. »Stich ihn ab, und basta.«

»Kommt nicht in Frage!« Miriam rief es mit schriller Stimme, und ihre Katzenaugen blitzten Paul an. »Dieser Affenhund hat Valentine und all die anderen bei lebendigem Leib zerhacken lassen. Und da willst du ihn mit einem raschen, schmerzlosen Tod belohnen? Wenn wir genügend Zeit hätten, ich sag' euch, Jungs, ich würd' den Dreckskerl ganz langsam in kleine Stücke schneiden.« Ihr Blick flackerte von Paul zu Stephen, der ihr mit düsterer Miene zuhörte. »Wenn wir ihn uns schon nicht vornehmen können«, fuhr sie fort, »soll er wenigstens so langsam wie möglich hier unten verrecken. Und damit er sich nicht doch noch irgendwie befreien kann, werd' ich ihn jetzt hübsch zusammenschnüren.«

Und sie trat neben Ajkinsaj, der noch immer rücklings auf dem Boden lag, nackt bis auf seinen zerfetzten Schurz, die Augen verdreht. Unwillkürlich wich Robert vor ihr zurück, bis er mit dem Rücken gegen die Seitenwand stieß. Miriam kniete neben Ajkinsaj nieder, riß ihm den Schurz von den Hüften und wälzte den massigen Leib auf die Seite. Robert wollte sich rasch abwenden, aber es war zu spät: Sein Blick fiel auf Ajkinsajs Hinterseite, die bis auf die Knochen zerfleischt war. Er stöhnte auf und knirschte mit den Zähnen, während Ajkechs Schultern unter seinem Arm zu zucken begannen wie im Krampf.

Währenddessen schlangen sich Paul und Mabo die Seile mit den aufgefädelten Idolen um den Leib. Dann schwangen sie und Stephen ihre Säcke voll klirrender Kleinodien auf die Schultern, mit raschen, präzisen Bewegungen, als ob sie auf genau diese Situation seit langer Zeit vorbereitet wären. Miriam zerrte Ajkinsajs Füße und Hände hinter seinen Rücken und band sie mit kundigen Griffen zusammen. Darauf wälzte sie ihn wieder in die Rückenlage, so daß er auf seine gefesselten Hände und Füße zu liegen kam.

»Das reicht, zum Donner«, sagte Stephen, »gehen wir.«

»Gleich.« Miriam hob den rechten Fuß und trat mitten auf Ajkinsajs Leib. »Reich mir erst noch meinen Sack voll Schätze, Katerchen.« Sie wippte mit beiden Füßen auf Ajkinsajs Brustkorb.

Stephen reichte ihr den prall gefüllten Sack, und als Miriam die

Kleinodien auf ihre Schulter hob, glaubte Robert zu hören, wie unter ihr Ajkinsajs Knochen zerknackten.

»Jetzt können wir.« Leichtfüßig sprang sie hinab, das Gesicht des Todgeweihten als Stufe nutzend.

5

Gewaltige Detonationen ließen die Mauern der Ka'ana erzittern. Noch in den unterirdischen Gewölben waren die Erschütterungen zu spüren, am Fuß der Treppe, die sie aufwärts taumelten, wie betäubt durch das Krachen der Mörserschläge.

Licht flutete ihnen auf der Treppe entgegen, vom First des Palastes hinabströmend, aus Seitengängen, Löchern und Luken, die sie vorhin, bei ihrem Abstieg in die Unterwelt, nicht einmal bemerkt hatten. Dabei mußte es noch tief in der Nacht sein, jedenfalls weit vor Sonnenaufgang, dachte Robert, der keuchend hinter den Gefährten herwankte, mit seinem ganzen Gewicht auf Ajkech gestützt. Bei jedem Schritt spürte er einen stechenden Schmerz, wie von Pfeilen, die sich in seinen Rücken bohrten. Die Bahre scheuerte an seinen Schultern und Hüftknochen, aber er wagte weniger denn je, sich des Brettes zu entledigen. Ixnaay, dachte er, ohne dich bin ich verloren, immer schon.

Auch Ajkech schien am Ende seiner Kräfte. Er wankte nur noch voran, ab und an leise seufzend, doch wenn Robert zu ihm hinabsah, erwiderte der kleine Krieger jedesmal mit vertrauensvoller Miene seinen Blick. Für ihn bin ich immer noch der Götterbote, dachte Robert, der Retter der Maya. Beinahe hätte er aufgelacht, aber selbst dafür fehlte ihm die Kraft. Dieses Licht! Offenbar waren sie viel länger unter der Erde gewesen, als er geglaubt hatte, nicht nur einige Stunden vom Abend bis in die Nacht, sondern bis weit hinein in den folgenden Tag. Dieses Versagen seines Zeitgefühls verwirrte ihn so sehr, daß er für den Moment selbst seine Erschöpfung vergaß.

Die Gefährten waren ihnen schon zehn, fünfzehn Stufen voraus, auch Mabo, der tief unter seine klirrende Last gebeugt ging. Draußen grollten die Detonationen, in so rascher Folge, so laut und metallisch hallend, als hätten die Soldaten Ihrer Majestät ein halbes Dutzend Kanonen vor der Ka'ana in Stellung gebracht.

Selbst als sie so weit emporgestiegen waren, daß auch das Brausen des Regens und der heulende Sturm durch Erde und Mauern zu ihnen drangen, erkannte Robert noch immer nicht, welchem Irrtum sie erlegen waren. Auch die Gefährten schienen nichts Böses zu argwöhnen, im Gegenteil: Während sie die Stufen hinaufstapften, unter ihren Beutesäcken schnaufend und mit den umgehängten Idolen klirrend, warfen sie sich immer wieder Scherzworte zu, spaßhaft gemeinte Andeutungen, was sie mit ihrem Reichtum anfangen wollten. Die unaufhörlichen Böllerschüsse schienen ihre Stimmung noch zu steigern, so selbstverständlich schien es ihnen, daß die Armee des Gouverneurs die Ruinenstadt überrennen würde, und so vorteilhaft für ihre eigenen Pläne, daß sie gar nicht auf den Gedanken kamen, die krachenden Detonationen könnten etwas anderes als Schüsse britischer Kanonen sein.

Als Robert und Ajkech endlich die Erdlinie erreichten und durch einen Seitengang aus der Ka'ana hinaus auf den Platz taumelten, war von Stephen und Miriam, Paul und Mabo nichts zu sehen. Fahles Sonnenlicht beschien die weite Fläche und die Bauwerke ringsum, aber bis auf ein rundes Wolkenloch, über dem die Sonne schwebte, war der Himmel gänzlich verfinstert. Regen toste hernieder, Sturm heulte und wühlte in den Wipfeln der gewaltigen Bäume, die aus Firsten und Freitreppen der Ruinen wuchsen. Unablässig zuckten Blitze über den Himmel, ebenso unaufhörlich grollte der Donner, ohrenbetäubend und mit metallischem Nachhall, daß es wahrhaftig wie Kanonenfeuer klang.

Doch es war der Zornesatem Cha'acs.

Der ganze Platz war übersät mit Menschen, reglos daliegenden Körpern und verbissen Kämpfenden, in der Uniform Britanniens und in der grauen oder schwarzen Tunika, im weißen oder goldenen Schurz der Mayakrieger. Die einsame Kanone Ihrer Majestät, die tatsächlich inmitten des Platzes stand, war so tief in den Schlamm eingesunken, daß nur noch der Lauf und handbreit der Räder zu sehen waren. So gewaltsam schoß der Regen hernieder und so laut dröhnte der Donner, daß jedes andere Geräusch übertönt wurde. Lautlos stampften die Kämpfenden durch den Schlamm, lautlos schlugen sie aufeinander ein, mit Äxten, Knüppeln, bloßen Fäusten, lautlos drückten sie Revolver ab oder stießen den Dolch in Herz oder Bauch des Gegners, der stumm aufschrie, umfiel und gleich schon halb im Schlamm versunken war.

Robert sah um sich, und für einen Moment glaubte er sich wahrhaftig in die Unterwasserwelt seiner magnetischen Träume versetzt. In eine jener Städte am Grund des Meeres, in denen er selbst so häufig umhergetrieben war, durch tangverhangene Fensterlöcher spähend, vor glotzäugigen Muränen zurückschreckend, die urplötzlich aus den Grotten ihrer Ruinenbauten tauchten.

Aber auch dieser Moment ging vorüber, das hier war keine Traumwelt, und in jene hypnotischen Welten würde er nie mehr zurückkehren, das alles lag hinter ihm. Robert drückte die Schultern des kleinen Maya, um seine Aufmerksamkeit auf sich zu lenken, und deutete mit dem Kinn auf die andere Seite des Platzes. Dort standen Stephen und Miriam, Paul und Mabo, nur als verschwimmende Schemen sichtbar hinter der Wand aus Regen, umringt von einem Dutzend Mayakriegern, die drohend ihre Äxte erhoben hatten.

»Mabo! Wir müssen ihm helfen!« Er schrie es auf Ajkech hinab, zweifach sinnlos, da die Gewalten Cha'acs alles übertönten und der kleine Krieger die englischen Worte ohnehin nicht verstehen konnte.

Oder doch? Ajkech nickte, seine Augen weiteten sich, und im selben Moment setzten sie sich in Bewegung, durch knöcheltiefes Schlammwasser watend, vom Regen gepeitscht. Anfangs versuchten sie noch, den Kämpfenden in weiten Bögen auszuweichen, aber bald schon merkten sie, daß niemand ihnen Beachtung schenkte. Ineinander verkrallt rangen Soldaten und Krieger miteinander, schlugen die Faust in das Gesicht des Widersachers, zwangen ihn zu Boden, drückten seinen Kopf in die Bracke, trieben die bluttriefende Klinge in sein Herz. Wenn ein Soldat oder ein Krieger sie doch einmal ansah, glitt sein Blick gleich wieder von ihnen ab, als ob sie einer anderen Welt angehörten, unbegreiflich für die Kämpfenden, einer Welt, in der Braun und Weiß einander stützten statt massakrierten.

Robert schritt zwischen ihnen hindurch, steifleibig durch das Brett auf seinem Rücken, den bei jedem Schritt ein stechender Schmerz durchfuhr. Der Regen toste auf ihn hinab und wusch die mit Glyphen bedeckten, mit Opferblut befleckten Papierstreifen und die kalkweiße Schminke von seiner Haut. Mehrfach reckte er den Hals und spähte zu den Gefährten hinüber, die von den Mayakriegern immer enger umkreist wurden. Warum hatten die Krieger sie nicht längst überwältigt? Vielleicht fürchteten sie sich, die Kumpane anzugreifen, dachte er, solange diese mit den glotzäugigen Götterköpfen behangen waren.

Mit markerschütterndem Donner bewies Cha'ac weiterhin seine Macht. Die Niederlage seiner Mayakrieger konnte der Regengott sicherlich nicht verhindern, aber zumindest wurde den Briten der Sieg erschwert, da ihre Feuerwaffen unbrauchbar waren, solange die Wassermassen vom Himmel stürzten. Immer wieder sah Robert, wie ein Soldat seinen Revolver oder sein Gewehr abzufeuern versuchte, wirkungslos. In der dampfenden Nässe dieses Kampfes war jedes Messer tödlicher, jede Steinaxt gefährlicher als die feinmechanischen Wunderwerke aus den Waffenschmieden Britanniens.

Durch knöcheltiefen Schlamm, in den sich immer breitere Schlieren frischen Blutes mischten, wankten Robert und Ajkech voran, ein Dutzend Schritte noch von den Gefährten entfernt. Stephen, Paul und Mabo sahen zugleich lachhaft und furchterregend aus, mit den unförmigen Säcken auf den Schultern und den glotzköpfigen Idolen und Masken, die ihnen dicht an dicht vor Brust und Rücken hingen. Robert sah sie an und dachte auf einmal: Vielleicht hatten sie nicht nur einen Tag länger als angenommen in der Unterwelt verbracht, sondern womöglich deren fünf oder sieben. Wenn sein Zeitgefühl ihn um zehn oder fünfzehn Stunden trügen konnte, warum dann nicht auch um eine ganze Woche? Aber er verwarf diese Idee gleich wieder, ebenso wie den Gedanken an die Prophezeiung, die seinen Tod für den 28. August 1878 voraussagte, den zehnten Tag nach seinem Eintreffen in Kantunmak. Das alles hat keine Bedeutung mehr für mich, dachte er, es geht nur noch um zweierlei: Mabo zu befreien und dann Ixnaay und Henry aufzuspüren.

Beinahe hatten sie die Gefährten erreicht, als ein Krieger in grauem Gewand auf einmal seine Faust hob und Paul ins Gesicht schlug. Paul warf die Arme hoch, der Sack rutschte von seinen Schultern, und er taumelte rückwärts, gegen einen weiteren Krieger, der ihn heftig von sich stieß. Ein wüstes Handgemenge setzte ein, an dem sich auch Miriam beteiligte. Mit wehendem, vom Regen gesträhnten Goldhaar sprang sie einen Maya an und schlug ihre Katzenkrallen in sein Gesicht. Der Maya fuhr stöhnend herum, ein hochgewachsener Mann mit grauem Haar, und riß beide Hände empor. Robert machte einen letzten Schritt und stand genau vor ihm, als der Mann in der grauen Tunika seine Hände wieder sinken ließ.

Fassungslos sah Robert ihn an. Seine Augen waren blutige Kugeln. Leuchtend rote Tränen rannen über seine Wangen. Es war Ja'-much.

Seltsamerweise schien der alte Priester auch ihn zu erkennen. »Bote der Götter«, sagte er, »so lange haben wir auf dich gewartet.«

Der Donner war urplötzlich erstorben, der Wolkenbruch zu einem Nieseln abgeebbt. Immer noch starrte Robert in die zerquetschten Augen des alten Priesters, aus denen blutige Tränen rannen. Er fragte sich, in welchem Sinn Ja'-much seine Worte meinen mochte, ob als Feststellung oder Vorwurf, ob auf die Jahrhunderte bis zu seiner Wiederkehr oder auf seine diesmalige Verspätung bezogen. Aber er kam nicht dazu, diesen Gedanken fortzuführen, wie auch Ja'-much keine Gelegenheit mehr gefunden hätte, ihm zu antworten, denn in diesem Moment stieß ihm Stephen von hinten sein Messer ins Herz.

6

Die Verwechslung von Himmels- und Kanonendonner war der letzte Irrtum der Gefährten, das Messer in Ja'-muchs Rücken Stephens letzte Wahnsinnstat: Einen Lidschlag später stürzte er scheppernd zu Boden, neben den alten Priester, eine schwarze Axt in der Stirn. Sein letzter Blick, zu Robert, der sich über ihn beugte: vorwurfsvoll, als hätte allein er, Robert, sie alle in den Tod getrieben. Schon war er zur Hälfte im Schlamm versunken, überhäuft von glotzenden Idolen, sein Gesicht von der Axtklinge verschattet, von Blut übergossen, auf seiner

Brust hockend ein goldener Götterkopf. Stephens Blick brach. Jetzt erst wurde Robert bewußt, daß die Luft ringsum von Kampfeslärm erfüllt war, Axthieben, Schreien, stampfenden Schritten im Schlamm. Er beugte sich noch tiefer zu Stephen hinunter, und ein furchtbarer Schmerz jagte durch seinen Rücken, vom Hals bis zu den Lenden hinab. Stephen hatte seinen letzten Atem verröchelt, seine Augen starrten, sein Mund stand offen, zu einem allerletzten Tadel geschürzt.

Einen halben Schritt neben ihm stürzte eine Gestalt zu Boden, ein Messer in der Brust, doch Robert nahm es kaum wahr. Er streckte die rechte Hand aus, einen Moment lang schwebten seine Finger über Stephens starrenden Augen, dann glitten sie zum Kragen hinab. Robert riß den perlmutternen Knopf ab und warf ihn durch die Augenhöhle in den Götterkopf, der auf Stephens Brust saß, plump und gebläht wie ein Frosch.

Er richtete sich wieder auf, und augenblicklich verebbte in seinem Rücken der Schmerz. Weiterhin wurde überall auf dem Platz gekämpft und geschlachtet, mit Messern, Äxten, Macheten. Es mochten Tausende sein, mit Blut bespritzt, mit Schlamm übergossen, so daß kaum mehr zu erkennen war, wer für die fahlhäutige Königin kämpfte und wer für den sterbenden Herrscher von Kantunmak. Ihre Gewänder längst zerfetzt, ob Uniform oder Tunika, halbnackt wälzten sie sich am Boden, drückten Kehlen zu, preßten Köpfe in den Boden, prügelten mit Holzknüppeln auf Widersacher ein, bis die zerstampften Leiber und der Schlamm des Dschungels, das Blut und der Regen sich zu einem Brei vermischten, gewürzt mit den Schreien der Sterbenden und dem Gesang der Vögel, mit Gebeten und Begierden, die alle unerhört blieben und sämtliche ungestillt.

Drei Schritte neben Stephen lag Paul, auf der Seite, als ob er schliefe, die Knie bis zur Brust emporgezogen, eine Wange in den Schlamm gedrückt. Als Robert sich über ihn beugte, verspürte er keinen Schmerz mehr in seinem Rücken, auch kein Entsetzen, obwohl zwischen Pauls Hals und Schädel eine handbreite Lücke klaffte, darunter glitzernd ein Bett aus Silberfäden, getränkt mit Pauls Blut. Seine Linke umschloß eine vollendet gearbeitete Jademaske, in der Rechten hielt Paul, wie einen Spiegel, eine goldene Scheibe mit den Zügen des Sonnengottes Ahau. Ein Lächeln lag auf seinem Gesicht, zumindest schien es Robert so, wie es ihm für einen Moment auch vorkam, als ob die strahlende Scheibe in sich wimmelte und vibrierte, wie der goldene Träumer in Xibalbá.

Abermals richtete er sich auf, und sein Blick traf auf Miriam, die sich vor einem Maya in grauer Tunika auf die Knie geworfen hatte, die Hände gefaltet und flehentlich emporgereckt. Es war ein schon älterer Mann mit grauen Haaren, seine Tunika zerrissen und schlammbespritzt, doch sein spulförmiger Ohrschmuck und der hoheitsvolle Blick wiesen ihn als höheren Priester aus. Offenbar flehte Miriam ihn um Schutz und Gnade an, aber der Priester starrte nur auf sie hinab, mit versteinerter Miene. Da packte sie sich mit beiden Händen vor die Brust, riß sich mit einer einzigen Bewegung ihre Nonnentracht vom Leib und erhob sich taumelnd. Die Arme ausgebreitet, stand sie vor dem Priester, in völliger Nacktheit, stoßweise atmend.

Der Priester sah sie von oben bis unten an, ihr zerschlagenes Gesicht, die üppigen Brüste, die vor dem weißen Leib auf- und niedertanzten, den goldenen Haarbusch zwischen ihren Schenkeln. Dann spie er sie an und schlug ihr im selben Moment die flache Hand ins Gesicht, so gewaltsam, daß Miriam zu Boden fiel.

»Herr, dort entlang, schnell.« Mabo, der auf einmal vor ihm stand, auf eine Lücke zwischen zwei Ruinen deutend. Den Sack voller Kleinodien und das Seil, auf dem die Idole aufgefädelt waren, hatte er verloren oder klugerweise von sich geworfen. An seiner Seite Ajkech, mit weit aufgerissenen Augen, beide über und über mit Schlamm bespritzt.

»Wohin geht es dort?« Robert sah von einem zum anderen, unwillkürlich lächelnd vor Freude, die beiden unversehrt vor sich zu sehen. »Hast du Ixnaay gesehen, Mabo?«

»Zum alten Fluß, Herr. Ixnaay? Nein, aber sieh nur, dort drüben ist Henry.«

Unter diesen Worten hatte sich Mabo bereits in Bewegung gesetzt, quer über den Platz. Henry? Sein Herz machte einen Satz, aber wie angestrengt er auch in die von Mabo gewiesene Richtung spähte, seinen jungen Pferdeburschen vermochte er nicht zu sehen. Dennoch folgte er nun eilends Mabo, indem er sich abermals auf Ajkech stützte und ohne auf Miriam zu achten, die schreiend hinter ihnen herlief.

Wolken flogen über den blauen Himmel, die Sonne brannte hernieder, Dampf wallte über Bäumen und Ruinen. Robert nahm alles in sich auf wie zum ersten Mal, als ob er soeben erst hier angekommen wäre, im Dschungel von Britisch-Honduras, ja überhaupt in dieser Welt. Er eilte hinter Mabo her, schon hatten sie das Schlachtfeld hinter sich gelassen und traten in eine schmale Gasse, die zwischen Tempeln und Pyramiden südwärts führte. Gras und Blumen wuchsen aus dem rissigen Steinboden hervor, und Schmetterlinge gaukelten umher, vieläugig geflügelt und vom gleichen leuchtenden Blau wie der Himmel über ihnen. Aus geborstenen Firsten und Fassaden wuchsen Ramónbäume, Palmen und Buschwerk, und Robert lauschte den Rufen der Vögel und sog den Duft der Blüten und Früchte ein, die überall in den Zweigen hingen. Eine sonderbar friedliche Stimmung herrschte in dieser Gasse, beinahe paradiesisch, dachte er, zumal er das Rauschen des Flusses in der Ferne schon zu hören meinte, ein kraftvolles Brausen wie in seinem allerschönsten Traum.

Nach wenigen hundert Schritten öffnete sich die Gasse linker Hand zu einer abschüssigen Fläche, die kniehoch mit Gras und Blumen bewachsen war. Hinter ihnen erschallten britische Kommandos, gedämpft durch die Entfernung, und mehrfach knallten Schüsse, doch Robert nahm es nur am Rande wahr. Deutlich hörte er nun das Gurgeln des Flusses, das Stampfen der Wellen, die sich an einem Ufer brachen. Er trat auf die abschüssige Wiese, Ajkech mit sich ziehend, den Hals emporreckend, noch konnte er den Fluß nicht sehen, aber er war sicher, daß er dort unten fließen mußte, unterhalb der üppigen Wiese.

Immer rascher lief er die Böschung hinab, von einer Ahnung vorangetrieben, die ihn mit bitterer Süße erfüllte. Wahrhaftig, dachte er, dort unten strömt der Fluß, genau wie in meinem Traum. Abermals erschallten Kommandos, viel näher jetzt. »Dort ist er«, rief jemand, »ergreift ihn«, Schüsse krachten, und er spürte einen Schlag im Nacken, dann war es schon vorbei. Eine Täuschung, keineswegs die erste, dachte er und mußte wieder lächeln und merkte dann erst, daß er auf dem Rücken lag und auf seiner Bahre die steile Böschung hinunterfuhr. Über ihm jagten die Wolken, das Gras rauschte, zu beiden Seiten nickten ihm leuchtfarbene Blütenköpfe zu. Verschiedene Stimmen schrien durcheinander, eine grelle Frauenstimme, barsche Kommandos, dazwischen helle Jungenstimmen, aber er verstand kein einziges Wort, ja er begriff nicht einmal, worüber sie alle sich erregten. Er atmete den Duft der Blüten, in rauschender Fahrt ging es hinab, und sein Herz pochte vor Erwartung und Glück. Das wirkliche Leben, dachte er, endlich bin ich erwacht.

Sanft glitt er ins Wasser und wurde von der Strömung ergriffen, die ihn sogleich in die Mitte des Flusses zog. Er ließ eine Hand im Wasser treiben, wohlig die Finger bewegend. Langsam glitt er dahin, unter dem flirrend grünen Gewölbe, zu dem sich hoch über ihm der Regenwald verflocht. Die Sonne streute helle Sprengsel auf die Wellen, die wieder und wieder über die Wasserfläche rollten, wie Schauer über nackte Haut.

»Robert?« Es klang, als ob das Wasser selbst zu ihm spräche, so weich, so warm. Aber es war Ixnaay, er wußte es, noch ehe er sich aufgerichtet hatte. Sie saß vor ihm, nur mit einem silbernen Schurz bekleidet, und nun wandte sie sich um zu ihm, wie hundertfach erträumt. »Mein Mondgeliebter?«

Er wollte sich erheben, nach ihr greifen, doch seine Hand faßte ins Leere. Eine Stromschnelle packte ihn und warf seine Bahre herum, so daß er unter Wasser gedrückt wurde. Er wollte Ixnaays Namen rufen, und sein Mund füllte sich mit einem Wasserschwall. Das letzte, was er sah, waren die bemoosten Felsen am Grund des Flusses, aufragend wie Pyramiden und Tempelruinen, darüber Scharen glotzäugiger Fische und ein Wirbel von Glyphen im klaren Wasser, unleserlich und leuchtend rot.

VIERZEHN

1

Seit Stunden stand sie an der Feuerstelle neben dem Langhaus, über Töpfe und Tiegel gebeugt. Mit dem hölzernen Löffel in ihrer Linken rührte sie in dem großen Bottich, aus dem Schwaden würzigen Rauchs aufstiegen. Zugleich zerhackte sie mit einem Messer rechtshändig Wurzeln und Blätter, die auf der Steinplatte neben dem Feuer aufgehäuft lagen. Immer wieder warf sie Händevoll gehäckselter Pflanzen in den Bottich oder in einen der kleineren Töpfe daneben. Nur ganz selten hielt sie für einen Moment inne, um einen raschen Blick über die Schulter zu werfen, zu der mächtigen Tempelruine, deren Fassade fahlweiß zwischen den Baumwipfeln schimmerte.

Sie waren in ihre Vergangenheit zurückgekehrt, nach Ixt'u'ul-chac, in das Dorf ihrer Kindheit, dessen Bewohner vor Jahrzehnten von Ajkinsajs Kriegern massakriert worden waren. An derselben Stelle, an der damals die Häuser ihrer Sippe in Flammen aufgegangen waren, hatten sie ihre notdürftigen Behausungen errichtet, vier Hütten und das Langhaus im Schatten des halb zusammengestürzten Tempels, in dem einst die Mondgöttin verehrt worden war.

Einige Sonnenstrahlen, dünn wie Spinnenfäden, durchdrangen die Wipfel und warfen ein schütteres Lichtnetz auf den Lehmplatz vor dem Langhaus. Ein schwarzes Huhn stolzierte an der Feuerstelle vorbei, zwei Schritte neben Helen, deren Hemd und Hosen mit einem Wirrwarr von Flecken in Grün und Rot gesprenkelt waren. Immer noch trug sie die Kleidung des Pferdeburschen Henry, aber nur heute noch, dachte sie, und dann niemals mehr. Ihr Magen zog sich zusammen, vor banger Vorfreude auf die ersehnte Rückverwandlung, doch ebenso vor Kummer über die bedrückende Pflicht, die sie vor der Abenddämmerung noch erfüllen mußte.

Auch heute wieder war sie beim ersten Morgenlicht aufgestanden, wie an jedem Tag, seit sie in Ixt'u'ul-chac eingetroffen waren. Den ganzen Vormittag über hatte sie sich um die Verwundeten im Innern des Langhauses gekümmert, Verbände angelegt oder erneuert, Salben auf Wunden gestrichen, Heiltees verabreicht und Worte des Trostes und der Ermutigung gemurmelt.

Ihr Ruf schien sich in Windeseile zu verbreiten. Wer auch immer das Gemetzel von Kantunmak überlebt hatte, versuchte offenbar, sich bis hierher durchzuschlagen, in der Hoffnung, durch Ixnaays Heilkunst zu genesen. Schon waren es fast zwei Dutzend, mit verstümmelten Gliedmaßen, entzündeten Wunden und trauerstarren Mienen, und täglich trafen weitere verwundete Mayakrieger an diesem nahezu unzugänglichen Flecken ein, im Herzen des Dschungels von Britisch-Honduras.

Glücklicherweise hatte Ixnaay ihr die wirksamsten Rezepte und Kunstgriffe noch erklären können: Schienen und Preßverbände, damit zerbrochene Gliedmaßen wieder zusammenwuchsen, Salben gegen Wundentzündung, Tinkturen zur Reinigung und raschen Heilung von Schnitt- oder Schußverletzungen, Tees gegen Wundschmerz, böse Träume und Fieber. In fliegender Hast hatte Helen diese unschätzbaren Weisheiten aufgeschrieben, und unter Ixnaays Anleitung hatte sie aus den Essenzen und Pulvern, die sie aus dem Altar der Mondgöttin gerettet hatten, einen Sud zubereitet, der mit frischen Kräutern oder Wurzeln vermengt werden mußte, je nachdem, welche Gebrechen man heilen wollte, offene Fleischwunden oder innere Verletzungen, zersplitterte Knochen oder verstörte Seelen.

Vor einer Woche, nach viertägiger Kanufahrt durch immer schmalere, immer morastigere Wasserarme, hatten sie ihren Zufluchtsort erreicht. Da war Ixnaay bereits an Armen und Beinen gelähmt, und die Versteinerung ihres Leibes kroch unaufhaltsam voran, in ihre Hüften, Schultern, den Hals hinauf und ihrem Herz entgegen. Ixnaay, die zu diesem Zeitpunkt schon von unaufhörlichem Schüttelfrost gepeinigt wurde, hatte Helen beschworen, ihren letzten Willen zu befolgen, und obwohl bereits der Gedanke daran sie mit Grauen erfüllte, hatte Helen schließlich zugestimmt. Stelenzauber, dachte sie – so gräßlich wie die Wirkung des Giftes war sein mythenalter Name, und so wenig wieder aufzuheben wie ein urtümlicher Fluch.

Aufgeschreckt durch ein leises Knacken in ihrem Rücken, wandte sie sich um, zum Waldsaum auf der anderen Seite des Platzes, den sie genau so in ihrem Traum erblickt hatte: eine weite, kreisrunde Lichtung im Schatten der Tempelruine. Soeben traten zwei schmale Gestalten, nackt bis auf den Schurz des Jägers oder Kriegers, aus dem Unterholz und gingen auf sie zu. Sie beide trugen Körbe auf dem Rücken, gefüllt mit Brennholz, Wurzelstrünken, großblättrigen Pflanzen. Ajkech und Mabo. Ohne diese beiden Gehilfen wäre ich längst vor Erschöpfung umgefallen, dachte Helen. Seit sie alle fünf hier in Ixt'u'ulchac eingetroffen waren, befolgten Mabo und der kleine Krieger ihre Anweisungen, ohne jemals zu ermüden oder auch nur zu murren. Als erstes hatten sie die Hütten errichtet, mit staunenswertem Geschick und zauberischer Schnelligkeit. Als dann die ersten verwundeten Mayakrieger eingetroffen waren, hatten sie beinahe über Nacht auch noch das massive Langhaus gezimmert, das mehrere Dutzend Patienten beherbergen konnte. Stillschweigend schienen sie beide anzuerkennen, daß die Führung ihrer kleinen Gruppe zumindest vorläufig an Helen übergegangen war – vielmehr an den Pferdeburschen Henry, dessen Maskerade aber wenigstens Mabo wohl seit langem durchschaut hatte.

Der Tag begann sich bereits wieder zu neigen. Sonderbar, wie hier draußen die Zeit verrann, dachte Helen, gleichförmig und doch unmerklich rasch. In zwei Stunden schon würden die Vögel ringsum im Wald ihr abendliches Konzert anstimmen, jeden Gedanken überschreiend und jeden anderen Laut des Dschungels übertönend. Für Raubzüge und Überfälle war es die günstigste Stunde, das wußte sie spätestens, seit sie bei Chul Ja' Mukal von den jungen Mayakriegern überrumpelt worden waren. Und auch wenn sie von den Indios hier gewiß nichts zu befürchten hatten, sah sie in düsteren Momenten doch immer wieder die beiden Sergeants vor sich, die geschworen hatten, Robert Thompson zur Strecke zu bringen: Charles Muller und Dickie Chillhood, der vierschrötige Held Britanniens.

Aber wie sollten die beiden sie in dieser tiefsten Wildnis aufspüren, an einem Ort, der viele Meilen weit von unwegsamem Morast umschlossen war? Sosehr sich Helen seit einigen Tagen nach Fort George zurücksehnte, nach Lichtern und Gerüchen, Ordnung und Bequemlichkeit der vertrauten Stadt, sowenig schien es ihr gerade jetzt ratsam, den natürlichen Schutz aufzugeben, den Ixt'u'ul-chac ihnen bot.

2

Als er zu sich kam, fand er sich in einer dämmrigen Hütte, rücklings auf einer Lagerstatt liegend, sein Brustkorb straff umspannt mit einem silberfarbenen Tuch. In seinem Genick pochte ein leiser, stetiger Schmerz unter einem Verband, dessen fledermausförmigen Umriß er mit der Hand ertastete.

Minutenlang lag er einfach da, nackt bis auf einen Schurz und das unerklärliche Brusttuch, ohne die mindeste Vorstellung, wo er sein mochte und wie er hierhergeraten war. Feuchtheiße Luft erfüllte seine Hütte, und er fühlte sich matt und zugleich seltsam erfrischt, als ob er lange, sehr lange geschlafen hätte.

Durch das Türloch drangen leise Geräusche, ein Prasseln wie von Feuer, dann eine Stimme, die ihm vertraut schien und doch unbestimmbar blieb. Vergeblich überlegte er, wer dort draußen sprechen mochte, eine helle, energische Stimme, ungewiß, ob von einem Burschen oder einer jungen Frau.

Bilder, bunte Schatten wehten durch seinen Geist, doch er hätte nicht sagen können, ob es Traumszenen oder Erinnerungen waren. Er schloß die Augen und sah sich einen Strom hinabtreiben, ungewiß, ob in einem Boot oder einfach mit einem Brett unter seinem Rücken. Den Fluß hinab, durch Stromschnellen und gischtende Strudel, während das Gewölbe der Baumwipfel über ihm unablässig schwankte. Ein Gewirr aus Sonnenfäden, Laubwerk, Papageienfedern, aus süßen Blütendüften und dem Duft nasser Erde, mit dem Geruch seines eigenen Blutes vermischt.

Wieder hob er die Lider und sah um sich: die Hütte, ein kleiner, runder Raum, leer bis auf seine knarrende Bettstatt und einen geflochtenen Sessel daneben. Die Wände aus mageren, krummen Stämmen, nebeneinander in den Boden gerammt, so daß durch tausend Ritzen dünne Lichtstrahlen dringen konnten. Und draußen vor dem Türloch immer noch jene Stimme, nun leise, wie schwermütig murmelnd, unbestimmbar und doch so vertraut, daß eine zärtliche Sehnsucht in ihm aufstieg.

Der Schmerz in seinem Nacken pochte. So plötzlich, als wäre in seinem Innern ein Fenster aufgesprungen, fiel ihm ein, was geschehen war, vor Wochen oder Tagen, in Kantunmak. Gewehrschüsse, Kampfesschreie, dann der Schlag in sein Genick. Die Soldaten hatten auf ihn geschossen, eine Kugel hatte ihn getroffen, aber seinen Nacken anscheinend nur gestreift. Er war die Böschung hinab und in den Fluß geglitten, und dort mußte er aufgefischt, in ein Boot gezogen worden sein – aber von wem?

Das Nachdenken ermüdete ihn, und abermals glitt er in den Strom der Bilder und Laute, Bewegungen und Gerüche zurück. Unter ihm das Rauschen und Glucksen, das Murmeln und Schwappen des Wassers, das ihn mit Gallertarmen wiegte, hin und her und hin und her. Ich lag in einem Kanu, dachte er, rücklings am Boden, und auf der Bank vor mir, Paddel in den Händen, saß sie. Er schloß die Augen und sah alles aufs neue vor sich: den mächtigen Strom, auf dem sie hinabtrieben, Tage und Nächte und Tage, bis sie irgendwann in ein Rinnsal abzweigten, das sich zwischen Bambus und blühendem Buschwerk verbarg. Feuerglanz orangeroter Blüten, und dazu der Modergeruch, der aus dem aufgewühlten Wasser aufstieg. Schwärme von Fliegen, Mücken, geflügelten Käfern, im Sonnenlicht flirrend, daß die Luft über Schilf und Bracke grün-golden erglänzte.

Das Element, in dem sie trieben, schien nicht Wasser, nicht Erde. Scharrend und schleifend schob sich ihr Kanu voran durch dampfenden Schlamm. Stunde um Stunde glitten sie durch eine Welt, die den Uranfängen der Schöpfung anzugehören schien. In traumhaftem Wachen spähte er über den Rand des Bootes: riesenhafte Bäume, aus Moorestiefe bis in den Himmel ragend. Augen öffneten sich auf der braunen Fläche, und in der Tiefe regten sich gigantische Gliedmaßen, träge wie im Schlaf. Es war, als furche ihr Boot durch die Schleimhaut einer ungeschlachten Kreatur, die aus ihrem Leib unablässig Geschöpfe spie: Wolken schillernder Insekten, ein Gewimmel und Geringel von Würmern, Schlangen, Fischen, Quappen.

Eines aber stimmte nicht, dachte Robert beunruhigt, in einem entscheidenden Punkt mußte seine Erinnerung ihn trügen: Vor ihm im Boot hatte nicht Ixnaay gesessen, die India seiner Träume, sondern der Pferdebursche Henry, sein schmaler Rücken im rot-schwarzen Hemd sich beugend und streckend im Takt seiner paddelnden Arme.

Bestimmt bin ich hier in Ixt'u'ul-chac, dachte er, an dem Ort tief im Dschungel, von dem Ixnaay gesprochen hat, es kann gar nicht anders sein. Aber wo ist sie selbst, warum saß sie nicht bei mir im Boot, wie von uns beiden erträumt? O Gott, ob ihr etwas zugestoßen ist? Und was ist mit Ajkech und Mabo?

Sein Gedächtnis gab jählings weitere Szenen preis (wie er zusammen mit der Stele rücklings umgestürzt war – daher der Verband um meine Brust, dachte er; wie Ja'-much sich auf dem Schlachtfeld zu ihm umgedreht hatte, die Augen voll roter Tränen; wie Stephen vor ihm zusammengebrochen war, eine schwarze Axt in der Stirn ...), aber noch immer nicht die geringste Erinnerung an Ixnaay während ihrer Flucht. Da hielt es ihn nicht länger auf seinem Lager, er schwang die Beine über den Bettrand und richtete sich behutsam auf.

3

Sie lag rücklings in ihrem Boot, nach ältestem Brauch der Priesterinnen Ixquics, wie sie es sich erbeten hatte: flach auf den Boden der Barke gebettet, gehüllt in ein silberfarbenes Leintuch, das ihre schmal gewordene Gestalt von den Füßen bis zum Hals umschloß.

Das Boot stand am Rand der Lichtung, vor der Hütte, in der Ixnaay gelegen hatte, seit sie in Ixt'u'ul-chac eingetroffen waren. Auch die Außenhaut ihres Bootes schimmerte in silbrigem Weiß, und seiner Form nach ähnelte es einer liegenden Sichel, dem heiligen Zeichen der Mondgöttin.

Sie konnte keinen Muskel, kein Glied mehr regen, jede Faser ihres Körpers war durch das Gift des Stelenzaubers gelähmt. Seit heute früh vermochte sie auch ihren Mund nicht mehr zu bewegen, selbst die lautlos gehauchten Worte nicht mehr zu formen, die Helen ihr in den letzten Tagen noch von den Lippen abgelesen hatte.

Als Helen sie vorhin mit Mabos Hilfe von ihrer Lagerstatt gehoben hatte, schien der abgezehrte Körper ihr so gewichtlos wie ein Bambusbündel und zugleich so starr wie eine steinerne Skulptur. »Ein geistreicher Schachzug von Ajkinsaj«, hatte Ixnaay damals in Kantunmak zu ihr gesagt, unter Tränen. Eine Bemerkung, die auch in einem zweiten, teuflischen Sinn zutraf, wie Helen sich nun sagte: Der Zauber Ajkinsajs hatte seine Widersacherin buchstäblich in eine Figur verwandelt, eine Stele aus versteinerndem Fleisch.

»Wenn ich nicht mehr sprechen kann, will ich von euch gehen.« So hatte Ixnaay es sich erbeten, und so würde es nun geschehen. Der Abend dämmerte bereits, in nicht einmal einer Stunde würde die Sonne im Ozean des Waldes versinken. Sie mußten sich beeilen, dachte Helen, indem sie sich abwandte und verstohlen über die Augen wischte.

Man schrieb den 1. September 1878, einen Sonntag nach christlicher Zeitrechnung. Nach dem Kalender des alten Volkes aber war es der Tag Zehn Kan Siebzehn Tzul, regiert vom Hundegott des Untergangs.

Von silbrigem Glanz umhüllt, lag Ixnaay in ihrer Mondbarke, die letzte Priesterin Ixquics, bereit zu ihrer allerletzten Fahrt. Das Gesicht erstarrt und abgezehrt, um Mund und Nase fast durchscheinend, die Augen viel zu groß, viel zu glänzend unter der schon todesfahlen Stirn. Einzig ihre Augen konnte sie noch bewegen. Beharrlich ging ihr Blick von Helen zu Mabo, von dem Mestizen zu Ajkech und abermals zu Helen, als wollte sie sich das Aussehen ihrer letzten irdischen Begleiter noch einmal einprägen.

Vor kaum einer Stunde hatte sie auch von Robert Abschied genommen. Es war ein todtrauriger Anblick gewesen, wie Ixnaay, von Mabo und Ajkech mitsamt ihrem Boot vor seiner Hüttentür aufgerichtet, ein letztes Mal ihren Traumgeliebten angesehen hatte, ihren *Winik-uj,* der seit ihrer Flucht aus Kantunmak die meiste Zeit ohne Bewußtsein war.

Tränen waren aus Ixnaays überweiten Augen getreten und ihre starren Wangen hinabgerollt, und Robert hatte leise aufgeseufzt, als empfände er den zerreißenden Schmerz ihres Abschieds selbst im Ohnmachtsschlaf.

Nun strafften Ajkech und Mabo das Seil und begannen, das Boot über die Lichtung zu ziehen, auf den Tempel Ixquics zu. In den letzten Tagen hatten sie aus Lianen ein fünfhundert Fuß langes Tau geflochten, das sie benötigten, um den letzten Willen der Verzauberten zu erfüllen. Nachdem Ixnaay in die Barke gebettet war, hatten sie mit dem Ende des Seils den Bootsrumpf von vorn bis hinten so umwickelt, daß die schöne Reisende nun unter einem Gitter aus Seilstreben lag. Auf diese Weise würde sie sicher im Innern der Barke verbleiben, auch wenn ihr Gefährt lotrecht gen Himmel aufstieg.

Als sie am Fuß der Ruine angekommen waren, blieb nur Helen bei der Silberbarke zurück, während ihre beiden Gehilfen, das zusammengerollte Tau über den Schultern, rasch die steile Treppe zum Tempeldach emporliefen, fünfzig Schritte über der Lichtung. Oben angekommen, schlangen sie das Seil um den Stamm der gewaltigen Ceiba, die auf dem flachen Tempeldach aufragte, weitere zweihundert Fuß hoch, wenn nicht mehr. Dann traten sie an den Rand des Firsts und begannen auf ein Zeichen von Helen hin, das Boot behutsam an seinem Seil emporzuziehen.

4

Mit schmerzhaft pochendem Genick tappte Robert zum Türloch und verharrte auf der Schwelle, geblendet von der Nachmittagssonne, die rotgolden über der Tempelruine schwebte. In seinem Kopf fühlte er einen sausenden Schwindel, und seine Beine schienen zu kraftlos, um sein Gewicht zu tragen.

Es dauerte mehrere Minuten, bis seine Augen sich an die Helligkeit gewöhnt hatten und er sich stark genug fühlte, auch nur den Türstock loszulassen. Endlich wagte er einige unsichere Schritte durch Schlamm und Pfützen, die im Sonnenlicht gleißten. Auf dem kreisrunden Platz war weit und breit niemand zu sehen.

Er beschirmte seine Augen und blinzelte zu der riesenhaften Ruine hinüber, deren Fassade zwischen den Bäumen hervorschimmerte. Der Anblick, der sich ihm dort drüben bot, in einer Entfernung von mehr als zwanzig Schritten, verschlug ihm beinahe den Atem. Träumte er noch oder narrten ihn Fieberphantasien? An der nahezu senkrechten Tempelfassade glitt langsam, ruckweise ein silbernes Boot empor, und aus dem Innern des Gefährtes sahen ihn zwei unnatürlich glänzende Augen unverwandt an.

Ixnaay. Seine Seele ahnte die Wahrheit, bevor sein Verstand begriff: Etwas Unwiderrufliches war geschehen. Sie entschwand buchstäblich vor seinen Augen, und er war gerade noch rechtzeitig erwacht, um von ihr Abschied zu nehmen. Aber in ihrem Blick war kein Schmerz, kein Zorn, nur ein wehmütiges Lächeln, als wollte sie sagen: *Wir sehen uns wieder, mein Winik-uj.*

Er befand sich nun mitten auf dem Platz, zwischen den glitzernden Pfützen, und sah fassungslos zu, wie die Barke an der Ruine emporfuhr, zwischen Fensterhöhlen, Stockflecken und Mauerlöchern. Auf dem First plagten sich zwei kleine braune Gestalten mit dem Seil ab, an dem das Silberboot pendelte, Mabo und Ajkech, doch Robert nahm sie kaum wahr. Ixnaays Blick haftete auf ihm, und er sah sie ebenso unverwandt an und ging weiter und weiter, atemlos und taumelnd, auf die himmelhohe Fassade zu, an der ihre Barke immer höher glitt.

Erst als er unmittelbar vor der Tempelwand stand und mit zurückgelegten Kopf ihrem Boot hinterhersah, wie es mit einem kleinen Satz droben über die Dachkante sprang, wurde ihm mit einem Mal bewußt, daß neben ihm eine gleichfalls wohlbekannte Gestalt stand, in Burschenhosen und weitem, rot-schwarz gestreiftem Hemd.

»Henry!« Noch während er den Namen ausrief, spürte er, wie viel ihm auch diese Vertrautheit bedeutete, verwirrenderweise, und wie sehr es ihn tröstete, daß zumindest Henry bei guter Gesundheit schien. Er trat auf ihn zu und packte seinen Diener bei den Schultern, vor Wiedersehensfreude, aus körperlicher Schwäche, vor Sorge um

Ixnaay, dies alles vermischte sich und wurde eins. »Um Himmels willen, Henry, was geschieht dort?« Er deutete nach oben. »Sag doch, was ist mit ihr?«

Da konnte auch Helen ihren Schmerz und ihre Rührung nicht länger verbergen. »Ach, Mr. Thompson«, wisperte sie, und die Tränen schossen ihr förmlich in die Augen, »wie froh ich bin, Sie bei Bewußtsein und auf Ihren Beinen zu sehen! Und wie betrübt, Sie mit so furchtbarer Nachricht empfangen zu müssen: Ixnaay ... sie wurde vergiftet ... durch Ajkinsajs Messerwerfer, damals bei den Stelen ... oh, Robert, niemand kann sie retten – Ixnaay stirbt!«

Mit einem krampfhaften Schluchzer warf sich Henry an seine Brust, und Robert schnappte nach Luft, die ihm durch das straffe Tuch um seine Rippen ohnehin verknappt war. Auch wenn er die Wahrheit geahnt hatte, trafen ihn Henrys gestammelte Worte gleichwohl mit furchtbarer Wucht. So war doch alles vergebens, dachte er, unsere Liebe, Ixnaay, für immer nur ein Traum. Unbeholfen tätschelte er die Schultern des Burschen, die sich unerwartet weich anfühlten, was seine Verwirrung noch weiter steigerte, ebenso wie die wächserne Weichheit seiner Beine und das Schwindelgefühl hinter seiner Stirn.

Erst mit einiger Verspätung wurde Helen bewußt, daß sie den nahezu nackten Mr. Thompson umarmt hielt (auch sein Gesicht, das über dem ihren schwebte, wirkte ungewohnt nackt, da sie den Schlafenden gestern rasiert und seine Haare zurückgeschnitten hatte). Ruckartig ließ sie ihre Arme sinken und wich vor ihm zurück. »Verzeihen Sie, Sir, ich vergaß ...« Ihre Wangen wurden brennend heiß.

»Aber warum das Boot«, murmelte er. »Und sie schien doch noch am Leben, als sie ...« Zu Helens Erstaunen wirkte Mr. Thompson kaum weniger befangen, als ob ihre Umarmung auch in ihm etwas Heimliches angerührt hätte. Hilflos schaute er von neuem an der Fassade empor, wo jedoch von der silbernen Barke nichts mehr zu sehen war.

»Es war ihr Wunsch, Mr. Thompson, ihr letzter Wille. Ich bringe Sie nach oben, dort werden Sie alles verstehen. Bitte kommen Sie, Sir.«

Abermals legte er einen Arm um Henry, und aufs neue wunderte er sich, wie anmutig rund sich die Schultern dieses Burschen anfühlten, und mehr noch, daß seine Gedanken und Gefühle sich schon wieder in diese närrische Richtung verirrten. Vage empfand er, daß sein Geist zu benommen, seine Seele viel zu bestürzt war, um wirklich zu erfassen, was Henry ihm eben unter Tränen erklärt hatte: »Ixnaay stirbt.« Henry führte ihn um die Tempelruine herum, zu den zerborstenen, von Dutzenden Baumwurzeln gesprengten Stufen der steilen Treppe, die geradewegs auf das Tempeldach führte. Seine Fußverletzung schien gänzlich ausgeheilt, nur ein fast unmerkliches Hinken und ein kleines, sichelförmiges Pflaster nahe dem Knöchel erinnerten noch an die Quetschung, die er durch die stürzende Stele erlitten hatte. Da Robert sich noch immer wacklig in den Knien fühlte, ermunterte er den Burschen, ihm einen stützenden Arm um die Hüften zu legen, und so wankten Herr und Diener in wunderlicher Umschlingung die hundertfünfzig Trümmerstufen hinauf.

So rasch ihre Verlegenheit und die Schluchzer es erlauben mochten, die ihr noch immer wie kleine Quecksilberbälle durch die Kehle rollten, berichtete Helen unterdessen, was in seiner Abwesenheit geschehen war: wie Ixnaay und sie ihre Flucht aus Kantunmak vorbereitet hatten; wie die Verzauberte bereits auf dem Fluß mehr und mehr dem lähmenden Gift erlegen war; wie Mabo und Ajkech sie hier in Ixt'u'ulchac schon den Hügel hinauftragen mußten, da Ixnaay Arme und Beine nicht mehr bewegen konnte; wie Ixnaay ihn, Henry (zum letzten Mal Henry, dachte Helen), beschworen hatte, sie am gleichen Tag, an dem auch ihre Lippen zu Stein würden, davonziehen zu lassen nach dem alten Brauch der Priesterinnen Ixquics: mitsamt ihrer Mondbarke zwischen Menschenwelt und Sternenhimmel schwebend und ihrer Göttin so zumindest im Sterben noch einmal nah.

Schweigend stiegen sie weiter die Treppe empor. Obwohl Robert Thompson auf ihren atemlosen Bericht nichts erwiderte, spürte Helen, wie sehr es auch ihn berührte, daß Ixnaay im Sterben gleichsam wieder zu der Steinfigur vor dem Tor von Kantunmak wurde, der sie schon zu Lebzeiten so ähnlich sah. Während ich selbst, dachte Robert, durch Ixnaays Heilkunst von meiner Versteinerung endlich befreit bin, die mich nicht erst befiel, als ich mit jener Stele zu Boden stürzte, sondern lange vorher, in England, durch Mary, Vater, in meiner Kindheit, oder noch weiter, viel weiter zurück. Im Gehen bewegte er vorsichtig seinen Rücken, spannte seine Muskeln gegen den Druck des Silbertuchs an und spürte weder Taubheit noch Schmerz. Nur die Wunde in seinem Genick klopfte weiterhin leise, wie ein Uhrwerk, das über seinen Schultern in Gang gesetzt worden war.

Sie traten auf den First der Tempelruine. Robert fühlte sich gänzlich entkräftet, sein Atem ging keuchend, seine Beine waren weich wie Gallert. Ohne Henrys Schultern loszulassen, erhob er seinen Blick zu der riesenhaften Ceiba, die auf dem Tempeldach aufragte, wohl achtzig Schritte hoch. Vor der orangeroten Abendsonne sah ihr fächerförmiges Astwerk aus wie das gespreizte Gefieder eines majestätischen Vogels, der sich sogleich in den Himmel erheben würde.

»Geliebte«, sagte Robert leise, nur dieses eine Wort. Seine Stimme versagte, ebenso seine Knie. Er sank zu Boden, auf einen mit Moos bedeckten Steinbrocken, und zog Henry mit sich.

Die Vögel hatten ihr abendliches Konzert begonnen, aus hunderttausend Kehlen pfeifend und kreischend, doch Robert nahm es nur ganz am Rande wahr. Aus dem Schatten zwischen den Wurzelstrahlen der Ceiba kamen nun auch Mabo und Ajkech herbei, die das Seil, das die Mondbarke hielt, im Geäst des Baumes verknotet hatten. In den Gesichtern des Mestizen und des kleinen Kriegers leuchtete die Freude über Roberts Erwachen, aber auch das bemerkte er in diesen Momenten kaum.

»Geliebte«, flüsterte er, zum zweiten Mal in seinem Leben. Sein Blick haftete auf der silbernen Sichel, die hoch oben im Wipfel der Ceiba schwebte, und sein Arm umklammerte die schmale Gestalt an seiner Seite, als ob er sie niemals mehr loslassen wollte.

5

Ein köstlicher Duft drang an seine Nase, nach Tortillas und gebratenem Hühnerfleisch. Er schlug die Augen auf und sah um sich. Neben ihm, am Rand seiner Bettstatt, saß eine schlanke Gestalt in weißer Tunika.

Zögernd streckte er eine Hand nach ihr aus. Es war ja nicht möglich, dachte er, daß sie hier bei ihm saß. Dämmerlicht erfüllte die Hütte, und ohnehin konnte er nur ihr Profil sehen, da sie halb von ihm abgewandt saß, den Kopf ein wenig gesenkt. »Ixnaay?« Die Gestalt drehte sich zu ihm, mit einem Lächeln, das ihn vollends verwirrte. »Henry!« rief er aus und zog seine Hand vorsichtshalber ein Stück zurück.

Hatte er jetzt endgültig den Verstand verloren? Wie konnte es nur sein, daß hier am Rand seines Lagers eine junge Frau saß, mit schimmernd hellbrauner Haut, im anliegenden Gewand, unter dem sich ihre kleine, doch wohlgeformte Büste abzeichnete – und daß dieses Mädchen mit dem verzaubernden Lächeln die Züge des Pferdeburschen Henry trug?

Robert starrte sie an, mit einer Miene, in der sich Hoffnung, Freude und Verwirrung aufs wunderlichste mischten. Helen genoß es, seinen Blick auf sich zu fühlen und zu spüren, wie er sich mühte, das Rätsel auf seiner Bettkante zu lösen. Zugleich war ihr ein wenig bang zumute, denn noch schien nicht ausgemacht, wie er die Verwandlung des Pferdeburschen aufnehmen würde.

Knusprige Hühnerschlegel und ein kleiner Stapel frischgebackener Tortillas dampften auf dem Schemel neben seinem Lager, doch über seiner Verwirrung schien Robert selbst seinen Appetit vergessen zu haben. Dabei mußte er ganz und gar ausgehungert sein, wie Helen sich sagte: Nachdem er just zu Ixnaays Abschied erwacht und in seinem entkräfteten Zustand gleich bis auf die Tempelruine geklettert war, hatte er in der Nacht darauf einen Rückfall erlitten. Das Fieber war zurückgekehrt, allerdings nur in milder Form, und er hatte weitere zwei Tage lang wie ein Toter geschlafen. Mit seinem heutigen Erwachen aber schien die Krise gebrochen: Aus Roberts wasserblauen Augen, die sie nach wie vor so erfreut wie verständnislos musterten, glitzerten eine Frische und Unternehmungslust, wie sie es nie zuvor bei ihm gesehen hatte.

»Henry?« wiederholte Robert, in so kläglich zaghaftem Ton, daß sie sich beherrschen mußte, um nicht laut aufzulachen. Seine Hand bewegte sich von neuem auf sie zu, wagte aber noch immer nicht, ihre Rechte zu berühren, die verlockend auf seiner Bettdecke lag, halb geöffnet und ihm zugewandt. Und dann fragte er plötzlich, mit gänzlich entgeisterter Miene: »Miss … Harmess – *Helen Harmess?*«

Nun war es an ihr, ihn verständnislos anzusehen. Woher kannte er ihren Namen – vielmehr den Namen, unter dem sie in Fort George aufgewachsen war? Sie starrte ihn an, mit einem törichten Lächeln, und dann erst fiel ihr ein, daß ja sie selbst ihm vor Monaten ihren Namen genannt hatte, bei ihrem Zusammenstoß im Park des Gouverneurs. Aber damals war sie sich täppisch und zudringlich vorgekommen, und nie im Leben hätte sie zu hoffen gewagt, daß ihr Zusammenprall zwischen tropfnassen Parkbüschen in seinem Gedächtnis haftengeblieben war.

»Die bin ich und auch wieder nicht …« Stockend und stotternd versuchte sie zu erklären, wie Miss Harmess sich in den Burschen Henry verwandelt hatte und schließlich aus diesem die jetzige Helen hervorgegangen war, eine in Abenteuern und Desastern gereifte Person, wie es ihr selbst schien, die ihre Wurzeln gesucht und darüber sich selbst gefunden hatte – und den Mann, den sie wie keinen anderen auf der Welt liebte. Diesen letzten Punkt ließ Helen allerdings nur von Ferne anklingen, und ohnehin hatte sie darauf bestanden, daß Robert Thompson seinen Hühnerschlegeln und Tortillas zusprach, während sie ihm (und sich selbst) begreiflich zu machen versuchte, wer die junge Frau auf seiner Bettkante war, die er immer wieder mit unberatenem Entzücken in den Blick faßte.

Vor der Hüttentür wanderte die Sonne langsam über den Lehmplatz, beschien das Langhaus voll verwundeter Krieger und zog hinüber zur Tempelruine, über der Ixnaays Silberbarke im Wipfel der Ceiba schwebte. Vorgestern waren drei Mayafrauen aus einem entfernten Dorf im Dschungel hier eingetroffen, kundige Heilerinnen, wie sich herausgestellt hatte. Mit einem Gefühl tiefer Erleichterung hatte Helen den Frauen gezeigt, wie Ixnaays Salben und Tinkturen anzufertigen waren, und die Verwundeten im Langhaus ihrer Obhut übergeben. Seitdem war sie in Gedanken immer öfter, immer sehnsuchtsvoller nach Fort George zurückgekehrt. Aber noch schien es ihr zu gefährlich, diesen Ort zu verlassen, der ihnen zumindest einigermaßen Schutz bot.

Allmählich wurden die Schatten auf dem Lehmplatz wieder länger, das Dämmerlicht in ihrer Hütte noch fahler, doch Helen und Robert bemerkten nichts davon. Nach kurzem Zögern und mit befangenem

Lachen waren sie dazu übergegangen, einander beim Vornamen zu nennen. Auch Robert hatte von sich zu sprechen begonnen, anfangs stockend und tastend, doch bald schon waren die Worte aus ihm hervorgeströmt, wie wenn ein Stauwehr aufgesprungen wäre. Aufrecht auf seiner Lagerstatt sitzend, seine Hand nun um Helens Rechte geschlossen, hatte er ihr berichtet, ohne irgend etwas zu verschweigen oder zu beschönigen: von dem Zerwürfnis mit seinen Eltern, die auf der Welt nichts außer Profiten und Etiketten achteten, von dem Zauber, den für ihn seit jeher Catherwoods Zeichnungen verströmten, von seiner Verlobung mit der kalten Mary und dem alles in allem unheilvollen Einfluß, den der Magnetiseur Grimaldi auf ihn ausgeübt hatte.

»Stell dir nur vor«, sagte er, »eigentlich bin ich hierhergekommen, in die karibische Wildnis, um mit mir Schluß zu machen.« Er hielt inne, mit einem erstaunten Lächeln, weil er selbst kaum mehr verstand, was er empfunden, was ihn vorangetrieben hatte, seinem eigenen Untergang entgegen. »Mir kommt es vor, als wäre ich aus einem Traum erwacht«, fuhr er fort, »einem Jahrzehnte dauernden Traum: meinem bisherigen Leben. Und auf einmal sehe ich, so klar, als könnte ich es von deinem Gesicht ablesen, Helen, worin mein Irrtum bestand und warum es dennoch gut und schicksalhaft unvermeidlich war, daß ich hierher kam, um all die Schrecknisse der Wildnis, des Krieges und der falschen Prophezeiungen zu durchleben.«

»Und warum, Robert?« fragte Helen und wagte kaum den Blick zu ihm zu heben. »Warum war es gut, daß du hierhergekommen bist?«

Er sah sie mit einer Begeisterung an, die weit über sie beide hinauszureichen schien. »Aus dem gleichen Grund wie bei dir«, rief er aus. »Was anderes wäre dieser Ort hier, Ixt'u'ul-chac, als eine Stätte des Anfangs, der Schöpfung, des Anbeginns? Fühlten wir nicht beide, daß wir ganz bis zum Anfang zurückgehen mußten, bis zu den Ursprüngen unseres Lebens und darüber hinaus? Zurück bis zu dem Punkt, da wir auf den falschen Weg geraten waren: da unsere Seele verdüstert, unser Geist zersplittert, unser Ich gehindert wurde, sich zu harmonischer Wohlgestalt aufzufächern wie das Astwerk der heiligen Ceiba?«

Wieder hielt er inne, und diesmal verfing er sich in ihrem Lächeln, das ihm unendlich liebevoll schien, mit einer winzigen Beimischung von Spott. Ihre Hand regte sich in der seinen, wohlig wie ein kleines

Tier in seiner Höhle. Er sah Helen an wie zum allerersten Mal, ihr fein geschnittenes Gesicht, ihre anmutige Gestalt, die ihm köstlicher, begehrenswerter vorkam als alle Schätze, Entdeckungen und Siege dieser Welt. Ixnaay ist tot, dachte er, und doch kommt es mir vor, als würde sie in Helen weiterleben, ja als wäre sie in ihr erst ganz wirklich geworden, vom Phantom meiner Sehnsucht zu dieser wunderschönen jungen Frau aus Fleisch und Blut. In seinem Innern rangen Trauer und Jauchzen, Betrübnis und Entzücken miteinander, bis aus diesen so gegensätzlichen Gefühlen etwas scheinbar ganz Neues hervorging, eine Leidenschaft, die er doch insgeheim schon seit langem empfand. Alles, alles, was er bisher nur für Ixnaay zu fühlen glaubte, drängte sich mit einem Mal am Bug seiner Seele zusammen, die wie ein Kanu in wilder Strömung auf Helen zujagte. Waren sie beide, Ixnaay und Helen, nicht zwei Seiten derselben so lange entbehrten Geliebten, dachte Robert, wie Mond und Sonne, Nacht- und Tagseite, wie Traum und Wirklichkeit? Sein Herz begann zu klopfen, rascher und lauter als der Schmerz, der in seinem Nacken noch immer stetig pochte, unter dem Pflaster von der Form eines Fledermausflügels.

»Und aus einem weiteren Grund war es gut, daß wir beide hierhergekommen sind«, fuhr er endlich fort und mußte sich räuspern. »Weil wir einander gefunden haben, Helen.« Er stellte den Teller mit den abgenagten Hühnerschlegeln auf den Schemel zurück und streckte auch seine zweite Hand nach ihr aus. »Als ich nach Ixnaays Abschied wieder auf diesem Bett lag, dachte ich, daß nun alles verloren sei, alle Mühen und Entbehrungen vergeblich waren.«

Helen ergriff seine Hand, und er zog sie an sich. Im Türloch erschien auf einmal Mabo, mit besorgter Miene, aber Robert machte ihm ein abwehrendes Zeichen, und nach einem Blick auf Mr. Thompson, der den vermeintlichen Pferdeburschen umschlungen hielt und dessen Gesichtszüge mit unsäglichem Wohlgefallen studierte, zog sich Mabo nahezu lautlos wieder zurück.

»So wie dein Lächeln und manche deiner Gebärden mich immer an Henry erinnern werden«, sagte Robert, »so lebt in dir auch Ixnaay weiter, eure gemeinsame Herkunft, ihr besserer, glücklicherer Teil.« Sein Kopf senkte sich auf sie herab, und sie schloß erschauernd die Augen, aber anstatt sie zu küssen, sprach Robert mit bewegter Stimme weiter. »Als ich heute wieder zu mir kam, Helen, und du so wundersam verwandelt neben mir saßest, da verstand ich mit einem Mal, daß ich nichts und niemanden verloren, daß ich vielmehr alles, alles gewonnen habe, das Kostbarste und Köstlichste auf dieser Erde – wenn du nur mein wirst, Geliebte, und für immer bei mir bleibst.«

Da er sie nach diesen Worten noch immer nicht küßte, öffnete Helen die Augen wieder und sah, daß er sie gerührt und erwartungsvoll ansah. Sie lächelte zu ihm hinauf, schlang einen Arm um seinen Nacken, behutsam wegen der Wunde unter dem Fledermauspflaster, und zog seinen Mund auf ihre Lippen herab. – –

»Willst du meine Frau werden?« fragte Robert beträchtliche Zeit später, nachdem Mabo noch mehrfach im Türloch erschienen und unverrichteterdinge wieder abgezogen war.

»Aber wie soll das angehen, Mr. Thompson?« fragte Helen mit Henrys erstauntester Burschenstimme, und da zog Robert sie abermals an sich und küßte sie mit so wilder Leidenschaft, als ob in seinem Innern ein Vulkan zu brodeln begänne.

Ihre Lagerstatt geriet bedrohlich ins Wanken und stieß gegen den Schemel, worauf mit lautem Scheppern und Klirren alles zu Boden fiel, was darauf gelegen und gestanden hatte. Helen löste sich aus Roberts Armen und beugte sich über den Bettrand, erhitzt und atemlos.

»Was kümmert dich jetzt ein Teller voll abgenagter Knochen?« fragte er lachend.

»Der Teller wenig.« Sie beugte sich noch tiefer hinab und tastete über den Boden. »Aber das hier um so mehr.« Sie richtete sich wieder auf und drückte Robert einen schlanken, fingerlangen Stab in die Hand, mit einem weichen Busch am dickeren Ende.

Mittlerweile war es so düster in ihrer Hütte, daß man die Hand kaum mehr vor Augen sah. Erstaunt befühlte er den Stab, der sich glatt und kühl anfühlte und in einen steinernen Stachel auslief, scharf und spitz wie ein Eisendorn. Da entsann er sich, was es damit auf sich hatte: »Der Jadepinsel! Wo hast du ihn her?«

Helen räusperte sich. »Nun, er befand sich in deinem … Schurz.

Mabo entdeckte ihn, als er ...« Sie hüstelte abermals und zog es vor, ihren Satz nicht zu beenden, dankbar für die Dunkelheit, die sie umfing.

Mit leisem Lachen zog Robert sie aufs neue an sich. »Jetzt fällt es mir wieder ein – ich habe den Pinsel an mich genommen, als ich mit Paul und Stephen in Xibalbá war.« Ein Schauer überlief ihn. Was für ein Glück, dachte er, daß Helen nicht miterleben mußte, was dort unten geschehen ist und vorher schon, bei der grausigen Heilungszeremonie auf dem Dach der Ka'ana: So war ihr das Ärgste jedenfalls erspart geblieben. »Weißt du noch«, fragte er rasch, um die düsteren Erinnerungen zu vertreiben, »was Ja'-much über den Jadepinsel erzählt hat?«

»Wie könnte ich das vergessen«, antwortete Helen, »wie könnte ich irgend etwas von dem vergessen, was in den letzten Wochen geschehen ist.« Im stillen dankte sie den übernatürlichen Gewalten, daß Robert nicht mitansehen mußte, wie Ixnaays Leib Zoll um Zoll gelähmt und versteinert worden war: So war er vor dem Schlimmsten doch immerhin verschont geblieben. »Laut Ja'-much stammt der Jadepinsel aus dem Schatz des Canek von Tayasal. Nach einer alten Prophezeiung soll er viele Jahrhunderte nach dem Untergang des letzten Mayakönigreichs wiederauftauchen, um durch die Hand eines Kundigen die versunkene Welt der Maya wieder zum Leben zu erwecken.« Im Dunkeln tastete sie nach seiner Hand, die den Jadepinsel umschlossen hielt. »Und glaubst du denn, daß du dieser Kundige bist? Bisher jedenfalls haben sich die Prophezeiungen der alten Seher nicht als besonders zuverlässig erwiesen – glücklicherweise«, fügte sie in jähem Erschrecken hinzu.

Sie schrieben den 3. September, einen Dienstag, oder Fünf Cimi Neunzehn Tzul nach dem Kalender der Maya. So oder so lag das Datum, an dem der wiederverkörperte Götterbote nach den alten Prophezeiungen sterben sollte, bereits sechs Tage zurück.

»Nun, wir werden sehen«, sagte Robert. »Ich hätte nicht übel Lust, diesen Pinsel bald einmal auszuprobieren.«

»Aber doch nicht jetzt, Sir?« fragte Helen mit Pferdeburschenstimme, und erst als Mabo Stunden später, in tiefer Dunkelheit, zum ungezählten Mal vor dem Türloch lauschte, war aus Mr. Thompsons Hütte nichts Stürmerischeres mehr zu hören als der zweifache gleichmäßige Atem gestillten Verlangens und endlich gefundenen Glücks.

6

»Ihr habt vollkommen recht«, gab Robert zu, »wir müssen wachsam bleiben.« Doch seine Worte paßten weder zu seiner geistesabwesenden Miene noch zu der zerstreuten Gebärde, mit der er den Pinsel zwischen zwei Fingern wippen ließ. Es war nur allzu offensichtlich, daß er darauf brannte, zu seinem Gemälde zurückzukehren.

Auch heute früh hatte er sich, ebenso wie am Vortag, mit dem ersten Morgenlicht auf das Dach der Tempelruine begeben, wo Mabo und Ajkech eine Staffelei für ihn gezimmert hatten und einen reichlich krummen Rahmen, um darin den größten Leinwandfetzen auszuspannen, der sich an diesem Ort auftreiben ließ. Aus gesottenem Tierfett und Pflanzensäften hatten die Heilerinnen ein Dutzend öliger Farben in tönernen Tiegeln bereitet, und seither saß Robert von früh bis spät im Schatten der Ceiba, und der Jadepinsel jagte über die Leinwand und zauberte eine ganze leuchtende Welt hervor.

»Du solltest mit uns nach unten kommen, Robert«, sagte Helen zum zweiten Mal. »Warum willst du dich nicht in der Höhle verstecken, bewacht von Ajkech und Mabo, bis die Gefahr vorbei ist?«

»Weil ich dieses Bild malen muß, Liebes – unser Bild. Und weil ich mich lange genug versteckt habe, in wirklichen Kellern und phantasierten Höhlen.«

Je beredter Helen ihm das Erdloch anzupreisen versuchte, desto heftiger sträubte er sich gegen diesen schaurigen Zufluchtsort. Die Höhle befand sich zweihundert Schritte tief im Wald, und nach Mabos Beschreibung handelte es sich eher um eine Grotte, feucht und schleimig wie das Getier, das in ihren Tiefen zu Tausenden hausen mochte.

Er lächelte Helen an, sie sah zauberhaft aus mit ihrem so einfachen wie kleidsamen Gewand und den nachtschwarzen, lose aufgesteckten

Haaren. Helen stand nahe der Treppe, die an der Seite des Tempels auf den First hinaufführte, zehn Schritte von ihm entfernt. Ihre Augen funkelten, ihre Lippen bebten ein wenig, vor Unwillen und vor Eifer, ihn zu ihrem Standpunkt zu bekehren. Einen Schritt hinter ihr kauerten Mabo und Ajkech am Boden, mit wachsamen Mienen. Der Mestize hatte sogar seinen schwarzen Dolch gezückt und wog ihn in der Hand, als rechnete er damit, daß die Häscher im nächsten Augenblick aus dem Buschwerk brächen und ihre Gewehre auf Robert Thompson abfeuerten.

»Hier oben ist es sicherer als in jedem Erdloch.« Ihm graute tatsächlich bei dem Gedanken, in eine feuchte, dunkle Grotte zu kriechen, aber noch weniger hätte er es ertragen, die Arbeit an seinem Gemälde zu unterbrechen. »Dieser Tempel ist wie eine Festung«, sagte er und hoffte, daß sie es dabei bewenden lassen würde. »Mabo und Ajkech sollen abwechselnd die Treppe bewachen, dann kann niemand ungesehen hier herauf.«

Damit wandte er sich wieder seiner Staffelei zu, tupfte Wolkenschwarz in den strahlend blauen Leinwandhimmel und schien bereits vergessen zu haben, daß es eine Welt außerhalb seines Gemäldes gab.

Doch unglücklicherweise, dachte Helen, war es eine rachsüchtige, übelwollende Welt, die nur darauf lauerte, daß sie in ihrer Wachsamkeit erlahmten. In den letzten Tagen waren wieder ein halbes Dutzend Verwundete aus Kantunmak eingetroffen, und sie alle hatten die gleiche Schreckensnachricht verkündet: Zwei weiße Soldaten streiften mit einem Kanu durch die Wäßrige Erde, geleitet von einem Indiojungen, der gelobt hatte, sie zu dem Ort zu führen, an dem sich Robert Thompson versteckt hielt. Deshalb hatte Mabo schon vor drei Tagen immer wieder versucht, sie in ihrer Hütte aufzustören, doch in ihrer leidenschaftlichen Verliebtheit hatten sie nicht auf ihn gehört. Es war eine Unachtsamkeit, die sie sich kein zweites Mal leisten durften, sagte sich Helen, denn mit den Augen eines Dickie Chillhood betrachtet war romantischer Überschwang nichts anderes als eine tödliche Blöße.

Noch war es kaum mehr als ein Gerücht, daß die beiden Sergeants das morastige Rinnsal gefunden hatten, das sich vom Alten Fluß durch die Weiten der Wäßrigen Erde bis Ixt'u'ul-chac wand. Aber das Gerücht enthielt zu viele Einzelheiten, die sie voller Schrecken wiedererkannte, um ein bloßes Spukgebilde zu sein, erschaffen aus der Einbildungskraft furchtsamer Seelen. Ein hagerer Soldat, schlaksig wie Bambus, berichteten die Krieger, und ein stämmiger, rotköpfig und mordlüstern wie ein Stier. Und ein Indiojunge, als Führer durch die Sümpfe gedungen, dessen linkes Bein nur noch ein handbreiter Stumpf sei, mit Brandwunden übersät.

Chillhood und Muller, dachte Helen. Angetrieben von Mord- und Profitgier und geführt von einem jener unseligen Mayajungen, die am Stauwehr von Victoria Camp verstümmelt worden waren und vergeblich gehofft haben mochten, daß der wiedergekehrte Götterbote sie von ihrem Leiden erlöste.

Aber vielleicht hat Robert ja dennoch recht, sagte sie sich dann, indem sie Mabo und Ajkech zunickte und sich anschickte, wieder nach unten zu gehen. Das Tempeldach war tatsächlich wie eine Festung, die sich nur über die Treppe erstürmen ließ, und gewiß würden Mabo und Ajkech ihren Blick nicht von der Treppe wenden, solange ihr Herr sich auf dem Tempeldach befand.

Noch als sie unten über den Lehmplatz ging, horchte sie in sich hinein, aber sie fand in ihrem Innern keine Vorahnung, kein banges Vorgefühl, sie hatte auch nie wirklich an derlei geglaubt. Es war einfach so, daß sie ihr Glück gefunden und längst begonnen hatte, ihr gemeinsames Leben zu planen, als Mr. und Mrs. Thompson. Roberts Rückenverletzung war ebenso geheilt wie die Wunde an ihrem Fuß. Nicht mehr lange, dachte Helen, dann würden sie nach Fort George zurückkehren und den Gouverneur persönlich davon überzeugen, daß die gegen Mr. Thompson erhobenen Vorwürfe gegenstandslos seien. Sie selbst würde mit James Sutherland ihren Frieden machen, ebenso mit Mama Doro, und wenn Mr. Sutherland dies wirklich wünschte, zur Linderung seiner Gewissensqualen, würde sie sogar einwilligen, daß er sie zu seiner rechtmäßigen Tochter und Erbin erklärte. Warum sollte es seinen Ruf ruinieren, wenn er sich zu einer Tochter bekannte, die mit dem Sohn eines angesehenen Londoner Fabrikanten verehelicht war?

Alles wird gut, dachte Helen, wenn wir nur wachsam bleiben.

7

Die Sonne stand schon tief über dem Wald, als Robert den Jadepinsel sinken ließ und sich mit bunt bekleckster Faust über die Stirn rieb. Sein rechtes Handgelenk fühlte sich taub an, jeder Muskel in seinem Arm, seinen Schultern brannte. Auch der klopfende Schmerz in seinem Nacken hatte sich in den letzten Tagen verstärkt, wie die Schläge einer Uhr, die lauter und lauter wurden. Drei Tage lang hatte er von früh bis spät gearbeitet, von einem bildnerischen Drang besessen wie niemals mehr seit seinen Jugendjahren. Doch nun war der letzte Pinselstrich getan, jeder weitere Tupfer würde das Kunstwerk nicht verbessern, sondern seine Vollkommenheit verderben.

Es hatte wohl wahrhaftig etwas Eigenes mit dem Jadepinsel auf sich, dachte er, indem er einige Schritte zurücktrat, aus dem Schatten der Ceiba hinaus, um das Gemälde aus größerer Entfernung anzusehen. Zeitweise war der kühle grüne Stift mit dem biegsamen Jaguarbusch über die Leinwand gejagt, als ob ihm eine magische Kraft innewohnte und er selbst nur das Instrument eines übermächtigen Willens wäre. Und doch hatte er mit dem Jadepinsel nicht etwa die versunkene Welt der alten Maya auferweckt, wie es laut Ja'-much prophezeit worden war. Mit fiebrigen Strichen und in leuchtenden Farben hatte er vielmehr eine Szene auf die Leinwand gebannt, die ihm immer deutlicher als Sinnbild seines eigenen Lebens erschien.

Hätte ich nur damals, dachte er, im Park des Gouverneurs schon erkannt, wie tiefsinnig dort alles angeordnet war, ein romantisches Bühnenbild, bestückt mit Allegorien und Symbolen, aus denen ich alles Künftige hätte herauslesen können: meine Aufgabe, mein Versagen, Furcht und Schrecken, Leid und Kummer und selbst das hinter allem schon schimmernde Glück.

Sein Blick haftete auf dem Gemälde, dessen Farben hier und dort noch feucht in der Nachmittagssonne glänzten. Es zeigte den Park von White House, wie er an jenem schicksalhaften Sonntag im Juli ausgesehen hatte, als Robert Thompson aus einer Laune heraus beschloß, nicht mit Mrs. Molton in die Kathedrale zu treten, sondern über die Straße zu gehen, in den morgendlichen Park, um seine Zeichnung zu erneuern, die ihm nachts in der *Mahogany Bar* durch Asche und Rum verdorben worden war.

Nicht die kleinste Einzelheit hatte er auf dem Gemälde ausgelassen oder abgeändert, alles war genauso wiedergegeben, wie es in sein Gedächtnis eingemeißelt war. Rechter Hand die weiß lackierte Holzvilla des Gouverneurs und dahinter, im Morgenlicht jadegrün glitzernd, die karibische See. Der Samtglanz des britischen Rasens, umrahmt von Bougainvillea-Hecken, und darauf verstreut zwei Dutzend schlanker Palmen, die sich zur Kathedrale hin zu verbeugen schienen. Der gesandete Pfad, der den Park säumte (Wochen zuvor war er dort mit Miss Harmess zusammengestoßen), fehlte sowenig wie der breitere, rot geschotterte Weg von der bewachten Straßenpforte zum Gestade, wo zwei rostige Kanonen den leeren Horizont bedrohten.

Und dort, zwischen den Kanonen, stand er: Robert Thompson, im schwarzen Kirchenanzug, bleich und schlecht rasiert. Neben ihm eine kleinere Gestalt, schlank, anmutig, mit rot-schwarzem Kopftuch, ebensolchem Hemd und anliegenden Burschenhosen. Sie beide im Profil, einander zugewandt, Helen mit scheuem Lächeln, während er mit unverzeihlicher Zerstreutheit an ihr vorbeizusehen schien.

Genauso war es, dachte Robert, so und nicht anders. Er hätte es nicht mit Worten erklären können, aber jede Einzelheit dieser Szene, die anwesenden Personen, ihre Gebärden und Mienen, selbst die gebeugte Haltung der Palmen, die Farbe des Himmels und des Meeres, schien ihm Bestandteil eines tiefgründigen Rätsels, das ihm, ihm allein damals gestellt worden war. Und er hatte versagt, ja, er hatte nicht einmal erkannt, daß es sich um ein Sinnbild seines eigenen Lebens handelte.

In jenem länglichen Schatten zu seiner Rechten (mit den Umrissen der liegenden Ixnaay) kauernd die drei Maya: der Knabe, der Mann in jungen Jahren, der uralte Greis. Meine Aufgabe, dachte Robert, indem er mit dem Pinsel in die Luft stieß, nach einer Mücke, die ihn hartnäckig sirrend umkreiste – meine Aufgabe war es, endlich vom Knaben zum Mann zu reifen. Aber ich erkannte nicht, daß ich diesen Lebensschritt schuldig geblieben war, da ich noch immer kindischen Phantasiegebilden nachjagte – ja, ich wollte es nicht einmal wahrhaben, als der Mann in jungen Jahren, in meinem eigenen Alter, vor meinen Augen aus dem Triptychon herausgeschossen wurde.

Er grübelte über dem Rätselbild, mit rastlosem Blick von dem kauernden Trio zu den rostigen Kanonen, von der weißen Holzfassade zum Jadeglanz der Karibik, von Henrys Lächeln zur hingestreckten Silhouette Ixnaays fahrend, und auf einmal fühlte er, daß sich das Bild vor ihm verschloß. Das feine Gespinst der Bedeutungen, der hintergründigen Verbindungen, die alles und jeden auf dem Gemälde miteinander verwoben hatten, entglitt ihm, wie angestrengt er sich auch bemühte, es mit seinem Geist zusammen-, mit seiner Seele festzuhalten.

Unterdessen war die Sonne schon zur Hälfte im Ozean des Dschungels versunken, den Himmel mit blutigem Glanz überziehend, und die gefiederten Bewohner der Wäßrigen Erde begannen mit millionenfachem Pfeifen und Kreischen ihr abendliches Konzert. Robert starrte auf das Bild, das klein und schief auf seiner Staffelei unter der Ceiba stand, und der Schmerz in seinem Nacken, unter dem Fledermauspflaster Ixnaays, pochte nun so heftig wie ein zweites, angstvoll verkrampftes Herz.

Erbärmlicher Narr, dachte er, was hast du dir wieder zurechtspintisiert? Daß alle diese Personen an jenem Julisonntag im Park des Gouverneurs zusammengekommen sind, um dir wie in einer Scharade dein Leben feierlich vorzuspielen? Daß Helen nur für dich als Knabe verkleidet war und daß jener Indio sich nur für dich zusammenschießen ließ – alles nur für dich, damit du erkanntest, daß du von kindlicher Blüte ins welke Greisentum überzusinken drohtest, ohne jemals zu männlicher Reife gelangt zu sein? Und du wagst es zu beteuern, daß du Helen liebtest – und bist doch ganz und gar außerstande, in ihr einen eigenen Menschen, mit eigenen Gedanken und Gefühlen, einem eigenen Leben zu sehen, das sich mit deinem nur ganz von außen berührt!

Robert stöhnte auf und riß seinen Blick gewaltsam von dem unseligen Gemälde los, auf dem nur sein Scheitern prangte, seine weithin leuchtende Schande, wie ihm auf einmal schien. Die Vögel kreischten und pfiffen, jeden anderen Laut übertönend, und als er zur Treppe hinübersah, erschien dort soeben Helen, gefolgt von einem stämmigen Rotschopf in königlicher Khaki-Uniform.

8

Das muß jener Sergeant Chillhood sein, von dem Helen erzählt hat, dachte Robert, im ersten Moment viel zu entgeistert, um zu begreifen, was er vor sich sah:

Chillhoods nackter, mit Sommersprossen übersäter Arm um Helens Hals. Sein Revolver an ihrer rechten Schläfe, und daneben ihre Augen: weit geöffnet, flehentlich auf ihn gerichtet, ihr ganzes Gesicht angstverzerrt und grau. Ich werde dein Leben retten, und wenn es meines kostet, Geliebte, durchfuhr es Robert, der sich eben auf die beiden zu bewegen wollte, als hinter Chillhood ein weiterer Soldat auf den Tempelfirst trat: wahrhaftig jener Sergeant Muller, mit dem er damals im Park von White House so häufig geplaudert hatte.

Robert hielt inne, mitten auf dem Tempeldach, mit der rechten Hand den Jadepinsel umklammernd. Der Schmerz tobte in seinem Nacken, aber er zwang sich, ihn zu ignorieren und seine Gedanken auf die beiden Soldaten auszurichten. Charles Muller schien kaum noch er selbst zu sein: Sein Blick flackerte, sein Haar war schweißnaß, seine Uniform zerfetzt. Vor seine Brust hielt er, als lebenden Schutzschild, Ajkech gedrückt, dessen Kopf vornüber hing, als ob der kleine Krieger ohne Bewußtsein wäre.

Dies alles registrierte Robert binnen weniger Augenblicke, während die Vögel immer lauter, immer mißtönender kreischten und die beiden Sergeants mit ihren Geiseln hintereinander auf den Tempelfirst traten. Er mußte ihnen klarmachen, dachte er, daß er sich ergab und freiwillig mit ihnen kam, dann würden sie Helen nichts antun. Aber solange die Vögel kreischten und pfiffen, konnte er sich unmöglich mit den Soldaten verständigen, nicht mit Worten jedenfalls, und so setzte er lediglich ein beschwichtigendes Lächeln auf und hob beide Hände bis zu seinen Schultern empor, zum Zeichen, daß er keinen Widerstand leisten würde.

Sergeant Chillhood fletschte die Zähne, er fuchtelte mit seinem Trommelrevolver und rief Robert etwas zu. Aber seine Worte waren nicht zu verstehen, das Kreischen der Vögel füllte alles aus, den ganzen Wald, die ganze Welt, wie die Vögel selbst den ganzen Himmel auszufüllen schienen, zu Tausenden, Zehntausenden unter dem feuerfarbenen Gewölbe schwärmend.

Robert nickte dem Sergeant zu, beruhigend, wie er hoffte, damit der Mann sich geduldete, bis das Crescendo der Wildnis wieder abgeebbt wäre. Aber Chillhood schien mit seiner Geduld oder seinen Nerven längst am Ende, jedenfalls löste er auf einmal seinen Arm von Helens Hals und stieß sie mit solcher Gewalt von sich, daß sie durch die Luft geschleudert wurde und drei Schritte vor Robert mit furchtbarer Wucht zu Boden schlug.

Wie versteinert stand er vor ihr, die bäuchlings auf dem mit Schlamm und Moos überzogenen Ruinendach lag, ein Bein angewinkelt, als ob sie zu kriechen versuchte, zwischen Steinbrocken und verkrüppeltem Buschwerk, unter dem feuerfarbenen Himmel, eingewickelt in die Schreie der Vögel, wie er selbst, wie sie alle, die ganze Wildnis, wie auch Sergeant Chillhood, der sich nun rechter Hand an ihm vorbeischob und hinter ihn trat.

Robert wandte den Kopf und sah über die Schulter zurück zu dem vierschrötigen Soldaten, der in sicherer Distanz hinter ihm stand, den Revolver auf seinen Nacken gerichtet, wo der Schmerz flatterte und hackte wie eine Fledermaus. »Töten Sie mich!« schrie Robert, der sich niemals weniger nach dem Tod gesehnt hatte als in diesem Moment. »Erschießen Sie mich« schrie er, »aber schonen Sie meine Verlobte!«

Der Soldat machte eine hämische Grimasse, und die Vögel pfiffen und kreischten so ohrenbetäubend, daß niemand von ihnen das Tappen von Schritten auf der Treppe hörte.

Erst das jähe Erschrecken in Chillhoods Gesicht verriet Robert, daß Muller in Schwierigkeiten sein mußte. Rasch sah er wieder nach vorn, doch da lag der schlaksige Sergeant bereits am Boden, eine Wange in den Schlamm gepreßt, zwischen seinen Schultern Mabos gezähnter Dolch. Während er noch auf den Toten starrte, dessen Augen himmelwärts verdreht waren, versetzte ihm Chillhood einen heftigen Stoß in den Rücken, so daß er zu Boden stürzte. Im gleichen Moment begann der Sergeant, wahllos Schüsse abzufeuern.

Er ist in Panik, dachte Robert, kein Wunder, das Kreischen der Vögel war wie ein nach außen gestülpter Irrsinn, der alle Dschungelbewohner allabendlich befiel. Chillhood schien zu glauben, daß er von Feinden umzingelt war, daß ringsum hinter Steinbrocken, im Buschwerk, sogar in der Ceiba seine Widersacher lauerten, und so feuerte er seinen Revolver leer, lud nach und feuerte weiter, indem er sich um sich selbst drehte und unhörbare Schreie ausstieß. Robert lag der Länge nach auf dem Tempeldach, ohne sich zu regen, bäuchlings wie Helen, die ihn unverwandt ansah, aus weit geöffneten Augen, die ihm so groß und so schwarz wie Moorlöcher schienen. Die Kugeln sausten über den Tempelfirst, auch sie unhörbar im Kreischen der Vögel, sie zerfetzten die Leinwand, prallten von Trümmerbrocken ab, zischten über Mabo und Ajkech hinweg, die sich hinter Mullers Leichnam zu Boden geworfen hatten, und schlugen wieder und wieder im Stamm und im Astwerk der Ceiba ein.

Auf einmal ertönte ein furchtbares Knirschen und Krachen, lauter selbst als das Kreischen der Vögel. Chillhood starrte nach oben, ebenso wie Helen und Robert, zum Wipfel des riesenhaften Baumes, aus dem Ixnaays Silberbarke pfeilschnell herniederschoß. Der Sergeant glotzte noch immer zu dem funkelnden Verhängnis empor, als Robert schon herumgefahren war und Chillhood regelrecht ansprang, mit aller Kraft und Gewalt, die er aufbringen konnte, und den Soldaten tatsächlich überrumpelte und zu Boden riß.

Der Revolver war aus Chillhoods Hand geglitten, und Robert kniete auf seiner Brust, aber er wußte, daß er den viel kräftigeren Mann nicht lange niederhalten könnte. Schon schlossen sich Chilhoods rot behaarte Pranken um seinen Hals, ein unsäglicher Schmerz fuhr durch Roberts Nacken, und er schlug mit der Faust in Chillhoods Gesicht, ohne zu wissen, was er noch immer mit seinen Fingern umkrampfte, und stieß den stachelspitzen Pinselstiel bis zum Busch in Chillhoods rechte Augenhöhle.

Sie beide schrien auf, Robert und Chillhood, und dann fuhr Ixnaays Silberbarke auf sie herab, voran der zersplitterte, wie mit Stoßzähnen bewehrte Bug, und prallte mit furchtbarer Wucht zwischen Roberts Schultern auf.

Helen erhob sich auf alle viere und kroch zu ihrem Geliebten, der sich unter den Trümmern der Barke nicht rührte. Hastig räumte sie Bretter und Balken beiseite, und da lag er: eine Wange auf Chillhoods

Schulter gebettet, in seinem Nacken ein blutiger Splitter, silbrig schimmernd und von der Länge einer Knabenelle.

Mabo und Ajkech waren herbeigeeilt, behutsam hoben sie ihren Herrn von dem Leichnam seines Häschers und betteten ihn ins Gras. Der Splitter hatte das Fledermauspflaster durchbohrt, Genick und Kehle durchdrungen und war neben dem Adamsapfel wieder ausgetreten, wie ein Pfeil, der noch im Tod auf Chillhood wies.

Die Vögel waren längst verstummt, als Helen noch immer auf dem Dach der Tempelruine saß, in tränenloser Trauer, den toten Geliebten in ihrem Schoß.

Währenddessen rann Träne um Träne aus Dickie Chillhoods Auge und färbte den Busch des Jadepinsels rot. Im Tod war der Sergeant zu einem grotesken Sinnbild desjenigen geworden, den er in den letzten Wochen ihres Leben so unerbittlich gejagt hatte, des romantischen Malers Robert Thompson, dessen Auge immer nur innere Wirklichkeiten schaute und erschuf.

Warum, Ixnaay, dachte Helen voller Grauen, warum hast du ihn zu dir geholt? Was konntest du nicht ertragen, Schwester: unser Glück oder deine Einsamkeit?

Die Nacht fiel herab wie ein Bühnenvorhang: so rasch, so samten, so unerforschlich schwarz.

Glossar

Ahau	Herr, Sonnengott *(sprich: Achau)*
Ahpuch	Oberster Todesgott *(sprich: Achpútsch)*
Ajb'isäj-ju'um d'ojis	Götterbote *(sprich: Ahbᶜisäh-huᶜ hu'um d'óhis)*
Aj'eetz-ich	Spiegel *(männlich; sprich: Ahᶜétz-ich)*
Ajkech-tiim	Springender Frosch *(sprich: Ahketsch-ti-ím)*
Ajkinsaj-d'aantoj	Todbringender Tapir *(sprich: Ahkinsáh-dᶜ ahntóh)*
Ajk'ub' Maya'ib	Retter der Maya *(sprich: Ahkᶜ ubᶜ Mayaᶜib)*
Ajpoch' Maya'ib	Vernichter der Maya *(sprich: Ahpotschᶜ Mayaᶜib)*
Ajsät	Verlierer, Verlorener *(sprich: Ahsöt)*
Aj'uch'	Zermalmer *(sprich: Ahᶜutschᶜ)*
Aktun	Höhle *(sprich: Aktún)*
Antaj!	hilf! *(sprich: antah!)*
Ayjaad'oj	Gottessohn *(sprich: Ajhahdᶜoh)*
Bacabes	Richtungsgötter *(sprich: Bakabe)*
Baktun	400-Jahre-Einheit *(sprich: Baktún)*, entspricht zwanzig → Katun oder vierhundert → Tun
B'ok-d'aantoj	Zorniger Tapir *(sprich: Bᶜok-dᶜahntoh)*
Bolon-ti-ku	Heilige Neun, göttliche Unterwelten *(sprich: bólon-tíku)*
Can	Schlange *(sprich: Kan)*
Canek	König von Tayasal; der Canek *(sprich: Kánek)* galt als Reinkarnation einer Gottheit, die sich jeweils im Herrscher von Tayasal verkörperte
Catherwood, Frederick	Der britische Zeichner (1799–1854) wuchs am Londoner Charles Square auf, unternahm an der Seite des amerikanischen Di-

plomaten und Reiseschriftstellers John L. Stephens mehrere Mittelamerika-Expeditionen und trug wesentlich zur Wiederentdeckung und dokumentarischen Erfassung bedeutender Mayastätten wie Copán oder Uxmal bei. Die Genauigkeit und atmosphärische Stimmigkeit seiner Zeichnungen ist ebenso legendär wie die persönliche Bescheidenheit Catherwoods, der nach einem rastlosen, überwiegend auf abenteuerlichen Reisen verbrachten Leben bei einem Schiffsuntergang im Atlantik ums Leben kam.

Cenote	Wasserloch (Heiligtum; *sprich: Zènohte)*
Cha'ac	Donner- und Regengott *(sprich: Tscha^{e}ak)*
Chac	rot *(sprich: tschak)*
Chul Ja' Mukal	Verborgener Wasserstrudel *(sprich: Tschul Ha^{e} Mukál)*
D'yos-b'o'tik	Danke *(sprich: D^{e}jos-b^{e}o^{e}-tik)*
Ek	schwarz *(sprich: eck)*
Ha	Wasser *(sprich: Chà)*
Haab	Sonnenkalender (18 → Uinal à 20 Tage sowie fünf »namenlose« → Uayeb-Tage = 365 Tage), *(sprich: Chaab)*
Ich cah Emal	vor dem Sturz *(sprich: itsch cach emál)*
Il-balum	Seher des Jaguars *(sprich: Il-bálum)*
Il-tzimin	Seher des Tapirs *(sprich: Il-tsimin)*
Ixnaay	Träumerin *(sprich: Ischnahj)*
Ixkatik	Sucherin *(sprich: Ischkátik)*
Ixtz'iib'	Schreiberin *(sprich:Ischts^{e}ihb^{e})*
Ixt'u'ul-chac	Rote Häsin *(sprich: Ischt^{e}u^{e}-ul-tschak)*
Ix-	Frau, weiblich (auch: klein); *(sprich: Isch-)*

Ixkukul	(Frau) Welle; *(sprich: Ischkukúl)*
Ixquic	Mondgöttin *(sprich: Ischkik)*
Ja'-much	Regen-Kröte *(sprich: Haʿ-mútsch)*
Jeb-bej	aufmachen *(sprich: Heb-beh)*
Ka'ana	Palast des Himmels *(sprich: Kaʿahna)*
Katun	Zwanzig-Jahre-Einheit *(sprich: Katún)*; → Baktun, Tun
K'ik	Blut *(sprich: Kʿik)*
Kimil	Tod *(sprich: Kímil)*
Kin	Sonne, Tag *(sprich: Kin)*
Kinich Ahau	Sonnengott, »Herr Sonnengesicht« *(sprich: Kinitsch Achau)*
Ko'ten!	Herkommen! *(sprich: Koʿtèn)*
Ko'tene'ex!	Alle herkommen! *(sprich: Koʿteneʿèsch)*
Kukulkán	Gefiederte Himmelsschlange, Gottheit der Maya *(sprich: Kukulkán)*
Lahkin	Hohepriester von Tayasal *(sprich: Lachkin)*
Lom-xitil	offene Wunde *(sprich: Lom-schitíl)*
Luk'sik	Runter damit! *(sprich: Lukʿsik)*
Much	Kröte *(sprich: Mutsch)*
Nacom	Opferpriester *(sprich: Nakòm)*
nojochk'inb'il	Wir preisen dich *(sprich: nohotschkʿinbʿil)*
olnak uyool	begleite mich *(sprich: olnak ujohl)*
Oxlahun-ti-ku	Heilige Dreizehn *(sprich: oschlachùn-tikù)*; Anzahl der himmlischen Götterwelten sowie der Schritte des Mythos; strittig ist, ob der vierzehnte Schritt (entsprechend dem letzten Kapitel dieses Buches) aus dem Mythos heraus- oder an dessen Anfang zurückführt.

Paxi cah Emal Pferdegott	Nach dem Sturz *(sprich: Paschi cach Emál)* 1525 stattete der Eroberer Hernán Cortes dem Mayareich → Tayasal einen kurzen Besuch ab. Die Spanier ließen ein lahmendes Pferd zurück, das die Maya, die keine Pferde kannten, als Gott behandelten. Das Pferd verschied. Daraufhin errichteten die Maya eine hölzerne Skulptur zu Ehren des Pferdegottes. Nicht lange vor dem Fall von Tayasal erschienen zwei Franziskaner in der Stadt, die in heiligem Zorn das Roß-Idol zertrümmerten. Wegen dieses Frevels wurde sie von den Maya getötet – einer der historischen Auslöser der Unterwerfung des letzten freien Mayareichs Tayasal.
Puul lomik	Messer weg *(sprich: Puhl lomík)*
Puuroj	Zigarren *(sprich: Puhroh)*
Saccabé	Heiliger Weg (Zeremonialstraßen), *(sprich: Sakkabé)*
Saantoj	heilig *(sprich: Sahntoh)*
Saquarik nan	Guten Tag, *weibliche Form (sprich: Sakarik nan)*
Taatim	Söhne *(sprich: Tahtím)*
t'at'ara'atnak	herumspringen *(sprich: t^{e}at^{e}ara^{e}atnák)*
Tayasal	Das letzte freie Mayareich, von dessen Ende im Roman »Die Maya-Priesterin« erzählt wird, bestand bis Ende des 17. Jahrhunderts. Ein Besuch des Eroberers Cortes (1525) blieb lange Zeit folgenlos (→ Pferdegott). Erst 1697 wurde Tayasal *(sprich: Tayasál)* von den Kastiliern unter Führung von Martin de Urzua besiegt.
Tun	Jahr (360 Tage), Stein *(sprich: Tun)*; → Baktun, Katun

Tunich	Stein *(sprich: Tunitsch)*
Tzelik ub'aj	Platz machen, zur Seite gehen *(sprich: Tselik ub*^{e}*ah)*
Tzolkin	Heiliger Kalender *(sprich: Tzollkin)* (13 → Uinal à 20 = 260 Tage); → Haab
'Uj	Mond *(sprich:* ^{e}*Uh)*
Wa'tal!	Halt! *(sprich: Hua*^{e}*tàl)*
Winik	Mann *(sprich: Huinik)*
Xantal	Zu spät *(sprich: Schantál)*
Xen-	Weggehen *(sprich: Schèn)*
Xibalbá	Unterwasserwelt, Totenreich *(sprich: Tschibalbá)*
Xontal!	Knie nieder! *(sprich: Schontál)*
yok'ol-ka' tub'säb'äl	Vergessene Welt *(sprich: yok*^{e}*ol-ka*^{e} *tub*^{e}*säb*^{e}*äl)*
Yumil	Bitte *(sprich: Jumíl)*
Zotz	Fledermaus, Todesgott *(sprich: Tzotz)*

Gold, Magie und Liebeswahn

Andreas Gößling
Der Alchimist von Krumau
Roman
440 Seiten · geb. mit SU
€ 22,90 (D) · sFr 42,–
ISBN 3-8218-0944-2

Im Frühjahr kommt Don Julius, Bastardsohn Rudolfs II., als neuer Graf ins böhmische Krumau. Vor der Abreise ist es in der Kaiserburg zu einem tödlichen Zwischenfall gekommen, an dem er die Schuld tragen soll – doch er erinnert sich an nichts! Julius ist davon besessen, einst die väterliche Krone zu erben, und überzeugt, Opfer einer Intrige zu sein. Um seine Rückkehr nach Prag zu erzwingen, nimmt Julius den Wettstreit mit seinem Vater auf dem einzigen Feld auf, auf dem er dem Alchimisten auf dem Kaiserthron die Stirn bieten kann. So beginnt ein bizarrer Kampf der Magier und Alchimisten, in dem es um künstliches Gold und Kreaturen aus der Retorte, um Macht und Einsamkeit, Liebe und Reichtum geht …